Dickicht

SCOTT SMITH

DICKICHT

Thriller

Aus dem Amerikanischen
von Christine Strüh

Weltbild

Die amerikanische Originalausgabe erschien unter dem Titel
The Ruins bei Alfred A. Knopf, a division of Random House Inc.,
New York.

Besuchen Sie uns im Internet:
www.weltbild.de

Genehmigte Lizenzausgabe für Verlagsgruppe Weltbild GmbH,
Steinerne Furt, 86167 Augsburg

Übersetzung: Christine Strüh
Umschlaggestaltung: Jarzina Kommunikations-Design, Köln
Umschlagmotiv: Corbis, Düsseldorf (© Alison Wright)
Gesamtherstellung: Bagel Roto-Offset GmbH, Schleinitz
Printed in the EU
ISBN 978-3-8289-9028-9

2010 2009 2008 2007
Die letzte Jahreszahl gibt die aktuelle Lizenzausgabe an.

Für Elizabeth, die weiß, was Horror ist

Für ihre großherzige Hilfe bei der Fertigstellung dieses Buchs danke ich meiner Frau Elizabeth Hill, meiner Lektorin Victoria Wilson und meinen Agentinnen Gail Hochmann und Lynn Pleshette. Die folgenden Personen haben das Manuskript in einem noch unvollendeten Zustand gelesen, und ihre kritischen Anmerkungen und Kommentare waren ausnahmslos hilfreich: Michael Cendejas, Stuart Cornfeld, Carlyn Coviello, Carol Edwards, Marianne Merola, John Pleshette, Doug und Linda Smith und Ben Stiller. Ihnen allen möchte ich meinen Dank aussprechen.

Sie trafen Matthias auf einem Tagesausflug nach Cozumel. Sie wollten bei einem Wrack schnorcheln gehen und hatten einen Führer angeheuert, aber die Boje, die die Lage des alten Schiffs markierte, war in einem Sturm abgebrochen, und der Führer hatte Schwierigkeiten, es zu finden. So schwammen sie mehr oder weniger ziellos in der Gegend herum, als plötzlich Matthias vor ihnen aus dem Wasser auftauchte, wie ein Meermann, auf dem Rücken eine Taucherflasche. Als sie ihm von ihrer Lage berichteten, grinste er nur und führte sie mühelos zu dem Wrack. Er war Deutscher, von der Sonne gebräunt, sehr groß, mit einem blonden Kurzhaarschnitt und hellblauen Augen. Auf dem rechten Unterarm hatte er ein Tattoo von einem Adler, schwarz mit roten

Schwingen. Er überließ ihnen abwechselnd das Tauchgerät, damit einer nach dem anderen die neun Meter zu dem Wrack abtauchen und es sich aus der Nähe anschauen konnte. Auf eine stille Art war er sehr nett, und er sprach ein fast akzentfreies Englisch. Als sie wieder ins Boot ihres Führers kletterten, um ans Ufer zurückzufahren, kam er einfach mit ihnen an Bord.

Zwei Tage danach lernten sie in Cancún, am Strand ganz in der Nähe ihres Hotels, die Griechen kennen. An diesem Abend war Stacy total betrunken und knutschte mit einem von ihnen rum. Darüber hinaus passierte nichts, aber danach liefen die Griechen ihnen ständig über den Weg, ganz gleich, wo sie gerade waren oder was sie machten. Natürlich konnte keiner von ihnen Griechisch, und die Griechen sprachen kein Englisch, also wurde hauptsächlich gegrinst und genickt und gelegentlich mal gemeinsam etwas gegessen oder getrunken. Die Griechen waren zu dritt – alle Anfang zwanzig, genau wie Matthias und der Rest von ihnen – und sie machten einen netten Eindruck, auch wenn es den Anschein hatte, dass sie ihnen nachliefen.

Nicht nur mit dem Englischen haperte es bei den Griechen, sie konnten auch kein Spanisch. Aber sie hatten spanische Namen angenommen, was sie unglaublich witzig zu finden schienen. So stellten sie sich als Pablo, Juan und Don Quixote vor, sprachen die Namen mit ihrem seltsamen Akzent aus und deuteten sich dabei demonstrativ mit dem Finger auf die Brust. Don Quixote war übrigens derjenige, mit dem Stacy rummachte. Aber die drei sahen sich so ähnlich – breitschultrig, ein bisschen kräftig, lange schwarze, zu einem Pferdeschwanz zurückgebundene Haare –, dass es sogar Stacy schwerfiel, sie auseinanderzuhalten. Außerdem war nicht auszuschließen, dass sie ihre Namen austauschten. Möglicherweise gehörte es zu ihrem Witz, dass einer am Dienstag Pablo hieß, am Mittwoch aber lächelnd darauf beharrte, Juan zu sein.

Sie waren für drei Wochen in Mexiko. Im August. Eigentlich idiotisch, um diese Zeit nach Yucatán zu fahren, denn es war viel zu heiß und feucht. Fast jeden Nachmittag gab es ein Gewitter, und manchmal goss es so, dass die Straßen in Sekundenschnelle überflutet waren. Mit der Dunkelheit kamen die Moskitos, in riesigen summenden Schwärmen. Anfangs beklagte sich Amy über all diese Dinge und wünschte sich, sie wären ihrem Vorschlag für die Reise gefolgt und nach San Francisco gefahren. Aber dann wurde Jeff irgendwann sauer und sagte ihr, sie würde allen anderen den Spaß verderben, und von da an verkniff sie es sich, weiter von Kalifornien zu schwärmen – von den klaren, frischen Tagen, von den ulkigen Straßenbahnwagen, vom Nebel, der in der Abenddämmerung vom Meer hereinwallte. Eigentlich war es ja auch gar nicht so schlimm, jedenfalls billig und nicht so überlaufen. Also beschloss sie, das Beste daraus zu machen.

Sie waren zu viert unterwegs: Amy, Stacy, Jeff und Eric. Amy und Stacy waren beste Freundinnen. Für die Reise hatten sie sich die Haare ganz kurz schneiden lassen, und sie trugen die gleichen Panamahüte, mit denen sie gern Arm in Arm für Fotos posierten. Sie sahen aus wie Schwestern – Amy hell, Stacy dunkel –, beide winzig, kaum einsfünfzig, zierlich wie zwei Vögelchen. Sie verhielten sich auch wie Schwestern – ständig flüsterten sie miteinander und wechselten vielsagende Blicke.

Jeff war Amys Freund, Eric war mit Stacy zusammen. Auch die Jungs konnten sich gut leiden, waren aber eigentlich nicht fest befreundet. Die Reise nach Mexiko war Jeffs Idee gewesen, ein letztes Abenteuer, bevor er und Amy mit dem Medizinstudium anfingen. Im Internet hatte er ein gutes Angebot gefunden, so preiswert, dass man einfach zugreifen musste – drei Wochen am Strand in der Sonne liegen und das Nichtstun genießen! Er hatte Amy überredet mitzukommen, dann hatte Amy noch Stacy dazugeholt, und da durfte Eric natürlich auch nicht fehlen.

Matthias erzählte ihnen, dass er mit seinem jüngeren Bruder Henrich nach Mexiko gekommen war, aber Henrich war verschwunden. Die Geschichte war sehr verwirrend, und keiner verstand sie so richtig. Jedes Mal, wenn sie nachfragten, antwortete Matthias seltsam ausweichend und wurde nervös. Dann fing er an Deutsch zu reden, wedelte hektisch mit der Hand in der Gegend herum, und seine Augen verschleierten sich, als würde er gleich anfangen zu weinen. Nach einer Weile fragten sie deshalb lieber nicht mehr nach, denn es kam ihnen irgendwie unhöflich vor, Matthias so unter Druck zu setzen. Eric war der Meinung, dass Drogen eine Rolle spielten und Matthias' Bruder womöglich auf der Flucht vor der Polizei war. Ob es sich dabei um die deutsche, amerikanische oder mexikanische Polizei handelte, ließ er allerdings offen. Aber dass die beiden Brüder Krach gehabt hatten, darüber waren sich alle einig. Matthias hatte sich offensichtlich mit seinem Bruder gestritten, womöglich hatte es sogar eine körperliche Auseinandersetzung gegeben, und dann war Henrich verschwunden. Jetzt machte Matthias sich natürlich Sorgen. Er wartete darauf, dass sein Bruder rechtzeitig für ihren Rückflugtermin nach Deutschland zurückkam. Manchmal schien er ganz zuversichtlich zu sein, als vertraute er darauf, dass Henrich schon irgendwann wieder auftauchen und alles sich zum Guten wenden würde, aber dann wieder schien er alle Hoffnung zu verlieren. Matthias war von Natur aus ein zurückhaltender Mensch, eher ein Zuhörer als ein Redner, und in seiner momentanen Situation neigte er zu plötzlichen Anfällen von Niedergeschlagenheit. Die vier Freunde gaben sich alle Mühe, ihn aufzuheitern. Eric erzählte witzige Geschichten, Stacy imitierte jemanden, Jeff wies auf irgendwelche interessanten Dinge hin, Amy machte zahllose Fotos und befahl allen zu lächeln.

Tagsüber lagen sie nebeneinander auf ihren bunten Badetüchern am Strand in der Sonne und schwitzten. Sie schwammen und schnorchelten, sie holten sich Sonnenbrand und begannen sich zu pellen. Sie gingen reiten und paddeln, sie spielten Minigolf. Eines Nachmittags überredete Eric sie alle, ein Segelboot zu mieten, aber wie sich herausstellte, war er keineswegs der versierte Segler, der zu sein er behauptet hatte, und sie mussten sich zum Dock zurückschleppen lassen, was peinlich und außerdem teuer war. Abends aßen sie Fisch und tranken zu viel Bier.

Eric hatte nichts von Stacy und dem Griechen mitbekommen. Er war nach dem Essen gleich ins Bett gegangen, während die anderen drei mit Matthias am Strand entlang wanderten. Hinter einem der benachbarten Hotels brannte ein Lagerfeuer, unter einem Pavillon spielte eine Band. Dort trafen sie auf die Griechen, die Tequila tranken und zum Rhythmus der Musik klatschten. Sie luden die drei Amerikaner zum Mittrinken ein. Stacy saß neben Don Quixote, alle redeten viel in ihrer wechselseitig exklusiven Sprache, es wurde gelacht, die Flasche machte die Runde und alle zuckten brav zusammen, wenn der Schnaps ihnen die Kehle verbrannte. Dann drehte Amy sich zufällig um und sah, wie Stacy und der Grieche sich abknutschten. Nicht sehr lange. Fünf Minuten Küssen, und gerade als der junge Mann schüchtern Stacys linke Brust berührte, machte die Band für den Abend Schluss. Don Quixote lud Stacy zu sich auf sein Zimmer ein, aber sie schüttelte lächelnd den Kopf, und damit war die Geschichte gegessen.

Am nächsten Morgen legten die Griechen ihre Strandtücher neben Matthias und die vier Amerikaner in den Sand, und am Nachmittag gingen sie alle zusammen zum Jet-Ski-Fahren. Wenn man die Küsserei nicht gesehen hätte, wäre einem nichts Besonderes aufgefallen; die Griechen benahmen sich wie echte Gentlemen und sehr respektvoll. Auch Eric schien sie zu mögen und versuchte, sich von ihnen schmutzige Ausdrücke auf Griechisch beibringen zu lassen. Allerdings war das ein wenig frustrierend, weil er ja nie mit hundertprozentiger Sicherheit wusste, ob die Wörter, die sie ihm beibrachten, wirklich die waren, die er wissen wollte.

Wie sich herausstellte, hatte Henrich einen Brief hinterlassen. In der zweiten Woche ihres Urlaubs kam Matthias eines Morgens damit zu Amy und Jeff. Er war handgeschrieben, auf Deutsch, und unten war eine krakelig gezeichnete Landkarte zu sehen. Natürlich konnten sie die Notiz nicht selbst lesen, und Matthias musste sie übersetzen. Darin stand kein Wort von Drogen oder Polizei – das war eine typische Spinnerei von Eric gewesen, der gern voreilige Schlüsse zog, je dramatischer, desto besser. Henrich hatte am Strand ein Mädchen kennengelernt. Sie war am selben Morgen eingeflogen und unterwegs ins Landesinnere, wo sie bei einer Ausgrabung helfen sollte, die in einem alten Bergwerk stattfand, einer Silber- oder Diamantenmine, da war sich Matthias nicht sicher. Henrich und das Mädchen hatten den Tag zusammen verbracht. Er lud sie zum Essen ein, und sie gingen schwimmen. Dann kam sie mit auf sein Zimmer, wo sie zusammen duschten und Sex hatten. Danach fuhr sie mit dem Bus weg. Beim Lunch im Restaurant hatte sie für ihn auf eine Serviette eine Karte von der Gegend gemalt, wo die Ausgrabung stattfand, und ihm gesagt, er solle doch ruhig auch kommen, man würde sich über seine Hilfe bestimmt freuen. Als sie weg war, hörte Henrich überhaupt nicht mehr auf, von ihr zu reden. Er aß abends nichts mehr und konnte auch nicht einschlafen. Mitten in der Nacht setzte er sich im Bett auf und erklärte Matthias, dass er sich der Ausgrabung anschließen wollte.

Matthias fand das idiotisch und hielt mit seiner Meinung nicht hinter dem Berg. Schließlich hatte Henrich das Mädchen gerade erst kennengelernt, er war mit Matthias im Urlaub und hatte au-

ßerdem keine Ahnung von Archäologie. Aber Henrich erklärte ihm unmissverständlich, dass ihn das überhaupt nichts anginge. Er bat seinen Bruder nicht um Erlaubnis, er informierte ihn nur über seinen Entschluss. Während die ersten Schimpfworte hin und her flogen, stieg Henrich aus dem Bett und begann zu packen. Im Eifer des Gefechts schleuderte er irgendwann seinen elektrischen Rasierer nach Matthias und traf ihn an der Schulter, woraufhin Matthias sich auf ihn stürzte und zu Boden warf. Sie rollten im Hotelzimmer herum, rangen, ächzten und schimpften, bis Matthias mit dem Kopf aus Versehen gegen Henrichs Mund knallte, sodass dessen Lippe aufplatzte. Henrich reagierte wie angestochen und rannte sofort ins Bad, um das Blut ins Waschbecken zu spucken. Schuldbewusst schlüpfte Matthias in seine Klamotten und wollte Eiswürfel für ihn besorgen, landete aber unten in der die ganze Nacht geöffneten Bar am Pool. Es war drei Uhr morgens, und Matthias brauchte etwas zur Beruhigung. Also trank er zwei Bier, eines schnell, eines langsam. Als er wieder ins Zimmer kam, lag ein Zettel auf dem Kopfkissen. Und Henrich war weg.
Der Brief war eine dreiviertel Seite lang, obwohl er kürzer erschien, als Matthias ihn auf Englisch vorlas. Amy fragte sich, ob er vielleicht etwas ausließ, was er lieber für sich behalten wollte, aber das spielte eigentlich auch keine Rolle, denn den Kern der Geschichte kriegten sie und Jeff schon mit. Henrich warf seinem Bruder vor, dass dieser sich nicht wie ein Bruder, sondern wie ein Elternteil benommen hätte, und das konnte er ihm zwar verzeihen, aber trotzdem keinesfalls akzeptieren. Vielleicht hielt Matthias ihn für einen Idioten, aber er glaubte daran, dass er am vergangenen Morgen womöglich der Liebe seines Lebens begegnet war, und er würde es sich – und auch Matthias – nie verzeihen, wenn er diese Chance ungenutzt verstreichen ließ. Er würde versuchen, rechtzeitig zum Abflugtermin wieder da zu sein, konnte aber nichts garantieren. Er wünschte Matthias

Spaß, solange dieser allein wäre, aber wenn er sich einsam fühlte, könnte er sich gern immer noch der Ausgrabung anschließen; man brauchte mit dem Auto nur einen halben Tag, immer in Richtung Westen. Auf der Karte weiter unten – die, die das Mädchen für Henrich auf die Serviette gekritzelt hatte – konnte er sehen, wie er fahren musste.

Während Amy zuhörte, wie Matthias die Geschichte erzählte und die Notiz seines Bruders übersetzte, dämmerte ihr nach und nach, dass er eigentlich einen Rat suchte. Sie saßen auf der Hotelveranda. Hier gab es jeden Morgen ein Frühstücksbüffet: Eier, Pfannkuchen, French Toast, Saft, Kaffee und Tee, eine breite Auswahl an Obst. Ein paar Stufen führten zum Strand hinunter. Möwen schwebten über ihren Köpfen, bettelten um Krümel und ließen ihre Häufchen auf die Schirme über den Tischen fallen. Amy hörte das ununterbrochene Seufzen der Brandung, sah die gelegentlich vorbeitrabenden Jogger, ein älteres Ehepaar, das Muscheln suchte, ein Trio von Hotelangestellten, die den Sand rechten. Es war noch sehr früh, gerade mal kurz nach sieben. Matthias hatte die anderen geweckt und sie per Haustelefon nach unten gerufen. Stacy und Eric schliefen noch.

Jeff beugte sich vor, um die Karte zu studieren. Ohne dass Matthias etwas Derartiges angedeutet hatte, wusste Amy, dass er ganz gezielt Jeffs Rat suchte. Ihr machte das nichts aus, an so etwas war sie gewöhnt. Jeff hatte etwas an sich, was anderen Menschen Vertrauen einflößte, er strahlte natürliche Kompetenz und Selbstvertrauen aus. Also lehnte sie sich zurück und sah zu, wie er mit der Handfläche die Karte glatt strich. Jeff hatte dunkle, lockige Haare, und seine Augen wechselten je nach Licht ihre Farbe – sie konnten haselnussbraun, grün oder ganz hellbraun sein. Er war kleiner als Matthias und hatte nicht so breite Schultern, aber trotzdem schien er irgendwie größer zu sein als er. Vielleicht lag es an seiner Seriosität und daran, dass er immer so ruhig und gefasst war. Wenn alles lief wie geplant, würde er eines Tages ein guter Arzt sein. Oder zumindest einer, dem die Leute unbedingtes Vertrauen schenkten.

Matthias wippte nervös mit dem Bein. Heute war Mittwoch. Freitagnachmittag ging der Rückflug, den er und sein Bruder gebucht hatten. »Ich sollte losziehen und ihn holen«, sagte er. »Und ihn nach Hause bringen. Nicht wahr?«

Jeff blickte von der Karte auf. »Wärst du heute Abend wieder da?«, fragte er.

Matthias zuckte die Achseln. Er verfügte nur über die Informationen, die auf dem Zettel seines Bruders standen.

Amy erkannte ein paar Städte auf der Karte – Tizmín, Valladolid, Cobá. Das waren alles Namen, auf die sie schon im Reiseführer gestoßen war. Allerdings hatte sie den Führer nie wirklich gelesen, sondern immer nur die Bilder angeschaut. Daran erinnerte sie sich auch: Auf der Seite über Tizmín war eine verfallene Hacienda, in Valladolid sah man eine von weiß getünchten Gebäuden gesäumte Straße, in Cobá eine gigantische, von Ranken überwucherte Felswand. Auf Matthias' Karte war ein Stück westlich von Cobá ein X eingezeichnet. Dort fand angeblich die Ausgrabung statt. Man nahm den Bus von Cancún nach Cobá, wo man ein Taxi mietete, das einen die elf Meilen weiter nach Süden brachte. Dann musste man zu Fuß auf einem Pfad weitergehen, der von der Straße abzweigte, zwei Meilen weit. Wenn man zu einem Maya-Dorf kam, war man zu weit gegangen.

Als sie sah, wie Jeff die Karte inspizierte, konnte sie erraten, was er dachte. Nichts, was mit Matthias oder seinem Bruder zu tun hatte. Nein, er stellte sich den Dschungel vor, die Ruinen, wie es sein mochte, das alles zu erkunden. Bei ihrer Ankunft hier hatten sie vage über eine solche Unternehmung geredet – ein Auto zu mieten, einen Führer anzuheuern und sich die Gegend ein bisschen genauer anzusehen. Aber es war so heiß. Je mehr sie darüber sprachen, desto weniger attraktiv erschien ihnen die Vorstellung, durch den Urwald zu trotten und riesige Blumen oder Echsen oder verfallene Steinmauern zu fotografieren. Also waren sie am Strand geblieben. Aber jetzt? Der Morgen war kühl, vom Meer her wehte eine Brise, und Amy wusste, dass es Jeff schwerfiel, in einem solchen Augenblick daran zu denken, wie trügerisch das war und wie stickig der Tag noch werden würde. Ja, sie konnte leicht erraten, was er dachte: *Das würde bestimmt Spaß machen, oder etwa nicht?* Mit der ganzen Sonne, dem Essen und Trinken verfielen sie allmählich in Apathie. Da war so ein kleines Abenteuer doch vielleicht genau das Richtige.

Jeff schob die Karte über den Tisch zu Matthias zurück. »Wir begleiten dich«, sagte er.

Amy schwieg und blieb zurückgelehnt in ihrem Sessel sitzen. Im Stillen dachte sie: *Nein, ich will da nicht hin,* aber ihr war klar, dass sie das nicht sagen konnte. Sie beschwerte sich sowieso schon zu viel, das sagten alle. Sie fand überall das sprichwörtliche Haar in der Suppe, und weil sie selbst kein Talent zum Glücklichsein hatte, machte sie ihren Mitmenschen mit ihrer Krittelei das Leben schwer. Im Dschungel würde es heiß und dreckig sein, an den schattigen Stellen würde man sich vor Moskitos nicht retten können. Aber sie bemühte sich, diese gewohnheitsmäßig negativen Gedanken zu verdrängen. Immerhin war Matthias ihr Freund, er hatte ihnen sein Tauchgerät geliehen und ihnen gezeigt, wo man am besten schnorcheln konnte. Und jetzt brauchte er sie. Also unterdrückte Amy alle aufkeimenden Zweifel, bis nur noch eine Möglichkeit übrig blieb. Als Matthias sich ihr zuwandte – lächelnd, denn er freute sich natürlich über Jeffs Vorschlag und erhoffte sich von ihr eine ähnliche Reaktion –, konnte sie nicht anders, als sein Lächeln zu erwidern und zu nicken.

»Na klar kommen wir mit«, sagte sie.

Eric träumte, dass er nicht einschlafen konnte. So etwas träumte er öfter, und es war extrem frustrierend. Auch diesmal versuchte er im Traum zu meditieren, Schafe zu zählen, beruhigende Gedanken zu denken. In seinem Mund war der Geschmack von Erbrochenem, er wollte aufstehen und sich die Zähne putzen. Außerdem musste er pinkeln, aber er spürte, dass er, wenn er sich auch nur im Geringsten bewegte, nicht mehr die kleinste Chance hatte einzuschlafen. Also blieb er ganz still liegen, wünschte sich, er könnte schlafen, und versuchte den Schlaf mit reiner Willenskraft herbeizuzwingen, was natürlich nicht klappte. Der eklige Geschmack und die volle Blase gehörten nicht immer zu dem Traum. Aber jetzt hatte er damit zu kämpfen, weil es real war. Am Abend zuvor hatte er zu viel getrunken, sich vor der Morgendämmerung aufgerafft, um sich über der Kloschüssel zu übergeben, und jetzt musste er pinkeln. Selbst sein träumendes Selbst spürte, dass die beiden Empfindungen ungewöhnlich stark waren, als wollte seine Psyche ihn vor etwas warnen – vor der Gefahr, an Erbrochenem zu ersticken oder das Bett nass zu machen.
Schuld an seinem Zustand waren die Griechen, die versucht hatten, ihm ein Trinkspiel beizubringen. Man brauchte dafür Würfel in einem Würfelbecher, und die Regeln hatten sie ihm auf Griechisch erklärt – was sicher dazu beigetragen hatte, dass sie ihm sehr kompliziert vorkamen. Zwar hatte er tapfer gewürfelt und den Becher weitergereicht, aber er kam nie dahinter, warum er bei manchen Würfen verlor und bei anderen gewann. Zuerst schien es ihm, als wäre eine möglichst hohe Augenzahl erstrebenswert, aber dann siegten plötzlich und ohne erkennbare Logik auch niedrige Punktwerte. Also würfelte er einfach drauflos. Manchmal gaben ihm die Griechen zu verstehen, dass er aufgrund seines Ergebnisses etwas trinken musste, und manchmal nicht. Nach einer Weile war es sowieso ziemlich egal. Sie brachten ihm eine Reihe neuer Wörter bei und lachten, weil er sie so schnell wieder

vergaß. Irgendwann hatten alle mächtig einen im Tee, aber Eric schaffte es immerhin, zu seinem Zimmer zurückzutorkeln und ins Bett zu plumpsen.

Anders als die anderen, die im Herbst alle auf die Uni gingen, bereitete Eric sich auf seinen ersten richtigen Job vor. Er hatte eine Stelle als Englischlehrer in einer Privatschule außerhalb von Boston angenommen. Er würde mit den Jungs im Wohnheim wohnen, bei der Schülerzeitung helfen, im Herbst das Fußballteam und im Frühling die Baseballer trainieren. Er war ziemlich sicher, dass er sich gut für so etwas eignete, denn er hatte eine lockere, selbstbewusste Art im Umgang mit Menschen. Er war lustig, er brachte Kids zum Lachen und dazu, dass sie werden wollten wie er. Er war groß und schlank, hatte dunkle Haare und Augen, und sah eigentlich ganz gut aus. Und er war smart – ein Gewinnertyp. Stacy würde ebenfalls in Boston wohnen; sie studierte und wollte Sozialarbeiterin werden. Jedes Wochenende würden sie sich sehen, und in ein, zwei Jahren würde er sie fragen, ob sie ihn heiraten wollte. Sie würden irgendwo in New England wohnen, Stacy würde in ihrem Job bedürftigen Menschen helfen, und vielleicht würde er weiter als Lehrer arbeiten. Oder auch nicht, das war nicht so wichtig. Er war glücklich und hatte vor, es zu bleiben; sie würden zusammen glücklich sein.

Eric war von Natur aus Optimist und bislang noch unberührt von Schicksalsschlägen, vor denen ja leider auch die glücklichsten und behütetsten Menschen nicht sicher sein können. Sein sonniges Gemüt war unfähig, einen richtigen Albtraum zu produzieren, und auch jetzt bot es ihm ein Sicherheitsnetz an, und zwar in Form einer Stimme in seinem Kopf, die sagte: *Alles in Ordnung, du träumst nur*. Einen Moment später klopfte es an die Tür. Dann rollte sich Stacy aus dem Bett, Eric schlug die Augen auf und sah sich im Zimmer um. Die Vorhänge waren zugezogen, auf dem Boden lagen in buntem Chaos seine und Stacys Klamotten herum. Als Stacy aufgestanden war, hatte sie sich, weil sie nackt war, die Decke um die Schulter geschlungen, und nun stand sie an der Tür und redete mit jemandem. Nach und nach wurde Eric klar, dass es Jeff war, und er wollte pinkeln gehen und sich die Zähne putzen und erfahren, was Jeff wollte, aber er konnte sich einfach nicht aufraffen. Schließlich döste er wieder ein und kriegte erst wieder mit, wie sich Stacy, in Khakihose und T-Shirt, über ihn beugte, sich die Haare trocken rubbelte und ihm sagte, er solle sich beeilen.

»Beeilen?«, fragte er.

Sie blickte zur Uhr. »Er fährt in vierzig Minuten«, antwortete sie.

»Wer?«

»Der Bus.«

»Welcher Bus?«

»Nach Cobá.«

»Cobá …?« Er hievte sich hoch, und einen Augenblick befürchtete er, er müsste sich gleich wieder übergeben. Die Decke lag auf dem Boden, und er musste sich anstrengen, bis er begriff, wie sie dorthin gekommen war. »Was wollte Jeff denn?«

»Dass wir uns fertig machen.«

»Warum hast du eine lange Hose an?«

»Er hat gesagt, das wäre besser. Wegen den Viechern.«

»Was denn für Viecher?« Eric verstand überhaupt nichts mehr. »Wegen welchen Viechern?«

»Wir fahren nach Cobá«, antwortete sie. »Zu einem alten Bergwerk. Um uns die Ruinen anzusehen.« Damit machte sie sich auf den Weg ins Bad. Er hörte, wie sie das Wasser laufen ließ, und das erinnerte ihn an seine volle Blase. Langsam stieg er aus dem Bett und schlurfte durchs Zimmer zu der offenen Tür. Stacy hatte das Licht über dem Waschbecken angemacht, was seinen Augen wehtat. Einen Augenblick blieb er auf der Schwelle stehen und blinzelte. Sie stellte die Dusche an und schubste ihn hinein. Da er sowieso nackt war, musste er nur über den Rand der Wanne steigen. Dann seifte er sich ganz automatisch ein und pinkelte dabei einfach zwischen seine Füße, immer noch nicht vollständig wach. Stacy half ihm, und mit ihrer Unterstützung duschte er, putzte sich die Zähne, kämmte sich die Haare, zog sich Jeans und T-Shirt an. Aber erst als sie nach unten gegangen waren und schnell ein paar Bissen gefrühstückt hatten, dämmerte ihm allmählich, wohin sie unterwegs waren.

Sie trafen sich in der Lobby, um auf den Kleinbus zu warten, der sie zur Busstation bringen sollte. Matthias reichte Henrichs Brief herum, und alle starrten abwechselnd auf die deutschen Worte mit ihrer sonderbaren Großschreibung und die krakelig gezeichnete Karte unten auf dem Blatt. Stacy und Eric waren mit leeren Händen erschienen, und Jeff hatte sie in ihr Zimmer zurückgeschickt und ihnen gesagt, sie sollten einen Rucksack mit Wasser, Insektenspray, Sonnenschutz und etwas zu essen packen. Manchmal hatte er das Gefühl, dass er der Einzige war, der wusste, wie man in der Welt zurechtkam. Ihm war auch nicht entgangen, dass Eric noch halb betrunken war. Auf dem College hatte Stacy den Spitznamen »Spacy« gehabt, offensichtlich zu Recht: Sie war tatsächlich eine Tagträumerin, summte gern vor sich hin und starrte mit leeren Augen in die Gegend. Und dann noch Amy mit ihrer Tendenz, endlos zu schmollen, wenn ihr etwas nicht passte. Jeff war sicher, dass sie überhaupt keine Lust hatte, durch den Dschungel zu wandern und Matthias' Bruder zu suchen. Alles schien ein bisschen länger zu dauern als nötig. Nach dem Frühstück war sie im Badezimmer verschwunden, und er hatte den Rucksack allein gepackt. Dann war sie wieder herausgekommen, um sich eine Hose anzuziehen, aber irgendwie lag sie plötzlich mit dem Gesicht nach unten in Unterwäsche auf dem Bett, bis er sie aufscheuchte. Sie redete nicht mit ihm, sondern beantwortete seine Fragen nur mit einem Achselzucken oder bestenfalls mit einsilbigen Äußerungen. Als er ihr sagte, sie müsse ja nicht mitkommen, sondern könne den Tag ruhig allein am Strand verbringen, wenn sie wollte, starrte sie ihn wortlos an. Sie wussten beide, wie sie drauf war, und dass sie lieber bei der Gruppe bleiben und etwas machen wollte, wozu sie eigentlich keine Lust hatte, als allein etwas zu tun, was sie gerne tat.

Während sie mit ihrem Rucksack auf Erics und Stacys Rückkehr warteten, kam einer der Griechen in die Lobby marschiert – derjenige, der sich in letzter Zeit Pablo genannt hatte. Er umarmte einen nach dem anderen – alle Griechen waren verrückt nach Umarmungen und ließen sich keine Gelegenheit dafür entgehen. Danach hatten Pablo und Jeff eine kurze Diskussion in ihrer jeweiligen Sprache, wobei beide Zuflucht in der Pantomime nahmen, um die Lücken zu füllen.

»Juan?«, fragte Jeff. »Don Quixote?« Dabei hob er die Hände und zog fragend die Augenbrauen hoch.

Pablo antwortete etwas auf Griechisch und machte mit dem Arm eine Wurfbewegung. Dann tat er so, als würde er einen großen Fisch an der Angel einholen und sich gegen sein Gewicht stemmen, und deutete auf seine Armbanduhr, erst auf die sechs, dann auf die zwölf.

Lächelnd nickte Jeff und zeigte, dass er verstanden hatte: Die anderen beiden Griechen waren um sechs Uhr fischen gegangen und wollten um die Mittagszeit zurückkommen. Dann zeigte er dem Griechen Henrichs Brief, gestikulierte zu Amy und Matthias, winkte nach oben, um anzudeuten, dass Stacy und Eric noch in ihrem Zimmer waren, und deutete schließlich auf die Karte, auf Cancún. Langsam bewegte er den Finger nach Cobá und von dort auf das X, das die Ausgrabung markierte. Leider fiel ihm nichts

Passendes ein, um den Zweck ihres Ausflugs zu erklären, und auch bei *Bruder* oder *verschwunden* streikte seine Fantasie. Also fuhr er einfach nur mit dem Finger über die gekritzelte Karte.

Pablo geriet in große Aufregung, lächelte und nickte, deutete erst auf sich und dann auf die Karte, wobei er ununterbrochen auf Griechisch quasselte. Anscheinend wollte er mitkommen. Alle nickten zustimmend, aber Jeff deutete in die Richtung des benachbarten Hotels, wo die Griechen wohnten, dann auf Pablos nackte Beine, auf seine eigenen Jeans und die langen Hosen der anderen. Sofort nickte der Grieche eifrig und wandte sich schon zum Gehen, als er sich plötzlich noch einmal umdrehte, nach Henrichs Brief griff und ihn zum Empfangstresen trug. Sie sahen, wie er sich dort einen Stift und ein Blatt Papier borgte und anfing zu schreiben. Es dauerte eine ganze Weile. Mittendrin kamen Eric und Stacy mit ihrem Rucksack zurück, und Pablo legte den Stift weg, um zu ihnen zu laufen und sie zu umarmen. Er und Eric machten Bewegungen, als wollten sie würfeln und imaginäre Gläser leeren, lachten und schüttelten den Kopf, worauf Pablo auf Griechisch eine lange Geschichte erzählte, die natürlich niemand verstand. Allem Anschein nach hatte sie etwas mit einem Flugzeug zu tun, oder vielleicht auch mit einem Vogel, jedenfalls ging es offenbar um etwas mit Flügeln. Außerdem war das Ganze wohl sehr lustig, denn die Erzählung war nicht nur endlos, sondern – zumindest in Pablos Augen – auch komisch, und er musste immer wieder innehalten und sich den Bauch halten. Sein Lachen war so ansteckend, dass die anderen einstimmten, ohne zu wissen, warum. Schließlich ging Pablo an den Tresen zurück, um das, was auch immer er mit Henrichs Brief vorhatte, fertig zu stellen.

Als er zurückkam, sahen sie, dass er die Karte abgemalt hatte. Darüber hatte er ein paar Sätze auf Griechisch geschrieben; Jeff vermutete, dass es sich um eine Nachricht für Juan und Don Quixote handelte, wahrscheinlich, dass sie mitkommen und sich bei der Ausgrabung mit ihnen treffen sollten. Er versuchte Pablo zu erklären, dass sie nur einen Tagesausflug planten und vorhatten, spät am Abend wieder da zu sein, aber wieder fand er keine Methode, das klarzumachen. Mehrmals deutete er auf seine Uhr, und Pablo, der anzunehmen schien, dass Jeff ihn fragte, wann die anderen Griechen vom Fischen zurückkehren würden, tat das Gleiche. Beide zeigten auf die zwölf, aber Jeff meinte Mitternacht, während Pablo Mittag ausdrücken wollte. Irgendwann gab Jeff auf, denn wenn sie sich noch lange damit aufhielten, würden sie den Bus nach Cobá verpassen. Er winkte Pablo zu seinem Hotel und machte ihn noch einmal auf seine nackten Beine aufmerksam. Pablo lächelte und nickte und umarmte alle, dann verließ er endlich die Lobby und trabte davon, die Kopie von Henrichs Karte fest in der Hand.

Jeff wartete am Eingang und hielt Ausschau nach dem Kleinbus. Matthias wanderte hinter ihm auf und ab, faltete Henrichs Brief zusammen und wieder auseinander, steckte ihn in die Tasche und zog ihn wieder heraus. Stacy, Eric und Amy saßen zusammen auf einer Couch im Zentrum der Lobby, und als Jeff zu ihnen hinübersah, bekam er plötzlich Zweifel, und er hatte das fast sichere Gefühl, dass sie die Unternehmung lieber abblasen sollten – das Ganze war eine blödsinnige Idee. Eric konnte nicht mal den Kopf geradehalten, er war betrunken und übermüdet. Amy schmollte, die Arme vor der Brust verschränkt, die Augen starr auf den Boden vor ihren Füßen gerichtet. Stacy trug Sandalen ohne Socken; in ein paar Stunden würden ihre Füße von Insektenstichen übersät sein. Jeff konnte sich nicht wirklich vorstellen, mit diesen drei Gestalten eine Wanderung durch die Hitze von Yucatán zu machen. Er musste es Matthias erklären, sich entschuldigen und ihn um Verzeihung bitten. Es konnte doch nicht so schwierig sein, ihm das verständlich zu machen. Und dann würden sie den Tag ziellos und gemütlich am Strand verbringen. Aber gerade als sich in Jeffs Kopf die entsprechenden Sätze zu formen begannen, kam Pablo zurück, in Jeans und mit einem Rucksack über der Schulter. Wieder wurden alle umarmt und redeten gleichzeitig. Dann fuhr der Kleinbus vor, und schon kletterten sie hinein, einer nach dem anderen. Und auf einmal war es zu spät, mit Matthias zu reden, zu spät, umzukehren. Sie fuhren los, reihten sich in den Verkehr ein, ließen das Hotel hinter sich, den Strand, all das, was ihnen in den letzten beiden Wochen vertraut geworden war. Ja, kein Zweifel, sie brachen auf, waren unterwegs, waren weg.

Als Stacy hinter den anderen in die Busstation eilte, grabschte ihr ein Junge von hinten an die Brust, packte sie und drückte so heftig zu, dass es wehtat. Sie wirbelte herum und versuchte die Hand abzuschütteln, aber offensichtlich war genau das der Sinn der Übung – das Herumfahren, die heftige Bewegung, die Ablenkung, die das verursachte. Jetzt hatte der zweite Junge Gelegenheit, ihr den Panamahut und die Sonnenbrille vom Kopf zu reißen. Dann waren die beiden Kerle – zwei dunkelhaarige Jungen, schätzungsweise zwölf Jahre alt – wieder weg, flitzten wie der Wind den Gehweg hinunter und verschwanden in der Menge.
Ohne Sonnenbrille war es plötzlich sehr hell. Blinzelnd und benommen stand Stacy da. Sie fühlte immer noch die Hand des Jungen auf ihrer Brust, aber die anderen drängten sich bereits in die Busstation. Anscheinend hatte keiner von ihnen Stacys Schrei gehört. Oder hatte sie sich womöglich nur eingebildet, dass sie geschrien hatte? Jetzt musste sie rennen, um die anderen einzuholen. Instinktiv griff sie mit der Hand zum Kopf, um den Hut festzuhalten, obwohl der sich sicher schon jenseits der Plaza befand und mit jeder Sekunde weiter von ihr entfernte. Bald würde er einen neuen Besitzer haben, irgendeinen Wildfremden, der natürlich nicht die geringste Ahnung hatte, dass sie in diesem

Moment in die Busstation von Cancún rannte und auf einmal gegen die aufsteigenden Tränen ankämpfen musste.

Im Innern sah die Busstation eher wie ein Flughafen aus, sauber, stark klimatisiert und sehr hell. Jeff hatte bereits den richtigen Schalter gefunden, sprach mit dem Angestellten und stellte ihm in seinem bedächtigen, präzisen Spanisch Fragen. Die anderen hatten sich hinter ihn gestellt, zückten ihre Brieftaschen und zählten das Geld für die Reise ab. Als Stacy ihre Freunde endlich erreichte, sagte sie laut: »Mir hat einer meinen Hut geklaut.«

Aber nur Pablo drehte sich um, die anderen waren voll auf Jeff konzentriert und versuchten zu verstehen, was der Mann am Schalter ihm erklärte. Pablo lächelte Stacy an und machte eine ausladende Handbewegung in den Saal, als wollte er jemanden auf einen besonders schönen Ausblick vom Balkon aufmerksam machen.

Allmählich beruhigte sich Stacy wieder. Der Adrenalinstoß hatte ihr Herz zum Rasen und ihren Körper zum Zittern gebracht, aber jetzt, wo das alles nachließ, war ihr die ganze Angelegenheit eher peinlich – als wäre der Vorfall irgendwie ihre eigene Schuld gewesen. Solche Dinge passierten ihr des Öfteren. Auf der Fähre fiel ihr die Kamera ins Wasser, im Flugzeug vergaß sie ihre Handtasche. Die anderen verloren nie etwas, machten nichts kaputt, wurden nicht beklaut. Warum war das bei ihr anders? Wahrscheinlich musste sie einfach besser aufpassen. Sie hätte die beiden Jungen kommen sehen müssen. Inzwischen hatte sie sich zwar etwas beruhigt, aber das Bedürfnis zu weinen war immer noch da.

»Und meine Sonnenbrille«, fügte sie hinzu.

Pablo nickte, und sein Lächeln wurde breiter. Anscheinend freute er sich, hier zu sein, und reagierte auf Stacys Kummer mit heiterer Gelassenheit. Das brachte sie ganz durcheinander, und einen Moment überlegte sie, ob er sie veräppelte. Sie spähte an ihm vorbei zu den anderen hinüber.

»Eric!«, rief sie.
Aber Eric winkte nur ab, ohne sie anzusehen. »Ich mach das schon«, sagte er und gab Jeff das Geld für zwei Tickets.
Jetzt war Matthias der Einzige, der sich ihr zuwandte, sie musterte und dann zu ihr trat. Er war so groß und sie so klein, dass er sich schließlich vor ihr niederkauerte, als wäre sie ein Kind, und sie mit ehrlicher Sorge anblickte. »Was ist los?«, fragte er.
In der Nacht, in der sie am Lagerfeuer gesessen hatten und Stacy den Griechen geküsst hatte, war sie das Gefühl nicht losgeworden, dass nicht nur Amys, sondern auch Matthias' Blick auf ihr ruhte. Auf Amys Gesicht hatte sie pures Erstaunen gelesen, aber das von Matthias war vollkommen ausdruckslos gewesen. In den darauf folgenden Tagen hatte sie noch ein paar Mal bemerkt, dass er sie beobachtete: Nicht direkt abschätzig, aber verstohlen, als würde er etwas zurückhalten. Jedenfalls hatte sie das Gefühl gehabt, beurteilt und für ungenügend befunden zu werden. Im Herzen war Stacy ein Feigling – darüber machte sie sich keine Illusionen, sie wusste, wie viel sie zu opfern bereit war, um Schwierigkeiten oder Konflikten aus dem Weg zu gehen –, und sie hatte Matthias so gut es ging gemieden. Und jetzt kauerte er hier vor ihr und sah sie so mitfühlend an, während die anderen sich stur um ihre Tickets kümmerten. Das war viel zu verwirrend; Stacy bekam kein Wort mehr über die Lippen.
Matthias legte die Fingerspitzen auf ihren Unterarm, als wäre sie ein kleines Tier, das es zu beruhigen galt. »Was ist denn los?«, wiederholte er.
»Ein Junge hat mir meinen Hut gestohlen«, brachte Stacy schließlich heraus und deutete erst auf ihren Kopf und dann auf ihre Augen. »Und meine Sonnenbrille.«
»Ist das gerade erst passiert?«
Stacy nickte und deutete zur Tür. »Ja, direkt an der Tür draußen.«

Matthias stand auf, und seine Fingerspitzen glitten von Stacys Arm. Wie es aussah, hatte er gute Lust, loszuziehen und die Jungen zu suchen. Aber Stacy hob die Hand, um ihn aufzuhalten.

»Sie sind weg«, erklärte sie. »Abgehauen.«

»Wer ist abgehauen?«, fragte Amy, die plötzlich neben Matthias stand.

»Die beiden Kerle, die meinen Hut gestohlen haben.«

Auf einmal war auch Eric da und drückte Stacy ein Stück Papier in die Hand. Ohne zu wissen, was es war und was sie damit anfangen sollte, nahm sie es entgegen. »Sieh dir das mal an«, sagte er. »Guck mal auf deinen Namen.«

Gehorsam blickte Stacy auf das Papier. Es war ihr Ticket; ihr Name war daraufgedruckt. »Spacy Hutchins«, las sie.

Eric grinste selbstzufrieden. »Die wollten unsere Namen wissen.«

»Jemand hat Stacy den Hut geklaut«, erklärte Matthias.

Stacy nickte, und wieder erfasste sie die gleiche Verlegenheit wie vorhin. Alle glotzten sie an. »Und meine Sonnenbrille.«

Jetzt war auch Jeff da, blieb aber nicht stehen, sondern eilte an ihnen vorüber. »Beeilt euch«, rief er ihnen zu. »Sonst verpassen wir ihn noch!« Er war unterwegs zum Bussteig, und die anderen schickten sich an, ihm nachzulaufen: Pablo, Matthias und Amy, alle in einer Reihe. Nur Eric blieb bei Stacy stehen.

»Wie ist das passiert?«, fragte er.

»Es war nicht meine Schuld.«

»Das sag ich ja auch gar nicht. Ich will bloß …«

»Die haben mir einfach die Sachen vom Kopf gerissen und sind weggelaufen.« Noch immer konnte sie die Hand des Jungen auf der Brust spüren. Das und die seltsam kühle Berührung von Matthias' Fingerspitzen auf ihrem Arm. Wenn Eric ihr noch eine Frage stellte, würde sie womöglich doch noch anfangen zu heulen.

Aber Eric schaute nach den anderen, die schon fast außer Sichtweite waren, und sagte: »Komm, gehen wir lieber.« Er wartete, bis Stacy nickte, dann nahm er ihre Hand und zog sie durch das Gewühl nach draußen.

Der Bus entsprach überhaupt nicht dem, was Amy erwartet hatte. Sie hatte sich ein schmutziges, altmodisches Gefährt vorgestellt, mit klapprigen Fensterscheiben, kaputten Stoßdämpfern und einem stinkenden Klo. Aber der Bus war richtig schön. Es gab eine Klimaanlage, und von der Decke hingen kleine Fernseher. Auf dem Ticket standen die Platznummern. Sie und Stacy saßen nebeneinander, direkt vor ihnen Pablo und Eric, auf der anderen Seite des Gangs Jeff und Matthias.

Sobald der Bus aus der Station fuhr, gingen die Fernseher an. Es kam eine mexikanische Seifenoper. Zwar konnte Amy kein Spanisch, aber sie sah trotzdem hin und malte sich eine Geschichte aus, die zu den erschrockenen Gesichtern und den genervten Gesten der Schauspieler passte. So schwierig war das nicht – alle Seifenopern folgten mehr oder weniger dem gleichen Strickmuster –, und als sie sich ein bisschen in der Fantasieerzählung verlor, fühlte sie sich gleich besser. Klar war, dass der dunkelhaarige Mann, der vermutlich eine Art Anwalt war, seine Frau mit einer wasserstoffblonden Tussi betrog, aber nicht merkte, dass die Blonde ihre Unterhaltungen auf Tonband aufnahm. Dann gab es noch eine ältere Frau mit einer Unmenge Schmuck, die offenbar alle anderen mit ihrem Geld manipulierte. Und eine Frau mit langen schwarzen Haaren, der die Ältere vertraute, die aber anscheinend irgendwelche üblen Machenschaften gegen sie im Schilde führte. Sie steckte mit dem Arzt der älteren Frau, der seinerseits mit der wasserstoffblonden Tussi verheiratet war, unter einer Decke.

Als sie die Stadt ein gutes Stück hinter sich gelassen hatten und gemächlich an der Küste nach Süden fuhren, hatte Amy sich so weit entspannt, dass sie Stacys Hand nahm und meinte: »Ist doch alles halb so schlimm, du kannst dir meinen Hut leihen, wenn du möchtest.«
Stacys Lächeln war so offen, so herzlich und liebevoll, dass sich für Amy fast wie auf Knopfdruck alles veränderte – auf einmal war der heutige Tag kein unüberwindbares Hindernis mehr, sondern versprach vielleicht sogar spannend zu werden. Stacy war ihre beste Freundin, sie würden zusammen ein Abenteuer erleben, durch den Dschungel wandern und sich Maya-Ruinen ansehen. Und fürs Erste hielten sie sich an den Händen und widmeten sich der Seifenoper. Da auch Stacy kein Spanisch konnte, diskutierten sie angeregt über das, was vor ihnen über den Bildschirm flimmerte, und versuchten beide, ein möglichst fantasievolles Szenario zu entwerfen. Stacy imitierte die Mimik der älteren Frau, die so übertrieben und dramatisch war wie in einem Stummfilm: Gier und Bosheit in Reinkultur. Kichernd kauerten sich die beiden Mädchen auf ihren Sitzen zusammen und bekamen richtig gute Laune, während der Bus durch die sich entfaltende Hitze des Tages die Küste entlangtuckerte.

Pablo hatte eine Flasche Tequila im Rucksack. Nein – Eric hörte ein Klimpern, also mussten es eigentlich zwei oder sogar noch mehr Flaschen sein. Aber er sah nur eine. Lächelnd und mit hochgezogenen Augenbrauen zog Pablo sie hervor und hielt sie ihm unter die Nase. Wahrscheinlich hatte er vor, sie auf der Fahrt nach Cobá mit Eric zu teilen. Außerdem schien er noch ein Spielchen in petto zu haben, diesmal mit einer Münze, einer griechischen Münze. Er tat so, als würde er sie hochwerfen, und trank dann einen Schluck von seinem Tequila. Soweit Eric es verstehen konnte, ein recht simples Spiel. Sie warfen die Münze. Bei Kopf musste Eric trinken, bei Zahl der Grieche. Aber mit für ihn ungewöhnlicher Besonnenheit winkte Eric ab, kippte seinen Sitz nach hinten, schloss die Augen und schlief ein, so schnell, als hinge er an einem Anästhesietropf. *Hundert, neunundneunzig, achtundneunzig, siebenundneunzig* … und weg war er.

Irgendwann wachte er kurz auf und sah völlig benebelt, dass sie vor einer langen Reihe von Souvenirständen geparkt hatten. Es war noch nicht ihre Haltstelle, aber einige der anderen Passagiere packten ihre Siebensachen und stiegen aus, während vor der Tür eine Reihe von Leuten darauf warteten einzusteigen. Neben Eric schnarchte Pablo leise und mit offenem Mund. Amy und Stacy waren tief in ihre Sitze gerutscht und flüsterten miteinander. Jeff las in ihrem gemeinsamen Reiseführer, konzentriert über die Seite gebeugt, als wollte er alles in sich aufsaugen. Auch Matthias hatte die Augen geschlossen, aber er schlief nicht. Eric hätte nicht sagen können, woher er das wusste, es war einfach so, und während er ihn so anstarrte und darüber nachdachte, drehte Matthias auf einmal den Kopf in seine Richtung und schlug die Augen auf. Ein seltsamer Moment: Da saßen sie, nur den Gang zwischen sich, und sahen sich an. Schließlich kam eine Frau an ihnen vorbei, die in den hinteren Teil des Busses wollte, und blockierte einen Moment die Sicht. Als sie weg war, hatte Matthias den Kopf wieder nach vorn gedreht und die Augen geschlossen.

Durchs Fenster konnte Eric die gerade ausgestiegenen Fahrgäste beobachten, die neben dem Bus standen und sich unsicher umschauten, als fragten sie sich, ob es wirklich eine gute Entscheidung gewesen war, hier zu bleiben. Die Verkäufer an den Buden riefen und winkten sie zu sich. Einige Passagiere lächelten, nickten und winkten zurück, aber andere bemühten sich, so zu tun, als hätten sie nichts gehört, und rührten sich nicht vom Fleck. An den Ständen wurden kalte Getränke, Speisen, Kleidung, Strohhüte,

Schmuck, Maya-Statuen, Ledergürtel und Sandalen feilgeboten. Die meisten Schilder waren sowohl in spanischer als auch in englischer Sprache. Neben einer der Buden war eine Ziege an einem Pflock angebunden, ein paar Hunde strichen herum und beäugten wachsam den Bus und die Neuankömmlinge. Hinter dem Markt begann das Städtchen. Eric konnte einen grauen Kirchturm und weiß getünchte Hausmauern erkennen. Er malte sich die Gärten aus, Brunnen, leise schwingende Hängematten, Vogelkäfige, und einen Augenblick dachte er daran, sich aufzuraffen, die anderen aus dem Bus zu lotsen und an einen Ort zu führen, der irgendwie »realer« wirkte als Cancún. Ausnahmsweise konnten sie doch einmal richtige Reisende sein, keine Pauschaltouristen, konnten erforschen und entdecken und ... Aber er hatte einen schlimmen Kater und war schrecklich müde, außerdem war es heiß draußen, das spürte man sogar durch die getönten Fensterscheiben des Busses und sah es an dem Verhalten der Hunde, die mit gesenktem Kopf und hängender Zunge herumliefen. Und dann war da natürlich noch Matthias' Bruder – der eigentliche Grund, weshalb sie sich auf diese Expedition begeben hatten. Eric wandte den Kopf und erwartete halb, den Deutschen wieder dabei zu erwischen, wie er ihn anstarrte, aber Matthias hielt den Kopf geradeaus und hatte die Augen immer noch fest geschlossen.

Eric tat das Gleiche: Er drehte sich nach vorn und machte die Augen zu. Als der Bus sich wieder in Bewegung setzte, war er noch wach. In einem weiten Bogen holperten sie zurück auf die Straße. Pablo bewegte sich im Schlaf und fiel gegen ihn, sodass Eric ihn ein Stück wegschieben musste. Der Grieche brummelte etwas in seiner Sprache, ohne aufzuwachen, aber seine Worte klangen seltsam scharf, als würde er schimpfen. Unwillkürlich dachte Eric daran, wie die Griechen sich manchmal verschwörerisch angrinsten, als hätten sie ein Geheimnis. *Wer sind diese Leute?* Er döste schon halb, seine Gedanken gingen auf Wanderschaft, und er wusste selbst nicht, wen er eigentlich damit meinte. Vielleicht die Mexikaner, die Mayas, die ihnen aus ihren Buden zuriefen? Oder Pablo und die anderen Griechen mit ihrem ständigen Geplapper, ihrem Nicken und Zwinkern? Oder Matthias mit seinem auf mysteriöse Weise verschwundenen Bruder, dem sonderbaren Tattoo, der ausdruckslosen Miene? Oder – nun, warum nicht? – womöglich sogar Jeff und Amy? *Wer sind diese Leute?*

Dann schlief er wieder ein, traumlos, und als er die Augen wieder öffnete, fuhren sie gerade in Cobá ein. Alle standen auf und streckten sich. Die Frage war aus Erics Kopf verschwunden, er erinnerte sich nicht einmal mehr an sie. Es war kurz vor Mittag, und während er langsam wach wurde, merkte Eric, dass er sich wesentlich besser fühlte. Er hatte Hunger und Durst und musste pinkeln, aber sein Kopf war klarer, sein Körper kräftiger, und er spürte, dass er jetzt endlich bereit war für das, was der Tag bringen mochte.

Jeff fand ein Taxi für sie, einen leuchtend gelben Pick-up. Der Fahrer, ein kleiner, stämmiger Mann mit einer dicken Brille, studierte Matthias' Karte sehr ausgiebig. Er sprach eine Mischung aus Englisch und Spanisch und trug ein T-Shirt, das sich eng an seinen gut gepolsterten Körper schmiegte, mit großen Schweißflecken unter den Achseln. Auch sein Gesicht glänzte vor Schweiß. Während er sich der Karte widmete, die ihm aus irgendeinem Grund zu missfallen schien, wischte er sich ihn immer wieder mit einem großen Taschentuch ab. Schließlich musterte er die sechs jungen Leute, einen nach dem anderen, runzelte die Stirn, blickte zu seinem Truck und dann hinauf zur Sonne, die hoch am Himmel stand.

»Zwanzig Dollar«, sagte er.

Kopfschüttelnd winkte Jeff ab. Zwar hatte er keine Ahnung, was ein fairer Preis für die Fahrt war, aber er ahnte, dass es wichtig war zu feilschen. »Sechs«, entgegnete er, zufällig eine Zahl nennend.

Der Fahrer starrte ihn so entsetzt an, als hätte ihm Jeff auf die in Sandalen steckenden Füße gespuckt, gab ihm die Karte zurück und machte Anstalten wegzugehen.

»Acht!«, rief Jeff ihm nach.

Zwar kam der Mann nicht zurück, aber er drehte sich immerhin zu ihm um. »Fünfzehn.«

»Zwölf.«

»Fünfzehn«, beharrte der Fahrer.

Inzwischen war der Bus abgefahren, und die anderen Fahrgäste wanderten in Richtung Stadt. Der gelbe Pick-up war das einzige Taxi in Sicht, das groß genug für sie alle war.

»Na gut, fünfzehn«, stimmte Jeff nach reiflicher Überlegung zu. Irgendwie hatte er das Gefühl, dass sie über den Tisch gezogen wurden, und fühlte sich dumm, vollends, als er sah, dass der Fahrer seine Freude nur mit Mühe verbergen konnte. Aber keiner der anderen schien es zu bemerken; sie waren alle schon unterwegs zum Truck. Eigentlich war es auch egal, denn es war ja nur eine Phase ihrer Unternehmung, eine Phase, die schnell vorbei sein würde. Außerdem stand plötzlich Matthias neben ihm, zückte das Portemonnaie und bezahlte den Mann. Jeff erhob keinen Widerspruch und bot auch nicht an, sich zu beteiligen. Schließlich waren sie ja wegen Matthias überhaupt hier – ohne ihn würden sie jetzt ganz entspannt am Strand liegen.

Hinten im Pick-up saß ein kleiner Hund, an einen Betonziegel angebunden. Als sie sich dem Wagen näherten, riss er heftig an seiner Leine, knurrte und bellte und produzierte lange Spuckefäden. Er war nicht größer als eine große Katze – schwarz, mit weißen Pfoten und einem zotteligen, ölig wirkenden Fell –, aber seine Stimme hätte besser zu einem viel größeren Tier gepasst.

Mit seiner Wut und dem Drang, sie an den unerwünschten Eindringlingen auszulassen, machte er einen fast menschlichen Eindruck. Sie blieben stehen und starrten ihn an.

Aber der Fahrer lachte nur. »Kein Problem«, versicherte er in seinem holprigen Englisch. »Kein Problem.« Dann ließ er die Heckklappe herunter, deutete auf den Hund und zeigte ihnen, dass die Kette nur halbwegs über die Ladefläche reichte. Zwei von ihnen konnten vorne sitzen, die anderen vier mussten sich den Platz auf der Ladefläche so einteilen, dass sie außer Reichweite des wütenden Köters blieben. Der größte Teil der Verständigung fand mit Händen und Füßen statt, untermalt von der stetigen Rezitation der beiden Wörter: »Kein Problem, kein Problem, kein Problem.«

Stacy und Amy wollten vorn sitzen. Bevor jemand Einspruch erheben konnte, öffneten sie schnell die Beifahrertür und kletterten hinein. Die anderen stiegen vorsichtig auf die Ladefläche, begleitet vom immer lauter werdenden Gebell des Hundes, der mit solcher Macht an seiner Leine zog und zerrte, dass es fast aussah, als wollte er sich erwürgen. Die Beschwichtigungsversuche des Fahrers, der in der Maya-Sprache auf ihn einredete, zeigten keinerlei Wirkung. Am Ende lächelte der Mann resigniert, zuckte die Achseln und schloss die Heckklappe.

Beim dritten Versuch sprang das Fahrzeug an und setzte sich widerwillig in Bewegung. Sie bogen auf eine gepflasterte Straße ein, die aus der Stadt hinausführte. Nach etwa einer Meile nahmen sie eine Abzweigung nach links auf einen Kiesweg, der sich durch die Felder schlängelte; was dort angebaut wurde, konnte Jeff allerdings nicht erkennen. Auf einem stand ein kaputter Traktor, auf einem anderen grasten zwei Pferde. Und dann waren sie plötzlich im Dschungel: Grünzeug mit dicken, seltsam feucht wirkenden Blättern wucherte bis dicht an den Weg. Da die Sonne im Zenit stand, konnte man schwer erkennen, in welche Richtung sie unterwegs waren, aber Jeff vermutete, dass es nach Westen ging. Der Fahrer hatte die Karte behalten, und ihnen blieb nichts anderes übrig, als darauf zu vertrauen, dass er sie zu lesen verstand.

Die vier jungen Männer saßen mit dem Rücken an die Heckklappe gedrückt, hatten die Beine möglichst eng angezogen und beobachteten den Hund, der weiterhin nichts unversucht ließ, um an sie heranzukommen, wobei er pausenlos knurrte, bellte und sabberte. Es war heiß, schwül und roch leicht unangenehm, wie in einem Gewächshaus. Der Fahrtwind gaukelte ihnen zwar eine leichte Brise vor, aber sie brachte so gut wie keine Abkühlung, und ihre T-Shirts waren nach kurzer Zeit völlig durchgeschwitzt. Ab und zu rief Pablo dem Hund etwas auf Griechisch zu, und alle lachten nervös, obwohl sie keine Ahnung hatten, was er gesagt hatte. Sogar Matthias, der ansonsten kaum jemals lachte, stimmte mit ein.

Nach einer Weile wurde aus dem Kiesweg ein unbefestigter, von tiefen Rillen durchzogener Lehmweg. Der Truck fuhr langsamer, aber die Passagiere wurden trotzdem kräftig durchgeschüttelt. An besonders unebenen Stellen hüpfte der Betonblock in die Höhe und landete mit einem dumpfen Schlag wieder auf der Ladefläche. Dann zerrte der Hund ihn jedes Mal ein paar Zentimeter näher an die vier jungen Männer heran. Die Fahrt schien viel länger zu dauern als die auf der Karte angegebenen elf Meilen. Sie kamen nur noch mühsam voran, der Weg wurde immer schlechter, und immer dichter rückten die Bäume heran, beugten sich dicht über den Truck, streiften seine Seiten. Um ihre Köpfe sammelte sich ein Moskitoschwarm, folgte ihnen unermüdlich und stach sie in Arme und Hals. Anfangs schlugen sie nach ihnen, dann grub Eric eine Dose Insektenspray aus seinem Rucksack. Leider stellte er sich dabei so ungeschickt an, dass sie ihm aus der Hand rutschte und auf die Ladefläche fiel. Sie rollte zu dem Hund, knallte gegen den Betonklotz und blieb dort liegen. Der Hund schnüffelte kurz daran und bellte dann weiter. Inzwischen redete Pablo nicht mehr mit ihm, und auch das Lachen hatte aufgehört. Die Zeit zog sich – sie waren bestimmt zu weit gefahren –, und bei Jeff wuchs der Verdacht, dass sie einen Riesenfehler gemacht hatten und dass der Mann sie in den Dschungel fuhr, um sie dort auszurauben und zu töten. Er würde die Mädchen vergewaltigen, sie alle erschießen oder erstechen oder mit einer Schaufel erschlagen, das Fleisch an seinen kleinen Köter verfüttern und die Knochen in der feuchten Erde verscharren. Niemand würde jemals wieder etwas von ihnen hören.

Doch dann tauchte auf der rechten Straßenseite plötzlich ein Wendeplatz auf. Der Truck hielt darauf zu, blieb stehen und ließ den Motor im Leerlauf weiterbrummen. Von hier führte ein schmaler Pfad in den Urwald. Sie waren am Ziel. Die vier jungen Männer kletterten rasch über die Heckklappe und konnten sogar wieder lachen. Das Insektenspray ließen sie zurück, ebenso wie den Hund, der sich nach wie vor gegen seine Kette stemmte und zum Abschied knurrte und bellte.

Stacy saß am Fenster, das jedoch wegen der Hitze fest geschlossen war. Die Klimaanlage des Trucks lief auf Hochtouren, und es war so kühl, dass sie nach einer Weile zu frösteln begann. Der Schweiß trocknete, sie bekam eine Gänsehaut auf den Unterarmen. Ihr war die Fahrt nicht sehr lang vorgekommen, genau genommen hatte sie gar nicht viel davon mitgekriegt, denn ihre Gedanken waren in eine ganz andere Richtung gewandert – fünfzehn Jahre in die Vergangenheit, zweitausend Meilen entfernt. Die Assoziation war ausgelöst worden von der Farbe des Pick-ups, denn ihr Onkel Roger, der ältere Bruder ihres Vaters, war in einem Auto dieser Farbe ums Leben gekommen. Er war in einen heftigen – für Massachusetts so typischen – Frühjahrsschauer geraten und hatte versucht, sich durch ein überschwemmtes Stück Straße zu lavieren. An der Stelle war ein Bach über die Ufer getreten, die Strömung erfasste den Wagen, riss ihn flussabwärts, kippte ihn um und spuckte ihn am Rand einer Apfelbaumplantage wieder aus. Dort hatte man Onkel Roger gefunden, noch angeschnallt, kopfüber in seinem gelben Auto hängend, wie eine Fledermaus. Er war ertrunken.

Die Nachricht erreichte Stacy und ihre Familie – ihre Eltern und ihre beiden Brüder – in Florida, wo sie die Osterferien mit einem Besuch in Disneyland verbrachten. Sie übernachteten alle fünf in einem Zimmer: Ihre Eltern im einen, die beiden Jungen im anderen Bett, Stacy in einem Klappbettchen dazwischen. Sieben Jahre alt war sie, ihre Brüder vier und neun, und sie konnte sich noch genau erinnern, wie ihr Vater den Hörer abhob und ihnen mit der freien Hand bedeutete, still zu sein, während er selbst: »Was … was … was …?« ins Telefon rief. Offenbar war die Verbindung sehr schlecht, denn er musste schreien und wiederholte in fragendem Ton alles, was man ihm sagte: »Roger … ein heftiger Schauer … ertrunken …« Danach begann er zu weinen, zusammengekrümmt, die Augen fest geschlossen, versuchte aber trotzdem, den Hörer aufzulegen. Ein paar Mal stieß er gegen den Nachttisch, verfehlte die Gabel aber immer wieder, bis Stacys Mutter ihm das Telefon schließlich abnahm. Stacy saß mit ihren Brüdern auf dem Nachbarbett, und alle drei starrten ihren Vater erstaunt an. Noch nie zuvor hatten sie ihn weinen sehen, und es passierte auch nie wieder. Nach einer Weile ging ihre Mutter mit den Kindern nach draußen und spendierte ihnen ein Eis im Hotelrestaurant, und als sie zurückkamen, war alles wieder beim Alten und ihr Vater eifrig dabei, die Koffer zu packen. Er hatte auch schon Plätze in der Maschine gebucht, die am Abend zurückflog.

Onkel Roger war ein stattlicher, früh ergrauter Mann gewesen.

Aus irgendeinem Grund schien er sich in Gesellschaft der Kinder seines Bruders nie recht wohl zu fühlen und versuchte sie mit Schattenspielen und albernen Witzen abzulenken. Am letzten Weihnachten vor seinem Tod hatte er sie besucht. Das Gästezimmer lag gegenüber von Stacys Zimmer, und eines Nachts war sie von einem furchtbar lauten Krach aufgewacht. Neugierig, aber auch ein bisschen ängstlich, schlich sie zur Tür und spähte auf den Korridor hinaus. Dort lag Onkel Roger, sturzbetrunken im wahrsten Sinn des Wortes, und versuchte gerade, sich wieder aufzurappeln. Nach ein paar erfolglosen Versuchen gab er es auf, drehte sich stöhnend auf die Seite und schaffte es schließlich, seinen massigen Körper in eine mehr oder weniger sitzende Position zu bringen, den Rücken an die Tür des Gästezimmers gelehnt.

Als er merkte, dass Stacy ihn anstarrte, grinste er und zwinkerte ihr zu, woraufhin sie sich ein Herz fasste und die Tür ein bisschen weiter öffnete. Dort blieb sie und beobachtete ihn. Was Onkel Roger dann sagte, war ihr so lebhaft im Gedächtnis geblieben, so unverzerrt von ihrem siebenjährigen Bewusstsein, dass sie manchmal Zweifel hatte, ob es wirklich geschehen war. Die Erinnerung hatte in ihrer Klarheit eher etwas von einem Traum. »Ich werde dir jetzt etwas sehr Wichtiges sagen«, verkündete er. »Hörst du mir zu?« Als sie nickte, hob er mahnend den Zeigefinger. »Wenn du nicht aufpasst, kommst du womöglich irgendwann an einen Punkt, an dem du eine unbedachte Entscheidung triffst. Ohne richtig zu planen. Dann kann es passieren, dass du am Ende nicht das Leben lebst, das du leben wolltest. Vielleicht eines, das du verdient hast, aber nicht das, das du dir immer gewünscht hast.« Wieder hob er den Finger. »Denk immer schön nach«, sagte er. »Und vergiss nicht zu planen.«

Dann verstummte er. So redete man gewöhnlich nicht mit einer Siebenjährigen, und etwas verspätet schien auch ihm das aufzufallen, denn er grinste sie gezwungen an. Dann hob er die Hände und versuchte im schwachen Licht, das vom Treppenhaus auf den Korridor fiel, ein paar Schattentiere erscheinen zu lassen. Das Kaninchen, den bellenden Hund, den fliegenden Adler. Nicht sehr beeindruckend, und auch das merkte er. Schließlich gähnte er, schloss die Augen und war fast sofort eingeschlafen. Stacy schloss ihre Tür und kroch zurück ins Bett.

Ihren Eltern erzählte sie nichts von dieser Unterhaltung, aber ihre ganze Kindheit hindurch dachte sie immer wieder daran. Auch jetzt noch, als Erwachsene, fiel ihr die seltsame Situation gelegentlich ein, vielleicht sogar noch öfter als früher. Die Erinnerung verfolgte sie, denn sie ahnte die Wahrheit in dem, was ihr Onkel gesagt oder was sie geträumt hatte. Sie wusste, dass sie nicht sonderlich viel überlegte und plante und es wahrscheinlich auch nie lernen würde. Ihr fiel es nicht schwer, sich vorzustellen, dass sie unversehens in eine Falle geriet, sei es durch Nachlässigkeit oder Faulheit. Dass sie zum Beispiel eines Tages alt und einsam in einem fleckigen Bademantel spät in der Nacht vor dem Fernseher sitzen würde, neben sich ein halbes Dutzend schlafender Katzen. Oder vielleicht in einem Vorort, von der Außenwelt abgeschnitten in einem großen Haus mit leeren, hallenden Zimmern, mit schmerzenden Brustwarzen und einem Säugling im Obergeschoss, der vor Hunger jämmerlich schrie. Letzteres war ihr durch den Kopf gegangen, als sie in dem gelben Pick-up saß und über die holprige Straße schaukelte, und sie fühlte sich hohl und leer, wie ein Ballon, den man jederzeit zum Platzen bringen konnte. Aber sie nahm ihre Willenskraft zusammen und schob das Bild beiseite. Schließlich war das ja nicht wirklich ihr Leben. Jedenfalls noch nicht. In ein paar Monaten würde sie an die Uni gehen; alles war möglich. Sie würde neue Leute kennenlernen, Freunde gewinnen, die sie womöglich für den Rest ihres Lebens behielt. Ein paar Minuten stellte sie sich ihr Leben in Boston vor – in einem Coffeeshop, mit einem Stapel Bücher vor sich auf dem Tisch, spätabends. Außer ihr war kaum jemand da, und dann kam ein Typ herein, einer ihrer Kommilitonen, der mit dem schüchternen Lächeln, und fragte sie, ob er sich zu ihr setzen durfte. Aber unerklärlicherweise schoss ihr plötzlich erneut die Erinnerung an Onkel Roger durch den Kopf, allein auf der überschwemmten Straße, und sie dachte an den magischen Augenblick, als das Wasser seinen Wagen erfasste, ihn hochhob, als wäre er schwerelos – noch keine Panik, nur Überraschung, vielleicht sogar eine Art schwindliges Vergnügen, der Beginn eines kleinen Abenteuers. Eine komische Geschichte, die er den Nachbarn erzählen konnte, wenn er heimkam.

Versuch nie, durch fließendes Wasser zu fahren. Es gab so viele Regeln, die man im Kopf behalten musste. Kein Wunder, dass Menschen manchmal aus Versehen irgendwo landeten, wo sie nie hingewollt hatten.

Mit diesem Gedanken – im Rückblick eine unheilschwangere Vorahnung – hob sie die Augen und sah durch die Windschutzscheibe, dass sie am Ziel angekommen waren.

Als der Truck hielt, streckte der Mann Amy die Karte hin, aber als sie sie entgegennehmen wollte, hinderte er sie daran. Sie zerrte, und er hielt fest, ein kurzes Tauziehen. Stacy fummelte inzwischen schon am Türgriff herum, denn sie hatte nicht mitbekommen, was sich da neben ihr abspielte. Als Jeff und die anderen von der Ladefläche sprangen, geriet der Truck ein wenig ins Schwanken, und trotz der geschlossenen Fenster und der Klimaanlage hörte Amy die Jungs lachen. Auch der Hund bellte immer noch. Endlich schaffte es Stacy, die Tür aufzumachen. Sie stieg aus und ließ die Tür offen, damit Amy ihr folgen konnte. Aber der Fahrer ließ die Karte einfach nicht los.

»Da drüben«, sagte er und deutete mit einer Kopfbewegung auf den Pfad. »Warum ihr wollt hingehen?«
Amy war klar, dass der englische Wortschatz des Mannes begrenzt war. Daher überlegte sie kurz, wie sie den Grund ihrer Unternehmung möglichst einfach beschreiben konnte. Sie beugte sich vor; die anderen versammelten sich neben dem Truck, schulterten die Rucksäcke und wollten los. Kurz entschlossen deutete sie auf Matthias. »Sein Bruder«, erklärte sie. »Wir müssen ihn finden.«
Einen Moment starrte der Fahrer Matthias an, dann wieder Amy, stirnrunzelnd, aber ohne ein Wort. Sie hielten immer noch beide die Karte fest.
»*Hermano*«, versuchte Amy es noch einmal. Sie wusste nicht, wie das Wort ihr plötzlich in den Sinn gekommen war, und auch nicht, ob es korrekt war. Ihre spanischen Sprachkenntnisse beschränkten sich auf Filmtitel und Restaurantnamen. »*Perdido*«, setzte sie hinzu und zeigte dabei wieder auf Matthias. »*Hermano perdido.*« Aber sie war unsicher, ob das stimmte. Der Hund bellte immer noch, und allmählich bekam sie Kopfschmerzen davon, sodass sie nicht klar denken konnte. Eigentlich wollte sie nur endlich aus diesem Auto heraus, aber als sie wieder an der Karte zog, ließ der Fahrer immer noch nicht locker.
Er schüttelte den Kopf. »Da drüben«, sagte er. »Nix gut.«
»Nicht gut?«, fragte sie. Sie hatte keine Ahnung, wie er das meinte.
Er nickte. »Nix gut da drüben hingehen.«
Inzwischen hatten sich die anderen zum Truck umgedreht und starrten herüber. Sie warteten auf Amy. Hinter ihnen war der Beginn eines Wegs. Bäume wuchsen über ihm zusammen und bildeten einen schattigen Tunnel, so dunkel, dass man nicht sehr weit hineinsehen konnte. »Das verstehe ich nicht«, entgegnete Amy.

»Fünfzehn Dollar, dann ich bringen euch zurück.«
»Wir suchen seinen Bruder.«
Doch der Fahrer schüttelte heftig den Kopf. »Ich euch bringen anderswo. Fünfzehn Dollar. Dann alles gut.« Zur Verdeutlichung grinste er breit und bleckte die Zähne, die groß und irgendwie dick aussahen und über dem Zahnfleisch schwarze Ränder hatten.
»Aber wir sind hier richtig«, widersprach Amy. »Das ist die Stelle auf der Karte, oder nicht?« Als sie diesmal an der Karte zog, ließ der Mann sie tatsächlich los. Sie zeigte auf das X und dann zu dem Pfad. »Das ist doch hier, richtig?«
Das Lächeln verblasste, er schüttelte missbilligend den Kopf und winkte mit der Hand zu der offenen Autotür. »Dann geh«, sagte er. »Ich sag nix gut, aber trotzdem ihr gehen.«
Amy hielt ihm die Karte hin und deutete wieder auf das X. »Wir suchen …«
»Geh«, fiel ihr der Mann ins Wort, mit lauter Stimme, als hätte er plötzlich die Geduld verloren, als würde er wütend. Er gestikulierte weiter zur Tür, hatte den Kopf aber abgewandt. »Geh, geh, geh.«
Schließlich nahm sie ihn beim Wort, stieg aus, schlug die Tür hinter sich zu und sah dem Truck nach, der langsam über den holprigen Weg davonfuhr.
Die Hitze war wie eine Hand, die sich nach ihr ausstreckte und sich um sie legte. Nach der Kühle im klimatisierten Auto fühlte es sich zuerst angenehm an, aber ziemlich schnell wurde die Berührung aufdringlich und unangenehm. Amy fing an zu schwitzen, und es gab Moskitos – die schwirrten, summten und stachen. Jeff hatte eine Dose Insektenspray aus seinem Rucksack geholt und sprühte alle damit ein. Selbst als der Truck schon ein gutes Stück auf dem löchrigen Weg zurückgelegt hatte, versuchte der Hund noch zu ihnen zu gelangen, und sie hörten sein Gebell noch lange, nachdem der Wagen längst außer Sicht war.

»Was wollte der Mann denn?«, fragte Stacy. Sie war bereits eingesprüht, ihre Haut glänzte, und sie roch nach Lufterfrischer. Doch die Moskitos stachen sie trotzdem, und sie schlug nach ihnen, wenn sie sich auf ihre Arme setzten.
»Er hat gesagt, wir sollten nicht da reingehen.«
»Wo reingehen?«
Amy deutete zu dem dunklen Weg hinüber.
»Warum nicht?«, wollte Stacy wissen.
»Er meinte, das wäre nicht gut.«
»Was wäre nicht gut?«
»Da hinzugehen, wo wir hinwollen.«
»Zu den Ruinen?«
Amy zuckte die Achseln, sie wusste es nicht genau. »Er wollte fünfzehn Dollar, um uns woanders hinzufahren.«
Jetzt war Jeff mit dem Spray bei ihnen, nahm Amy die Karte ab und begann zu sprühen. Amy hielt ihm die Arme hin und hob sie dann über den Kopf, damit er an ihren Körper kam. Langsam drehte sie sich einmal im Kreis. Als sie ihm wieder das Gesicht zuwandte, hörte er auf zu sprühen und bückte sich, um die Dose wieder in den Rucksack zu packen. Alle standen um ihn herum und schauten zu.
Auf einmal durchfuhr Amy ein beunruhigender Gedanke. »Wie kommen wir eigentlich zurück?«, fragte sie.
Mit zusammengekniffenen Augen blickte Jeff zu ihr auf. »Zurück?«
Sie deutete die Straße hinunter, auf der der Truck vorhin verschwunden war. »Ja, zurück nach Cobá.«
Nachdenklich folgte er ihrem Blick. »Im Reiseführer steht, dass man jederzeit und überall einen Bus anhalten kann.« Dann zuckte er die Achseln, als hätte er begriffen, wie dumm dieser Ratschlag war. »Da hab ich einfach angenommen ...«
»Hier kommen aber keine Busse vorbei«, wandte Amy ein.

Jeff nickte. Das war ziemlich offensichtlich.
»Ein Bus würde hier nicht mal durchpassen.«
»Da stand auch, man kann trampen ...«
»Hast du etwa ein Auto vorbeifahren sehen, seit wir hier sind, Jeff?«
Seufzend schnallte Jeff den Rucksack zu, stand auf und schlang ihn über die Schulter. »Amy ...«, begann er.
»Hast du irgendwann unterwegs welche gesehen?«
»Sie müssen ja irgendwo ihre Verpflegung herkriegen.«
»Wer?«
»Die Archäologen. Die müssen doch einen Wagen haben. Oder zumindest Zugang zu einem Transportmittel. Wenn wir Matthias' Bruder finden, dann fragen wir sie, ob sie uns nach Cobá bringen können.«
»Himmel, Jeff. Wir sitzen hier fest, oder? Wie weit müssen wir laufen – zwanzig Meilen oder was? Durch den verdammten Dschungel.«
»Elf.«
»Elf was?«
»Es sind nur elf Meilen.«
»Das waren nie im Leben elf Meilen.« Amy wandte sich an die anderen, aber nur Pablo begegnete ihrem Blick. Er lächelte. Offensichtlich hatte er nicht den leisesten Schimmer, worum es ging. Matthias kramte in seinem Rucksack. Stacy und Eric starrten auf den Boden. Sicher dachten sie, dass Amy sich mal wieder beklagen wollte, und das ärgerte sie. »Macht das außer mir denn keinem was aus?«
»Warum bin ich dafür verantwortlich?«, fragte Jeff. »Warum bin ich derjenige, der das Ganze regeln soll?«
»Weil ...«, begann sie und verstummte sofort wieder. Warum war es Jeffs Verantwortung? Einerseits war sie ganz sicher, dass es stimmte, andererseits fiel ihr kein Grund dafür ein.

Jeff drehte sich zu den anderen und gestikulierte zu dem Weg hinüber. »Gehen wir?« Alle außer Amy nickten, und er zog los, hinter ihm Matthias, dann Pablo, dann Eric.

Stacy warf Amy einen mitfühlenden Blick zu. »Komm einfach mit, Süße«, tröstete sie ihre Freundin. »Okay? Du wirst schon sehen, alles wird gut.«

Damit hakte sie sich bei Amy unter und zog sie weiter. Amy wehrte sich nicht. Arm in Arm gingen sie zu der Abzweigung; Jeff und Matthias verschwanden bereits im Schatten des Weges. Über ihnen riefen die Vögel, um ihre Ankunft in der Tiefe des Dschungels bekannt zu machen.

Die Karte besagte, sie sollten zwei Meilen auf dem Weg bleiben, dann würden sie einen anderen Pfad sehen, der nach links abbog und leicht bergauf führte. Auf dem Gipfel des Hügels würden sie die Ruinen finden.

Sie waren fast zwanzig Minuten unterwegs, als Pablo stehen blieb, um zu pinkeln. Auch Eric hielt inne, ließ seinen Rucksack auf die Erde sinken und setzte sich darauf, um ein bisschen auszuruhen. Die Bäume hielten die Sonne ab, aber es war trotzdem zu heiß für eine Wanderung. Sein T-Shirt war schweißnass, die Haare klebten ihm feucht an der Stirn. Außer den Moskitos gab es noch eine andere Art kleiner Mücken, die zwar nicht stachen, sich aber anscheinend für Erics Schweiß begeisterten. Mit hohem Gesumm umschwärmte ihn eine ganze Wolke von ihnen. Entweder hatte der Schweiß das Insektenspray weggewaschen, oder es war nutzlos.

Stacy und Amy holten sie ein, während Pablo noch pinkelte. Eric hörte sie miteinander reden, aber als sie näher kamen, verstummten sie. Stacy lächelte Eric zu und strich ihm über die Haare, als sie an ihm vorbeiging. Die beiden blieben nicht stehen und wurden nicht einmal langsamer. Als sie ein Stück voraus waren, hörte er, wie sie wieder zu sprechen begannen. Irgendwie hatte er das Gefühl, dass es um ihn ging, was ihn ein bisschen ärgerte. Vielleicht redeten sie aber auch über etwas ganz anderes. Vielleicht über Jeff. Die beiden Freundinnen waren Geheimniskrämerinnen, sie flüsterten gern, und Eric hatte sich noch nicht daran gewöhnen können, dass sie sich so nahestanden. Manchmal erwischte er sich dabei, wie er Amy ohne guten Grund wütend anschaute. Er konnte sie nicht leiden. Er war eifersüchtig. Er wollte derjenige sein, mit dem Stacy flüsterte, nicht der, über den sie mit Amy flüsterte. Dass es umgekehrt war, machte ihm ziemlich zu schaffen.

Der Grieche musste eine riesige Blase besitzen, denn er pinkelte immer noch, und zu seinen Füßen bildete sich bereits eine Pfütze. Die kleinen schwarzen Mücken schienen seinen Urin noch anziehender zu finden als Erics Schweiß, denn sie schwebten über der Pfütze, tauchten ein, flogen wieder auf und kräuselten das Wasser. Der Grieche pisste und pisste und pisste.

Als er endlich fertig war, zog er eine Flasche Tequila aus seinem Rucksack und öffnete sie. Nach einem schnellen Schluck reichte er die Flasche an Eric weiter. Der stand auf, um zu trinken. Der Schnaps trieb ihm die Tränen in die Augen. Hustend reichte er den Schnaps zurück. Bevor er die Flasche wieder einpackte, nahm Pablo noch einen Schluck. Dann sagte er kopfschüttelnd etwas auf Griechisch und wischte sich mit dem T-Shirt übers Gesicht. Eric nahm an, dass es sich um einen Kommentar über die Hitze handelte, denn er machte dabei ein unzufriedenes Gesicht.

Also nickte er. »Höllisch heiß hier, ja«, meinte er. »Gibt es auf Griechisch einen ähnlichen Ausdruck wie höllisch? So was müsste es doch eigentlich in jeder Sprache geben, oder? Hades? Inferno?«

Aber der Grieche lächelte ihn nur an.

Eric schulterte seinen Rucksack wieder, und sie gingen weiter. Auf der Karte war der Weg als gerade Linie eingezeichnet, aber in Wirklichkeit machte er alle möglichen Windungen. Stacy und Amy waren inzwischen etwa dreißig Meter voraus; manchmal konnte Eric sie sehen und manchmal nicht. Jeff und Matthias waren losgestürmt wie zwei Pfadfinder. Inzwischen hatte Eric sie ganz aus den Augen verloren, selbst wenn es ein Stück geradeaus ging. Der Weg war gut einen Meter breit, vielleicht einszwanzig, festgetretener Lehm, mit dichtem Dschungel auf beiden Seiten. Großblättrige Pflanzen, Ranken und Kletterpflanzen, eine Vegetation wie aus einem Tarzan-Comic. Unter dem Blätterdach war es dunkel, und man konnte nicht sehr weit sehen, aber ab und zu hörte Eric etwas im Unterholz rascheln. Vögel vielleicht, aufgeschreckt durch ihre Gegenwart. Es wurde gekrächzt, und alle anderen Geräusche wurden von einem beständigen heuschreckenartigen Zirpen untermalt, das ohne ersichtlichen Grund hin und wieder abrupt aufhörte. Gerade das jagte ihm einen Schauder über den Rücken.

Der Weg machte den Eindruck, als würde er recht oft frequentiert, denn sie kamen beispielsweise an einer leeren Bierflasche und einer flach gedrückten Zigarettenpackung vorbei. An einer Stelle entdeckte Eric sogar Hufspuren, aber das Tier musste kleiner als ein Pferd gewesen sein. Womöglich ein Esel oder eine Ziege – Eric konnte es nicht beurteilen. Wahrscheinlich wusste Jeff, was es war, denn er war gut in solchen Dingen – beim Erkennen von Sternbildern, bei Blumennamen und so weiter. Er las gern, er sammelte Fakten und prahlte manchmal auch ganz gern mit seinem Wissen. Manchmal machte er im Restaurant seine Bestellung auf Spanisch, obwohl der Kellner Englisch konnte, und er verbesserte ständig die Aussprache der anderen. Immer wieder überlegte Eric, ob er Jeff wirklich mochte. Aber vielleicht war der Punkt viel eher, ob Jeff *ihn* mochte.

Sie kamen um eine Kurve, dann ging es langsam, aber sicher abwärts. Neben dem Weg plätscherte ein Bach, und dann sahen sie plötzlich hellen Sonnenschein vor sich, grell und blendend nach der langen Zeit im Schatten. Der Dschungel wich ein Stück zurück, denn anscheinend hatte man versucht, Ackerbau zu treiben. Auf beiden Seiten des Wegs erstreckten sich Felder, ungefähr hundert Meter weit, eine riesige Fläche aufgeworfener Erde, die in der Sonne schmorte. Die Endstadien der Brandrodung: Hier war bereits gerodet und verbrannt, gesät und geerntet worden, und jetzt wartete das öde Land darauf, dass der Dschungel zurückkehrte. Die Pflanzen am Rand hatten bereits ihre Kundschafter ausgesandt, Ranken und gelegentlich einen halbhohen Busch, der inmitten der Erdklumpen robust und irgendwie streitlustig wirkte.

Pablo und Eric kramten nach ihren Sonnenbrillen. In der Ferne begann der Dschungel erneut und lief wie eine Mauer über den Weg. Jeff und Matthias waren bereits in seinem Schatten verschwunden, aber Stacy und Amy sah man noch. Amy hatte ihren Hut aufgesetzt, Stacy hatte sich ein Kopftuch umgebunden. Eric rief ihnen zu, brüllte ihre Namen und winkte, aber sie hörten ihn nicht. Oder falls sie ihn hörten, drehten sie sich nicht um. Die kleinen schwarzen Mücken blieben in den Bäumen zurück, aber die Moskitos folgten ihnen unbeirrt auch weiterhin.

Etwa auf halbem Weg über die Lichtung kreuzte eine Schlange ihren Weg. Nur eine kleine Schlange – schwarz mit braunen Markierungen, höchstens sechzig Zentimeter lang –, aber Pablo stieß einen lauten Schreckensschrei aus. Er machte einen Satz zurück, riss Eric dabei um, verlor selbst das Gleichgewicht und fiel auf ihn. Im Handumdrehen war er wieder aufgestanden, deutete auf die Stelle, wo die Schlange verschwunden war, plapperte aufgeregt auf Griechisch und tanzte von einem Fuß auf den anderen, das Gesicht vor Entsetzen verzerrt. Kein Zweifel, er hatte Angst vor Schlangen. Langsam stand Eric wieder auf und klopfte sich den Schmutz von den Kleidern. Er hatte sich den Ellbogen aufgeschlagen, und es war Schmutz in die Wunde gekommen, den er notdürftig abzubürsten versuchte. Pablo quasselte weiter laut und gestenreich auf Griechisch. Das war typisch für ihre griechischen Freunde: Manchmal versuchten sie, das, was sie sagen wollten, pantomimisch darzustellen oder zeichneten zur Erklärung etwas auf ein Stück Papier, aber meistens plapperten sie einfach drauflos, ohne sich um die Verständigung zu scheren. Es war, als käme es nur darauf an, etwas auszusprechen. Ob man dabei verstanden wurde oder nicht, war weniger wichtig.

Eric wartete, bis Pablo fertig war. Gegen Ende des Redeschwalls hatte er den Eindruck, dass der Grieche sich für den Zusammenstoß entschuldigte, also lächelte und nickte Eric, um zum Ausdruck zu bringen, dass von seiner Seite alles vergeben und vergessen war. Dann gingen sie endlich weiter, allerdings wesentlich langsamer als bisher, denn Pablo suchte den Wegrand nervös mit den Augen nach weiteren Schlangen ab. Eric versuchte sich ihre Ankunft bei den Ruinen vorzustellen. Die Archäologen mit ihren Sieben, ihren kleinen Schaufeln und Staubbürstchen, ihren Plastikbeuteln voller Artefakte: Zinnbecher, aus denen die Minenarbeiter einst getrunken hatten, Eisennägel, die früher ihre Wohnhütten zusammengehalten hatten. Matthias würde seinen Bruder finden, es würde irgendeine Konfrontation stattfinden, vielleicht ein Streit auf Deutsch, erhobene Stimmen, das eine oder andere Ultimatum. Eric freute sich schon darauf. Er liebte Dramen, Konflikte, das Aufwallen der Emotionen. Es würde nicht immer so bleiben wie jetzt, wo sie sich mühsam durch die Hitze quälen mussten, während sein Ellbogen im Takt mit seinem Herzschlag pochte. Wenn sie erst einmal die Ruinen gefunden hatten, würde der Tag sich ändern und eine ganz neue Dimension bekommen.

Schließlich gelangten sie ans andere Ende der Lichtung, und der

Dschungel begann von neuem. Hier im Schatten warteten die kleinen Mücken bereits auf sie. Wie eine summende Wolke schwebten sie um sie herum, als freuten sie sich über das Wiedersehen. Der Bach war verschwunden, der Weg machte eine Kurve nach rechts und wurde dann wieder gerade, ein langer schattiger Korridor, an dessen Ende sich eine weitere Lichtung zu befinden schien, ein Kreis aus Sonnenlicht, so hell, dass Eric das Gefühl hatte, er könnte es hören, wie das Schmettern einer Trompete. Es tat weh, dorthin zu schauen – in den Augen, im Kopf. Rasch setzte er seine Sonnenbrille wieder auf. Erst da bemerkte er, dass sich die anderen am Rand der Lichtung zusammengeschart hatten – Jeff, Matthias, Stacy und Amy. Sie kauerten in einer kleinen Runde im Schatten, ließen eine Wasserflasche kreisen und wandten sich um, als sie sahen, dass Eric und Pablo langsam auf sie zukamen.

Der Karte war zu entnehmen, dass sie, wenn sie ein Maya-Dorf erreichten, zu weit gegangen waren, und dieses Dorf lag nun vor ihnen, unten an dem Abhang, an dem sie rasteten. Obwohl Jeff und Matthias unterwegs immer nach der Abzweigung Ausschau gehalten hatten, waren sie offenbar daran vorbeigegangen. Jetzt mussten sie wohl oder übel zurück und das Stück noch einmal langsamer und aufmerksamer gehen. Momentan debattierten sie noch über die Frage, ob sie nicht zuerst noch das Dorf anschauen sollten, weil sie dort vielleicht jemanden finden würden, der bereit war, sie zu den Ruinen zu führen. Allerdings sah das Dorf nicht sonderlich vielversprechend aus. Es bestand aus ungefähr dreißig windschiefen Hütten, fast identisch in Größe und Machart. Ein bis zwei Zimmer, die meisten mit Stroh gedeckt, andere mit Wellblechdächern. Jeff vermutete, dass es im Innern festgestampfte Lehmböden gab. Da keine Leitungen zu sehen waren, hatten die Einwohner höchstwahrscheinlich keinen Strom. Und auch kein fließendes Wasser. Während sie so dasaßen und auf Eric und Pablo warteten, sahen sie, wie eine alte Frau am Brunnen einen Krug füllte. Das Rad musste dringend geölt werden; Jeff hörte das Quietschen noch aus der Entfernung, während sich der Eimer immer tiefer senkte, innehielt, sich füllte und dann seinen ebenso geräuschvollen Aufstieg begann. Den Krug auf der Schulter, wanderte die Frau langsam die staubige Straße zurück zu ihrer Hütte.

Die Maya hatten ein kreisförmiges Stück Dschungel um ihr Dorf herum gerodet und auf der offenen Fläche Mais und Bohnen angebaut. Auf den Feldern jäteten Männer, Frauen und sogar Kinder trotz der brütenden Hitze fleißig Unkraut. Auch Ziegen, Hühner und ein paar Esel waren zu sehen; in einem Pferch standen drei Pferde. Aber es gab keine Spur von mechanischen Gerätschaften: kein Traktor, keine Ackerfräse, kein Auto, kein Laster. Als Jeff und Matthias an der Mündung des Wegs auftauchten, kam ein schmalbrüstiger Köter mit aggressiv erhobenem Schwanz auf sie zugelaufen. Kurz bevor er in Reichweite eines Steinwurfs geriet, blieb er jedoch stehen und rannte ein paar Minuten bellend und knurrend auf und ab. Aber auf Dauer brannte die Sonne zu heiß für so viel Anstrengung, deshalb verstummte das Tier irgendwann, verlor schließlich ganz das Interesse und trottete zum Dorf zurück, wo es im Schatten neben einer der Hütten zusammensackte.

Eigentlich hätte der Hund die Dörfler auf die Ankunft der sechs jungen Leute aufmerksam machen müssen, aber sie konnten keine Reaktion erkennen. Niemand hielt in der Arbeit inne, um sie anzustarren, niemand stupste seinen Nachbarn oder deutete mit dem Finger auf die Neuankömmlinge. Männer, Frauen und Kinder jäteten weiter und bewegten sich langsam die Pflanzenreihen entlang. Die meisten Männer trugen weiße Kleidung und einen Strohhut, die Frauen waren dunkel gekleidet und hatten

Tücher über den Kopf gelegt. Die Kinder waren barfuß und sahen ziemlich wild aus; viele Jungen liefen mit nacktem, von der Sonne gebräuntem Oberkörper herum, sodass sie fast mit der braunen Erde verschmolzen, die sie bearbeiteten, und von einem Augenblick zum nächsten zu verschwinden und wieder aufzutauchen schienen.

Stacy wollte unbedingt ins Dorf gehen, denn sie hoffte, dass es dort vielleicht ein kühles Plätzchen gab, wo sie sich ein Weilchen ausruhen und sich vielleicht sogar etwas Kaltes zu trinken kaufen konnten, aber Jeff zögerte. Die Tatsache, dass niemand sie begrüßte, das Gefühl, dass das ganze Dorf sich weigerte, sie zur Kenntnis zu nehmen, und sich nur zu wünschen schien, dass sie wieder verschwanden, machte ihn argwöhnisch. Er wies Stacy darauf hin, dass es keine Leitungen gab und somit auch keine Kühlschränke oder gar Klimaanlagen geben konnte, was die Hoffnung auf kalte Getränke und kühle Plätze zum Ausruhen deutlich reduzierte.

»Aber wir könnten uns wenigstens einen Führer suchen«, wandte Amy ein. Sie hatte ihre Kamera aus Jeffs Rucksack geholt und fing an, Bilder zu machen. Ein paar, wie sie hier hockten, dann eines von Pablo und Eric, wie sie auf die anderen zukamen, dann eins von den Mayas bei der Feldarbeit. Ihre Stimmung hatte sich gebessert, das merkte Jeff deutlich; wahrscheinlich hatte Stacy sie aus ihrem Schmollwinkel hervorgelockt. Ihre Launen kamen und gingen; zwar vermutete Jeff, dass irgendeine Art von Logik dahintersteckte, aber er hatte den Versuch, diese zu ergründen, schon lange aufgegeben. Ab und zu verglich er sie gern mit einer Qualle, die im tiefen Wasser auf und nieder schwebte. Manchmal fand sie den Vergleich ganz nett, manchmal aber auch schrecklich. Jetzt machte sie ein Foto von ihm und spähte dabei so lange durch den Sucher, dass er ganz unsicher wurde. Als er endlich das Klicken des Auslösers hörte, war er richtig erleichtert. »Womöglich latschen wir den ganzen Tag auf diesem Weg hin und zurück«, meinte sie. »Und was machen wir dann? Sollen wir hier vielleicht ein Lager aufschlagen?«

»Siehst du etwa irgendwelche Autos oder Trucks?«, antwortete Jeff mit einer Gegenfrage.

Einen Moment starrten alle zum Dorf hinunter. Ehe sie weiterreden konnte, kamen Pablo und Eric. Wie üblich umarmte Pablo erst einmal einen nach dem anderen und begann dann auf Griechisch zu plappern, wobei er weit die Arme ausstreckte, als wollte er zeigen, dass er einen riesigen Fisch gefangen hatte. Er hüpfte auf und ab, tat so, als würde er mit Eric zusammenstoßen, und streckte erneut die Arme aus.

»Wir haben eine Schlange gesehen«, erklärte Eric. »Aber sie war nicht so lang. Vielleicht die Hälfte.«

Die anderen lachten, was Pablo zu ermutigen schien, denn er begann sofort wieder zu erzählen, zu hüpfen und Eric zu rempeln.

»Er hat Angst vor Schlangen«, sagte Eric.

Während sie darauf warteten, dass Pablos Redeschwall verebbte, ließen sie die Wasserflasche herumgehen. Eric nahm einen großen Schluck und goss dann etwas Wasser über seinen verletzten Ellbogen. Alle scharten sich um die Wunde, einen blutigen, aber nicht sehr tiefen Schnitt, etwa sieben Zentimeter lang, sichelförmig, der Kurve des Ellbogens folgend. Amy machte ein Foto davon.

»Wir suchen uns im Dorf einen Führer«, verkündete sie.

»Und ein kühles Plätzchen zum Ausruhen«, ergänzte Stacy. »Und was Kaltes zu trinken.«

»Vielleicht haben sie auch eine Limone für uns«, fuhr Amy fort. »Die könnten wir auf deiner Wunde auspressen. Der Saft tötet alle unerwünschten Keime, die da drin sind.«

Dann drehten sich die beiden Frauen herausfordernd zu Jeff um, aber er reagierte nicht – was hätte das auch für einen Sinn gehabt? Die Entscheidung war gefallen: Sie würden ins Dorf gehen. Endlich hörte Pablo auf zu quasseln; Matthias drehte den Deckel auf die Wasserflasche, und Jeff schulterte seinen Rucksack. »Sollen wir?«, fragte er.

Dann machten sie sich auf den Weg hinunter ins Dorf.

Als sie unter den Bäumen hervortraten, gab es einen Moment, in dem das ganze Dorf zu erstarren schien. Männer, Frauen und Kinder – alle hielten für den Bruchteil einer Sekunde in der Feldarbeit inne, um die sechs jungen Menschen zu betrachten, die sich ihnen näherten. Dann jäteten sie weiter, und es war, als wäre nichts geschehen. Obwohl Stacy sich anfangs ganz sicher war, dass sie sich nichts davon eingebildet hatte, kamen ihr mit jedem Schritt, den sie auf das Dorf zu machte, immer mehr Zweifel. Auf den Feldern ging die Arbeit weiter, mit gebeugtem Rücken wurde das Unkraut ausgerupft, und niemand blickte mehr auf, niemand nahm die Besucher auf dem Weg zur Kenntnis, nicht einmal die Kinder. Also war es vielleicht doch nicht passiert? Stacy hatte gelegentlich solche Fantasien – das wusste sie selbst –, sie war eine Tagträumerin, sie dachte sich gern alles Mögliche aus. In diesem Dorf würde es keine kühlen Räume geben, keine kalten Getränke. Und es war gut möglich, dass es diesen kurzen Moment der Kenntnisnahme auch nicht gegeben hatte, keinen verstohlenen kollektiven Blick.

Auf einmal erschien wieder der Hund, der sie schon vorhin angebellt hatte, aber jetzt legte er ein vollkommen anderes Verhalten an den Tag, wedelte mit dem Schwanz, hechelte – kurz, er benahm sich wie ein guter Freund. Da Stacy Hunde mochte, ging sie in die Hocke und ließ sich von ihm das Gesicht ablecken. Das Schwanzwedeln verstärkte sich, die ganze hintere Hälfte des Hundes wackelte hin und her. Die anderen gingen weiter, ohne den Hund zu beachten. Auf einmal merkte Stacy, dass der Hund über und über mit Zecken bedeckt war, Dutzende Blutsauger, fett wie Rosinen. Ein paar davon konnte sie noch durch sein Fell krabbeln sehen, und sie stand schnell auf und schob den Hund von sich. Aber dafür war es jetzt zu spät, denn ihre Freundlichkeit hatte zwar nicht lange angehalten, aber das Herz des Köters hatte sie trotzdem für sich gewonnen, und jetzt wollte er sie nicht so einfach weglassen. Als sie weiterging, drückte er sich an sie, drängelte sich zwischen ihren Beinen durch, jaulte und wedelte und hätte sie um ein Haar zu Fall gebracht. Während sie die anderen einholte, musste sie den Impuls unterdrücken, dem aufdringlichen Köter einen Tritt oder einen Hieb auf die Schnauze zu verpassen, damit er endlich Ruhe gab. Plötzlich hatte sie das Gefühl, dass die Zecken auch schon auf ihr herumkrabbelten, und konnte sich nur mit Mühe vom Gegenteil überzeugen. *Es ist nicht wahr*. Auf einmal wünschte sie sich zurück nach Cancún, in ihr Zimmer, in die Dusche. Das warme Wasser, der Duft des Shampoos, das kleine, einzeln verpackte Seifenstück, das saubere Handtuch, das auf der Handtuchstange auf sie wartete.

Am Anfang des Dorfs wurde der Weg etwas breiter, so breit, dass man ihn fast eine Straße nennen konnte. Zu beiden Seiten standen Hütten. Manche Hauseingänge waren mit bunten Decken verhängt, andere standen einfach offen. Aber man konnte nichts erkennen, denn das Innere der Hütten lag tief im Schatten. Gackernd flohen die Hühner vor ihnen, ein Hund kam angelaufen und fasste wie der erste eine spontane Zuneigung zu Stacy. Im Nu schnappten die beiden Köter nacheinander und stritten sich, wer sich näher an die Verehrte schmiegen durfte. Der zweite Hund war grau und ähnelte einem Wolf. Er hatte ein blaues und ein braunes Auge, was seinem Blick eine unheimliche Intensität verlieh. Sofort hatte Stacy zwei Namen für die Tiere im Kopf: Zeckenfarm und Grusel.

Zuerst hatte es den Anschein, als wäre niemand im Dorf zurückgeblieben, weil sich alle der Feldarbeit widmeten. Die Schritte der kleinen Gruppe klangen laut und übergriffig auf der festgebackenen Erde. Niemand sprach, nicht einmal Pablo, der ja sonst keinen Augenblick der Stille ertrug. Nach einer Weile trafen sie auf eine Frau, die in einem Hauseingang saß, einen Säugling im Arm. Sie hatte etwas Verwelktes an sich, und ihre langen schwarzen Haare waren von grauen Strähnen durchzogen. Obwohl die jungen Leute höchstens drei Meter von ihr entfernt die Straße vorübergingen, würdigte sie sie keines Blickes.

»*¡Hola!*«, rief Jeff.

Nichts. Schweigen. Abgewandte Augen.

Das Baby hatte fast keine Haare und einen entzündeten, schmerzhaft aussehenden Ausschlag auf der Kopfhaut. Es war schwierig, den Ausschlag nicht anzustarren, denn es sah aus, als hätte jemand eine Schicht Marmelade auf dem Schädel des Säuglings verteilt. Stacy konnte nicht verstehen, warum das Kind nicht weinte, und es brachte sie ganz aus der Fassung, ohne dass sie hätte sagen können, warum. *Es sieht aus wie eine Puppe*, dachte sie – bewegungslos, ohne einen Laut von sich zu geben –, und dann wurde ihr klar, warum diese Starrheit ihr so zusetzte: Man bekam den Eindruck, dass das Baby tot war. Schnell sah sie weg und sagte sich wieder: *Es ist nicht wahr*. Dann waren sie an den beiden vorüber, und Stacy schaute nicht zurück.

Am Brunnen im Zentrum des Dorfes machten sie Halt und blickten sich um, warteten, dass jemand auf sie zukam, unsicher, was sie tun sollten, wenn das nicht passierte. Der Brunnen war tief. Wenn Stacy sich über den Rand beugte, konnte sie den Grund nicht sehen. Sie musste dem Drang widerstehen, hineinzuspucken oder ein Steinchen hineinzuwerfen und zu warten, bis sie ein fernes »Plopp« hörte. An einem schleimigen Stück Seil hing ein hölzerner Eimer; um nichts in der Welt hätte Stacy ihn anfassen mögen. Die Moskitos surrten träge, als warteten auch sie, was als Nächstes geschehen würde.

Amy machte ein paar Bilder von den Hütten, vom Brunnen, von den beiden Hunden. Dann gab sie Eric die Kamera und bat ihn, ein Bild von ihr und Stacy zu machen, und stellte sich Arm in Arm mit ihrer Freundin auf. Bis sie nach Hause kamen, würde es eine ganze Serie von den beiden geben, eng umschlungen, in die Kamera grinsend, erst bleich, dann mit Sonnenbrand, dann mit abpellender Haut. Heute war es das erste Bild ohne die beiden identischen Hüte, und Stacy wurde einen Moment ganz traurig, weil ihr einfiel, wie die beiden Jungen über die Plaza abgehauen waren, der Schock, als die kleine Hand ihren Busen gepackt hatte.

Der Hund, den sie Grusel getauft hatte – der mit den verschiedenfarbigen Augen –, hockte sich hin und produzierte direkt neben dem Brunnen einen großen Haufen. Der Haufen bewegte sich – es waren mehr Würmer als Fäkalien. Zeckenfarm schnüffelte interessiert daran herum, und dieser Anblick brachte Pablo nun doch wieder zum Sprechen. Wild gestikulierend begann er auf Griechisch herumzuschreien. Mit angeekelt verzogenem Mund näherte er sich dem Haufen, um ihn zu betrachten, hob dann den Kopf zum Himmel, als wollte er den Göttern etwas mitteilen, redete und redete und deutete dabei dauernd auf die beiden Hunde.

»Vielleicht war das keine so gute Idee«, meinte Eric.

Jeff nickte. »Ja, wir sollten abhauen. Wir müssen nur …«

»Da kommt jemand«, unterbrach ihn Matthias.

Tatsächlich näherte sich auf der Dorfstraße ein Mann. Allem Anschein nach kam er vom Feld, säuberte sich die Hände notdürftig an der Hose und hinterließ dabei zwei braune Flecken auf dem weißen Stoff. Er war klein, breitschultrig, und als er den Strohhut abnahm, um sich den Schweiß von der Stirn zu wischen, sah Stacy, dass er fast vollkommen kahl war. In ungefähr fünf Metern

Entfernung blieb er stehen und betrachtete die kleine Gruppe argwöhnisch. Schließlich setzte er den Hut wieder auf und steckte das Taschentuch, mit dem er sich den Schweiß getrocknet hatte, in die Tasche.

»*¡Hola!*«, begrüßte ihn Jeff.

Der Mann antwortete in der Maya-Sprache, wohl mit einer Frage, denn er zog dabei die Augenbrauen in die Höhe.

Die logischste Vermutung war, dass er wissen wollte, was sie hier suchten, also bemühte sich Jeff, ihm zu antworten, erst auf Spanisch, dann auf Englisch, dann mit Händen und Füßen. Aber der Mann machte nicht den Eindruck, als würde er irgendetwas davon verstehen. Stacy hatte sogar das sonderbare Gefühl, dass er sich anstrengte, nicht zu begreifen, warum sie hier waren. Er hörte Jeff zwar zu, lächelte gelegentlich sogar über seine Pantomime, aber in seiner Haltung lag etwas extrem Abweisendes. Er war höflich, aber nicht im Geringsten freundlich, und man spürte, dass er die ungebetenen Gäste so schnell wie möglich loswerden wollte und es lieber gehabt hätte, wenn sie gar nicht hier gewesen wären.

Schließlich erkannte das auch Jeff, stellte seine Bemühungen ein und wandte sich achselzuckend ab. »So funktioniert das nicht«, stellte er resigniert fest.

Keiner widersprach. Wortlos schulterten sie ihre Rucksäcke und machten sich auf den Rückweg in den Dschungel. Der Maya blieb am Brunnen stehen und blickte ihnen nach.

Als sie wieder bei der Frau vorbeikamen, nahm sie sie genauso wenig zur Kenntnis wie beim ersten Mal, und das Baby mit seiner Kappe aus roter Marmelade lag immer noch reglos in ihren Armen. *Tot,* dachte Stacy, zwang sich, schnell wegzusehen, und fügte dann ihr *Es ist nicht wahr* hinzu.

Die Hunde folgten ihnen und mit ihnen überraschenderweise auch zwei Kinder. Zuerst hörte Stacy nur ein Quietschen, aber als sie sich umwandte und zurückschaute, sah sie, dass zwei Jungen auf einem Fahrrad hinter ihnen herfuhren. Der Größere trat in die Pedale, der Kleinere hockte auf dem Lenker. Groß und klein waren allerdings relative Beschreibungen, denn sie waren beide zierlich, schmalbrüstig, mit hängenden Schultern, knubbeligen Knien und Ellbogen. Das Fahrrad war viel zu groß für sie. Obendrein sah es schrecklich schwer aus, ohne Sattel, die Reifen fett und wie aufgequollen. Der Junge hinten musste stehend in die Pedale treten, und er keuchte und schwitzte vor Anstrengung. Die Kette brauchte dringend Öl – daher das penetrante Quietschen.

Die sechs jungen Leute blieben stehen, um auf die Kinder zu warten und sie nach den Ruinen zu fragen. Aber in vielleicht zehn Metern Entfernung machten auch die beiden Halt und beäugten die Fremden mit ihren dunklen Augen, misstrauisch wie zwei kleine Eulen. Jeff rief und winkte und hielt sogar einen Dollarschein hoch, um sie herzulocken, aber die Jungen rührten sich nicht von der Stelle. Der Kleinere kauerte nach wie vor auf der Lenkstange. Schließlich gab Jeff auf, und die Gruppe setzte sich wieder in Bewegung. Einen Moment später setzte auch das Quietschen wieder ein, aber sie achteten nicht darauf. Auf den Feldern wurde unbeirrt weiter gejätet; nur der Mann beim Brunnen und die beiden Jungen auf dem Fahrrad zeigten das geringste Interesse am Verschwinden der Fremden. Sobald sie den Dschungel erreicht hatten, blieb Grusel zurück, während Zeckenfarm hartnäckig auf Stacys Fersen blieb. Immer wieder rieb er sich an ihren Beinen, und sie musste ihn wegschubsen. Offenbar hielt er das für ein Spiel, denn er verstärkte nur seine Annäherungsversuche.

Irgendwann riss Stacy die Geduld. »Nein!«, schrie sie den Hund an und gab ihm einen Klaps auf die Schnauze. Zeckenfarm jaulte auf und wich verwundert zurück. Mitten auf dem Weg blieb er stehen und sah Stacy mit vorwurfsvollem Gesicht an. *Du hast mich betrogen*, sagten seine Augen. »Oh, Süßer!«, rief Stacy schuldbewusst und machte mit ausgestreckter Hand wieder einen

Schritt auf das Tier zu. Aber das half nichts mehr, der Hund duckte sich weg, misstrauisch, den Schwanz zwischen die Beine geklemmt. Die anderen waren auf dem schattigen Pfad schon weitergegangen und näherten sich der ersten Biegung; gleich würden sie um die Kurve verschwinden. Plötzlich bekam Stacy Angst, mutterseelenallein im Wald zurückzubleiben, ließ den Hund stehen und eilte im Laufschritt ihren Freunden nach. Als sie sich noch einmal umschaute, stand der Hund immer noch auf dem Weg und glotzte. Die beiden Jungen fuhren auf ihrem quietschenden Rad an ihm vorbei, streiften ihn beinahe, aber er wich ihnen nicht aus, und sein trauriger Blick verfolgte Stacy noch, als sie längst außer Sicht war.

Während sie auf dem Pfad zurückmarschierten, versuchte Amy sich einen glücklichen Ausgang für diesen Tag auszudenken, aber das war gar nicht leicht. Entweder würden sie die Ruinen finden oder nicht. Wenn nicht, würden sie auf der holprigen Straße landen, mit mindestens elf Meilen bis nach Cobá vor sich, und das kurz vor Einbruch der Dunkelheit. Vielleicht hatten sie ja einen falschen Eindruck von dieser Straße gewonnen, vielleicht gab es dort mehr Verkehr, als sie wahrgenommen hatten. Vermutlich wäre das ja ein Happyend: Dass sie eine Mitfahrgelegenheit nach Cobá auftrieben. Bei Sonnenuntergang würden sie dort ankommen und entweder eine Übernachtungsmöglichkeit finden oder den späten Bus nach Cancún erwischen. Aber Amy konnte nicht viel Zuversicht für diese Vision aufbringen. Stattdessen malte sie sich aus, wie sie in stockdunkler Nacht an der Straße entlangtrotteten, im Freien übernachteten, ohne Zelt und Schlafsack, ohne Moskitonetz. Wahrscheinlich war es doch besser, wenn sie den Weg zu den Ruinen fanden.

Dann würden sie Henrich und seine neue Freundin treffen, und sie würden die Archäologen kennenlernen, die bei den Ruinen arbeiteten. Alle würden Englisch sprechen, sie mit offenen Armen empfangen und ihnen weiterhelfen. Sie würden eine Möglichkeit finden, sie nach Cobá zurückzubringen, oder ihnen, falls es dafür schon zu spät war, anbieten, in ihren Zelten zu übernachten. Ja, die Archäologen würden ihnen sogar etwas zu essen kochen – warum denn nicht? Es würde ein Lagerfeuer geben, sie würden trinken und lachen, sie würde jede Menge Fotos machen, die sie den Leuten zeigen konnte, wenn sie wieder zu Hause war. Es wäre ein Abenteuer, der Höhepunkt ihrer Reise. An dieses gute Ende dachte Amy, als sie den Weg hinunterwanderte, vor sich die Lichtung, ein Kreis von Sonnenlicht, hell und strahlend, den sie gleich durchqueren mussten.

Im letzten Schatten vor der Lichtung machten sie Pause. Matthias holte seine Wasserflasche heraus und ließ sie herumgehen. Alle schwitzten; Pablo hatte angefangen zu riechen. Hinter ihnen verstummte das Quietschen. Amy drehte sich um, und da waren die beiden Jungen, vielleicht fünfzehn Meter entfernt, und beobachteten sie. Auch der räudige Hund, der sich so für Stacy engagiert hatte, folgte ihnen noch, allerdings ein ganzes Stück weiter hinten, fast unsichtbar im Schatten. Auch er war stehen geblieben, zögerte und spähte zu der kleinen Gruppe.

Amy war diejenige, der die Felder einfielen. Stolz durchflutete sie, als die Idee in ihrem Kopf auftauchte, ein kindisches Gefühl, als würde sie wieder in der Schule sitzen und beim Melden mit den Fingern schnipsen, um die Aufmerksamkeit des Lehrers zu erregen. »Vielleicht geht der Weg ja von den Feldern ab«, sagte sie und deutete in die Sonne hinaus.

Die anderen wandten sich um, blickten zur Lichtung und ließen sich den Gedanken durch den Kopf gehen. Dann endlich nickte Jeff. »Könnte sein«, sagte er und lächelte zufrieden, was Amy noch stolzer machte.

Sie nahm die Kamera, ließ die anderen in einer lockeren Gruppe posieren und entlockte ihnen allen ein Lächeln – selbst dem ständig stirnrunzelnden Matthias. Im letzten Moment, kurz bevor Amy abdrückte, warf Stacy einen Blick über die Schulter zu den beiden Jungen, dem Hund, dem stillen Dorf und drehte dabei den Kopf weg. Aber das war nicht schlimm, es war immer noch ein gelungenes Foto. Und jetzt wusste Amy, dass sie die Lösung gefunden hatte, den Weg zum Happyend. Jetzt würden sie die Ruinen doch ausfindig machen können.

Ganz anders als auf dem festen Untergrund des Wegs erwies sich das Fortkommen auf dem Feld als ziemlich schwierig. Die Erde war wohl erst vor ganz kurzer Zeit mit einer Harke bearbeitet worden, der Untergrund war uneben, aufgewühlt und von Furchen durchzogen, mit unvermittelt schlammigen Stellen. Der Schlamm blieb an ihren Schuhen kleben und sammelte sich dort an, sodass sie immer wieder stehen bleiben und ihn abkratzen mussten. Für so ein Abenteuer war Eric nicht in Form. Verkatert und unausgeschlafen, wie er war, setzte ihm die Hitze immer mehr zu. Sein Herz raste, sein Kopf schmerzte, und immer wieder musste er gegen die wieder einsetzende Übelkeit ankämpfen. Gerade als ihm klar wurde, dass er nicht mehr lange so weitermachen konnte, und er anfing, sich zu überlegen, wie er den anderen diese Erkenntnis schonend beibringen sollte, rettete Pablo ihn vor der Demütigung, indem er abrupt stehen blieb. Sein rechter Schuh war im Schlamm stecken geblieben, und jetzt stand er wie ein Kranich im Feld, auf einem Bein balancierend, und schimpfte wie ein Rohrspatz. Von seinen Griechischlektionen erkannte Eric einige der Kraftausdrücke.

Jeff, Matthias und Amy waren schon vorgegangen – sie bewältigten den Matsch am Rand des Dschungels erstaunlich mühelos –, aber Stacy war mit Pablo und Eric zurückgeblieben. Jetzt hielten sie und Eric inne, um dem Griechen zu helfen. Stacy hielt ihn am Ellbogen fest, damit er nicht umfiel, während Eric sich bückte, um den Schuh aus dem Schlamm zu ziehen. Nach mehreren anstrengenden Versuchen gab das Feld ihn schließlich mit einem schmatzenden Laut frei, der alle zum Lachen brachte. Aufatmend schlüpfte Pablo in seinen Schuh, stapfte aber ohne ein weiteres Wort zum Weg zurück. Stacy und Eric sahen zu den anderen, die inzwischen gut fünfzehn Meter voraus waren und sich systematisch am Waldrand entlangarbeiteten. Eine kurze, stumme Debatte folgte, dann streckte Eric Stacy die Hand entgegen. Lächelnd ergriff sie sie, und die beiden staksten in Pablos Fußstapfen zurück zum Weg.

Jeff rief ihnen etwas zu, aber Eric und Stacy winkten nur und gingen weiter. Auf dem Weg wartete Pablo bereits auf sie. Er hatte die Flasche Tequila aus dem Rucksack geholt, den Deckel abgeschraubt und reichte die Flasche jetzt Eric, der – obwohl er es eigentlich besser wusste – einen tiefen Schluck nahm, sich wohlig schüttelte und die Flasche an Stacy weitergab. Stacy war beeindruckend trinkfest, wenn sie es darauf anlegte, und das tat sie jetzt. Mit zurückgelegtem Kopf hielt sie die Flasche so perfekt in der Vertikalen, dass der Tequila mit einem deutlich vernehmbaren *Blub-blub, blub-blub* in ihre Kehle gluckerte. Hustend und lachend setzte sie die Flasche schließlich ab und schnappte mit gerötetem Gesicht nach Luft. Pablo applaudierte und klopfte ihr auf die Schulter, bevor er den Schnaps wieder an sich nahm.

Die beiden Maya-Jungen waren immer noch hinter ihnen, etwas näher zwar, aber immer noch im Schatten des Dschungels. Inzwischen waren sie von ihrem Rad gestiegen und standen nebeneinander; der Größere hielt das Rad am Lenker fest. Pablo hob die Flasche und winkte ihnen zu, rief etwas auf Griechisch, aber sie rührten sich nicht von der Stelle, sondern starrten nur stumm zu ihm herüber. Auch der Hund hatte sich jetzt zu ihnen gesellt und behielt das Geschehen ebenfalls im Auge.

Jeff, Matthias und Amy hatten inzwischen den Waldrand auf der anderen Seite des Felds erreicht und begannen jetzt parallel zum Weg nach dem geheimnisvollen Pfad zu suchen. Pablo steckte die Flasche wieder in den Rucksack, und die drei standen eine Weile da und sahen zu, wie die anderen an dem schlammigen Feldrand entlangstapften. Eric glaubte nicht daran, dass sie die Ruinen finden würden. Wenn er ehrlich war, glaubte er nicht einmal daran, dass sie überhaupt existierten. Jemand hatte sie angelogen oder sich einen schlechten Scherz mit ihnen erlaubt, vermutlich entweder Matthias, sein Bruder oder womöglich auch dessen imaginäre Freundin. Aber das spielte jetzt keine Rolle mehr. Eine Weile war es ja ganz lustig gewesen, aber es reichte ihm, und er wollte zurück in den klimatisierten Bus nach Cancún und schlafen. Er war nicht sicher, wie er das anstellen sollte, er wusste nur, dass er es wollte und dass er dafür zuerst einmal auf dem kürzesten Weg zur Straße zurückmusste. Und ganz bestimmt nicht über ein matschiges Feld marschieren!

Entschlossen machte er sich auf den Weg. Auf der anderen Seite der Lichtung konnten sie im Schatten auf die anderen warten, vielleicht sogar ein wenig schlafen. Er und Stacy hielten sich an den Händen, während sie weitergingen.

»Also …«, sagte Stacy. »Da war dieses Mädchen, das ein Klavier gekauft hat.«

»Aber sie konnte nicht darauf spielen«, ergänzte Eric.

»Da wollte sie Klavierunterricht nehmen.«

»Aber dafür reichte ihr Geld nicht.«

»Da nahm sie sich einen Job in der Fabrik.«

»Aber man warf sie raus, weil sie ständig zu spät kam.«

»Da wurde sie Prostituierte.«

»Aber sie verliebte sich in ihren ersten Kunden.«

Das war ein altes Spiel, das sie gern zusammen spielten, die Aberda-Geschichten. Es war Unsinn, die reinste Form der Zeitverschwendung, aber sie konnten sich stundenlang damit beschäftigen, immer hin und her, wie beim Pingpong. Sie hatten es selbst erfunden, niemand anderes verstand es. Sogar Amy ging es auf die Nerven. Aber es gehörte zu den Dingen, die Eric und Stacy am besten konnten: Albern sein, spielen. Tief in seinem Innern, an einer Stelle, die nur schwer zugänglich war, begriff Eric, dass sie wie zwei Kinder waren und dass Stacy eines Tages erwachsen werden würde. Dass sie eigentlich jetzt schon damit anfing. Er glaubte nicht, dass er selbst es jemals so weit bringen würde, er konnte nicht nachvollziehen, wie andere Leute das schafften. Er würde Kinder unterrichten und selbst ewig ein Kind bleiben, während Stacy sich unnachgiebig zu einer Erwachsenen entwickelte und ihn zurückließ. Sicher, er träumte davon, dass sie eines Tages heiraten würden, aber das war nur eine Geschichte, die er sich selbst erzählte, ein weiteres Beispiel seiner Unreife. In der Zukunft lauerte eine Trennung, ein Abschiedsbrief, eine letzte, schmerzliche Begegnung. Er wollte es nicht sehen, aber er wusste es, oder ahnte es jedenfalls. Doch statt richtig hinzusehen, schloss er lieber schnell die Augen.

»Da hat sie ihn gefragt, ob er sie heiraten will.«

»Aber er war schon verheiratet.«

»Da hat sie ihn angefleht, sich scheiden zu lassen.«

»Aber er liebte seine Frau.«

»Da hat sie beschlossen, seine Frau umzubringen.«

Der Hund begann zu bellen. Eric erschrak, drehte sich um und spähte zurück. Die beiden Jungen und der Köter waren aus dem Dschungel getreten und standen jetzt zu dritt in der hellen Sonne. Aber sie sahen nicht in Erics Richtung, sondern über das freie Feld zu Jeff, Matthias und Amy hinüber. Gerade hob Matthias einen Palmwedel vom Dschungelrand auf und warf ihn aufs Feld hin-

aus. Als er sich nach dem nächsten bückte, drehte Jeff sich um, rief den drei Zurückgebliebenen etwas Unverständliches zu und signalisierte, sie sollten herkommen.
Aber Eric, Stacy und Pablo rührten sich nicht von der Stelle. Sie hatten keine Lust, wieder durch den Schlamm zu stapfen. Unterdessen hob Matthias einen Palmwedel nach dem anderen auf und warf ihn beiseite. Nach und nach zeigte sich eine Öffnung in der Baumlinie: ein Weg.
Ehe Eric es richtig begriffen hatte, bemerkte er aus dem Augenwinkel eine Bewegung hinter ihnen, die seinen Blick auf sich zog. Der größere der beiden Jungen war auf sein Fahrrad gestiegen und radelte jetzt davon, sehr schnell, und war im Handumdrehen im Dschungel verschwunden. Der Kleinere blieb allein zurück und beobachtete Jeff und die anderen unverkennbar besorgt, wiegte sich unruhig hin und her, die Hände gefaltet und unters Kinn gepresst. Eric registrierte das alles, konnte sich aber keinen Reim darauf machen. Noch immer winkte und rief Jeff nach ihnen. Wie es aussah, hatten sie keine andere Wahl, und so trat Eric seufzend wieder auf das lehmige Feld hinaus. Stacy und Pablo folgten seinem Beispiel, und so begannen sie alle drei mühsam in Richtung Baumlinie zu stapfen.
Hinter ihnen bellte der Hund unentwegt weiter.

Mathias hatte die Palmwedel als Erster bemerkt, Jeff war direkt an ihnen vorbeigegangen. Erst als er spürte, dass Matthias hinter ihm zögerte, hatte er sich umgedreht und war dem Blick des Deutschen gefolgt. Da hatte er sie auch gesehen. Die Wedel waren noch grün und steckten so geschickt arrangiert im Boden, dass sie aussahen wie ein Busch, der an der Baumlinie wuchs und den Eingang zum Pfad verbarg. Doch einer der Wedel war umgekippt, hatte sich aus dem Boden gelöst, und das war Matthias aufgefallen. Er riss einen weiteren Wedel heraus, und im Handumdrehen hatte er alles freigelegt. Das war der Augenblick gewesen, in dem Jeff die anderen hergerufen hatte.

Als die Wedel weggeräumt waren, konnte man den Pfad gut erkennen. Er war schmal und schlängelte sich, leicht ansteigend, in den Dschungel hinein. Matthias, Amy und Jeff hockten sich daneben in den Schatten, Matthias packte die Wasserflasche aus, und sie tranken alle einen Schluck, während sie beobachteten, wie Eric, Pablo und Stacy langsam über das Feld näher kamen. Stacy fasste als Erste in Worte, was sicher allen im Kopf herumging.

»Warum hat jemand die Abzweigung versteckt?«, fragte sie.

Matthias steckte gerade die Wasserflasche zurück in seinen Rucksack. Wenn man von ihm eine Antwort wollte, musste man ihn direkt fragen; wenn man nur die Gruppe ansprach, tat er so, als hätte er nichts gehört. Sein gutes Recht, fand Jeff. Schließlich gehörte er ja im engeren Sinne nicht zu ihnen.

Auf Amys Frage zuckte Jeff die Achseln und tat, als interessierte ihn das nicht. Er hätte Amy gern vom Thema abgelenkt, aber es fiel ihm nichts Passendes ein, also hielt er einfach den Mund. Trotzdem befürchtete er, dass sie sich weigern würde, den Pfad auszuprobieren.

Doch eigentlich war ihm auch klar, dass Amy sich nicht so leicht zufriedengeben würde. Und er hatte sich nicht geirrt. »Der Junge ist weggefahren«, stellte sie fest. »Hast du das gesehen?«

Jeff nickte, sah sie aber nicht an, sondern beobachtete Eric und die beiden anderen, die immer noch durch den Matsch staksten. Natürlich spürte er trotzdem ihren Blick auf sich ruhen. Er wollte nicht, dass sie darüber nachdachte, weder darüber, warum der größere Junge weggefahren war, noch darüber, warum jemand versucht haben könnte, den Weg zu verstecken. Es würde ihr nur Angst machen, und wenn Amy Angst hatte, wurde sie stur und unberechenbar, und das war keine angenehme Kombination. Etwas Sonderbares ging hier vor, aber Jeff hoffte, wenn sie es ignorierten, würde die Sache einfach im Sande verlaufen. Ihm war bewusst, dass diese Reaktion wahrscheinlich nicht die klügste war, aber momentan fiel ihm nichts Gescheiteres ein.

»Jemand hat versucht, den Weg zu verstecken«, sagte Amy.

»Sieht so aus, ja.«

»Man hat Palmwedel abgeschnitten und so in den Boden gesteckt, dass es aussah, als würde hier ein Busch wachsen.«

Jeff schwieg und hoffte, dass Amy bald Ruhe geben würde.

»Das ist eine Menge Arbeit«, fuhr Amy unbeirrt fort.

»Vermutlich.«

»Kommt dir das nicht komisch vor?«

»Doch, schon ein bisschen.«

»Vielleicht ist es gar nicht der richtige Weg.«

»Das werden wir ja bald sehen.«

»Vielleicht hat das Ganze irgendwas mit Drogen zu tun. Vielleicht führt der Weg zu einem Marihuanafeld. Das Dorf baut Marihuana an, der Junge ist zurückgefahren, um seine Leute zu warnen, und jetzt holen sie ihre Waffen und …«

Endlich strich Jeff die Segel, wandte sich ihr zu und sah sie an. »Amy«, unterbrach er sie schroff. »Das ist der richtige Weg. Okay?«

Natürlich war das zu einfach, und prompt warf Amy ihm einen ungläubigen Blick zu. »Woher willst du das denn wissen?«

Jeff machte eine Handbewegung zu Matthias. »Das sieht man doch auf der Karte.«

»Die Karte ist von Hand gemalt und ziemlich grob, Jeff.«

»Na ja, es ist …« Wieder geriet er ins Schwimmen, ihm fehlten die Worte, er wedelte mit der Hand. »Du weißt schon …«

»Sag mir, warum der Weg versteckt war. Nenn mir eine einzige plausible Erklärung, warum es der richtige ist, und einen logischen Grund, warum jemand ihn verstecken wollte.«

Jeff dachte nach. Inzwischen waren Eric und die anderen beinahe bei ihnen angekommen. Auf der anderen Seite des Felds stand noch immer der kleine Maya-Junge und starrte sie an. Zum Glück hatte wenigstens der Hund inzwischen aufgehört zu bellen. »Okay«, sagte Jeff nach einer Weile. »Wie wäre es damit: Die Archäologen haben etwas Wertvolles entdeckt. Die Mine ist noch nicht vollständig abgebaut, sie haben Silber gefunden. Oder vielleicht Smaragde. Wonach immer man da früher geschürft hat. Und jetzt machen sie sich Sorgen, dass jemand kommt und sie ausraubt. Deshalb haben sie den Weg lieber versteckt.«
Amy ließ sich die Version einen Moment durch den Kopf gehen. »Und der Junge auf dem Fahrrad?«
»Die Archäologen haben die Mayas angeheuert, damit sie die Leute fernhalten. Sie bezahlen dafür.« Zufrieden grinste Jeff sie an. Zwar glaubte er selbst kein Wort von dem, was er da sagte, aber er wusste auch nicht, was er sonst glauben sollte. Aber er war zufrieden mit sich.
Amy dachte nach. Jeff sah ihr an, dass sie ihm die Geschichte nicht abnahm, aber das spielte keine Rolle mehr. Die anderen waren endlich bei ihnen angekommen. Alle schwitzten, besonders Eric, der sowieso bleich und erschöpft wirkte. Selbstverständlich musste der Grieche wieder einen nach dem anderen in seine schweißfeuchten Arme schließen. Damit war die Diskussion vorbei. Was hatten sie denn auch für eine andere Wahl?
Nachdem sie sich ein paar Minuten ausgeruht hatten, machten sie sich auf den Weg in den Dschungel.

Der Pfad war so schmal, dass sie im Gänsemarsch gehen mussten. Jeff führte sie an, gefolgt von Matthias, dann kamen Amy, Pablo und Eric. Stacy bildete das Schlusslicht.
»Aber ihr Geliebter hat sie verpfiffen«, sagte Eric unvermittelt.

Stacy starrte auf seinen Hinterkopf. Er trug eine Kappe von den Boston Red Sox, verkehrt herum. Sie versuchte sich vorzustellen, dass das, was sie da vor sich hatte, sein Gesicht war, Augen, Mund und Nase hinter braunen Haaren versteckt. Sie grinste über sein haariges Gesicht. Natürlich begriff sie, dass er das Aber-da-Spiel weiterspielen wollte, und sie hatte auch schon die Worte *Da ist sie in eine andere Stadt geflohen* im Kopf, sprach sie aber nicht laut aus. Amy hatte sich oft genug über sie lustig gemacht und ihr »Aber« und »Da« erbarmungslos nachgeäfft, deshalb mochte Stacy in ihrer Gegenwart nicht mehr spielen. Sie schwieg, und Eric ging weiter. Auch sonst lief es manchmal so, dass einer ein »Da« oder ein »Aber« in den Raum stellte, der andere aber nicht darauf reagierte. Das war vollkommen okay, es gehörte mit zum Spiel und war Teil der Abmachung.
Sie hätte sich den Tequila nicht so reinkippen sollen, das war eine blöde Idee gewesen. Wahrscheinlich hatte sie ein bisschen angeben wollen – Pablo mit ihrer Trinkfestigkeit beeindrucken oder was. Aber jetzt war ihr schwindlig und ein bisschen übel. Das ganze Grün um sie herum half auch nicht, es war für ihren Geschmack einfach zu viel – dichtes Laub auf beiden Seiten, die Bäume so nah am Weg, dass es schwer war, sie im Vorbeigehen nicht zu streifen. Gelegentlich kam von hinten eine leichte Brise, die die Blätter bewegte und zum Flüstern brachte. Stacy spitzte die Ohren, um zu verstehen, was sie sagten, um Worte aus den Klängen zu bilden, aber es fiel ihr nichts ein, sie konnte sich nicht richtig konzentrieren. Sie war immer noch ein bisschen betrunken. Und es gab zu viel Grün. Außerdem bekam sie Kopfschmerzen – sie lauerten schon und warteten nur auf eine Chance, sich auszubreiten. Auch unter ihren Füßen war jetzt alles grün, denn der Weg war mit Moos bedeckt, das teilweise glitschig war. Als der Pfad durch eine kleine Senke führte, wäre sie um ein Haar ausgerutscht und hingefallen. Sie kreischte auf, fing sich mit Müh und

Not wieder und stellte verärgert fest, dass keiner der anderen sich nach ihr umdrehte, um zu sehen, was mit ihr los war. Was, wenn sie gestürzt wäre, sich den Kopf angeschlagen hätte und ohnmächtig geworden wäre? Wie lange hätte es wohl gedauert, bis die anderen merkten, dass sie ihnen nicht mehr folgte? Vermutlich hätten sie irgendwann schon kehrtgemacht, sie gefunden und wiederbelebt. Aber wenn unterdessen irgendeine Kreatur aus dem Dschungel gekommen wäre, sie gepackt und weggeschleppt hätte? Denn Kreaturen gab es hier, ganz ohne Zweifel. Stacy spürte wachsame Augen auf sich ruhen, bei jedem Schritt, den sie auf dem Weg weiterwanderten.

Natürlich glaubte sie nicht im Ernst an solche Dinge, aber sie vergnügte sich gern damit, sich ein bisschen Angst zu machen. Wie ein Kind, in dem sicheren Bewusstsein, dass alles nur ein Spiel war. Sie hatte nichts davon mitbekommen, dass der Junge auf dem Fahrrad weggefahren war, und auch nicht, dass man den Weg offensichtlich versteckt und getarnt hatte. Niemand redete darüber. Es war zu heiß zum Reden, sie brauchten ihre ganze Kraft, um einen Fuß vor den anderen zu setzen. Also konnte Stacy sich nur mit den Szenarien beschäftigen, die ihrer eigenen Fantasie entsprangen.

Warum nur hatte sie Sandalen angezogen? Das war dumm gewesen. Ihre Füße waren total verdreckt, ekliger Schlamm klebte zwischen ihren Zehen. Anfangs hatte es sich gut angefühlt, als sie über das Feld gegangen war – warm und glitschig und seltsam beruhigend, aber jetzt war das anders. Jetzt war es einfach nur Dreck, mit einem leichten Fäkaliengeruch, als wäre sie durch eine Klärgrube gewatet.

Grün war die Farbe des Neids. Und der Übelkeit. Stacy war bei den Pfadfindern gewesen, sie hatte in ihrer grünen Uniform durch genug grüne Wälder marschieren müssen. Sie erinnerte sich noch, dass sie damals viel gesungen hatten.

Sie überquerten einen Bach und mussten von Stein zu Stein hüpfen. Auch der Bach war grün, voller Algen. Die Steine waren noch glitschiger als der Weg, aber Stacy fiel trotzdem nicht ins Wasser. Sie hüpfte einmal, zweimal, dreimal, dann war sie auf der anderen Seite.

Die Moskitos und die kleinen schwarzen Fliegen waren so hartnäckig, dass sie schon lange aufgegeben hatte, sich über sie aufzuregen. Aber als sie den Bach überquert hatten, waren sie plötzlich verschwunden. Von einem Augenblick zum anderen: Erst summten und brummten sie in Scharen um sie herum, dann waren sie weg. Ohne die Insekten war sogar die Hitze leichter auszuhalten, das unnachgiebige Grün, der eklige Geruch, der von ihren Füßen aufstieg, alles war erträglicher, und eine Weile war es fast angenehm, hinter ihren Freunden durch den leise wispernden Urwald zu wandern. Ihr Kopf wurde ein wenig klarer, und auf einmal hörte sie auch Worte im Flüstern des Laubs.

Nimm mich mit, schien einer der Bäume zu sagen.

Und dann: *Weißt du, wer ich bin?*

Dann machte der Weg eine Kurve, und unvermittelt lag eine weitere Lichtung vor ihnen, ein Kreis von Sonnenlicht, etwa dreißig Meter vor ihnen, über dem die Hitze flimmerte und der Luft eine wässrige Qualität verlieh.

Ein Baum zu ihrer Linken rief ihren Namen. *Stacy,* flüsterte er, so klar und deutlich, dass sie unwillkürlich den Kopf wandte. Eine Gänsehaut lief ihr über den Rücken. Hinter ihr noch eine Stimme: *Hast du dich verirrt?* Dann trat sie mit den anderen hinaus in die grelle Sonne.

Diese Lichtung war kein Feld. Sie ähnelte einer Straße, aber auch das traf nicht ganz zu. Es war, als hätte man hier eine Straße bauen wollen, den Dschungel gerodet und den Boden eingeebnet, es sich dann aber plötzlich anders überlegt. Die freie Fläche war sechs Meter breit und erstreckte sich in beide Richtungen, links und rechts, bis sie hinter einer Kurve verschwand. Auf der anderen Seite erhob sich ein kleiner Hügel. Die Anhöhe war felsig, seltsam baumlos und von einer Art Rankendickicht überwuchert – ein grelles Grün, mit handförmigen Blättern und winzigen Blüten. Die Pflanze bedeckte den ganzen Hügel, klammerte sich so fest in die Erde, dass es fast aussah, als wollte sie sie erwürgen. Die Blüten hatten die gleiche Größe und Farbe wie Mohnblumen, ein leuchtendes Tiffany-Rot.

Da standen sie, starrten zu dem Hügel hinüber und hielten sich schützend die Hand gegen die sengende Sonne über die Augen. Es war ein wunderschöner Anblick: Eine wie eine gigantische Brust geformte Anhöhe, über und über von roten Blumen bedeckt. Amy holte die Kamera heraus und fing an, Bilder zu machen.

Der Boden hatte hier eine andere Farbe als die Felder, die sie vorhin überquert hatten. Diese waren rotbraun gewesen, an manchen Stellen fast orange, während die Erde hier tiefschwarz schimmerte, mit weißen Flecken wie von Raureif. Hinter der Lichtung setzte sich der Weg fort und schlängelte sich den Hügel hinauf. Auf einmal merkte Stacy, dass es sonderbar still geworden war; die Vögel hatten aufgehört zu singen. Sogar die Heuschrecken hatten ihr beständiges Zirpen eingestellt. Ein friedliches Plätzchen, und Stacy spürte plötzlich, wie müde sie war. Mit einem tiefen Atemzug setzte sie sich auf den Boden, Eric folgte ihrem Beispiel, dann auch Pablo, alle drei in einer Reihe. Matthias reichte die Wasserflasche herum. Amy fotografierte – den Hügel, die hübschen Blüten, die Gruppe, einen nach dem anderen. Sie forderte Matthias auf zu lächeln, aber der starrte mit ausdruckslosem Gesicht auf den Hügel.

»Ist das da ein Zelt?«, fragte er unvermittelt.

Alle sahen in die Richtung, in die er deutete. Tatsächlich war ganz oben auf dem Hügel ein orangefarbenes Viereck zu sehen, das sich wie ein Segel im Wind blähte. Aus dieser Entfernung konnte man nicht mit Sicherheit sagen, was es war. Stacy fand, dass es aussah wie ein Drachen, der sich in den blühenden Ranken verfangen hatte, aber natürlich war ein Zelt die realistischere Erklärung. Während sie noch alle nachdenklich und mit zusammengekniffenen Augen zu der Stelle hinaufspähten, hörten sie plötzlich ein seltsames Geräusch aus dem Dschungel. Es fiel ihnen allen gleichzeitig auf, während es noch recht leise war, und sie drehten sich fast im selben Moment lauschend um. Es war ein vertrautes Geräusch, trotzdem dauerte es ein paar Sekunden, bis sie es identifizieren konnten.

Jeff war es, der ihm endlich einen Namen gab. »Ein Pferd«, sagte er.

Da erkannte es auch Stacy: Hufgetrappel, das sich im Galopp auf dem schmalen Weg hinter ihnen näherte.

Amy hielt immer noch die Kamera in der Hand. Durch den Bildsucher beobachtete sie die Ankunft des Pferds und drückte auf den Auslöser, als es auf die Lichtung preschte: Ein großes braunes Tier, das sich vor ihnen aufbäumte. Auf seinem Rücken saß der Mann, der sich ihnen beim Brunnen in dem kleinen Maya-Dorf genähert hatte. Es war derselbe Mann, aber er wirkte vollkommen anders. Im Dorf war er ruhig und zurückhaltend, ja reserviert gewesen. Sein Verhalten hatte etwas Herablassendes ausgestrahlt, wie ein strenger Vater, der sich mit seinen ungezogenen Kindern abgeben muss. Doch jetzt war all das von ihm abgefallen, und an seine Stelle war eine Dringlichkeit, fast etwas Panisches getreten. Sein weißes Hemd und die weiße Hose waren voller grüner Flecke von dem Gewaltritt durchs dichte Blätterwerk des Urwalds. Außerdem hatte er seinen Hut verloren, und der Schweiß glänzte auf seinem kahlen Kopf.

Auch das Pferd war aufgeregt und schaumbedeckt, schnaubte und rollte die Augen, und als es sich erneut aufbäumte, erschraken die jungen Leute so, dass sie sicherheitshalber ein Stück auf die Lichtung zurückwichen. Dann begann der Mann zu gestikulieren und laut auf sie einzureden. Das Pferd hatte zwar Zügel, aber keinen Sattel, und die Beine des Mannes umklammerten seine Flanken wie eine Zange. Als es erneut auf die Hinterbeine stieg, hätte man nicht sagen können, ob es seinen Reiter abwarf oder ob dieser freiwillig abstieg. Jedenfalls versuchte der Mann weiterhin, die Zügel festzuhalten, aber das Pferd zerrte heftig an ihnen, warf den Kopf hin und her und wollte sich losreißen.

Amy machte ein Foto, wie der Mann sich abmühte, das Pferd zu beruhigen, während das Tier ihn Schritt für Schritt von der Lichtung weg und zum Weg zurückzog. Erst als sie die Kamera senkte, bemerkte sie die Waffe am Gürtel des Mannes: Eine schwarze Pistole in einem braunen Halfter. Im Dorf hatte er sie nicht getragen, da war sie ganz sicher. Jetzt hatte er den Revolver wahrscheinlich mitgenommen, um Jagd auf die Fremdlinge zu machen. Doch sein Pferd war so außer sich, dass alle Beschwichtigungsversuche fehlschlugen, und schließlich ließ er die Zügel los. Augenblicklich machte das Tier kehrt und galoppierte zurück in den Dschungel. Man hörte, wie es durch die Bäume preschte, dann verhallte der Hufschlag nach und nach. Der Mann dagegen fing wieder an zu gestikulieren und aufgeregt auf sie einzureden, schwenkte die Arme über dem Kopf und deutete zurück auf den Weg. Was wollte er ihnen sagen? Amy überlegte, ob es etwas mit dem Pferd zu tun haben konnte. Ob er ihnen womöglich die Schuld daran gab, dass es so verrückt spielte?

»Was will er denn von uns?«, fragte Stacy. Ihre Stimme klang ängstlich und kleinmädchenhaft, sie klammerte sich an Erics Arm und versteckte sich halb hinter ihm. Dagegen lächelte Eric den Maya an, als hielte er die ganze Begegnung für eine Art Scherz und wartete nur darauf, dass der Mann das endlich auch zugab.

»Ich glaube, er möchte, dass wir zurückgehen«, erklärte Jeff.
»Warum denn?«, fragte Stacy.
»Vielleicht möchte er Geld. Eine Art Zoll oder so. Oder dass wir ihn als Führer anheuern.« Jeff griff in die Hosentasche und zog sein Portemonnaie hervor.
Aber der Mann hörte nicht auf, sich zu ereifern und mit wilden Gebärden auf den Weg zu deuten, auf dem sie hergekommen waren.
Jeff hielt ihm eine Zehndollarnote entgegen. »*¿Dinero?*«, fragte er.
Doch der Mann ignorierte ihn, und nun fing er an, mit den Armen zu wedeln, als wollte er die jungen Leute aus der Lichtung verscheuchen. Unsicher sahen sie ihn an, aber keiner rührte sich von der Stelle. Jeff faltete den Geldschein wieder zusammen, und steckte das Portemonnaie in die Hosentasche. Kurz darauf verstummte der Mann. Offensichtlich war er außer Puste.
Matthias drehte sich zu dem blumenbedeckten Hügel, legte die Hände an den Mund und rief: »Henrich!«
Keine Antwort. Nichts rührte sich auf dem Abhang, nur das orangefarbene Viereck bauschte sich sanft. Aus der Ferne näherte sich erneut Hufgeklapper. Entweder kehrte das Pferd des Mannes zurück, oder es kam noch jemand aus dem Dorf.
»Warum steigst du nicht einfach da rauf und suchst deinen Bruder?«, schlug Jeff Matthias vor. »Wir warten solange hier und versuchen, die Situation zu klären.«
Matthias nickte, wandte sich um und machte Anstalten, die Lichtung zu überqueren. Sofort begann der Maya wieder zu brüllen, und als Matthias daraufhin nicht stehen blieb, zog er die Pistole aus dem Halfter, hob sie über den Kopf und feuerte in die Luft.
Stacy schrie auf, schlug die Hände vor den Mund und wich ein Stück zurück. Auch die anderen duckten sich unwillkürlich. Matthias drehte sich um, und als er sah, dass der Mann die Pistole

jetzt direkt auf seine Brust richtete, blieb er stocksteif stehen. Der Maya winkte, stieß irgendwelche Befehle aus, und Matthias kam langsam, mit erhobenen Händen zurück. Auch Pablo streckte vorsichtshalber die Arme in die Luft, aber als keiner von den anderen seinem Beispiel folgte, senkte er sie wieder.

Das Hufgeräusch kam näher, und plötzlich preschten zwei Reiter auf die Lichtung. Ihre Pferde – ein hellgraues und ein schwarzes – waren genauso aufgeregt wie das erste, rollten die Augen, schnaubten laut, und ihre Flanken waren nass von Schweiß. Die Reiter sprangen ab, und da sie sich erst gar nicht die Mühe machten, die Zügel festzuhalten, machten die Pferde auf der Stelle kehrt und galoppierten in den Dschungel zurück. Die Neuankömmlinge waren wesentlich jünger als der kahlköpfige Mann, dunkelhaarig, muskulös, schlank. Beide hatten einen Bogen über die Brust geschlungen und trugen außerdem einen Köcher mit schlanken, zerbrechlich wirkenden Pfeilen. Einer hatte einen Schnauzbart. Schnell und aufgebracht redeten sie auf den Mann ein und stellten ihm anscheinend irgendwelche Fragen. Der Kahlkopf zielte mit der Pistole immer noch auf Matthias, und ohne ihren Redeschwall zu unterbrechen, nahmen die beiden anderen Männer ihre Bogen in die Hand und legten jeweils einen Pfeil ein.

»Was soll die Scheiße?«, rief Eric. Er klang zutiefst empört.

»Sei still«, befahl Jeff.

»Die sind …«

»Warte«, fiel ihm Jeff ins Wort. »Warte erst mal ab.«

Amy hatte die Kamera auf die Männer gerichtet und wollte gerade abdrücken, als sie merkte, dass sie die Dramatik des Augenblicks so nicht einfangen konnte. Sie musste ein Stück zurückgehen, um nicht nur die Mayas, sondern auch Jeff und die anderen mit ihren verängstigten Gesichtern aufs Bild zu bekommen. Ohne die Kamera zu senken, machte sie ein paar Schritte rückwärts. Irgendwie fühlte sie sich hinter dem Fotoapparat sicherer, distanzierter, fast, als wäre sie dann nicht mehr Teil dieser seltsamen Situation. Noch vier Schritte, dann hatte sie Jeff und Pablo im Sucher, und kurz darauf auch Matthias, mit immer noch erhobenen Händen. Jetzt fehlte nur noch ein kleines Stück, dann würden auch Stacy und Eric im Bild erscheinen, und Amy konnte abdrücken. Genau so wollte sie es haben. Ein Schritt, noch ein Schritt. Aber plötzlich brüllten die Mayas wieder los, alle drei, und anscheinend ging es jetzt um Amy. Der Kahlkopf zückte die Pistole, die beiden anderen spannten ihre Bogen. Ihre Freunde starrten Amy überrascht an – ja, jetzt hatte sie auch Stacy im Bild, ganz rechts. Aber ein kleines Stück fehlte noch.

»Amy!«, rief Jeff, und beinahe wäre sie stehen geblieben. Sie zögerte, aber jetzt war sie beinahe dort, wo sie hinwollte. Sie machte den letzten Schritt, und jetzt war das Bild endlich perfekt: Auch Eric war zu sehen. Amy drückte auf den Auslöser und hörte ihn klicken. Sie war zufrieden mit sich. Es war ein gutes Gefühl. Erst als sie die Kamera senkte, spürte sie den seltsamen Druck an ihrem Knöchel, als würde eine Hand ihn umklammern. Sie sah hinunter und merkte, dass sie ganz auf der anderen Seite der Lichtung gelandet war. Was sie fühlte, war auch keine Hand, sondern eine der blühenden Pflanzen – eine lange grüne Ranke hatte sich um ihren Knöchel gelegt. Anscheinend war sie direkt in eine ihrer Schlingen getreten, und die hatte sich irgendwie festgezogen.

Auf einmal war es ganz still, die Männer hörten auf zu brüllen. Die beiden Bogen blieben zwar gespannt, aber die Pistole senkte sich. Amy konnte spüren, wie die anderen sie beobachteten und ihrem Blick zu ihrem rechten Fuß folgten, der knöcheltief im Dickicht steckte, als hätte es ihn verschluckt. Als sie sich bückte, um sich zu befreien, hörte sie, wie die Mayas wieder zu rufen begannen. Erst schrien sie Amy an, doch dann ließen sie unver-

mittelt von ihr ab. Stattdessen sah es so aus, als würden sie streiten. Die beiden Männer mit den Bogen gegen den Kahlkopf.
»Jeff!«, rief Amy.
Ohne sie anzusehen, hob er die Hand, um sie zum Schweigen zu bringen. »Rühr dich nicht vom Fleck«, sagte er nur.
Also blieb sie stehen. Der kahlköpfige Mann hielt rechts die Hand ans Ohr, runzelte die Stirn und schüttelte nachdrücklich den Kopf. In der linken Hand hielt er noch immer die Pistole, drückte sie aber jetzt an seinen Oberschenkel. Irgendwie machte er den Eindruck, als wollte er nicht hören, was die anderen sagten. Er zeigte auf Amy, dann auf ihre Freunde und schließlich wieder zurück zum Weg. Aber seine Gesten hatten bereits etwas Resigniertes an sich, als ahnte er seine Niederlage. Er wusste, dass es nicht nach seiner Nase gehen würde, das war Amy klar. Schließlich verstummte er, und die Männer mit den Bogen schwiegen ebenfalls. Wortlos starrten sie die sechs jungen Leute an. Dann hob der kahlköpfige Mann erneut die Pistole und zielte damit auf Jeffs Brust. Mit der anderen Hand signalisierte er ihm zu verschwinden, aber diesmal scheuchte er ihn in die entgegengesetzte Richtung, zu Amy, zum Hügel.
Keiner rührte sich.
Der kahlköpfige Mann begann wieder zu schreien und deutete aufgeregt auf den Hügel. Dann senkte er leicht die Pistole und gab einen Schuss ab, direkt vor Jeffs Füße, in den Boden. Alle sprangen erschrocken in die Höhe und wichen zurück. Pablo hob wieder die Hände. Jetzt brüllten auch die beiden anderen Männer, schwangen ihre Bogen, zielten abwechselnd und scheinbar willkürlich auf einen nach dem anderen und trieben die Gruppe so rückwärts in Amys Richtung. Am Rand der Lichtung hielten alle fünf inne, denn sie fühlten die Ranken an Füßen und Beinen. Vorsichtig sahen sie an sich hinunter. Eric stand links neben Amy, Pablo rechts. Daneben die anderen: Stacy, Matthias, Jeff. Hinter

Jeff schlängelte sich der Weg auf den Hügel hinauf. Dorthin deutete der kahle Mann jetzt und gab ihnen zu verstehen, sie sollten auf den Hügel klettern. Dabei sah sein Gesicht sonderbar betroffen aus, fast, als wäre er den Tränen nah – nein, er hatte tatsächlich zu weinen begonnen, und während er sie weiterscheuchte, wischte er sich mit dem Ärmel über das Gesicht. Das war alles so eigenartig, so unverständlich, und niemand sagte ein Wort. Langsam gingen sie zum Weg, Jeff vorneweg, die anderen dicht hinter ihm.
Und dann begannen sie, im Gänsemarsch den Hügel zu besteigen.

Eric ging als Letzter und warf immer wieder einen Blick über die Schulter. Die Mayas sahen ihnen nach, und der kahlköpfige Mann hielt sich die Hand schützend vor die Augen. Auf dem Hügel standen keine Bäume, aber alles war mit den Kletterpflanzen bewachsen, ein regelrechtes Dickicht mit dunkelgrünen Blättern und leuchtend roten Blüten. Sengend brannte die Sonne auf sie herab – es gab nirgendwo Schatten –, und hinter ihnen, unten am Hang, standen drei bewaffnete Männer. Nichts davon ergab irgendeinen Sinn. Zuerst hatte der kahlköpfige Mann sie zum Umkehren zu bewegen versucht, dann hatte er sie in die andere Richtung getrieben. Damit hatten die Männer mit den Bogen etwas zu tun gehabt, denn sie hatten mit dem Kahlköpfigen gestritten, und erst daraufhin hatte dieser seine Meinung geändert. Trotzdem war es verrückt. Schwitzend stiegen die sechs jungen Leute den Hügel empor, schweigend, denn sie hatten Angst, und keiner wusste etwas zu sagen.
Irgendwann würden sie wieder zurückmüssen, den Hügel hinuntersteigen, die Lichtung überqueren und auf dem schmalen Pfad zu den Feldern wandern und dort den breiteren Weg zur Straße

einschlagen. Aber wie sie das anstellen sollten, konnte Eric sich nicht vorstellen. Vielleicht konnten die Archäologen ihnen erklären, was vorgefallen war. Vielleicht war alles ganz einfach, vielleicht ließ sich das Rätsel ganz einfach lösen, und sie würden in ein paar Minuten darüber lachen. Ein Missverständnis. Misslungene Kommunikation. Missinterpretation. Eric dachte sich noch andere Wörter aus, die mit *Miss* begannen, und überlegte, was die Vorsilbe eigentlich genau bedeutete. In ein paar Wochen würde er als Lehrer arbeiten, so etwas musste er also wissen. *Miss* bedeutete falsch oder schlecht, etwas in dieser Richtung jedenfalls, er war nicht ganz sicher. Aber er musste sicher sein, denn wahrscheinlich wussten es manche seiner Schüler – es gab ja immer ein paar, die den Lehrer gern bei einem Fehler oder einer Schwäche erwischten und nur auf eine solche Chance lauerten. Eric hatte sich für diesen Sommer fest vorgenommen, ein paar Bücher zu lesen, von denen er seinem Direktor gegenüber behauptet hatte, er würde sie bereits kennen. Aber im Grunde war der Sommer jetzt schon vorüber, und er hatte noch nicht einmal einen Blick darauf geworfen. Auf kein einziges.

Misstrauen. Missbilligung. Misshandlung.

Eric wünschte sich, sein Wortschatz wäre größer. Er wünschte sich, zu den Lehrern zu gehören, die ganz mühelos mit Fremdwörtern um sich warfen, während die Schüler interessiert die Ohren spitzten, um sie zu verstehen und schon vom Zuhören eine Menge lernten. Aber eigentlich wusste er, dass er so nie werden würde. Er würde der Kumpeltyp sein, der Baseballtrainer, der Mann, der seinen Schülern zuzwinkerte und grinste, wenn sie mal wieder was ausgefressen hatten. Wahrscheinlich würde er sehr beliebt sein, aber nicht wirklich das, was man unter einem ernst zu nehmenden Lehrer verstand. Keiner, von dem man etwas Wichtiges lernen konnte.

Missklang. Missfallen. Misskredit.

Mit jedem Schritt verlor sich seine Angst ein wenig, und er war froh darüber, denn vorhin war ihm ganz schön mulmig gewesen. Als der kahlköpfige Mann seine Kugel direkt vor Jeffs Füße in den Boden jagte, hatte Eric gerade zu Stacy hinübergeschaut, um zu sehen, ob mit ihr alles in Ordnung war. Deshalb hatte er auch nicht mitgekriegt, wie der Mann seine Waffe gesenkt hatte, und als die Pistole losgegangen war, hatte er einen Moment geglaubt, Jeff wäre in die Brust getroffen und getötet worden. Danach war alles wahnsinnig schnell geschehen – sie wurden zurückgetrieben und den Pfad hinaufgescheucht –, und erst jetzt begann sein Herz sich etwas zu beruhigen. Irgendjemand würde Licht in dieses seltsame Dunkel bringen. Oder die Archäologen würden ihnen helfen. Und alles würde wieder gut werden.

Missstimmung. Misswirtschaft. Misserfolg.

»Henrich!«, rief Matthias, und alle blieben stehen, starrten den Hügel hinauf und warteten auf eine Antwort.

Aber nichts dergleichen. Sie zögerten noch ein paar Sekunden, dann gingen sie weiter.

Was sie vorhin gesehen hatten, war wirklich ein Zelt, das konnte Eric jetzt, wo sie ein Stück weiter oben waren, klar erkennen. Es war leuchtend orange, wie ein Leitkegel, ein bisschen ramponiert, und musste wohl schon ziemlich lange hier stehen, denn die Ranken waren an der Aluminiumstange hochgeklettert und nutzten sie als Spalier. Ein Vier-Personen-Zelt, vermutete Eric. Die Öffnung deutete in die entgegengesetzte Richtung, weg von ihnen.

»Hallo?«, rief Jeff, und erneut blieben sie stehen, um zu horchen.

Jetzt waren sie nahe genug, dass sie hörten, wie der Wind an dem Zelt zerrte, ein flappendes Geräusch wie von einem Segel. Ansonsten hörte man nichts, auch keinerlei Anzeichen von Menschen. In dieser Stille fiel Eric jetzt auch das auf, was Stacy schon vorhin bemerkt hatte: Die Moskitos waren verschwunden. Eigentlich hätte er darüber erleichtert sein sollen, aber aus irgendeinem Grund blieb die Erleichterung aus. Im Gegenteil – es machte ihn nervös. Auf einmal spürte er wieder die Angst, die er auf der Lichtung empfunden hatte, als er sich umgedreht und erwartet hatte, dort Jeffs toten Körper liegen zu sehen, während noch das Echo des Schusses vom Waldrand widerhallte. Es kam ihm sonderbar vor, hier zu stehen, verschwitzt, auf halbem Weg den Hügel hinauf, mitten im Dschungel, und nicht von den kleinen Quälgeistern verfolgt zu werden. Und genau das wollte Eric nicht, er wollte sich nicht sonderbar fühlen, er wünschte sich, dass endlich alles einen Sinn ergab. Vorhersehbar wurde. Er wollte, dass jemand ihm einleuchtend erklärte, warum die Insekten verschwunden waren, warum die Männer sie gezwungen hatten, auf den Hügel zu steigen, warum alle drei Mayas immer noch dort unten auf der Lichtung standen und ihnen nachstarrten, mit der Waffe in der Hand.

Misere zählte nicht. Genauso wenig wie miserabel. Kurz überlegte Eric, ob sie die gleiche Wurzel hatten wie die anderen Miss-Wörter. Sicher Lateinisch. Schon wieder etwas, was er hätte wissen müssen.

Die Wunde an seinem Ellbogen begann zu schmerzen. Wieder spürte er seinen Herzschlag darin, ein bisschen langsamer jetzt, aber immer noch zu schnell. Er versuchte sich vorzustellen, wie die Archäologen über ihre Geschichte lachten, die sich irgendwann als überhaupt nicht so sonderbar entpuppen würde, wenn sich erst einmal alles erklären ließ. In dem orangefarbenen Zelt gab es bestimmt einen Erste-Hilfe-Koffer. Jemand würde die Wunde säubern und eine weiße Binde darumwickeln. Und wenn sie dann wieder in Cancún waren – er lächelte bei dem Gedanken –, würde er eine Schlange aus Gummi kaufen und sie unter Pablos Handtuch verstecken.

Die Lianen bedeckten alles, bis auf den Pfad und das orangefarbene Material des Zelts. An manchen Stellen wuchsen sie so dünn, dass Eric den Boden darunter sehen konnte – er war felsiger, als er es erwartet hatte, trocken, fast wüstenartig –, aber an anderen wucherten sie kreuz und quer, eine Schicht über der anderen, in Höckern, etwas höher als hüfthoch, wirr, leuchtend grün, üppig. Und überall hingen die glockenförmigen blutroten Blüten an den Ranken.

Eric spähte den Hügel hinunter, gerade rechtzeitig, um die Ankunft eines vierten Mannes mitzukriegen. Er kam auf einem Fahrrad, weiß gekleidet wie die anderen, auf dem Kopf einen Strohhut. »Da ist noch einer«, informierte Eric die anderen.

Alle blieben stehen, drehten sich um und blickten ebenfalls hinunter. Ein fünfter erschien, dann ein sechster Mann, alle auf Fahrrädern. Die Neuankömmlinge trugen allesamt einen Bogen über der Schulter. Wie es aussah, berieten sie sich kurz; der Kahle schien das Sagen zu haben. Er erklärte und gestikulierte, und alle hörten ihm geduldig zu. Dann deutete er zum Berg. Alle drehten sich um und starrten hinauf. Eric spürte den Impuls, den Blick abzuwenden, aber das war natürlich albern, ein unnötiger Reflex nach dem Motto »Starren ist unhöflich«, der rein gar nichts mit dem zu tun hatte, was hier abging. Er sah, wie der Mann mit der Pistole mit den abgehackten Bewegungen eines Militäroffiziers nach rechts und links winkte und die Männer mit den Bogen am Rand der Lichtung entlanggingen – zwei in die eine, drei in die andere Richtung –, sodass der Mann schließlich allein unten am Weg stand.

»Was machen die da bloß?«, fragte Amy, aber niemand antwortete ihr.

Kurz darauf kam ein Kind aus dem Dschungel. Es war der kleinere der beiden Jungen, die ihnen vorhin gefolgt waren, der, den sie auf dem Feld zurückgelassen hatten. Jetzt stand er neben dem kahlköpfigen Mann, und sie starrten beide zu den sechs Menschen am

Abhang des Hügels hinauf. Der Mann hatte die Hand auf die Schulter des Jungen gelegt, und die beiden sahen aus, als posierten sie für ein Foto.

»Vielleicht sollten wir einfach wieder hinunterlaufen«, schlug Eric vor. »Schnell, solange er mit dem Jungen allein ist. Wir könnten die beiden überrennen.«

»Aber er hat einen Revolver, Eric«, gab Stacy zu bedenken.

Amy nickte. »Und er könnte die anderen zurückrufen.«

Sie schwiegen wieder. Alle starrten zum Gipfel hinauf und zerbrachen sich den Kopf, aber falls es für ihre derzeitige Notlage überhaupt eine Lösung gab, fiel sie jedenfalls keinem von ihnen ein.

Matthias legte noch einmal die Hände an den Mund und rief zu dem Zelt hinauf: »Henrich!«

Aber der orangefarbene Fleck flatterte nur sanft im Wind. Bis zum Gipfel war es nicht besonders weit, vom Fuß des Hügels höchstens hundertfünfzig Meter, und sie hatten ungefähr schon die Hälfte hinter sich. Auf jeden Fall war das nahe genug, dass jemand im Zelt das Rufen hören würde. Doch niemand erschien, niemand antwortete. Und während die Sekunden verstrichen und die Stille sich dehnte, musste Eric sich eingestehen, was alle anderen wahrscheinlich auch dachten, obwohl keiner die Courage fand, es laut auszusprechen: Es war keiner da.

»Kommt, gehen wir weiter«, sagte Jeff und winkte sie voran.

Und sie nahmen ihnen Marsch wieder auf.

Auf dem Gipfel war der Hügel flach und bildete ein breites Plateau, das aussah, als wäre eine Riesenhand aus dem Himmel gekommen und hätte es in den Momenten nach der Schöpfung, als alles noch formbar war, sanft platt geklopft. Das Plateau war größer als Jeff erwartet hatte. Der Weg führte an dem orangefarbenen Zelt vorbei und öffnete sich dann, etwa fünfzehn Meter weiter, auf eine kleine Lichtung mit felsigem Untergrund. Dort stand ein zweites Zelt, in Blau. Es sah ebenso mitgenommen aus wie das orangefarbene. Natürlich war nirgends ein Mensch zu sehen, und Jeff hatte auf Anhieb das Gefühl, dass schon seit geraumer Zeit niemand mehr hier gewesen war.

»Hallo?«, rief er noch einmal. Dann standen sie alle sechs neben dem orangefarbenen Zelt und taten so, als warteten sie auf eine Antwort, obwohl keiner von ihnen wirklich damit rechnete.

Der Aufstieg war nicht sonderlich anstrengend gewesen, aber sie waren alle ein wenig außer Atem. Eine Weile sprach und bewegte sich keiner, es war einfach zu heiß, sie waren zu verschwitzt und zu verängstigt. Matthias holte seine Wasserflasche heraus, reichte sie herum, und sie tranken den Rest. Eric, Stacy und Amy setzten sich auf die Erde und lehnten sich aneinander. Matthias ging zu dem Zelt. Der Reißverschluss am Eingang war zugezogen, und er hockte eine Weile davor und überlegte, wie man ihn öffnen sollte. Jeff kam ihm zu Hilfe. Zzzzzzipp. Dann steckten sie beide den Kopf ins Innere des Zelts. Auf dem Boden lagen drei aufgerollte Schlafsäcke. Außerdem eine Petroleumlampe. Zwei Rucksäcke. Eine Art Werkzeugkasten aus Plastik. Ein Vierliterbehälter mit Wasser, halb voll. Ein Paar Wanderstiefel. Obgleich damit bewiesen war, dass jemand hier gewohnt hatte, war klar, dass das Zelt seit einiger Zeit unbenutzt war. Die muffige Luft hätte als Hinweis schon gereicht, aber noch deutlicher war die blühende Ranke. Irgendwie hatte sie es geschafft, ins Innere des verschlossenen Zelts vorzudringen und Wurzeln zu schlagen. Manche Dinge waren überwuchert, andere unberührt. Die Wanderstiefel waren fast völlig zugewachsen. Einer der Rucksäcke stand offen, und die Lianen quollen daraus hervor.

Fast gleichzeitig zogen Jeff und Matthias die Köpfe wieder zurück und sahen einander stumm an.

»Was ist da drin?«, wollte Eric wissen.
»Nichts«, antwortete Jeff. »Nur ein paar Schlafsäcke.«
Inzwischen hatte sich Matthias auf den Weg über das Plateau zu dem blauen Zelt gemacht; Jeff folgte ihm und bemühte sich, ihrer Situation irgendeinen Sinn abzugewinnen. Offensichtlich war den Archäologen irgendetwas zugestoßen. Vielleicht waren sie mit den Dorfbewohnern in Konflikt geraten, und die Mayas hatten sie angegriffen. Aber warum hatten die Männer dann Jeff und seine Freunde auf den Hügel geschickt? Hatten sie Angst, dass die Eindringliche schon zu viel gesehen hatten, selbst vom Fuß des Hügels aus? Aber warum hatten sie sie dann nicht einfach umgebracht? Vermutlich wäre das relativ leicht zu vertuschen gewesen. Niemand wusste, wo sie waren. Höchstens die Griechen, falls Pablo ihnen tatsächlich eine Nachricht geschrieben hatte, bevor er aufgebrochen war. Aber trotzdem wäre es nicht schwer gewesen, sie zu töten und irgendwo im Dschungel zu verscharren. Für den Fall, dass doch jemand kam, um sie zu suchen, konnten die Dorfbewohner einfach so tun, als wüssten sie von nichts. Jeff zwang sich, an seine Ängste hinsichtlich des Taxifahrers zu denken, die im Nachhinein völlig unbegründet gewesen waren. Warum also sollte sich die gegenwärtige Situation nicht auch als harmlos herausstellen?
Matthias öffnete den Reißverschluss an dem blauen Zelt und steckte den Kopf hinein. Jeff beugte sich vor, um ebenfalls hineinzuspähen. Der Anblick war der gleiche wie vorhin: Schlafsäcke, Rucksäcke, Campingausrüstung. Wieder der muffige Geruch, wieder die Lianen, die einiges überwucherten und anderes in Ruhe gelassen hatten. Sie zogen die Köpfe zurück und schlossen den Reißverschluss.
Etwa zehn Meter hinter dem Zelt war ein Loch in die Erde gegraben worden. Daneben stand eine provisorische Windenkonstruktion, eine horizontale Trommel mit einer an die Grundplatte

gelöteten Handkurbel. Um die Trommel war ein Seil gewickelt; das Seil führte über ein kleines Rad, das an einer Art Sägebock über dem Loch hing. Von dort fiel das Seil direkt in die Erde. Vorsichtig traten Jeff und Matthias an das Loch und spähten hinein. Es war ein rechteckiger Schacht, drei Meter mal einen Meter achtzig und sehr tief; Jeff konnte den Grund nicht sehen. Vermutlich der Eingang in die Mine. Von unten kam ein leichter Zug, wie ein unheimlicher, kalter Atem aus der Dunkelheit.

Unterdessen waren auch die anderen aufgestanden und ihnen über das Plateau gefolgt. Einer nach dem anderen blickte in die Grube hinunter.

»Hier ist niemand«, stellte Stacy fest.

Jeff nickte, noch immer tief in Gedanken versunken. Vielleicht hatte es etwas mit den Ruinen zu tun? Etwas Religiöses? Womöglich eine Verletzung der Stammesregeln? Aber die Ruinen stammten doch gar nicht von religiösen Bauwerken, es war nur ein altes Bergwerk, ein in die Erde gebuddelter Schacht.

»Ich glaube, hier ist schon eine Weile niemand mehr gewesen«, stellte Amy fest.

»Was machen wir denn jetzt?«, fragte Eric.

Alle schauten Jeff an, sogar Matthias. Jeff zuckte die Achseln. »Der Weg führt noch weiter.« Er deutete auf die andere Seite des Schachts, und alle folgten seiner Geste mit den Augen. Wenige Meter von ihnen entfernt war die Lichtung zu Ende, und die Kletterpflanzen übernahmen wieder das Kommando. Der Pfad führte mitten durch sie hindurch, schlängelte sich zum Rand der Anhöhe und verschwand dort.

»Sollen wir weitergehen?«, fragte Stacy.

»Ich gehe jedenfalls nicht den Weg zurück, auf dem wir gekommen sind«, verkündete Amy.

Im Gänsemarsch zogen sie wieder los, Jeff wie gewohnt vorneweg. Eine Weile konnte er den Fuß des Hügels nicht sehen, aber dann neigte sich der Weg nach unten, steiler, als er beim Aufstieg gewesen war, und vor Jeff lag genau das, was er befürchtet hatte. Erschrocken blieben die anderen stehen und starrten nach unten. Auch Jeff hielt inne, wenn auch weniger überrascht. Schon als er gehört hatte, wie der kahlköpfige Maya die Bogenschützen von der Lichtung geschickt hatte, war ihm klar gewesen, was geschehen würde. Jetzt stand einer der Männer unten am Fuß des Hügels, spähte zu ihnen herauf und wartete, dass sie näher kamen.

»Scheiße«, sagte Eric.

»Was machen wir jetzt?«, fragte Stacy.

Keiner sagte etwas. Von hier oben sah es aus, als wäre der Dschungel überall um den Fuß des Hügels abgeholzt worden, sodass ein Ring aus nackter Erde entstanden war. Auf diesem Ring hatten sich die Mayas verteilt; sie waren umzingelt. Jeff begriff, dass es keinen Sinn hatte, weiter hinunterzusteigen – sie würden sowieso nicht durchkommen –, aber ihm fiel auch keine andere Möglichkeit ein. Resigniert zuckte er die Achseln und winkte die anderen vorwärts. »Schauen wir mal«, antwortete er vage.

Hier war der Weg wesentlich steiler, und an manchen Stellen mussten sie, einer hinter dem anderen, auf dem Hintern rutschen. Es würde anstrengend werden, wieder hinaufzuklettern, aber Jeff versuchte, sich darüber jetzt nicht den Kopf zu zerbrechen. Als sie sich näherten, ließ der Maya den Bogen von der Schulter gleiten und legte einen Pfeil ein, wobei er den Kopf schüttelte, etwas rief und eine abwehrende Bewegung machte. Dann schrie er nach links etwas, was klang wie ein Name. Wenige Sekunden später kam von dort noch ein Bogenschütze angetrabt.

Mit gespanntem Bogen warteten die beiden Männer am Fuß des Hügels.

Am Rand der Lichtung blieb Jeff stehen, die anderen folgten seinem Beispiel, wischten sich den Schweiß von der Stirn, und Pablo sagte etwas auf Griechisch. Der Satzmelodie nach war es eine

Frage, aber natürlich wusste es niemand genau. Er wiederholte den Satz, gab dann aber auf.

»Also?«, sagte Amy.

Aber auch Jeff wusste nicht weiter. Er war überzeugt, dass es immer noch ein Unterschied war, ob ein Pfeil nur eingelegt oder tatsächlich abgeschossen wurde, und er spielte kurz mit der Idee, es darauf ankommen zu lassen. Was, wenn er einfach einen Schritt auf die Lichtung machte? Und dann noch einen und noch einen? Irgendwann mussten die Männer entweder schießen oder ihn durchlassen. Möglicherweise war es nur eine Frage von Courage, und er war kurz davor, das Risiko einzugehen, als von links ein weiterer Bogenschütze auf sie zukam, und nun war der Augenblick verstrichen. Obwohl er wusste, dass es nichts bringen würde, zog er seine Brieftasche hervor und hielt den Mayas seine gesamte Barschaft entgegen.

Keine Reaktion.

»Überrennen wir sie«, schlug Eric erneut vor.

»Ach, sei still, Eric«, wehrte Stacy ab.

Aber er hörte nicht auf sie. »Oder wir machen uns Schilde. Wenn wir Schilde hätten, könnten wir …«

Noch ein Mann kam über die Lichtung gelaufen. Sie hatten ihn noch nie gesehen – er war bärtig und kräftiger als die anderen. Und er trug ein Gewehr.

»O mein Gott«, stieß Amy hervor.

Jeff steckte das Geld in seine Brieftasche zurück und die Brieftasche wieder in die Jeans. Direkt vor ihnen hatten die Lianen die Lichtung überwuchert und sozusagen einen Außenposten gebildet. Drei Meter, ehe der Weg begann, befand sich einer jener seltsamen Höcker, ein wenig kleiner als die anderen, nur kniehoch, voller Blüten. Die Mayas bezogen jenseits davon Stellung, mit nach wie vor gespannten Bogen. Und nun gesellte sich auch der Mann mit dem Gewehr zu ihnen.

»Gehen wir lieber zurück auf den Hügel«, meinte Stacy.

Aber Jeff starrte auf die Pflanze, den isolierten Ausläufer, und tief in seinem Innern begriff er plötzlich, was das war, ohne sich dessen wirklich bewusst zu werden.

»Ich will zurück«, wiederholte Stacy.

Doch Jeff machte einen Schritt nach vorn. Vier Schritte brauchte er für die drei Meter, die Hände vor sich ausgestreckt, um die bewaffneten Männer zu beschwichtigen und ihnen zu zeigen, dass er nichts Böses im Schilde führte. Tatsächlich schossen sie nicht auf ihn, genau wie er es geahnt hatte. Sie wollten ihm erlauben nachzusehen, was sich unter dem Lianenausläufer befand und was er eigentlich schon wusste, aber nicht in sein Bewusstsein eindringen ließ. Ja, sie wollten sogar, dass er es sich anschaute.

»Jeff!«, rief Amy.

Aber er ignorierte sie und kauerte sich neben die Höckerpflanze. Vorsichtig streckte er die Hand nach den Blütenranken aus und zog sie auseinander. Dann packte er einen Stängel, zerrte daran, bis er sich löste, und sah vor sich einen Tennisschuh, eine Socke und den unteren Teil eines menschlichen Schienbeins.

»Was ist denn da?«, fragte Amy.

Jeff drehte sich um und starrte Matthias an. Auch er wusste Bescheid, das sah Jeff in seinen Augen. Der Deutsche kauerte sich neben ihn und machte sich ebenfalls an den Ranken zu schaffen, erst behutsam, dann immer energischer. Aus gut fünf Metern Entfernung sahen die Mayas ihm mit ausdruckslosen Gesichtern zu. Auf einmal stöhnte Matthias laut auf. Ein zweiter Schuh kam zum Vorschein, ein zweites Bein. Eine Jeans, eine Gürtelschnalle, ein schwarzes T-Shirt. Und schließlich das Gesicht eines jungen Mannes. Es war Matthias' Gesicht, nur ein bisschen anders: Die gleichen Züge, eine Familienähnlichkeit, die man selbst jetzt noch deutlich erkennen konnte, obgleich von

Henrichs Wange so viel fehlte, dass der Backenknochen und der linke Augapfel freilagen.

»O Gott«, stieß Amy hervor. »Nein!«

Jeff hob die Hand, um sie zum Schweigen zu bringen. Matthias kauerte über der Leiche seines Bruders, wiegte sich hin und her, und das Stöhnen kam und ging. Auf einmal merkte Jeff, dass das schwarze T-Shirt gar nicht wirklich schwarz war, sondern steif und dunkel von geronnenem Blut. Aus Henrichs Brust ragten drei schlanke Pfeile. Behutsam legte Jeff die Hand auf Matthias' Schulter. »Ganz ruhig«, flüsterte er. »Alles klar? Schön ruhig und vorsichtig. Wir stehen jetzt auf und gehen weg. Zurück auf den Hügel.«

»Das ist mein Bruder«, sagte Matthias.

»Ich weiß.«

»Sie haben ihn getötet.«

Wortlos nickte Jeff. Seine Hand lag noch auf Matthias' Schulter, und er spürte, wie sich die Muskeln verkrampften. »Ganz ruhig«, sagte er noch einmal.

»Warum …?«

»Ich weiß es nicht.«

»Er war …«

»Schsch«, machte Jeff. »Nicht hier. Erst mal gehen wir zurück auf den Hügel, okay?«

Matthias konnte kaum atmen und rang mühsam nach Luft. Jeff ließ seine Schulter nicht los. Schließlich nickte Matthias, und sie standen gemeinsam auf. Stacy und Amy hielten sich an den Händen und starrten voller Entsetzen auf Henrichs Leiche; Stacy hatte ganz leise angefangen zu weinen. Eric legte den Arm um sie.

Die Mayas hielten weiter ihre Bogen hoch – mit eingelegten Pfeilen und gespannter Sehne –, während sie schweigend zusahen, wie Jeff und die anderen kehrtmachten und sich zurück auf den Hügel schleppten.

Das Steigen half ein wenig – die körperliche Anstrengung, die Konzentration, die an den steileren Stellen nötig war, an denen sie manchmal fast kriechen und sich mit den Händen abstützen mussten. Auch Stacys Weinen versiegte allmählich. Aber sie blickte sich immer wieder nach der Lichtung um, obwohl sie es eigentlich gar nicht wollte. Irgendwie konnte sie nicht anders. Sie hatte Angst, dass die Männer ihnen nachsetzen würden. Immerhin hatten sie Matthias' Bruder getötet, also schien es nur logisch, dass auch ihr Leben bedroht war. Warum sollten die Mayas nicht ihre ganze Gruppe töten? Die Ranken würden ihre Leichen wahrscheinlich schnell genug überwuchern. Doch die Bogenschützen standen regungslos im Zentrum der Lichtung und starrten ihnen nach.

Auf dem Gipfel des Hügels wurde die Stimmung wieder problematisch. Jetzt fing Amy an zu weinen, und das führte natürlich dazu, dass auch Stacy wieder die Tränen kamen. So saßen sie auf der Erde, hielten sich an den Händen und weinten. Eric kauerte sich neben Stacy und murmelte Dinge wie: »Alles wird gut.« Oder: »Wir schaffen das schon.« Oder nur: »Schsch.« Alles Phrasen, Unsinn, kleine Trostpflästerchen aus Worten. Aber die Angst auf seinem Gesicht brachte sie nur noch mehr zum Schluchzen. Die Sonne brannte gnadenlos herab, es gab nirgends Schatten, und nach einer Weile war Stacy so benommen, dass sie nicht einmal mehr weinen konnte. Als sie aufhörte, versiegten bald auch Amys Tränen.

Jeff und Matthias waren weitergegangen und standen jetzt auf der anderen Seite des Plateaus, starrten auf die Lichtung hinunter und redeten. Pablo war in dem blauen Zelt verschwunden.

»Gibt es irgendwo noch Wasser?«, fragte Amy.

Eric wühlte in seinem Rucksack, holte eine Flasche heraus, und sie tranken alle nacheinander.

»Das wird schon«, sagte Eric wieder.

»Aber wie denn?«, fragte Stacy und hasste sich sofort dafür. Sie wusste, dass sie solche Fragen jetzt nicht stellen durfte. Sie musste den Mund halten, damit Eric sich diesen Traum für sie alle ausdenken konnte.
Einen Moment grübelte Eric angestrengt. »Vielleicht können wir wieder runter, wenn die Sonne untergegangen ist, und uns in der Dunkelheit an ihnen vorbeischleichen.«
Sie tranken noch etwas mehr Wasser und ließen sich den Vorschlag durch den Kopf gehen. Aber es war zu heiß zum Denken, und Stacy hatte permanent ein Summen im Ohr, wie Statik, nur viel höher. Ihr wurde klar, dass sie Schatten brauchte, dass sie sich in einem der Zelte verkriechen und sich hinlegen sollte. Aber sie hatte Angst vor den Zelten. Sie wusste, dass diejenigen, die die Zelte so sorgfältig hier auf dem Hügel aufgebaut hatten, inzwischen mit an Sicherheit grenzender Wahrscheinlichkeit tot waren. Wenn Henrich tot war, waren es die Archäologen bestimmt auch. Was sonst?
Eric versuchte es noch einmal. »Oder wir warten einfach«, meinte er. »Irgendwann werden die Griechen schon kommen.«
»Woher willst du das wissen?«, fragte Amy.
»Pablo hat ihnen doch eine Nachricht hinterlassen.«
»Wie kannst du dir da so sicher sein?«
»Er hat sogar die Karte abgemalt, oder nicht?«
Darauf antwortete Amy nicht, und Stacy wünschte sich, sie würde etwas sagen, die Frage irgendwie klären, Erics Logik entweder widerlegen oder akzeptieren. Doch Amy schwieg und sah zu Jeff und Matthias hinüber. Natürlich konnten sie sich nicht sicher sein, dass die Griechen kommen würden. Möglicherweise hatte Pablo ihnen eine Nachricht hinterlassen, aber vielleicht auch nicht. Das würden sie erst mit Sicherheit wissen, wenn die Griechen wirklich auftauchten.
»Ich hab noch nie eine Leiche gesehen«, stellte Eric fest.

Weder Amy noch Stacy erwiderten etwas. Was sollten sie darauf auch sagen?
»Er sah aus, als hätte etwas ihn aufgefressen, stimmt's? Als wäre etwas aus dem Dschungel gekommen und …«
»Hör auf«, fiel ihm Stacy ins Wort.
»Aber es ist doch seltsam, oder nicht? Er hat lange genug da gelegen, dass die Lianen ihn …«
»Bitte, Eric.«
»Und wo sind die anderen? Wo sind die Archäologen?«
Stacy streckte die Hand aus und legte sie auf sein Knie. »Hör einfach auf, okay? Bitte sei still.«
Jetzt kamen Jeff und Matthias zurück zu ihnen. Matthias hielt die Hände von sich gestreckt, als hätte er sich beim Streichen mit Farbe bespritzt, die er nicht an seine Kleider schmieren wollte. Als sie näher kamen, sah Stacy, dass Hände und Handgelenke tiefrot waren, wie rohes Fleisch, entstellt.
»Was ist passiert?«, fragte Eric.
Jeff und Matthias kauerten sich neben die anderen. Jeff ergriff die Wasserflasche und goss Matthias ein kleines bisschen davon über die Hände, dann rieb Matthias mit dem Hemd an ihnen herum und zog eine Grimasse.
»Das ist irgendwas von den Pflanzen«, erklärte Jeff. »Als er sie vorhin von seinem Bruder abgerissen hat, ist Saft auf seine Hände gespritzt. Es muss irgendeine Säure darin sein, jedenfalls hat es seine Haut verbrannt.«
Alle starrten auf Matthias' Hände. Jeff gab die Flasche an Stacy weiter, die ihr Kopftuch abnahm und Anstalten machte, Wasser darüberzukippen, um sich so den Kopf ein bisschen zu kühlen. Aber Jeff hielt sie auf.
»Nicht!«, rief er. »Wir müssen Wasser sparen.«
»Sparen?«, fragte sie. Die Hitze hatte sie begriffsstutzig gemacht – sie wusste wirklich nicht, was er meinte.

Er nickte. »Wir haben nicht so viel Wasser, und jeder braucht mindestens eineinhalb bis zwei Liter pro Tag. Das sind jeden Tag zwölf Liter. Wir müssen eine Möglichkeit finden, Regenwasser aufzufangen.« Dabei blickte er zum Himmel empor. Kein Wölkchen war zu sehen. Seit sie in Mexiko waren, hatte es bisher jeden Nachmittag geregnet, und ausgerechnet jetzt, wo sie es brauchten, war der Himmel vollkommen klar. »Wir müssen uns organisieren«, sagte Jeff. »Jetzt, wo wir noch einigermaßen frisch sind.«

Stumm sahen die anderen ihn an.

»Essen ist nicht so wichtig, ohne Nahrung kommen wir durch. Aber Wasser ist dringend. Wir müssen aus der Sonne gehen und möglichst viel Zeit in den Zelten verbringen.«

Stacy wurde übel. Was sagte er da? Das klang ja, als würden sie eine Weile hierbleiben müssen, als säßen sie in der Falle. Der Gedanke machte sie panisch. Am liebsten hätte sie sich die Ohren zugehalten, um nicht mehr hören zu müssen, was er sagte. Sie wünschte sich nur eins, nämlich dass er endlich den Mund hielt.

»Können wir uns nicht wegschleichen, wenn es dunkel wird?«, fragte sie. »Eric hat gemeint, das geht.«

Aber Jeff schüttelte den Kopf und deutete zur anderen Seite des Plateaus, wo er und Matthias vorhin gestanden hatten. »Es kommen immer mehr«, erklärte er. »Alle sind bewaffnet, und der Kahle verteilt sie auf der Lichtung. Wir sind regelrecht umzingelt.«

»Warum bringen sie uns nicht einfach um?«, wollte Eric wissen.

»Keine Ahnung. Anscheinend hat es irgendwas mit diesem Hügel zu tun. Wenn man erst mal einen Fuß auf ihn gesetzt hat, darf man nicht mehr runter. Irgendwas in der Art. Selber kommen sie nicht her, aber jetzt, wo wir hier sind, lassen sie uns nicht wieder weg. Wenn wir es versuchen, schießen sie auf uns. Deshalb müssen wir uns eine Methode ausdenken, wie wir überleben können, bis jemand kommt und uns rettet.«

»Wer soll das denn sein?«, fragte Amy.

»Vielleicht die Griechen«, antwortete Jeff achselzuckend. »Das wäre das Schnellste. Aber wenn wir nicht heimkommen, werden auch unsere Eltern ...«

»Unser Rückflug geht erst in einer Woche«, gab Amy zu bedenken.

Jeff nickte.

»Und dann müssen sie noch herkommen, um uns zu suchen.«

Wieder nickte Jeff.

»Du meinst also, unser Aufenthalt hier könnte einen Monat dauern, oder was?«

Erneut ein Schulterzucken. »Vielleicht.«

Das Entsetzen war Amy deutlich anzusehen, und ihre Stimme wurde schrill. »Wir können es hier doch nicht einen Monat aushalten, Jeff!«

»Wenn wir versuchen abzuhauen, erschießen uns die Männer dort unten. Das ist das Einzige, was wir sicher wissen.«

»Aber was sollen wir essen? Wie sollen wir ...«

»Vielleicht kommen ja die Griechen«, unterbrach Jeff. »Womöglich schon morgen.«

»Und was dann? Wahrscheinlich gehen sie doch mit uns in die Falle.«

Jeff schüttelte den Kopf. »Wir stellen unten einen Posten auf. Um sie zu warnen.«

»Aber die Männer werden nicht weggehen. Sie werden die Griechen zwingen ...«

Erneut schüttelte Jeff den Kopf. »Das glaube ich nicht«, sagte er. »Sie haben uns erst auf den Hügel getrieben, als du auf die andere Seite der Lichtung gegangen bist. Anfangs wollten sie uns von hier verjagen. Ich denke, das werden sie auch mit den Griechen so machen. Wir müssen nur eine Möglichkeit finden, mit ihnen zu kommunizieren und sie wissen zu lassen, was passiert ist, damit sie Hilfe holen können.«

»Pablo«, sagte Eric.

Jeff nickte wieder. »Wenn wir ihm klarmachen können, was er tun soll, dann kann er sie warnen und wegschicken.«

Alle drehten sich um und starrten zu Pablo, der aus dem blauen Zelt gekrochen war und nun auf dem Plateau umherwanderte. Er schien mit sich selbst zu sprechen und murmelte leise vor sich hin. Seine Hände hatte er tief in den Taschen vergraben, die Schultern hochgezogen. Offenbar merkte er nicht, dass sie ihn beobachteten.

»Womöglich fliegen auch Flugzeuge über uns hinweg«, meinte Jeff. »Denen könnten wir mit irgendeinem reflektierenden Gegenstand Signale geben. Oder vielleicht ein paar von den Ranken trocknen und ein Feuer entfachen. Drei Feuer in einem Dreieck – das ist eine Art SOS, soviel ich weiß.«

Er verstummte; offensichtlich waren ihm die Ideen ausgegangen. Da weder Stacy noch die anderen auch nur eine einzige Idee hatten, saßen sie alle eine Weile stumm da. In der Stille hörte Stacy das seltsam zirpende Geräusch immer deutlicher – gleichmäßig, hartnäckig, gerade an der Schwelle zum Hörbaren. Sie überlegte kurz, ob es vielleicht ein Vogel war, wusste aber sofort, dass das nicht sein konnte. Sonst schien keiner das Geräusch zu bemerken, und sie wollte gerade der Quelle auf den Grund gehen, als Pablo zu schreien anfing. Er hüpfte neben dem Bergwerksschacht auf und ab und deutete hinunter.

»Was macht er denn da?«, fragte Amy.

Stacy sah, wie er eine Hand an den Kopf und dann ans Ohr legte, als würde er telefonieren. Sofort sprang sie auf und rannte zu ihm. »Schnell«, rief sie den anderen zu und winkte ihnen, ihr zu folgen. Auf einmal erkannte sie, was das Zirpen war: Aus irgendeinem Grund – unerklärlich, ein Wunder – klingelte auf dem Boden der Grube ein Handy.

Amy konnte es nicht glauben. Sie hörte das Geräusch aus der Grube und musste – wie die anderen – zugeben, dass es klang wie ein Handy, aber sie glaubte trotzdem nicht daran. Ehe sie aufgebrochen waren, hatte Jeff ihr gesagt, sie solle ihr eigenes Handy im Hotel lassen, weil es in Mexiko zu teuer war, damit zu telefonieren. Natürlich bedeutete das nicht, dass es keine lokalen Netze gab, warum sollte es also nicht tatsächlich ein Telefon sein, was sie da hörten? Eigentlich gab es keinen Grund, warum es nicht so sein sollte, und Amy strengte sich an, sich davon zu überzeugen. Aber es funktionierte nicht. Tief im Herzen hatte sie sich schon der Verzweiflung ausgeliefert, und das klägliche Piepen, das aus der Dunkelheit kam, reichte nicht aus, um sie da wieder herauszuholen. Als sie in die Grube hinunterspähte, stellte sie sich vor, dass kein Handy dort unten war, sondern ein kleines Vögelchen, das mit aufgerissenem Schnabel um Futter flehte – tschirp ... tschirp ... tschirp –, ein Tier, das Hilfe brauchte, nicht ein Gegenstand, der ihnen womöglich helfen konnte.

Die anderen jedoch verbreiteten Enthusiasmus, und Amy wollte ihre Freude nicht trüben. Also hielt sie den Mund und tat so, als würde sie mit den anderen zusammen Hoffnung schöpfen.

Pablo hatte bereits ein kurzes Stück Seil von der Winde gewickelt. Jetzt schlang er es sich um den Brustkorb und knotete es fest. Allem Anschein nach wollte er, dass sie ihn in die Grube hinunterließen.

»Aber er kann nicht drangehen«, gab Eric zu bedenken. »Wir müssen jemanden runterschicken, der Spanisch spricht.« Schon wollte er selbst das Seil ergreifen, aber Pablo ließ nicht los, sondern knüpfte einen Knoten nach dem anderen über seiner Brust, große, unordentliche Hanfknubbel. Es sah nicht danach aus, als wüsste er wirklich, was er tat.

»Egal«, meinte Jeff. »Er kann das Telefon raufbringen, und dann versuchen wir von hier oben anzurufen.«

Das Zirpen hörte auf, aber sie blieben über der Grube stehen, warteten und lauschten. Nach einem Augenblick, der ihnen vorkam wie eine Ewigkeit, fing es wieder an. Sie grinsten einander an, und Pablo stellte sich an den Rand der Grube, offensichtlich begierig, mit dem Abstieg zu beginnen. Doch die blühende Ranke hatte sich um die Winde geschlungen und wuchs auf dem Seil, der Achse, der Kurbel, dem Sägebock und dem kleinen Rad, sodass Jeff sie erst einmal abreißen musste, wobei er allerdings sorgsam darauf achtete, dass er keinen Saft auf die Haut bekam. Matthias war in dem blauen Zelt verschwunden. Als er wieder herauskam, hatte er eine Petroleumlampe und eine Schachtel Streichhölzer dabei. Er stellte die Lampe auf den Boden neben die Grube, riss ein Streichholz an und brachte den Docht zum Brennen. Dann gab er Pablo die Lampe.

Die Winde war ein ziemlich primitives Gerät, schlampig gebaut und nicht sehr stabil. Sie stand neben dem Grubeneingang auf einer kleinen Metallplattform, die irgendwie in den steinharten Boden eingelassen zu sein schien. Die Achse, auf der die Trommel lief, war an manchen Ecken verrostet und brauchte dringend Öl. Die Kurbel hatte keine Bremse; sollte es nötig werden, sie anzuhalten, musste man das mit dem entsprechenden Kraftaufwand tun. Amy hatte Zweifel, ob der Apparat Pablos Gewicht überhaupt aushielt, und befürchtete, dass die ganze Vorrichtung zusammenbrechen würde, sobald er sich ihr anvertraute. Dann würde der Grieche in die Dunkelheit stürzen, weiter und immer weiter, und sie würden ihn nie wiedersehen. Aber als sie eine Menge Handsignale und Gesten und Ermutigungen ausgetauscht hatten und er endlich den Abstieg begann, ächzte die Winde auf, rastete ein und begann sich laut quietschend zu drehen, während Jeff und Eric mit aller Kraft die Kurbel hielten und den Griechen langsam in den Schacht hinunterließen.

Es funktionierte, und Amy spürte, wie ihr Herz leichter wurde. Pablo würde das Handy dort unten finden, sie würden ihn herausholen und Hilfe rufen: die Polizei, die amerikanische Botschaft, ihre Eltern. Unterdessen hatte das Piepen wieder aufgehört, und diesmal fing es auch nicht gleich wieder an. Aber das machte nichts. Das Handy lag ja da unten. Langsam glaubte Amy auch daran – sie wollte es glauben, sie hatte sich die Erlaubnis gegeben zu glauben, dass sie gerettet werden würden. Sie stand neben der Grube und spähte über den Rand, rechts von ihr Stacy, gegenüber Matthias, und sah zu, wie Pablo Stück für Stück in der Erde verschwand. Seine Petroleumlampe beleuchtete die Wände des Schachts: Zuerst schwarze, löchrige, mit Steinen durchsetzte Erde, die weiter unten braun, hellbraun und schließlich gelborange wurde. Drei, vier, fünf Meter, und sie konnten den Grund des Schachts noch immer nicht sehen. Pablo lächelte zu ihnen empor, während er sich mit einer Hand an der Wand abstützte. Amy und Stacy winkten. Nur Matthias nicht. Matthias betrachtete aufmerksam das sich langsam aufrollende Seil.

»Stopp!«, rief er plötzlich, und alle zuckten erschrocken zusammen.

Jeff und Eric stemmten sich gegen die Kurbel, beide schon jetzt so verschwitzt, dass ihnen die Haarsträhnen auf der Stirn klebten. Amy sah die Muskeln an Jeffs Hals – angespannt, sehnig –, und sie konnte sich die Spannung des Seils vorstellen, die Schwerkraft, die den Griechen in die Grube zog.

Inzwischen wurde Matthias immer nervöser und brüllte: »Zieht ihn raus! Zieht ihn raus!«

Jeff und Eric zögerten. »Was ist denn?«, fragte Eric und blinzelte ihn verständnislos an.
»Die Liane!«, rief Matthias mit dringlicher Stimme und gab ihnen mit Handzeichen zu verstehen, sie sollten sich mit dem Hochziehen beeilen. »Das Seil!«
Und dann sahen sie es. Zwar hatte Jeff den größten Teil der Ranken vom Flaschenzug entfernt, aber eben nicht alles. Die Stücke, die er zurückgelassen hatte, hatten sich in der Seilspule verfangen und wurden nun, wenn die Winde sich drehte, zerquetscht, sodass ihr milchiger Saft hervorquoll, das Hanfseil dunkel färbte und es immer weiter zersetzte.
Pablo rief etwas zu ihnen herauf, eine kurze Abfolge griechischer Worte, eine Frage, und Amy erhaschte einen Blick auf ihn, wie er leise vor und zurück schwang, gut sieben Meter im Schacht, die Petroleumlampe in der Hand. Dann rannte sie mit Stacy und Matthias zu der Kurbel. Alle wollten helfen, kamen sich gegenseitig in die Quere und bemühten sich, während der Pflanzensaft jetzt deutlich sichtbar das Seil durchbrannte – unerbittlich, viel zu schnell, schneller als sie dagegen arbeiten konnten. Gerade begann Pablo seinen Weg nach oben, als es einen abrupten, markerschütternden Ruck gab, und sie übereinander nach vorn fielen, während sich die Winde hinter ihnen, von Pablos Gewicht befreit, wie wild drehte. Stille trat ein – lang, viel zu lang –, dann kam ein dumpfer Aufprall, den sie mehr fühlten als hörten, ein Zucken in der Erde, einen Moment später gefolgt von der ohrenbetäubenden Explosion der Lampe. Sie krochen zu der Grube, spähten hinein, aber es war nichts zu sehen.
Dunkelheit. Stille.
»Pablo?«, rief Eric, und seine Stimme hallte durch den Schacht.
Und dann, als wäre es weit weg und doch irgendwie auch ganz nah – erstickend nah –, so, als käme es aus dem Innern von Amys Körper, begann der Grieche zu schreien.

Eric geriet in Panik. Pablo lag dort unten in diesem Loch, in der Dunkelheit, und litt offenbar grässliche Schmerzen. Was konnte Eric tun, wohin sollte er sich wenden? Es musste etwas geschehen, und zwar sofort! Aber was? Zuerst einmal brauchten sie einen Plan, aber keiner hatte eine Idee, alle waren ratlos. Stacy stand mit weit aufgerissenen Augen neben der Winde und biss sich auf die Hand. Amy spähte in die Grube und rief in unregelmäßigen Abständen immer wieder: »Pablo? Pablo?« Ihre Stimme war kaum hörbar, weil der Grieche so laut schrie, ohne Pause, ohne leiser zu werden.

Matthias rannte zu dem orangefarbenen Zelt und verschwand darin. Jeff zog das Seil aus dem Schacht, machte es von der Winde los und legte es in großen Schlaufen über die kleine Lichtung. Dann entfernte er Stück für Stück alle Überreste der Liane, untersuchte das Seil Zentimeter um Zentimeter und hielt dabei Ausschau nach Abschnitten, wo der Saft die Hanffasern zersetzt hatte. Es war ein langsamer Prozess, und Jeff ging unerträglich systematisch vor, als gäbe es keine Eile, als hörte er die Schreie des Griechen nicht. Eric stand neben ihm, zu benommen, um zu helfen, regungslos, aber mit dem Gefühl, innerlich in heilloser, überstürzter Flucht zu rennen, während sein Herz in der Brust hämmerte. Und das Schreien hörte nicht auf.

»Sieh nach, ob du ein Messer finden kannst«, rief Jeff ihm zu.

Eric starrte ihn an. Ein *Messer*? Träge hing das Wort in seinem Kopf, als gehörte es in eine Fremdsprache. Wie sollte er denn ein Messer finden?

»Durchsuch die Zelte«, konkretisierte Jeff seine Anordnung, ohne Eric anzusehen, den Blick fest auf das Seil vor ihm gerichtet, dicht darübergebeugt, um nur ja keine verbrannte Stelle zu übersehen.

Also ging Eric zu dem blauen Zelt, zog den Reißverschluss auf und kroch hinein. Es roch immer noch muffig, die Luft stand und war heiß. Durch den blauen Nylonstoff wurde das Sonnenlicht gefiltert, und alles bekam eine traumartige, wässrige Aura. Auf dem Boden lagen vier Schlafsäcke, drei davon ausgerollt, als wären ihre Besitzer gerade eben herausgekrochen. *Und jetzt sind sie tot,* dachte Eric, und verdrängte den Gedanken möglichst rasch wieder. Dann entdeckte er ein Transistorradio und musste dem Impuls widerstehen, es auszuprobieren, zu sehen, ob es funktionierte, ob er einen Sender reinkriegte, vielleicht Musik, irgendetwas, um Pablos Schreie zu übertönen. Er fand zwei Rucksäcke, einen dunkelgrünen und einen schwarzen, kauerte sich neben den ersten und begann ihn zu durchwühlen. Aber er kam sich vor wie ein Dieb. Ein alter Instinkt, aus einer vollkommen anderen Welt – dieses Gefühl, etwas Unrechtes zu tun, wenn man sich an den Habseligkeiten eines fremden Menschen zu schaffen machte. *Und jetzt sind sie tot,* dachte er wieder, aber diesmal rief er die Worte absichtlich herbei und versuchte, sich mit ihnen Mut zu machen. Aber sie halfen nicht, sondern verschafften ihm nur ein etwas anderes Gefühl von Unrecht. Der grüne Rucksack schien einem Mann zu gehören, der schwarze einer Frau. Die Klamotten anderer Leute: Die T-Shirts des Mannes rochen nach Zigarettenrauch, die Sachen der Frau nach Parfüm. Eric überlegte, ob die Sachen wohl der Frau gehört hatten, die Matthias' Bruder am Strand kennengelernt hatte und deren Versprechen sie letztlich alle hierher und möglicherweise ins Verderben gelockt hatte.

Auf einigen Dingen hatten die Lianen sich ausgebreitet: Dünne grüne Ranken mit winzigen hellroten, fast rosa Blüten. Im Rucksack der Frau gab es mehr davon als in dem des Mannes: Die Triebe ringelten sich um Baumwollblusen, Socken, um schmutzverkrustete Jeans. Bei den Männersachen fand Eric einen Anorak, grau mit blauen Streifen am Ärmel – ein Doppelgänger seines eigenen, der sicher aufbewahrt und unerreichbar im Schrank bei seinen Eltern hing und auf die Rückkehr seines Besitzers wartete.

Ein Messer! Er musste sich seinen Auftrag in Erinnerung rufen, wandte sich widerwillig von den Kleidungsstücken ab und begann die Seitentaschen der Rucksäcke zu durchsuchen, öffnete Reißverschlüsse und kippte den Inhalt auf den Zeltboden. Eine Kamera mit Film. Ein halbes Dutzend Notizbücher mit Spiralbindung – Tagebücher, wie es aussah, in der eckigen Handschrift des Mannes. Blaue Tinte, schwarze Tinte, gelegentlich sogar rote Tinte, aber alles in einer Sprache, die Eric nicht entziffern und nicht einmal erkennen konnte. Vielleicht Niederländisch oder etwas Skandinavisches. Ein Kartenspiel. Ein Notfallkasten. Ein Frisbee. Eine Tube Sonnenblocker. Eine Nickelbrille. Ein Fläschchen mit Vitaminpillen. Eine leere Wasserflasche. Eine Taschenlampe. Aber kein *Messer*.

Unverrichteter Dinge, aber immerhin mit der Taschenlampe, kroch Eric wieder nach draußen. Er blinzelte in die Sonne. Nach der stickigen Enge des Zelts war der freie Raum fast ein Schock. Als er die Taschenlampe ausprobieren wollte, merkte er, dass sie nicht funktionierte. Er schüttelte sie und versuchte es noch einmal – wieder nichts. Für einen kurzen Moment – vielleicht zwei tiefe Atemzüge lang – hörte Pablo auf zu schreien, dann legte er wieder los. Die Pause war fast so schlimm wie das Schreien, fand Eric. Nein, sie war noch schlimmer. Er ließ die Taschenlampe auf den Boden fallen. Inzwischen war auch Matthias wieder aufgetaucht, mit einer zweiten Petroleumlampe, die er aus dem orangefarbenen Zelt geholt hatte, samt einem großen Messer und einer weiteren Notfallbox. Er und Jeff arbeiteten jetzt beide schweigend und effizient an dem Seil und kümmerten sich im Team um die verbrannten Stellen. Matthias schnitt die Schwachstellen weg, Jeff knotete das Seil wieder zusammen. Jedes Mal, wenn er einen Knoten festzurrte, schnitt er eine Grimasse. Eric stand neben ihnen und schaute zu. Er kam sich dumm vor. Er hätte auch den Notfallkasten aus dem blauen Zelt holen oder wenigstens nachsehen sollen, was drin war. Aber er war immer so gedankenlos. Sicher, er wollte helfen, er wollte, dass Pablo endlich aufhörte zu schreien, aber er war dumm und nutzlos, das ließ sich nicht ändern. Er hatte das Bedürfnis, hin und her zu laufen, aber er riss sich zusammen und blieb, wo er war. Stacy und Amy sahen genauso aus, wie er sich fühlte: verzweifelt, wie gelähmt. Auch sie beobachteten Jeff und Matthias bei der Arbeit, wie sie schnitten, zusammenbanden, zurrten. Aber es dauerte alles so lange, so unglaublich lange.

»Ich geh da runter«, verkündete Eric plötzlich, ohne wirklich darüber nachgedacht zu haben. Das Angebot erwuchs aus seiner Panik, aus dem Wunsch, die Dinge irgendwie zu beschleunigen.

Jeff warf ihm einen überraschten Blick zu. »Lass nur«, entgegnete er. »Ich mach das schon.«

Seine Stimme klang so ruhig, so grotesk gelassen, dass Eric ihn einen Augenblick nicht verstand. Es war, als müsste er den Satz erst in die Sprache seiner eigenen Angst übersetzen. Dann schüttelte er den Kopf. »Nein, ich bin leichter«, entgegnete er. »Und ich kenne Pablo auch besser.«

Jeff ließ sich den Einwand durch den Kopf gehen, und er schien ihm einzuleuchten. Er zuckte die Achseln. »Wir machen eine Schlinge für ihn«, sagte er. »Möglicherweise musst du ihm reinhelfen. Dann ziehen wir ihn rauf, und wenn wir ihn oben haben, lassen wir das Seil wieder runter und holen dich nach.«

Eric nickte. Das klang so einfach, so direkt, und er versuchte daran zu glauben, was er allerdings nicht ganz schaffte. Wieder wäre er am liebsten auf und ab gelaufen, und er musste die Zähne zusammenbeißen und seine ganze Willenskraft aufbieten, um still zu stehen.

Pablo hörte auf zu schreien. Ein, zwei, drei Atemzüge lang. Dann fing er wieder an.

»Sprich mit ihm, Amy«, ordnete Jeff an.

Ängstlich sah Amy ihn an. »Ich soll mit ihm sprechen?«, fragte sie.

Jeff winkte in Richtung Grube. »Streck den Kopf über den Rand, damit er dich sehen kann. Er soll wissen, dass wir ihn nicht im Stich lassen.«

»Was soll ich denn sagen?«, fragte Amy wieder, immer noch voller Angst.

»Irgendwas – irgendwas Tröstliches. Er versteht dich ja sowieso nicht. Es geht nur darum, dass er deine Stimme hört.«

Gehorsam ging Amy zu der Grube, kauerte sich auf alle viere und beugte sich über den Schacht. »Pablo?«, rief sie. »Wir kommen dich holen. Wir bringen nur das Seil wieder in Ordnung, dann lassen wir Eric zu dir runter«

In diesem Stil machte sie weiter. Beschrieb, was sie vorhatten, Schritt für Schritt, wie sie ihm in die Schlinge helfen und ihn hochziehen würden, und nach einer Weile hörte Pablo tatsächlich auf zu schreien. Inzwischen waren Jeff und Matthias fast fertig – sie hatten das letzte Stück Seil vor sich, Jeff band den Knoten und zog dann am einen Ende, während Matthias das andere Ende festhielt. Die beiden setzten ihr ganzes Gewicht ein, ein kurzes Tauziehen, das den Knoten festigte und gleichzeitig seine Haltbarkeit überprüfte. Jetzt war das Seil an fünf Stellen zusammengeknotet, was nicht sonderlich stabil wirkte, aber Eric gab sich alle Mühe, diesen Umstand zu ignorieren. Es war ein gutes Gefühl, derjenige zu sein, der in die Grube hinunterging, der Aktive. Aber wenn er zu lange über diese dürftigen Knoten nachgrübelte, überlegte er es sich womöglich doch noch anders.

Unterdessen rollte Matthias das Seil wieder auf die Winde, wobei er es ein letztes Mal auf Brandstellen hin kontrollierte. Das Ende fädelte er wieder auf das Rad am Sägebock. Dann knüpfte Jeff eine Schlinge für Eric und half ihm, sie über den Kopf zu ziehen und einigermaßen bequem unter die Achseln zu schieben.

»Alles wird gut, Pablo«, rief Amy in das Loch hinunter. »Eric kommt jetzt runter. Er ist ganz bald bei dir.«

Stacy zündete die zweite Petroleumlampe und gab sie Eric. Das Flämmchen flackerte schwach unter dem Glaszylinder.

Dann stand Eric neben dem Eingang der Grube und starrte in die Dunkelheit. Matthias und Jeff gingen an der Kurbel in Stellung und lehnten sich gegen den Hebel. Das Seil spannte sich, sie waren bereit. Der schwierigste Teil war der Schritt in die Luft, denn dann würde sich zeigen, ob das Seil halten würde. Einen Moment zögerte Eric. Hatte er wirklich den Mut? Aber dann wurde ihm klar, dass er in dem Moment, als er die Schlinge über den Kopf gezogen hatte, einen Prozess in Gang gebracht hatte, aus dem er nicht mehr aussteigen konnte. Also ließ er sich fallen, baumelte kurz unter dem Sägebock, und dann begannen die beiden anderen ihn hinabzulassen. Das Seil schnitt ihn in die Achselhöhlen, bei jeder Umdrehung ächzte und bebte die Winde.

Er war noch keine drei Meter weit gekommen, als die Temperatur merklich zu sinken begann. Der Schweiß auf seiner Haut wurde kalt, und auch seine Stimmung kühlte ab. Er wollte nicht in diese Grube hinunter, und noch während er sich eingestand, dass er Angst hatte und wünschte, er hätte Jeff an seiner Stelle gehen lassen, glitt er Meter um Meter weiter ins Dunkel hinein. In der Schachtwand steckten in unregelmäßigen, scheinbar zufälligen Abständen und in seltsamen Winkeln hölzerne Stützen. Sie sahen aus wie alte, mit Kreosot vollgesogene Bahnschwellen, aber Eric konnte in ihrer Verteilung keine Systematik erkennen. Nach etwa sechs Metern erblickte er zu seiner Verwunderung eine Öffnung in der Wand, einen weiteren Schacht, der im rechten Winkel zu dem verlief, in den er herabgelassen wurde. Er hob die Petroleumlampe, um ihn besser ansehen zu können. In seinem Zentrum erkannte er zwei völlig verrostete Eisenschienen. An einer davon, gerade noch im Lichtkreis der Lampe, lehnte ein Eimer. Dann bog der Schacht nach links und verschwand in der Erde. Ein stetiger Strom kalter, irgendwie dicker, feuchter Luft strömte heraus, der die Lampe plötzlich zum Aufflammen und dann zum Flackern brachte. Um ein Haar wäre sie erloschen.

»Da ist noch ein Schacht!«, rief er nach oben, um die anderen zu informieren, aber es kam keine Reaktion, nur das Quietschen der Winde, die ihn immer weiter in die Dunkelheit beförderte. In der Wand gab es gelegentlich Steine von der Größe menschlicher Schädel: glatt, grau, beinahe glasig. Sogar hier hatten die Lianen es geschafft, Fuß zu fassen, und klammerten sich an die hölzernen Stützen. Allerdings waren Blätter und Blüten wesentlich blasser als oben auf dem Hügel und wirkten fast durchsichtig. Als Eric hinaufblickte, sah er die Köpfe von Stacy und Amy, eingerahmt von einem rechteckigen Stück Himmel. Mit jedem Meter, den er weiter in die Tiefe rutschte, wurde das Bild ein wenig kleiner. Das Seil hatte leise zu schwingen begonnen, wie ein Pendel, und auch die Lampe schwankte leicht, sodass die Wände des Schachts zu wackeln schienen. Eric spürte, wie eine Welle von Übelkeit in ihm aufstieg, und er musste den Blick abwenden und nach unten starren, um den Schwindel zu beruhigen. Irgendwo unter sich hörte er Pablo stöhnen, aber er konnte den Griechen in der Dunkelheit immer noch nicht sehen. Eric hatte Schwierigkeiten zu schätzen, wie weit er schon heruntergekommen war – vielleicht fünfzehn Meter? –, und dann, kurz bevor er den Boden ausmachen konnte – noch ganz im Schatten, lediglich als eine etwas schwärzere Finsternis, in der sich langsam Pablos zusammengekrümmter Körper mit seinen weißen Tennisschuhen und seinem hellblauen T-Shirt zeigte –, kam das Seil mit einem Ruck zum Stillstand.

Eric baumelte hin und her. Vorsichtig hob er den Blick zu dem kleinen Rechteck Himmel, wo er Stacy, Amy und dann auch Jeff entdeckte.

»Eric?«, rief Jeff.

»Was?«
»Das Seil ist zu Ende.«
»Ich bin aber noch nicht unten.«
»Kannst du Pablo sehen?«
»So in etwa.«
»Ist er in Ordnung?«
»Kann ich nicht beurteilen.«
»Wie weit bist du von ihm entfernt?«
Eric spähte nach unten und versuchte die Entfernung bis zum Grund der Grube abzuschätzen. So etwas konnte er nicht sonderlich gut; ihm blieb nichts anderes übrig, als aus dem hohlen Bauch eine Zahl zu nennen. Es war genauso sinnlos, als würde er raten, wie viel Geld jemand in der Tasche hatte – wenn er recht hatte, war es reiner Zufall. »Sechs Meter«, sagte er auf gut Glück.
»Bewegt er sich?«
Eric starrte zu der undeutlichen Gestalt des Griechen hinunter. Je länger er hinsah, desto mehr konnte er erkennen, nicht mehr nur die Schuhe und das T-Shirt, sondern auch Arme, Gesicht und Hals. Im Licht seiner Lampe sah er die Glasscherben ihres Gegenstücks um den Griechen herumliegen. »Nein«, rief Eric zu den anderen hinauf. »Er liegt einfach nur da.«
Keine Antwort. Eric blickte wieder nach oben, aber die Köpfe waren von der Schachtöffnung verschwunden. Er hörte die anderen reden, nicht die einzelnen Worte, nur ein Gemurmel, hin und her, sprunghaft, aber seltsam träge. Die Stimmen hörten sich noch weiter weg an, als sie tatsächlich waren, und Eric spürte eine kurz aufkeimende Panik. Vielleicht gingen sie weg, vielleicht ließen sie ihn hier hängen …
Gerade rechtzeitig schaute er wieder nach unten, denn Pablo hob die Hand und streckte sie nach ihm aus, eine langsame Geste, wie unter Wasser, als wäre schon die kleinste Bewegung zu anstrengend und schwierig.

»Er hat gerade die Hand ausgestreckt!«, meldete er nach oben.
»Was?« Es war Jeffs Stimme, und dann erschien sein Kopf wieder in der Öffnung. Kurz darauf folgte Stacy, dann Amy und Matthias. Niemand passte an der Winde auf! Aber dann fiel Eric wieder ein, dass das ja auch nicht nötig war. *Ich bin ja am Ende,* dachte er. Er konnte nichts dagegen machen, dass ihm solche Sätze in den Kopf kamen. Ein Scherz, aber absolut humorlos.
»Er hat den Kopf gehoben«, wiederholte er.
»Wir ziehen dich raus«, rief Jeff. Und alle vier Köpfe verschwanden aus dem Rechteck.
»Wartet!«, protestierte Eric.
Sofort erschien Jeffs Kopf wieder, dann Stacys, dann Amys, winzige Silhouetten vor dem blauen Himmel. Obwohl er ihre Gesichtszüge nicht sehen konnte, wusste er sonderbarerweise genau, wer wer war. »Wir müssen uns überlegen, wie wir das Seil länger machen können«, erklärte Jeff.
Eric schüttelte instinktiv den Kopf. »Ich möchte bei ihm bleiben. Ich springe zu ihm runter.«
Oben wurde wieder gemurmelt, eine Beratung, hoch über ihm. Dann hallte Jeffs Stimme erneut durch den Schacht. »Nein, wir ziehen dich hoch.«
»Warum?«
»Womöglich können wir es nicht verlängern, und dann bist du da unten eingeschlossen.«
Darauf fiel Eric keine Erwiderung ein. Pablo war bereits hier unten. Wenn sie das Seil nicht länger machen konnten … nun, das bedeutete … Ihm schoss die Antwort durch den Kopf, und er zuckte unwillkürlich davor zurück.
»Eric?«, rief Jeff.
»Was?«
»Wir ziehen dich jetzt hoch.«
Weg waren die Köpfe, und eine Sekunde später ruckte das Seil. Sie

drehten an der Winde. Eric sah nach unten. Seine Lampe schwang wieder hin und her, sodass er nicht viel erkennen konnte, aber es kam ihm vor, als starrte Pablo zu ihm herauf. Seine ausgestreckte Hand war längst wieder zurückgesunken. Eric begann, an der Schlinge zu zerren und mit den Beinen zu treten. Er dachte nicht wirklich nach, er war unvernünftig, das wusste er. Aber er konnte Pablo nicht hier unten lassen. Allein, verletzt, im Stockdunkeln. Schon hob er den linken Arm, die Schlinge glitt nach oben, kratzte auf der Haut und rutschte über seinen Kopf. Unter dem anderen Arm hing er noch fest und wurde langsam nach oben gezogen. Der Boden des Schachts verschwand schon wieder in der Finsternis, und er musste die Petroleumlampe von einer Hand in die andere wechseln. Dann war er endgültig vom Seil los und ließ sich fallen. Die Lampe erlosch.

Er war weiter vom Grund der Grube entfernt, als er gedacht hatte, trotzdem schien der Boden zu schnell zu kommen. Plötzlich war er da, raste aus der Dunkelheit auf ihn zu, bevor er die Chance hatte, sich darauf einzustellen, seine Beine klappten zusammen, und es verschlug ihm den Atem. Er landete links von Pablo – ehe die Lampe ausging, hatte er noch die Geistesgegenwart besessen, auf diese Stelle zu zielen, aber er schaffte es nicht, das Gleichgewicht zu halten, als er aufschlug. So prallte er von der Grubenwand ab und landete auf der Brust des Griechen. Unter ihm bäumte Pablo sich auf und begann wieder zu schreien. Eric bemühte sich, so schnell wie möglich hoch- und von ihm wegzukommen, aber in der Dunkelheit war es schwer, die Balance wiederzufinden. Nichts war dort, wo es seinem Gefühl nach sein sollte. Ein paar Mal streckte er die Hand aus, in der sicheren Erwartung, den Boden oder eine Wand zu finden, und griff nur in leere Luft. »Tut mir leid«, stammelte er. »O Gott, o Gott, es tut mir so leid.« Pablo schrie und schlug mit dem einen Arm um sich, aber der untere Teil seines Körpers blieb absolut reglos. Diese

Reglosigkeit machte Eric eine Höllenangst. Er konnte erraten, was sie bedeutete.
Schließlich schaffte er es, sich auf die Knie zu hieven und von da in die Hocke zu gehen. Hinter ihm war eine Wand, eine weitere rechts und links, aber ihm gegenüber, also hinter Pablo, spürte er einen offenen Raum – noch einen Schacht, der sich in die Erde unter dem Hügel bohrte. Auch aus ihm drang ein kalter Luftstrom, aber da war noch etwas, ein Druck, eine Präsenz, als beobachte ihn jemand. Einen Moment starrte Eric angestrengt in die Dunkelheit und versuchte eine Gestalt, eine Form auszumachen, was immer dort lauern mochte, aber da war nichts. Natürlich nicht. In seiner Angst produzierte er anscheinend schon irgendwelche Hirngespinste. Schließlich schaffte er es sogar, sich davon zu überzeugen.
Eric hörte Jeff etwas rufen, drehte sich um und spähte wieder hinauf zum Ausgang der Grube. Er war jetzt weit über ihm, ein winziges Fensterchen Himmel. In dem Raum dazwischen schwang das Seil leise vor und zurück. Jeff rief schon wieder etwas, aber Eric konnte ihn nicht verstehen, weil Pablo wieder schrie und sein Schreien von den Wänden des Schachts widerhallte, zweifach, dreifach, bis Eric das Gefühl hatte, es läge nicht nur ein Mensch hier, sondern die ganze Grube wäre voller schreiender Männer.
»Alles klar!«, rief er hinauf, obwohl er bezweifelte, dass man ihn hören konnte.
Außerdem – war bei ihm denn wirklich alles klar? Einen Moment überlegte er und ging die verschiedenen Schmerzen durch, die sein Körper signalisierte. Anscheinend hatte er sich das Kinn angeschlagen, denn es fühlte sich an, als hätte ihm jemand einen Kinnhaken verpasst, und auch sein Kreuz hatte den Sturz eindeutig zu spüren bekommen. Aber am aggressivsten forderte sein rechtes Bein seine Aufmerksamkeit – ein Stechen direkt unter der Kniescheibe, begleitet von Feuchtigkeit. Vorsichtig tastete

er mit der Hand danach und stellte fest, dass an der Stelle eine Glasscherbe steckte, ungefähr von der Größe einer Spielkarte – oval, leicht konkav –, die seine Jeans glatt durchschnitten und sich etwa einen Zentimeter tief ins Fleisch gebohrt hatte. Vermutlich stammte sie von Pablos Lampe, und er war daraufgestürzt. Er biss die Zähne zusammen und zog das Glasstück aus dem Knie. Sofort spürte er, wie das Blut sein Schienbein hinunterlief, seltsam kühl – eine ziemliche Menge Blut, das sofort seine Socke durchweichte.

»Ich hab mich ins Bein geschnitten!«, rief er nach oben, wartete und lauschte, nahm aber keine Reaktion wahr.

Macht nichts, dachte er. *Das wird schon wieder.* Lauter leere Beschwichtigungen, die bestenfalls ein Kind tröstlich finden würde, aber Eric wiederholte sie trotzdem ständig in Gedanken. Es war so dunkel, aus dem Schacht kam weiterhin kalte Luft, er spürte nach wie vor die wachsame Präsenz, sein rechter Schuh füllte sich mit Blut, und Pablo hörte einfach nicht auf zu schreien. *Ich bin am Ende,* dachte Eric. Und dann wieder: *Macht nichts. Das wird schon wieder.* Alles nur Worte. Sein Kopf war voller Worte.

Mit der linken Hand umklammerte er immer noch die Lampe; irgendwie hatte er es geschafft, sie so zu halten, dass sie intakt geblieben war. Er stellte sie neben sich auf den Boden, streckte die Hand aus, erwischte das Handgelenk des Griechen und ergriff es. Dann kauerte er in der Finsternis und sagte immer wieder: »Schsch, ich bin ja da, keine Sorge, ich bin da«, während er darauf wartete, dass Pablo endlich aufhörte zu schreien.

Die anderen hörten Eric rufen, aber weil Pablo so laut schrie, verstanden sie nicht, was er sagte. Natürlich wusste Jeff, dass der Grieche irgendwann aufhören würde – er musste ja irgendwann müde werden –, und spätestens dann konnten sie herausfinden, was da unten passiert war, ob Eric gesprungen oder gefallen war und ob er sich womöglich auch verletzt hatte. Im Augenblick spielte das keine Rolle. Wichtig war nur das Seil. Bis sie eine Möglichkeit gefunden hatten, es zu verlängern, konnten sie für keinen der beiden dort unten etwas tun.

Zuerst überlegte Jeff, Klamotten zu benutzen – die Rucksäcke der Archäologen zu leeren und Hosen und Hemden und Jacken zu einem provisorischen Seil zusammenzuknoten. Sicher, das war keine sonderlich gute Idee, aber in den ersten paar Minuten fiel ihm nichts anderes ein. Sechs Meter brauchte er, vielleicht ein bisschen mehr. Um auf Nummer sicher zu gehen, vielleicht acht oder neun, und dafür waren eine ganze Menge Klamotten nötig. Außerdem bezweifelte er auch, dass eine solche Konstruktion das Gewicht eines Menschen aushalten oder dass die Knoten halten würden.

Neun Meter.

Ratlos standen Jeff und Matthias neben der Winde. Beide zermarterten sich den Kopf, keiner sagte ein Wort. Es gab noch nichts zu sagen, keine Lösung zu besprechen. Amy und Stacy hockten immer noch neben der Grube und spähten hinunter. Ab und zu rief Stacy Erics Namen, und manchmal antwortete er sogar, aber es war unmöglich, ihn zu verstehen. Pablo schrie und schrie.

»Wir nehmen eins der Zelte«, sagte Jeff plötzlich. »Wir bauen es ab und schneiden das Nylon in Streifen.«

Matthias drehte sich um und überlegte. »Meinst du, das ist stabil genug?«, fragte er.

»Wir können die Streifen zusammenflechten – drei Streifen pro Abschnitt – und die Teile dann miteinander verknoten.« Während Jeff das sagte, merkte er, wie sehr er sich nach den ganzen Misserfolgen über einen kleinen Erfolg freute. Sie saßen auf diesem Hügel fest, mit wenig Wasser und ohne Essen, zwei von ihnen waren in einen Schacht gefallen, mindestens einer davon war verletzt, aber für den Moment war das alles nicht wichtig. Sie hatten einen Plan, der Plan war praktikabel, das schenkte Jeff neue Energie und neuen Optimismus. Und es brachte sie alle in Bewegung. Matthias und er räumten das blaue Zelt aus, schleppten erst die Schlafsäcke auf die Lichtung, dann die Rucksäcke, die Notizbücher und das Radio, die Kamera und die Notfallkästen, das Frisbee, die leere Wasserflasche, und warfen alles auf einen Haufen. Danach bauten sie das Zelt ab, zogen die Heringe aus der Erde und montierten die Aluminiumstangen auseinander. Matthias kümmerte sich um das Schneiden. Kurz debattierten sie über die Breite der Streifen, einigten sich auf zehn Zentimeter, und schon schnitt das Messer durch das Nylon. Matthias arbeitete mit entschlossenen, raschen Handgriffen und gab Jeff die Streifen zum Flechten. Gerade war er mit dem ersten Abschnitt halb fertig – er brauchte Zeit, denn das Gewebe sollte fest und eng sein –, als Pablo aufhörte zu schreien.

»Eric?«, rief Stacy in den Schacht hinunter.

Jetzt verstanden sie ihn mühelos. »Ich bin da!«, rief er.

»Bist du gestürzt?«

»Nein, ich bin gesprungen.«

»Alles in Ordnung?«

»Ich hab mich ins Knie geschnitten.«

»Schlimm?«

»Mein Schuh ist voller Blut.«

Jeff legte die Nylonstreifen auf den Boden und ging zur Grubenöffnung. »Drück kräftig drauf«, schrie er in das Loch.

»Was?«

»Zieh dein Hemd aus, knüll es zusammen und drück es auf die Wunde. Kräftig!«

»Dafür ist es zu kalt.«

»Kalt?«, wiederholte Jeff fragend, denn er selbst war total verschwitzt und dachte, er hätte Eric vielleicht falsch verstanden.

»Hier ist noch ein Schacht«, rief Eric. »Seitlich. Und da kommt kalte Luft raus.«

»Warte!«, rief Jeff. Er ging zu dem Haufen mit den Sachen aus dem blauen Zelt, fand den Notfallkasten und öffnete ihn. Leider war nicht viel Nützliches darin. Zwar hätte Jeff nicht sagen können, was er sich erhofft hatte, aber was es auch gewesen sein mochte, es war jedenfalls nicht vorhanden. Es gab eine Packung mit Pflasterstrips, die für Erics Wunde höchstwahrscheinlich zu klein waren, eine Tube Neosporin-Salbe, mit der man seine Wunde versorgen konnte, sobald er wieder hier oben war, ein paar Fläschchen Aspirin und Pepto-Bismol, Salztabletten, ein Thermometer und eine winzige Schere.

Jeff nahm das Aspirin mit zum Schacht und zog dort sein T-Shirt aus. »Was ist mit der Lampe passiert?«, fragte er.

»Die ist ausgegangen.«

»Ich werf dir jetzt mein Hemd runter. Mit einer Packung Aspirin. Und den Streichhölzern. Alles klar?«

»Okay.«

»Nimm das Hemd und drück damit auf die Wunde. Gib Pablo drei Aspirin und nimm selbst eine.«

»Okay«, kam Erics Antwort.

Jeff knotete das Aspirin und die Streichhölzer in das Shirt und beugte sich über die Grube. »Alles klar?«, rief er.

»Alles klar.«

Er ließ das Hemd los und sah ihm nach, wie es in der Dunkelheit verschwand. Es dauerte lange, bis es unten landete, aber endlich hörte man einen leisen, hallenden Aufprall.

»Hab es!«, rief Eric.

Inzwischen war Matthias fertig mit Streifenschneiden und hatte sich in Jeffs Abwesenheit ans Flechten gemacht. Jeff wandte sich an Amy und Stacy, die immer noch in die Grube spähten. »Ihr beiden könnt Matthias helfen«, sagte er mit einer Kopfbewegung zu dem Deutschen, und sie gingen hinüber zu dem abgebauten Zelt. Matthias zeigte ihnen, wie man die Nylonstreifen am besten flechten konnte, und sie begannen zu arbeiten.

Im Schacht erschien ein schwacher Lichtschein und verstärkte sich langsam. Offensichtlich hatte Eric die Lampe wieder angezündet. Jetzt konnte Jeff ihn sogar sehen, über Pablo gebeugt. Von hier oben sahen die beiden absurd klein aus.

»Ist er in Ordnung?«, rief Jeff.

Bevor Eric antwortete, beugte er sich mit der Lampe dicht über den Griechen und untersuchte ihn. Dann hob er den Kopf und rief: »Ich glaube, er hat sich das Rückgrat gebrochen.«

Langsam drehte Jeff sich um und sah zu den anderen hinüber. Sie hatten ihre Arbeit unterbrochen und starrten ihn an. Stacy hatte sich die Hand vor den Mund geschlagen und sah aus, als würde sie gleich wieder anfangen zu weinen. Amy stand auf und kam zu Jeff. Gemeinsam blickten sie in das Loch.

»Er bewegt die Arme, aber nicht die Beine«, erklärte Eric von unten.

Jeff und Amy blickten sich an. »Untersuch seine Füße«, flüsterte Amy.

»Ich glaube, er hat sich, na ja …«, Eric hielt inne und schien nach den richtigen Worten zu suchen. »Es riecht hier, als hätte er sich in die Hosen gemacht.«

»Seine Füße!«, drängte Amy und stupste Jeff. Aus irgendeinem Grund wollte sie es selbst nicht zur Sprache bringen.

»Eric?«, schrie Jeff in die Grube.

»Was?«

»Zieh ihm einen Schuh aus.«

»Einen Schuh?«

»Zieh ihm Schuh und Socke aus. Dann fahr mit dem Daumennagel über seine Fußsohle. Richtig doll. Und warte, ob er eine Reaktion zeigt.«

Zusammen mit Amy beugte er sich über den Schacht und sah zu, wie Eric sich neben Pablos Füße kauerte, ihm erst einen Tennisschuh und dann die Socke auszog. Auch Stacy kam herüber, aber Matthias flocht weiter.

Eric hob den Kopf. »Nein, nichts«, rief er.

»O Gott«, flüsterte Amy. »O Gott.«

»Wir müssen ein Rückenbrett für ihn machen«, sagte Jeff. »Wie kriegen wir das hin?«

Aber Amy schüttelte den Kopf. »Nein, Jeff. Das geht nicht. Wir dürfen ihn nicht bewegen.«

»Aber wir müssen – wir können ihn nicht da unten lassen.«

»Aber wir machen es nur noch schlimmer. Eine falsche Bewegung, dann ist er …«

»Wir benutzen die Zeltstangen«, unterbrach Jeff sie eifrig. »Wir binden ihn darauf fest, und dann …«

»*Jeff!*«

Er hielt inne und starrte Amy an. Aber er dachte weiter über seinen Plan mit den Zeltstangen nach und versuchte, sie sich als behelfsmäßiges Rückenbrett vorzustellen. Was sollten sie denn sonst machen? Dann fielen ihm die Rucksäcke mit den Metallrahmen ein.

»Wir müssen ihn ins Krankenhaus bringen«, sagte Amy.

Jeff antwortete nicht, sondern starrte sie nur weiter an, während er in Gedanken bereits die Rucksäcke auseinandernahm und die Zeltstangen als zusätzliche Stützen benutzte. Wie in aller Welt sollten sie Pablo ins Krankenhaus bringen? Wie stellte Amy sich das bloß vor?«

»Ein gebrochener Rücken ist schlimm«, fuhr Amy fort. »Echt schlimm.« Sie fing leise an zu weinen, versuchte es aber zu unterdrücken, wischte sich die Tränen mit dem Handrücken ab und schüttelte heftig den Kopf. »Wenn wir ihn transportieren …«, begann sie wieder, sprach den Satz aber nicht zu Ende.

»Wir können ihn nicht da unten lassen, Amy«, erklärte Jeff. »Das weißt du doch, oder nicht? Das ist schlicht unmöglich.«

Sie ließ sich seinen Einwand lange durch den Kopf gehen, dann nickte sie.

Jeff beugte sich wieder über die Grube und rief: »Eric?«

»Was?«

»Wir müssen ein Rückenbrett konstruieren, bevor wir Pablo raufholen können.«

»Okay.«

»Wir machen so schnell wir können, aber es dauert wahrscheinlich ein Weilchen. Sprich bitte weiter mit ihm.«

»Es ist nicht mehr viel Öl in der Lampe. Sie ist fast leer.«

»Dann blas sie aus.«

»Ich soll sie ausblasen?« Eric klang ganz erschrocken.

»Wir brauchen sie später noch. Wenn wir runterkommen. Wir müssen Pablo auf das Rückenbrett kriegen.«

Eric antwortete nicht.

»In Ordnung?«, rief Jeff.

Vielleicht nickte Eric, aber das war schwer zu erkennen. Sie sahen nur, wie er sich über die Lampe beugte, dann verschwand er abrupt in der Dunkelheit. Erneut lag der Grund des Schachts im Finstern.

Stacy und Amy begannen wieder zu flechten, während Jeff und Matthias sich um das Rückenbrett kümmerten. Die beiden jungen Männer redeten leise miteinander und diskutierten verschiedene Möglichkeiten, was man mit den ihnen zur Verfügung stehenden Zeltstangen, dem Rucksackrahmen und der Rolle Klebeband, die Matthias bei den Sachen der Archäologen gefunden hatte, am besten anfangen konnte. Mehrere Versuche scheiterten, während Stacy und Amy schweigend arbeiteten. Eigentlich hätte ihre Aufgabe etwas Tröstliches haben sollen – sie war so einfach, so anspruchslos, ihre Hände bewegten sich einfach nur von rechts nach links und von links nach rechts –, aber je länger sie flochten, desto schlechter fühlte sich Stacy. Der Tequila lag ihr schwer und sauer im Magen, ihr Mund fühlte sich an wie voller Watte, ihre Haut kribbelte von der Hitze, und ihr Kopf tat inzwischen richtig weh. Sie hätte gern ein bisschen Wasser gehabt, hatte aber Angst zu fragen. Bestimmt würde Jeff sowieso nein sagen. Außerdem bekam sie jetzt auch noch Hunger, und wenn sie Hunger hatte, wurde ihr oft schwindlig. Wenn sie doch nur einen Happen essen, etwas Kühles trinken, ein schattiges Plätzchen suchen und sich hinlegen könnte! Die Tatsache, dass das alles nicht möglich war, verursachte ihr ein enges, atemloses Gefühl in der Brust, fast wie ein Panikanfall. Sie versuchte sich zu erinnern, was sie und Eric noch im Rucksack hatten: Eine kleine Flasche Wasser, eine Tüte Salzbrezeln, eine Dose Nüsse, zwei überreife Bananen. Selbstverständlich mussten sie das mit den anderen teilen. Alle würden ihr Essen zusammentragen und es so rationieren, dass sie möglichst lange damit auskamen.

Links, rechts, links, rechts, links, rechts …

»Scheiße!« Obwohl Jeff auf der anderen Seite der Lichtung war, hörte Stacy, was er sagte. Er und Matthias nahmen gerade ihren neuesten Versuch eines Rückenbretts wieder auseinander; die Alustangen klapperten. Stacy konnte den beiden kaum zusehen. Und dann auch noch der Gedanke an Pablo, der sich das Rückgrat gebrochen hatte! Sie brauchten Hilfe, am besten ein Sanitäterteam und einen Hubschrauber, der den Griechen schnellstmöglich ins Krankenhaus transportierte. Aber stattdessen hatten sie vor, ihn auf eigene Faust aus dieser Grube zu ziehen, mit einer behelfsmäßigen Tragekonstruktion und einem quietschenden, ruckenden Flaschenzug. Und wenn sie es tatsächlich schafften, ihn nach oben zu hieven – was dann? Vermutlich würde er in dem orangefarbenen Zelt liegen und stöhnen oder schreien, und sie konnten nichts, aber auch gar nichts für ihn tun.

Jeff hatte ihm ein Fläschchen Aspirin in den Schacht hinuntergelassen. Aspirin, was für ein Witz! Pablo hatte ein gebrochenes Rückgrat!

Nach einer Weile unterbrach Jeff die Arbeit an dem Rückenbrett, schlenderte zur anderen Seite der Lichtung und starrte den Hügel hinunter. Auch die anderen hielten inne und beobachteten ihn. *Vielleicht sind die Männer mit den Bogen ja weg,* dachte Stacy, und für einen Moment flackerte Hoffnung in ihr auf. Aber dann drehte Jeff sich um, marschierte wortlos zurück und kauerte sich wieder neben Matthias. Erneut klirrten die Stangen, Klebeband wurde abgerissen. Natürlich waren die Mayas noch da. Stacy wusste es. Sie konnte sich lebhaft vorstellen, wie sie im Kreis um den Hügel herumstanden und mit ausdruckslosen Gesichtern den Abhang bewachten. Sie hatten Matthias' Bruder getötet, ihn mit ihren Pfeilen erschossen. Und jetzt kniete Matthias dort drüben und hielt für Jeff die Alustangen, die dieser zusammenklebte, völlig versunken, hundertprozentig konzentriert auf die Lösung des vor ihm liegenden Problems. Stacy konnte nicht einmal ansatzweise nachvollziehen, wie Matthias das schaffte. Genau genommen konnte sie sich überhaupt nicht vorstellen, wie sie alle die Situation bewältigten. Eric hockte dort unten in der stockfinsteren Grube, den Schuh voller Blut, während sie hier saß und Nylonbänder zusammenflocht, stumpfsinnig eine Hand über die andere bewegte und den Zopf dann ordentlich festzog.

Links, rechts, links, rechts, links, rechts …

Allmählich begann die Sonne ihren unvermeidlichen Abstieg nach Westen. Wie lange steckten sie hier schon fest? Stacy wusste nicht, wie spät es war, denn sie hatte ihre Uhr – die ihre Eltern ihr zur Graduierung geschenkt hatten – auf dem Nachttisch im Hotelzimmer vergessen. Als ihr das einfiel, wurde sie kurz etwas nervös bei dem Gedanken, dass das Zimmermädchen sie womöglich stehlen könnte. Eigentlich war sie immer darauf gefasst, dass die Zimmermädchen klauten, obwohl ihr nie etwas Derartiges passiert war. Nie. Vielleicht war es doch nicht so leicht, Hotelgäste zu beklauen, vielleicht waren die Menschen aber auch schlicht ehrlicher, als sie glaubte. In ihrem Kopf hörte sie die Uhr ticken, sah sie vor sich, wie sie auf der gläsernen Tischplatte lag und geduldig die Sekunden zählte, die Minuten, die Stunden, während sie auf ihre Rückkehr wartete. Das Zimmermädchen schlug abends immer für sie die Decke zurück, legte kleine Schokoladentäfelchen auf die Kopfkissen und stellte das Radio an, aber so leise, dass Stacy es manchmal erst bemerkt hatte, wenn sie das Licht löschten.

»Wie viel Uhr ist es?«, fragte sie.

Amy hörte auf zu flechten und sah auf ihre Uhr. »Fünf nach halb sechs«, antwortete sie.

Wenn sie mit dem Flechten fertig waren, mussten sie das Seil aus der Grube ziehen und die Nylonstücke daranknoten. Dann musste jemand mit dem improvisierten Rückenbrett in den Schacht hinunter und Eric helfen, Pablo auf das Brett zu heben und ihn irgendwie festzubinden, damit sie ihn einigermaßen sicher wieder hinaufziehen konnten. Danach mussten sie das Seil noch einmal hinunterlassen und nacheinander die beiden anderen heraufholen.

Stacy versuchte im Kopf zu überschlagen, wie viel Zeit das alles in Anspruch nehmen würde, und ihr wurde sofort klar, dass es viel zu lange dauerte. Jetzt war es siebzehn Uhr fünfunddreißig, der Zeiger rückte bereits unaufhaltsam in Richtung siebzehn Uhr vierzig, also hatten sie nur noch etwa anderthalb Stunden Zeit bis zum Einbruch der Dunkelheit.

Zu guter Letzt mussten sie insgesamt fünf Nylonzöpfe flechten. Sie knoteten die ersten drei an das Seil und ließen es in den Schacht hinunter, um zu sehen, ob es lang genug war, aber Eric rief zu ihnen herauf, dass er es immer noch nicht erreichen konnte. Also flochten sie ein viertes Stück, aber als sie ihr improvisiertes Rückenbrett daran befestigen wollten, wurde ihnen klar, dass sie zwei getrennte Seilstücke am Ende haben mussten, eines, an dem die Stirnseite, das andere, an dem der hintere Teil des Alurahmens festgebunden werden konnte.

Während Matthias rasch dieses letzte Stück flocht, nahm Jeff Amy beiseite. »Ist es okay für dich?«, fragte er sie.

Sie standen auf dem viereckigen Stück blanker Erde, wo das blaue Zelt gewesen war. Die Sonne hatte sich inzwischen fast bis zum Horizont gesenkt, aber es war noch hell und auch noch sehr warm. Ein typischer Abend für diese Gegend, das wusste Amy: Es gab keinen langsamen Übergang zwischen Tag und Nacht, kein sanftes Gleiten in den Abend. Wenn die Sonne aufgegangen war, entwickelte sie sehr schnell ihre mittägliche Intensität, und diese wurde nicht geringer, bis sie irgendwann den westlichen Himmelsrand berührte. Danach wurde es schlagartig Nacht. Ihre einzige Lampe war die von Eric, und die hatte kaum noch Öl. Noch fünfzehn Minuten, schätzte sie, dann mussten sie mehr oder weniger blind arbeiten.

»Was ist okay für mich?«, hakte sie nach.

»Dass du da runter musst«, erklärte Jeff.

»Da runter?«

»Ja, in den Schacht.«

Wortlos starrte Amy ihn an, stumm vor Schreck. Jeff hatte statt des T-Shirts, das er Eric in die Grube geworfen hatte, eines aus dem Rucksack des Archäologen angezogen, das aber irgendwie sonderbar an ihm wirkte, fast so, als wäre er ein anderer Mensch geworden. Das Shirt sollte wohl khakifarben sein, changierte aber

– wahrscheinlich aufgrund eines hohen Polyesteranteils – höchst merkwürdig. Vorn hatte es eine Knopfreihe und zwei absurd große Brusttaschen. Amy fand, dass es aussah, als würde ein Jäger auf Safari so etwas tragen, oder vielleicht ein Fotograf, der die seltsamen Taschen für seine Filmrollen benutzte. Oder ein Soldat. Jedenfalls machte es Jeff älter – und sogar größer. Seine Nase pellte sich, er hatte einen Sonnenbrand, und obwohl er müde aussah, verströmte er gleichzeitig eine unglaubliche nervöse Energie und Wachsamkeit.

»Matthias und ich müssen die Kurbel bedienen«, sagte er. »Also bleiben nur noch du und Stacy. Aber Stacy, na ja, du weißt schon ...« Er vollendete den Satz nicht und zuckte die Achseln. »Du bist für so was einfach besser geeignet.«

Amy schwieg noch immer. Natürlich wollte sie nicht in den Schacht hinunter, natürlich jagte ihr die Vorstellung, in dieses finstere Loch hinuntergelassen zu werden, Angst ein. Ursprünglich hatte sie nicht einmal herkommen wollen – das hätte sie Jeff jetzt gern unter die Nase gerieben. Wenn es nach ihr gegangen wäre, hätten sie den Strand nie verlassen. Und sie hatte ihn auch gewarnt, als sie zu dem versteckten Pfad gekommen waren, oder etwa nicht? Sie hatte ihn zu überzeugen versucht, dass sie umkehren sollten, aber er hatte nicht auf sie gehört. Dieser ganze Schlamassel war seine Schuld. Warum ging er nicht in die Grube hinunter? Aber während ihr all diese Fragen durch den Kopf gingen, erinnerte sich Amy daran, was am Fuß des Hügels vorgefallen war, wie sie mit der Kamera über die Lichtung gestolpert war und sich in der Liane verfangen hatte. Wenn sie nicht so scharf auf ihr Foto gewesen wäre, hätten die Mayas sie vielleicht nicht auf den Hügel gejagt. Dann wären sie jetzt nicht hier, Pablo würde nicht mit gebrochenem Rückgrat in der Grube liegen, Erics Schuh wäre nicht voller Blut. Wahrscheinlich wären sie irgendwo weit weg von hier, und alle sechs würden glauben, dass ihnen kaum etwas Schlimmeres passieren konnte als die Moskitos, die kleinen schwarzen Fliegen und die Blasen an ihren Füßen. Und dass sie allen Grund hatten, sich darüber zu beklagen.

»Du warst mal Rettungsschwimmerin, oder nicht?«, fragte Jeff sie jetzt. »Dann weißt du doch, wie man mit so was umgeht.«

Rettungsschwimmerin. Sicher, das stimmte irgendwie. Amy hatte einen Sommer am Pool eines Apartmentkomplexes in ihrer Heimatstadt als Bademeisterin gearbeitet. Es war ein winziger ovaler Pool gewesen, an der tiefsten Stelle etwas über zwei Meter tief, Tauchen nicht erlaubt. Sie hatte im Liegestuhl gesessen und sich gesonnt, von zehn bis sechs, fünf Tage die Woche, hatte Kinder ermahnt, nicht zu rennen, und Erwachsene, keinen Alkohol in den Poolbereich mitzunehmen. Beide Gruppen hatten sie und ihre Ermahnungen größtenteils ignoriert. Es war ein kleiner Wohnkomplex gewesen, an der Grenze der Rentabilität, voll von den Abwärtsmobilen der Stadt – Säufer und Geschiedene –, ein deprimierender Ort. Es gab nicht sonderlich viele Kinder, und an manchen Tagen kam überhaupt niemand an den Pool. Dann saß Amy in ihrem Liegestuhl und las. Wenn es besonders ruhig war, ließ sie sich oft im Nichtschwimmerbereich auf dem Wasser treiben, und ihre Gedanken schwebten davon. Natürlich hatte sie einen Erste-Hilfe-Kurs besuchen müssen, ehe man sie einstellte. Garantiert hatte es da auch eine Stunde über Rückenverletzungen gegeben, mit Anweisungen, wie man jemanden auf dem Rückenbrett sicherte. Aber sie hatte keinerlei Erinnerung daran.

»Du kannst unsere Gürtel benutzen«, schlug Jeff vor.

Am liebsten wäre Amy einfach den Hügel hinuntergerannt. Sie malte sich aus, wie sie auf die Lichtung stürmte und die dort wartenden Männer konfrontierte. Sie würde ihnen erklären, was passiert war, eine Möglichkeit finden, ihnen verständlich zu machen, was alles schiefgegangen war, und wenn sie es mit Händen und Füßen versuchen musste. Natürlich würde das nicht einfach werden, aber irgendwie würde sie den Männern schon beibringen, dass sie und ihre Gefährten Angst hatten. Dann würden die Mayas bestimmt nachgeben, sie gehen lassen und Hilfe holen. Matthias' Bruder lag auf der entgegengesetzten Seite des Hügels, von Pfeilen durchbohrt, aber trotzdem schaffte Amy es, sich einen kurzen Augenblick dieser Wunschfantasie hinzugeben. Sie wollte einfach nicht als Nächste in den Schacht hinuntergelassen werden.

Jeff nahm ihre Hand. Gerade machte er den Mund auf, um etwas zu sagen – sie wusste, dass er sie überreden und ihr klarmachen würde, dass sie sowieso keine andere Wahl hatte –, als das Piepen unten in der Grube wieder begann.

Alle außer Matthias rannten zum Schacht und spähten hinunter. Matthias flocht unbeirrt weiter – er war inzwischen beinahe fertig.

»Eric«, brüllte Jeff. »Findest du das Telefon?«

Es dauerte einen Moment, bis Eric antwortete. Alle spürten, wie er sich da unten regte und nach dem Ursprung des Geräuschs fahndete. »Es bewegt sich«, rief er. »Manchmal ist es links, und dann wieder rechts.«

»Müsste es nicht aufleuchten, wenn es klingelt?«, sagte Amy mit leiser Stimme zu Jeff, fast im Flüsterton.

Jeff rief: »Leuchtet es nicht? Such doch einfach nach dem Licht!«

Wieder hörten sie, wie Eric im Schacht hantierte. »Ich kann es nicht sehen«, antwortete er nach einer Weile. Und dann, eine Sekunde später, gerade als die anderen es auch bemerkten: »Es piept nicht mehr.«

Sie warteten, ob es noch einmal anfangen würde, aber nichts dergleichen geschah. Die Sonne berührte den westlichen Horizont, und alles nahm eine rötliche Färbung an. In ein paar Minuten würde es dunkel sein. Matthias war mit den Plastikzöpfen fertig,

und sie sahen ihm zu, wie er das letzte Stück verknotete und dann an den beiden Enden das provisorische Rückenbrett befestigte. Als er fertig war, wich der Tag gerade der Nacht. Jeff hielt die Kurbel fest, während Matthias und Stacy das Rückenbrett über die Öffnung der Grube in Stellung brachten. Einen Augenblick baumelte es dort, und sie betrachteten es nachdenklich. Matthias hatte den Aluminiumrahmen mit einem der Schlafsäcke gepolstert, darauf legten nun alle vier noch ihren Gürtel. Amy wusste, dass die Frage, wer mit dem Brett hinuntergelassen wurde, auch ohne ihre ausdrückliche Zustimmung längst entschieden war. Alles war bereit, und die anderen gingen einfach davon aus, dass sie keinen Widerspruch mehr einlegen würde. Matthias stellte sich zu Jeff an die Winde und ergriff die Kurbel. Stacy hatte schützend die Arme um sich geschlungen und sah zu.
»Kletter einfach auf das Rückenbrett«, schlug Jeff vor.
Amy folgte seinem Rat. Sie wappnete sich innerlich, redete sich Mut zu, machte schließlich den Schritt über den Rand des Schachts, kauerte sich auf den Aluminiumrahmen und hielt sich an den geflochtenen Nylonbändern fest. Die Konstruktion knarrte unter ihrem Gewicht und schwankte hin und her, aber sie hielt stand. Und dann, bevor Amy die Chance hatte, sich zu fassen oder es sich noch einmal anders zu überlegen, begann die Winde sich zu drehen und beförderte sie aus der hereinbrechenden Dunkelheit des Tages in die noch tiefere Dunkelheit des Schachts.

Es hatte lange gedauert, aber jetzt kamen sie endlich. Natürlich wusste Eric nicht genau, wie lange die anderen mit ihren Vorbereitungen gebraucht hatten. Vielleicht war es gar nicht so endlos lange gewesen, wie es ihm vorgekommen war, aber es war zweifellos eine Geduldsprobe gewesen. Selbst unter den besten Bedingungen war sein Zeitgefühl nicht besonders zuverlässig – aus irgendeinem Grund hatte er keine ausgeprägte innere Uhr –, aber hier in diesem Loch, in der Dunkelheit, mit dem ganzen Stress, den sie heute bereits hinter sich hatten, war das noch schwerer als gewöhnlich. Er wusste nur, dass es oben Nacht wurde, dass das blaue Rechteck des Himmels kurz einen rötlichen Hauch angenommen hatte, ehe es dann von Blaugrau zu Schiefergrau und schließlich zu Anthrazit verblasst war. Seine Freunde hatten ein Rückenbrett gebastelt, auf dem Amy nun zusammengekauert saß und zu ihm herabgelassen wurde.

Wahrscheinlich waren es mehrere Stunden gewesen. Bestimmt. Pablo hatte geschrien und war dann plötzlich still geworden, Stacy hatte eine Weile von oben mit ihm geredet, und dann hatte Jeff gesagt, er müsse die Lampe ausblasen. Dann waren alle verschwunden, hatten sich um das Rückenbrett und das Seil gekümmert – und dafür lange, viel zu lange gebraucht –, und er hatte sich zuerst neben Pablo gehockt und sich dann doch auf den Boden gesetzt und die ganze Zeit sein Handgelenk festgehalten. Er hatte dem Griechen auch alles Mögliche erzählt, immer wieder, damit der sich nicht so allein fühlte, um ihn auf andere Gedanken zu bringen und ihm – oder vielleicht auch ihnen beiden – einzureden, dass alles gut werden würde.

Aber es würde nicht alles gut werden, natürlich nicht, und ganz egal, wie sehr Eric sich abmühte, seine Stimme optimistisch klingen zu lassen, er konnte dieser vertrackten Tatsache nicht entfliehen. Dabei strengte er sich wirklich an und zwang sich sogar ganz bewusst, den verspielten Plauderton nachzuahmen, in dem die Griechen immer miteinander gesprochen hatten. Zum einen war da dieser Geruch. Es roch nach Scheiße – und nach Urin. Pablo hatte sich das Rückgrat gebrochen, also konnte er seine Blase und seinen Darm nicht mehr kontrollieren. Er würde einen Katheter brauchen, einen Beutel, der neben seinem Bett hing. Krankenschwestern würden diesen Beutel leeren und Pablo sauber halten müssen. Pablo musste operiert werden, und zwar schnell, sofort, auf der Stelle. Eigentlich hätte er wahrscheinlich schon vor Stunden operiert werden müssen. Außerdem brauchte er Ärzte und Physiotherapeuten, die sich um ihn kümmerten. Da hatten seine Freunde den ganzen Nachmittag an einem Rückenbrett rumgebastelt, mit dem sie ihn jetzt hoffentlich aus dieser Grube herausholen konnten, aber was sollte das bringen? Wenn er dann oben zwischen den Zelten und den blühenden Ranken herumlag, blieb sein Rückgrat immer noch gebrochen. Seine Blase und sein Darm würden immer noch ihren Inhalt in seine jetzt schon total verdreckte Hose absondern. Und es gab nichts, was sie dagegen tun konnten.

Erics Knie hatte endlich aufgehört zu bluten. Allerdings spürte er jetzt einen unablässigen, pochenden Schmerz, der sich jedes Mal schlagartig verschlimmerte, wenn er sich bewegte. Jeffs T-Shirt war hart von dem ganzen geronnenen Blut, und Eric hatte es neben sich auf den Boden gelegt. Sein Schuh fühlte sich noch immer feucht an.

Eric erzählte Pablo, wie verletzte Menschen wieder gesund wurden – unerbittlich! –, dass das Schlimmste immer der Unfall selbst war und dass sich danach der Körper sofort an die Arbeit machte, Reserven mobilisierte, Beschädigtes wiederherstellte. Selbst jetzt, in dieser Grube, während Eric darüber sprach, war dieser Prozess in vollem Gang. Eric erzählte Pablo von den Knochenbrüchen, die er sich als Kind zugezogen hatte. Er beschrieb ausführlich, wie er auf dem nassen Gehweg hingefallen war und sich den Unterarm gebrochen hatte – er konnte sich nicht mehr erinnern, welcher Knochen es gewesen war, die Speiche vielleicht, oder die Elle, aber das spielte ja auch keine Rolle. Sechs Wochen musste er einen Gips tragen, den ganzen Rest des Sommers. Er wusste noch genau, wie es gestunken hatte, als man ihn abmachte, Schweiß und Moder, wie blass und viel zu dünn sein Arm ausgesehen hatte, und er erinnerte sich auch, welche Angst er vor der schnurrenden Säge gehabt hatte. Dann hatte er sich noch das Schlüsselbein gebrochen, als er Superman gespielt und sich mit dem Kopf zuerst von einer Rutsche auf dem Spielplatz gestürzt hatte. Außerdem hatte er sich die Nase gebrochen, als er mit dem Pogostab gestürzt war. Von allen diesen Unfällen erzählte er Pablo, bis ins Detail, die Schmerzen, der Verlauf der Heilung. Seinen unerbittlichen, unaufhaltsamen Heilungsprozess.

Natürlich verstand Pablo kein Wort. Er stöhnte und murmelte vor sich hin. Ab und zu hob er den Arm, den Eric hielt, und schien nach etwas an seiner Seite greifen zu wollen. Aber Eric hatte keine Ahnung, was das sein mochte, denn da war nichts. Nur Finsternis. Also ignorierte er die Bewegung ebenso wie das Stöhnen und Murmeln, und redete einfach weiter, mit hoher, gekünstelt munterer Stimme. Ihm fiel einfach nichts anderes zu tun ein

Er erzählte Pablo auch von anderen Unfällen, die er miterlebt hatte: Von dem Jungen, der mit seinem Skateboard mitten in den Verkehr gefahren war (eine Gehirnerschütterung und ein paar gebrochene Rippen), von dem Nachbarn, der vom Dach gestürzt war, als er die Regenrinne säuberte (eine ausgerenkte Schulter, ein paar gebrochene Finger), von dem Mädchen, das den Sprung von der Seilschaukel falsch berechnet hatte und statt wie beabsichtigt im Fluss auf dem felsigen Ufer gelandet war (ein gebrochener Knöchel, drei ausgeschlagene Zähne). Er erzählte von der Stadt, in der er aufgewachsen war, eine kleine, hässliche Provinzstadt, aber trotzdem irgendwie pittoresk, lebendig in ihrer Hässlichkeit und Provinzialität. Wenn die Sirene erklang, rannten die Leute zur Haustür, traten auf die Veranda und schirmten mit der Hand die Augen ab, um zu sehen, was los war. Die Kinder sprangen aufs Fahrrad und rasten dem Notarztwagen, der Feuerwehr oder dem Polizeiauto hinterher. Selbstverständlich auch aus Sensationsgier, aber es war immer auch Mitgefühl im Spiel. Als Eric den Arm gebrochen hatte, waren die Nachbarn vorbeigekommen, um ihn zu besuchen und ihm Geschenke zu bringen: Comics, damit er etwas zu lesen hatte, Videos, damit er abgelenkt war.

Während er erzählte, hielt er die ganze Zeit mit der rechten Hand Pablos Handgelenk fest, drückte es gelegentlich, um etwas besonders hervorzuheben, ließ es aber keine Sekunde los. Mit der linken Hand tastete er beständig zwischen der Petroleumlampe und der Streichholzschachtel hin und her, berührte erst den einen, dann den anderen Gegenstand in einem ununterbrochenen, ruhelosen Kreislauf, strich leicht darüber, als wären es Perlen an einem Rosenkranz. Tatsächlich hatte die Bewegung etwas von einem Gebet an sich, und sie wurde in seinem Kopf mantraartig von zwei Worten begleitet. Während er mit zuversichtlicher, selbstbewusst optimistischer Stimme seine Geschichten erzählte, wiederholte er im Stillen diese beiden Worte, psalmodierte sie innerlich, während seine Hand von der Lampe zu den Streichhölzern, wieder zurück zur Lampe und erneut zu den Streichhölzern wanderte: *Noch da, noch da, noch da, noch da …*

Er beschrieb Pablo, was für ein Gefühl es war, auf dem Fahrrad die heulende Sirene, das zuckende Blaulicht zu verfolgen. Die Erregung – das Gefühl von Dramatik und drohender Katastrophe. Er erzählte Pablo auch von Happyends. Von der siebenjährigen Mary Kelly, die wusste, wie man auf einen Baum klettert, aber nicht, wie man wieder herunterkommt. Vor lauter Angst klomm sie immer höher hinauf, hievte weinend ihren kleinen Körper bis in die Krone der alten Eiche, während sich unten eine Menschenmenge bildete, zu ihr hinaufrief, sie beschwor, herunterzusteigen. Dann kam ein Wind auf, immer stärker, die Äste begannen zu schwanken, schließlich der ganze Baum. Eric imitierte für Pablo den kollektiven unterdrückten Aufschrei des Entsetzens, der erscholl, als Mary um ein Haar ausrutschte und ein paar viel zu lange, quälende Sekunden hin und her baumelte, während sie mit den Füßen nach Halt suchte, die ganze Zeit laut schluchzend. Dann endlich nahten die Sirenen, und mit ihnen die Jungs auf den Fahrrädern. Langsam fuhr die Feuerwehr ihre endlos lange Leiter aus, und unter dem Jubel der Menge beugte sich der Sanitäter, der sie emporgeklommen war, tief ins Laub hinein, ergriff den Arm des kleinen Mädchens, zog sie zu sich und warf sie sich über die Schulter.

Plötzlich glaubte Eric eine Hand zu spüren, die in der Dunkelheit sein Kreuz berührte. Erschrocken fuhr er hoch und konnte nur mit Mühe einen Schrei unterdrücken. Aber es war nur eine Liane. Irgendwie hatte sie es geschafft, auch hier unten, auf dem Grund der Grube, Wurzeln zu schlagen. Vermutlich hatte er sich beim Erzählen so gegen sie gedrückt, dass es sich anfühlte, als hätte sie sich von selbst an seinen Rücken geschmiegt, fast so, als wollte sie ihn streicheln. Unmöglich, hier seine Körperhaltung zu kontrollieren; er war ja so gut wie blind. Zur Orientierung hatte er lediglich Pablos Handgelenk und – *noch da; noch da, noch da* – die Petroleumlampe und die Streichholzschachtel. Vorsichtig rutschte er ein Stück weiter nach vorn, um der Ranke auszuweichen – ihre Berührung war ihm unheimlich, sie verursachte ihm eine Gänsehaut, und das gefiel ihm ganz und gar nicht –, bis er ganz dicht neben Pablos verletztem Körper saß. Wenn er sich bewegte, fühlte er einen scharfen, stechenden Schmerz im Knie, und der Schnitt begann wieder zu bluten. Er tastete auf dem Boden nach Jeffs T-Shirt und presste es wieder auf die Wunde.

Dann erzählte er weiter von dem Mädchen auf der Seilschaukel, Marci Brand, dreizehn Jahre alt. Sie hatte eine feste Zahnspange und einen langen braunen Pferdeschwanz gehabt. Eric erzählte, wie er und die anderen Kinder zunächst gelacht hatten, als sie sahen, wie ungeschickt Marci absprang. Es war irgendwie komisch, wie aus einem Zeichentrickfilm. Sie hatten beobachtet, wie Marci abstürzte, hatten das schreckliche Geräusch gehört, mit

dem sie auf dem Fels aufschlug. Eigentlich mussten alle gewusst haben, dass das Mädchen sich verletzt hatte. Aber trotzdem hatten alle gelacht, als könnten sie es dadurch irgendwie leugnen, ungeschehen machen. Erst als sie sahen, wie Marci aufzustehen versuchte, aber immer wieder umkippte, zur Seite fiel und schließlich das steinige Ufer hinunter ins Wasser rutschte, hörten sie auf zu lachen. Da Marci mit dem Gesicht auf dem Fels aufgeschlagen war, hatte sie sich am Mund verletzt, und als sie nun im Wasser lag, bildete sich eine trübe Blutwolke um sie herum, während sie verzweifelt mit den Armen ruderte. Eric erinnerte sich noch, dass sie die Augen fest zusammengekniffen hatte und dass ihr Gesicht ganz verzerrt gewesen war. Sie schnitt Grimassen, aber sie weinte nicht, gab überhaupt keinen Laut von sich, nicht einmal, als sie sie ans Ufer zerrten. Einer von den Jungs war unterdessen aufs Fahrrad gestiegen und losgeradelt, um Hilfe zu holen. Später hatten sie alle ein schlechtes Gewissen, weil sie gelacht hatten, vor allem, als es so aussah, als würde Marci nie wieder laufen können. Aber zu guter Letzt lernte sie es doch wieder – *unerbittlich, unaufhaltsam* –, mit einem kaum sichtbaren Hinken, das man kaum merkte – eigentlich gar nicht, es sei denn, man kannte die Geschichte und achtete eigens darauf.
Hin und wieder glaubte Eric in der Dunkelheit etwas zu sehen – schwebende Gestalten, wie Ballons, schwach leuchtend. Sie schienen sich zu nähern, direkt vor ihm zu verharren und sich dann langsam wieder zurückzuziehen. Einige waren bläulich-grün, andere blassgelb, fast weiß. Bestimmt gaukelten seine Augen ihm etwas vor, bestimmt handelte es sich um physiologisch erklärbare Reaktionen auf die Dunkelheit, aber er konnte nicht anders – jedes Mal, wenn die Erscheinungen besonders nahe kamen, löste er kurz seine Hand von Pablos Handgelenk, um nach ihnen zu greifen. Doch sobald er die Hand hob, verschwanden die Ballons, nur um dann an anderer Stelle wieder aufzutauchen, ein Stück weiter

entfernt, und ihre gemächliche, sanft hüpfende Annäherung erneut zu beginnen. Er nahm das T-Shirt von seinem verletzten Knie. Inzwischen hatte die Wunde wieder aufgehört zu bluten. Sofort tastete er wieder nach der Lampe und den Streichhölzern: *noch da, noch da …*

Er erzählte Pablo auch andere Geschichten, solche, die nicht so gut ausgegangen waren – *unerbittlich, unaufhaltsam* –, und dichtete sie dem verwundeten Griechen zuliebe um. Der kleine Steven Stahl zum Beispiel, der in einen Regenkanal gerissen worden war, als er auf einer überschwemmten Wiese spielte, wurde nicht mehr von einem freiwilligen Taucher, halb im Schlamm begraben, zur Unkenntlichkeit aufgeschwemmt, entdeckt. Nein, er tauchte fünf Minuten später von selbst wieder auf. Knapp eine Meile weiter spie der Kanal ihn in den Fluss aus, weinend, mit Schnittwunden, Quetschungen und blauen Flecken, aber ansonsten wie durch ein Wunder unversehrt. Und Ginger Ruby. Sie hatte die Garage ihres Onkels in Brand gesteckt, als sie mit Streichhölzern spielte, und geriet durch den Qualm so in Panik, dass sie die Orientierung verlor und statt zur Tür, durch die sie leicht hätte entfliehen können, in die entgegengesetzte Richtung lief. Man fand sie tot an der Rückwand der Garage kauernd, hinter einer Reihe Mülleimer. In Erics Erzählung jedoch wurde sie von einem Feuerwehrmann gerettet, der sie zu einer jubelnden Menschenmenge hinaustrug, keuchend und hustend, voller Asche, mit versengten Kleidern und Haaren, aber ansonsten war sie (jawohl, wie durch ein *Wunder*!) wohlbehalten.

Der kalte Luftzug aus dem Schacht auf der anderen Seite von Pablo war nicht gleichmäßig. Manchmal hörte er auf, als würde er den Atem anhalten; sofort begann die Temperatur in der Grube anzusteigen, und Eric fing an zu schwitzen. Aber irgendwann kehrte der kalte Lufthauch dann genauso abrupt wieder zurück. Der ständige Wechsel beunruhigte Eric, machte ihm Angst, denn die Dunkelheit in dem Schacht wirkte bedrohlich lebendig. Jedes Mal, wenn der Zug aufhörte, hatte Eric das Gefühl, dass sie von jemandem – oder von etwas – gestoppt wurde, von einer Präsenz, die kurz vor ihm innehielt, ihn musterte und taxierte. Einmal glaubte er sogar ein Schnüffeln zu hören, als nähme dieses Etwas seine Witterung auf. Bestimmt spielte ihm seine Wahrnehmung wieder einen Streich. Trotzdem musste er gegen den Impuls ankämpfen, die Lampe wieder anzuzünden. Seine Hand blieb in der Luft hängen, zögerte und nahm dann wieder das regelmäßige Hin und Her auf: *Noch da, noch da, noch da.*

Auch von seinem Freund erzählte er Pablo, von Gary Holmes, der unbedingt Pilot hatte werden wollen. Gary hatte seine Eltern genervt und bekniet, er hatte ihnen jahrein, jahraus so zugesetzt, dass sie ihm zum sechzehnten Geburtstag endlich Flugstunden schenkten. Jeden Samstag radelte er zum örtlichen Flughafen und verbrachte den Nachmittag in seiner neuen Welt. Als er drei Monate dabei war, spielte Eric gerade Fußball. Auf vier nebeneinander liegenden Plätzen fanden gleichzeitig vier Begegnungen der A-Jugend statt, als ein kleines Flugzeug über sie hinwegflog, sehr niedrig, bedrohlich nahe. Unwillkürlich hielten die Spieler einen Moment inne, als der Schatten der Maschine über sie hinweghuschte, duckten sich und blickten zum Himmel hinauf. Das Flugzeug ging in die Kurve und kehrte zurück, was den Spielverlauf noch mehr störte. Die Schiedsrichter pfiffen, wedelten mit den Armen und versuchten die Ordnung wieder herzustellen, doch das Flugzeug drehte stotternd und hustend ein zweites Mal um. Auf einmal jedoch wurde es ganz still. Und dann – eine Handvoll Sekunden, vielleicht zwei Atemzüge später, hörte man aus dem Waldgebiet westlich der Fußballfelder einen Knall, gefolgt vom Scheppern und Knirschen des Absturzes. Aber in der Version, die Eric erzählte, war es ganz anders. In Erics Geschichte erkannte jemand bereits beim ersten Tiefflug, was los war. Erst wurde ein Trainer darauf aufmerksam, dann noch einer. Sie begannen zu rufen, zu deuten, die Schiedsrichter stimmten mit ihren Trillerpfeifen ein, und plötzlich schrien und rannten alle. Das Flugzeug war in Schwierigkeiten und wollte eine Notlandung probieren – sie mussten das Fußballfeld freimachen! Als das Flugzeug kehrtgemacht hatte und wieder auf sie zugesaust kam, hatten sich alle an die Seitenlinie verzogen. Die Maschine setzte hart auf, prallte ab, nahm eins der hölzernen Tore mit, grub sich mit den Vorderrädern in den weichen Boden, sodass sie um ein Haar einen Salto gemacht hätte, kam dann aber mit nach vorn gekippter Nase, einem verbogenen Propeller und zerschlagener Windschutzscheibe zum Stillstand. Hier zögerte Eric einen Moment und versuchte sich vorzustellen, welche Verletzungen Gary und sein Fluglehrer im Cockpit bei dem abrupten Aufprall davongetragen haben mochten. Eine zerschmetterte Kniescheibe. Eine ausgekugelte Schulter, ein angeknackstes Becken, eine leichte Gehirnerschütterung. Mit einer wegwerfenden Handbewegung zählte er ein paar Lappalien auf. Alles war wieder verheilt, so versicherte er Pablo, wie das bei solchen Verletzungen immer der Fall ist – ja, schon wieder – *unerbittlich, unaufhaltsam.*

Die anderen waren dort oben am Werkeln, flochten Nylonstreifen zusammen, die sie aus dem blauen Zelt zurechtgeschnitten hatten, und ihnen blieb keine Zeit zum Nachdenken. Aber Eric hockte hier unten in der Finsternis, den Gestank von Pablos Exkrementen in der Nase, sein Stöhnen und sein Gemurmel in den Ohren. Da war es wahrscheinlich normal, dass er sich als Erster Gedanken machte, ob der Grieche dieses Abenteuer womöglich nicht überleben würde, ob sein Körper den Weg des »*unerbittlich, unaufhaltsam*« verlassen hatte und bald sterben würde, während die anderen hilflos herumwuselten.

Wie es aussah, war Pablo eingeschlafen – oder ohnmächtig geworden. Jedenfalls hörte er auf zu murmeln, hörte auf zu stöhnen, hörte auf, in der Dunkelheit die Hand auszustrecken nach dem, was immer er dort zu sehen glaubte. Auch Eric verstummte, saß einfach neben Pablo, hielt sein Handgelenk mit einer Hand fest und berührte Lampe und Streichholzschachtel abwechselnd mit der anderen. Ohne dass seine Stimme von den engen Schachtwänden widerhallte, schien die Zeit noch langsamer zu vergehen. Erics Gedanken kehrten zu Gary Holmes zurück, zu dem Foto des kaputten Flugzeugs auf der Titelseite der Lokalzeitung, zu der Gedenkfeier in der Aula der Highschool.

Gary war sein Freund gewesen – kein sehr enger Freund, aber auch mehr als ein Bekannter. Einen Monat nach der Beerdigung hatte Garys Mutter plötzlich vor der Haustür gestanden. »Eric, hier ist jemand, der dich sprechen möchte«, hatte Erics Mutter gerufen.

Eric war nach unten gelaufen und fand Mrs. Holmes in der Eingangshalle. Sie war gekommen, um ihn zu fragen, ob er Garys Fahrrad haben wollte. Es war eine eigenartige Begegnung. Mit Tränen in den Augen stand Erics Mutter dabei, beobachtete die Unterhaltung und streckte immer wieder die Hand aus, um Mrs. Holmes' Schulter zu berühren. Eric war über das Angebot mit dem Fahrrad irgendwie schockiert, und es war ihm peinlich – schließlich hatte er Gary nie sehr nahe gestanden. Aber als er zaghaft abzulehnen versuchte, reagierte Mrs. Holmes so bestürzt, dass er es sich anders überlegte. Ja gern, sagte er schnell. Natürlich würde er das Fahrrad nehmen. Er bedankte sich, und dann fingen beide Mütter an zu weinen.

Das Fahrrad stand am Flughafen, es war an den Maschendrahtzaun angeschlossen, wo Gary es an jenem letzten Tag gelassen hatte. Eines Morgens setzte Erics Vater ihn dort auf dem Weg zur Arbeit ab, und Eric kauerte sich mit dem Zettel, den Mrs. Holmes ihm gegeben hatte, neben das Rad und entzifferte mühsam die drei Zahlen für das Zahlenschloss, die sie in ihrer krakeligen Handschrift darauf vermerkt hatte. Ein halbes Dutzend Mal musste er es probieren, bis es endlich klappte. Dann fuhr er direkt die fünfzehn Meilen zur Schule. Er kam ein bisschen zu spät: es hatte bereits zum ersten Mal geläutet, die Korridore waren still und leer. Der Fahrradsattel war zu hoch für ihn, sodass die Fahrt ziemlich anstrengend gewesen war. Außerdem brauchte die Kette dringend Öl und der Rahmen hatte angefangen zu rosten, weil das Rad den ganzen letzten Monat in Wind und Wetter draußen gestanden hatte. Es war kein Rad, auf das man stolz sein konnte, und Eric hatte ja auch sein eigenes. Vielleicht war das der Grund, dass er das Rad nicht abschloss, als er es vor der Schule abstellte, vielleicht hatte er es auch schlicht zu eilig, weil er so spät dran war. Jedenfalls lehnte er es hastig gegen den Ständer und rannte hinein. Er ließ das Rad auch über Nacht dort stehen, unabgeschlossen, und nahm den Bus nach Hause. Am nächsten Morgen war es verschwunden.

Wieder spürte er den sanften Druck im Kreuz, wie die Berührung einer Hand. Das Herz schlug ihm bis zum Hals, als er danach tastete. Es war wieder nur die Liane. Anscheinend war er wieder dagegengesunken. Vorsichtig rückte er näher zu Pablo, nur um festzustellen, dass er bereits so nahe bei ihm saß, wie es nur ging. Irgendwie musste das Gewächs sich bewegt haben, zu ihm gekrochen sein, möglicherweise aufgrund seiner Körperwärme. Doch die Vorstellung, dass eine Schlingpflanze sich absichtlich und zielgerichtet bewegte, dass sie etwas fühlte, war ihm immens unangenehm. Am liebsten wäre er auf der Stelle aus dieser Grube verschwunden. Kurz hatte er den Impuls, die anderen zu rufen, aber im letzten Moment hielt er sich zurück, denn er wollte Pablo auf keinen Fall wecken.

Garys Mutter war von Haus zu Haus gegangen und hatte die Habseligkeiten ihres Sohnes an verschiedene Jungen aus der Bekanntschaft ihres Sohnes verteilt, die nichts damit anzufangen wussten. Vielen fiel nichts Besseres ein, als Garys Pullis und Jacken, seinen Baseballhandschuh und seine Schwimmbrille einfach zu verlieren, weiter zu verschenken, wegzuwerfen oder tief in Wandschränken, Kleidertruhen oder Kellern zu vergraben. Vermutlich war das eine ganz normale Reaktion auf den Tod: Die Lebenden setzten alles daran, seine Spuren zu verwischen. Sogar Garys engste Freunde lebten einfach weiter, als berührte sein Verschwinden sie nicht. Sie wurden von einer Klasse in die nächste versetzt, kamen aufs College, vergaßen Gary allmählich und erinnerten sich irgendwann nur noch an das Bild des zerstörten Flugzeugs und an die abrupte Stille, die sich kurz vor dem Absturz über dem Fußballfeld ausgebreitet hatte.

Eric musste dringend pinkeln. Aber er hatte Angst aufzustehen und zur Wand des Schachts zu gehen, eine irrationale Angst, dass der Grieche oder die Lampe oder die Streichhölzer nicht mehr da wären, wenn er zurückkam. Also löste er seinen Gürtel, um den Druck auf die Blase zu verringern, und versuchte sich mit Wortspielereien abzulenken, dachte sich Wortschatztests für seine zukünftigen Schüler aus, angefangen mit A, zehn Wörter, ein kleines Quiz, fünf Punkte für die Definition, fünf fürs Buchstabieren.

Albatros, dachte er. *Abend. Ankündigung. Allerlei. Auge. Angeben. Anstrengend. Arrangieren. Akzent. Angenehm.*

Gerade wandte er sich den Bs zu – *Backen. Bude. Bauen. Bogen. Botaniker* –, als das elektronische Zirpen erneut einsetzte, Pablo weckte und sie beide erschreckte. Eric ließ das Handgelenk des Griechen los, stand auf, wobei ihn die Wunde an seinem Knie fast zu Fall brachte. Jetzt schien das Piepen eindeutig von rechts zu kommen, doch als er darauf zuhinkte, erkannte er, dass er sich wohl geirrt hatte, denn jetzt kam es plötzlich von hinter ihm. Schon wollte er sich umdrehen, aber da überfielen ihn Zweifel. Das Geräusch schien ihn zu umkreisen, es schien an den Schachtwänden entlangzuwandern.

»Eric?«, schrie Jeff von oben. »Findest du das Ding?«

Eric legte den Kopf in den Nacken. Er sah, wie die anderen im blauen Rechteck des Himmels erschienen. Mit lauter Stimme beschrieb er ihnen, wie das Geräusch hin und her wanderte.

»Kannst du kein Licht vom Display sehen?«, fragte Jeff. »Such nach dem Licht!«

Momentan schien der Laut aus der seitlichen Schachtöffnung zu kommen, auf der anderen Seite von Pablo. Eric humpelte um den Griechen herum, und sofort wurde die Luft merklich kühler. Das Piepen zog sich zurück, als wollte es Eric in den Gang locken. Er zögerte. Auf einmal hatte er Angst. »Ich seh kein Licht!«, meldete er nach oben. Dann verstummte das Geräusch. »Es hat aufgehört!«, rief er hinauf. Lautlos zählte er bis zehn, wartete, dass es wieder anfing, aber nichts geschah. Als er zur Grubenöffnung hinaufblickte, waren die Köpfe verschwunden, und der Himmel hatte einen rötlichen Schimmer angenommen. Die Sonne ging unter.

Langsam humpelte er zurück zu Pablo. Er konnte spüren, wie der Grieche sich in der Dunkelheit bewegte und den Kopf von einer Seite zur anderen drehte, aber er sagte nichts, murmelte und stöhnte auch nicht mehr. Das machte Eric noch mehr Angst.

»Pablo?«, fragte er. »Bist du okay?« Er wünschte sich so, dass der Grieche wieder redete, aber er lag nur da, jetzt auch wieder vollkommen reglos. Eric tastete nach der Lampe, fand sie, suchte weiter nach den Streichhölzern … aber sie waren weg! Er befühlte den felsigen Untergrund der Grube, in langsam größer werdenden Kreisen, in wachsender Panik. Doch er fand die Schachtel nicht.

Von oben kam ein Knarren, und er blickte hinauf. Der Himmel wurde jetzt rasch dunkler, aber er konnte davor eine Silhouette ausmachen, ein Oval, das die Öffnung fast vollständig ausfüllte. Offenbar hatten sie das Rückenbrett fertig und wollten es herunterlassen. Er tastete weiter den Boden ab, streckte den Arm weiter aus, kehrte zur Lampe zurück und begann von neuem. Aber die Streichhölzer waren nicht zu finden.

Das Knarren wurde lauter, gleichmäßiger, und er spähte wieder nach oben. Tatsächlich, das Rückenbrett kam herunter. »Eric?«, hörte er Amys Stimme.

»Was?«, schrie er.

»Zünd die Lampe an!« Jetzt merkte er, dass sie auf dem Rückenbrett kauerte und langsam zu ihm herabschwebte.

Er stand auf, humpelte einen Schritt. Womöglich hatte er die Streichhölzer in der Hand gehabt, als das Piepen begann, womöglich hatte er sie mitgenommen, als er die Geräuschquelle gesucht hatte, und sie irgendwo gedankenabwesend hingelegt. Sicher, das ergab keinen Sinn, und er glaubte auch nicht wirklich daran, aber als er den nächsten Schritt machte, stieß er mit dem Fuß gegen etwas, kickte es ein Stück weg und erkannte am Geräusch und auch an der Berührung, dass es die Streichhölzer waren. Vorsichtig ging er auf alle viere und tastete den Boden ab.

Das Knarren ging weiter. Inzwischen war der Himmel ganz dunkel; Eric konnte das Rückenbrett nicht mehr sehen, aber er spürte, wie es näher kam. »Zünd die Lampe an, Eric!«, rief Amy noch einmal. Jetzt war sie schon ganz dicht bei ihm, und ihre Stimme klang dringlich. Als hätte sie Angst.

Eric tastete weiter auf dem Boden herum. Jetzt war er in einer Ecke des Schachts, die von der Schlingpflanze ziemlich aggressiv kolonisiert worden war. Immer wieder verfingen sich seine Hände in den Ranken und gaben ihm das unheimliche Gefühl, dass die Pflanze ihn absichtlich behinderte. Endlich fand er die Streichholzschachtel – unter der Liane vergraben, fast vollständig von ihr bedeckt. Eric musste ziehen und an der Pflanze reißen, deren Saft feucht an den Fingern seiner linken Hand kleben blieb. Zuerst fühlte es sich kühl an, dann fing es auf einmal an zu brennen.

»Eric?«, rief Amy wieder. Inzwischen war sie fast bei ihm.
»Sekunde«, erwiderte er, humpelte zurück zur Lampe, ging in die Hocke und hob den Glaszylinder. Erst als er das erste Streichholz anmachte, merkte er, wie stark er zitterte, so sehr, dass die Flamme fast sofort wieder erlosch. Er musste sich einen Moment Zeit nehmen, zweimal tief Luft holen, ehe er es noch einmal versuchen konnte. Diesmal mit Erfolg – die Lampe ging an –, und da war Amy, gut vier Meter über ihm, und spähte nervös zu ihm nach unten, kam näher und immer näher.
Nach so vielen Stunden im Stockdunkeln musste sich Eric vom Licht der Lampe abwenden, aber trotzdem war die Flamme irgendwie schwächer, als er sich erinnerte – oder vielleicht auch, als er gehofft hatte. Ein großer Bereich des Schachts blieb im Schatten, in undurchdringlichem Dunkel. Seine Hand brannte vom Saft der Ranke. Er wischte sie an seiner Hose ab, aber es half nichts.
Als das Rückenbrett in Reichweite war, hielt er es fest und führte es leicht nach rechts, damit es neben Pablo aufkam, aber dann, als noch knapp ein Meter fehlte, kam das Seil mit einem Ruck zum Stillstand, so plötzlich, dass Amy um ein Haar abgestürzt wäre.
»Amy?«, erkundigte sich Jeff von oben.
»Was?«, rief sie zurück.
»Bist du unten?«
»Fast. Nur noch einen Meter oder so.«
Eine kurze Pause trat ein, offensichtlich musste die Information erst einmal verdaut werden. Dann: »Wie viel genau?«
Amy beugte sich nach vorn und spähte von dem Rückenbrett auf Pablos verletzten Körper hinab. »Das weiß ich nicht genau. Vielleicht neunzig Zentimeter.«
»Das Seil ist zu Ende«, kam Jeffs Stimme von oben. Wieder eine Pause. Gefolgt von: »Schafft ihr es trotzdem?«
Amy und Eric sahen sich an. Sinn und Zweck des Rückenbretts war ja, Pablos Rückgrat möglichst gerade zu halten, während sie

ihn anhoben. Sonst drehten oder verbogen sie die Wirbelsäule, was aller Wahrscheinlichkeit noch mehr Schaden anrichten würde. Aber wenn sie beschlossen zu warten, bedeutete das, dass sie das Rückenbrett wieder nach oben ziehen, es losbinden, noch ein Stück Nylonseil flechten, das Rückenbrett daran befestigen und das Ganze dann erneut in den Schacht hinunterlassen mussten – und zwar alles in absoluter Dunkelheit.

»Was meinst du, Eric?«, fragte Amy. Sie kauerte noch immer auf dem Rückenbrett, obwohl sie jetzt leicht hätte abspringen können. Anscheinend wollte sie nicht, als hätte sie Angst, sich damit einer Aufgabe zu verpflichten, der sie immer noch zu entgehen hoffte.

Eric bemühte sich, einen klaren Kopf zu behalten, aber das fiel ihm entsetzlich schwer. Er entdeckte eine Schaufel, die an der gegenüberliegenden Schachtwand lehnte, eine, die man zusammenklappen und im Rucksack transportieren konnte. Eine Weile starrte er sie an und grübelte darüber nach, wie sie ihnen von Nutzen sein könnte. Aber ihm fiel nichts ein, und als das Wort *Totengräber* in seinem Kopf auftauchte, zuckte er zusammen, als hätte er etwas Heißes angefasst.

»Wir können das Rückenbrett losbinden, Pablo drauflegen und das Brett wieder festmachen«, schlug er vor.

»Nur wir zwei?«, fragte Amy, und es war ihr anzuhören, dass sie das für ausgeschlossen hielt.

Eric schüttelte den Kopf. »Nein, sie müssten noch jemanden herunterlassen, der uns hilft. Stacy vermutlich. Zwei heben ihn hoch, einer knotet das Seil.«

Einen Moment dachten sie beide darüber nach, stellten sich die einzelnen Schritte vor und auch die Zeit, die das Ganze in Anspruch nehmen würde.

»Wir müssen die Lampe ausblasen«, sagte Eric. »Und im Dunkeln auf Stacy warten.«

Amy verlagerte ihr Gewicht, und das Rückenbrett begann hin und her zu schwingen. Eric streckte die Hand aus und brachte es zur Ruhe. Aber Amy kletterte immer noch nicht herunter.

»Vielleicht sollten wir ihn doch lieber alleine hochheben«, meinte er.

Schweigend starrte Amy auf Pablo hinunter. Eric wäre es recht gewesen, wenn sie etwas gesagt hätte. Er konnte diese Entscheidung nicht allein fällen.

»Es ist nicht mal ein Meter.«

»Aber wenn er sich bewegt ...«

»Ich kann die Schultern nehmen. Du packst die Füße. Eins, zwei, drei, einfach so.«

Amy verzog zweifelnd das Gesicht. Eric hob die Lampe, kippte sie leicht und inspizierte die immer kleiner werdende Menge Öl. »Wir müssen uns entscheiden«, sagte er. »Wir haben gleich kein Licht mehr.«

»Amy?«, ertönte Jeffs Stimme von oben.

Sie verrenkten sich beide den Hals, um nach oben zu sehen, aber es war zu dunkel.

»Wir versuchen es!«, rief sie hinauf.

Eric hielt das Rückenbrett fest, während sie herabstieg, dann stellte er die Lampe auf den Boden. Amy sammelte die Gürtel ein, die auf dem Schlafsack lagen, und legte sie neben die Lampe. Pablo beobachtete sie, und seine Augen bewegten sich zwischen ihr und Eric hin und her.

»Wir heben dich jetzt hoch«, erklärte ihm Amy, machte mit offenen Händen eine Bewegung, als wollte sie etwas anheben, und deutete dann auf das Rückenbrett. »Wir legen dich hier drauf und ziehen dich hoch.«

Pablo starrte sie wortlos an.

Eric ging zum Kopf des Griechen, Amy stellte sich an seine Füße.

»Nimm die Hüften«, sagte Eric.
Amy zögerte. »Sicher?«
»Wenn du ihn an den Füßen packst, hängt er in der Taille durch.«
»Aber wenn ich ihn an den Hüften anhebe, biegt sich dann der Rücken nicht nach oben?«
Ratlos starrten sie auf Pablo hinunter und versuchten sich die beiden Möglichkeiten vorzustellen. Es war ein schlechter Plan, das war Eric klar. Eigentlich müssten die anderen das Rückenbrett wieder nach oben ziehen und das Seil verlängern. Oder wenigstens Stacy herunterschicken. Eric warf einen Blick zur Lampe. Das Öl war so gut wie aufgebraucht.
»Dann nimm seine Knie«, sagte er schließlich.
Amy überlegte, aber nicht lange genug. Ein paar Sekunden später beugte sie sich über Pablos Knie. Auch Eric bückte sich und ließ die Hände unter die Schultern des Griechen gleiten. Sofort spürte er, wie die Wunde an seinem Bein wieder zu bluten begann. Pablo ächzte, und Amy wollte ihn schon wieder ablegen, aber Eric schüttelte den Kopf.
»Schnell«, sagte er. »Auf drei.«
Sie zählten gemeinsam: »Eins ... zwei ... drei.«
Und dann hoben sie Pablo in die Höhe.
Es war ein Desaster, weit schlimmer noch, als Eric es befürchtet hatte. Es schien ewig zu dauern, obwohl es blitzschnell passierte. Sie hatten Pablos Körper kaum vom Boden gelöst, als er zu schreien begann – noch lauter als zuvor, ein gellender Schmerzensschrei. Erneut wollte Amy aufgeben, aber Eric schrie: »Nein!«, und sie machte weiter. Pablos Körper sackte in der Taille ein, und er begann mit den Armen wild um sich zu schlagen. Und schrie und schrie. Dazu kam noch, dass er für Amy viel zu schwer war, sie hatte längst nicht so viel Kraft wie Eric. Inzwischen waren die Schultern des Griechen auf einer Höhe mit dem Rückenbrett,

aber seine Knie rund dreißig Zentimeter tiefer, und es sah aus, als würde Amy schlappmachen. Die Krümmung in der Taille wurde immer schlimmer. Pablos rechter Arm schlug gegen das Rückenbrett, und es schwang wild hin und her.

»Höher!«, schrie Eric, und Amy versuchte verzweifelt, Pablos Beine weiter anzuheben. Sein Körper verdrehte sich, seine Schreie wurden schriller.

Eric hätte nicht sagen können, wie sie es schließlich schafften. Wie in Trance hievten sie den Griechen am Ende mit einem Ruck auf das schwankende Rückenbrett, und danach wusste Eric nur, dass es sich schrecklich anfühlte, ungefähr so, als wäre er aus Versehen auf ein Baby getreten. Amy hatte angefangen zu weinen und sah völlig fertig aus.

»Schon gut«, sagte Eric. »Er kommt wieder in Ordnung.« Aber wahrscheinlich konnte sie ihn gar nicht hören, denn Pablo schrie noch immer wie am Spieß. Eric hatte ein Würgen im Hals, seine Zunge war dick und pelzig, die Galle stieg ihm hoch. Aber er zwang sich, ruhig zu atmen. Sein Bein blutete, sein Schuh fühlte sich feucht an, und plötzlich merkte er auch wieder seine Blase.

»Ich muss pinkeln«, stellte er fest.

Amy sah ihn nicht einmal an. Sie hatte die Hand vor den Mund geschlagen und starrte den schreienden Pablo an, dessen Unterkörper vollkommen reglos dalag, während die Arme weiter hin und her schwangen. Eric humpelte zur Schachtwand, öffnete den Reißverschluss an seiner Hose und pinkelte. Als er fertig war, hatte Pablo sich ein wenig beruhigt. Seine Augen waren fest geschlossen, auf seiner Stirn standen dicke Schweißperlen.

»Wir müssen ihn noch festbinden«, sagte Amy. Inzwischen hatte sie aufgehört zu weinen und wischte sich mit dem Ärmel übers Gesicht.

Eric zog seinen Gürtel aus und legte ihn zu den anderen auf den Boden neben der Öllampe. Amy hob zwei davon auf und schnallte sie zusammen, sodass sie einen langen Riemen bildeten. Den legte sie auf der Höhe des Brustbeins um Pablos Brust, zog ihn fest und verknotete ihn. Die Augen des Griechen blieben geschlossen. Unterdessen verknüpfte Eric die anderen beiden Gürtel, gab sie Amy, und sie wiederholte die Prozedur an Pablos Oberschenkeln.

»Wir brauchen noch einen«, stellte Eric fest und hielt den letzten Gürtel hoch.

Amy beugte sich über Pablo, löste vorsichtig seine Gürtelschnalle und zog den Gürtel aus der Hose. Auch jetzt öffnete Pablo nicht die Augen. Eric gab Amy den Gürtel, den er aufgehoben hatte, und sie legte beide um Pablos Stirn. Dann traten sie zurück, um ihr Werk zu betrachten.

»Das ist gut«, sagte Eric. »Er kommt bestimmt wieder in Ordnung.« Aber tief im Innern fühlte er sich nur grässlich. Er wünschte sich, Pablo würde die Augen öffnen und wieder anfangen zu murmeln, aber er lag einfach nur da, leicht auf dem Rückenbrett schwankend, und auf seiner Stirn sammelte sich immer mehr Schweiß, die Tropfen wurden größer und rollten nach einer Weile seitlich von seinem Kopf herunter. Eric spürte, wie das Blut seinen Schuh füllte. Sein Ellbogen schmerzte, seine Hand brannte. Er hatte eine Prellung am Kinn, und sein Rücken juckte – die Insektenstiche von der Wanderung durch den Dschungel. Außerdem war er durstig und hungrig, er wollte nach Hause – nicht einfach nur zurück ins Hotel, sondern *heim.* Aber das war natürlich unmöglich. Nichts würde wieder gut werden. Pablo war schwer verletzt, und sie waren daran beteiligt, waren Teil seiner Schmerzen. Am liebsten hätte Eric geweint.

Gerade als Jeff und Matthias anfingen, ihn hochzuziehen – die Winde knarrte, und das Rückenbrett schwebte langsam an Erics Gesicht vorüber –, wurde das Licht der Lampe schwächer, flackerte und erlosch schließlich ganz.

»Jeff«, sagte Stacy leise, fast flüsternd, aber so angespannt, dass die Dringlichkeit leicht zu hören war.

Er und Matthias arbeiteten an der Winde, strengten sich an, die Kurbel langsam und möglichst gleichmäßig zu bedienen, und ohne Stacy anzusehen, antwortete er: »Was ist?«

»Die Lampe ist ausgegangen.«

Jetzt drehte nicht nur er, sondern auch Matthias sich um, und sie starrten beide zur Öffnung des Schachts hinüber. Sie war genauso dunkel wie alles andere um sie herum. Sterne schimmerten am Himmel, aber der Mond war noch nicht aufgegangen. Vergeblich versuchte Jeff sich zu erinnern, ob er ihn in den vorangegangenen Nächten gesehen hatte, in welcher Phase er sich befand und wann er aufgehen würde, aber nur das Bild von einem ihrer ersten Abende am Strand erschien vor seinem inneren Auge: eine Melonenscheibe, dicht über dem Horizont. Ob der Mond auf- oder untergegangen war, ob er zu- oder abgenommen hatte, das alles wusste er nicht mehr. »Sprich mit den beiden da unten«, sagte er zu Stacy.

Gehorsam beugte Stacy sich über die Grube, legte die Hände an den Mund und rief: »Was ist passiert?«

»Das Öl ist alle!«, kam Erics Stimme aus dem Schacht.

Jeff versuchte alles im Kopf zu behalten, aber es klappte nicht. Er wünschte sich ein Stück Papier und Zeit, sich Notizen zu machen, eine Liste anzulegen und ein bisschen Ordnung in das Chaos zu bringen. Morgen früh konnte er vielleicht die Notizbücher der Archäologen für diesen Zweck benutzen, aber jetzt musste er es im Kopf versuchen, obwohl er ständig das Gefühl hatte, etwas ganz Wichtiges vergessen zu haben. Sie mussten über Wasser, Essen und Obdach nachdenken. Dann waren da die Mayas am Fuß des Hügels. Und Henrichs Leiche, gespickt mit Pfeilen. Pablo mit einem gebrochenen Rückgrat. Und die anderen Griechen, die sie vielleicht hier herausholen würden. Oder auch nicht. Und nun auch noch die Lampe – die Lampe, die kein Öl mehr hatte und sich nicht mehr anzünden ließ.

Schließlich nahmen er und Matthias die Arbeit an der Winde wieder auf. »Sag Bescheid, sobald du ihn sehen kannst«, wies er Stacy an.

Denken war momentan nicht so wichtig, zu viel denken machte die Dinge nur noch chaotischer, man zweifelte, zögerte und verlor kostbare Zeit. Denken konnte warten bis morgen früh, bis es wieder hell wurde. Jetzt musste er erst mal alle aus dem Schacht holen, sie im orangefarbenen Zelt unterbringen und dann irgendwie versuchen, ein bisschen Schlaf zu bekommen.

Die Winde knarrte und ächzte, während das Seil sich langsam um die Rolle wickelte. Stacy sagte nichts, Pablo war also noch nicht zu sehen. Allerdings konnte Jeff ihn bereits riechen: Ein Geruch wie aus einem Außenabort, Exkremente und Urin. Während sie die Nylonstreifen geflochten und die Aluminiumstangen zusammengeklebt hatten, hatte er sich einzureden versucht, dass Eric sich vielleicht irrte und dass Pablos Rückgrat vielleicht gar nicht gebrochen war. Später würden sie über ihre Katastrophenfantasien lachen – morgen früh, wenn der Grieche aufgestanden war und putzmunter in der Gegend herumhumpelte. Aber jetzt, wo der Gestank immer näher kam, wusste er plötzlich, dass er sich etwas vorgemacht hatte.

Stopp, sagte er sich. *Hol jetzt die Leute raus. Bring sie im Zelt unter. Und dann sorg dafür, dass ihr alle ein bisschen schlafen könnt.*

»Ich sehe ihn«, flüsterte Stacy.

»Wenn er aus dem Loch raus ist, musst du das Rückenbrett festhalten und auf den Boden lenken«, sagte Jeff.

Sie drehten weiter an der Kurbel.

»Okay«, rief Stacy kurz darauf. Sie hielten inne und wandten sich zu ihr um. Das Rückenbrett hing über dem Schacht, direkt unter dem Sägebock, und darauf lag Pablo, eine dunkle Gestalt, vollkommen regungslos, wie eine Mumie. Stacy hielt ein Stück vom Schlafsack und eine Alustange fest. »Lasst ihn ein bisschen runter«, bat sie.

Sie drehten die Kurbel etwas zurück, und als das Rückenbrett sich absenkte, schob Stacy es sanft zum Rand der Grube.

»Vorsichtig«, sagte sie. »Langsam.«

Behutsam setzten sie das Brett mit Pablo auf dem Boden ab, dann liefen Matthias und Jeff sofort zu ihm und kauerten sich neben ihn auf den Boden. Vielleicht war es die Dunkelheit oder seine eigene Erschöpfung, aber Pablo sah schlimmer aus, als Jeff es befürchtet hatte. Seine Wangen waren eingefallen, sein Gesicht verhärmt und bestürzend bleich, in der Dunkelheit beinahe durchscheinend. Und sein Körper schien geschrumpft zu sein, als hätte die Verletzung ihn irgendwie kleiner gemacht, oder als würde er langsam verschwinden. Seine Augen waren fest geschlossen.

»Pablo?«, sagte Jeff und berührte ihn an der Schulter.

Die Augenlider des Griechen öffneten sich flatternd, und er starrte erst Jeff, dann Stacy und Matthias an. Aber er sagte nichts. Kurz darauf schloss er die Augen wieder.

»Es sieht schlimm aus, stimmt's?«, sagte Stacy.

»Ich weiß es nicht«, antwortete Jeff. »Echt schwer einzuschätzen.« Aber dann kam ihm das plötzlich wie eine feige Lüge vor, und er setzte hinzu: »Aber ich fürchte schon.«

Matthias schwieg und starrte mit finsterem Gesicht auf Pablo hinunter. Eine leichte Brise war aufgekommen, und nun, da die Sonne untergegangen war, wurde es merklich kühler. Der Schweiß auf Jeffs Haut trocknete, und er bekam eine Gänsehaut auf den Unterarmen.

»Was machen wir denn jetzt mit ihm?«, fragte Stacy.

»Wir legen ihn ins Zelt. Du kannst dich zu ihm setzen, während wir die anderen rausholen.« Jeff warf ihr einen Blick zu und überlegte kurz, ob sie protestieren würde. Aber sie tat es nicht, sondern starrte nur wortlos auf Pablo. Jeff beugte sich über die Grubenöffnung und rief hinunter: »Wir tragen Pablo ins Zelt. Dann kommen wir sofort zurück. Okay?«

»Beeilt euch!«, antwortete Amy.

Es war schwierig, die Knoten zu lösen, die das Rückenbrett mit den Nylonzöpfen verbanden, und schließlich nahm Matthias kurzerhand das Messer und schnitt sie durch. Dann trugen er und Jeff das Rückenbrett mit Pablo langsam und möglichst gleichmäßig über das Plateau zu dem orangefarbenen Zelt. Stacy folgte ihnen. »Vorsicht ... Vorsicht ... Vorsicht ...«, flüsterte sie immer wieder.

Vor dem Zelt setzten sie ihn ab, Jeff zog den Reißverschluss am Eingang auf und machte Platz für das Rückenbrett. Aber kaum dass ihm die abgestandene Luft in die Nase stieg, wusste er, dass das keine gute Idee gewesen war, und er drehte sich um. »Wir können ihn nicht da rein legen«, sagte er. »Seine Blase – er verliert dauernd Urin.«

Matthias und Stacy starrten auf Pablo hinunter. »Aber wir können ihn doch nicht einfach hier draußen lassen«, gab Stacy zu bedenken.

»Nein, wir müssen irgendeinen Unterstand für ihn bauen«, stimmte Jeff ihr zu und machte eine Handbewegung zur anderen Seite des Plateaus. »Vielleicht können wir die Reste von dem blauen Zelt dafür verwenden.«

Schweigend ließen sich die beiden anderen seinen Vorschlag durch den Kopf gehen. Pablos Augen waren immer noch geschlossen. Inzwischen klang sein Atem seltsam röchelnd, schleimig und mühsam.

»Wir holen erst mal Amy und Eric raus, dann überlegen wir weiter. Okay?«

Stacy nickte. Jeff und Matthias rannten zurück zum Schacht.

Auf einmal begann Pablo zu zittern. Gerade noch hatte er ganz still, mit geschlossenen Augen dagelegen – er schlief nicht, das merkte Stacy, aber er war jedenfalls ruhig –, und von einer Sekunde auf die andere zitterte er so heftig, dass sie sich fragte, ob er vielleicht eine Art Krampfanfall hatte. Sie wusste nicht, was sie tun sollte. Am liebsten hätte sie Jeff gerufen, aber sie hörte die Winde knarren. Die beiden jungen Männer holten Amy und Eric aus dem Schacht, und dabei durfte man sie nicht stören. Pablo war an Oberschenkeln, Brust und Stirn immer noch auf dem Brett festgeschnallt. Stacy hätte die behelfsmäßigen Gurte gern gelockert, war aber nicht sicher, ob das gut war. Vorsichtig berührte sie Pablos Hand. Er öffnete langsam die Augen und sah sie an. Dann sagte er mit heiserer, schwacher Stimme etwas auf Griechisch. Das Zittern hatte nicht nachgelassen, obwohl Stacy erkennen konnte, dass er sich dagegen wehrte. Offenbar ohne Erfolg.

»Ist dir kalt?«, fragte Stacy. Um sich verständlich zu machen, schlang sie die Arme um sich, zog den Kopf zwischen die Schultern und tat so, als fröstelte sie.

Pablo reagierte nicht darauf, sondern schloss nur wieder die Augen.

Kurz entschlossen stand Stacy auf und kroch ins Zelt. Drinnen war es noch dunkler als draußen, aber sie tastete sich auf Händen und Knien vorwärts und fand schließlich einen der Schlafsäcke. Sie wollte aufstehen und so schnell wie möglich wieder nach draußen laufen, um Pablo damit zuzudecken, aber plötzlich zögerte sie und spürte den heftigen Wunsch, sich hinzulegen, sich in dieser muffigen, stillen Höhle zu verkriechen. Der Impuls hielt nur eine Sekunde an. Stacy wusste, dass es sowieso sinnlos gewesen wäre. Sie konnte sich nicht verstecken, also verdrängte sie den Gedanken rasch wieder. Als sie wieder ins Freie kam, zitterte der Grieche noch immer. Sie deckte ihn mit dem Schlafsack zu, setzte sich neben ihn und nahm seine Hand. Sie hatte das Gefühl, etwas sagen zu sollen, Worte finden zu müssen, die ihn trösteten, aber es fiel ihr einfach nichts Passendes ein. Hier lag Pablo mit gebrochenem Rückgrat in seinen Exkrementen und seinem Urin, umgeben von Fremden, die nicht einmal seiner Sprache mächtig waren. Wie konnte sie da hoffen, irgendetwas besser zu machen?

Das Zelt blähte sich in der leichten Brise. Auch die Lianen schienen sich zu bewegen, veränderten sich, wisperten. Es war so dunkel, dass man nichts sehen konnte – es gab sozusagen nur Stacy, Pablo und das Zelt und irgendwo außer Sichtweite auf der anderen Seite des Plateaus das Knarren und Quietschen der Winde. Bald würde entweder Amy oder Eric aus dem Schatten kommen und sich zu ihr und Pablo setzen. Dann wurde bestimmt alles leichter. Das war es, was Stacy sich immer wieder sagte: *Das ist der schlimmste Moment, jetzt, ganz allein mit Pablo.*

Das Rascheln und Rauschen der Pflanzen gefiel ihr nicht. Ihr kam es so vor, als wäre im Dickicht der Ranken weit mehr los, als man dem Wind zuschreiben konnte. Dinge bewegten sich, schlichen näher. Stacy dachte an die Mayas mit ihren Bogen und Pfeilen, und sie musste ihren Fluchtinstinkt niederkämpfen, den Drang, Pablos Hand loszulassen und über das Plateau zu Jeff und den anderen zu rennen. Natürlich war das alles Blödsinn, genauso idiotisch wie ihre Fantasie, sie könnte sich im Zelt verstecken. Sie konnte nicht weglaufen. Wenn die Geräusche das waren, was sie befürchtete, dann würde ein Fluchtversuch die Angst, das Leiden nur in die Länge ziehen. Da war ihr ein schneller Pfeil aus der Dunkelheit doch lieber. Angespannt saß sie da und wartete, horchte auf das Surren einer Bogensehne, lauschte dem verstohlenen Rauschen der Pflanzen. Aber kein Pfeil kam. Schließlich hielt sie es nicht mehr aus. »Hallo?«, rief sie.

Von der anderen Seite des Plateaus kam Jeffs Stimme: »Was ist los?« Die Winde hatte aufgehört zu quietschen.

»Nichts«, schrie sie zurück. Als die Winde sich wieder drehte, wiederholte sie das Wort flüsternd: »Nichts, nichts, nichts.«
Pablo regte sich und starrte sie an. Seine Hand fühlte sich kalt an, seltsam feucht, wie etwas, was zu lange im Keller gelegen und Moder angesetzt hat. Er leckte sich über die Lippen. »Nix?«, fragte er heiser.
Stacy nickte und lächelte. »Ja, genau«, antwortete sie. »Es ist nichts.« Dann saß sie wieder da, wartete, dass die anderen endlich zu ihr kamen, und bemühte sich zu glauben, dass es stimmte, dass es wirklich nichts war – nur der Wind, nur ihre Fantasie –, dass sie nur Monster in der Dunkelheit erschuf. »Es ist nichts«, flüsterte sie. »Es ist nichts. Es ist nichts. Es ist nichts.«

Amy hatte Eric gefragt, ob sie seine Hand halten dürfe. Sie hatte Angst, erklärte sie ihm, es war so dunkel hier unten, und sie brauchte Kontakt, brauchte mehr als nur den Klang seiner Stimme, um sich seiner Anwesenheit neben ihr zu vergewissern. Natürlich war er einverstanden gewesen, und obwohl es sich anfangs ein bisschen sonderbar anfühlte, hier auf dem felsigen Boden des Schachts zu sitzen und mit dem Freund ihrer besten Freundin Händchen zu halten, gewöhnte sie sich nach einer Weile daran.
Sie warteten, dass Jeff und Matthias aus dem orangefarbenen Zelt zurückkamen und das Seil wieder in die Grube hinunterließen. Die ganze Zeit über redeten Amy und Eric ohne Unterlass, als läge in der kleinsten Pause eine Gefahr. Vermutlich die Gefahr, dass sie in der Stille darüber nachdenken könnten, wo sie waren, in welcher Klemme sie steckten. Amy hatte das Gefühl, auf einer hohen Klippe zu sitzen und die Erde dort unten zu ahnen, aber sie vermied es tunlichst, hinunterzusehen. Reden fühlte sich sicherer an als Denken, selbst wenn sie letztlich über genau das redeten,

was ihre Gedanken beschäftigte. Aber beim Reden gab es wenigstens die Chance, beim anderen ein bisschen Sicherheit zu finden, einander aufzumuntern und zu ermutigen. Das klappte alleine nicht. Zu zweit hatte man sogar die Chance zu lügen, wenn nötig. Sie sprachen über Erics Knie (es tat weh, wenn er es belastete, aber es hatte aufgehört zu bluten, und Amy versicherte ihm, dass es bald wieder in Ordnung kommen würde). Sie sprachen darüber, wie durstig sie waren und wie lange das Wasser wohl noch reichen würde (sie waren sehr durstig, und das Wasser würde bestenfalls noch einen Tag oder so reichen, aber sie waren beide der Ansicht, dass sie wahrscheinlich genügend Regenwasser auffangen konnten, um über die Runden zu kommen). Sie spekulierten darüber, ob die anderen Griechen am nächsten Morgen auftauchen würden (wahrscheinlich, meinte Eric, und Amy unterstützte diese Ansicht, obwohl beide wussten, dass es lediglich eine schwache Hoffnung war). Sie sprachen über die Möglichkeit, einem Flugzeug Signale zu geben oder mitten in der Nacht an den Mayas vorbeizuschleichen. Vielleicht verloren die Mayas ja auch plötzlich das Interesse an ihnen und verschwanden im Dschungel, sodass sie ungehindert den Nachhauseweg antreten konnten.

Sie sprachen nicht über Pablo. Nicht über Pablo und nicht über seinen gebrochenen Rücken.

Sie sprachen darüber, was sie als Allerersten tun würden, wenn sie endlich wieder in ihrem Hotel waren, und diskutierten lange über die Vor- und Nachteile verschiedener Möglichkeiten, bis es ihnen zu schmerzlich wurde, darüber nachzudenken – die Mahlzeiten, die sie sich ausmalten, vergrößerten nur ihren Hunger, der Gedanke an das eisgekühlte Bier machte ihren Durst unerträglich, und wenn sie sich vorstellten, unter der Dusche zu stehen, fühlten sie sich noch viel schmutziger.

Der kalte Zug kam und ging, half jedoch nicht, den Schacht von dem Gestank zu befreien, den Pablo hinterlassen hatte. Amy musste durch den Mund atmen, aber selbst so merkte sie es. Allmählich bekam sie das Gefühl, als wäre der Geruch eine Art Farbe, in die man sie gesteckt hatte und von der sie sich niemals würde befreien können. Eric fragte, ob sie Dinge in der Dunkelheit sehen konnte, schwebende Lichter, die träge um sie herumtanzten. »Da drüben«, sagte er, fuchtelte mit der Hand nach ihrem Kinn, drehte ihren Kopf nach links und hielt ihn dort fest. »Eine bläuliche Kugel, wie ein Ballon. Kannst du sie nicht sehen?« Aber Amy sah nichts, es war nichts da.

Schließlich kam Jeffs Stimme von oben – er und Matthias waren bereit. Sie mussten nur noch eine Schlinge zusammenbinden, dann konnten sie mit dem Hochziehen beginnen.

Amy und Eric überlegten gemeinsam, wer zuerst hinaufdurfte, und beide wollten dem anderen den Vortritt lassen. Amy bestand darauf, dass Eric den Anfang machte. Schließlich war er verletzt und hatte schon so viele Stunden allein hier in diesem Loch verbracht. Sie schwor, dass sie keine Angst hatte, dass es ja nur um ein paar Minuten ging und dass es ihr gar nichts ausmachte. Aber Eric wollte davon nichts hören; er weigerte sich einfach, auf ihre Begründung einzugehen, und schließlich akzeptierte Amy mit heimlicher Erleichterung seine Entscheidung – denn sie *hatte* Angst, und es machte ihr sehr wohl etwas aus.

Die Winde begann zu quietschen. Jeff und Matthias ließen das Seil herunter.

Es war zu dunkel, um die Schlinge kommen zu sehen. Amy und Jeff saßen da und starrten nach oben, ohne wirklich etwas zu sehen. Dann hörte das Quietschen auf. »Habt ihr es?«, fragte Jeff.

Hand in Hand standen Eric und Amy auf, streckten den freien Arm aus und tasteten in der Luft herum, bis Amy das kühle Nylon der Schlinge spürte, das sich ganz plötzlich aus der Dunkelheit zu materialisieren schien. »Da ist das Seil«, rief sie und führte auch Erics Hand zu der Schlinge. So blieben sie einen Moment stehen und hielten beide die Seilschlinge fest. »Ich hab's!«, rief Amy nach oben.

»Sag Bescheid, wenn du so weit bist!«, erwiderte Jeff.

Amy hörte Erics Atem neben sich. »Bist du sicher?«, fragte sie.

»Hundertprozentig«, antwortete Eric. Dann lachte er, oder versuchte es jedenfalls. »Vergesst bloß nicht, das Seil noch mal runterzulassen.«

»Wie mach ich das denn jetzt?«

»Zieh die Schlinge über den Kopf und dann unter die Achselhöhlen.«

Sie ließ seine Hand los, steckte die Arme und dann den Kopf durch die Schlinge. Eric half ihr, sich das Seil einigermaßen bequem unter die Achseln zu legen.

»Bist du sicher, dass es okay ist?«, fragte sie wieder.

Sie ahnte, wie er in der Finsternis nickte. »Soll ich rufen?«

»Ich mach das schon«, entgegnete sie. Eric schwieg. Er stand neben ihr, eine Hand auf ihrer Schulter, und wartete. Sie legte den Kopf in den Nacken und schrie: »Alles klar!«

Fast sofort begann die Winde zu quietschen, und auf einmal wurde sie hochgehoben, ihre Füße baumelten in der Luft, Erics Hand rutschte von ihrer Schulter und verschwand in der Dunkelheit unter ihr.

Das Piepen setzte wieder ein. Zuerst schien es von oben zu kommen, dann war es rechts von Eric, fast direkt neben seinen Füßen. Er streckte den Arm danach aus, klopfte mit der Hand auf dem Boden herum, fand aber nur Lianenranken, deren Blätter sich glatt und schleimig anfühlten, wie die Haut einer im Dunkel hausenden Amphibie.

Die Winde hörte auf zu quietschen; Amy hing jetzt wahrscheinlich irgendwo über ihm.

»Kannst du es sehen?«, schrie Jeff herunter.
Eric antwortete nicht. Inzwischen hatte das Klingeln sich von ihm weg bewegt, auf den offenen Seitenschacht zu, in den Gang hinein, wurde schwächer.
»Eric?«, rief Amy.
Links von ihm waberte ein gelber Ballon. Natürlich war er nicht echt, nur eine optische Täuschung, das wusste er. Warum also sollte dann das Klingeln real sein? Er würde dem Laut nicht in den Gang folgen, er würde sich nicht von hier wegrühren, nein, er war fest entschlossen, hier hocken zu bleiben, eine Hand auf der öllosen Lampe, die andere auf der Streichholzschachtel, und darauf zu warten, bis die Schlinge zu ihm herunterkam.
»Nein, ich kann es nicht sehen!«, rief er nach oben.
Fast sofort begann die Winde wieder zu quietschen.
Die Wunde in seinem Knie pochte. Obendrein hatte er Kopfschmerzen, Hunger und Durst. Und müde war er auch. Er versuchte, nicht an das zu denken, worüber Amy und er vorhin gesprochen hatten, versuchte, seinen Kopf mit einer Art statischem Rauschen zu füllen, weil es ganz allein hier unten viel schwieriger war, an all die hoffnungsvollen Szenarien zu denken, die er sich zusammen mit Amy ausgemalt hatte. Die Mayas würden garantiert nicht einfach so verschwinden – wer von ihnen beiden war denn bloß auf diese absurde Idee gekommen? Und wie in aller Welt sollten sie einem Flugzeug Signale geben, das irgendwo hoch am Himmel über ihnen hinwegflitzte? *Chiropraktiker,* dachte er und strengte sich an, diese Fragen zu verdrängen. *Chef. Café. Camping. CD. Comic. Chiffre. Cholesterin. Chor. Cockpit. Computer.*
Das Klingeln hörte auf. Einen Augenblick später verstummte auch das Quietschen der Winde, und Eric hörte, wie Jeff und Matthias Amy aus der Schlinge halfen.
Was, wenn die Griechen nicht kamen? Oder wenn sie zwar an-

rückten, aber sofort in die Falle gingen? *Derb*, dachte er. *Dorf. Dekadent.* Oder wenn es nicht regnete? Woher würden sie dann Wasser kriegen? *Delikat*, fuhr er fort. *Dackel. Druide.* Jeff hatte gesagt, er müsste die Wunde an seinem Ellbogen auswaschen, weil sich in diesem Klima auch die kleinste Verletzung leicht entzünden konnte, und jetzt hatte er eine noch viel tiefere Wunde am Knie, und keine Chance, sie auszuwaschen. Womöglich bekam er eine Blutvergiftung. Womöglich würde er sein Bein verlieren. *Diesel*, dachte er. *Desaster. Dumm.*

Und was war mit Pablo und seinem gebrochenen Rückgrat?

Das Quietschen setzte wieder ein, und Eric stand auf. *Engpass*, dachte er. *Eunuch.* Er nahm die Streichhölzer in die eine, die Lampe in die andere Hand, streckte die Arme in die Höhe und hielt sie blind über sich, während er darauf wartete, dass die Schlinge ihn erreichte.

Stacy und Amy saßen nebeneinander auf dem Boden, ein kleines Stückchen von Pablos Rückenbrett entfernt. Sie hielten sich an den Händen und sahen zu, wie Jeff Erics Knie untersuchte. Eric hatte behutsam die Hose heruntergelassen und schnitt eine Grimasse, als er den Stoff vom angetrockneten Blut der Wunde abziehen musste. Jeff kauerte über ihm und versuchte in der Dunkelheit vergeblich, sich ein Bild davon zu machen, wie schlimm die Verletzung war. Schließlich gab er auf. Das musste bis zum Morgen warten. Im Moment war das Wichtigste, dass die Wunde aufgehört hatte zu bluten.

Matthias baute unterdessen aus dem restlichen Nylonstoff und den Aluminiumstangen des blauen Zelts mit Klebeband eine notdürftige Schutzhütte für Pablo.

»Einer von uns sollte wahrscheinlich Wache schieben, während die anderen schlafen«, meinte Jeff.

»Wozu brauchen wir denn eine Wache?«, fragte Amy.

Jeff nickte zu Pablo hinüber. Sie hatten ihn losgeschnallt, und er lag mit geschlossenen Augen auf dem Rücken. »Falls er etwas braucht«, erklärte er. »Oder …« Achselzuckend sah er zu dem Weg, der bergab führte. *Wegen der Mayas,* dachte er, aber er wollte es nicht laut aussprechen. »Ich weiß auch nicht. Es kommt mir einfach klüger vor.«

Alle schwiegen. Matthias riss mit den Zähnen ein Stück Klebeband ab.

»Zweistundenschichten«, schlug Jeff vor. »Eric braucht nicht anzutreten.« Eric saß völlig benommen da, die Hose noch um die Knöchel geknüllt. Jeff war nicht mal sicher, ob er überhaupt zuhörte. »Ich denke, wir sollten auch anfangen, unseren Urin zu sammeln. Nur für den Notfall.«

»Unseren Urin?«, fragte Amy ungläubig.

Jeff nickte. »Falls uns das Wasser ausgeht, bevor es regnet. Wir können uns eine Weile durchschlagen, wenn wir …«

»Ich werde meinen Urin nicht trinken, Jeff.«

Stacy nickte bestätigend. »Kommt überhaupt nicht in Frage«, fügte sie hinzu.

»Wenn wir an den Punkt kommen, wo wir entweder Urin trinken müssen oder sterben …«

»Du hast gesagt, die Griechen kommen bestimmt morgen«, protestierte Amy. »Du hast gesagt …«

»Ich möchte ja nur auf Nummer sicher gehen, Amy. Vernünftig sein. Und dazu gehört, dass wir uns auf den schlimmsten Fall einrichten. Denn wenn es dazu kommt, werden wir uns wünschen, wir hätten vorgesorgt. Richtig?«

Amy antwortete nicht.

»Unser Urin wird immer konzentrierter, wenn wir dehydrieren«, fuhr Jeff fort. »Deshalb sollten wir jetzt damit anfangen, ihn aufzuheben.«

Eric schüttelte den Kopf und rieb sich müde das Gesicht. »Herr im Himmel«, sagte er. »So eine gottverdammte Scheiße.«

Aber Jeff ignorierte ihn. »Morgen, wenn es hell wird, sehen wir, wie viel Wasser wir haben und wie wir es rationieren können. Dasselbe beim Essen. Momentan denke ich, sollten wir alle nur einen Schluck trinken und dann versuchen, ein bisschen zu schlafen, so gut es eben geht.« Er wandte sich an Matthias, der immer noch an der Schutzhütte arbeitete. »Hast du die leere Flasche?«

Matthias ging zu dem orangefarbenen Zelt. Daneben lag sein Rucksack auf der Erde. Er öffnete ihn, wühlte einen Moment darin herum, zog dann die leere Wasserflasche heraus und gab sie Jeff.

Der hielt den anderen die Zweiliterflasche vor die Nase. »Wenn ihr pinkeln müsst, benutzt die hier. Okay?«

Niemand antwortete.

Jeff stellte die Flasche neben den Zelteingang. »Matthias und ich machen Pablos Unterschlupf fertig. Dann übernehme ich die erste Wache. Der Rest sollte versuchen zu schlafen.«

Sie redeten nur so lange, bis sie sich darauf verständigt hatten, dass sie lieber aufhören wollten, weil es sie nur aufregte, wenn sie hier im dunklen Zelt miteinander flüsterten. Stacy lag auf dem Rücken zwischen Eric und Amy und hielt beide an den Händen. Auf der anderen Seite von Amy hatten sie genügend Platz für Matthias gelassen. Im Zelt waren noch zwei Schlafsäcke, aber es war zu heiß, um sie zu benutzen. Deshalb hatten sie sie mit den Rucksäcken, dem Werkzeugkasten aus Plastik, den Wanderstiefeln und der Wasserkanne zu einem Haufen an der Rückwand des Zelts zusammengeschoben. In verschwörerischem Flüsterton hatte Amy vorgeschlagen, etwas von dem Wasser zu trinken. Es war schwer zu sagen, ob sie einen Witz machen wollte oder ob sie es ernst meinte. Vielleicht hätte sie tatsächlich einen Schluck genommen, wenn Stacy und Eric zugestimmt hätten. Aber als sie den Kopf schüttelten und meinten, das wäre den anderen gegenüber nicht fair, hatte Amy die Kanne sofort lachend beiseite gestellt. Auch Stacy und Eric hatten gelacht, aber in der Dunkelheit des muffigen, engen Zelts klang das so seltsam, dass sie rasch wieder verstummten.

Eric zog die Schuhe aus, und Stacy half ihm, sich seiner Hose ganz zu entledigen. Sie und Amy blieben angezogen. Stacy fühlte sich nicht sicher genug, um sich auszuziehen, sie wollte jederzeit weglaufen können. Vermutlich erging es Amy ähnlich. Allerdings verlor keine von beiden ein Wort darüber.

Wohin hätten sie denn auch laufen können?

Dann lag Stacy ganz still da, lauschte dem Atem der beiden anderen und versuchte zu erraten, ob sie schon eingeschlafen waren. Sie selbst war weit davon entfernt. Zwar war sie todmüde, aber sie hielt es nicht für möglich, dass sie hier auch nur ein Auge zumachen würde. Draußen hörte sie Jeff und Matthias leise reden, konnte aber nicht verstehen, was sie sagten. Nach einer Weile ließ Amy ihre Hand los und rollte sich von ihr weg auf die Seite. Um ein Haar hätte Stacy aufgeschrien, weil sie den Kontakt nicht missen wollte. Aber dann rückte sie stattdessen näher zu Eric und schmiegte sich an ihn. Er drehte den Kopf zu ihr und wollte etwas sagen, aber sie legte ihm den Finger auf die Lippen. Den Kopf eng an seiner Schulter, konnte sie seinen Schweiß riechen, und sie streckte die Zunge heraus und leckte seine Haut ab. Sie schmeckte salzig. Stacys Hand lag auf Erics Bauch, und ohne wirklich nachzudenken, ließ sie sie unter das Gummiband seiner Boxershorts gleiten. Zögernd berührte sie seinen Penis. Er war weich und schläfrig, und sie dachte eigentlich auch nicht an Sex – dafür war sie viel zu müde und viel zu verängstigt. Nein, sie suchte nach Geborgenheit, und weil ihr nichts Besseres einfiel, probierte sie es

auf diese Weise. Sie wollte ihn hart machen, wollte fühlen, wie sein Körper sich aufbäumte, wenn das Sperma herausspritzte. Aus irgendeinem Grund glaubte sie, das würde sie trösten, ihr ein Gefühl von Sicherheit geben.
Es dauerte auch nicht lange. Unter ihrer Berührung wurde Erics Penis steif, und sie begann ihn zu streicheln, schnell und angestrengt. Sein Atem vertiefte sich, wurde zu einem leisen Keuchen, und gerade als ihr Arm anfing zu schmerzen, wurde daraus ein Stöhnen, und er kam zum Höhepunkt. Stacy hörte, wie die erste dickflüssige Portion Sperma auf dem Zeltboden landete. Dann spürte sie, wie sich Erics Körper entkrampfte, spürte sogar, wie er einschlief und alle Verkrampfung aus seinen Muskeln wich. Dieses abrupte Gefühl der Erleichterung, das unvermittelte Loslassen war ansteckend – so, als würde es auf einmal ganz still in ihr. Eine große Leere breitete sich in ihrem Inneren aus, und ihre Angst schien sich, wenn auch nur für kurze Zeit, ein Stück zurückzuziehen. Mehr war nicht notwendig, und in diesem Augenblick glitt Stacy, die Hand noch immer auf Erics klebrigem, schlaffem Penis, hinüber ins Reich der Träume.

Amy hörte alles mit. Sie lag da und lauschte Stacys verstohlenen, rhythmischen Bewegungen, auf und ab, immer schneller, hörte zu, wie Erics Atem ihnen folgte, lauter wurde, dann ein unterdrücktes Stöhnen und schließlich Stille. In einem anderen Kontext hätte sie die Situation wahrscheinlich komisch gefunden und Stacy am nächsten Morgen damit geneckt, hätte vielleicht sogar im Moment des Höhepunkts eine Bemerkung gemacht, geklatscht und »Bravo! Bravo!« gerufen. Aber hier, in dem muffigen, dunklen Zelt, blieb sie einfach mit geschlossenen Augen auf der Seite liegen und wartete, bis es vorbei war. Sie merkte, wie die beiden einschliefen. Einen Moment war sie neidisch und sehnte sich danach, von Jeff in den Arm genommen, getröstet und in den Schlaf gewiegt zu werden. Nach einiger Zeit wurde der Reißverschluss am Zelteingang heruntergezogen, und Matthias kam auf Socken herein. Vorsichtig kletterte er über sie hinweg und legte sich neben sie. Es war beinahe erschreckend, wie schnell er einschlief – als wäre der Schlaf ein Hemd, das er sich einfach überzog, zurechtzupfte, in die Hose steckte und glatt strich, worauf er nur noch die Augen zuzumachen brauchte und sofort anfangen konnte zu schnarchen. Amy zählte seine Atemzüge. Manchmal schnarchte er so laut, dass die Luft über ihr zu vibrieren schien. Manchmal so leise wie ein kaum hörbares Flüstern. Als sie bei hundert angekommen war, setzte sie sich auf, kroch zum Zeltausgang, öffnete den Reißverschluss und schlüpfte in die Nacht hinaus.

Draußen war es nicht ganz so dunkel wie drinnen. Neben dem lang gezogenen Schatten von Pablos Schutzdach konnte Amy Jeffs Umrisse erkennen und spürte, wie er den Kopf hob und zu ihr herüberschaute. Aber er sagte nichts; wahrscheinlich wollte er Pablo nicht wecken. Sie nahm die Plastikflasche, knöpfte ihre Hose auf und begann zu pinkeln – hier, direkt vors Zelt gekauert, wo Jeff ihr in der Dunkelheit zusehen konnte. Sie brauchte einen Moment, bis sie die Flaschenöffnung richtig positioniert hatte, und pinkelte sich dabei auf die Hand. Jemand musste die Flasche bereits benutzt haben, denn sie war ziemlich schwer – vermutlich war es Matthias gewesen –, und sie fand es irgendwie unangenehm zu hören, wie ihr Urin in seinen plätscherte, spritzte, schäumte und sich mit ihm vermischte. Nie im Leben würde sie so etwas trinken! Jetzt beugte sie sich Jeffs Anweisungen auch nur, um ihm zu zeigen, dass sie gute Miene zum bösen Spiel machte und er sich auf sie verlassen konnte. Wenn er wollte, dass sie in eine Flasche pinkelte, dann tat sie es eben, aber morgen früh würden die Griechen kommen, und dann wurden solche Dinge zum

Glück unwichtig. Juan und Don Quixote würden Hilfe holen, und bis zum Abend war alles wieder in Butter. Energisch drehte Amy die Flasche zu, stellte sie zurück an ihren Platz neben dem Zelteingang, zog die Hose wieder hoch, knöpfte sie zu und ging langsam zu Jeff hinüber.

Inzwischen war der Mond aufgegangen, eine matte, schmale Silbersichel kurz über dem Horizont, die kaum Licht spendete. Zwar konnte man jetzt Umrisse erkennen, aber keine Details. Jeff saß im Schneidersitz auf der Erde und wirkte seltsam gelassen, fast zufrieden. Amy ließ sich neben ihn auf den Boden sinken und griff nach seiner Hand, als hoffte sie, dass sich etwas von seiner Ruhe auf sie übertrug, wenn sie ihn berührte. Ganz bewusst vermied sie es, unter den Unterschlupf zu schauen. *Er schläft,* sagte sie sich. *Es ist alles in Ordnung.*

»Was machst du, Jeff?«, fragte sie im Flüsterton.

»Ich denke nach«, antwortete er.

»Worüber?«

»Ich versuche mich zu erinnern.«

Amy stutzte. Auf einmal hatte sie ein sonderbares, hohles Gefühl in der Brust, so, als hätte sie die Hand in einem dunklen Zimmer nach dem Lichtschalter ausgestreckt und an seiner Stelle das Gesicht von jemandem berührt. Plötzlich fiel ihr ein Besuch beim Vater ihrer Mutter ein, einem alten Mann mit einem grässlichen Raucherhusten. Ihr Großvater lag auf dem Sterbebett, hing an Schläuchen und Monitoren, klare Flüssigkeiten tropften in ihn hinein und dunkle wieder aus ihm heraus. Amy war ungefähr sechs oder sieben Jahre alt, und sie ließ die Hand ihrer Mutter keinen Moment los, auch nicht, als man sie ans Bett schob, weil sie dem Sterbenden einen Abschiedskuss auf die stoppelige Wange geben sollte.

»Was machst du, Dad?«, hatte ihre Mutter den alten Mann gefragt, als sie hereinkamen.

Und er hatte geantwortet: »Ich versuche mich zu erinnern.«
Damals war Amy zu dem Schluss gekommen, dass Menschen das machten, wenn sie auf den Tod warteten; sie lagen da und versuchten, sich an alle Einzelheiten ihres Lebens zu erinnern, an all die Ereignisse, die man einmal für unvergesslich gehalten, an all die Dinge, die man geschmeckt, gerochen und gehört hatte, an die Gedanken, die einem wie Offenbarungen erschienen waren. Und nun tat Jeff das Gleiche. Er hatte aufgegeben. Sie würden diesen Ort nicht lebend verlassen, sie würden enden wie Henrich, mit Pfeilen in der Brust, die Knochen von blühenden Lianen umrankt.
Aber nein, das konnte doch nicht sein. So etwas sah Jeff überhaupt nicht ähnlich. Das war nicht seine Art.
»Es gibt eine Methode, wie man Urin destillieren kann«, fuhr er fort. »Man gräbt ein Loch und stellt den Urin in einem offenen Gefäß hinein. Dann deckt man das Loch mit einer wasserdichten Plane ab, die man am Rand beschwert, damit sie nicht verrutscht. Auf die Mitte der Plane legt man einen Stein, sodass sie sich dort etwas absenkt. Und unter dieser Stelle platziert man eine leere Tasse. Die Sonne erhitzt das Loch. Der Urin verdunstet und kondensiert an der Plane. Die Wassertropfen rinnen zur Mitte, die ja tiefer liegt, und fallen in die Tasse. Klingt das richtig?«
Wortlos starrte Amy ihn an. Sie hatte gleich zu Anfang den Faden verloren.
Aber das war eigentlich auch egal, denn sie wusste, dass Jeff sowieso nicht wirklich mit ihr sprach. Er dachte nur laut nach und hätte es womöglich nicht einmal gehört, wenn sie sich die Mühe gemacht und geantwortet hätte. »Ich bin ziemlich sicher, dass es stimmt«, fuhr er jetzt fort. »Aber ich habe dauernd das Gefühl, ich vergesse was.« Dann schwieg er wieder und grübelte weiter. Im Halbdunkel war sein Gesicht nicht zu erkennen, aber Amy konnte es sich genau vorstellen – eine Falte auf der Stirn, die Augen

leicht zusammengekniffen und scheinbar aufmerksam auf sein Gegenüber gerichtet. Aber diese Aufmerksamkeit war eine Illusion. In Wirklichkeit nahm er niemanden wahr. »Es muss nicht unbedingt Urin sein«, meinte er schließlich. »Wir könnten auch die Ranken abschneiden und in das Loch legen. Die Hitze wird alle Feuchtigkeit aus ihnen herausbrennen.«

Darauf fiel Amy keine Antwort ein. Seit sie hier waren, hatte sie das Gefühl, dass Jeff förmlich unter Strom stand und dass sich das auch in seiner Stimme und seinen Gesten niederschlug. Erst hatte sie angenommen, dass es einfach ein Symptom seiner Anspannung war, die gleiche Angst, die gleiche Nervosität, die alle spürten. Aber allmählich wuchs in ihr der Verdacht, dass es vielleicht nicht das war, sondern etwas ganz anderes. Vielleicht schlicht Erregung. Nervenkitzel. Plötzlich hatte Amy das Gefühl, dass Jeff sich schon sein ganzes Leben auf etwas Derartiges vorbereitete, auf irgendeine Krise, eine Katastrophe, dass er nur dafür studiert, trainiert, gelesen und sein ganzes Wissen angehäuft hatte. Dieser Gedanke beinhaltete allerdings die Erkenntnis, dass, wenn überhaupt jemand sie hier lebend rausholen konnte, es Jeff war. Eigentlich hätte Amy den Gedanken beruhigend finden müssen, aber so war es nicht. Ganz im Gegenteil, sie wollte weg von ihm, sich wieder im Zelt verkriechen. Jeff sah regelrecht glücklich aus. War er etwa froh, dass sie hier festsaßen? Schon allein diese Möglichkeit brachte Amy fast zum Weinen.

Ich werde den Urin nicht trinken, wollte sie ihm sagen. *Auch wenn er destilliert ist. Das kannst du glatt vergessen.*

Aber statt mit ihm zu reden, hob sie den Kopf und schnupperte. Ein schwacher, leicht moschusartiger Duft stieg ihr in die Nase, brennendes Holz, Lagerfeuergeruch, und sie spürte, dass ihr Magen sofort reagierte. Unvermittelt merkte sie, wie hungrig sie war. Seit dem Frühstück im Hotel hatte sie nichts mehr gegessen. »Ist das Rauch?«, flüsterte sie.

»Ja, die Mayas haben Feuer angezündet«, antwortete Jeff mit einer ausholenden Geste. »Um den ganzen Hügel herum.«
»Zum Kochen?«, fragte sie.
Jeff schüttelte den Kopf. »Nein, damit sie uns sehen können. Damit wir uns nicht im Dunkeln an ihnen vorbeischleichen können.«
Amy ließ die Information wirken. Ein Gefühl, als würden sie belagert. Ihr war klar, dass sie ihm Fragen stellen, Themen anschneiden musste, die darauf warteten, besprochen zu werden, aber sie hatte Angst vor den Antworten. Also hielt sie den Mund. Die Angst gewann die Oberhand, ihr Magen krampfte sich zusammen, und das Hungergefühl verzog sich.
»Morgen früh gibt es Tau«, sagte Jeff. »Wir können uns Lappen um die Knöchel binden und mit ihnen eine Weile zwischen den Ranken auf und ab gehen. Dann saugen die Lappen die Feuchtigkeit auf, und wir können sie auswringen. Wahrscheinlich kommt nicht viel Wasser dabei rum, aber …«
»Hör auf«, unterbrach ihn Amy. Sie konnte nicht mehr an sich halten. »Bitte, Jeff.«
Er verstummte und sah sie durch die Dunkelheit an.
»Du hast gesagt, die Griechen werden kommen«, sagte sie.
Er zögerte, als müsste er sich erst eine Antwort überlegen. Dann sagte er ganz leise: »Ja, stimmt.«
»Dann ist so was doch unwichtig.«
»Wahrscheinlich.«
»Und es wird auch regnen. Es regnet immer.«
Jeff nickte, ohne etwas zu sagen. Er wollte nett sein, das wusste Amy. Und das war auch okay, sie wollte es so, sie wollte von ihm hören, dass sie morgen gerettet werden würden, dass sie kein Loch graben mussten, um ihren Urin zu destillieren, dass sie sich keine Lappen um die Knöchel binden und den Abhang hinauf und hinunter stiefeln mussten, um Tau zu sammeln. Ein Mundvoll

Feuchtigkeit, aus schmutzigen Lappen gepresst – wie war es dazu gekommen, dass sie sich über solche Themen unterhielten?
Schweigend saßen sie da, noch immer Hand in Hand, ihre rechte in seiner linken. Amy dachte daran, wie Jeff sich, als sie bei ihrem zweiten Date aus dem Kino gekommen waren, bei ihr untergehakt hatte. Es regnete in Strömen, und sie mussten sich zu zweit unter einen Schirm drängen, aber er war viel schüchterner, als sie gedacht hatte; nicht mal an diesem Abend, als sie sich im prasselnden Regen unter dem Schirm aneinanderschmiegten, hatte er sie zu küssen gewagt. Der erste Kuss lag noch vor ihnen, eine Woche oder so in der Zukunft, und das war irgendwie schön, denn auf diese Weise gewannen andere Dinge an Bedeutung, die kleinen Gesten. Beispielsweise, wie er den Arm unter ihren schob, als sie unter der hell erleuchteten Marquise auf die regennasse Straße traten. Fast hätte sie jetzt davon angefangen, aber dann hielt sie sich in letzter Sekunde zurück, weil sie fürchtete, dass er sich vielleicht nicht mehr daran erinnerte und dass das, was sie so glücklich gemacht hatte, gar kein rührend zurückhaltender Annäherungsversuch gewesen war, sondern womöglich nur eine leere Geste, eine instinktive Reaktion auf das unfreundliche Wetter.
Ein Wind kam auf, und einen Moment war es beinahe kühl. Aber die Brise erstarb gleich wieder, und die Hitze kehrte zurück. Amy schwitzte, sie hatte geschwitzt, seit sie aus dem Bus gestiegen war, vor so vielen Stunden, in einer anderen Zeit. Pablo drehte den Kopf, murmelte etwas und verstummte wieder. Es war anstrengend, ihn nicht anzusehen, sie musste bewusst die Augen schließen.
»Du solltest ein bisschen schlafen, Amy«, sagte Jeff.
»Ich kann nicht schlafen.«
»Aber du brauchst den Schlaf.«
»Ich hab doch grade gesagt, ich kann nicht.« Amy wusste, dass sie

sich wütend und quengelig anhörte. Schon wieder war sie dabei zu nörgeln, sich zu beklagen, den Augenblick der Entspannung kaputtzumachen, dieses unechte Gefühl des Friedens. Trotzdem wünschte sie sich, sie könnte ihre Worte zurücknehmen, sie irgendwie sanfter machen und dann den Kopf auf Jeffs Schoß legen, damit er sie beruhigte und sie endlich einschlafen konnte. Ihre linke Hand war klebrig vom Pinkeln. Vorsichtig hielt sie sie unter die Nase und schnüffelte daran. Dann öffnete sie die Augen, und ihr Blick fiel auf Pablo. Sie hatten ihm den Schlafsack weggenommen. Er lag unter dem kleinen Schutzdach auf dem Rücken, die Arme über der Brust verschränkt, die Augen fest geschlossen. *Er schläft,* sagte sie sich. *Er ruht sich aus.* Von seiner Verletzung war nichts zu sehen. Die zerschmetterten Wirbel, das zerfetzte Rückenmark, das alles versteckte sich ja in seinem Innern. Aber es war nicht schwer, es sich vorzustellen. Irgendwie wirkte er geschrumpft, gealtert, verhärmt. Wie hatte das nur so schnell geschehen können? Amy sah ihn noch vor sich, wie er, das imaginäre Telefon am Ohr, neben der Grube gestanden und sie zu sich gewinkt hatte. Unmöglich, dass es derselbe Mensch war, der da jetzt in diesem elenden Zustand vor ihr lag. Jeff und Matthias hatten ihm die Hose ausgezogen, sodass er von der Taille abwärts nackt war, und seine Beine sahen irgendwie schief aus – als hätte jemand ihn achtlos hingeworfen. Amy sah seinen Penis, fast vollständig unter den dunklen Schamhaaren verborgen. Schnell wandte sie die Augen ab.

»Ihr habt ihm die Hose ausgezogen«, stellte sie fest.

»Wir haben sie weggeschnitten, ja.«

Amy stellte sich vor, wie Jeff und Matthias sich mit dem Messer über das Rückenbrett beugten. Der eine säbelte, der andere hielt Pablos Beine fest. Aber nein: Pablos Beine brauchten nicht festgehalten zu werden – das war ja genau der Punkt. Matthias ähnelte Jeff in gewisser Weise – steifer Nacken, die Augen unerbittlich fokussiert, ein Überlebender. Bestimmt hatte er mit dem Messer hantiert, während Jeff neben ihm kauerte, ihm die Stoffstreifen abnahm und sich dabei schon überlegte, wozu man sie am besten weiterverwenden konnte. Jedenfalls diejenigen, die nicht zu schmutzig waren. Beispielsweise konnte man sie sich morgen früh zum Tausammeln um die Knöchel wickeln. An Matthias' Stelle wäre Amy unten am Hügel geblieben, bei der Leiche ihres Bruders. Sie würde ihn immer noch festhalten, würde weinen und schreien. Aber was würde das bringen?

»Wir müssen ihn sauber halten«, erklärte Jeff. »So wird es nämlich passieren, glaube ich. Wenn es passiert.«

Wieder kam die Brise und kühlte die Luft schlagartig ab. Amy fröstelte. Sie atmete durch den Mund, um das Feuer unten am Hügel nicht riechen zu müssen. »Wenn was passiert?«, fragte sie.

»Wenn er hier stirbt. Dann ist vermutlich eine Infektion daran schuld. Blutvergiftung vielleicht – irgendetwas in der Art. Und wir können nichts dagegen unternehmen.«

Amy veränderte leicht ihre Sitzhaltung, und dabei rutschte ihre Hand aus der von Jeff. Man durfte die Worte eigentlich nicht aussprechen, aber Jeff hatte es trotzdem getan, so nebenbei, als wollte er eine Fliege verscheuchen. *Wenn er hier stirbt.* Amy hatte das Bedürfnis, etwas zu sagen, das Bild einer gnädigeren, hoffnungsvolleren Realität heraufzubeschwören. Morgen früh würden die Griechen kommen. Morgen um diese Zeit waren sie alle wieder in Sicherheit. Niemand würde Urin oder aus einem Lappen gepressten Tau trinken müssen. Und Pablo würde nicht sterben. Aber sie schwieg und wusste auch, warum. Sie hatte Angst, Jeff könnte ihr widersprechen.

Jeff gähnte und streckte sich, die Arme hoch über den Kopf gestreckt.

»Bist du müde?«, fragte Amy.

Er machte eine vage Handbewegung.
Amy deutete auf das Zelt. »Warum gehst du nicht schlafen? Ich bleibe bei Pablo. Mir macht das nichts aus.«
Jeff sah kurz auf seine Armbanduhr, ein kaum wahrnehmbares grünes Aufleuchten, als er den Lichtknopf drückte – wenn Amy geblinzelt hätte, wäre es ihr entgangen. Aber er antwortete ihr nicht.
»Wie lange dauert deine Wache noch?«, hakte sie nach.
»Vierzig Minuten.«
»Die übernehme ich, kein Problem. Ich kann sowieso nicht schlafen.«
»Nein, nein, schon gut.«
»Im Ernst«, beharrte sie. »Wozu soll es gut sein, wenn wir beide wach bleiben?«
Als er das zweite Mal auf die Uhr sah, konnte sie in dem schwachen grünen Leuchten sein Gesicht ausmachen, die Kurve seines Kinns. Er wandte sich ihr zu. »Ich überlege, ob ich zur Lichtung runtergehe«, sagte er.
Natürlich war Amy sofort klar, was er meinte, auch wenn sie es nicht wahrhaben wollte. »Warum?«
Er deutete zu einer Stelle hinter dem Zelt. »Dort hinten sind zwei Feuer ein bisschen weiter voneinander entfernt. Vielleicht könnte man da durchkommen.«
Unwillkürlich dachte Amy an Matthias' Bruder. *Nein,* dachte sie. *Tu das nicht.* Aber sie sprach es nicht laut aus. Sie wollte glauben, dass er es schaffte, dass er sich langsam, lautlos wie ein Geist über die Lichtung und an den Mayas vorbeischlich, die dort Wache hielten. Dann in den Dschungel hinein, durch die Bäume, so schnell er konnte.
»Ich nehme an, dass sie die Wege bewachen. Aber wenn ich geradewegs durch die Ranken runtergehe …« Er schwieg und wartete auf Amys Reaktion.

»Sei bloß vorsichtig«, sagte sie. Mehr brachte sie nicht über die Lippen.

»Ich will erst mal die Lage checken, und ich probier es nur, wenn die Luft rein ist.«

Sie nickte, unsicher, ob er sie überhaupt sehen konnte. Er stand auf und bückte sich, um sich den Schuh zuzubinden.

»Wenn ich nicht zurückkomme«, sagte er, »dann weißt du jedenfalls, wo ich bin.«

Du läufst weg, um Hilfe zu holen, dachte Amy. Aber sofort hatte sie wieder das Bild von Henrichs Leiche im Kopf. Von dem Gesicht mit den nackten Knochen. *Nein,* redete sie sich zu. *Hör auf damit. Stopp.*

Kurz darauf saß sie allein neben Pablo und sah Jeff nach, der sich ohne ein weiteres Wort auf den Weg machte und in der Dunkelheit verschwand.

Eric wachte auf, als Jeff am Zelt vorbeiging. Einen Moment lag er auf dem Rücken und fragte sich, wo er war. Außerdem hatte er Durst, seine Beine schmerzten, und es kam ihm vor, als wäre es dunkler als normal. Dann fiel es ihm wieder ein. Der ganze vergangene Tag, alles auf einmal. Die mit Bogen bewaffneten Mayas, sein Ausflug in den Schacht, wie er zusammen mit Amy den verletzten Pablo auf das Rückenbrett gehievt hatte. Doch dieser letzte Teil war zu viel für ihn, zu grässlich. So schnell er konnte, verdrängte er das Bild. Aber er fühlte sich entsetzlich.

Stacy war von ihm weggerollt, und er hörte auf der anderen Seite des Zelts jemanden schnarchen. Vermutlich Matthias. Eric überlegte, wie spät es wohl war, wie es Pablo ging, und er spielte kurz mit dem Gedanken, aufzustehen und nach ihm zu sehen. Aber er war zu müde. Der Impuls kam und ging, und allmählich senkten sich seine Augenlider wieder. Langsam ließ er die Hand unter den

Gummibund seiner Boxershorts gleiten, um sich an der Leiste zu kratzen. Die Haut fühlte sich klebrig an. Erst jetzt erinnerte er sich, dass Stacy ihm mit der Hand einen Orgasmus verschafft hatte. Doch da war aber noch etwas anderes, weich, aber unnachgiebig, wie ein Spinnennetz, direkt an seinem Bein. Er versuchte es wegzuschieben, rollte sich auf die Seite und schlief wieder ein.

Querfeldein durch die Ranken begann Jeff seinen Abstieg. Die Mayas hatten in regelmäßigen Abständen auf der ganzen Lichtung Feuer entzündet, nah genug beieinander, dass das Licht des einen auf das des nächsten traf. Nur zwei davon waren ein kleines bisschen weiter auseinander, sodass zwischen ihnen ein schmaler Schattenstreifen lag. Natürlich war das nicht viel, und Jeff wusste, dass dieser Schatten allein nicht reichen würde, es musste noch etwas dazukommen, vielleicht ein Moment der Unachtsamkeit oder ein schläfriger Bogenschütze. Oder vielleicht zwei Wachen, die sich leise, aber intensiv unterhielten. Zehn, vielleicht zwanzig Sekunden Ablenkung, mehr brauchte er nicht. Das war genug Zeit, um sich zur Lichtung vorzupirschen, sie zu überqueren und im Dschungel zu verschwinden.

Er kam langsamer vorwärts, als er gedacht hatte. An den meisten Stellen war das Rankendickicht kniehoch, aber an anderen reichte es ihm fast bis zu seiner Taille. Immer wieder blieben die Lianen an ihm hängen und schlangen ihre Ausläufer um seine Beine. Das drosselte nicht nur sein Tempo, sondern war obendrein höllisch anstrengend, und er musste immer wieder stehen bleiben, um Luft zu schöpfen. Er wusste, dass er mit seinen Kräften haushalten musste, denn es konnte gut sein, dass er am Fuß des Hügels gezwungen sein würde, die Beine in die Hand zu nehmen und durch den Dschungel zu sprinten, eine Horde schreiender Mayas auf den Fersen, deren Pfeile ihm um die Ohren schwirrten.

Als er etwa auf halbem Weg nach einer dieser Zwangspausen weiterging, umgab ihn plötzlich lautes Gezwitscher. Hatte er mit seiner mühsamen Wanderung durch die Ranken die schlafenden Vögel aufgescheucht? In der Dunkelheit war allerdings kein Vogel zu sehen, und sobald er stehen blieb, herrschte sofort völlige Stille. Bis er sich wieder in Bewegung setzte. Dann ging auch der Lärm wieder los, laut und misstönend. Anscheinend nistete hier ein ganzer Schwarm. Auf einmal erinnerte sich Jeff an ein Erlebnis aus seiner Kindheit: Er war mit seinem Vater im Zoo gewesen und hatte von dem Lärm und dem abrupten Geflatter im Vogelhaus schreckliche Angst bekommen. Auch als sein Vater ihm das Netz zeigte, das hoch über ihnen von der Decke hing, hatte Jeff sich nicht beruhigen lassen. Er hatte so geweint, dass sie schließlich gehen mussten.

Eigentlich war es Jeff klar, dass es keinen Sinn mehr hatte weiterzugehen, denn jetzt wussten die Mayas, dass jemand kam. Trotzdem stapfte er weiter, und das Vogelgekreisch folgte ihm durch die Finsternis.

Als er sich der Lichtung näherte, sah er schon, dass die Mayas ihn erwarteten. Neben dem linken Feuer standen drei Männer, neben dem rechten zwei. Einer hatte ein Gewehr, die anderen beiden Bogen mit eingelegten Pfeilen. Nach kurzem Zögern trat Jeff in den flackernden Feuerschein. Doch die Männer mit den Bogen schienen ihn gar nicht anzusehen, sie hielten den Blick auf den Abhang über ihm gerichtet, als erwarteten sie, dass nun auch Jeffs Freunde dort auftauchten. Nur der Mann mit dem Gewehr richtete seine Waffe auf Jeffs Brust. Im selben Moment verstummten die Vögel.

Die Mayas standen mit dem Rücken zu den Feuern, vermutlich, um in der Dunkelheit besser sehen zu können. Da ihre Gesichter im Schatten lagen, konnte Jeff nicht erkennen, ob es dieselben Männer waren, die sich ihnen schon vorhin in den Weg gestellt hatten, oder ob es sich um später Hinzugekommene handelte. Über dem rechten Feuer hing an einem Dreifuß ein großer schwarzer Topf, aus dem dicker Dampf aufstieg; es duftete nach Hühnerfleisch und Tomaten. Sofort begann Jeffs Magen zu knurren, und er starrte unwillkürlich auf den Topf. Im Schatten dahinter hörte er leises Singen, eine Frauenstimme. Aber dann stieß einer der Bogenschützen einen schrillen Pfiff aus, und das Singen verstummte. Niemand sprach. Die Mayas beobachteten Jeff und warteten ab.

Am liebsten hätte er mit den Männern geredet, sie gefragt, was sie wollten, warum sie ihn und seine Freunde auf dem Hügel gefangen hielten, was sie für ihre Freilassung verlangten. Aber er war ihrer Sprache nicht mächtig und glaubte irgendwie auch nicht, dass sie ihm antworten würden, wenn er sich hätte verständlich machen können. Nein, sie würden ihn einfach weiter anstarren, mit erhobenen Waffen, und abwarten. Entweder konnte er jetzt mutig auf sie zugehen und sich wie Matthias' Bruder erschießen lassen, oder er musste kehrtmachen und sich in der Dunkelheit durch die Ranken wieder den Hügel emporquälen, verfolgt von kreischenden Vögeln. Es gab keine andere Möglichkeit.

Also trat er den Rückzug an.

Aus unerfindlichen Gründen war der Aufstieg viel einfacher als der Abstieg. Natürlich war die Steigung anstrengend, und die Schwerkraft tat ihr Übriges, aber dafür machten ihm die Ranken wesentlich weniger zu schaffen. Fast schienen sie vor ihm einen Pfad freizumachen, statt wie vorhin nach seinen Beinen zu greifen. Noch rätselhafter war, dass die Vögel schwiegen. Was hatte das zu bedeuten? Konnte es sein, dass sie weggeflogen waren, als er und die Mayas sich in stummer Konfrontation am Fuß des Hügels gegenübergestanden hatten? Aber dann hätte er doch Geflatter und Flügelschlagen hören müssen. Außerdem: Warum hatte er die Vögel eigentlich nicht schon früher bemerkt, als es noch hell war? Nach dem Lärm zu urteilen, den sie vorhin veranstaltet hatten, mussten es eine ganze Menge sein, und es kam ihm sehr sonderbar vor, dass sie ihm nicht aufgefallen waren. Als einzige Erklärung fiel ihm ein, dass sie bei Einbruch der Dunkelheit gekommen waren, während er und Matthias damit beschäftigt gewesen waren, Pablo aus dem Schacht zu holen. Offensichtlich verbrachten die Vögel jedoch die Nacht hier, was bedeutete, dass er morgen früh ihre Nester finden würde. Und vielleicht auch ihre Eier. Zumindest würde er ein paar Schlingen für die erwachsenen Tiere auslegen können. In diesem Gedanken lag eine gewisse Erleichterung. Sie konnten den Urin destillieren, Tau sammeln und auf Regen hoffen, aber das half nicht gegen den Hunger. Er hatte es vermieden, daran zu denken, weil er ahnte, dass er keine Lösung finden würde. Und nun hatte sich ihm ganz unerwartet von alleine eine Möglichkeit gezeigt.

Sie brauchten etwas Dünnes, Widerstandsfähiges für die Schlingen, eine Art Angelschnur. Jetzt war er zu müde, um an diesem Punkt weiterzukommen, aber das spielte ja auch keine Rolle, denn sie hatten mehr als genug Zeit. Erst einmal musste er zurück zum Zelt und ein bisschen schlafen. Morgen früh, wenn es hell wurde, war garantiert alles viel klarer: Die ganzen Sachen, die noch zu bewältigen waren, und die Methoden, die man dafür einsetzen konnte.

Stacy hatte die dritte Schicht. Amy weckte sie, schüttelte sie an der Schulter und flüsterte ihr zu, dass es Zeit war. Stacy schlug die Augen auf. Sie war durstig, und es fiel ihr schwer, aufzuwachen. Im Zelt war es stockdunkel, sie konnte überhaupt nichts sehen. Sie wusste nur, dass Eric mit dem Rücken zu ihr lag, und dass Amy über ihr kauerte und sie schüttelte. Neben ihr waren Jeff und Matthias. Die Jungs schliefen. Matthias schnarchte leise.

»Es ist Zeit«, flüsterte Amy immer wieder. Zuerst kapierte Stacy gar nicht, was sie wollte, aber dann verstand sie plötzlich, rappelte sich auf, kroch aus dem Zelt und zog den Reißverschluss hinter sich zu.

Sie war wach, aber immer noch etwas benommen. Als Erstes musste sie noch einmal zurück, vorsichtig über Jeff hinwegsteigen und Amys Uhr holen. Ihre Freundin war bereits im Halbschlaf, murmelte nur etwas und streckte ihr die Hand hin. Erst nach mehreren Fehlversuchen gelang es Stacy, das Uhrenarmband zu lösen. Dann war sie wieder draußen, allein mit Pablo, saß neben ihm und wurde mit jedem Augenblick ein wenig wacher. Sie band sich Amys Uhr ums Handgelenk, und sie fühlte sich warm auf der Haut an, warm und etwas feucht.

Pablo schlief. Stacy hörte ihn atmen, aber es klang nicht gesund. Unregelmäßig und irgendwie feucht, verschleimt. Unwillkürlich stellte sie sich seine Lungen vor und überlegte, was in Pablos Körper jetzt wohl ablief, wie alles auf eine Krise zusteuerte und nach und nach zusammenbrach. Nachdenklich starrte sie ihn an, ohne wirklich hinzusehen, und es dauerte einige Minuten, bis sie in der Dunkelheit merkte, dass sein Unterleib und seine Beine nackt waren. Kurz spürte sie den absurden, absolut unangemessenen Impuls, seinen Penis zu berühren, aber sie unterdrückte ihn rasch. Neben dem Rückenbrett lag der Schlafsack auf der Erde; sie stand auf und deckte Pablo vorsichtig zu, um ihn nicht zu wecken.

Er bewegte sich, drehte den Kopf, aber seine Augen blieben geschlossen.

Jetzt wäre ein guter Zeitpunkt gewesen, um über ihre Situation nachzudenken, über den vergangenen Tag und die kommenden Stunden, aber obwohl Stacy sich dessen bewusst war, konnte sie sich einfach nicht dazu aufraffen. Sie saß da, lauschte Pablos rasselndem Atem, und ihr Geist war vollkommen leer, in einem seltsamen Schwebezustand zwischen Schlafen und Wachen. Ihre Augen waren offen, sie nahm ihre Umgebung wahr und hätte auch gemerkt, wenn Pablo zu atmen aufgehört oder sie gerufen hätte, aber sie war nicht wirklich präsent. Sie fühlte sich wie eine Schaufensterpuppe, die unbewegt auf die Straße hinausstarrt.

Immer wieder kniff sie die Augen zusammen und spähte in der Dunkelheit auf Amys Uhr. Sieben Minuten verstrichen, dann waren es drei, dann zwei, und schließlich zwang sie sich, nicht mehr hinzusehen, weil sie wusste, dass die Zeit nur länger wurde, wenn sie sie in so kleine Häppchen unterteilte.

Als Nächstes versuchte sie, im Kopf zu singen, damit die Zeit schneller verging, aber es fielen ihr partout nur Weihnachtslieder ein. »Jingle Bells«, »O Tannenbaum«, »Frosty the Snowman«. Allerdings kannte sie von den meisten nicht den ganzen Text, und selbst im Stillen, wenn ihre Stimme sich nur in Gedanken hob und senkte, mochte sie ihren Klang nicht. Also hörte sie wieder auf und starrte mit leerem Blick auf Pablo hinunter.

Ganz gegen ihren Willen schaute sie wieder auf die Uhr. Inzwischen war sie seit neunundzwanzig Minuten wach; noch anderthalb Stunden lagen vor ihr. Einen Augenblick wurde sie panisch, weil sie gar nicht wusste, wen sie dann wecken sollte. Aber dann kam sie von ganz alleine darauf und war richtig stolz auf ihre Klugheit. Amy hatte sie an der Schulter gerüttelt und aus dem Schlaf geholt, vor ihr war Jeff dran gewesen, also musste Matthias als Nächster an die Reihe kommen. Sie warf wieder einen Blick auf die Uhr – eine Minute war vergangen.

Ich hoffe nur, dass Pablo nicht aufwacht, dachte sie, und genau in diesem Moment schlug er die Augen auf – als hätte ihr Gedanke ihn geweckt.

Einen langen Augenblick lag er ganz still da und blickte zu ihr empor. Dann hustete er, drehte den Kopf weg und hob die Hand, als wollte er sie sich vor den Mund halten. Aber anscheinend hatte er nicht die Kraft, er schaffte es nur bis zum Hals. Ein paar Sekunden hing die Hand in der Luft, schwebte über seinem Adamsapfel, dann sank sie langsam auf die Brust zurück. Pablo leckte sich über die Lippen, wandte sich wieder Stacy zu und sagte etwas auf Griechisch; es hörte sich an wie eine Frage. Sie lächelte ihn an, kam sich dabei aber wie eine Lügnerin vor. Bestimmt wusste er das, bestimmt konnte er erraten, was sie mit diesem Lächeln zu verstecken versuchte und wie hoffnungslos alles in Wirklichkeit war. Aber sie konnte nicht anders, das Lächeln war da und wollte auch nicht verschwinden. »Alles in Ordnung«, sagte sie, aber das brachte natürlich auch nichts, und Pablo stellte nur noch einmal dieselbe Frage. Nach kurzer Pause wiederholte er sie, und nun gestikulierte er dabei auch noch, bekräftigte wahrscheinlich seine Worte, wedelte mit den Händen in der Luft herum. Durch die Bewegung war es viel schwieriger, die Reglosigkeit seiner Beine zu ignorieren, und Stacy merkte, wie erneut Panik in ihr aufstieg. Sie hatte keine Ahnung, was sie tun sollte.

Pablo redete weiter, dieselbe griechische Frage, immer und immer wieder, während seine Hände die Luft über seiner Brust zerschnitten.

Stacy versuchte zu nicken, hielt aber inne, weil sie plötzlich Angst bekam, dass er fragte, ob er sterben musste. Also schüttelte sie schnell den Kopf, merkte aber sofort, dass das genauso gefährlich war, weil es ja auch sein konnte, dass er wissen wollte, ob er wieder gesund wurde. Aber sie lächelte weiter, sie konnte einfach nicht anders, und starrte dabei stumm auf ihn hinunter. Von Minute zu Minute wurde der Wunsch zu weinen stärker, aber sie kämpfte dagegen an, sie wollte stark sein, wollte, dass Pablo sich bei ihr geborgen fühlte, denn sie war seine Freundin und würde ihm helfen, wenn sie konnte. Sie überlegte, wie viel Pablo wohl von seiner Lage begriff. War ihm klar, dass er sich den Rücken gebrochen hatte? Dass er mit hoher Wahrscheinlichkeit nie mehr

gehen konnte? Und dass er womöglich sterben würde, wenn nicht bald Hilfe eintraf?
Aber er hörte nicht auf, die Arme zu schwenken und dieselbe Frage zu stellen, und jetzt hob er die Stimme. Vielleicht verlor er allmählich die Geduld, vielleicht war er frustriert. Stacy schätzte, dass die Frage aus sechs oder sieben Wörtern bestand, obwohl das schwer zu sagen war, weil sie nicht wusste, wo das eine Wort aufhörte und das nächste begann. Die Wörter schienen nahtlos ineinander überzugehen, als hätte jemand alle Ecken abgeschliffen. Stacy versuchte zu raten, was sie bedeuteten, aber ihre Gedanken klammerten sich hartnäckig an das »Muss ich sterben?« und das »Werde ich wieder gesund?«. So saß sie nun neben dem Griechen und hatte abwechselnd das Gefühl, sie müsste den Kopf schütteln oder nicken, tat aber nichts davon, sondern rührte sich einfach nicht, während das Lügenlächeln auf ihrem Gesicht klebte. Sie wollte wieder auf die Uhr sehen, wollte, dass jemand aus dem Zelt ihr zu Hilfe kam, wollte, dass Pablo endlich den Mund hielt und wieder einschlief, dass seine Augen sich schlossen und seine Arme aufhörten zu wedeln. Schließlich ergriff sie seine Hand, hielt sie ganz fest, und das schien ihn ein bisschen zu beruhigen. Ohne nachzudenken begann Stacy wieder ihre Weihnachtslieder zu singen, ganz leise. Die Textzeilen, die sie nicht kannte, summte sie. »Silent Night«, »Deck the Halls« und »Here Comes Santa Claus«. Pablo verstummte und lächelte sie an, als würde er die Lieder kennen. Bei »Rudolph the Red-Nosed Reindeer« versuchte er sogar einzustimmen und sprach auf Griechisch den Text mit. Dann schlossen sich seine Augen, seine Hand wurde schlaff, und er schlief wieder. Sein Atem wurde tief, aus seiner Brust kam wieder das wässrige Geräusch.
Stacy hörte auf zu singen. Inzwischen war sie ganz steif vom Sitzen und wäre gern aufgestanden, um sich zu strecken, aber sie hatte Angst, Pablos Hand loszulassen, weil sie ihn nicht wecken

wollte. Sie schloss die Augen – *nur ein bisschen ausruhen,* sagte sie sich – und lauschte auf Pablos Atem, wünschte, er würde anders klingen, zählte seine Atemzüge, passte sich seinem Rhythmus an: *eins, zwei, drei, vier …*

Plötzlich war Matthias in der Dunkelheit neben ihr, die Hand auf ihrem Unterarm, diese kühle Berührung, und sie blinzelte ihn verwirrt an, erschrocken, weil sie einen Moment nicht wusste, wer er war und was er wollte. Dann kam alles auf einen Schlag wieder zurück, und ihr wurde klar, dass sie eingeschlafen war. Sie fühlte sich durcheinander, verlegen, pflichtvergessen. Mühsam richtete sie sich zum Sitzen auf. »Tut mir leid«, sagte sie

Jetzt schien Matthias zu erschrecken. »Was tut dir leid?«, fragte er.

»Dass ich eingeschlafen bin.«

»Macht nichts.«

»Ich wollte nicht schlafen«, fuhr sie fort. »Aber dann hab ich ihm vorgesungen, und er …«

»Schon gut.« Matthias tätschelte ihren Arm. Dann nahm er die Hand weg, was in ihrer Brust ein Gefühl auslöste, als würde sie das Gleichgewicht verlieren, eine veränderte Schwerkraft. Sie spürte, wie sie sich zu ihm beugte, und setzte sich mit einem Ruck auf. »Es geht ihm gut«, sagte Matthias. »Schau.« Er nickte mit dem Kopf zu Pablo, der immer noch schlief, den Mund leicht geöffnet, den Kopf abgewandt. Aber er machte keineswegs den Eindruck, als ginge es ihm gut, sondern als würde langsam, aber sicher das Leben aus ihm herausgesaugt. »Die zwei Stunden sind um«, sagte Matthias.

Stacy hob den Arm und spähte auf Amys Uhr. Tatsächlich, ihre Wache war vorbei. Sie konnte zum Zelt zurück und bis zum Morgen weiterschlafen. Aber sie schämte sich immer noch und rührte sich nicht von der Stelle. »Wie bist du aufgewacht?«, fragte sie.

Er zuckte die Achseln und ließ sich neben sie auf den Boden sin-

ken. »Ich kann mir vornehmen, wann ich aufwachen will. Henrich konnte das auch. Und unser Vater. Ich weiß nicht, warum.«
Stacy beobachtete sein Profil. »Hör mal«, sagte sie schließlich, stockte und suchte nach den richtigen Worten. Nie hatte ihr jemand beigebracht, wie man so etwas machte. »Wegen deinem Bruder. Ich wollte, weißt du … ich wollte dir nur sagen, wie …«
Matthias winkte ab. »Ist schon gut«, beschwichtigte er sie.
»Ich meine, es muss doch …«
»Es ist in Ordnung. Echt.«
Jetzt fiel Stacy nichts mehr ein. Sie wollte ihm ihr Mitgefühl zeigen, fand aber nicht die passenden Worte. Sie kannte Matthias seit einer Woche und hatte kaum mit ihm gesprochen. An dem Abend, als sie Don Quixote geküsst hatte, war er ihr unheimlich gewesen, weil er sie so seltsam angestarrt hatte. Sie hatte Angst gehabt, er würde sie verurteilen, aber dann war sie ganz überrascht gewesen, weil er in der Busstation so nett zu ihr gewesen war, nachdem die beiden Jungen ihr den Hut und die Sonnenbrille geklaut hatten. Er war bei ihr stehen geblieben, hatte sich zu ihr gebeugt und ihren Arm berührt. Eigentlich kannte sie ihn überhaupt nicht, hatte keine Ahnung, was er von ihr hielt. Aber sein Bruder lag tot unten am Hügel, und sie wollte irgendwie mit ihm in Kontakt kommen, wollte, dass er weinte, damit sie ihn trösten und vielleicht in den Arm nehmen konnte. Aber dann begriff sie plötzlich, dass er nicht weinen würde. Natürlich nicht, das war ausgeschlossen. Zwar saß er neben ihr, aber sie spürte, dass er viel zu weit weg war, um ihn zu berühren. Was er empfand, konnte sie sich nicht vorstellen.
»Du solltest wieder schlafen gehen«, sagte er.
Stacy nickte, rührte sich aber nicht vom Fleck. »Warum haben die das getan? Was glaubst du?«, fragte sie unvermittelt.
»Wen meinst du?«

Sie deutete zum Fuß des Hügels. »Die Mayas.«
Matthias schwieg und ließ sich die Frage durch den Kopf gehen. Dann zuckte er die Achseln. »Vermutlich wollten sie ihn nicht gehen lassen.«
»Wie uns«, setzte sie hinzu.
»Stimmt«, nickte er. »Wie uns.«
Pablo regte sich, drehte den Kopf, und sie starrten ihn an. Dann legte Matthias wieder die Hand auf ihren Arm, tätschelte sie. Wieder fühlte sich seine Berührung seltsam kühl an.
»Tu das nicht«, sagte er.
»Was?«
Er machte mit den Händen eine Bewegung, als wollte er etwas auswringen. »Verkrampf dich nicht so. Versuch zu sein wie ein Tier. Ein Hund zum Beispiel. Ruh dich aus, wenn du die Möglichkeit hast. Iss und trink, wenn es was zu essen und zu trinken gibt. Lebe im Augenblick. Das reicht. Henrich – er war impulsiv. Er hat über etwas nachgedacht und sich dann ohne Vorbehalte darauf gestürzt. Er hat gleichzeitig zu viel und zu wenig gedacht. So dürfen wir uns jetzt nicht verhalten.«
Stacy schwieg. Am Ende hatte Matthias' Stimme laut und verärgert geklungen und sie erschreckt.
Aber jetzt wischte er alles mit einer Handbewegung weg. »Entschuldige«, sagte er. »Ich rede nur so daher, ohne richtig zu wissen, was ich eigentlich sagen will.«
»Schon gut«, sagte Stacy und dachte: *Das ist seine Art zu weinen.* Gerade wollte sie doch die Hand nach ihm ausstrecken, da schüttelte er den Kopf, und sie hielt sich zurück.
»Nein«, sagte er. »Es ist nicht gut. Ganz und gar nicht.«
Fast eine Minute verstrich, während Stacy im Kopf Worte und Sätze ausprobierte, die passende Kombination suchte, aber nicht fand. Nur Pablos unregelmäßiger Atem durchbrach die Stille. Schließlich winkte Matthias wieder zum Zelt hinüber.

»Du solltest jetzt wirklich schlafen gehen.«
Stacy nickte und stand auf. Sie fühlte sich ganz steif, und ihr war ein wenig schwindlig. Vorsichtig berührte sie Matthias an der Schulter, ließ die Hand einen Moment dort liegen und ging dann zurück zum Zelt.

Mit einem Ruck erwachte Amy; das Herz klopfte ihr bis zum Hals. Sie setzte sich auf, versuchte sich zu orientieren und zu verstehen, was sie so abrupt aus dem Schlaf gerissen hatte. Es musste wohl der Lärm gewesen sein, aber anscheinend hatte nur sie ihn gehört. Die anderen lagen regungslos da, hatten die Augen geschlossen und atmeten tief und regelmäßig. In der Dunkelheit zählte sie die Anwesenden: Eric, Stacy und Jeff. Wahrscheinlich war Matthias draußen und hielt Wache bei Pablo. So weit war also alles in Ordnung.
Lauschend saß sie da und wartete, dass der Lärm wieder losging. Langsam beruhigte sich ihr Herz.
Stille.
Dann musste es wohl doch ein Traum gewesen sein, obwohl Amy sich an keinerlei Details erinnern konnte. Nur an dieses Panikgefühl, als sie sich aufgesetzt hatte. Als wäre ihr Blut zu dick für die Adern und bewegte sich viel zu schnell. Sie legte sich wieder hin und schloss die Augen. Aber jetzt war sie hellwach, horchte, fürchtete sich – obwohl sie nicht hätte sagen können, wovor. Außerdem war sie durstig, ihre Lippen pappten zusammen, klebrig und verkrustet, und sie hatte einen ekligen Geschmack im Mund. Während sie so dalag und vergeblich darauf wartete, dass der Schlaf zurückkam, siegte nach und nach der Durst über die Angst, wie ein großer Hund, der den kleinen so lange anbellt, bis der den Mund hält. Sie streckte das Bein aus, dehnte den Fuß wie eine Ballerina und berührte die Plastikkanne, die an der Rückwand des

Zelts stand. Wenn sie einen kleinen Schluck Wasser trank, einen einzigen winzigen Schluck, würde der schreckliche Geschmack bestimmt verschwinden und sie könnte wieder einschlafen. Dass sie sich ausruhte, war doch wichtig, oder etwa nicht? Morgen früh mussten sie fit sein, wenn sie all das erledigen wollten, was Jeff für ihr Überleben als notwendig erachtete. Mit Lappen an den Knöcheln durch die Ranken wandern. Ein Loch buddeln, um ihren Urin zu destillieren. Nur einen Mundvoll – war das zu viel verlangt? Sicher, sie hatten zusammen beschlossen, bis zum Morgen nichts mehr zu trinken. Wenn sie alle wach und ausgeruht waren, wollten sie Wasser und Nahrungsmittel rationieren. Aber was nützte das Amy jetzt, mit ihren verklebten Lippen und dem widerlichen Geschmack, umringt von den anderen, die friedlich schlummerten?
Entschlossen setzte sie sich wieder auf, spähte mit zusammengekniffenen Augen zur Rückwand des Zelts und versuchte, die Kanne in der Dunkelheit auszumachen. Unmöglich. Sie konnte zwar den Stapel dort erkennen, eine dunkle Masse, aber nicht die einzelnen Gegenstände, die Rucksäcke, den Werkzeugkasten, die Wanderstiefel, die Plastikkanne. Aber sie hatte die Kanne doch mit dem Fuß gespürt, sie wusste, wo sie stand. Sie brauchte nur ein kleines Stück nach hinten zu kriechen und mit den Händen danach zu tasten, dann würde sie das Ding schon finden. Danach war es nur noch eine Frage, davon den Deckel abzuschrauben, die Kanne anzuheben und den Kopf in den Nacken zu legen. Ein kleiner Schluck nur – wer konnte ihr das übel nehmen? Wenn Eric jetzt beispielsweise aufwachen und um etwas zu trinken bitten würde, dann würde Amy ihm sofort etwas geben, selbst wenn sie selbst keinen Durst hätte. Und sie war sicher, dass die anderen genauso empfanden und ihr mit der gleichen Großzügigkeit begegnen würden. Natürlich konnte sie die anderen jetzt wecken und um Erlaubnis fragen. »Aber selbstverständlich«, würden sie

antworten. Warum also sollte sie sie dann stören, wo sie doch alle noch so fest schliefen?
Behutsam rutschte sie ein Stück näher an die Rückwand, immer noch angestrengt nach der Kanne Ausschau haltend, sorgsam darauf bedacht, keinen Lärm zu machen.
Natürlich würde Amy kein Wasser stehlen, nein, nicht mal ein Schlückchen. Denn darauf lief es doch hinaus, oder nicht? Auf einen Diebstahl. Sie hatten nicht viel Wasser, und trotz Jeffs Plänen konnten sie nicht sicher sein, wann sie mehr bekommen würden. Wenn sie also jetzt, solange die anderen schliefen, einen Schluck trank, und sei es auch nur ein Tröpfchen, dann bedeutete das, dass weniger für alle da war. Schließlich hatte Amy genug Katastrophenfilme gesehen, in denen Überlebende von Flugzeugabstürzen vorkamen, Schiffbrüchige, Weltraumreisende, die auf fernen Planeten festsaßen. Sie wusste, dass es immer irgendjemanden gab, der mit funkelnden Augen und unter wilden Flüchen eine Extraration verlangte, der sich um die letzten Krümel prügelte und in großen, gierigen Schlucken trank, wenn alle anderen am Trinkwasser nippten – und sie hatte nicht vor, diese Rolle zu übernehmen. Die des Egoisten, der nur an sich selbst dachte. Vor dem Schlafengehen hatte jeder seine Ration getrunken, der Krug war von Hand zu Hand gegangen, und sie hatten vereinbart, dass sie bis zum nächsten Morgen damit auskommen würden. Wenn die anderen warten konnten, warum dann nicht sie?
Noch ein Stückchen näher. Sie wollte die Wasserkanne nur sehen, sie vielleicht berühren, ihr tröstliches Gewicht spüren. Dagegen war doch nichts einzuwenden, oder? Vor allem, wenn es ihr half, wieder einzuschlafen.
Aber das Ding war doch, dass sie alle eine Übereinkunft getroffen hatten, oder nicht? Sicher, sie hatten weder darüber diskutiert noch abgestimmt. Bei Licht betrachtet hatte Jeff eine Entschei-

dung getroffen und sie ihnen aufgedrängt, und sie waren zu erschöpft gewesen, um sich dagegen zu wehren. Sie hatten sich geduckt und seine Anweisungen akzeptiert. Wenn Amy fitter gewesen wäre oder nicht so viel Angst gehabt hätte, wäre sie vielleicht aufgestanden, hätte Einspruch erhoben und eine größere Wasserration gefordert. Möglicherweise hätten die anderen sie dann unterstützt.

Nein, man konnte das wirklich nicht als Übereinkunft bezeichnen.

Und was würde morgen früh passieren? Sie würden die Kanne wieder herumgehen lassen, oder nicht? Alle würden den ihnen zugeteilten Schluck trinken. Aber wenn Amy jetzt durstig war, warum konnte sie dann ihre Portion nicht ein paar Stunden früher in Anspruch nehmen? Das war kein Diebstahl, das war wie eine Vorauszahlung auf ein ihr zustehendes Gehalt. Wenn sie morgen früh die Kanne in die Hand gedrückt bekam, würde sie einfach den Kopf schütteln und erklären, dass sie in der Nacht unerträglich durstig gewesen war und sich ihre Morgenration deshalb schon geholt hatte.

Behutsam rutschte sie noch ein paar Zentimeter vorwärts, und jetzt konnte sie die Kanne sehen, konnte ihre Umrisse inmitten der anderen Gegenstände ausmachen, die an der Rückwand des Zelts aufgestapelt waren. Sie brauchte nur noch auf alle viere zu gehen, den Arm auszustrecken und den Henkel der Kanne packen. Aber sie zögerte. Lange. Im Innern diskutierte sie immer noch mit sich. Inzwischen neigte sie sogar eher dazu, sich gegen das vorzeitige Trinken zu entscheiden, weil sie sich kindisch vorkam. Aber dann bewegte sich ihr Körper, noch während ihr diese Gedanken durch den Kopf gingen, plötzlich von ganz allein auf die Kanne zu, ihre Hand streckte sich aus, hob die Kanne hoch, zog sie zu sich heran und schraubte den Deckel ab. Auf einmal ging alles ganz schnell, fast so, als fürchte sie, es könnte jeden Augenblick jemand eingreifen. Hastig hob sie die Kanne an die Lippen und nahm den geplanten kleinen Schluck. Doch er genügte ihr nicht, bei weitem nicht, und sie hob die Kanne höher, kippte sich das Wasser in einem langen, gierigen Zug durch die Kehle, schluckte und wiederholte das Ganze. Das Wasser lief ihr übers Kinn.

Schließlich senkte sie die Kanne und wischte sich mit dem Handrücken über den Mund. Während sie den Deckel wieder zuschraubte, spähte sie schuldbewusst zu den anderen hinüber. Eric und Stacy schliefen friedlich, aber Jeff sah durch die Dunkelheit zu ihr herüber. Einen endlosen Augenblick starrten sie einander an. Sie erwartete, er würde etwas sagen, sie beschimpfen, aber er tat nichts dergleichen. Es war so finster, dass sie sich beinahe einreden konnte, dass seine Augen doch nicht offen waren, dass es sich um eine von ihrem schlechten Gewissen hervorgerufene Täuschung handelte, aber da schüttelte er plötzlich den Kopf, ein einziges Mal – weniger tadelnd als angeekelt, wie ihr schien –, und drehte sich weg.

Amy stellte die Kanne wieder an die Zeltwand und krabbelte zurück an ihren Platz. »Ich hatte Durst«, flüsterte sie. Am liebsten hätte sie geweint, aber sie war auch wütend. Ein schrecklicher Gefühlscocktail: Schuld, Zorn und Scham. Und auch Erleichterung: Wasser in ihrem Mund, in ihrer Kehle, in ihrem Magen.

Jeff schwieg. Absolut still lag er da, und das war schlimmer für Amy, als wenn er etwas gesagt hätte. Sie war es nicht einmal wert, dass man auf sie reagierte – das war es doch, was er ihr damit sagen wollte.

»Scher dich zum Teufel«, sagte Amy, nicht laut, aber laut genug. »Hörst du, Jeff? Scher dich einfach zum Teufel.« Jetzt spürte sie, wie die Tränen kamen, und sie versuchte nicht, sie zurückzuhalten.

»Was?«, fragte Stacy schlaftrunken.

Amy antwortete nicht. Zusammengerollt lag sie da und weinte

leise. Am liebsten hätte sie Jeff geschlagen, ihn an den Schultern gepackt und geschüttelt. Dabei wünschte sie sich die ganze Zeit, er würde sich zu ihr umdrehen und ihr sagen, dass es nicht so schlimm war, dass sie nichts falsch gemacht hatte, dass er sie verstand und ihr verzieh, dass es eine Lappalie war, weniger als eine Lappalie, ein Nichts. Aber er lag nur da, mit dem Rücken zu ihr. Wahrscheinlich schlief er schon wieder, genau wie Stacy und Eric. Alle ließen sie allein hier, hellwach in der Dunkelheit, mit tränennassem Gesicht.

Als Eric die Augen aufschlug, fiel ihm als Erstes auf, dass die Sonne schien. Das Licht drang durch das orangefarbene Nylon des Zelts. Als Zweites merkte er, dass es auch schon wieder heiß war. Er schwitzte, sein Mund war ausgetrocknet. Langsam hob er den Kopf und sah sich um. Dicht neben ihm schlief Stacy noch. Hinter ihr lag Amy, zu einem Ball zusammengerollt. Matthias war weg, Jeff ebenso.

Eric überlegte, ob er sich aufsetzen sollte, aber er war noch müde, und sein ganzer Körper schmerzte. Also ließ er den Kopf wieder sinken, schloss die Augen und ging erst einmal die verschiedenen Empfindungen durch, die sein Körper ihm übermittelte, von oben nach unten. Sein Kinn fühlte sich lädiert an, es tat weh, wenn er den Mund öffnete oder schloss. Sein Ellbogen schmerzte; als er ihn vorsichtig berührte, fühlte er sich ganz heiß an. Sein unterer Rücken war steif, und jedes Mal, wenn er sich bewegte, strahlte der Schmerz in sein linkes Bein aus. Und dann war da noch sein Knie, das längst nicht so wehtat, wie er es erwartet hatte. Genau genommen war es taub, und als er versuchte, das Knie zu beugen, konnte er es nicht bewegen; es war, als würde jemand darauf sitzen und es auf den Zeltboden drücken. Er hob wieder den Kopf, um sich umzuschauen, und stellte erschrocken fest, dass die Lianen über Nacht wie verrückt gewachsen waren, von den Sachen an der Rückwand des Zelts bis zu seinem linken Bein, seine ganze linke Seite hinauf, fast bis zu seiner Taille.

»Herr im Himmel!«, entfuhr es ihm. Noch fühlte er keine Angst, sondern hauptsächlich Ekel.

Kurz entschlossen setzte er sich auf und streckte gerade die Hand aus, um die Pflanze von seinem Körper zu entfernen, als Pablo zu schreien begann.

Jeff war unten bei der Lichtung, zu weit weg, um die Schreie zu hören. Kurz vor der Morgendämmerung war er aus dem Zelt gekrochen und hatte in die Plastikflasche uriniert. Als er sie wieder wegstellte, war sie gut halb voll. Später, wenn die Sonne aufging, konnten sie ein Loch graben und versuchen, das, was sie bisher gesammelt hatten, zu destillieren. Weil er immer noch das Gefühl hatte, irgendein wichtiges Detail vergessen zu haben, war er nicht sicher, ob es funktionieren würde, aber zumindest würde es sie ein paar Stunden beschäftigen und ihre Gedanken von Hunger und Durst ablenken.

Er schraubte die Flasche wieder zu, stellte sie an ihren Platz neben dem Zelt und ging dann zu dem provisorischen Unterstand hinüber. Als Matthias, der im Schneidersitz daneben saß, ihn kommen sah, nickte er ihm zu. Es war noch nicht hell, aber die Dunkelheit lichtete sich bereits ein wenig, sodass man Matthias' Gesicht und die Bartstoppeln auf seinen Wangen erkennen konnte. Auch Pablo war ziemlich deutlich zu sehen, bewusstlos auf seinem Rückenbrett, von der Taille abwärts wieder mit dem Schlafsack zugedeckt, und an seinem eingefallenen Gesicht, den umschatteten Augen, dem schlaffen Mund konnte man ablesen, wie schlecht es ihm ging. Langsam ließ sich Jeff neben Matthias nieder, und eine Weile saßen sie schweigend nebeneinander. Genau das gefiel Jeff an dem Deutschen, seine Abgegrenztheit, die Art, wie er immer darauf wartete, dass ein anderer zuerst etwas sagte. Seine Gegenwart war angenehm. Er spielte einem nichts vor, bei ihm war alles so, wie es schien.

»Er sieht ziemlich schlecht aus, stimmt's?«, stellte Jeff nach einer Weile fest.

Matthias' Blick wanderte über Pablos Körper und kam auf seinem Gesicht zu ruhen. Dann nickte er bedächtig.

Jeff fuhr sich mit der Hand durch die Haare und spürte, wie fettig sie waren – seine Finger wurden richtig glitschig. Überhaupt verströmte sein ganzer Körper einen sauren Hefegeruch und er sehnte sich nach einer Dusche, sehnte sich danach mit einer abrupten, fast weinerlichen Dringlichkeit, einem Kindergefühl von Frustration, weil er ja wusste, dass er nicht bekommen würde, was er wollte, ganz egal, wie sehr er sich auch bemühte. Rasch schob er das Gefühl, die Sehnsucht beiseite und zwang sich, sich auf den realen Augenblick zu konzentrieren und nicht auf das, was er sich wünschte, auf das Hier und Jetzt in seiner ganzen schmerzlichen Intensität. Sein Mund war ausgetrocknet, seine Zunge angeschwollen. Er dachte an die Wasserkanne, aber er wusste, dass er warten musste, bis alle wach waren. Unweigerlich fiel ihm dabei Amy ein, ihre seltsame Aktion heute Nacht. Er musste mit ihr reden, sie durfte so etwas nicht noch einmal machen. Oder vielleicht war es besser, die Angelegenheit auf sich beruhen zu lassen. Gab es vielleicht eine Möglichkeit, den Diebstahl indirekt anzusprechen? Aber sein Kopf ließ ihn im Stich, und er fühlte sich nur noch schmutzig, müde und durstig. Sein Vater beherrschte diese subtile Art der Zurechtweisung sehr gut: Statt eine Moralpredigt zu halten, erzählte er eine Geschichte, und man merkte erst danach, was er einem eigentlich sagen wollte. *Du sollst nicht lügen.* Oder: *Es ist in Ordnung, Angst zu haben.* Oder: *Tu das Richtige, selbst wenn es unangenehm ist.* Aber sein Vater war nicht hier, und Jeff besaß nicht seine Fähigkeiten. Bei diesem Gedanken vermisste er seinen Vater plötzlich noch viel mehr als die unerreichbare Dusche, er vermisste seine beiden Eltern, wünschte sich inbrünstig, sie wären hier und würden diese verquere Situation in Ordnung bringen. Er war zweiundzwanzig, er hatte neun Zehntel seines Lebens als Kind verbracht, und die Zeit war immer noch zum Greifen nah. Es machte ihm Angst, wie leicht es ihm fiel, sich zurückzuversetzen. Er wusste, wenn er sich jetzt wie ein Kind verhielt und wartete, dass jemand ihn retten würde, hatte er eine gute Chance, hier nicht lebend herauszukommen.

Er beschloss, nichts zu sagen, Gras über die Sache wachsen zu lassen. Es sei denn, Amy ließ sich noch einmal etwas Vergleichbares zuschulden kommen.

Dann erzählte er Matthias von seinem Plan, den Urin zu destillieren und den Tau zu sammeln, und beschrieb ihm die Methode mit dem Loch und der Plane sowie den um die Fußknöchel gebundenen Lappen. »Jetzt ist die beste Zeit dafür«, meinte er. »Kurz vor Sonnenaufgang.«

Matthias drehte sich um und spähte nach Osten. Die Behauptung, die Stunde direkt vor der Morgendämmerung sei die dunkelste, stimmte nicht. Schon jetzt war es heller, der Himmel war nicht mehr schwarz, sondern hatte eine graue Färbung angenommen, dabei sah man von der Sonne noch gar nichts.

»Vielleicht auch nicht«, fuhr Jeff fort. »Vielleicht sollten wir lieber warten. Damit alle ausschlafen können. Für heute haben wir noch genug Wasser. Und vielleicht regnet es heute ja auch.«

Matthias antwortete mit einer unbestimmten Geste, halb ein Nicken, halb ein Achselzucken, und sie schwiegen wieder eine Weile. Jeff lauschte auf Pablos Atem. Es klang schleimig, klebrig, mühselig. Im Krankenhaus hätte man ihn längst mit Antibiotika vollgepumpt und die Atemwege freigesaugt. Und wie es sich anhörte, hatte er das auch bitter nötig.

»Wir sollten ein Schild aufstellen«, sagte Jeff schließlich. »Nur um auf Nummer sicher zu gehen. Falls die Griechen kommen, wenn niemand unten ist. Einen Totenschädel mit gekreuzten Knochen oder so.«

Matthias lachte leise. »Du klingst wie ein Deutscher.«

»Was meinst du denn damit?«

»Immer praktisch denken, auch wenn es sinnlos ist.«

»Du glaubst also, ein Schild ist sinnlos?«

»Hätte dich gestern ein Schild mit Schädel und Knochen daran gehindert, auf den Hügel zu gehen?«

Stirnrunzelnd ließ Jeff sich die Frage durch den Kopf gehen. »Aber es ist einen Versuch wert, oder nicht?«, fragte er. »Ich meine, auch wenn es bei uns nicht funktioniert hätte, hält es andere Menschen vielleicht trotzdem auf.«

Wieder lachte Matthias. »Ja, Herr Jeff. Unbedingt. Geh und mal dein Schild«. Er scheuchte ihn weg. »Geh«, sagte er auf Deutsch. »Go.«

Jeff stand auf und schlenderte davon. Neben dem Schacht lagen noch die Sachen aus dem blauen Zelt – die Rucksäcke, das Radio, die Kamera, die Notfallbox, das Frisbee, die leere Wasserflasche, die Notizbücher. Jeff durchwühlte erst den einen Rucksack, dann den anderen, bis er einen schwarzen Kugelschreiber fand. Mit ihm und einem Notizbuch ging er zurück zu den Sachen, die von dem Schutzdach übrig waren, das Matthias für Pablo zusammengeschustert hatte, und holte sich die Rolle Klebeband und eine knapp einen Meter lange Alustange. Lächelnd und kopfschüttelnd sah Matthias ihm zu, sagte aber nichts. Stück für Stück wurde es heller. Gleich würde die Sonne aufgehen. Als Jeff sich auf den Weg machte, sah er die Feuer noch auf der anderen Seite der Lichtung, die in der einsetzenden Dämmerung einen schwachen, flackernden Lichtschein verbreiteten.

Auf halbem Weg den Hügel hinunter hatte er plötzlich den starken

Drang, den Darm zu entleeren, so unerbittlich, dass er alles absetzte, sich ins Dickicht verzog und die Hosen herunterließ. Gut, es war kein Durchfall, aber nahe dran. Rasch und feucht glitt der Kot heraus, und zwischen seinen Füßen bildete sich ein kleiner Haufen, von dem ein durchdringender Geruch aufstieg. Jetzt musste er sich erst mal abwischen. Aber womit? Um ihn herum wuchsen die Ranken mit ihren flachen, glänzenden Blättern, aber er wusste ja inzwischen, was passierte, wenn sie auch nur leicht zerdrückt wurden, er hatte am eigenen Leib zu spüren bekommen, wie der Saft auf der Haut brannte. Also schlurfte er gebückt zum Weg zurück, die Hose noch um die Knöchel geschlungen, riss eine Seite aus dem Notizbuch, knüllte sie zusammen und rieb sich grob damit ab. Ihm wurde klar, dass sie sich wahrscheinlich eine Latrine graben mussten, irgendwo unterhalb des Zelts, und gegen den Wind. Als Klopapier konnten sie die Notizbücher danebenlegen.

Endlich wurde es hell. Es war ein außergewöhnliches Schauspiel: Über das leuchtende Grün des Urwalds erhob sich langsam ein strahlendes Rosa. Jeff blieb einfach hocken und sah zu, das verschmierte Papier noch in der Hand. Innerhalb eines einzigen Augenblicks schien die Sonne über den Horizont zu springen, blassgelb, schimmernd, blendend hell.

Während er die Hose hochzog und den Reißverschluss zuzog, stapfte er noch einmal ins Dickicht zurück, um ein wenig Erde auf den Haufen zu kicken. Auf einmal begannen seine Finger zu brennen. Im heller werdenden Licht sah er, dass seine Jeans und seine Schuhe von einem hellgrünen Flaum bedeckt waren. Es waren die Ranken: In der Nacht hatten dünne Ausläufer sich in seiner Kleidung verwurzelt, so winzig, dass sie eher wie eine Schimmelschicht wirkten, nicht wie eine richtige Pflanze – durchsichtig wie ein Schleier, fast unsichtbar. Als Jeff sie vorhin weggebürstet hatte, hatte er sie zerdrückt, sodass ihr ätzender Saft ausgetreten war und seine Hände verbrannt hatte.

Lange starrte er auf die grüne Schicht, unsicher, was er davon halten sollte. Dass die Ranken so schnell wuchsen, kam ihm ungewöhnlich vor, irgendwie wichtig. Aber was hatte es zu bedeuten? Er konnte nicht denken, konnte keinen Entschluss fassen und musste das Grübeln schließlich aufgeben. Also zwang er sich wegzusehen und mit dem weiterzumachen, was er vorgehabt hatte. Er warf das Papier auf den Haufen. Aber die Erde war zu trocken und zu fest, er konnte nicht einfach mit dem Fuß etwas daraufkicken. Nein, er musste sich hinkauern und sie mit einem Stein abschaben. Die Anstrengung trieb ihm den Schweiß auf die Stirn, aber endlich hatte er schließlich eine Handvoll gelbliche Erde zur Verfügung, scharrte noch ein bisschen weiter und warf das Ganze schließlich über den Kothaufen. Jetzt war dieser zumindest teilweise bedeckt und auch der Gestank etwas erträglicher. Das musste reichen.
Zurück auf dem Weg sammelte er das Klebeband, den Stift, das Notizbuch und die Alustange wieder zusammen und wollte gerade wieder losgehen, als ihm plötzlich etwas einfiel. Er hielt inne. *Es müsste doch Fliegen geben*, dachte er. *Warum sind keine Fliegen da?* Wieder ging er in die Hocke, grübelte, starrte auf den halb mit Erde bedeckten Kothaufen, als wartete er darauf, dass die Insekten endlich erschienen und anfingen zu summen und zu schwirren. Aber nichts dergleichen passierte. Seine Gedanken sprangen hierhin und dorthin, viel zu schnell, ohne Pause, wie ein Einbrecher, der einen Schreibtisch durchwühlt, Schubladen aufzieht und ihren Inhalt hastig auf den Boden kippt.
Nicht nur hier müssten welche sein, sondern auch bei Pablo. Scharenweise müssten sie über seinen Exkrementen schweben und auf seiner Haut herumkrabbeln.
Und Moskitos.
Und Stechmücken.
Wo sind die Biester bloß?

Die Sonne stieg höher. Die Hitze nahm zu – unglaublich schnell.

Vielleicht sind die Vögel schuld. Vielleicht haben die alle Insekten aufgefressen.

Er stand auf, starrte den Hügel hinunter, suchte die Vögel und lauschte auf ihr Zwitschern. Sie hätten längst wach sein, herumflattern und den Morgen begrüßen müssen. Aber nein, da war nichts. Keine Bewegung, kein Laut. Keine Fliegen, keine Moskitos, keine Stechmücken, keine Vögel.

Vogeldreck, dachte er. Aber als er die Augen über die Lianen und ihre roten Blüten schweifen ließ, über die flachen, wie eine Hand geformten Blätter, war da wieder nichts, keine weißen oder bräunlichen Hinterlassenschaften. Nichts.

Vielleicht nisten sie in Erdlöchern, die sie mit dem Schnabel ausheben. Er erinnerte sich, dass er schon über solche Vogelarten gelesen hatte, und er konnte sich die Kreaturen lebhaft vorstellen, erdfarben, mit langen Krallen und gebogenem Schnabel. Aber er sah nirgends irgendwelche Zeichen von ausgepickten Löchern, keine schattigen Öffnungen im Boden.

Aber direkt vor seinen Füßen entdeckte er ein Steinchen, perfekt rund, nicht größer als eine Blaubeere. Er bückte sich, hob es auf und steckte es in den Mund. Auch das hatte er irgendwo gelesen: Dass Menschen, die sich in der Wüste verirrt hatten, manchmal an Kieseln saugten, um den Durst in Schach zu halten. Der Stein schmeckte scharf, stärker, als er erwartet hatte. Fast hätte er ihn wieder ausgespuckt, aber er widerstand dem Impuls und schob den Kiesel mit der Zunge unter die Unterlippe, wie eine Prise Kautabak.

Man sollte durch die Nase atmen, nicht durch den Mund, denn dann verbrauchte man weniger Feuchtigkeit.

Man sollte nur reden, wenn es absolut unumgänglich war.

Man sollte nicht viel essen und Alkohol meiden.

Man sollte sich in den Schatten setzen, mindestens dreißig Zentimeter über dem Boden, denn die Erde funktionierte wie ein Heizkörper und raubte Energie.
Was noch? Es gab einfach zu viel, was man im Kopf behalten musste, und niemand war da, um ihm zu helfen.
Gestern Abend hatte er die Vögel gehört, da war er ganz sicher. Am liebsten wäre er querfeldein durch die Ranken gegangen und hätte ihre Nester gesucht, aber das war jetzt nicht wichtig und musste deshalb warten. Zuerst kam das Schild. Dann zurück zum Zelt, um Wasser und Nahrungsmittel zu rationieren. Dann das Loch für den Urin und die Latrine – sie mussten mit dem Graben möglichst fertig werden, ehe es noch heißer wurde. Danach konnte er sich auf die Suche nach den Vögeln machen, vielleicht auch nach Eiern, und ein paar Schlingen auslegen. Auf keinen Fall durfte man in blinden Aktionismus verfallen, man musste Ruhe bewahren. Eins nach dem anderen, das war die einzige Möglichkeit, die Lage zu überstehen.
Er ging weiter.
Am Fuß des Hügels warteten die Mayas auf ihn, drei Männer und eine Frau. Sie kauerten neben den noch qualmenden Resten ihres Lagerfeuers. Als sie ihn kommen sahen, sprangen die Männer auf und griffen nach ihren Waffen. Einer davon war der Mann, der sich Jeff und seinen Freunden als Erster in den Weg zu stellen versucht hatte, der Kahle mit dem Pistolenhalfter. Jetzt hielt er die Waffe in der Hand, jederzeit bereit, zu zielen und sie abzufeuern. Seine beiden Gefährten hatten Pfeile locker in ihre Bogen gelegt. Auf der anderen Seite der Lichtung lagen noch ein halbes Dutzend weitere Mayas, direkt an der Baumlinie, in Decken gehüllt, die Gesichter unter den Strohhüten verborgen, und schliefen. Einer regte sich, als hätte er Jeffs Ankunft gespürt, rüttelte den Mann daneben, und beide starrten herüber.
An der Mündung des Wegs blieb Jeff stehen, legte Stift, Stange

und Notizbuch ab und kauerte sich mit dem Rücken zu den Mayas auf den Boden. Ein flattriges Panikgefühl erfüllte ihn, wenn er sich vorstellte, wie sie ihre Bogen spannten und die Pfeile auf ihn richteten, aber er dachte, dass er so bestimmt weniger bedrohlich wirkte. Vorsichtig riss er eine leere Seite aus dem Notizbuch, nahm den Stift in die Hand und begann, das erste Schild zu malen: Schädel und gekreuzte Knochen, klar und simpel, angemessen unheimlich. Immer wieder zog er die Linien nach, um die Zeichnung so dunkel wie möglich zu machen.

Dann riss er eine zweite Seite heraus und schrieb »SOS« darauf.

Dann eine dritte: »HILFE!

Und eine vierte: »GEFAHR!«

Schließlich hob er einen faustgroßen Stein auf und schlug mit ihm die Aluminiumstange am Rand der Lichtung in den harten Boden, mitten in den Weg. Dann befestigte er die Schilder mit Klebeband an der Stange, eins unter dem anderen. Als er fertig war, drehte er sich um, denn er wollte sehen, wie die Mayas reagierten. Die beiden Männer unter den Bäumen hatten sich wieder hingelegt und die Hüte über den Kopf gezogen, die Frau am Feuer wandte ihm jetzt den Rücken zu. Mit der linken Hand schürte sie die Asche, mit der rechten stellte sie einen kleinen Topf auf einen eisernen Dreifuß – vermutlich das Frühstück. Die drei anderen beobachteten ihn weiter, nun aber wesentlich entspannter. Fast sah es aus, als lächelten sie – gutmütig, fand er. Oder entdeckte er auch etwas wie Spott in ihren Gesichtern? Entschlossen drehte Jeff sich wieder um und schlug noch ein paar Mal mit dem Stein auf die Stange. Später, etwa um die Zeit, zu der der Bus in Cobá ankommen sollte, würde einer von ihnen hier unten Stellung beziehen, aber für den Augenblick musste das Schild reichen. Nur eine Vorsichtsmaßnahme, falls die Griechen aus irgendeinem Grund früher als erwartet eintrudelten. Zum Beispiel, wenn sie getrampt waren. Oder ein Auto gemietet hatten.

Jeff hob den Stift, das Notizbuch und das Klebeband auf und wollte gerade den Rückweg antreten, als ihm eine Idee kam. Schnell legte er die Sachen wieder hin, trat vorsichtig, mit erhobenen Händen auf die Lichtung hinaus. Die Mayas hoben ihre Waffen. Jeff deutete nach rechts, um ihnen zu zeigen, dass er am Rand der Lichtung entlanggehen wollte, dicht bei den Ranken; er würde keinen Fluchtversuch unternehmen. Die Mayas starrten ihn an, hielten die Bogen gespannt und die Pistole auf seine Brust gerichtet, sagten aber nichts und machten auch keine Anstalten, ihn aufzuhalten. Jeff nahm das als Erlaubnis und ging langsam los.

Die Mayas folgten ihm und ließen den Weg einen Moment unbewacht zurück. Nach zehn, zwölf Metern rief der Mann mit der Pistole der Frau etwas zu, und sie erhob sich vom Kochfeuer, ging zu den schlafenden Männern auf der anderen Seite der Lichtung hinüber und stieß einen mit dem Fuß an. Der Mann setzte sich auf und rieb sich die Augen. Einen Moment starrte er zu Jeff hinüber, dann weckte er einen seiner Kameraden. Schließlich nahmen beide ihre Bogen, standen auf und schlurften verschlafen zum Feuer.

Unterdessen ging Jeff weiter am Rand der Lichtung entlang. Mit gezückten Waffen hielten die Mayas mit ihm Schritt. Wieder begannen seine Gedanken wild umherzuhüpfen – die Latrine, das Loch zum Destillieren des Urins, Amy, die Wasser klaute. Er fragte sich, ob seine Schilder den Griechen überhaupt etwas sagten oder ob sie womöglich einfach an ihnen vorbeimarschieren würden. Er kontrollierte den Himmel, der jetzt blassblau und wolkenlos war, und überlegte, ob er sich wohl später am Nachmittag verdunkeln würde, ob die üblichen Schauer, kurz, aber kräftig, über sie hinwegrauschen würden, die gestern unerklärlicherweise nicht gekommen waren. Er versuchte darüber nachzudenken, wie sie das Regenwasser auffangen konnten. Vielleicht

ließen sich die Reste des blauen Zelts zu einem großen Nylontrichter umfunktionieren. Aber was dann? Wohin mit dem Wasser? Es hatte keinen Sinn, Wasser aufzufangen, das sie nicht aufbewahren konnten, sie brauchten Behälter, Flaschen, Krüge. Mit diesem Problem war Jeff noch beschäftigt, als er den ersten taillenhohen Rankenhügel erblickte und endlich begriff, warum er sich entschlossen hatte, die Lichtung abzuschreiten, und wonach er suchte. Und dass er, ohne es sich einzugestehen, die ganze Zeit über gewusst hatte, was er finden würde.
Der kleine Pflanzenbuckel erstreckte sich fast zwei Meter auf die Lichtung hinaus, eine kleine grüne Insel inmitten dunkler, kahler Erde. Kurz davor blieb Jeff stehen, denn er hätte vor Angst am liebsten kehrtgemacht. Aber nein, obwohl er wusste, was es war – und er war sicher, dass er es wusste –, musste er es trotzdem mit eigenen Augen sehen. Entschlossen trat er darauf zu, kauerte sich nieder und begann, an den Ranken zu zerren. Er vergaß sogar den gefährlichen Saft, bis seine Hände anfingen zu brennen. Inzwischen hatte er das, was er suchte, jedoch schon halb entblößt; er konnte innehalten und sich die Hände an der Erde abwischen.
Es war eine weitere Leiche.
Jeff stand auf und trat die verbleibenden Ausläufer der Ranke mit dem Fuß auseinander. Darunter lag eine Frau, vielleicht sogar diejenige, die Henrich am Strand kennengelernt und deren Schönheit ihn hierher gelockt hatte – in den Tod. Sie hatte dunkelblonde, schulterlange Haare, viel mehr konnte man nicht erkennen, denn das meiste Fleisch war bereits weggefressen. Ihr Gesicht war nur noch ein ausdruckslos starrender Totenkopf. Auch ihre Kleider waren verschwunden, nur das Skelett und die Haare waren übrig, ein paar vertrocknete Fleischstreifen, ein angelaufenes Silberkettchen, das noch ihr knochiges Handgelenk umschloss, eine Gürtelschnalle, ein Reißverschluss und ein Kupferknopf, alles im ansonsten leeren Hohlraum ihres Beckens. Na-

türlich konnte sie nicht Henrichs große Liebe sein, dafür war die Verwesung viel zu weit fortgeschritten. Für eine solche Zersetzung waren Monate nötig. Selbst in diesem Klima. Oder vielleicht doch nicht? Jeff bückte sich, um noch mehr von der Ranke zu entfernen, aber diesmal sanft und vorsichtig. Vielleicht war die Pflanze dafür verantwortlich, vielleicht hatte sie das Fleisch weggefressen und die darin enthaltenen Nährstoffe für ihr eigenes Wachstum verwertet.

Unter den wachsamen Blicken der Mayas, die ihn aus ungefähr fünf Metern Entfernung beobachteten, zog Jeff noch mehr Ranken weg, bis sich der linke Arm des Skeletts löste, aus der Gelenkpfanne sprang und klappernd auf die trockene Erde fiel. Jetzt merkte er, dass die Pflanze nicht aus dem Boden wuchs, sondern sich direkt an die Knochen klammerte. Einen Moment dachte er darüber nach, und er fragte sich, wie die Lichtung entstanden war. Wie hatten die Mayas es geschafft, sie von jeder Vegetation frei zu halten? Die Ranken wuchsen doch so schnell! In einer einzigen Nacht hatten sie auf seiner Kleidung und seinen Schuhen Wurzeln geschlagen. Trotzdem war die Erde, auf der er stand, absolut unfruchtbar. Neugierig scharrte er eine Handvoll davon zusammen und inspizierte sie genauer. Dunkler, reichhaltig aussehender Boden, durchsetzt mit weißen Kristallen. *Salz,* dachte er und berührte einen davon mit der Zunge, um sich zu vergewissern. *Sie haben Salz ausgestreut.*

Langsam stand er wieder auf, ließ die Erde fallen und ging weiter. Seine drei Begleiter folgten, hielten sich immer zwischen ihm und der Baumlinie des Dschungels. Nach einer Weile passierte er das nächste Wachfeuer, um das sieben Mayas herumsaßen und ihre Morgenmahlzeit einnahmen. Als er sich näherte, hielten sie inne und ließen ihre Blechteller auf den Schoß sinken. Jeff konnte das Essen riechen und sehen, irgendein Eintopf, Hühnchen, Tomaten, Reis, vielleicht die Reste vom gestrigen Abend, und sein Magen zog sich hungrig zusammen. Am liebsten hätte er etwas erbettelt, hätte sich auf die Knie geworfen und flehend die Hand ausgestreckt. Aber er widerstand der Versuchung, denn er spürte, dass es ohnehin umsonst gewesen wäre. So ging er einfach weiter und lutschte an seinem Steinchen.

Er konnte den nächsten Rankenhügel schon sehen.

Als er ihn erreichte, kauerte er sich davor nieder und zog behutsam die Lianen beiseite.

Noch eine Leiche.

Diese schien einem Mann zu gehören, obwohl es schwer zu erkennen war, da die Verwesung hier ihr Werk noch gründlicher getan hatte als bei der vorigen. Die Knochen waren zu einem losen Haufen zusammengestürzt, der keinerlei Ähnlichkeit mehr mit einem menschlichen Skelett aufwies. Das Geschlecht leitete sich Jeff nur aus der Größe des Schädels ab, denn dieser war ziemlich mächtig und fast quadratisch. Eine blühende Ranke hatte sich in die Augenhöhlen geschlängelt, durch die rechte hinein, aus der linken wieder heraus. Auch hier lagen ein paar Knöpfe und die wurmartigen Überreste eines Reißverschlusses von einer Männerhose. Dazu eine Nickelbrille, ein Plastikkamm und ein Schlüsselring. Jeff entdeckte drei Pfeilspitzen ohne Schaft. Und auf der Erde, fast ganz unter den Knochen versteckt, lagen ein paar Kreditkarten und ein Reisepass. Offensichtlich der Inhalt einer Brieftasche. Die wahrscheinlich aus Leder gewesen war, denn auch sie war spurlos verschwunden. Nichts war übrig außer anorganischen oder synthetischen Substanzen – Metall, Plastik und Glas, alles andere war aufgefressen. Und das war auch das richtige Wort: *aufgefressen*. Denn es war die Ranke, die hierfür verantwortlich war, so viel war Jeff inzwischen klar. Hier war keine passive Kraft am Werk, weder Moder noch Zersetzung, sondern ein aktiver Wille.

Jeff bückte sich nach dem Reisepass. Er gehörte einem Niederländer namens Cees Steenkamp. Das Passbild zeigte einen Mann mit breiter Stirn, schütteren blonden Haaren und einem Gesichtsausdruck, der entweder arrogant oder melancholisch sein konnte. Er war am 11. November 1951 in einer Stadt namens Lochem geboren. Als Jeff aufblickte, sah er die Mayas, die ihn aufmerksam anblickten. Natürlich bestand die Möglichkeit, dass sie den Mann getötet, ihn mit ihren Pfeilen erschossen hatten. Kurz hatte Jeff den Wunsch, ihnen den Pass entgegenzustrecken, ihnen das Foto von Cees Steenkamp zu zeigen, der mit großen traurigen Augen in die Welt hinausstarrte und der jetzt tot war, ermordet. Aber er wusste, dass das unwichtig war, es würde nichts ändern. Ganz allmählich dämmerte ihm, was hier geschah, erkannte er das Warum und Wozu, die am Geschehen beteiligten Kräfte. Schuld, Mitgefühl, Erbarmen, darum ging es hier nicht. Das Foto bedeutete nichts für diese Männer hier, und Jeff konnte das immer besser verstehen – ja, er konnte sogar mit ihnen sympathisieren. Ein paar Meter hinter den Mayas, am Rand des Dschungels, schwirrte ein Schwarm Stechmücken in der Luft, als hielte eine unsichtbare Kraft sie davor zurück, weiter auf den Hügel zuzufliegen. Und auch das verstand Jeff jetzt auf einmal.

Er steckte den Reisepass in die Tasche und ging weiter. Die drei Männer begleiteten ihn schweigend. Sie kamen an weiteren Wachfeuern vorbei, und alle, die darumsaßen, starrten Jeff an, wenn er an ihnen vorbeistapfte. Fast eine Stunde brauchte er für den Weg um den Hügel herum, und er fand noch fünf weitere Rankengräber, ehe er wieder am Anfang des Weges anlangte. Immer das Gleiche: Knochen, Knöpfe, Reißverschlüsse. Zwei Brillen. Drei Reisepässe – ein amerikanischer, ein spanischer, ein belgischer. Vier Eheringe, ein bisschen Ohrschmuck, eine Halskette. Noch ein paar Pfeilspitzen, eine Handvoll Pistolenkugeln, abgeflacht, weil sie auf Knochen getroffen hatten. Und dann war da natürlich noch Henrich, obwohl Jeff zuerst Schwierigkeiten hatte, ihn zu erkennen. Seine Leiche lag an der richtigen Stelle, hatte sich über Nacht jedoch drastisch verändert. Das Fleisch war inzwischen vollständig verschwunden, ebenso der größte Teil seiner Kleidung. Aufgefressen von den Ranken.

Ja, jetzt verstand Jeff endlich. Aber erst als er die Runde vollendet hatte und zu seinem Ausgangspunkt am Beginn des Wegs zurückgekehrt war, eröffnete sich ihm das wahre Ausmaß ihrer Notlage.

Seine Schilder waren verschwunden.

Zuerst nahm er an, dass die Mayas sie entfernt hatten, aber das passte nicht in das Bild, das sich in seinem Kopf entwickelte, und er stand eine Weile stumm da und überlegte. Das Loch, in das er die Alustange vorhin geschlagen hatte, war noch zu sehen, auch der Stein, den er als improvisierten Hammer benutzt hatte, lag noch da. Ebenso das Notizbuch, der Stift, die Rolle Klebeband. Nur die Schilder waren verschwunden.

Gerade als er aufgeben wollte, bemerkte er ein metallisches Glitzern neben dem Weg, knapp einen Meter vom Wegrand entfernt, unter den Ranken. Vorsichtig trat er darauf zu, bückte sich und begann mit den Händen unter der kniehohen Vegetation herumzutasten. Ja, da war die Alustange, noch warm von ihrem Aufenthalt in der Sonne. Die Ranken hatten sich so fest darum geschlungen, dass Jeff alle Kraft aufbieten musste, um sie loszureißen. Die Schilder, die er gemalt hatte, waren vom Klebeband abgerissen, und die Pflanzen waren bereits dabei, das Papier zu zersetzen, es wegzufressen. Doch selbst jetzt, bei diesem Anblick, klammerte Jeff sich weiter an seine alte Logik, an den Lauf der Welt jenseits dieses rankenbedeckten Hügels. Vielleicht hatten die Mayas Steine gegen die Stange geworfen, sodass sie umgefallen und ins Dickicht gestürzt war. Dann entdeckte er noch etwas unter den dichten Schlingen der Pflanze, ein schwarzes Stück Metall. Er kickte die Ranken weg und zog es heraus. Es war eine Bratpfanne, dreißig Zentimeter im Durchmesser, sieben Zentimeter tief. Jemand hatte ein Wort in ihren verkrusteten Boden eingeritzt, tiefe Linien im Metall.

¡PELIGRO! Lange stand Jeff da und überlegte.

Gefahr.

Der Tag wurde beständig wärmer. Jeff hatte seine Mütze im Zelt gelassen, und er spürte, wie die Sonne ihm Nacken und Hals verbrannte. Und sein Durst hatte einen neuen Höhepunkt erreicht. Es war nicht mehr nur das Bedürfnis nach Wasser, nein, jetzt waren Schmerzen mit im Spiel, ein Gefühl, dass seinem Körper Schaden zugefügt wurde. Das Steinchen, an dem er herumgelutscht hatte, konnte dagegen nichts ausrichten, und er spuckte es aus, erschrak aber über die Bewegung in den Ranken, als der Kiesel zwischen ihnen landete. Etwas schien wie eine Schlange nach dem Stein zu schnappen, zu schnell, als dass Jeff es richtig hätte sehen können, nur eine blitzschnelle abrupte Bewegung.

Die Vögel, dachte er.

Aber nein, natürlich nicht. Es waren nicht die Vögel, das wusste er. Denn obwohl er noch keine Ahnung hatte, woher der Lärm gestern Abend gekommen war, hatte er doch inzwischen begriffen, dass es keine Vögel auf dem Hügel gab. Keine Vögel, keine Fliegen, keine Moskitos, keine Stechmücken. Er bückte sich, hob ein anderes Steinchen auf und warf es in das Gewimmel der Ranken neben sich. Wieder entstand eine blitzschnelle sprunghafte Bewegung, so schnell, dass das Auge sie kaum wahrnahm, und jetzt wusste Jeff, was es war, wusste auch, wie das Schild verschwunden war, und ihm wurde übel bei der Erkenntnis.

Er warf einen weiteren Stein. Diesmal gab es keine Bewegung, und auch das leuchtete Jeff ein. Genauso hatte er es erwartet. Wenn die gleiche Reaktion erfolgt wäre, hätte es sich einfach um einen Reflex gehandelt, und darum handelte es sich hier ganz offensichtlich nicht.

Er drehte sich um, starrte zu den Mayas, die mitten auf dem unbewachsenen Streifen standen und ihn beobachteten; inzwischen hatten sie ihre Waffen gesenkt. Irgendwie machten sie einen leicht gelangweilten Eindruck, und Jeff glaubte, dass er auch das verstand. Schließlich hatte er nichts Neues getan, diese Menschen hatten das alles schon einmal gesehen. Das Schild, den Rundgang um den Hügel, die Entdeckung der Leichen, die langsam erwachende Erkenntnis, in was für einer Welt er gefangen war. Und nicht nur das. Wahrscheinlich konnten sie sich auch vorstellen, was jetzt noch passieren würde, sie hätten es Jeff sicher sagen können, wenn sie seiner oder er ihrer Sprache mächtig gewesen wären: Was die kommenden Tage bringen würden, wie sie beginnen und wie sie enden würden. Mit diesen Gedanken im Kopf kehrte Jeff auf den Pfad zurück und begann langsam den Aufstieg, um den anderen zu berichten, was er entdeckt hatte.

Stacy war von dem Schrei geweckt worden und schlug erschrocken die Augen auf. Neben ihr zappelte Eric herum, offenbar hatte er irgendwelche Probleme, und es dauerte einen Moment, bis sie begriff, dass nicht er es war, der schrie. Nein, es kam von draußen. Von Pablo. Pablo schrie. Aber auch mit Eric stimmte etwas nicht. Inzwischen hatte er sich auf einen Ellbogen aufgerichtet und starrte auf seine Beine, kickte mit den Füßen und sagte: »Ach du Scheiße, o mein Gott, Herr im Himmel.« Immer wieder dieselben Worte, während Pablo ununterbrochen schrie. Stacy begriff nicht, was los war. Auf der anderen Seite wachte Amy gerade auf und sah mindestens so verwirrt aus wie Stacy sich fühlte.

Sie waren zu dritt im Zelt, von Jeff und Matthias keine Spur.

Dann sah sie, dass Erics linkes Bein von Ranken bedeckt war.

»Was ist das?«, rief sie erschrocken. »Was ist los?«

Anscheinend hörte Eric sie überhaupt nicht. Er setzte sich ganz auf, beugte sich vor und begann an den Lianen zu zerren, in dem verzweifelten Versuch, sie von seinem Körper zu entfernen. Dabei zerrissen die Blätter der Pflanze, der Saft quoll heraus, begann seine Hände zu verbrennen, und als Stacy ihm helfen wollte, verbrannte sie sich ebenfalls. Die Ranke hatte sich fest um Erics Bein geschlungen, bis hinauf in den Schritt. *Sein Sperma,* dachte Stacy und erinnerte sich an die letzte Nacht. *Sein Sperma hat die Ranke angelockt.* Die Liane hatte sich nicht nur um Erics Bein gelegt, sondern auch um seinen Penis, seine Hoden. Verzweifelt versuchte er sich zu befreien, war aber inzwischen zum Glück etwas vorsichtiger. Und ständig plapperte er. Immer dasselbe: »Ach du Scheiße. O mein Gott, Herr im Himmel...«

Unterdessen wurden Pablos Schreie lauter, sofern das überhaupt möglich war; das ganze Zelt schien zu beben. Jetzt hörte Stacy auch Matthias rufen. Wahrscheinlich nach ihnen, aber sie konnte sich nicht konzentrieren, nahm es irgendwie nur aus der Ferne wahr, während sie weiter an der Pflanze zerrte. Inzwischen brannten ihre Hände nicht nur, die Haut fühlte sich an wie aufgescheuert, abgeschürft, und die Fingerspitzen hatten angefangen zu bluten. Jetzt stand auch Amy auf, eilte zum Zelteingang, öffnete den Reißverschluss, duckte sich und verschwand. Sie ließ die Zeltklappe hinter sich offen, und das Sonnenlicht flutete herein, zusammen mit einem Hitzeschwall, der Stacy selbst mitten in dem ganzen Chaos abrupt ins Gedächtnis rief, wie durstig sie war. Ihr Mund war völlig ausgetrocknet, ihre Kehle fühlte sich geschwollen an.

Es war nicht nur Erics Sperma. Es war auch sein Blut. Die Ranke hatte sich wie ein Blutegel an sein verwundetes Knie geheftet.

Draußen hörte Pablo unvermittelt auf zu schreien.

»Sie ist in mir drin«, stöhnte Eric. »O Gott, verdammt – sie ist in mir drin!«

Und er hatte recht. Die Ranke hatte sich in die Wunde gebohrt, hatte sie aufgerissen und war in Erics Körper eingedrungen. Stacy konnte ihn unter seiner Haut sehen, ein etwa sieben Zentimeter langer Wulst, wie ein dicker Finger, der sich unermüdlich weitertastete. Eric versuchte den Ausläufer herauszureißen, aber er war zu panisch, zu schnell, und der Stiel brach ab, sonderte seinen Saft ab, verbrannte ihn, aber das Lianenstück blieb stecken.

Jetzt fing Eric an zu schreien. Zuerst war es nur ein Laut, dann aber formten sich Worte. »Hol das Messer!«, brüllte er.

Aber Stacy rührte sich nicht, sie war wie betäubt. Sie saß nur da und starrte ihn an. Die Liane war in seinem Körper, unter seiner Haut. Konnte sie sich etwa bewegen?

»Hol endlich das verdammte Messer!«, brüllte Eric.

Da endlich rappelte sie sich auf, war im Nu auf den Beinen und rannte aus dem Zelt.

Amy war ein paar Sekunden nach Stacy aufgewacht. Da Pablos Schreie ihre ganze Aufmerksamkeit auf sich zogen, bemerkte sie gar nicht, was mit Eric los war. Dann rief Matthias nach ihnen, und aus irgendeinem Grund reagierten Eric und Stacy nicht darauf. Sie wälzten sich auf dem Boden herum, und es sah fast so aus, als würden sie miteinander kämpfen. Amy wurde nicht schlau daraus – sie schlief noch halb und konnte nicht klar denken. Aber Pablo schrie, da war alles andere nicht so wichtig. Sie sprang auf und eilte aus dem Zelt, um nachzusehen, was los war. Sicher, die Schreie waren grässlich laut und Pablo hatte ganz offensichtlich Schmerzen, aber darüber machte sie sich keine großen Sorgen. Schließlich hatte Pablo ein gebrochenes Rückgrat – war es da nicht mehr als verständlich, dass er schrie? Womöglich würde es eine Weile dauern, aber sie würden ihn schon wieder beruhigen können, das hatten sie gestern Abend doch auch geschafft.

Draußen blieb sie einen Moment stehen und blinzelte in die Sonne, die so grell war, dass sie zunächst nichts sehen konnte. Ihr war schwindlig, sie war desorientiert, aber als sie gerade wieder ins Zelt zurückkriechen wollte, um ihre Sonnenbrille zu holen, drehte sich Matthias mit panischem Gesicht zu ihr um, und sie hatte das Gefühl, von einer Hand gepackt und geschüttelt zu werden. Angst wallte in ihr auf.

»Hilf mir!«, rief Matthias. Er kauerte neben dem Rückenbrett, über die Beine des Griechen gebeugt, und musste sich anstrengen, trotz Pablos ununterbrochenem Schreien gehört zu werden.

Amy lief zu ihm; sie war gleichzeitig blind und sah doch alles. Der Schlafsack lag zusammengeknäult neben Matthias auf dem Boden, sodass Pablo von der Taille abwärts nackt war. Nein, er war nicht nackt – seine Beine waren vollkommen von der Ranke bedeckt, so dicht, dass es aussah, als hätte er sich eine Hose aus grünen Blättern angezogen. Von der Taille bis hinunter zu den Füßen war kein Millimeter Haut mehr zu sehen. Matthias zerrte an der Pflanze, riss immer wieder lange Ausläufer ab und warf sie weg, und seine Hände und Handgelenke glänzten schon von ihrem Saft. Pablo hatte den Kopf so weit angehoben, dass er sehen konnte, was passierte, doch seine angestrengten Versuche, sich auf die Ellbogen zu stützen und weiter aufzurichten, scheiterten kläglich. Die angespannten Sehnen an seinem Hals traten vor, sein Mund war zu einem kreisrunden O aufgerissen, und er schrie so laut, dass Amy im Näherkommen das Gefühl hatte, eine körperlich spürbare Barriere überwinden, in eine Zone erhöhter Schwerkraft eindringen zu müssen. Dann kniete auch sie neben dem Griechen, riss an der Ranke, ohne auf den Saft zu achten, der ihr, zuerst kühl, ein bisschen glitschig über die Hände lief, aber dann widerlich brannte, so heftig, dass sie weggelaufen wäre, wenn Pablo nicht so laut geschrien hätte. Die Schreie schienen in sie einzudringen, sich in ihrem Körper auszubreiten und zu vibrieren, wurden mit jeder Sekunde lauter, steigerten sich, wurden unglaublich, qualvoll laut und waren schmerzhafter als das Brennen. Es musste aufhören, sie hielt diesen Lärm nicht aus, und die einzige Möglichkeit, ihm ein Ende zu bereiten, schien darin zu bestehen, die Ranken zu entfernen – zu ziehen, zu zerren, zu reißen – und Pablos Körper aus ihrem Griff zu befreien. Noch immer sah sie gleichzeitig alles und war doch blind. Endlich kamen Pablos Beine zum Vorschein, eine weiße Stelle unterhalb des Knies, aber es war nicht das Weiß der Haut, es war viel heller, glänzend und feucht – knochenweiß. Von Pablos Schreien getrieben, riss sie die Pflanze weg, sah und sah nicht, aber es war kein Knochenweiß, es war der Knochen selbst, bloßgelegt, sauber, ohne eine Spur von Fleisch, und nun begann auch das Blut hervorzuquellen, sammelte sich und begann herabzutropfen, während sie die Ranken wegrafften. Immer mehr Weiß kam zum Vorschein, mehr Knochenweiß, mehr Knochen, unter dem Knie nichts als Knochen, keine Haut, keine Muskeln, kein Fett, alles war verschwunden, aufgefressen, und das Blut tropfte vom Knie des Griechen, tropfte und bildete eine Pfütze. Sein Schienbein war vollständig von einer langen Liane umschlungen, die es fest im Griff hatte und sich weigerte loszulassen, und an der grünen Ranke hingen drei Blüten, rote Blüten, leuchtend rot, blutrot.

»O mein Gott«, stöhnte Matthias.

Er hatte aufgehört, an der Pflanze zu zerren, kauerte neben Pablo und starrte auf seine verstümmelten Beine, und auf einmal war Amy nicht mehr blind, sie konnte nur noch sehen – die Knochen, die Blumen, die Blutlachen. Das Schreien spielte keine Rolle mehr, und auch nicht das Brennen, es gab nur noch die Knochen, die weiß zu ihr emporschimmerten, und den Druck in ihrer Brust. Ihr Magen drehte sich um, ihr wurde übel. Sie sprang auf, machte drei schnelle Schritte vom Unterstand weg, und übergab sich auf die nackte Erde.

Pablo hörte auf zu schreien. Jetzt weinte er – Amy konnte ihn schluchzen und wimmern hören. Aber sie drehte sich nicht um, sondern stand da, vornübergebeugt, mit einem langen Spuckefaden an der Lippe, schwankte leicht hin und her, und zwischen ihren Füßen breitete sich eine kleine Gallepfütze aus. Das ganze kostbare Wasser, das sie in der Nacht gestohlen hatte – jetzt war es weg, versickerte langsam in der trockenen Erde. Aber sie war noch nicht fertig, sie spürte, dass noch mehr herauswollte, und wartete mit geschlossenen Augen.

»Er ist aufgewacht und hat sofort angefangen zu schreien«, erklärte Matthias.

Amy rührte sich nicht, sah sich nicht zu ihm um. Sie hustete, spuckte, ohne die Augen zu öffnen.

»Ich hab den Schlafsack weggezogen. Ich hatte keine …«

Dann war es so weit, schlimmer als beim ersten Mal; Amy beugte sich noch weiter vor und erbrach sich in einem dicken Schwall. Es tat weh, und sie hatte das Gefühl, einen Teil ihrer selbst herauszuwürgen, einen Teil ihres Körpers. Matthias verstummte – vermutlich sah er ihr zu. Einen Augenblick später begann Eric im Zelt zu brüllen. Zuerst war es nur ein Laut, aber dann konnte man auch Worte erkennen.

»Hol das Messer!«, schrie er.

Amy hob den Kopf, und Erbrochenes tropfte von ihrem Mund, übers Kinn und auf ihr T-Shirt. Sie wandte sich zum Zelt um. Alle sahen dorthin, sogar Pablo hörte einen Moment auf zu wimmern, hob den Kopf und spähte hinüber.

»Hol endlich das verdammte Messer!«

Dann erschien Stacy, kam geduckt durch den Zelteingang, zögerte einen Moment, starrte Amy an, die Reste des Erbrochenen an ihrem Mund, die Pfütze zwischen ihren Füßen. Dann kniff sie die Augen gegen die grelle Sonne zusammen – *sehend und doch blind,* dachte Amy – und wandte sich an Matthias.

»Ich brauch das Messer«, sagte sie.
»Warum?«, fragte Matthias.
»Für Eric. Sie ist in ihm drin. Irgendwie ... ich weiß auch nicht ... irgendwie ist sie in ihn reingekrochen.«
»Wer?«
»Die Pflanze. Durch sein Knie. Sie hat sich reingebohrt.« Noch während sie sprach, wanderten ihre Augen zu Pablo, der wieder angefangen hatte zu wimmern, wenn auch etwas leiser. *Sehend und doch blind:* die entblößten Knochen, die Blutlachen, die noch halb von der Ranke umschlungenen Beine.
Aus dem Zelt hörte man Erics Stimme, der man deutlich die Angst anhörte: »Beeil dich!«
Stacy sah zur offenen Zeltklappe zurück, dann wieder zu Pablo, dann zu Matthias. Amy erkannte, dass sie nicht kapierte, was los war. Ihre Gesichtszüge wurden schlaff, ihre Stimme monoton. *Sie steht unter Schock,* dachte Amy.
»Ich glaube, er will sie rausschneiden«, sagte Stacy.
Matthias drehte sich um, kramte einen Moment in dem Zeug, das neben dem Unterstand herumlag – die übrigen blauen Nylonstreifen, die überzähligen Alustangen. Als er aufstand, hielt er das Messer in der Hand. Gerade wollte er zum Zelt gehen, als er plötzlich innehielt und zu Amy hinüberstarrte, auf ihre Füße, den Boden dazwischen. Auch Stacy sah sich nach ihr um und erstarrte. Ihre Gesichter nahmen den gleichen Ausdruck an, eine Mischung aus Entsetzen und Ungläubigkeit, und noch ehe Amy herumwirbelte, um zu sehen, was los war, begann ihr Herz zu rasen und pumpte Adrenalin durch ihren Körper. Sie wollte es nicht sehen, aber damit war es vorbei, diese Option stand ihr nicht mehr zur Verfügung. Hinter ihr bewegte sich etwas, ein schlurfendes Geräusch war zu hören. Stacy hob die rechte Hand, hielt sie sich vor den Mund, die Augen weit aufgerissen.
Amy drehte sich um.

Und sah es.
Sie stand im Zentrum der kleinen Lichtung vor dem Zelt. In jeder Richtung erstreckten sich knapp fünf Meter trockene, steinige Erde, dann begann das Dickicht, eine kniehohe Wand aus Pflanzen. Aus dieser grünen Masse, direkt vor ihr, kam etwas auf sie zu, und zunächst dachte Amy, es wäre eine Schlange: Endlos lang, dunkelgrün, mit leuchtend roten Flecken. Mit blutroten Flecken, die keine Flecken waren, sondern Blüten, denn das Ding, das da auf sie zukroch, bewegte sich zwar wie eine Schlange, aber es war keine. Es war die Pflanze.
So schnell sie konnte wich Amy zurück, weg von der Pfütze, und hielt erst inne, als sie hinter Matthias stand, der das Messer in der Hand hielt.
Pablo beobachtete sie von seinem Rückenbrett aus; er schrie nicht mehr.
Wieder rief Eric aus dem Zelt, aber Amy hörte ihn kaum. Sie sah zu, wie die Ranke sich über die Lichtung zu der kleinen Pfütze mit dem Erbrochenen schlängelte. Dort zögerte sie, als schnupperte sie an dem Erbrochenen, glitt dann hinein, bildete eine lose Schlinge und saugte die Flüssigkeit mit einem deutlich hörbaren Schmatzgeräusch auf, wobei sie die Blätter flach auf die Pfütze legte, bis diese trocken war. Wie lange es dauerte, hätte Amy nicht sagen können. Vielleicht ein paar Sekunden, höchstens eine halbe Minute. Als es vorbei war und man von der Pfütze nur noch einen feuchten Schatten auf dem steinigen Boden sah, zog sich die Ranke mit den gleichen schlangenartigen Bewegungen wieder über die Lichtung zurück.
Stacy fing an zu schreien. Voller Entsetzen sah sie von einem zum andern, deutete auf die Ranke und schrie. Amy trat zu ihr und nahm sie in die Arme, drückte sie an sich und versuchte sie zu beruhigen, während sie beide Matthias nachblickten, der an ihnen vorbeiging, um Eric das Messer ins Zelt zu bringen.

Als Stacy zu schreien anfing, hörte Eric auf zu rufen. Seine Hände, Beine und Füße brannten vom Saft der Pflanze, und der sieben Zentimeter lange Stängel steckte immer noch unter seiner Haut, links vom Schienbein, ganz dicht daneben, parallel. *Und er bewegte sich!* Vielleicht war es auch sein eigener Körper, vielleicht seine Muskeln, die sich verkrampften. Aber er wollte das Ding loshaben, er konnte an nichts anderes denken, und um sich zu befreien, brauchte er das Messer.

Aber was geschah da draußen? Warum schrie Stacy plötzlich so?

»Stacy?«, rief er fragend.

Und dann, nur einen Augenblick später, kroch Matthias mit dem Messer zu ihm ins Zelt. Sein Gesicht sah angespannt aus, und Eric konnte die Angst darin erkennen.

»Was ist denn da draußen los?«, fragte Eric ihn.

Aber Matthias antwortete nicht. Er ließ den Blick über Erics Körper wandern. »Zeig es mir«, sagte er nur.

Eric deutete auf seine Wunde. Matthias kauerte sich neben ihn, betrachtete einen Moment Erics Knie und den Wulst unter der Haut. Sie bewegte sich wieder, wie ein Wurm, als hätte sie vor, noch weiter in Erics Körper vorzudringen. Inzwischen hatte Stacy aufgehört zu schreien.

Matthias hielt ihm das Messer hin. »Möchtest du es erledigen?«, fragte er. »Oder soll ich es machen?«

»Du.«

»Aber es wird wehtun.«

»Ich weiß.«

»Und wir können nichts sterilisieren.«

»Bitte, Matthias. Tu es einfach.«

»Womöglich lässt sich die Blutung nicht stoppen.«

Es waren nicht seine eigenen Muskeln, so viel war Eric inzwischen klar. Es war die Ranke, sie bewegte sich von selbst, bohrte sich

zielsicher weiter in sein Bein, als spürte sie die Gegenwart des Messers. Um ein Haar hätte Eric aufgeschrien, aber er biss die Zähne zusammen. Er schwitzte, sein ganzer Körper war nass. »Beeil dich«, knurrte er.
Matthias setzte sich rittlings auf Erics Schenkel und presste das verletzte Bein auf den Boden. Mit seinem Körper verdeckte er Eric die Sicht, sodass dieser nur den Einstich des Messers mitbekam. Er jaulte auf und wollte das Bein wegziehen, aber Matthias ließ es nicht zu; sein Köpergewicht nagelte ihn fest. Eric schloss die Augen. Das Messer schnitt tiefer, bewegte sich an seinem Bein hinunter, ein seltsames Gefühl, als hätte es einen Reißverschluss. Dann spürte er Matthias' Finger, die nach dem Rankenstück griffen, es schließlich erwischten, herauszerrten und zu dem Haufen Campingutensilien an der Rückwand des Zelts schleuderten. Eric hörte, wie es auf den Zeltboden aufschlug.
»O Gott«, sagte er. »So eine Scheiße.«
Er spürte, wie Matthias etwas auf die Wunde presste, um die neuerliche Blutung zu stillen. Langsam öffnete er die Augen. Matthias' Rücken war nackt. Offensichtlich hatte er sein T-Shirt ausgezogen und benutzte es als provisorischen Verband.
»Alles klar, ich hab das Ding erwischt«, erklärte er.
So verharrten sie einige Minuten regungslos und verschnauften; Matthias setzte sein Gewicht jetzt ein, um das Shirt auf den Schnitt zu pressen. Eigentlich hatte Eric sich vorgestellt, dass Stacy nach ihm sehen würde, aber sie kam nicht. Er hörte Pablo weinen. Kein Lebenszeichen von den beiden Mädchen.
»Was ist passiert?«, fragte er schließlich. »Was war da draußen los?«
Aber Matthias antwortete nicht.
Eric versuchte es noch einmal. »Warum hat Stacy so geschrien?«
»Es ist schlimm.«

»Was?«
»Du musst es dir selbst ansehen. Ich kann es nicht …« Matthias schüttelte den Kopf. »Ich weiß nicht, wie ich es beschreiben soll.«
Eric verstummte. »Geht es um Pablo?«, fragte er.
Matthias nickte.
»Ist er okay?«
Matthias schüttelte den Kopf.
»Was ist los mit ihm?«
Matthias machte eine vage Handbewegung, und Eric spürte, wie sich sein Brustkorb zusammenzog. Wenn er doch nur Matthias' Gesicht sehen könnte!
»Sag es mir doch einfach«, bettelte er.
Endlich stand Matthias auf. Er hatte sein T-Shirt in der Hand, zu einem Ball zusammengeknüllt, und es war dunkel von Erics Blut.
»Kannst du aufstehen?«, fragte er.
Eric versuchte es. Sein Bein blutete noch, und es war schwierig, es zu belasten. Mühsam richtete er sich auf und wäre um ein Haar gleich wieder umgekippt. Aber Matthias packte ihn gerade noch rechtzeitig am Ellbogen, stützte ihn und half ihm, zum offenen Zeltausgang zu humpeln.

Jeff fand die vier anderen auf der Lichtung, neben dem orangefarbenen Zelt. Als sie ihn kommen sahen, fingen alle gleichzeitig an zu reden.
Amy schien den Tränen nahe. »Was machst du denn hier?«, fragte sie ihn immer wieder.
Wie sich herausstellte, war Jeff so lange weg gewesen, dass die anderen schon geglaubt hatten, er hätte eine Fluchtmöglichkeit gefunden. Sie hatten sich ausgemalt, wie er an den Wachen vorbeigeschlichen und durch den Urwald gerannt war, wie er sich auf

den Weg nach Cobá gemacht hatte, um Hilfe zu holen. Offenbar hatten sie sich sämtliche Phasen und ihren ungefähren Zeitablauf so lebhaft ausgemalt – würde er ein Auto anhalten können, wenn er zur Straße gelangte, oder würde er die ganzen elf Meilen zu Fuß gehen müssen; waren es elf Meilen oder vielleicht doch etwas mehr; würde die Polizei sofort kommen oder würde es eine Weile dauern, bis sie eine Einsatztruppe zusammengestellt hatten, die groß genug war, um es mit den Mayas aufzunehmen? –, dass seine Flucht für Amy nicht mehr nur möglich, sondern wahrscheinlich und schließlich zu einer Realität geworden war.

Und deshalb stellte sie ihm nun völlig entgeistert die immer gleiche Frage: »Was machst du denn hier?«

Als er ihr erklärte, dass er nur den Hügel umrundet hatte, starrte sie ihn so verständnislos an, als hätte er ihr erzählt, dass er den ganzen Vormittag mit den Mayas Tennis gespielt hätte.

Mit Eric stimmte auch etwas nicht. Er konnte nicht stillsitzen, humpelte herum, redete ununterbrochen und fiel den anderen ständig ins Wort. Dann setzte er sich wieder hin, das verletzte Bein vor sich ausgestreckt. Anscheinend hatte er sich aus einem der Rucksäcke ein Paar Shorts besorgt. So saß er eine Weile da, schaukelte hin und her, starrte auf das trockene Blut auf Knie und Schienbein, nur um nach kurzer Zeit wieder aufzuspringen und von neuem mit seinem Redeschwall zu beginnen. Ohne jemanden dabei direkt anzusprechen und offenbar auch ohne eine Antwort zu erwarten, wiederholte er immer wieder, dass die Ranke in ihm war, dass sie nur ein Stück davon herausgeschnitten hatten, dass sie in seinem Körper weiterwuchs.

Stacy war es, die Jeff schließlich erklärte, was dahintersteckte – dass die Ranke sich heute Nacht in Erics Wunde gebohrt und dass Matthias sie herausgeschnitten hatte. Anfangs machte Stacy auf ihn erstaunlicherweise einen ruhigeren Eindruck als die anderen, aber dann wechselte sie plötzlich mitten im Satz das Thema. »Sie kommen doch heute?«, sagte sie, mit leiser, dringlicher Stimme. »Sie kommen doch ganz sicher, oder?«

»Wer denn?«

»Die Griechen.«

»Ich weiß nicht«, begann Jeff. »Ich …« Dann sah er in ihr Gesicht, auf dem sich plötzlich nacktes Entsetzen ausbreitete, und ruderte lieber zurück. »Möglicherweise«, sagte er. »Vielleicht heute Nachmittag.«

»Das müssen sie auch.«

»Wenn nicht heute, dann …«

Stacy unterbrach ihn mit erhobener Stimme: »Wir können hier nicht noch eine Nacht verbringen, Jeff. Sie *müssen* heute kommen.«

Jeff schwieg und starrte sie erschrocken an.

Eine Weile beobachtete sie Eric, der herumhumpelte und vor sich hin plapperte. Dann beugte sie sich vor und berührte Jeffs Arm. »Die Pflanze kann sich bewegen«, flüsterte sie und sah dabei zu der niedrigen Mauer aus Grünzeug hinüber, die die Lichtung umschloss, als hätte sie Angst, dass jemand lauschte. »Amy hat sich übergeben, und da ist sie gekommen.« Sie machte mit dem Arm eine schlängelnde Bewegung. »Sie ist gekommen und hat die Kotze getrunken.«

Jeff spürte die Blicke der anderen auf sich ruhen, als erwarteten sie von ihm, dass er ihnen erklärte, das sei unmöglich. Aber er nickte einfach nur. Denn er wusste ja, dass sich die Pflanze bewegen konnte – wusste eigentlich noch viel mehr.

Schließlich überredete er Eric, sich hinzusetzen, damit er sein Bein untersuchen konnte. Die Wunde am Knie hatte sich wieder geschlossen; der Schorf war dunkelrot, fast schwarz, die Haut darum herum heiß und entzündet. Unter der Wunde war noch eine weitere, auf der linken Seite des Schienbeins, sodass es aussah, als hätte er sich ein großes T ins Fleisch geritzt.

»Es scheint okay zu sein«, stellte er fest. Aber in Wirklichkeit fand er den Anblick der Verletzung alles andere als okay und versuchte hauptsächlich, Eric zu beruhigen. Sie hatten Neosporin aus dem Erste-Hilfe-Kasten auf die Wunde gestrichen, doch überall in dem Gel waren kleine Schmutzpartikel zu sehen. »Warum habt ihr die Wunde nicht verbunden?«, fragte Jeff.

»Wir haben es versucht«, antwortete Stacy. »Aber er hat den Verband immer wieder abgerissen. Er sagt, er muss die Wunde sehen können.«

»Warum?«

»Wenn wir nicht aufpassen, wächst es wieder«, erklärte Eric.

»Aber es ist doch draußen. Wie kann es da …«

»Was wir rausgeholt haben, war nur das große Stück. Der Rest ist noch drin. Ich kann es fühlen.« Er deutete auf sein Schienbein. »Siehst du, wie geschwollen es ist?«

»Das ist normal, Eric. Das passiert bei Verletzungen.«

Eric wedelte abwehrend mit der Hand, und seine Stimme klang angespannt. »Quatsch. Das Ding wächst da drin.« Dann sprang er wieder auf die Beine und humpelte über die Lichtung davon. »Ich muss hier raus«, brummte er. »Ich muss ins Krankenhaus.«

Jeff sah ihm nach. Es behagte ihm ganz und gar nicht, dass Eric so die Nerven verlor. Auch Amy sah aus, als würde sie jeden Moment anfangen zu weinen, und Stacy rang stumm die Hände.

Matthias trug ein dunkelgrünes Hemd, wahrscheinlich aus einem der Rucksäcke. Bisher hatte er noch nichts gesagt. Aber jetzt meldete er sich zu Wort, wie immer mit leiser Stimme und seinem kaum merklichen Akzent. »Und das ist noch nicht das Schlimmste«, sagte er und warf einen vielsagenden Blick zu Pablo hinüber.

Pablo. Den hatte Jeff ganz vergessen. Als er auf die Lichtung zurückgekommen war, hatte er gesehen, dass der Grieche immer noch unter dem Schutzdach lag, mit geschlossenen Augen. *Gut*, hatte er gedacht, *er schläft*. Doch dann war er von Amy mit ihrer seltsamen Frage – »Was machst du denn hier?« –, von Stacy mit ihren Sorgen, ob die Griechen kommen würden, und von Eric, der darauf beharrte, dass die Ranke in ihm war, abgelenkt worden. Sinnloses Zeug, das seine Gedanken von dort wegholte, womit sie sich eigentlich beschäftigen mussten.

Mit dem Schlimmsten.

Matthias folgte Jeff zum Schutzdach hinüber, die anderen beobachteten sie, als scheuten sie sich, Pablo aus der Nähe anzusehen. Der Grieche lag auf dem Rückenbrett, von der Taille abwärts mit dem Schlafsack zugedeckt. Er sah nicht viel anders aus als vorhin, und Jeff konnte sich nicht erklären, warum ihn plötzlich schreckliche Vorahnungen überfielen, die ihm fast den Hals zuschnürten.

»Was ist los?«, fragte er.

Matthias kauerte sich nieder und zog behutsam den Schlafsack zurück.

Einen langen Augenblick begriff Jeff nicht, was er sah. Er starrte auf Pablo hinunter, aber er konnte nicht fassen, was seine Augen ihm zeigten.

Das Schlimmste.

Es war nicht möglich. Wie konnte das möglich sein?

Von den Knien abwärts war fast alles Fleisch von Pablos Beinen abgefressen; Knochen, Sehnen, Knorpel und schwarze Klumpen aus getrocknetem Blut, mehr war nicht übrig. Matthias und die anderen hatten an den Oberschenkeln zwei Druckverbände aus den restlichen Nylonstreifen angelegt und die Femoralarterie abgeklemmt. Jeff inspizierte die Verbände, und musste sich eingestehen, dass er hauptsächlich deshalb so gründlich war, damit er die nackten Knochen nicht mehr sehen musste. So waren seine Gedanken wenigstens einen Moment beschäftigt und er konnte ihnen Zeit lassen, sich an diesen neuen Horror zu gewöhnen. Einen Druckverband hatte er noch nie gemacht, hatte aber schon darüber gelesen und wusste – zumindest abstrakt –, worauf man dabei achten musste. Eigentlich sollte man ihn in regelmäßigen Abständen lockern und wieder festzurren, aber Jeff hatte die Zeitangaben vergessen und wusste auch nicht mehr, wozu diese Maßnahme eigentlich gut sein sollte.

Es spielte wahrscheinlich sowieso keine Rolle.

Nein, er *wusste*, dass es keine Rolle spielte.

»Die Ranken?«, fragte er nur.

Matthias nickte. »Und als wir sie abgerissen haben, ist das Blut herausgespritzt. Irgendwie hat die Pflanze es wohl zurückgehalten, und als sie weg war …« Er zeigte mit den Händen, was er meinte.

Pablos Augen waren geschlossen, als schliefe er, aber seine Hände waren zusammengekrampft, und die Haut über den Knöcheln war straff und ganz weiß. »Ist er bei Bewusstsein?«, fragte Jeff.

Matthias zuckte die Achseln. »Schwer zu sagen. Zuerst hat er geschrien, aber irgendwann hat er aufgehört und die Augen geschlossen. Ein paar Mal hat er den Kopf hin und her bewegt. Aber die Augen hat er seither nicht mehr aufgemacht.«

Ein sonderbar süßlicher Geruch ging von Pablo aus, ein Geruch, der einem den Magen umdrehte. Verwesung. Die Beine des Griechen begannen zu verfaulen. Er musste dringend ins Krankenhaus gebracht und operiert werden, so schnell wie möglich. Wenn er überhaupt noch eine Überlebenschance hatte, dann musste er heute Hilfe bekommen. Wenn nicht, würden sie Pablo in den kommenden Tagen beim Sterben zusehen müssen.

Aber vielleicht gab es ja noch eine dritte Option.

Jeff war ziemlich sicher, dass vor Einbruch der Nacht keine Hilfe eintreffen würde, und er wollte auch nicht tatenlos zusehen, wie Pablo starb. Aber die dritte Option … er wusste, dass die anderen

dafür nicht bereit waren, noch lange nicht. Und natürlich würde er bei seinem Plan ihre Unterstützung brauchen.
Mit dem Vorsatz, sie darauf vorzubereiten, sie abzuhärten, wandte er sich von Pablos verstümmeltem Körper ab und begann von den Entdeckungen zu erzählen, die er an diesem Morgen gemacht hatte.

Nach allem, was sie seit der Morgendämmerung über die Fähigkeiten der Ranken erfahren hatte – wie sie in Erics Bein eingedrungen war, Pablos Fleisch abgerissen und sich über die Lichtung geschlängelt hatte, um Amys Erbrochenes aufzusaugen –, war Stacy von Jeffs Enthüllungen nicht mehr sonderlich überrascht. Seltsam teilnahmslos lauschte sie seinem Bericht; die einzige emotionale Reaktion, die sie spürte, war der Ärger darüber, dass Eric weiter über die Lichtung wanderte und Jeffs Geschichte keinerlei Beachtung schenkte. Er sollte sich endlich hinsetzen und nicht ständig diesen Unsinn von sich geben, dass die Pflanze noch in seinem Körper war. Das war sie nicht. Allein die Vorstellung erschien Stacy absurd, und sie sah nicht ein, warum sie sich in ihrer Lage auch noch unnötig Angst einjagen sollten. Aber Eric ließ sich nicht beruhigen. Ununterbrochen humpelte er hin und her, blieb stehen, fingerte mit schmerzverzerrtem Gesicht an seinen Wunden herum und nahm die Wanderung wieder auf. Offensichtlich konnte man ihn nur ignorieren.
Die Ranke war der Grund, weshalb die Mayas sie hier festhielten – das war der Kern dessen, was Jeff erzählte. In dem Versuch, die Ranke zu isolieren, hatten die Dorfbewohner eine Lichtung um den Fuß des Hügels geschlagen und den Boden dort mit Salz versetzt. Nun hatte Jeff die Theorie entwickelt, dass die Pflanze sich durch Kontakt verbreitete. Sobald man sie anfasste, war man mit ihren Samen oder Sporen oder sonstigen Fortpflanzungsmitteln

behaftet, und daher versuchten die Mayas, zu verhindern, dass sie mit Hilfe der Fremdlinge über die Lichtung gelangte.

»Was ist mit den Vögeln?«, fragte Matthias. »Würden die nicht …«

»Es gibt hier keine Vögel«, fiel Jeff ihm ins Wort. »Ist euch das noch nicht aufgefallen? Keine Vögel, keine Insekten – überhaupt keine lebenden Wesen außer uns und der Pflanze.«

Alle blickten sich um, als suchten sie einen Gegenbeweis. »Aber woher wissen die Vögel und Insekten, dass sie sich fernhalten müssen?«, fragte Stacy schließlich. Unwillkürlich stellte sie sich vor, wie die Mayas Vögel, Moskitos und Fliegen daran hinderten, auf den Hügel zu kommen, genau wie sie auch versucht hatten, die sechs Freunde daran zu hindern. Sie malte sich aus, wie der kahle Mann seine Pistole schwenkte und die winzigen Kreaturen anschrie, um sie zu vertreiben. Aber wie konnte ein Vogel wissen, dass er sich diesem Hügel nicht nähern durfte, wenn nicht einmal sie, sechs vernunftbegabte junge Menschen, es gewusst hatten?

»Evolution«, sagte Jeff. »Diejenigen, die auf dem Hügel gelandet sind, mussten ihr Leben lassen. Die anderen, die es rechtzeitig gespürt haben, haben überlebt.«

»Alle?«, fragte Amy ungläubig.

Jeff zuckte die Schultern. »Sieh mal her.« Mit einer raschen Bewegung riss er einen Plastikknopf von einer seiner Brusttaschen ab und warf ihn ins Dickicht.

Eine schnelle Bewegung, wie ein Sprung, ein grüner Blitz

»Siehst du, wie schnell sie ist?«, fragte er. Irgendwie klang er sehr zufrieden, als wäre er stolz auf die Fähigkeiten der Pflanze. »Stellt euch vor, das wäre ein Vogel gewesen. Oder eine Fliege. Die hätten keine Chance.«

Keiner antwortete, alle starrten nur stumm auf das sie umgebende Grün, als erwarteten sie, dass es sich gleich wieder bewegte. Stacy dachte an die lange Ranke, die über die Lichtung gekrochen war, an das schmatzende Geräusch, mit dem sie das Erbrochene getrunken hatte. Dann merkte sie plötzlich, dass sie die Luft anhielt. Ihr war schon schwindlig, und sie musste sich ermahnen, wieder zu atmen ... ein ... und aus.

Jeff riss auch den Knopf von der anderen Brusttasche ab und warf ihn ebenfalls ins Dickicht. Wieder zuckte der grüne Blitz auf. »Aber jetzt kommt das wirklich Erstaunliche«, verkündete er, fasste an seinen Kragen, riss einen dritten Knopf ab und warf ihn ebenfalls ins Pflanzenmeer.

Nichts geschah.

»Seht ihr?« Er lächelte. Wieder dieser seltsame Stolz, er konnte einfach nicht anders. »Die Pflanze ist *lernfähig*«, erklärte er. »Sie *denkt.*«

»Was redest du denn da?«, fragte Amy und klang dabei, als wäre sie beleidigt. Oder vielleicht erschrocken – jedenfalls hatte ihre Stimme einen scharfen Unterton.

»Sie hat mein Schild umgeworfen.«

»Willst du damit sagen, sie kann lesen?«

»Ich will sagen, dass sie wusste, was ich vorhabe. Sie wusste, wenn sie uns töten will – und vielleicht auch noch andere, die hier herkommen –, dann muss sie das Schild entfernen. Genau wie dieses hier.« Er trat gegen die Metallpfanne mit dem eingeritzten Wort.

Amy lachte. Doch niemand schloss sich an. Stacy hatte zwar alles gehört, was Jeff erklärt hatte, aber sie war ihm nicht gefolgt, sie begriff nicht, dass er es wörtlich meinte. *Pflanzen wachsen zum Licht,* dachte sie. Erstaunlicherweise erinnerte sie sich sogar an den Fachausdruck für diesen Reflex – ein schneller Blick zurück in ihre Highschoolzeit, der Geruch von Kreidestaub und Formaldehyd im Biologieunterricht, klebrige, trockene Kaugummireste unter dem Tisch. Dann stieg eine kleine Blase zur Oberfläche ihres Bewusstseins auf und platzte: *Fototropismus.* Blumen öffnen sich am Morgen und schließen sich abends, Wurzeln wachsen zum Wasser hin. Das war merkwürdig und irgendwie unheimlich, aber es war ganz sicher nicht das Gleiche wie die Fähigkeit zu denken.

»Das ist doch absurd«, sagte Amy. »Pflanzen haben kein Gehirn, sie können nicht denken.«

»Diese Ranke wächst beinahe überall, oder nicht? Auf allem Organischen.« Jeff deutete auf seine Jeans mit ihrem dünnen grünen Flaum.

Amy nickte.

»Warum war dann auf dem Seil nichts zu sehen?«, fragte Jeff.

»Auf dem Seil war die Pflanze auch. Deshalb ist es doch gerissen. Die Ranke ...«

»Aber warum war das Seil überhaupt noch da? Die Pflanze hat in einer Nacht das Fleisch von Pablos Beinen gerissen. Warum hat sie dann das Seil nicht schon längst weggeputzt?«

Amy sah ihn stirnrunzelnd an. Offenbar fiel ihr darauf keine Antwort ein.

»Es war eine Falle«, beantwortete Jeff seine eigene Frage. »Begreift ihr das denn nicht? Sie hat das Seil als Köder da hängen lassen, denn wenn jemand hierherkommt, steigt er früher oder später in die Grube. Und dann verbrennt die Ranke das Seil, bis es reißt, und ...«

Ungeduldig warf Amy die Hände in die Luft. »Wir sprechen hier von einer Pflanze, Jeff! Pflanzen haben kein Bewusstsein. Sie können nicht ...«

»Hier«, unterbrach Jeff sie, griff in die Hosentaschen, leerte eine nach der anderen aus. Vier Reisepässe, zwei Brillen, ein paar Eheringe, Ohrschmuck, eine Halskette fielen auf die Erde. »Sie sind alle tot. Das hier ist das Einzige, was von ihnen noch übrig ist. Und die Knochen. Und ich sage euch, das hat die Pflanze getan. Sie hat diese Menschen umgebracht. Und in diesem Moment, während wir hier stehen und reden, plant sie, auch uns umzubringen.«

Amy schüttelte heftig den Kopf. »Nicht die Ranke hat sie umgebracht. Das waren die Mayas. Die Leute haben versucht zu fliehen, und die Mayas haben sie erschossen. Die Pflanze hat sich nur über ihre Leichen hergemacht. Hier sind keine bewussten Gedanken im Spiel. Keine …«

»Schau dich doch mal um, Amy.«

Amy tat es. Alle spähten umher, sogar Eric. Amy hob die Hände. »Was?«

Jeff überquerte die Lichtung, trat ins Dickicht. Nach ein paar Schritten erreichte er einen der sonderbaren hüfthohen Pflanzenhügel, kauerte sich daneben und begann an den Ranken zu zerren. *Er wird sich verbrennen,* dachte Stacy. Aber sie konnte sehen, dass ihm das vollkommen gleichgültig war. Nach einer Weile, konnte sie gelblich-weiße Stellen unter der grünen Masse erkennen. *Steine,* dachte sie, aber noch während sich das Wort in ihrem Kopf formte, wusste sie bereits, dass es nicht stimmte. Im selben Moment griff Jeff ins Zentrum des Hügels, zog etwas ungefähr Kugelförmiges heraus und hielt es ihnen entgegen. Stacy wollte es nicht sehen, das war die einzige Erklärung dafür, dass sie es so lange nicht erkannte. Denn es war leicht zu identifizieren, das grinsende Halloween-Bild, die Piratenflagge, die von Jeffs Arm wehte – Hamlets armer Yorick, ein Bursche von unendlichem Humor. Jeff streckte ihnen den Schädel entgegen. Stacy musste das Wort im Kopf wiederholen, ehe sie es aufnehmen und glauben konnte. *Das ist ein Schädel, ein Schädel, ein Schädel …*

Dann zeigte Jeff zur anderen Seite des Hügels, und alle wandten sich dorthin. Tatsächlich, es gab überall solche Pflanzenhöcker. Stacy begann sie zu zählen. Als sie bei neun ankam, war sie noch lange nicht am Ende, aber sie hörte lieber auf.

»Die Pflanze hat alle diese Leute umgebracht«, verkündete Jeff. »Die Pflanze, nicht die Mayas. Sie hat einen nach dem anderen getötet.«

Inzwischen war sogar Eric endlich stehen geblieben. »Wir müssen fliehen«, sagte er.

Alle starrten ihn an. Vor lauter Nervosität und Angst zuckte seine Hand, als hätte er sie irgendwo eingeklemmt und wollte den Schmerz abschütteln.

»Wir könnten Schilde basteln. Vielleicht auch Speere und damit die Mayas angreifen. Wenn wir uns alle zusammentun, haben wir vielleicht eine Chance ...«

Beinahe verächtlich unterbrach Jeff seinen Redeschwall. »Die Mayas haben Gewehre«, sagte er. »Mindestens zwei, vielleicht auch mehr. Und wir sind nur zu fünft. Und wie viele Meilen trennen uns von der Freiheit? Dreizehn? Und Pablo ...«

Eric ging immer schneller. »Aber wir können doch nicht tatenlos hier rumsitzen!«, schrie er.

»Eric ...«

»Das Ding ist in mir drin!«

Jeff schüttelte heftig den Kopf. Seine Stimme klang fest, fast erschreckend fest. »Das ist nicht wahr. Vielleicht fühlt es sich so an, aber es stimmt nicht. Das verspreche ich dir.«

Natürlich gab es für Eric keinen vernünftigen Grund, ihm zu glauben. Jeff behauptete es einfach – das begriff sogar Stacy. Trotzdem schien es zu funktionieren. Sie sah, wie Eric sich ihm fügte, sah, wie die Anspannung aus seinen Muskeln wich Langsam sank er zu Boden, schlang die Arme um die Knie und schloss die Augen. Aber Stacy war sicher, dass es nicht anhalten würde und dass er bald genug wieder über die Lichtung tigern würde. Denn kaum hatte Jeff sich abgewandt – in der Überzeugung, ein Problem gelöst zu haben und sich dem nächsten zuwenden zu können –, sah sie, wie Erics Hand sich wieder zu der Wunde an seinem Schienbein bewegte und die leichte Schwellung dort abtastete.

Alle tranken einen Schluck Wasser, ließen, im Kreis neben Pablos Schutzdach sitzend, die Plastikkanne von Hand zu Hand gehen. Amy dachte nicht mehr an ihren Schwur in der letzten Nacht – dass sie ihren mitternächtlichen Diebstahl beichten und ihre Morgenration nicht beanspruchen würde –, sondern trank den ihr zugeteilten Schluck ohne das geringste Schuldgefühl. Sie war viel zu durstig, um etwas anderes zu tun, zu sehr darauf bedacht, den sauren Geschmack des Erbrochenen aus dem Mund zu waschen.

Die Griechen kommen, sagte sie sich immer wieder und stellte sich vor, wie sie mit jeder Sekunde näher rückten, wie die beiden jungen Männer in der Busstation von Cancún lachten und herumtollten und die Tickets kauften, auf die ihre Namen gedruckt waren – Juan und Don Quixote –, wie sie sich darüber freuten, sich gegenseitig auf die Schulter klopften und auf ihre typische Art angrinsten. Dann die Busfahrt, der Kampf um ein Taxi, die lange Wanderung durch den Dschungel bis zur ersten Lichtung. Das Maya-Dorf würden sie links liegenlassen, da war Amy sicher – sie wussten es besser –, sie würden den zweiten Pfad problemlos finden und im Weitermarschieren vielleicht sogar singen. Amy malte sich ihre erstaunten Gesichter aus, wenn sie unter den Bäumen hervorkamen und den rankenbedeckten Hügel entdeckten, an dessen Fuß Jeff, Stacy oder Eric stand und Wache hielt, ihnen zuwinkte, sie auf die Gefahr hinwies und die Notlage deutlich machte. Und die Griechen würden es verstehen, sie würden auf der Stelle umkehren, in den Dschungel zurücklaufen und Hilfe holen. Doch das würde erst in ein paar Stunden geschehen, das wusste Amy. Es war ja immer noch so früh. Wahrscheinlich waren Juan und Don Quixote noch nicht mal bei der Busstation angekommen, vielleicht lagen sie sogar noch in den Federn. Aber sie würden kommen. Sie konnte keinen anderen Gedanken zulassen. Es spielte keine Rolle, ob diese seltsame Pflanze böse war, ob sie, wie Jeff behauptete, denken konnte und auf ihre Vernichtung sann, nein, die Griechen würden kommen und sie befreien. Jeden Augenblick konnten sie aus den Betten steigen, duschen, frühstücken, Pablos Karte studieren …

Auf Jeffs Anweisung hatten alle ihre Rucksäcke geleert, um eine Bestandsaufnahme ihrer Nahrungsmittel zu machen.

Stacy brachte den Proviant, den sie und Eric dabei hatten: Zwei vergammelte Bananen, eine kleine Flasche Wasser, eine Tüte Salzbrezeln, eine kleine Dose Nüsse.

Amy öffnete Jeffs Rucksack, zog zwei Flaschen Eistee heraus, zwei Müsliriegel, eine Schachtel Rosinen und eine Plastiktüte mit Trauben, die schon ziemlich braun waren.

Matthias brachte eine Orange, eine Dose Cola und ein durchweichtes Thunfischsandwich.

Natürlich waren sie alle hungrig und hätten mühelos alles auf einmal verputzen können, ohne sich auch nur annähernd satt zu fühlen. Aber das ließ Jeff nicht zu. Stirnrunzelnd kauerte er über den spärlichen Nahrungsmitteln, als könnte er sie vermehren, wenn er sich nur richtig konzentrierte, und auf wundersame Weise genug Essen für alle produzieren, damit sie davon leben konnten, solange es nötig war.

Solange es nötig war. Genau so objektiv und sachlich würde er es auch ausdrücken, das wusste Amy, und sie spürte, wie sie wütend auf ihn wurde. Heute Nachmittag würden die Griechen kommen! Warum wollte Jeff das denn einfach nicht wahrhaben? Sie würden eine Möglichkeit finden, die beiden zu warnen und zurückzuschicken, damit sie Hilfe holen konnten. Gegen Abend würde Rettung nahen. Vollkommen unnötig, das Essen zu rationieren. Das war Panikmache und total übertrieben. Später würden sie Jeff deswegen necken, würden nachmachen, wie er das Thunfischsandwich ausgepackt und es mit dem Messer sorgsam in fünf gleiche Teile geschnitten hatte. Dieses Szenario ließ Amy sich eine Weile durch den Kopf gehen – wie sie alle am Strand von Cancún saßen und über Jeff lachten. Sie würde den Zeigefinger zwei Zentimeter über den Daumen halten, um allen zu zeigen, wie klein die Rationen gewesen waren, wie absurd – ja, genau, nicht größer als ein Cracker. Man konnte alles auf einen Happs vertilgen. Und das machte sie jetzt auch. Während sie sich mit einer noch schöneren Zukunftsszene beschäftigte – wie sie morgen geduscht und ausgeruht auf ihren bunten Badetüchern am Strand lagen –, öffnete sie den Mund, steckte ihr Häppchen hinein, kaute ein paar Mal, schluckte, und weg war es.

Die anderen zögerten, bissen winzige Mausestückchen ab, und sofort tat es Amy leid, dass sie schon alles verschlungen hatte. Warum hatte sie nicht daran gedacht? Warum hatte sie den Genuss nicht ausgedehnt, warum hatte sie dieses Häppchen, das man vernünftigerweise nicht mal als Snack bezeichnen konnte, nicht zu etwas hochstilisiert, was einer Mahlzeit wenigstens ein bisschen ähnelte? Sie wollte ihre Ration zurückhaben, wollte eine neue, damit sie sie sich langsam, Stück für Stück, einverleiben konnte. Aber es war alles weg, war unwiederbringlich in ihrem Magen gelandet, und jetzt blieb ihr nichts anderes übrig als den anderen zuzusehen, wie sie knabberten und schnupperten und sich jeden winzigen Bissen auf der Zunge zergehen ließen. Auf einmal hatte sie das Bedürfnis zu weinen – nein, eigentlich hatte sie das schon den ganzen Vormittag, vielleicht schon die ganze Zeit, seit sie auf diesem Hügel waren, nur war es jetzt viel stärker. Sie hatte das Gefühl, hilflos im tiefen Wasser herumzurudern, während sie die ganze Zeit so tat, als wäre alles in Butter, und diese Lüge zog sie immer weiter in die Tiefe, dieses ganze Zappeln und Theaterspielen, und sie wusste nicht, wie lange sie es noch aushalten konnte. Sie brauchte mehr zu essen, mehr zu trinken, sie wollte nach Hause, sie wünschte, Pablo würde nicht in diesem grässlichen Zustand unter dem blöden Schutzdach liegen. Aber keiner ihrer Wünsche ließ sich erfüllen, deshalb ruderte sie weiter und spielte weiter Theater, obwohl sie genau wusste, dass es jeden Moment zu viel für sie werden konnte. Und dann würde sie aufhören zu zappeln und sich etwas vorzulügen und einfach ertrinken.

Sie ließen die Plastikkanne herumgehen, und jeder nahm noch einen Schluck, um das Essen hinunterzuspülen.

»Was ist mit Pablo?«, fragte Matthias.

Jeff warf einen Blick zum Schutzdach hinüber. »Ich bezweifle, dass er etwas zu sich nehmen kann.«

Aber Matthias schüttelte den Kopf. »Nein, ich meine nicht das Essen, ich meine seinen Rucksack.«

Sie sahen sich auf der Lichtung danach um. Der Rucksack lag neben Jeff, der ihn gleich öffnete, drei Flaschen Tequila daraus hervorzog, den Rucksack umdrehte und ausschüttelte. Eine Handvoll winziger Plastikpäckchen kam herausgepurzelt. Cracker! Stacy lachte, Amy stimmte ein. Irgendwie tat es ihr gut, so etwas Normales zu sehen. Ihr Kopf wurde ein wenig klarer, ihr Herz war nicht mehr ganz so schwer. Drei Flaschen Tequila – was hatte sich Pablo bloß dabei gedacht? Was hatte er sich vorgestellt, wo sie hinwollten? Am liebsten hätte Amy weitergelacht, den Moment auf die gleiche Weise verlängert, wie die anderen ihre klägliche Portion Thunfischsandwich verlängert hatten, aber sie schaffte es nicht. Als Stacy aufhörte, konnte sie nicht allein weiterlachen. Sie verstummte und beobachtete schweigend, wie Jeff die Flaschen wieder in den Rucksack stopfte, bevor er die Cracker zu ihrem kleinen Nahrungsmittelvorrat legte. Sie sah ihm an, wie er im Kopf kalkulierte und einen Plan entwarf, was sie wann essen durften. Zuerst vermutlich die verderblichen Sachen, Bananen, Trauben und Orange, natürlich häppchenweise rationiert. In ihrem Mund vermischte sich der Thunfisch mit dem Nachgeschmack des Erbrochenen. Sie hatte Magenschmerzen, fühlte sich seltsam gebläht und hatte trotzdem Hunger. Was Jeff ihnen zugeteilt hatte, war einfach zu wenig, das war doch offensichtlich. Er musste ihnen noch etwas geben – wenigstens einen Cracker oder eine Handvoll Trauben.

Amy blickte in die Runde. Abgesehen von Eric, der nach wie vor auf der Lichtung hin und her humpelte und in unregelmäßigen Abständen sein Bein untersuchte, hatten alle einen lockeren Kreis gebildet. Matthias sah Jeff zu, wie er die Vorräte verwaltete, Stacy war noch mit dem letzten mageren Rest Sandwich beschäftigt, auf dem sie lange und mit geschlossenen Augen herumkaute. Aber die Griechen würden kommen – bestimmt schon in wenigen Stunden –, da war diese Art der Rationierung doch lächerlich! Einer musste endlich die Wahrheit aussprechen. Aber plötzlich wurde ihr klar, dass keiner der anderen dazu bereit war. Nein, wie gewöhnlich würde sie diese Rolle übernehmen müssen: Die Nörglerin, die ewig Unzufriedene, die Meckertante.

»Am besten geht bald einer von uns runter und hält nach den Griechen Ausschau«, sagte Jeff. »Und ich denke, wir sollten eine Latrine ausheben – am besten jetzt gleich, bevor die Sonne noch höher steigt. Und ...«

»Soll das etwa alles sein, was wir kriegen?«, unterbrach ihn Amy.

Jeff hob den Kopf und sah sie verständnislos an. Offenbar wusste er nicht, was sie meinte.

Sie deutete auf den Lebensmittelstapel. »Zu essen, meine ich«, erklärte sie.

Er nickte nur. Weiter nichts, nur ein kurzes Nicken. Anscheinend hatte ihre Frage nicht mal eine richtige Antwort verdient. Keine Diskussion, keine Debatte. Amy sah die anderen an, weil sie von ihnen Unterstützung erwartete, aber sie benahmen sich, als hätten sie ihren Vorstoß nicht gehört. Einen Moment zögerte Jeff, weil er nicht sicher war, ob Amy noch etwas sagen wollte. Aber sie war fertig, wandte sich achselzuckend ab und unterwarf sich dem Willen der Mehrheit. In dieser Hinsicht war sie ein Feigling, das wusste sie. Nörgeln und schmollen konnte sie gut, aber Rebellion war nicht ihre Sache.

»Matthias und ich übernehmen das Graben«, verkündete Jeff. »Eric ruht sich wahrscheinlich am besten ein bisschen aus – im Zelt, nicht in der Sonne. Das bedeutet, eine von euch beiden muss runter und Ausschau halten, die andere bleibt bei Pablo.« Beim letzten Satz sah er Amy und Stacy an.

Aber Stacy kriegte ganz offensichtlich nichts davon mit; sie hatte die Augen immer noch geschlossen und genoss den letzten Hauch Thunfisch. Amy kämpfte schon seit dem Aufwachen mit ihrer vollen Blase, denn sie wollte nicht noch einmal in die Flasche pinkeln und hoffte, dass sie sich in einem unbeobachteten Augenblick davonschleichen und irgendwo auf die Erde pinkeln konnte. Jetzt sah sie ihre Chance – ohne darüber nachzudenken, wie es sein würde, wenn sie ganz allein am Fuß des Hügels den Mayas gegenüberstand. Sie stellte sich nur vor, wie angenehm es sein würde, wenn sie sich außer Sichtweite auf den Weg kauerte, die Jeans auf den Knöcheln, während sich unter ihr eine Pfütze ausbreitete.

»Ich gehe!«, sagte sie rasch.

Jeff nickte zustimmend. »Aber vergiss deinen Hut nicht. Und die Sonnenbrille. Und lauf bitte nicht unnötig herum, sonst bekommst du Durst. Wir sollten ein paar Stunden verstreichen lassen, ehe wir uns die nächste Wasserration genehmigen.«

Damit war Amy anscheinend entlassen, also erhob sie sich, setzte Hut und Sonnenbrille auf, hängte sich den Fotoapparat um den Hals und machte sich, in Gedanken immer noch mit der wohltuenden Aussicht beschäftigt, dass sie bald in Ruhe pinkeln durfte, auf den Weg. Aber als sie auf der anderen Seite der Lichtung angelangt war, hörte sie plötzlich Jeffs Stimme: »Amy!«

Sie drehte sich um. Er war aufgestanden und kam auf sie zugetrabt. Bei ihr angekommen, legte er ihr die Hand auf den Ellbogen und sagte leise: »Wenn du eine Chance hast zu fliehen, dann überleg nicht lange. Lauf einfach los.«

Amy antwortete nicht. Was für eine absurde Idee. Warum sollte sie so ein absolut sinnloses Risiko eingehen? Sie würde nicht abhauen, wozu denn, die Griechen waren doch unterwegs zu ihnen. Wahrscheinlich wachten sie gerade in diesem Moment auf, duschten, packten ihren Rucksack.

»Du musst es bloß in den Dschungel schaffen – nur ein kleines Stück. Dort wirfst du dich auf den Boden. Das Gestrüpp ist dicht genug, dass man dich höchstwahrscheinlich nicht findet. Warte eine Weile und versuch dich dann nach Cobá durchzuschlagen. Aber sei vorsichtig. Sobald du dich bewegst, besteht die Möglichkeit, dass du entdeckt wirst.«

»Ich hab nicht vor wegzulaufen, Jeff.«

»Ich sag ja nur, wenn sich die Gelegenheit bietet …«

»Die Griechen kommen. Warum sollte ich abhauen?«

Jetzt schwieg Jeff und musterte sie mit ausdruckslosem Gesicht.

»Du benimmst dich, als hätten wir keine Hilfe zu erwarten. Du lässt uns nicht ordentlich essen und trinken und …«

»Wir wissen ja auch nicht, ob die Griechen wirklich kommen.«

»Natürlich kommen sie.«

»Und wenn sie tatsächlich auftauchen, wissen wir noch lange nicht, ob sie nicht auch hier auf dem Hügel landen wie wir.«

Amy schüttelte entschieden den Kopf. Wieso klammerte sich Jeff an diesen ganzen Unsinn? »Aber das würde ich ja nicht zulassen.«

Wieder schwieg Jeff, mit leicht gerunzelter Stirn.

»Ich werde dafür sorgen, dass sie wegbleiben und Hilfe holen«, versicherte Amy.

Aber Jeff sah sie nur lange schweigend an, und sie begriff, dass er sich überlegte, noch etwas dazu zu sagen, den Gedanken wieder verwarf, ihn wieder aufnahm und erneut zögerte. Als er endlich etwas sagte, war seine Stimme noch leiser als vorhin, fast nur noch ein Flüstern. »Die Sache ist ernst, Amy. Das weißt du doch, oder?«

»Ja«, antwortete sie fest.

»Wenn wir einfach nur warten müssten, würde ich darin kein Problem sehen. Vielleicht würde es anstrengend werden, aber ich bin ziemlich sicher, dass wir es schaffen würden. Pablo vielleicht nicht, aber wir übrigen schon. Früher oder später würde jemand kommen – wir müssten es nur bis dahin irgendwie aushalten. Und dazu sind wir alle fähig. Natürlich wären wir hungrig und durstig, vielleicht würde Erics Knie sich entzünden, aber zu guter Letzt wäre alles wieder in Ordnung, meinst du nicht?«

Sie nickte.

»Aber es geht nicht mehr nur darum zu warten.«

Amy reagierte nicht. Sie wusste, was er damit andeuten wollte, konnte sich aber nicht dazu bringen, es zu akzeptieren.

Doch Jeff sah sie weiter an und zwang sie schließlich, Blickkontakt mit ihm aufzunehmen. »Du verstehst doch, was ich meine, ja?«

»Ja, du meinst die Pflanze.«

Er nickte. »Sie wird versuchen, uns zu töten. Wie die ganzen anderen Menschen. Und je länger wir hier bleiben, desto besser werden ihre Chancen.«

Amy starrte über die Lichtung. Sie hatte gesehen, wozu diese Pflanze fähig war. Sie hatte gesehen, wie sie sich über die Lichtung geschlängelt hatte, um ihr Erbrochenes aufzusaugen. Sie hatte Pablos Beine gesehen. Doch weil das alles den Naturgesetzen widersprach, an die sie nach wie vor unverbrüchlich glaubte, wollte sie es einfach nicht wahrhaben. Sicher, es waren seltsame und grausige Dinge geschehen, vor ihren eigenen Augen, aber trotzdem zweifelte sie weiter daran. Wenn sie sich jetzt die

Pflanze ansah, die sich mit ihren dunkelgrünen Blättern und blutroten Blüten über den Hügel rankte, konnte sie einfach keine Angst vor ihr empfinden. Vor den Mayas mit ihren Bogen und Pfeilen fürchtete sie sich, und sie hatte auch Angst, nicht genug zu essen und zu trinken zu bekommen. Aber in ihrem Kopf blieb die Ranke einfach eine Pflanze, und die fand sie einfach nicht so bedrohlich, wie es vielleicht angemessen gewesen wäre. Sie konnte nicht glauben, dass eine Pflanze darauf aus war, sie zu töten.

So klammerte sie sich auch jetzt wieder an ihren Rettungsanker, ihren Rest Sicherheit. »Die Griechen werden garantiert bald kommen«, sagte sie.

Jeff seufzte, und Amy wusste, dass er von ihr enttäuscht war, dass sie seine Erwartungen wieder einmal nicht erfüllt hatte. Aber sie konnte nicht anders, sie konnte nicht besser oder mutiger oder klüger sein, als sie war, und jetzt sah sie auch, dass er dasselbe dachte. Und dass er resignierte. Seine Hand löste sich von ihrem Ellbogen.

»Sei vorsichtig, okay?«, sagte er. »Pass gut auf. Wenn irgendwas passiert, dann schrei, so laut du kannst, dann kommen wir sofort.«

Mit diesen Abschiedsworten entließ er sie, und sie machte sich auf den Weg den Hügel hinunter.

Eric war in das orangefarbene Zelt zurückgegangen. Zwar wusste er instinktiv, dass es absolut nicht der beste Aufenthaltsort für ihn war, aber er konnte sich einfach nicht aufraffen, wieder hinauszugehen. Obwohl unter seiner passiven Trägheit die Panik lauerte, fühlte er sich wie gelähmt. Er saß in der Falle, er hatte die Kontrolle verloren, und im Zelt zu liegen, machte alles nur noch schlimmer. Aber Jeff hatte ihm doch gesagt, er solle in den Schatten gehen und versuchen, sich auszuruhen.

Obwohl er selbst überhaupt nicht damit einverstanden war.
Es wurde heiß, die Sonne kletterte unerbittlich immer weiter am Himmel empor und brannte auf das orangefarbene Nylon des Zelts, bis der Stoff selbst Licht und Hitze auszustrahlen schien, statt sie zu filtern. Eric lag auf dem Rücken, verschwitzt, mit fettigen Haaren, und versuchte, sich auf seine Atmung zu konzentrieren. Er atmete zu schnell, zu flach, aber er hoffte, wenn er sich ein wenig beruhigte, seinen Atem vertiefte und seine Lungen ordentlich mit Luft füllte, würde alles andere schon nachfolgen, und sobald sein Herz aufhörte zu rasen, würden es vielleicht auch seine Gedanken tun. Denn die waren im Moment das Hauptproblem – sie bewegten sich viel zu schnell, rasten, hüpften, tanzten. Er wusste, dass er kurz davor war, hysterisch zu werden oder die Grenze zur Hysterie vielleicht sogar schon überschritten hatte. Eine Panikattacke, aus der er keinen Ausweg fand. Sein Atem, sein Herz, seine Gedanken, über alles hatte er auf unerklärliche Weise die Kontrolle verloren.
Immer wieder setzte er sich auf, inspizierte sein verletztes Bein und drückte mit dem Finger auf dem geschwollenen Gewebe herum. Die Ranke war in seinem Körper. Matthias hatte ein Stück herausgeschnitten, aber sie war immer noch da. Eric fühlte es, er war sich ganz sicher, aber die anderen wollten nicht auf ihn hören. Sie ignorierten ihn, nahmen ihn nicht ernst. Dabei begann die Ranke schon in ihm zu wachsen, zu wachsen und zu fressen, und wenn sie fertig war, dann würde Eric aussehen wie Pablo – kein Fleisch mehr auf den Knochen. Er und der Grieche würden diesen Hügel nicht lebend verlassen, sie würden enden wie die anderen unter den Pflanzenhöckern, die sich überall auf dem Hügel ausbreiteten.
Im Zelt war es passiert, warum war er dann wieder hierhergekommen? Jeff war schuld daran, er hatte gesagt, Eric solle sich hier hinlegen und ausruhen. Als wäre das möglich. Jeff hatte das so-

wieso nur gesagt, weil er Eric nicht glaubte. Ein paar Sekunden hatte er Erics Knie angeschaut, aber er hatte nichts begriffen, gar nichts, er hatte ja nicht mal richtig hingesehen. Vielleicht konnte er es ja auch gar nicht sehen, egal, wie lange er das Knie anstarrte, vielleicht war das das Problem. Eric kannte die Wahrheit, weil er sie fühlte. In seinem Bein stimmte etwas nicht, da bewegte sich etwas, was nicht zu ihm gehörte, ein bösartiger Fremdkörper. Eric wünschte, er könnte es sehen, wünschte, dass auch Jeff und die anderen es sehen könnten. Alles wäre schon viel besser, wenn sie es nur sehen könnten. Es war nicht gut, dass er hier im Zelt lag, hier, wo es passiert war und wo es jederzeit noch einmal passieren konnte. Und es war auch nicht gut für ihn, allein zu sein.
Zu seiner eigenen Überraschung stand er schließlich doch auf, humpelte zur Zeltklappe, bückte sich und trat nach draußen ins grelle Sonnenlicht. Stacy hockte im Schneidersitz neben Pablos Schutzdach und hielt eine Art Sonnenschirm über sich, den jemand aus den Überresten des anderen Zelts zusammengeschustert hatte. Sie saß ein bisschen schräg, um zwar auf Pablo aufpassen zu können, ihn aber nicht direkt ansehen zu müssen. Keiner wollte den Griechen mehr anschauen, was nicht schwer zu verstehen war – Eric legte auch keinen gesteigerten Wert darauf. Allerdings machte es ihm ein bisschen Sorgen, dass die anderen ihn ebenfalls zunehmend in diese Unsichtbarkeitszone abzuschieben schienen. Selbst jetzt, als er sich neben Stacy auf den Boden sinken ließ, hielt Stacy den Blick abgewandt.
Eric griff nach ihrer Hand; sie wehrte sich nicht, aber ihre Muskeln blieben schlaff und reglos, sodass es sich anfühlte, als hielte er einen leeren Handschuh fest. Eine Weile saßen sie so schweigend da, und in diesen wenigen Minuten hätte Eric es beinahe geschafft, eine Art Frieden zu finden. Sie waren einfach nur zwei Menschen, die sich nebeneinander in der Sonne ausruhten. Was war daran auszusetzen? Aber der Friede und die Gelassenheit waren leider

nicht von Dauer, sie lösten sich so plötzlich auf, als wären sie aus Glas, zerplatzten wie Seifenblasen, und plötzlich klopfte ihm das Herz wieder bis zum Hals. Er spürte, wie er anfing zu schwitzen, und seine Hand, die Stacys festhielt, wurde feucht. Sofort stellte sich auch wieder der Drang ein, aufzustehen und herumzulaufen. Er hörte Pablos Atem, feucht, ungesund mühsam, ein Geräusch, als würde jemand eine Blechdose zersägen, und er riskierte einen kurzen Blick in seine Richtung – was er umgehend bereute. Pablos Gesicht hatte eine seltsame graue Färbung angenommen, seine Augen waren geschlossen und lagen tief in den Höhlen. Aus seinem Mundwinkel rann eine dunkle Flüssigkeit, Erbrochenes, Galle oder Blut, das konnte Eric nicht erkennen. *Jemand sollte ihn abwischen,* dachte er, machte aber keine Anstalten, es selbst zu tun. Und unter dem Schlafsack waren Pablos Beine, beziehungsweise das, was von ihnen noch übrig war, die Knochen, die Blutklumpen, die gelblichen Sehnen. Eric wusste, dass der Grieche nicht überleben konnte, er wusste, dass Pablo sterben musste, und wünschte nur, es würde bald geschehen, am besten gleich – *es wäre eine Gnade, eine Erlösung.* Die ganzen Lügen, die Menschen im Zusammenhang mit dem Tod von sich gaben, um sich zu trösten und ihre Trauer zusammen mit dem toten Körper zu verscharren, all diese Lügen wurden hier plötzlich Wahrheit. *Stirb,* befahl Eric ihm im Stillen. *Tu es, jetzt, stirb einfach.* Und die ganze Zeit – ja, *unerbittlich, unaufhaltsam* – nahm der Atem des Griechen seinen unregelmäßigen Lauf.

Von fern hörte Eric das leise Gemurmel von Jeff und Matthias, aber er konnte nicht verstehen, was sie sagten. Sie waren außer Sichtweite, ein Stück bergab, wo sie die Latrine aushoben.

Er drückte Stacys Hand; seine Freundin hatte ihn noch immer nicht angesehen. »Also …«, begann er zögernd, unsicher, ob es der richtige Weg war, »da war dieser Typ, und in seinem Körper hatte sich eine Ranke eingenistet.«

Schweigen. *Sie wird mir nicht antworten,* dachte er. Aber er hatte sich geirrt. »Wir haben sie herausgeholt«, erwiderte sie mit leiser Stimme. Eric musste sich zu ihr beugen, um sie zu hören.
»Du musst ›aber‹ sagen.«
Stacy schüttelte den Kopf. »Ich spiele nicht, ich sage dir nur, dass Matthias die Ranke rausgeschnitten hat. Sie ist nicht mehr in dir drin.«
»Aber ich kann sie noch spüren.«
Jetzt sah sie ihn endlich an. »Nur weil du sie spüren kannst, heißt das noch lange nicht, dass sie da ist.«
»Aber was, wenn ich recht habe?«
»Dann können wir nichts dagegen machen.«
»Dann gibst du also zu, dass es sein könnte?«
»Nein, das hab ich nicht gesagt.«
»Aber ich *spüre* sie, Stacy.«
»Ich sage dir, ganz egal, was stimmt, wir müssen es abwarten.«
»Dann werde ich enden wie Pablo.«
»Hör auf damit, Eric.«
»Aber sie ist in mir drin – in meinem Blut. Ich spüre sie in meiner Brust.«
»Bitte hör auf.«
»Dann werde ich hier sterben.«
»*Eric.*«
Er verstummte, erschrocken über den Bruch in ihrer Stimme. Sie weinte. Wann hatte sie angefangen zu weinen?
»Bitte hör auf damit, Schatz«, sagte sie. »Geht das? Schaffst du es, dich zu beruhigen?« Mit dem Handrücken wischte sie sich übers Gesicht. »Ich halte es nicht aus, du musst dich bitte beruhigen.«
Eric schwieg. *In meiner Brust* – woher war das gekommen? Er hatte es nicht gewusst, bis die Worte aus seinem Mund waren, aber es stimmte. Er fühlte die Ranke in seiner Brust, ein leichter,

aber eindeutiger Druck an den unteren Rippenbögen, ein Druck nach außen.

Stacy entzog ihm ihre Hand, stand auf und ging ein Stück über die Lichtung. Dort beugte sie sich über Pablos Rucksack, wühlte eine Weile darin herum, zog schließlich eine Flasche heraus und kam mit ihr zurück. Unterwegs schraubte sie den Verschluss ab. »Hier«, sagte sie und hielt ihm den Tequila hin.

Eric nahm ihn nicht. »Jeff hat gesagt, wir sollen nicht trinken.«

»Jeff ist aber nicht da, oder?«

Ohne sich zu rühren, beäugte Eric die Flasche mit der bernsteinfarbenen Flüssigkeit. Er konnte den Tequila riechen, fühlte seine Anziehungskraft, die sich unlogisch, aber unweigerlich mit einem wachsenden Durstgefühl vermengte. Schließlich streckte er die Hand aus und nahm Stacy die Flasche ab. Es war die, aus der sie am gestrigen Nachmittag, nach dem Marsch durch das schlammige Feld auch getrunken hatten – die Erinnerung war wie aus einer anderen Welt, bevölkert von anderen Versionen ihrer selbst, unberührt, ahnungslos. Er dachte daran, wie Pablo vor ihnen gestanden, gelacht und ihnen die Flasche hingestreckt hatte, und mit diesem Bild im Kopf – mehr ein Traum als eine Erinnerung – legte Eric den Kopf in den Nacken und nahm einen großen Schluck. Einen zu großen Schluck genau genommen; er schnappte nach Luft, hustete, Tränen traten ihm in die Augen und verschleierten seinen Blick. Aber das Zeug war gut, es war genau das Richtige. Sobald er wieder Luft bekam, führte er die Flasche ein zweites Mal an die Lippen.

Seit gestern Morgen hatte er nichts gegessen außer dem winzigen Stück Thunfischsandwich, er war dehydriert und erschöpft. Innerhalb weniger Sekunden setzte die Wirkung des Alkohols ein, er fühlte sich angenehm schwach und konnte endlich wieder richtig atmen. Es geschah alles so schnell, wie ein Nadelstich in die Vene, und schon war er wie betäubt, seine Gedanken verschwam-

men im Nebel. Er wischte sich den Mund mit dem Unterarm ab und stellte überrascht fest, dass er angefangen hatte zu lachen.
Stacy stand immer noch vor ihm, den absurden Sonnenschirm gegen die Schulter gestützt, sodass Eric jetzt in den Schattenkreis einbezogen war. »Nicht zu viel«, warnte sie, und als er die Flasche zum nächsten Mal ansetzte, bückte sie sich rasch und nahm sie ihm weg.
Entschlossen drehte sie den Deckel zu und steckte die Flasche in Pablos Rucksack zurück. Dann setzte sie sich neben Eric und ließ ihn wieder ihre Hand halten. Der Tequila brannte in seiner Brust, seine Ohren dröhnten. *Vielleicht haben die anderen recht*, dachte er. *Vielleicht hab ich überreagiert*. Noch immer spürte er, wie sich etwas wurmartig in seinem Bein bewegte, noch immer war da der Druck in seiner Brust, aber jetzt, wo der Alkohol seine hyperaktiven Gedanken beruhigte, sah er, dass nichts davon mit der Ranke zu tun haben musste. Es war genauso gut möglich, dass er einfach Angst hatte und seinem Körper deshalb zu viel Beachtung schenkte. Wenn man sich anstrengte, fühlte man doch immer etwas Seltsames.
»Die miserable Missempfindung des Miesepeters«, sagte er, ohne zu wissen, warum ihm das plötzlich in den Kopf kam.
»Was?«, fragte Stacy.
Aber Eric schüttelte nur den Kopf und winkte ab. In Pablos Rucksack befanden sich drei Flaschen Tequila, und er bemühte sich, seine Gedanken auf die vor ihm liegenden Stunden zu richten und den Alkohol schlückchenweise einzuteilen. Eine Trostinfusion. Bald würden die Griechen hier sein und sie retten. Jetzt musste er einfach nur hier sitzen, abwarten, Stacys Hand halten, und in einer Weile konnte er sie wieder um die Flasche bitten. Auf diese Art, immer ein Schlückchen nach dem anderen, glaubte er, den kommenden Tag überstehen zu können.

Sie hatten keine Schaufel.

Aber Jeff fand einen scharfkantigen Stein, geformt wie eine Speerspitze, aber so groß, dass er sich hinknien, das Ding mit beiden Händen packen und so auf die trockene, harte Erde einhacken musste. Matthias machte sich mit einer der Zeltstangen ans Werk und hieb damit auf den Boden ein. Jedes Mal, wenn er mit dem Arm kräftig ausholte, gab er ein Grunzen von sich. Als sie auf diese Art genug Erde gelockert hatten, standen sie auf und kickten sie weg, machten ein paar Augenblicke Pause, schöpften Atem und wischten sich den Schweiß von der Stirn, bevor sie weiterschufteten.

Es war harte Arbeit, und es ging längst nicht so gut, wie Jeff es sich erhofft hatte. Er hatte eine genaue Vorstellung von der Grube im Kopf: einen Meter zwanzig tief, gerade breit genug, dass man sich mit einem Fuß auf jeder Seite darüber hocken konnte, die Wände exakt rechtwinklig in die Erde abfallend. Wahrscheinlich hatte Jeff eine entsprechende Beschreibung in einem Buch gelesen oder irgendwo ein Bild gesehen, aber fest stand, dass das, was Matthias und er hier produzierten, überhaupt nicht der Vorlage entsprach. Schon bei einer geringen Tiefe begannen die Wände der Latrine einzubrechen und zu bröckeln, sodass das Loch genauso schnell breiter wie tiefer wurde. Wenn es zweckmäßig schmal bleiben sollte, konnten sie es höchstens sechzig Zentimeter tief machen, was natürlich überhaupt nicht den angestrebten Zweck erfüllte. Eine so flache Latrine war überhaupt keine Latrine, und dann konnten sie sich genauso gut so behelfen, wie Jeff es heute Morgen getan hatte – sich zwischen die Ranken setzen und ein bisschen Erde über das Produkt werfen.

Bei diesem Gedanken wurde Jeff auf einmal klar, dass der Latrinenbau von Anfang an eine blöde Idee gewesen war. Sie brauchten keine Latrine! Hygiene war wirklich nicht ihr wichtigstes Problem, denn ganz gleich, was ihnen passierte, würden sie nicht mehr hier sein, wenn dieses Thema dringlich wurde. Entweder waren sie bis dahin gerettet worden – oder tot. Jeff und Matthias buddelten hier nicht, weil es sinnvoll war, sondern weil Jeff den Überblick verloren hatte, weil er nach etwas Konkretem suchte, an dem er sich festhalten konnte, nach etwas zu tun, irgendetwas, damit er nicht gezwungen war, hilflos dazusitzen und zu warten. Als ihm das klar wurde, hörte Jeff zu graben auf und setzte sich auf die Fersen zurück. Matthias folgte seinem Beispiel.

»Was machen wir hier eigentlich?«, fragte Jeff.

Matthias zuckte die Achseln. »Wir heben eine Latrine aus«, antwortete er mit einer vagen Handbewegung über den schlampigen Graben, den sie der harten Erde abgerungen hatten.

»Und hat das irgendeinen Sinn?«

Matthias schüttelte den Kopf. »Eigentlich nicht.«

Entschlossen warf Jeff seinen Stein in den Dreck und wischte sich die Hände an der Hose ab. Sofort begannen seine Handflächen zu brennen – der grüne Flaum wuchs wieder auf den Jeans. Das Zeug hatte sich bei allen breitgemacht, auf Klamotten, auf Schuhen. Schon vorhin, als sie zusammen auf der Lichtung gesessen hatten, war Jeff aufgefallen, dass alle daran herumbürsteten.

»Wir könnten das Loch für den Urin benutzen«, schlug Matthias vor. »Um ihn zu destillieren.« Er machte eine Handbewegung, als würde er eine imaginäre Plane über die Grube legen.

»Und hat *das* vielleicht irgendeinen Sinn?«, fragte Jeff wieder.

Matthias stutzte und hob den Kopf. »Du warst doch derjenige ...«

Jeff nickte und fiel ihm ins Wort. »Ich weiß, es war meine Idee. Aber wie viel Wasser können wir auf diese Weise gewinnen?«

»Nicht viel.«

»Meinst du, es wäre genug, um das zu ersetzen, was wir beim Graben an Schweiß verlieren?«

»Ich denke, das ist stark zu bezweifeln.«

Jeff seufzte. Er fühlte sich wie ein Idiot. Und was noch? Müde vielleicht. Nein, da war noch mehr. Er war niedergeschlagen. Womöglich verzweifelt? Verzweiflung war das Schlimmste, sozusagen der Gegenpol des Überlebens. Aber was auch immer dieses Gefühl sein mochte, es hatte ihn fest im Griff, und er konnte es nicht abschütteln. »Wenn es regnet, haben wir reichlich Wasser«, sagte er. »Wenn nicht, verdursten wir.«

Matthias antwortete nicht, sondern musterte ihn aufmerksam, mit leicht zusammengekniffenen Augen.

»Ich hab nur versucht, uns eine Beschäftigung zu schaffen«, fuhr Jeff fort. »Damit wir was zu tun haben. Um die Moral aufrechtzuerhalten.« Er grinste selbstironisch. »Ich hab sogar geplant, noch mal in den Schacht runterzugehen.«

»Warum?«

»Das Piepen. Das Handygeräusch.«

»Wir haben aber kein Öl mehr für die Lampe.«

»Wir könnten eine Fackel basteln.«

»Eine Fackel?«, wiederholte Matthias mit einem ungläubigen Lachen.

»Ja, wir könnten doch ein paar Lappen mit Tequila tränken.«

»Siehst du?«, grinste Matthias. »Siehst du jetzt, wie sehr du den Deutschen ähnelst?«

»Meinst du damit, dass es sinnlos ist?«

»Jedenfalls lohnt die Sache das Risiko nicht.«

»Welches Risiko denn?«

Als wäre das zu offensichtlich für eine Erklärung, zuckte Matthias mit den Schultern. Und vielleicht war es das ja auch. »Schau dir Pablo an«, sagte er nur.

Pablo. *Das Schlimmste*. Diese Idee hatte Jeff noch nicht erwähnt – seinen Plan, wie man den Griechen vielleicht retten konnte. Selbst jetzt zögerte er noch, weil er nicht ganz über seine Motive im Klaren war – ob es wirklich nur um Pablos Rettung ging oder

ob andere Dinge mit im Spiel waren. Jeff überlegte, ob es sich vielleicht wieder um eine Art Beschäftigungstherapie handelte, aber er verwarf den Gedanken rasch wieder. Wenn sie es versuchten, konnten sie Pablo wirklich retten, da war er ganz sicher. »Meinst du, er kann es schaffen?«, fragte er.
Matthias runzelte die Stirn. Dann antwortete er leise, fast unhörbar: »Unwahrscheinlich.«
»Aber wenn heute Hilfe kommt ...«
»Glaubst du das?«
Jeff schüttelte den Kopf, und eine Weile schwiegen sie beide. Matthias scharrte mit der Stange auf dem Boden herum. Schließlich nahm Jeff all seinen Mut zusammen, räusperte sich und sagte: »Vielleicht könnten wir Pablo retten.«
Ohne aufzublicken, scharrte Matthias weiter. »Wie denn?«
»Wir könnten ihn amputieren.«
Matthias hielt inne und sah Jeff jetzt doch an, mit einem unsicheren Lächeln. »Du machst Witze.«
Jeff schüttelte den Kopf.
»Du willst ihm die Beine abschneiden?«
»Wenn wir das nicht tun, wird er sterben.«
»Ohne Narkose?«
»Von der Taille abwärts spürt er doch sowieso nichts mehr.«
»Aber er würde viel zu viel Blut verlieren.«
»Die Druckverbände sind doch schon da. Wenn wir unterhalb davon schneiden ...«
»Womit denn? Du hast keine chirurgischen Instrumente, kein ...«
»Mit dem Messer.«
»Mit einem Messer ist da nichts zu machen, für so was brauchst du eine Knochensäge.«
»Wir könnten die Knochen erst brechen und dann schneiden.«
Einigermaßen entsetzt schüttelte Matthias den Kopf. »Und was

ist, wenn er eine Infektion kriegt? Wenn du mit dem dreckigen Messer an ihm rumsäbelst?«

»Wir könnten das Messer sterilisieren.«

»Wir haben kein Holz. Und kein Wasser zum Abkochen. Und auch keinen Topf.«

»Aber andere Sachen, die wir verbrennen können. Die Notizbücher zum Beispiel. Oder die Rucksäcke mit den Klamotten. Dann halten wir das Messer direkt in die Flamme. Beim Schneiden brennt es die Wunde dann aus.«

»Du wirst den armen Kerl umbringen.«

»Oder ihn retten. Entweder – oder. Aber wenn wir es tun, hat er wenigstens eine Chance. Möchtest du lieber tatenlos zusehen, wie er in den nächsten Tagen langsam, aber sicher stirbt? Denn es wird kein schneller Tod sein, da darfst du dir nichts vormachen.«

»Wenn Hilfe kommt …«

»Die Hilfe müsste heute kommen, Matthias. Bei dem Zustand, in dem seine Beine jetzt sind, kann jederzeit eine Blutvergiftung einsetzen – wenn es nicht sowieso schon zu spät ist. Dann kann ihm keiner mehr helfen.«

Mit gesenktem Kopf machte Matthias sich wieder daran, in der Erde herumzuscharren. »Es tut mir leid, dass ich uns hierher gebracht habe«, sagte er leise.

Aber Jeff winkte ab. Das spielte jetzt doch keine Rolle. »Wir haben uns frei entschieden mitzukommen.«

Seufzend legte Matthias die Zeltstange weg. »Ich glaube nicht, dass ich das tun kann«, meinte er.

»Dann tu ich es.«

»Ich meine, ich glaube nicht, dass ich mich damit einverstanden erklären kann.«

Schweigend versuchte Jeff seine Entgegnung zu verdauen. Damit hatte er nicht gerechnet, er hatte gedacht, Matthias wäre am

leichtesten zu überreden und würde ihm bei den anderen helfen.
»Aber dann sollten wir ihn von seinem Elend erlösen«, meinte er schließlich. »Ihn mit Tequila abfüllen und warten, bis er die Besinnung verliert. Und dann, na ja …« Er machte eine Bewegung mit dem Arm, ein Schlag. Es fiel ihm unerwartet schwer, seinen Plan in Worte zu fassen.
Aber Matthias starrte ihn nur stumm an, und Jeff merkte, dass der Deutsche ihn nicht verstand. Oder ihn vielleicht nicht verstehen wollte, um ihn zu zwingen, es direkt auszusprechen.
»Was?«, fragte er schließlich.
»Es beenden. Ihm die Kehle durchschneiden. Ihn ersticken.«
»Das kannst du doch nicht ernst meinen.«
»Bei einem Hund würdest du doch auch …«
»Aber Pablo ist kein Hund.«
Frustriert warf Jeff die Hände in die Luft. Warum war alles plötzlich so schwierig? Er versuchte doch nur, praktisch zu denken. Human zu sein. »Du weißt doch, was ich meine«, sagte er.
So wollte er nicht weitermachen. Er hatte seine Idee geäußert, was sollte er noch tun? Wieder spürte er sich schwer, bleischwer. Die Sonne stieg immer höher. Eigentlich war es dringend angeraten, sich ins Zelt zurückzuziehen, in den Schatten. Es war idiotisch, hier draußen zu bleiben und zu schwitzen. Aber er rührte sich nicht vom Fleck. Auf einmal merkte er, dass er schmollte, dass er Matthias bestrafen wollte, weil dieser seinen Plan nicht mittrug. Er konnte sich deswegen selbst nicht leiden, und er konnte auch Matthias nicht leiden, weil er es mitbekam. Wenn er doch damit aufhören könnte! Aber es war unmöglich.
»Hast du mit den anderen schon darüber gesprochen?«, wollte Matthias wissen.
Wortlos schüttelte Jeff den Kopf.
Nachdenklich bürstete Matthias den grünen Flaum von seiner Hose und wischte sich dann die Hand an der Erde ab. Endlich

stand er auf. »Wir sollten abstimmen«, sagte er. »Wenn die anderen zustimmen, dann tu ich es auch.«
Damit ging er den Hügel hinauf zum Zelt.

Wieder einmal versammelten sie sich auf der Lichtung.
Zuerst erschien Matthias wieder, ein paar Augenblicke später kam Jeff. Sie setzten sich neben Eric und Stacy auf den Boden, sodass sie einen kleinen Halbkreis um die kleine Schutzvorrichtung herum bildeten. Pablo lag mit geschlossenen Augen da, und selbst als sie über seinen Zustand redeten, wollte keiner ihn ansehen. Sie vermieden es sogar, seinen Namen in den Mund zu nehmen, sondern nannten ihn immer nur »er«, mit einer vagen Geste in seine Richtung, zu seinem armen geschundenen Körper. Amy war noch unten am Hügel und hielt Ausschau nach den anderen Griechen, aber keiner erwähnte ihre Abwesenheit, auch nicht, nachdem sie angefangen hatten zu diskutieren und klar wurde, dass sie etwas Wichtiges und Schreckliches entscheiden mussten. Zwar dachte Stacy an sie und überlegte, ob man sie nicht holen sollte, aber sie traute sich nicht, etwas zu sagen, obwohl sie Amy gerne neben sich gehabt und ihre Hand gehalten hätte. Mit solchen Situationen kam sie nicht gut zurecht – wenn sie Angst hatte, wurde sie passiv und stumm, zog den Kopf ein und hoffte, dass es bald vorbei war.
Aber jetzt wurde eine Meinung von ihr gefordert. Und von Eric ebenfalls. Wenn sie ja sagten, würde Jeff Pablo beide Beine amputieren. Das war unvorstellbar grässlich, aber wenn man Jeff Glauben schenkte, seine letzte Hoffnung. Wenn sie nein sagten, würde Pablo sterben. Das behauptete jedenfalls Jeff.
Wenn das die letzte Hoffnung war, musste sich die erste wohl zerschlagen haben. Also würden die Griechen heute nicht kommen und sie retten – das war es doch, was Jeff damit sagen wollte.

Obgleich Stacy wusste, dass sie eigentlich an Pablo denken musste, erwischte sie sich immer wieder dabei, wie sie sich stattdessen damit beschäftigte, dass sie womöglich noch eine Nacht im orangefarbenen Zelt verbringen mussten, umringt von der Ranke, die sich in Erics Bein bohren konnte und nach Jeffs Ansicht vorhatte, sie alle zu töten. Wie sollte sie das nur aushalten?

»Woher willst du das alles wissen?«, fragte sie und hörte selbst die Furcht in ihrer Stimme. Das machte ihr nur noch mehr Angst.

»Was wissen?«, antwortete Jeff mit einer Gegenfrage.

»Dass sie nicht kommen.«

»Das hab ich nicht gesagt.«

»Du hast gesagt …«

»Es ist unwahrscheinlich, dass sie *heute* noch kommen.«

»Aber …«

»Und wenn sie heute nicht kommen und wir nichts unternehmen, dann wird er es nicht schaffen«, ergänzte er mit der typischen vagen Geste zum Schutzdach hinüber.

»Aber woher willst du das wissen?«

»Seine Knochen liegen bloß. Er wird …«

»Nein, ich meine, woher du weißt, dass sie nicht kommen.«

»Es geht nicht darum, dass ich es weiß, es geht darum, dass ich es nicht weiß. Es geht um das Risiko zu warten, statt etwas zu unternehmen.«

»Dann kommen sie also vielleicht doch.«

Jeff warf ihr einen genervten Blick zu und streckte resigniert die Hände in die Luft. »Vielleicht kommen sie, vielleicht aber auch nicht. Das ist doch genau der Punkt.«

Natürlich schlichen sie eigentlich nur um den heißen Brei herum, ohne wirklich etwas zu sagen. Sogar Stacy begriff, dass es nur ein Wortgeplänkel war. Jeff würde ihr nicht geben, was sie wollte – und konnte es wahrscheinlich auch nicht. Sie wollte, dass die

Griechen kamen, sie wollte gerettet werden, jetzt gleich, in Sicherheit sein, und Jeff konnte nur immer wieder sagen, dass es vielleicht nicht passierte, wenigstens nicht heute, und wenn es heute nicht passierte, dann mussten sie Pablos Beine amputieren.

Er stand voll hinter seinem Vorschlag, das war Stacy klar. Und Matthias war dagegen. Aber er sagte nichts. Wie üblich hörte er nur zu und wartete, dass die anderen zu einem Entschluss kamen. Stacy wünschte, er würde sich einmischen, würde versuchen, sie und Eric auf seine Seite zu bringen, denn sie wollte nicht, dass Jeff Pablos Beine amputierte, sie konnte einfach nicht glauben, dass das eine gute Idee war. Aber sie wusste nicht, wie sie argumentieren sollte. Irgendwie spürte sie, dass sie nicht einfach nein sagen konnte, sondern dass eine Erklärung von ihr verlangt wurde. Jemand musste ihr helfen! Aber es war niemand da. Eric war ein bisschen betrunken, und ihm fielen fast die Augen zu. Sicher, er war viel ruhiger geworden, aber dafür war er auch nicht mehr wirklich präsent. Und Amy war weit weg, irgendwo unten am Hügel, und hielt Ausschau nach den Griechen.

»Was ist mit Amy?«, fragte Stacy.

»Was soll mit ihr sein?«

»Sollten wir sie nicht auch fragen, was sie davon hält?«

»Ihre Stimme fällt nur dann ins Gewicht, wenn es ein Patt gibt.«

»Wenn es wo ein Patt gibt?«

»Bei der Abstimmung.«

»Wir wollen darüber *abstimmen*?«

Jeff nickte, machte eine ungeduldige Geste – *natürlich*, sollte sie heißen –, als wäre das die einzig logische Vorgehensweise und als wäre es absolut unverständlich, dass sie so überrascht war.

Aber Stacy war ehrlich überrascht. Sie hatte gedacht, sie würden einfach nur darüber reden und sich um eine Einigung bemühen.

Sie hatte gedacht, dass nichts unternommen würde, so lange nicht alle übereinstimmten. Doch so war es anscheinend nicht, es mussten nur drei von ihnen dafür sein, dann würde Jeff Pablos Beine abschneiden. Verzweifelt suchte Stacy nach den richtigen Worten, um ihre Vorbehalte auszudrücken. »Aber … ich meine, wir können doch nicht einfach … Das kommt mir nicht richtig vor …«

»Amputier ihm die Beine«, fiel ihr Eric mit lauter Stimme ins Wort und erschreckte sie. »Und zwar gleich.«

Stacy drehte sich um und starrte ihn an. Plötzlich sah er ganz nüchtern aus, seine Augen wirkten absolut klar. Und er wirkte selbstsicher, ganz von der Sache überzeugt, für die er eintrat. Natürlich konnte Stacy immer noch dagegen stimmen. Sie konnte nein sagen, dann musste Jeff doch noch Amys Meinung einholen. Wahrscheinlich würde er sie überzeugen, auch wenn Amy versuchte, dagegenzuhalten – über kurz oder lang kriegte er sie immer klein. Er war stärker als die anderen. Sie waren alle müde und durstig und hatten nur einen Wunsch, nämlich von hier wegzukommen, aber aus irgendeinem Grund schien bei ihm alles anders zu sein. Was hatte es da für einen Sinn zu diskutieren?

»Bist du sicher, dass es das Richtige ist?«, fragte sie.

»Wenn wir ihn so liegen lassen, wird er sterben.«

Stacy schauderte, als wäre Pablos Tod ihr anzulasten, als wäre sie schuld und hätte sein Schicksal abwenden können. »Ich will nicht, dass er stirbt.«

»Natürlich nicht«, pflichtete Jeff ihr bei.

Sie spürte Matthias' Blick auf sich ruhen. Er sah sie an, starr und ohne zu blinzeln, und er wollte, dass sie nein sagte, das wusste sie. Aber so sehr sie es sich auch wünschte, sie wusste auch, dass sie es nicht tun konnte.

»Okay«, sagte sie schließlich. »Wahrscheinlich solltest du es machen.«

Amy fotografierte.
Als sie losgezogen war, hatte sie, ohne nachzudenken, fast reflexartig, ihre Kamera gepackt und um den Hals gehängt. Erst als sie auf halbem Weg den Hügel hinunter neben dem Weg hockte, erst in dem Augenblick der Entspannung, der auf das Entleeren der Blase folgte, erst da hatte sie gemerkt, warum sie die Kamera mitgenommen hatte. Sie wollte die Mayas fotografieren, wollte Beweise sammeln für das, was hier vorging, denn sie würden befreit werden – das redete sie sich weiterhin ein –, und danach würde es unweigerlich ein Ermittlungsverfahren geben, Festnahmen und einen Prozess. Das wiederum bedeutete natürlich, dass Beweismaterial gebraucht wurde, und was war dafür besser geeignet als Fotos von den Übeltätern?
Sobald sie am Fuß des Hügels angekommen war, begann sie zu fotografieren, vor allem die Gesichter der Männer. Sie genoss dieses Gefühl, die versteckte Macht, wenn sich die Gejagten gegen ihre Jäger wandten. Diese Leute würden bestraft werden, sie würden den Rest ihres Lebens im Gefängnis verbringen. Und Amy half dabei, sie zu überführen. Während sie zielte und abdrückte, stellte sie sich den Prozess vor, den überfüllten Gerichtssaal, in dem die Leute gebannt ihrer Aussage lauschten. Man würde ihre Fotos auf eine große Leinwand projizieren, und sie würde auf das von dem kahlköpfigen Mann deuten, auf die Pistole an seiner Hüfte. *Er war der Anführer*, würde sie sagen. *Er war derjenige, der uns nicht hat gehen lassen.*
Die Mayas achteten nicht auf sie, beobachteten sie nicht, warfen kaum mal einen Blick in ihre Richtung. Erst als sie auf die Lichtung trat, um nach einer besseren Perspektive auf eine Gruppe von Männern am nächsten Lagerfeuer zu suchen, richteten zwei von ihnen den Bogen auf sie. Amy machte ihr Foto und trat dann rasch zurück zwischen die Ranken.
Nach einer Weile verlor sich das Machtgefühl, und sie fand nichts

Gescheites, womit sie es ersetzen konnte. Unerbittlich stieg die Sonne höher, es war viel zu heiß, Amy war schrecklich hungrig und durstig. Andererseits war das schon so gewesen, bevor sie hier angekommen war, also konnte die Veränderung nicht darauf zurückzuführen sein. Nein, was sie kirre machte, war die Gleichgültigkeit, mit der die Mayas auf ihre Anwesenheit reagierten, obwohl sie so eifrig mit ihrer Kamera herumhantierte. Sie standen an ihren qualmenden Lagerfeuern, ein paar machten im langsam kürzer werdenden Schatten der Baumlinie ein Schläfchen, andere unterhielten sich, lachten. Einer schnitzte an einem Stock, von dem schon fast nichts mehr übrig war. Typisch für jemanden, der sich beim Warten die Langweile vertreiben wollte. Denn das taten diese Leute doch, oder nicht? Sie warteten. Und auch nicht etwa gespannt, als interessierten sie sich dafür, was noch alles passieren könnte. Nein, sie zeigten überhaupt kein Gefühl, sie warteten, wie man vielleicht einen Abend lang vor einer Kerze sitzt, ihr zuschaut, wie sie Stück für Stück herunterbrennt, aber nicht einen Augenblick daran zweifelt, dass sie irgendwann erlöschen wird. Offensichtlich waren die Mayas sicher, dass es nur eine Frage der Zeit war, bis das Ende kommen würde.
Was hatte das zu bedeuten?
Vielleicht wussten diese Leute, dass die Griechen unterwegs waren. Vielleicht waren Juan und Don Quixote bereits hier gewesen, waren an der Wegmündung vorübergegangen und ins Dorf gelangt. Vielleicht hatten die Dorfbewohner sie zurückgeschickt. Vielleicht waren sie gar nicht auf den Gedanken gekommen, an der Baumlinie nach ihren Freunden zu suchen. Weder Amy noch die anderen hatten diese Möglichkeit je erwähnt, aber jetzt, wo sie daran dachte, schien sie so naheliegend, dass sie sich gar nicht erklären konnte, wieso sie sie übersehen hatten. Auf einmal wusste sie mit bleischwerer Gewissheit, dass niemand kommen würde. Und wenn das die Wahrheit war, dann gab es keine Hoff-

nung. Für Pablo sowieso nicht, aber auch für alle anderen. Genau das wussten die Mayas offenbar auch – daher die Langeweile, die Gleichgültigkeit –, sie wussten, dass sie einfach nur abwarten mussten. Von ihnen wurde lediglich verlangt, dass sie die Lichtung bewachten. Durst und Hunger und die Ranke würden den Rest erledigen, wie schon so oft zuvor.

Amy hörte auf zu fotografieren. Ihr war schwindlig, fast als wäre sie betrunken, und sie musste sich dringend hinsetzen. *Das kommt bloß von der Sonne*, versuchte sie sich einzureden. *Vom leeren Magen*. Aber sie machte sich etwas vor, das wusste sie. Die Sonne, der Hunger, das hatte alles nichts damit zu tun. Nein, es war die Angst. Aber von dieser Erkenntnis versuchte Amy sich abzulenken, atmete tief und langsam, begann wieder, mit der Kamera herumzufuchteln. Es war ein billiges Ding, das sie vor über zehn Jahren gekauft hatte, von dem Geld, das sie als Babysitter verdient hatte. Für die Reise hatte Jeff ihr eine Digitalkamera geschenkt, aber sie hatte ihn gezwungen, sie zurückzunehmen, weil sie immer noch so an ihrer alten hing und den Gedanken nicht ertrug, sie zu entsorgen. Zwar war diese Kamera nicht sonderlich zuverlässig, oft stimmte die Belichtung nicht, und fast immer waren die Bilder unscharf, aber Amy wusste, dass sie erst eine neue annehmen konnte, wenn diese kaputt war, verloren ging oder gestohlen wurde. Rasch sah sie nach, wie viele Bilder noch auf dem Film waren. Drei von sechsunddreißig. Das war alles. Sie hatte keine Ersatzfilme mitgenommen, weil sie nicht damit gerechnet hatte, dass sie so lange hierbleiben würden. Ein seltsamer Gedanke, dass es eine exakte Zahl von Fotos geben würde, die sie in ihrem Leben gemacht hatte, und dass die meisten aus dieser Kamera stammten. Soundso viele von ihren Eltern, soundso viele von Bäumen und Gebäuden und Sonnenuntergängen und Hunden, soundso viele von Jeff und Stacy. Und wenn ihr momentanes Gefühl stimmte – wenn die Mayas recht hatten, wenn Jeff recht hatte –, dann war es durchaus möglich, dass sie in ihrem ganzen Leben nur noch drei Bilder machen konnte. Wie sollte sie die am besten nutzen? Ein Bild von der Gruppe wäre schön, mit Selbstauslöser, alle um Pablo auf seinem Rückenbrett versammelt. Und eines von ihr und Stacy natürlich, Arm in Arm, das letzte der Serie. Und außerdem …

»Alles in Ordnung?«

Amy wandte sich um, und da stand Stacy, mit dem komischen Sonnenschirm auf der Schulter. Sie sah schrecklich aus, verhärmt und mit fettigen Haaren. Ihre Lippen zitterten und ihre Hände auch, wodurch ihr Sonnenschutz leise klapperte, als ginge eine leichte Brise.

Ist mit mir alles in Ordnung? Amy suchte nach einer ehrlichen Antwort.

Auf den Schwindelanfall war eine seltsame Ruhe gefolgt, ein Gefühl der Resignation. Sie war nicht wie Jeff, sie war keine Kämpferin. Vielleicht konnte sie sich auch nur nicht so leicht etwas vormachen wie er. Die Angst davor, hier sterben zu müssen, erfüllte sie nicht mit dem dringenden Wunsch, etwas zu tun – im Gegenteil, sie wollte sich hinlegen, vielleicht, um den Vorgang zu beschleunigen. »Ich denke schon«, antwortete sie schließlich. Und da Stacy viel schlimmer aussah, als Amy sich fühlte, setzte sie hinzu: »Und bei dir?«

Stacy schüttelte den Kopf. »Sie wollen … weißt du …« Sie brach ab, weil sie die richtigen Worte nicht finden konnte, leckte sich über die ausgetrockneten, aufgesprungenen Lippen – die Lippen einer Verlorenen. Schließlich stieß sie hervor, ihre Stimme kaum mehr als ein Flüstern: »Sie haben angefangen.«

»Womit haben sie angefangen?«

»Seine Beine abzuschneiden.«

»Wovon redest du denn da?«, fragte Amy. Obwohl sie es natürlich genau wusste.

»Pablos Beine«, wisperte Stacy und zog dabei die Augenbrauen ganz weit nach oben, als wäre auch sie überrascht von dieser neuen Entwicklung. »Mit dem Messer.«

Ohne zu wissen, was sie eigentlich vorhatte, sprang Amy auf. Noch spürte sie keine Reaktion in sich, die Nachricht ließ sie seltsam unberührt. Aber anscheinend hatte sich ihr Gesichtsausdruck drastisch verändert, denn Stacy starrte sie ängstlich an und wich ein Stück vor ihr zurück.

»Ich hätte nicht ja sagen dürfen, stimmt's?«, fragte sie.

»Ja wozu?«

»Wir haben abgestimmt, und ich …«

»Warum hat niemand mir Bescheid gesagt?«

»Du warst hier unten, und Jeff meinte, deine Stimme ist nur wichtig, wenn es ein Patt gibt. Eric hat zugestimmt, und da hab ich …« Wieder blickte sie Amy ängstlich an, trat jetzt aber auf sie zu und griff nach ihrem Arm. »Ich hätte das nicht tun dürfen, richtig? Du und Matthias und ich … wir hätten sie aufhalten können.«

Amy konnte es einfach nicht fassen. Zum einen glaubte sie nicht, dass es möglich war, jemandem die Beine mit einem Messer abzuschneiden, zum anderen hatte sie nicht damit gerechnet, dass Jeff so etwas tatsächlich versuchen würde. Vielleicht diskutierten sie ja nur darüber, vielleicht waren sie noch dabei, es zu besprechen. Wenn sie sich beeilte, konnte sie das Schlimmste vielleicht noch verhindern. Sie befreite sich aus Stacys Griff. »Bleib hier«, sagte sie. »Halt Ausschau nach den Griechen. Okay?«

Stacy nickte, immer noch mit ängstlichem Gesicht, und das Zittern kam und ging. Unbeholfen sank sie mitten auf dem Weg nieder, als hätte man einer Marionette den Faden durchgeschnitten.

Einen Moment sah Amy ihre Freundin an, um sich zu vergewissern, dass sie irgendwie zurechtkam. Dann eilte sie den Hügel hinauf.

Jeff und Matthias machten sich ans Werk. Sie baten Eric gar nicht erst um Hilfe, und er war froh darüber, denn er wusste, dass er sowieso nicht dazu in der Lage gewesen wäre. Während die beiden arbeiteten, wanderte er auf der Lichtung hin und her, hielt gelegentlich inne, um zuzusehen, wandte sich dann aber schnell wieder ab, weil er beide Alternativen gleichermaßen schrecklich fand – zu sehen war ebenso schlimm wie nicht zu sehen.
Zuerst schnallten sie Pablo wieder mit den Gürteln fest, die sie am vorigen Abend achtlos neben dem Rückenbrett auf der Erde hatten liegenlassen, drei ineinander verknäulte Schlangen. Jeff und Matthias benutzten nur zwei davon, für Brustkorb und Taille. Während der ganzen Prozedur hielt der Grieche die Augen geschlossen; seit er heute Morgen aufgehört hatte zu schreien, hatte er sie kein einziges Mal mehr geöffnet. Selbst als Jeff ihn jetzt anstupste und beim Namen rief, weil er ihm klarmachen wollte, was sie vorhatten, reagierte er nicht, sondern lag nur da, mit angespanntem Gesicht, Mund und Augen fest geschlossen. Irgendwie schien er sich ihnen zu entziehen, als wäre er gar nicht mehr richtig da. Ihre Hilfe erreichte ihn nicht mehr, vermutete Eric, damit war es jetzt vorbei.
Als Nächstes schichteten sie Material für das Feuer auf – drei von den Notizbüchern der Archäologen, ein Hemd und eine Hose, die sie mit Tequila getränkt hatten, darunter zwei Stücke Papier zum Anfeuern. Zwar brachten sie auf diese Weise nur ein kleines Feuer zustande, aber es brannte fast ohne Rauch, mit einer niedrigen blauen Flamme. Jeff legte das Messer und einen wie eine Axt geformten großen Stein mitten hinein. Während die Operationswerkzeuge heiß wurden – der Stein knackte und begann tiefrot zu glühen –, beugten sich Jeff und Matthias über Pablo, murmelten, deuteten erst auf das eine, dann auf das andere Bein und planten die Operation. Jetzt sah Jeff auf einmal sehr ernst und fast niedergeschlagen aus, fast so, als wäre er gegen seine Absicht zu der

Aktion gezwungen worden. Aber falls ihm tatsächlich Bedenken gekommen waren, ließ er sich durch sie ganz sicher nicht zurückhalten.

Als sie anfingen, stand Eric direkt neben ihnen. Mit einem kleinen Handtuch, das er in einem der Rucksäcke gefunden hatte und sich nun wie einen Handschuh um die Hand wickelte, holte er den Stein aus dem Feuer, schwang ihn in einer schnellen, fließenden Bewegung hoch über den Kopf und ließ ihn dann mit aller Kraft auf das Bein des Griechen niederkrachen.

Pablos Augen sprangen auf, er begann wieder zu schreien und bäumte sich auf. Doch Jeff schien es kaum zu bemerken, sein Gesicht zeigte keine Reaktion. Er hatte den Stein bereits wieder ins Feuer fallen lassen und griff jetzt nach dem Messer. Auch Matthias blieb ohne sichtbare Gemütsregung auf die vor ihm liegende Aufgabe konzentriert. Er musste dafür sorgen, dass das Feuer richtig heiß brannte, und wenn nötig Notizbücher nachlegen, Alkohol aufsprühen, die Asche schüren und anblasen.

Jeff kauerte gebückt über dem Rückenbrett, die Muskeln angespannt von der Anstrengung, vom Sägen und Schlagen. Der Gestank des heißen Messers hing in der Luft, ein Kochgeruch von bratendem Fleisch. Eric erhaschte einen kurzen Blick auf den zerschmetterten Knochen unterhalb von Pablos linkem Knie, aus dem blutiges Mark quoll, während Jeff mit dem Messer drückte und säbelte und stemmte. Er sah, wie der untere Teil des Beins sich löste, dann gehörten Fuß, Knöchel und Schienbein plötzlich nicht mehr zum übrigen Körper, waren abgeschnitten, für immer. Kurz setzte Jeff sich zurück und schöpfte Atem. Pablo schrie, wand sich und rollte die Augen, dass das Weiße blitzte. Matthias nahm Jeff das Messer ab und legte es ins Feuer zurück, während Jeff seine Hände wieder in das Handtuch wickelte. Als er nach dem glühenden Stein griff, wandte Eric sich rasch ab und floh zur anderen Seite der Lichtung. Er konnte nicht mehr hinsehen.

Aber natürlich kam er nicht weit. Selbst auf der anderen Seite, selbst wenn er der Szene den Rücken zuwandte, konnte er hören, was passierte, konnte er hören, wie der Stein auf Pablos anderem Bein landete, hörte das Schreien, das lauter und schriller wurde.

Vorsichtig warf er einen Blick über die Schulter – er konnte nicht anders.

Matthias stellte gerade die schwarze Pfanne mit dem eingeritzten Wort – *peligro* –, die Jeff vom Fuß des Hügels mitgebracht hatte, aufs Feuer. Mit ihr wollten sie die Wunden des Griechen ausbrennen, wollten sie glühend heiß erst auf den einen, dann auf den anderen Stumpf drücken.

Jeff beugte sich tief über das Rückenbrett und arbeitete mit dem Messer, eine regelmäßige Sägebewegung. Sein Hemd war nass von Schweiß.

Pablo schrie noch immer, und jetzt waren auch Worte zu erkennen. Natürlich verstand Eric sie nicht, aber er hörte das Flehen in ihnen, das Betteln. Auf einmal erinnerte er sich daran, wie er bei seinem Sprung in den Schacht auf den Griechen gestürzt war, an das Gefühl, wie sich sein Körper unter ihm aufgebäumt hatte. Er dachte daran, wie Amy und er Pablo auf das Rückenbrett manövriert hatten, an den ungeschickten, panischen Ruck. Und er spürte, wie sich die Ranke in ihm bewegte, in seinem Bein und auch in seiner Brust, spürte den unablässigen Druck unter dem letzten Rippenbogen. Irgendetwas war überhaupt nicht in Ordnung, nichts war hier in Ordnung, alles war falsch, aber sie konnten nichts dagegen tun, konnten sich nicht wehren, konnten nicht einmal fliehen.

Wieder wandte er sich ab, aber er hielt es nicht lange aus und musste fast sofort wieder hinsehen.

Anscheinend war Jeff mit dem Messer fertig, denn er ließ es neben sich auf die Erde fallen. Eric sah, wie er das Handtuch aufhob und um seine Hand wickelte, wie er sich zum Feuer drehte und die Pfanne herauszog. Jetzt musste Matthias ihm helfen. Er hockte sich neben die Überreste von Pablos linkem Bein, beugte sich vor, hob den Stumpf an und umfasste ihn mit beiden Händen direkt über dem Knie. Pablo weinte und redete auf Jeff und Matthias ein, sprach sie sogar mit Namen an. Doch keiner der beiden reagierte darauf. Inzwischen glühte die Pfanne orangerot, und die Buchstaben auf ihrem Boden wurden noch dunkler, fast rot, sodass Eric das Wort lesen konnte, als Jeff sie aus den Flammen riss. Mit einer raschen Drehung schwang er sie zur Unterseite des linken Stumpfs, hielt sie dort fest, drückte und presste mit aller Gewalt. Eric hörte das Fleisch zischen und roch, wie es verbrannte. Schockiert stellte er fest, dass der Geruch ihm Magenknurren verursachte, keine Übelkeit, sondern Hunger.

Schnell drehte er sich um, ging in die Hocke, schloss die Augen, hielt sich die Ohren zu und atmete nur noch durch den Mund. So verharrte er eine fast unerträglich lange Zeit, auf das Gefühl der Pflanze in seinem Körper konzentriert, das unablässige Bohren in seinem Bein, den Druck in seiner Brust, und versuchte, es als etwas anderes zu sehen, etwas Freundliches, Harmloses, eine Sinnestäuschung, wie Stacy es ihm gesagt hatte – sein Herzschlag, seine übermüdeten Muskeln, seine Angst. Doch er schaffte es nicht, und er konnte auch nicht länger warten, er musste wieder hinschauen.

Als er sich umwandte, kauerten Jeff und Matthias noch über dem Rückenbrett, und Jeff drückte gerade die Pfanne gegen Pablos rechten Stumpf. In der Luft hing wieder der gleiche eklig verführerische Duft. Aber jetzt herrschte Stille – Pablo hatte aufgehört zu schreien. Wahrscheinlich hatte er das Bewusstsein verloren.

Dann hörte Eric, wie sich Schritte näherten, Amy, die im Laufschritt auf die Lichtung kann, außer Atem, die Haut glänzend vor Schweiß.

Zu spät, dachte Eric, als er sah, wie sie stolpernd stehen blieb, mit einem Ausdruck des Entsetzens im Gesicht. *Sie ist zu spät gekommen.*

Jeff wusste nicht, was er empfinden sollte. Oder besser: Erst wusste er, was er dachte, dann wusste er, was er fühlte, aber er konnte beides nicht unter einen Hut bringen. Die Operation war gut gegangen, vielleicht besser, als er es erwartet hatte – das war es, was er dachte. Sie hatten die Beine ziemlich schnell amputieren können, beide einige Zentimeter unter dem Knie, sodass das Gelenk erhalten blieb. Die Stümpfe hatte er so gründlich ausgebrannt, dass es nur ganz wenig geblutet hatte, als sie die Druckverbände abnahmen. Nur ein Sickern eigentlich, nichts allzu Ernstes. Gegen Ende der Operation hatte Pablo die Besinnung verloren, aber wahrscheinlich war der Schock eher schuld daran als alles andere. Die Schmerzen konnten es ja kaum sein, da Pablo in den Beinen nichts fühlte. Aber davor war er wach gewesen, hatte den Kopf angehoben und gesehen, was sie taten, was vermutlich an sich schon eine Qual gewesen war. Nach Jeffs Ansicht war er jetzt zwar nicht endgültig außer Gefahr, aber doch wesentlich besser dran als vorher. Zumindest hatte er Zeit gewonnen, wenn auch nicht sehr viel. Vielleicht ein, zwei Tage. Aber das war immerhin etwas, und Jeff war überzeugt, dass er stolz sein konnte, dass er etwas Mutiges geleistet hatte. Deshalb konnte er auch nicht verstehen, warum er sich so schlecht fühlte – es raubte ihm fast den Atem, so, als müsste er ständig die Tränen zurückhalten.

Amy war keine große Hilfe. Die anderen auch nicht. Matthias mied jeden Blickkontakt, kauerte neben dem kleinen Feuer und hatte sich vollkommen in sich zurückgezogen. Eric hatte wieder angefangen herumzumarschieren und fingerte unablässig an

Bein und Brust herum. Aber Amy hatte ihn, noch während sie die verbrannten Stümpfe mit Neosporin versorgten, offen attackiert, ohne auch nur den Versuch zu unternehmen, zu verstehen, was er getan hatte.

»O Gott!«, hatte sie losgebrüllt und ihn ziemlich erschreckt, weil er sie nicht hatte kommen hören. »Was habt ihr getan, verdammt noch mal?«

Jeff antwortete nicht. Die Antwort auf ihre Frage war ziemlich offensichtlich.

»Ihr habt ihm die Beine amputiert! Wie konntet ihr bloß so was Beschissenes …«

»Wir hatten keine andere Wahl«, erklärte Jeff, während er, dicht über den zweiten Stumpf gebeugt, das Gel auftrug. »Sonst wäre er gestorben.«

»Und du glaubst, so hast du ihn gerettet? Indem du ihm die Beine mit einem schmutzigen Messer abgesäbelt hast?«

»Wir haben das Messer sterilisiert.«

»Ach komm schon, Jeff. Schau dir doch an, wo er liegt.«

Damit hatte sie allerdings recht – der Schlafsack, den sie als Polster für das Rückenbrett benutzt hatten, war inzwischen durch und durch mit Urin durchtränkt, den er ja nicht mehr halten konnte. Aber Jeff zuckte die Achseln. »Immerhin haben wir ein bisschen Zeit gewonnen. Wenn wir morgen oder vielleicht sogar erst übermorgen gerettet werden, wird er …«

»Du hast ihm beide Beine amputiert!« Amy schrie beinahe.

Jeff wandte sich zu ihr um. Sonnenverbrannt, mit dreckigem Gesicht stand sie vor ihm, und auf ihrer Hose wuchs ein dicker grüner Flaum, gut einen Zentimeter hoch. Hektisch und zerlumpt sah sie aus, und überhaupt nicht mehr wie sie selbst. Vermutlich traf das in der einen oder anderen Hinsicht auf sie alle zu. Auf ihn mit Sicherheit. Gerade hatte er einem anderen Menschen mit einem Messer die Beine amputiert – einem Freund, einem Fremden, das konnte er inzwischen nicht mehr entscheiden. Er kannte ja nicht mal Pablos richtigen Namen. »Was glaubst du wohl, was für eine Chance er sonst gehabt hätte, Amy?«, fragte er. »Wo seine ganzen Knochen freilagen?«

Aber sie starrte nur stumm und mit einem höchst merkwürdigen Gesichtsausdruck zu Boden.

»Antworte mir«, beharrte er.

Fing sie etwa an zu weinen? Ihr Kinn zitterte und sie legte die Hand darüber. »O Gott«, flüsterte sie. »O Gott.«

Endlich folgte Jeff ihrem Blick. Sie starrte auf Pablos abgeschnittene Glieder, die Überreste seiner Füße, Knöchel und Schienbeine, die blutigen Knochen, zusammengehalten von ein paar wenigen Fleischfetzen. Jeff hatte sie achtlos neben dem Rückenbrett liegen lassen und geplant, sie später zu vergraben, wenn er mit dem Ausbrennen fertig war. Aber anscheinend würde es dazu nicht kommen, denn die Pflanze hatte wieder eine lange Ranke auf die Lichtung geschickt, die sich um einen von Pablos abgetrennten Füßen gewickelt hatte und nun Anstalten machte, ihn über den Boden zu schleifen. Vor Jeffs entsetzten Augen schlängelte sich ein zweiter Ausläufer heran, schneller als der erste, und holte sich den zweiten Fuß.

Jetzt hatten auch Eric und Matthias bemerkt, was los war. Und dann kam auf einmal Bewegung in Matthias. Er sprang auf, stürzte sich mit dem Messer auf die erste Ranke, bückte sich und schnitt sie ab. Mit der zweiten verfuhr er ebenso, aber noch während er dabei war, schlängelte sich auch schon ein dritter Ausläufer auf die Knochen zu, und kurz darauf ein vierter. Amy stieß einen lauten Schrei aus, schlug sich die Hand vor den Mund und wich zurück, bis sie dicht neben Jeff stand. Matthias wirbelte herum und schwang das Messer, aber die Ranken kamen jetzt von allen Richtungen.

»Hör auf!«, rief Jeff.

Doch Matthias ignorierte ihn. Er stampfte, hieb und stach mit dem Messer immer schneller auf die Pflanze ein, aber er war nicht schnell genug, denn die Ranken wehrten sich, schlangen sich um seine Beine und hielten ihn fest.

»*Matthias*!«, ermahnte ihn Jeff noch einmal, packte ihn schließlich am Arm und zog ihn zurück. Er spürte die Kraft des Deutschen, die angespannten Muskeln, aber auch, wie erschöpft und verzweifelt er war. Dann standen sie nebeneinander und sahen zu, wie die Ranken die amputierten Gliedmaßen ins grüne Dickicht zerrten und verschwanden.

Sie hatten sich noch lange nicht von ihrem Schreck erholt, als von der anderen Seite des Plateaus das vertraute Piepsen ertönte, das Geräusch des Handys, das auf dem Grund des Schachts lag und kläglich bimmelte.

Stacy saß unter ihrem zusammengeschusterten Schirm, in dem kleinen Schattenkreis, mit gekreuzten Beinen, ganz in sich zurückgezogen. Immer wieder musste sie der Versuchung widerstehen, auf ihr Handgelenk zu spähen, und sich ins Gedächtnis rufen, dass ihre Uhr nicht dort war, sondern auf dem Nachttisch neben ihrem Hotelbett in Cancún lag, wo Stacy selbst eigentlich auch sein sollte. Oder vielleicht war sie dort inzwischen auch nicht mehr, vielleicht hatten sich ihre Befürchtungen bewahrheitet, und das Zimmermädchen hatte sie tatsächlich gestohlen. Wo war sie dann wohl? Vermutlich schmückte sie in diesem Fall genau wie ihr Hut und ihre Sonnenbrille irgendeine wildfremde Frau, die vielleicht gerade in einem Strandrestaurant saß, gemütlich ihren Lunch verzehrte und zufrieden über irgendetwas lachte. Stacy spürte die Abwesenheit ihrer Habseligkeiten fast körperlich, als einen Schmerz in der Brust, eine fast unglaubliche Sehnsucht. Am meisten vermisste sie ihre Sonnenbrille. Hier gab es einfach zu viel Sonne, zu viel grelles Licht. Ihr Kopf tat schon weh davon, und Hunger, Durst, Erschöpfung und Angst taten ein Übriges. Hinter ihr, oben auf dem Hügel, waren sie dabei, Pablo die Beine zu amputieren. Stacy versuchte den Gedanken zu verscheuchen. Er würde hier sterben, sie konnte es sich nicht anders vorstellen. Aber daran wollte sie auch nicht denken.

Schließlich konnte sie sich nicht mehr zurückhalten und sah auf ihr Handgelenk. Natürlich war nichts da, keine Uhr, und wieder begannen ihre Gedanken sich im Kreis zu drehen – um den Nachttisch, das Zimmermädchen, den Hut und die Sonnenbrille, die Frau, die ganz entspannt ihren Lunch verzehrte, ausgeruht, satt und sauber, eine Flasche Wasser vor sich auf dem Tisch. Sorglos, glücklich. Eine Welle von Hass auf diese unbekannte Fremde durchflutete Stacy und verzweigte sich rasch, zu dem Jungen, der ihr in der Busstation an die Brust gefasst hatte, zu dem – höchstwahrscheinlich imaginären – verbrecherischen Zimmermädchen, zu den Mayas, die ihr mit ihren Bogen und Pfeilen wachsam gegenübersaßen. Jetzt war auch einer der beiden Jungen hier, die ihnen gestern gefolgt waren, der kleinere, der auf dem Fahrradlenker gehockt hatte. Er saß auf dem Schoß einer älteren Frau und starrte Stacy unverwandt an, ebenso ausdruckslos wie die anderen, und Stacy hasste auch ihn.

Ihre Khakihose und ihr T-Shirt waren ebenso wie ihre Sandalen mit dem hellgrünen Flaum der Ranke überzogen. Immer wieder wischte sie das Zeug weg, wobei sie sich regelmäßig die Hände verbrannte, aber die winzigen Ranken wuchsen rasch nach. Sie hatten schon etliche Löcher in ihr T-Shirt gefressen. Eines, direkt über dem Bauchnabel, war inzwischen so groß wie ein Silberdollar. Es war nur eine Frage der Zeit, bis ihre Klamotten in Fetzen an ihr herunterhingen.

Natürlich hasste sie auch die Pflanze – sofern es möglich war, eine Pflanze zu hassen. Sie hasste das strahlende Grün, die kleinen

roten Blüten, das Brennen des Safts auf der Haut. Sie hasste das Zeug, weil es sich bewegen konnte, weil es so bösartig war.
Ihre Füße waren immer noch dreckig von der langen Wanderung durch das Feld gestern Nachmittag, und der Dreck roch immer noch leicht nach Kot. *Wie Pablo*, dachte sie, und ihre Gedanken sprangen auf den Hügel zurück, zu dem, was dort gerade passierte, zu dem Messer, dem erhitzten Stein. Sie schauderte und schloss hastig die Augen.
Hass und noch mehr Hass – Stacy ertrank in diesem Gefühl, fiel in unermessliche Tiefe. Sie hasste Pablo, weil er in den Schacht gestürzt war, hasste ihn, weil er sich den Rücken gebrochen hatte, weil er bald sterben würde. Sie hasste Eric wegen seines verletzten Beines, sie hasste ihn, weil die Ranke wie ein Wurm unter seiner Haut weiterkroch, sie hasste ihn, weil ihn das in Panik versetzte. Sie hasste Jeff, weil er so kompetent war, weil er so leichthin mit Messer und Stein hantierte. Sie hasste Amy, weil sie ihn nicht aufgehalten hatte, hasste Matthias, weil er zu allem nur schwieg, wegen seiner stoischen Gelassenheit, aber am inbrünstigsten hasste sie sich selbst.
Sie öffnete die Augen und sah sich um. Ein paar Minuten waren vergangen, aber nichts hatte sich verändert.
Ja, sie hasste sich selbst.
Sie hasste sich, weil sie nicht wusste, wie spät es war und wie lange sie noch hier sitzen musste.
Sie hasste sich, weil sie nicht mehr glauben konnte, dass Pablo überlebte.
Sie hasste sich, weil sie wusste, dass die Griechen nicht kommen würden, heute nicht, niemals.
Sie kippte ihren Schirm leicht nach hinten und spähte zum Himmel hinauf. Jeff hoffte auf Regen, das wusste sie. Überhaupt gab er sich alle Mühe, sie zu retten, aber all seinen Plänen und Ideen wohnte der gleiche Fehler inne, alle hatten die gleiche Schwach-

stelle, denn für alle brauchte man zumindest ein gewisses Maß an Hoffnung. Und für Regen brauchte man Wolken, Hoffnung allein reichte nicht. Weiß, grau oder schwarz, das war unerheblich, aber es mussten welche da sein. Doch der Himmel über ihr war strahlend blau, unerbittlich, ohne die Spur eines Wölkchens.

Es würde nicht regnen.

Und weil sie das wusste, hatte Stacy noch einen Grund mehr, sich zu hassen.

Sie beschlossen, sich noch einmal in den Schacht hinunterzuwagen.

Natürlich war es Jeffs Idee, aber Amy protestierte nicht dagegen. Heute kamen die Griechen sowieso nicht. Inzwischen gestanden sich das alle ein, zumindest vor sich selbst, wenn auch nicht unbedingt vor den anderen. Demzufolge war das Handy, das womöglich imaginäre Handy, das sie vom Grund des Schachts rief, das Einzige, an das sie ihre Hoffnung noch hängen konnten. Als Jeff vorschlug, es ein letztes Mal zu suchen, überraschte Amy ihn damit, dass sie ihm ohne Umschweife zustimmte.

Selbstverständlich konnten sie Pablo nicht alleine lassen. Zuerst wollten sie Amy bei ihm lassen, während Eric und Matthias die Winde bedienten und Jeff in die Grube hinunterließen. Aber dann überlegte Jeff es sich anders und bat Amy mitzukommen. Er hatte vor, die übrigen Kleidungsstücke der Archäologen mit Tequila zu tränken und so eine Art Fackel herzustellen, aber er war nicht sicher, wie lange sie Licht geben würde. Auch dort unten sahen zwei Augenpaare mehr als eines, und dadurch konnten sie die Suche gründlicher und systematischer gestalten, lautete sein Argument.

Amy wollte nicht noch einmal in das finstere Loch hinunter, aber Jeff fragte nicht danach, was sie wollte, er redete nur über das, was *er* wollte, und zwar so, als wäre es bereits beschlossene Sache. Ein Problem, das sie gemeinsam lösen mussten.

»Wir könnten es an den Rand der Grube tragen«, schlug Matthias vor, und jedem war klar, dass er das Rückenbrett mit Pablo meinte. Einen Moment dachten alle darüber nach, dann nickte Jeff.

Also holten Jeff und Matthias das Rückenbrett unter dem Schutzdach hervor und trugen es vorsichtig über das Plateau zum Eingang des Schachts. Der Grieche stank entsetzlich – der inzwischen vertraute Geruch nach Kot und Urin, das verbrannte Fleisch der Stümpfe und dann noch dieser süßliche Duft, der unter allem anderen lauerte, das erste Anzeichen der Verwesung. Keiner verlor ein Wort darüber, genau genommen sprach überhaupt keiner von Pablo. Er war noch immer bewusstlos und sah noch schlimmer aus als bisher. Inzwischen vermied Amy es nicht, seine Beine anzusehen, sondern soweit es ging auch sein Gesicht. Als sie sich zum Medizinstudium beworben hatte, hatte sie eine Führung über den Campus gemacht und die Leichen gesehen, die von den Studenten seziert wurden: grauhäutig, hohlwangig, schlafflippig. Und genauso begann nun allmählich auch Pablos Gesicht auszusehen.

Neben dem Schacht setzten sie ihn ab. Das Piepen hatte inzwischen wieder aufgehört, aber kaum waren sie am Rand der Grube angekommen, setzte es wieder ein, und sie standen alle da, starrten mit seitlich geneigten Köpfen in die Dunkelheit und lauschten.

Neunmal klingelte es. Dann hörte es auf.

Matthias untersuchte das Seil, spulte es vollständig von der Winde ab, legte es im Zickzack quer über die Lichtung und kontrollierte es sorgfältig auf Schwachstellen.

Amy stand neben dem Loch, spähte hinein und sammelte Mut. Sie rief sich ins Gedächtnis, wie sie mit Eric dort unten gewesen war, nur sie beide, wie sie miteinander geredet hatten, um die Angst in Schach zu halten, sie dachte an die Lügen, die sie sich erzählt hatten. Nein, sie wollte da nicht noch einmal hinunter, und wenn sie gewusst hätte, wie, hätte sie sich geweigert. Aber jetzt, nachdem sie Pablo schon quer über den Hügel geschleppt hatten, blieb ihr wohl nichts anderes übrig.

Eric kauerte neben ihr, begann wieder an seiner Wunde herumzupulen und murmelte vor sich hin. »Wir schneiden es ab«, sagte er, und Amy starrte ihn an, erschrocken, unsicher, ob sie richtig gehört hatte. Dann war er auch schon wieder aufgesprungen und marschierte auf und ab. Die Ranke hatte Löcher in sein Shirt gefressen, und es war fast völlig zerfetzt, überall mit seinem Blut bespritzt und verschmiert. Natürlich sahen sie alle schlecht aus, aber er war eindeutig am schlimmsten dran.

Jeff arbeitete an der Fackel. Er hatte eine Zeltstange am unteren Ende mit Klebeband umwickelt, damit man sich nicht die Finger verbrannte, wenn man sie festhielt. Um den oberen Teil wickelte er ein paar Kleidungsstücke und zurrte alles eng zusammen. Amy konnte sich nicht vorstellen, wie das Ding funktionieren sollte, aber sie war zu müde für weitere Debatten und sagte nichts. Wenn sie das unbedingt versuchen mussten, dann wollte sie es möglichst schnell hinter sich bringen.

Matthias stand auf und wischte sich die Hände an der Hose ab. Das Seil war in Ordnung. Alle schauten zu, wie er es sorgfältig wieder auf die Winde wickelte. Als er fertig war, zog Jeff sich die Schlinge über den Kopf und schob sie unter die Achseln. In den Händen hielt er die Streichholzschachtel, die angefangene Flasche Tequila und seine provisorische Fackel. Matthias und Eric gingen an die Winde und lehnten sich mit ihrem ganzen Gewicht gegen die Kurbel. Und dann trat Jeff ohne die Spur eines Zögerns in die leere Luft über dem Loch, ohne ein Wort des Abschieds zu Amy, ohne mit ihr einen Plan zu besprechen – sie wusste nur, dass sie

ihm in die Grube folgen sollte. Den Rest mussten sie improvisieren, wenn sie beide erst einmal unten waren.
Das vertraute Quietschen der Winde setzte ein. Matthias und Eric stemmten sich gegen den Zug, während sie das Seil langsam, Stück für Stück von der Winde ließen, schwitzend vor Anstrengung. Amy beugte sich über den Schacht und sah Jeff nach, wie er in der Dunkelheit verschwand und immer kleiner zu werden schien. Sie konnte ihn erstaunlich lange sehen, als würde ihm ein wenig Sonnenlicht in die Tiefe folgen. Sicher, er wirkte verschwommen, gespenstisch, aber ihrem Gefühl nach hätte er schon längst verschwunden sein müssen. Doch er erwiderte ihren Blick nicht, hob das Gesicht nicht zu ihr empor, sondern hielt die Augen nach unten gerichtet, auf den Grund des Schachts.
»Gleich ist er da«, sagte Matthias mit leiser Stimme, wahrscheinlich mehr zu sich selbst als zu sonst jemandem.
Amy schaute zu ihm und der Winde. Nur noch ein paar Umdrehungen. Als sie das nächste Mal in den Schacht blickte, war Jeff nicht mehr zu sehen. Das Seil verschwand in der Dunkelheit, leicht schwankend, während es sich weiterbewegte, aber sein unteres Ende war nicht mehr in Sicht. Plötzlich spürte Amy den starken Drang, nach Jeff zu rufen. Was, wenn er wirklich verschwunden war, endgültig?
Schließlich hörte die Winde auf zu quietschen. Schwer atmend gesellten sich Eric und Matthias am Rand der Grube zu Amy, und alle drei starrten hinunter. »Alles klar?«, rief Matthias in das Loch hinunter.
»Zieht das Seil wieder hoch!«, antwortete Jeffs Stimme energisch, doch sie klang, als käme sie von weit her, voller Echos und irgendwie seltsam.
Matthias rollte das Seil alleine wieder auf; ohne Gewicht ging das recht schnell. Jetzt klang das Quietschen auch anders, höher, vermischt mit einem seltsamen, unheimlichen Geräusch, das Amy

an ein Kichern erinnerte. Sie schauderte und schlang die Arme um sich. *Sag nein,* dachte sie. *Jetzt kannst du noch ablehnen. Sag einfach nein.* Aber dann reichte Eric ihr auch schon die Schlinge, und sie hatte immer noch kein Wort über die Lippen gebracht. *Halb so schlimm,* sagte sie sich. *Du hast es schon einmal überstanden, dann wirst du es auch noch einmal schaffen.* Diese Worte behielt sie im Kopf, als sie den Schritt ins Leere machte, einen Moment über der Grube baumelte und dann langsam nach unten zu schweben begann.

Bei Tag war es anders. In mancher Hinsicht besser, in anderer schlimmer. Natürlich konnte sie auf dem Weg nach unten mehr sehen – die Wände des Schachts mit den Steinen und Balken, die Ranke, die hier und dort in langen, gewundenen Ausläufern wucherte und auf sonderbare Weise an eine Partydekoration erinnerte. Aber die Helligkeit verstärkte auch das Gefühl der Fortbewegung, als würde man im Hinunterschweben eine Grenze überschreiten und in eine andere Welt überwechseln. Eine bedrückende Empfindung. Vom Tag in die Nacht, vom Sehen in Blindheit, vom Leben in den Tod – lauter solche Gedanken drängten sich ihr auf. Wenn sie hinaufspähte, wurde es nicht besser, im Gegenteil, denn selbst in dieser noch eher geringen Tiefe wirkte das Tageslicht bereits endlos fern. Und genau wie Jeff vorhin immer kleiner geworden war, so schien jetzt der Schacht schmaler zu werden, als drohte er, sich ganz um sie zu schließen, wie ein Maul, das sie verschlingen wollte. Amy packte die Schlinge und konzentrierte sich auf ihren Atem. Die Schlinge war feucht, vermutlich von Jeffs Schweiß oder vielleicht auch von ihrem eigenen. Dann begann das Seil aus irgendeinem Grund hin und her zu schwingen, so heftig, dass sie fast die Schachtwände berührte, und sie versuchte, es zu beruhigen. Aber dadurch wurde es nur schlimmer, und in ihrem Bauch regte sich ein flaues, seekrankes Gefühl. Sie fürchtete schon, sie müsste sich trotz ihres leeren

Magens noch einmal übergeben – auf Jeff, der dort unten in der Dunkelheit auf sie wartete.

Sie schloss die Augen.

Zum Glück ging das Gefühl nach einer Weile vorbei.

Inzwischen wurde die Luft deutlich kühler, fast kalt. Leider hatte Amy nicht daran gedacht, sonst hätte sie sich gut einen Pullover aus einem der Rucksäcke mitnehmen können. Sie begann zu frösteln, obwohl sie gleichzeitig weiterschwitzte. Natürlich waren die Nerven daran schuld. Die Angst.

Als sie die Augen wieder öffnete, konnte sie Jeff sehen. Verschwommen, gleichzeitig da und nicht da. Es war, als sähe sie ihn unter Wasser oder durch Rauch hindurch. Er hatte den Kopf in den Nacken gelegt, und sie konnte sein Gesicht noch nicht deutlich erkennen, aber irgendetwas an seiner Haltung machte sie sicher, dass er ihr zulächelte. Unwillkürlich, trotz ihrer Angst, obwohl sie schwitzte und fror und sich überhaupt schrecklich unwohl fühlte, erwiderte sie das Lächeln.

Dann berührten ihre Füße den Boden des Schachts. Die Schlinge erschlaffte, das Quietschen verstummte. In der plötzlichen Stille spürte sie ein sonderbares Aufwallen von Panik, eine Enge in der Brust. »Tja«, sagte sie, nur um etwas zu hören und die unheimliche Stille zu durchbrechen. »Da wären wir.«

Jeff half ihr aus der Schlinge. »Unglaublich«, sagte er. »Findest du nicht? Was denkst du, wie tief sind wir hier?«

Die offensichtliche Erregung in seiner Stimme schockierte Amy so, dass sie nicht antworten konnte. Wieder einmal wurde ihr klar, dass Jeff die Situation genoss. Trotz allem, was in den letzten vierundzwanzig Stunden geschehen war, schaffte er es, Interesse für diese dunkle Grube aufzubringen. Seine Begeisterungsfähigkeit erinnerte sie an einen kleinen Jungen, der sich über alles freut, was mit Höhlen und unterirdischen Geheimgängen zu tun hat.

»Jedenfalls tiefer, als ich je war«, stellte er zufrieden fest. »Keine Frage. Dreißig Meter vielleicht? Was meinst du?«

»*Jeff*«, sagte sie nur. Seltsam: Obwohl es so dunkel war, gab es auch Licht. Oder zumindest eine Spur davon, als wäre ein Tropfen Helligkeit von oben zu ihnen heruntergefallen. Während Amys Augen sich langsam anpassten, erkannte sie immer mehr – die Wände, den Boden des Schachts und nun auch Jeffs Gesicht. Sie sah, dass er sie anstarrte, sah seinen fragenden Ausdruck.

»Was denn?«, sagte er.

»Lass uns einfach das Handy suchen, okay?«

Er nickte. »Richtig. Das Handy.«

Amy beobachtete, wie er sich niederkauerte und die Fackel vorbereitete. Er öffnete den Tequila, träufelte ihn über das Stoffbündel, ließ ihn eine Weile einziehen, goss wieder ein bisschen, wartete und wiederholte das Ganze. Amy konnte den Tequila riechen, und weil ihr Magen so leer war, weil sie hungrig, durstig und total erschöpft war, hatte sie das Gefühl, allein von dem Geruch betrunken zu werden. Ein Stück rechts neben Jeff sah sie eine Socke und einen Schuh, und sie brauchte einen Moment, bis sie begriff, dass es Pablos Sachen waren. Eric hatte sie ihm gestern ausgezogen, um den Test an seiner Fußsohle zu machen, ob sein Rückgrat wirklich gebrochen war. In der Hektik gestern Abend hatten sie das Zeug liegen lassen, und jetzt war es schon über und über mit einer dünnen Pflanzenschicht bedeckt. Um ein Haar hätte Amy sich danach gebückt, denn vielleicht wollte Pablo Schuh und Socke wiederhaben. Aber dann kam sie sich schrecklich dumm vor. Und gemein, weil sie kurz gegrinst hatte, als ihr klar wurde, dass er so etwas garantiert nicht mehr brauchte.

»Gestern Abend lag hier eine Schaufel«, sagte sie und überraschte sich damit selbst, weil sie gar nicht darüber nachgedacht und davor nicht einmal bewusst wahrgenommen hatte, dass die Schaufel nicht mehr da war. Sie deutete auf die gegenüberliegende Wand, wo die Schaufel gestanden hatte.

Jeff drehte sich um. »Bist du sicher?«, fragte er.

Sie nickte. »Ja, es war so eine, die man zusammenklappen kann.«

Eine Weile starrte Jeff noch auf die Stelle, dann wandte er sich wieder seiner Fackel zu. »Vielleicht hat sie sie weggenommen«, sagte er schließlich.

»Wer?«

»Die Pflanze.«

»Warum sollte sie?«

»Matthias und ich haben vorhin mit einem Stein und einer Zeltstange versucht, das Loch für die Latrine zu buddeln. Vielleicht will sie nicht, dass uns das gelingt.«

Amy schwieg. Jeffs Behauptungen waren so absurd, in so vielen Punkten anfechtbar, dass sie fast Panik spürte. In ihrem Kopf machte sich ein seltsames Summen breit, und sie wusste gar nicht, wo sie mit ihrem Widerspruch beginnen sollte. »Willst du damit behaupten, die Pflanze kann sehen? Meinst du, sie hat euch beim Graben beobachtet?«

Jeff zuckte die Achseln. »Sie hat irgendeine Methode, Dinge zu erspüren. Wie sonst hätte sie sich Pablos Füße holen können?«

Pheromone, dachte Amy. *Reflexe*. Sie wollte nicht glauben, dass diese Pflanze sehen konnte, das war zu grässlich. Nein, ihr Verhalten lief bestimmt automatisch, vorbewusst ab. »Und kann die Ranke dann auch kommunizieren?«, fragte sie.

Inzwischen war Jeff mit der Flasche fertig und schraubte sie wieder zu; der Wulst aus Kleidungsstücken war ordentlich durchtränkt. »Was meinst du damit?«

»Sie hat euch da oben graben sehen und die Nachricht weitergegeben, damit die Ausläufer hier unten die Schaufel wegräumen?«

Am liebsten hätte sie laut gelacht, weil die Idee so absurd war. Aber irgendetwas hielt sie zurück. Das Summen in ihrem Kopf.
»Vermutlich«, antwortete Jeff.
»Und die Ranke kann auch *denken*?«
»Sicher doch.«
»Aber …«
»Sie hat mein Schild weggeschleppt. Wie hätte sie das machen sollen ohne …«
»Wir sprechen hier über eine *Pflanze*, Jeff. Pflanzen können nicht sehen. Pflanzen können nicht kommunizieren. Und auch nicht denken. Sie …«
»War gestern Abend eine Schaufel hier?« Er gestikulierte zu der anderen Wand.
»Ich glaube schon. Ich …«
»Wo ist sie dann jetzt?«
Amy schwieg. Darauf wusste sie keine Antwort.
»Wenn sie entfernt worden ist«, fuhr Jeff fort, »meinst du dann nicht, es wäre eine sinnvolle Annahme, dass die Ranke dahintersteckt?«
Ehe Amy etwas erwidern konnte, begann das Piepen wieder. Es kam von links, aus dem offenen Querschacht. Rasch griff Jeff nach der Streichholzschachtel, fummelte ein Hölzchen heraus, riss es an und hielt es an seine Fackel. Der Alkohol schien nach dem Streichholz zu greifen, saugte mit einem Flattergeräusch das Feuer zu sich, und gleich darauf war die Fackel in Jeffs Hand von einer blassblauen Flammenwolke umgeben, die ein schwaches, zögerndes Licht verbreitete und ständig an der Schwelle zum Ausgehen zu sein schien. Amy war sicher, dass sie nicht lange halten würde.
»Schnell«, rief Jeff und winkte sie zu dem Querschacht.
Inzwischen war das Handygeräusch dreimal erklungen, und sie stürzten los, um das Telefon zu finden, ehe es wieder verstummte.

Mit fünf raschen Schritten waren sie in dem Gang, aus dem ihnen ein stetiger Strom kalter Luft entgegenschlug. Die Fackel flackerte. Als sie das kleine Viereck offenen Himmel hinter sich ließen, wurde es Amy einen Moment angst und bange. Die Decke des Gangs war so niedrig, dass Jeff nur gebückt hindurchgehen konnte. Seltsamerweise schien die Ranke trotz der Dunkelheit hier besonders gut zu gedeihen, sie bedeckte jede sichtbare Oberfläche. Amy und Jeff wateten durch ein knietiefes Pflanzenmeer, Ausläufer hingen von der Decke, streiften Amys Gesicht, und wenn sie nicht so verzweifelt nach dem Telefon gesucht hätte, hätte sie auf der Stelle das Weite gesucht.

Dann kam das vierte Bimmeln, immer noch ein Stück vor ihnen, und lockte sie weiter in den Gang. Irgendwo vor sich in der Dunkelheit ahnte Amy eine Wand, noch unsichtbar, und aus irgendeinem Grund wusste sie, dass der Quergang in ungefähr zehn Metern zu Ende war. Das Piepen hatte ein Echo, dennoch glaubte sie, dass das Handy vor dieser Wand lag, auf dem Boden, unter den Ranken vergraben. Sie würden es auf allen vieren suchen müssen. Inzwischen war sie in Laufschritt verfallen, und der Wunsch, das Telefon zu finden, ehe es aufhörte zu klingeln, trieb sie ebenso voran wie die Angst.

Jeff bewegte sich wesentlich vorsichtiger voran und blieb auch etwas zurück, sodass Amy sich von ihm und der Fackel entfernte. Sanft, fast zärtlich berührten die Ranken ihren Körper und schienen ihr den Weg freizumachen.

»Warte!«, rief Jeff, blieb stehen, hielt die flackernde Fackel vor sich und spähte angestrengt in die Dunkelheit.

Aber Amy ignorierte ihn, sie wollte endlich das Handy holen und so schnell wie möglich wieder gehen. Jetzt konnte sie die Wand sehen, ein Schatten, der vor ihr auftauchte und den Weg blockierte.

»Amy!«, wiederholte Jeff lauter, und seine Stimme hallte von der

Wand wider. Nun zögerte sie doch, wurde langsamer, drehte sich halb um, und auf einmal merkte sie, dass die Ranke sich bewegte. Das war auch der Grund, warum sie sich so beengt fühlte, nicht nur deswegen, weil es immer dunkler und der Gang immer schmaler wurde. Nein, schuld daran waren die Blüten. Sie hingen von der Decke, von den Wänden, reckten sich vom Boden zu ihr empor, öffneten und schlossen sich wie kleine Münder. Fast wäre Amy stehen geblieben. Aber da klingelte das Telefon zum fünften Mal und lockte sie weiter. Bestimmt würde es nicht mehr lange zu hören sein. Und es war jetzt ganz in der Nähe – vermutlich direkt vor der Wand. Sie musste sich nur noch …

»Amy!«, rief Jeff, und sie zuckte erschrocken zusammen. Er hatte sich wieder in Bewegung gesetzt und kam nun mit der Fackel auf sie zu. »Nicht …«

»Es ist direkt hier«, unterbrach sie ihn und machte noch einen Schritt nach vorn. Sicher, es war albern, aber sie wollte gern diejenige sein, die das Handy entdeckte. »Es ist …«

»Stopp!«, brüllte er. Und ehe sie reagieren konnte, war er hinter ihr, packte sie am Arm, riss sie einen Schritt zurück und zog sie zu sich. Sie spürte sein Gesicht neben ihrem, seine Wärme, und hörte ihn flüstern: »Es gibt kein Handy.«

»Was?«, fragte sie verwirrt. In diesem Moment ertönte ein sechstes Bimmeln, das aus den Ranken direkt vor ihnen zu kommen schien. Amy versuchte sich loszumachen. »Es ist …«

Aber wieder zerrte Jeff sie zurück, so fest, dass es wehtat. »Es ist die Ranke«, flüsterte er dicht an ihrem Ohr. »Die Blüten. Sie machen das Geräusch.«

Ungläubig schüttelte sie den Kopf. Das konnte doch nicht sein. »Nein, nein, es ist gleich da …«

Langsam beugte Jeff sich vor und bewegte die Fackel auf den Boden zu, in die Masse der Ranken vor ihnen. Sie zuckten vor dem Feuer zurück, teilten sich, als das Feuer sich näherte, so

schnell, dass sie zu zischen schienen, bis in ihrer Mitte eine Öffnung entstand. Und als das Licht dorthin gelangte, wo der Boden hätte sein müssen, war dort nichts, nur gähnende Leere, Dunkelheit. Ein heftiger Luftzug fuhr in Amys Haare, und sie verlor immer mehr die Orientierung. Jeff schwenkte die Fackel vor und zurück, trieb die Ranken weiter auseinander, aber Amy brauchte ein paar Sekunden, bis sie begriff, was sie vor sich hatte, woraus diese Dunkelheit bestand und warum es hier keinen Boden gab. Es war der Eingang eines weiteren Schachts, der senkrecht abfiel; die Ranken waren darübergewachsen und hatten ihn verborgen. *Eine perfekte Falle,* dachte Amy. Sie und Jeff waren von der Pflanze hierher gelockt worden, um in die Dunkelheit zu stürzen.
Auf einmal hörten sie einen scharfen Knall, ein Pfeifen wie von einer Peitsche, und eine Ranke schoss vor, wickelte sich blitzschnell um den Aluminiumgriff von Jeffs Fackel und entriss sie ihm. Amy sah, wie sie in den Abgrund fiel, wie das Licht flackerte, beinahe erlosch, aber noch brannte, als sie zehn Meter unter ihnen auf dem Boden aufkam. Für einen Moment war etwas Weißes zu sehen – *Knochenweiß* –, ein Schädel vielleicht. Auch die Schaufel war dort unten, und noch mehr Ranken, eine sich windende Masse, ein Nest voller Schlangen, die vor dem kleinen Feuerball in ihrer Mitte zurückwichen. Dann wurde die Flamme schwächer und ging schließlich ganz aus.
Danach war es dunkel, schrecklich dunkel, dunkler als Amy es je für möglich gehalten hätte. Einen Moment konnte sie nur Jeffs Atem neben sich und das dumpfe Pochen ihres Herzens in den Ohren hören, aber dann ertönte wieder das Pfeifen, diesmal lauter und dichter bei ihnen, und noch bevor die Ranken nach ihr zu greifen begannen, wusste Amy, dass sie es waren. Aus allen Richtungen kamen sie, von den Wänden, von der Decke und vom Boden, berührten ihren Körper, schlangen sich um ihre Arme und Beine, um ihren Hals und zerrten sie auf den offenen Schacht zu.

Amy schrie auf und versuchte wegzulaufen, zerrte mit den Händen an der Pflanze, bekam ein Bein frei, aber nur um zu spüren, wie sofort das andere umschlungen wurde. Die Ranken waren nicht stark genug, um sie auf diese Weise zu überwältigen, sie brachen zu leicht ab, aber es kamen immer mehr. Verzweifelt trat und schlug Amy um sich, wurde panisch und verlor endgültig die Orientierung, sodass sie in der Dunkelheit nicht mehr wusste, wohin sie fliehen konnte.

»Jeff!«, schrie sie, und dann fühlte sie, wie seine Hände sie packten und wegzogen, und sie folgte ihm, während die Ranken weiter nach ihnen schlugen, grabschten, fetzten und brannten.

Jeff rief etwas, aber sie verstand ihn nicht. Er zerrte sie rückwärts, sie stolperten und purzelten übereinander, auf Hände und Knie, mitten in die Ranken, die sie sofort einfingen und festzuhalten versuchten, aber dann waren sie wieder auf den Beinen, und vor ihnen schimmerte ein Hauch von Licht, auf das sie zurannten. Jeff zog Amy am Arm, und hinter ihnen fielen die Ranken zurück, wurden stiller und regten sich endlich nicht mehr.

Plötzlich tauchte das Seil mit der Schlinge vor ihnen auf. Und dann das kleine Fenster aus Himmel darüber. Amy legte den Kopf in den Nacken und konnte Eric und Matthias erkennen, oder zumindest die Umrisse zweier Köpfe, die zu ihnen herunterblickten.

»Jeff?«, rief Matthias.

Jeff antwortete nicht. Er starrte in den Gang, aus dem sie gerade entkommen waren. Jetzt war der Seitenschacht einfach dunkel, ein gleichmäßiger kalter Luftstrom war zu spüren, aber Jeff schien sich kaum losreißen zu können. »Nimm die Schlinge, Amy«, sagte er.

Amy hörte, dass er völlig außer Atem war. Sie keuchte ebenfalls, und so blieb sie noch eine Weile neben ihm stehen und versuchte sich zu fassen.

Jeff bückte sich, nahm die Tequilaflasche und schraubte den Deckel ab. Dann hob er Pablos Socke auf und spritzte etwas von dem Schnaps darüber.

»Was machst du da?«, flüsterte Amy.

Auf einmal regte sich in der dunklen Schachtöffnung etwas, zunächst fast unhörbar, aber immer deutlicher. Jeff stopfte Pablos Socke mit dem Zeigefinger tief in den Hals der Flasche. Zwar war das Geräusch noch sehr leise, aber es erschien merkwürdig vertraut – als würden Karten gemischt –, seltsam und beängstigend und irgendwie menschlich.

»*Beeil* dich, Amy«, sagte Jeff.

Sie diskutierte nicht, sondern griff wortlos nach der Schlinge und steckte Arme und Kopf hindurch.

Wieder kam Matthias' Stimme: »Jeff?«

»Zieht sie hoch!«

Amy schaute nach oben. Die Köpfe waren noch da und spähten aus dem winzigen Himmelsviereck auf sie herunter, obwohl sie in der Dunkelheit natürlich nichts erkennen konnten. Doch von unten sah man, wie Matthias die Hände wie einen Schalltrichter an den Mund legte. »Was ist passiert?«, rief er.

Jeff hantierte mit der Streichholzschachtel herum. »Los!«, brüllte er nur.

Inzwischen wurde das Geräusch mit jeder Sekunde ein Stück lauter, und je lauter es wurde, desto bekannter klang es. Amy wusste, was es war, aber sie wollte es nicht wissen, wollte nichts mehr hören, wollte nur noch weg. Die Schlinge ruckte, und nun übertönte das Quietschen der Winde das andere Geräusch, und Amy setzte sich in Bewegung, wurde in die Luft gehoben, ihre Füße lösten sich vom Boden. Jeff würdigte sie keines Blickes. Er sah zwischen der Streichholzschachtel und der Dunkelheit, aus der das Geräusch kam, hin und her. Die Lautstärke nahm weiterhin zu, als wollte sie Amy hinauf ins Licht folgen, sie einfangen und wieder herunterziehen.

Amy beobachtete, wie Jeff ein Streichholz anriss. Die Flamme loderte auf, und er hielt sie an Pablos Socke. Sofort fing der Tequila Feuer, brannte mit dem gleichen bläulichen Licht wie vorhin die Fackel. Einen Moment hielt Jeff die Flasche fest, bis die Flammen in Gang kamen, dann warf er sie wie eine Granate in den offenen Schacht. Amy hörte, wie die Flasche in tausend Scherben zerschellte, und in dem sich ausbreitenden Lichtschein war Jeff deutlich zu sehen.

Ein Molotowcocktail, dachte sie, und es kam ihr merkwürdig vor, dass sie den Ausdruck kannte. Unwillkürlich stellte sie sich vor, wie solche selbst gebastelten Bomben gegen russische Panzer geschleudert wurden, eine hilflose, verzweifelte, vergebliche Geste. Reglos stand Jeff unten in der Grube und starrte in den Seitenschacht. Das Feuer erstarb bereits, und Amy schwebte stetig weiter nach oben. Bald würde sie ihn nicht mehr sehen können. Hoffentlich merzten die Flammen das gruslige Geräusch ein für alle Mal aus, diesen Laut, den sie kannte, von dem sie aber nichts wissen wollte. Zunächst schien es auch, als würde sich ihr Wunsch erfüllen, aber dann begann es von neuem, und diesmal nicht nur von unten, sondern von überall, von den Seiten, sogar von oben. Jeff wurde undeutlicher, das Feuer erlosch, die Dunkelheit hüllte ihn wieder ein, und als Amy die Augen hob, um zu sehen, wie weit es noch bis zur Erdoberfläche war, bemerkte sie eine Bewegung. Sie kam von den Ranken, die an den Schachtwänden hingen, blasser und dünner als ihre Verwandten auf dem Hügel, aber ihre winzigen Blüten öffneten und schlossen sich unablässig – das war es, was das Geräusch verursachte! Ganz sanft jetzt, fast verstohlen, aber trotzdem deutlich wahrnehmbar, und es blieb ihr keine andere Wahl, als diesen Laut, der sicherlich überall auf dem Hügel ein Echo fand, wahrzunehmen und als das zu erkennen, was er war.

Sie lachen, dachte Amy.

Als sie nach Amy auch Jeff aus der Grube gezogen hatten, gab es nicht mehr viel zu tun. Ausnahmsweise hatte Jeff keine Pläne mehr und schien von dem, was er dort unten erlebt hatte, auch ziemlich benommen zu sein. Also trugen sie Pablo zu seinem Schutzdach zurück, dann setzten sie sich – natürlich mit Ausnahme von Stacy, die ja noch unten am Hügel auf die Griechen wartete – alle zusammen und ließen die Wasserflasche kreisen. Als Eric sah, dass Jeffs Hände beim Trinken zitterten, verspürte er eine seltsame Genugtuung. Schließlich zitterten seine eigenen schon seit einiger Zeit, und es war ein gutes Gefühl zu sehen, dass auch die anderen allmählich die Fassung verloren. *Die miserable Missempfindung des Miesepeters,* dachte er. Aus irgendeinem Grund gingen ihm diese Worte nicht mehr aus dem Sinn, und er musste immer wieder dem Drang widerstehen, sie laut auszusprechen.

»Sie haben uns ausgelacht«, flüsterte Amy.

Keiner sagte etwas. Matthias schraubte den Kanister wieder zu und brachte ihn zurück ins Zelt. Natürlich hatte Jeff ihnen, sobald er wieder aus dem Loch herausgekommen war, in allen Einzelheiten erzählt, wie die Pflanze das Handygeräusch nachgeahmt hatte, um sie in die Falle zu locken, und selbst die Enttäuschung, dass es kein Handy gab, samt den damit einhergehenden Sorgen, hatte für Eric etwas Tröstliches. Denn jetzt würden auch die anderen es einsehen – nachdem sie die Macht der Ranke nun mit eigenen Augen gesehen hatten, würden sie ihm glauben, dass sie immer noch in seinem Körper steckte, dass sie dort wuchs und ihn von innen auffraß. Denn das spürte er noch immer, es hörte nicht auf. In seinem Bein bohrte etwas, etwas Kleines, Wurmartiges, im Fleisch direkt neben dem Schienbein stocherte und nagte es. Als würde es sich langsam, aber sicher, in Richtung Fuß vorarbeiten. Weiter oben, im Brustkorb, war keine Bewegung, nur ein unablässiger Druck, der aber ebenso unmöglich zu ignorieren war. Eric stellte sich dort einen Hohlraum vor, direkt unter den Rippen, eine natürliche Körperhöhle, die sich allmählich mit der Ranke anfüllte, die sich wand und wuchs, seine Organe beiseiteschob und mit jeder Sekunde mehr Platz forderte. Wenn er mit dem Messer in diese Stelle schneiden würde, und sei es auch nur ein kleines bisschen, würde die Pflanze herauspurzeln, davon war er überzeugt, blutverschmiert wie ein monströses Neugeborenes, sich krümmend und windend, und ihre Blüten würden sich öffnen und schließen wie ein Dutzend winziger Mäulchen, die um Nahrung bettelten.

Pablo stöhnte – es klang beinahe wie ein Wort, so, als würde er nach etwas rufen. Aber als sie sich ihm zuwandten, waren seine Augen immer noch geschlossen, und sein Körper rührte sich nicht. *Er träumt,* dachte Eric, doch dann wusste er sofort, dass es nicht stimmte, weil etwas Schlimmeres vorging, etwas viel Schlimmeres. Es war das Delirium, das Stolpern vor dem endgültigen Fall.

Traum, Delirium, Tod …

»Sollten wir ihm nicht ein bisschen Wasser geben?«, fragte Amy.

Ihre Stimme klang seltsam in Erics Ohren. *Garantiert zittern ihre Hände auch,* dachte er. Niemand antwortete ihr. Eine Weile saßen sie da und starrten Pablo schweigend an, warteten, dass er die Augen aufschlug, sich bewegte, aber nichts dergleichen geschah. Das einzige Geräusch, das er von sich gab, war das feuchte, schleimige Rasseln seines Atems. Plötzlich erinnerte sich Eric an einen Besuch bei einem Freund, wo er früh am Morgen halb schlafend bei ihm auf der Couch gelegen und darauf gelauscht hatte, wie jemand im Stockwerk über ihm die Möbel verschob. Sonderbarerweise konnte er sich nicht mehr an den Namen des Freundes erinnern. Dafür aber sah er die leeren Bierflaschen auf dem Couchtisch vor sich, roch das muffige Kissen, das man ihm für die

Nacht geliehen hatte, und hörte, wie die Möbel von einer Seite des Zimmers auf die andere geschoben wurden. An dieses Geräusch erinnerte er sich jetzt, denn genauso klang Pablos Atem – wie wenn man einen schweren Tisch über einen Holzboden zerrt. Doch er war so müde, so ausgetrocknet, so hungrig, dass ihm der Name seines Freundes einfach nicht mehr einfallen wollte.

»Er hat kein Wasser mehr bekommen, seit ...«, setzte Amy wieder an.

»Er ist bewusstlos«, schnitt ihr Jeff das Wort ab. »Wie sollen wir ihm da Wasser geben?«

Darauf wusste Amy keine Antwort.

Einer nach dem anderen wandte den Blick von Pablo ab. Sie schlossen die Augen, sahen weg und vermieden es, wieder hinzusehen. Ziellos wanderte Erics Blick über die Lichtung und blieb schließlich an dem Messer hängen. Es lag neben Pablos Schutzdach, die Klinge noch blind vom Blut des Griechen, das sie von der Spitze bis zum Griff besudelte. Es war nicht schwer zu erreichen, Eric musste nur ungefähr einen halben Meter zur Seite rücken, sich strecken, und plötzlich hatte er es in der Hand. Der Griff war warm von der Sonne, tröstlich. Genau das hatte er sich gewünscht. Erst versuchte er, die Klinge an seinem T-Shirt abzuwischen, aber das Blut war angetrocknet und ließ sich nicht so leicht entfernen. Mühsam sammelte er mit der Zunge genug Speichel im Mund zusammen – was, dehydriert, wie er war, eine ganze Weile dauerte – und spuckte darauf. Aber nicht einmal das half. Sobald er anfing, mit seinem T-Shirt, das von dem grünen Flaum der Pflanze inzwischen hauchdünn und fast durchsichtig war, auf der Klinge herumzurubbeln, löste es sich mehr oder weniger in Wohlgefallen auf.

Aber das spielte sowieso keine Rolle. Vor einer Infektion hatte er keine Angst.

Kurz entschlossen beugte er sich vor, stach sich mit dem Messer ins Bein und machte einen circa sieben Zentimeter langen Schnitt etwas unterhalb von dem, durch den Matthias früher am Morgen den Ausläufer der Pflanze entfernt hatte. Natürlich tat es weh, vor allem, weil er in die Tiefe gehen, weit in den Muskel bohren und das Fleisch mit dem Messer zurückdrängen musste, um an das winzige Stückchen Ranke zu kommen, das sich irgendwo darin herumtrieb. Der Schmerz war heftig, er fühlte sich an wie ein lautes Geräusch, war aber auch seltsam tröstlich, stärkend und klärend. Blut sammelte sich in der Wunde, quoll über und lief an seinem Bein hinunter, sodass es schwer war, etwas zu sehen. Kurz entschlossen steckte er den Zeigefinger in den Schnitt, stocherte und tastete, während der Schmerz aufloderte wie eine Flamme. Die anderen beobachteten ihn, stumm vor Schreck. Trotz des Schmerzes hielt das bohrende, wurmartige Gefühl an, und Eric spürte, wie das Ding nach unten floh, weg von seinem Finger. Noch einmal setzte er das Messer an, schnitt tiefer, und dann war Jeff endlich auf den Beinen und rannte zu ihm.

Eric blickte auf. Das Blut rann in breiten Bächen über seinen Unterschenkel und begann sich schon wieder in seinem Schuh zu sammeln. Doch wenn er von Jeff Fürsorge oder Hilfe erwartet hatte, täuschte er sich, denn dieser streckte mit angeekeltem, ungeduldigem Gesicht die Hand nach dem Messer aus und entriss es ihm. »Hör auf damit«, sagte er und warf das Messer weg, sodass es schlitternd auf der Erde landete. »Benimm dich hier nicht wie ein beschissener Idiot.«

Einen Moment war es ganz still auf der Lichtung. Eric wandte sich zu den anderen, in der Annahme, dass ihn einer von ihnen verteidigen würde, aber sie mieden seinen Blick, und auf ihren Gesichtern sah er einen ähnlichen Ausdruck wie bei Jeff.

»Haben wir nicht schon genug Probleme?«, fragte Jeff.

Eric machte mit seinen blutigen Händen eine hilflose Bewegung zu seinem blutigen Schienbein. »Das Zeug ist in mir drin.«

»Wenn du so an dir rumsäbelst, erreichst du nur eines, nämlich dass du eine Infektion kriegst. Ist es das, was du möchtest? Ein entzündetes Bein?«

»Es ist nicht nur mein Bein, sondern auch mein Brustkorb.« Eric legte die Handfläche auf die Stelle unter den Rippen, wo er den dumpfen Schmerz spürte, und glaubte den Gegendruck der Ranke zu fühlen.

»In dir ist nichts drin. Kapiert?« Jeffs Stimme war ein Echo dessen, was auf seinem Gesicht zu lesen war, hart, frustriert, erschöpft. »Du bildest dir das nur ein, und du musst ... du musst verdammt noch mal damit aufhören.« Damit drehte er sich um und ging zurück ins Zentrum der Lichtung.

Dort begann er auf und ab zu wandern, während Pablo weiter den schweren Tisch über den Holzboden schleifte, und plötzlich tauchte in Erics Kopf der Name Mike O'Donnell auf. So hieß sein Freund, ein rothaariger Lacrosse-Spieler mit zahnlückigem Gebiss. Sie hatten sich in der Highschool kennengelernt, waren aber auf verschiedene Colleges gegangen und hatten sich aus den Augen verloren. Als Eric ihn besucht hatte, wohnte Mike in einem alten Reihenhaus am Rand von Baltimore. Sie waren zusammen zu einem Spiel der Orioles gegangen, hatten von einem Schwarzhändler absolut miese Karten gekauft und von ihren Plätzen so gut wie nichts gesehen. All das war erst zwei oder drei Jahre her, aber es schien ihm Lichtjahre entfernt, aus einem anderen Leben, das nichts mit dem jetzigen zu tun hatte, in dem er auf dieser Lichtung hockte, dem grausigen Rasseln von Pablos Atem lauschte – *Traum, Delirium, Tod* –, und am liebsten den Finger wieder in seine offene Wunde gesteckt hätte. Aber er widerstand dem Drang, indem er sich einzureden versuchte, dass da nichts war, und sich bemühte, daran zu glauben.

Auf einmal blieb Jeff stehen. »Jemand sollte Stacy ablösen«, sagte er.

Aber keiner rührte sich, und keiner sagte ein Wort.
Zuerst sah Jeff Amy an, dann Matthias, aber sie erwiderten beide seinen Blick nicht. Bei Eric versuchte er es erst gar nicht. »Na gut«, meinte er schließlich mit einer wegwerfenden Handbewegung, und nun umfasste sein Ekel sie alle drei, samt ihrer Tatenlosigkeit, ihrer Erschöpfung, ihrer Hilflosigkeit und allem. »Dann mach ich es eben.«
Ohne ein weiteres Wort und ohne sie noch einmal anzusehen, drehte er sich um und verließ die Lichtung.

Als er den Hügel hinunterschritt, wurde ihm klar, dass sie etwas hätten essen sollen. Inzwischen war es schon nach Mittag, und sie hätten sich gut die beiden Bananen teilen können, sie als Mittagessen in fünf gleiche Portionen schneiden, kauen und schlucken. Zum Abendessen dann die Orange, dazu vielleicht ein paar Trauben, denn die hielten sich in der Hitze sowieso nicht und waren schon dabei zu vergammeln. Und was dann? Salzbrezeln, Nüsse, Müsliriegel – wie lange würde sie das über Wasser halten? Vermutlich noch ein paar Tage, danach würde das Fasten beginnen, das Verhungern. Es hatte keinen Sinn, sich Sorgen zu machen, denn er konnte sowieso nichts an der Situation ändern. Hoffen und beten, viel mehr blieb ihnen nicht mehr übrig, und in Jeffs Gedanken war Hoffen und Beten eigentlich dasselbe wie Nichtstun.
Er hätte das Messer mitnehmen sollen, denn Eric würde bestimmt noch einmal versuchen, sich zu schneiden, sofern die anderen ihn nicht aufhielten, und Jeff traute Amy und Matthias in dieser Hinsicht nicht. Er hatte den Zugang zu ihnen verloren, das wusste er. Erst vierundzwanzig Stunden waren vergangen, und sie benahmen sich bereits wie Opfer, ließen die Köpfe hängen und machten ausdruckslose, deprimierte Gesichter. Sogar Matthias schien sich

im Lauf des Vormittags zurückgezogen zu haben und war völlig passiv geworden. Dabei brauchte Jeff dringend seine Unterstützung.

Eigentlich hätte er wissen müssen, dass in dem Schacht kein Handy war. Zumindest hätte er es ahnen müssen. Kein Zweifel, er dachte nicht so klar, wie es notwendig gewesen wäre, und das war gefährlich. Die Ranke hätte ohne weiteres das Seil fressen können, aber sie hatte es unberührt gelassen, und das bedeutete, sie hatte gewollt, dass sie noch einmal jemanden in die Grube hinunterließen, und das hätte Jeff sehen müssen, hätte begreifen müssen, dass es nur eines heißen konnte, nämlich, dass das Piepen eine Falle war. Die Ranke konnte sich bewegen und denken und Geräusche nachahmen, nicht nur die eines Handys, sondern auch Vogelgezwitscher. Denn sie musste es gewesen sein, die den Lärm veranstaltet hatte, um die Mayas zu warnen, als er am vorigen Abend den Hügel hinuntergeschlichen war, und auch das hätte er erkennen müssen.

Allem Anschein nach wurde er nachlässig. Er war dabei, die Kontrolle zu verlieren, und wusste auch nicht, wie er sie wiedererlangen sollte.

Jetzt sah er Stacy, zusammengekauert unter ihrem Sonnenschirm, das Gesicht der Lichtung, den Mayas, dem Dschungel zugewandt. Sie hörte Jeff nicht kommen, drehte sich nicht zu ihm um. Erst als er fast neben ihr war, merkte er, warum: Sie saß im Schneidersitz da, mit nach vorn gesunkenem Oberkörper, den Schirm auf den Schultern, mit geschlossenen Augen und leicht geöffnetem Mund – und schlief tief und fest. Fast eine Minute stand Jeff vor ihr und starrte, die Hände in den Hüften, auf sie hinunter. Im Handumdrehen war sein erster Ärger über ihre Nachlässigkeit verflogen, denn er war einfach zu erledigt, um ihn lange aufrechtzuerhalten. Außerdem wusste er, dass es eigentlich keine Rolle spielte, jedenfalls nicht in praktischer Hinsicht. Wenn die Griechen gekommen wären, hätten sie gerufen, sobald sie Stacy entdeckten, und sie bestimmt früh genug entdeckt. Doch noch wesentlicher war, dass die Griechen nicht gekommen waren und wahrscheinlich auch nie kommen würden. Ärger war also völlig unangebracht; er kam und ging, ein kurzer Schauder. Stacys Schirm war falsch gekippt, sodass sein Schatten nur die obere Körperhälfte bedeckte, während ihr Schoß und die gekreuzten Beine der Mittagssonne ausgesetzt waren. Ihre dreckverkrusteten Füße in den Sandalen waren bis zum Knöchel verbrannt und bereits tiefrot. Später würden sich Blasen bilden, dann würde die Haut sich schälen, ein schmerzhafter Prozess. Wenn es Amy gewesen wäre, hätten sie deswegen bestimmt eine Menge Gejammer zu hören bekommen, vielleicht sogar Tränen, aber Jeff wusste, dass Stacy es nicht erwähnen, vielleicht sogar nicht einmal merken würde. Dieser seltsame Mangel an Kontakt zu ihrem Körper gehörte zu ihrer verträumten, irgendwie leicht weggetretenen Persönlichkeit. Oft konnte Jeff der Versuchung nicht widerstehen, die beiden Freundinnen zu vergleichen. Er hatte sie beide gleichzeitig kennengelernt, denn er hatte im ersten Studienjahr im gleichen Wohnheim gewohnt, direkt unter ihnen. Eines Abends war er zu ihnen hinaufgegangen, um sich zu beklagen, weil dauernd etwas lärmend auf den Boden knallte, und hatte sie im Schlafanzug vorgefunden, wie sie mit Hammer und Nägeln und einer koreanischen Gebrauchsanweisung vor einem kleinen Holzstapel hockten. Aus dem Holz sollte ein Bücherregal werden, das Amy im Internet bestellt hatte, ganz billig und ohne zu merken, dass sie es selbst zusammenbauen musste. Am Ende bastelte Jeff das Regal für sie. Und dabei freundeten sie sich alle an. Für kurze Zeit war es nicht ganz klar, wem er eigentlich den Hof machte, und das erklärte vermutlich zumindest teilweise, warum er dazu neigte, die beiden zu vergleichen und ihre Unterschiede gegeneinander abzuwägen.

Zu guter Letzt hatte Amys Persönlichkeit ihn schließlich für sich gewonnen – sie war wesentlich solider als Stacy und trotz ihrer Neigung zur Nörgelei viel zuverlässiger –, aber rein körperlich hatte er Stacy immer anziehender gefunden. Er fand ihre dunklen Augen faszinierend, die einen ganz plötzlich mit einer fast schmerzhaften Offenheit ansehen konnten und nichts, aber auch gar nichts verbargen. Außerdem war sie sexy und hatte diese gewisse verführerische Ausstrahlung, während Amy einfach nur hübsch war. Kurz nachdem er und Amy sich für eine ernsthafte Beziehung entschieden hatten, war er eine Weile sogar auf die geschmacklose Idee verfallen, mit Stacy eine Affäre anzufangen. Denn das, was am Strand zwischen ihr und Don Quixote passiert war, war durchaus kein Einzelfall. So etwas kam bei Stacy des Öfteren vor, sie war auf eine verstohlene, hilflose Art promiskuitiv, die beinahe unabsichtlich wirkte. Sie küsste gerne fremde Typen, fasste Männer gerne an und wurde auch gerne von ihnen angefasst, vor allem, wenn sie etwas getrunken hatte. Von manchen dieser Ausrutscher wusste Eric, aber längst nicht von allen. Über diejenigen, von denen er erfuhr, stritten sie sich, schrien sich an und beschimpften sich ziemlich unflätig, nur um am Ende doch wieder Frieden zu schließen, wobei Stacy dann tränenreiche, in diesem Moment sicher ehrlich gemeinte Versprechen ablegte, die sie unweigerlich brach, manchmal schon innerhalb weniger Tage. Jeff wunderte sich, dass er sich ausgerechnet jetzt an all das erinnerte, vor allem an seine betrügerischen Fantasien, und er wusste gar nicht mehr, wie er eigentlich darauf gekommen war. Oder aus welchem Grund. Das alles fühlte sich so weit weg an.

Das Komische an Stacy war ja auch, dass sie trotz ihrer sexuellen Aura etwas erstaunlich Kindliches an sich hatte. Zum Teil gehörte das zu ihrer Persönlichkeit – die Planlosigkeit, die Schusseligkeit, ihre Vorliebe für Spielereien und Fantasien, ihre Abneigung gegen alles, was nach Arbeit roch –, aber es war auch etwas Körperliches, etwas in ihren Gesichtszügen, ihren Proportionen – ihr Kopf war rund und etwas zu groß für den zierlichen Körper, mehr wie bei einem kleinen Mädchen als bei einer erwachsenen Frau. Wahrscheinlich würde sich das nie ändern. Selbst wenn sie hier lebend herauskamen, selbst wenn sie einmal als runzlige, bucklige, zittrige Greisin durchs Leben schlurfte, würde sie diese Eigenschaft nicht verlieren. Natürlich war es jetzt besonders deutlich, wo sie so fest schlief und so wehrlos aussah.

Sie dürfte nicht hier sein, dachte Jeff. Ohne sein bewusstes Zutun erschienen die Worte in seinem Kopf, so plötzlich, dass er erschrak. Natürlich stimmte es – keiner von ihnen dürfte hier sein. Trotzdem waren sie es, und ihre Hoffnung, jemals wieder an einen anderen Ort zu gelangen, schwand zusehends. Es war seine Idee gewesen, nach Mexiko zu fahren, es war seine Idee gewesen, Matthias auf seiner Suche nach seinem Bruder zu begleiten. Waren die Worte ein Hinweis, dass er langsam die Verantwortung dafür auf sich nehmen musste? Noch während Jeff diesem Gedanken nachhing, bemerkte er, dass die Ranke auch an Stacys Sandalen Fuß gefasst hatte und wie eine Girlande an den Lederriemen hing. Rasch kauerte er sich nieder, um sie abzureißen.

Bei seiner Berührung wachte Stacy auf, wich zurück, sprang auf die Füße und ließ dabei ihr Schirmchen fallen – sie hatte Angst!

»Was ist los?«, schrie sie fast.

Beschwichtigend wedelte Jeff mit den Händen in der Luft herum. Er hätte Stacy gern berührt, sie an der Hand gefasst oder in den Arm genommen, aber sie machte rasch einen Schritt rückwärts, sodass er sie nicht mehr erreichen konnte. »Du bist eingeschlafen«, erklärte er.

Stacy legte schützend die Hand über die Augen und versuchte sich zu orientieren. Auch auf ihren Kleidern war die Ranke gewachsen. Ein langer Ausläufer hing vorn an ihrem T-Shirt, einer hatte sich um ihre Wade gewickelt. Jeff hob den Sonnenschirm auf und hielt ihn ihr hin. Sie starrte das Ding an, als wüsste sie nicht mehr, was es war, aber dann nahm sie es entgegen und legte es wieder über die Schulter. Doch sie trat noch einen Schritt zurück. *Als hätte sie Angst vor mir*, dachte Jeff leicht irritiert.

»Du kannst zurück zu den anderen«, sagte er mit einer Handbewegung den Hügel hinauf.

Aber Stacy rührte sich nicht, sondern hob ihren sonnenverbrannten Fuß und kratzte sich geistesabwesend. »Sie hat gelacht«, sagte sie.

Jeff starrte sie an. Zwar wusste er genau, was sie meinte, aber es fiel ihm absolut keine Antwort darauf ein. Irgendetwas an ihr, an der Begegnung mit ihr, machte ihm bewusst, wie erschöpft er war, und er konnte ein Gähnen nicht unterdrücken.

Stacy gestikulierte in die Runde. »Die Ranke.«

Er nickte. »Wir sind noch mal in den Schacht runter. Um nach dem Handy zu suchen.«

Für einen Moment veränderte die aufkeimende Hoffnung Stacys Gesichtsausdruck, ihre Haltung, ihre Stimme. »Ihr habt es gefunden?«

Aber Jeff schüttelte den Kopf. »Es war eine Falle. Die Ranke hat das Geräusch nachgeahmt.« Als er sah, was für eine dramatische Wirkung seine Worte auf sie hatten, fühlte er sich, als hätte er sie geschlagen. Sie sank in sich zusammen, ihr Gesicht wurde schlaff und verlor Farbe.

»Ich hab sie lachen gehört. Überall auf dem Hügel.«

Jeff nickte. »Sie kann Geräusche nachmachen.« Da Stacy so sehr einen Trost zu brauchen schien, fügte er hinzu: »Aber das war nur ein Laut, kein echtes Lachen.«

»Ich bin eingeschlafen«, bemerkte Stacy unvermittelt, als würde sie mit jemand anderem sprechen. »Ich hatte solche Angst. Ich war …« Sie schüttelte den Kopf, unfähig, die richtigen Worte zu finden: »Ich weiß nicht, warum ich eingeschlafen bin.«

»Du bist müde. Das sind wir alle.«
»Ist er okay?«
»Wer?«
»Pablo. Ist er ...« Wieder suchte sie nach Worten. »Ist er in Ordnung?«
Seltsamerweise brauchte Jeff einen Moment, um zu begreifen, wen sie meinte. Wenn er an sich hinunterschaute, sah er das Blut auf seinen Jeans, aber er musste sich anstrengen, um sich ins Gedächtnis zu rufen, wem es gehörte und wie es dorthin gekommen war. *Müdigkeit,* dachte er, obwohl er genau wusste, dass mehr dahintersteckte. In seinem Innern war er genauso auf der Flucht vor der Realität wie alle anderen. »Er ist bewusstlos«, antwortete er.
»Und seine Beine?«
»Haben wir amputiert.«
»Aber er lebt?«
Jeff nickte.
»Wird er durchkommen?«
»Wir werden sehen.«
»Hat Amy dich nicht daran gehindert?«
Jeff schüttelte den Kopf.
»Sie sollte dich nämlich aufhalten.«
»Wir waren schon fertig.«
Das brachte Stacy zum Schweigen.
Auf einmal spürte Jeff, wie erneut Ungeduld und Frustration in ihm aufstiegen. Warum ging Stacy denn nicht endlich? Er wusste genau, was sie als Nächstes sagen würde, er konnte es erraten, er wartete nur darauf, aber er fühlte sich trotzdem vor den Kopf gestoßen und war beleidigt, als sie es aussprach.
»Ich glaube, du hättest es nicht tun sollen«, sagte sie.
Er winkte brüsk ab. »Dafür ist es jetzt ein bisschen spät, oder nicht?«

Stacy zögerte und sah ihn an. Dann entgegnete sie zögernd, wie gegen ihren Willen: »Ich wollte es nur sagen. Damit du es weißt. Dass ich lieber dagegen gestimmt hätte. Ich wollte nicht, dass du ihn amputierst.«

Darauf fiel Jeff keine Antwort ein. Alles, was er sagen konnte, war inakzeptabel. Er wollte sie anschreien, sie an den Schultern packen und schütteln, sie ohrfeigen, aber er wusste genau, dass das zu nichts Gutem führen würde. Alle schienen förmlich darauf zu brennen, ihn im Stich zu lassen, ihm in den Rücken zu fallen, alle waren so viel schwächer, als er es erwartet hatte. Dabei versuchte er doch, das Richtige zu tun, Pablo das Leben zu retten, sie alle zu retten! Aber das schien keiner zu bemerken, und noch weniger fanden sie die Kraft in sich, ihm bei den schwierigen Dingen zu helfen, die erledigt werden mussten. »Du solltest zurückgehen«, sagte er schließlich. »Sag den anderen, sie sollen dir Wasser geben.«

Stacy nickte und zupfte an der Ranke auf ihrem T-Shirt. Endlich löste sie sich, hinterließ jedoch einen langen Riss in dem T-Shirt. Stacy trug keinen BH, und Jeff erhaschte einen kurzen Blick auf ihre rechte Brust, die der von Amy erstaunlich ähnlich sah – gleiche Größe, gleiche Form –, nur die Brustwarze war dunkler, ein sattes Braun, während die von Amy blassrosa schimmerte. Jeff sah rasch weg, und die Geste nahm eine Eigendynamik an, sodass er schließlich mit dem Rücken zu Stacy stand und zu den Mayas hinüberstarrte. Die meisten lagen jetzt im Schatten am Dschungelrand und versuchten, so der Hitze des Tages zu entgehen. Einige rauchten und unterhielten sich leise, andere hielten ein Schläfchen. Die Feuer hatten sie herunterbrennen lassen und die Glut mit Asche bedeckt. Keiner schenkte Jeff oder Stacy die geringste Beachtung, und Jeff hatte kurz die Vision, er könnte einfach über die Lichtung gehen und im Schatten des Urwalds verschwinden, und keiner würde einen Finger rühren, um ihn aufzuhalten. Doch ihm war bewusst, dass es sich um ein Hirngespinst handelte. Er konnte sich nur allzu gut vorstellen, wie sie nach ihren Waffen griffen, sobald er sich auf den Weg machte, wie sie einen Warnruf ausstießen, wie die Bogensehnen sirrten, und er hatte nicht den Drang, es auszuprobieren.

Bei den Mayas entdeckte er auch den kleinen Jungen vom Vortag, der ihnen mit seinem Freund aus dem Dorf gefolgt war. Der Kleinere, der auf der Lenkstange des quietschenden Fahrrads gesessen hatte. Er stand in der Nähe einer der Feuerstellen und versuchte sich im Jonglieren. Er warf drei faustgroße Steine einen nach dem anderen in die Luft und bemühte sich um die geschmeidige Kreisbewegung, die man bei den Zirkusclowns sehen konnte, wenn sie mit Bällen, Schwertern oder brennenden Fackeln hantierten. Leider besaß er nicht annähernd ihr Geschick, doch er ließ sich nicht entmutigen, und wenn die Steine zu Boden purzelten, hob er sie wieder auf und versuchte es gleich noch einmal. Nach vielleicht einem halbem Dutzend Durchgängen spürte er anscheinend Jeffs Blick, drehte sich um und starrte zurück, ohne zu blinzeln, und auch das wurde eine Art Spiel, eine Herausforderung, wer als Erster wegschaute. Jeff legte all seinen Frust, seine ganze Wut in diese Begegnung und konzentrierte sich so darauf, keinesfalls zu kapitulieren, dass er kaum hörte, wie Stacy sich abwandte und wegging. Mit jeder Sekunde wurden ihre Schritte leiser, bis sie ganz von der Stille aufgesogen wurden.

Stacy fand Amy und Eric auf der Lichtung neben dem Zelt. Amy saß auf dem Boden, mit dem Rücken zu Pablo, und hatte die Knie eng an die Brust gezogen. Eric wanderte auf und ab; er würdigte Stacy keines Blickes. Von Matthias keine Spur.

Doch ihr wichtigstes Anliegen war sowieso der Durst. »Jeff hat gesagt, ich kann Wasser trinken«, verkündete sie.

Amy schlug die Augen auf und starrte sie an, sagte aber kein Wort. Auch Eric blieb stumm. Auf der Lichtung roch es nach Essen, ein dunkler Aschekreis zeigte an, wo das Feuer gebrannt hatte, und Stacy dachte einen Moment: *Sie haben Mittagessen gekocht!* Dann fiel ihr der Grund für das Feuer wieder ein, und sie schielte zu Pablo hinüber, der unter dem Schutzdach lag, mit eingesunkenen Augen und rosa-schwarzen Beinstümpfen … Blitzschnell zuckte sie zurück, wandte sich zum Zelt und floh. Die Zeltklappe war offen, sie legte ihren Schirm hinter sich auf den Boden und schlüpfte hinein.

Hier war das Licht gedämpfter, und Stacy brauchte eine Weile, bis sich ihre Augen daran gewöhnt hatten. Auf einem der Schlafsäcke lag Matthias, eng zusammengerollt. Zwar hatte er die Augen geschlossen, aber Stacy spürte irgendwie, dass er nicht schlief. Sie kroch direkt an ihm vorbei zur Rückwand des Zelts, wo die Wasserflasche stand. Rasch schraubte sie den Deckel ab, nahm einen langen Schluck und wischte sich mit dem Handrücken den Mund ab. Natürlich war es nicht genug, es wäre nicht einmal genug gewesen, wenn sie die ganze Flasche geleert hätte, und sie spielte kurz mit dem Gedanken, sich noch einmal zu bedienen. Aber sie wusste, dass das falsch gewesen wäre, hatte schon bei dem Gedanken ein schlechtes Gewissen und schloss die Flasche lieber wieder. Als sie sich umdrehte, um wieder hinauszukriechen, sah sie, dass Matthias sie auf seine typische undurchdringliche Art musterte.

»Jeff hat gesagt, ich darf trinken«, erklärte sie, denn sie fürchtete, er könnte glauben, dass sie das Wasser gestohlen hatte.

Wortlos nickte Matthias, starrte sie aber weiter an.

»Ist er in Ordnung?«, flüsterte sie und zeigte in Pablos Richtung.

Matthias zögerte so lange, dass Stacy schon fast die Hoffnung auf eine Antwort aufgab. Aber dann schüttelte er den Kopf.

Weiter wusste Stacy nichts zu sagen, also bewegte sie sich ein Stück auf den Ausgang zu, hielt dann aber noch einmal inne. »Und du?«, fragte sie.

Auf Matthias' Gesicht erschien die Spur eines Lächelns, breitete sich aber nicht ganz aus. Einen Augenblick dachte Stacy, er würde anfangen zu lachen, aber auch so weit kam es nicht. »Du etwa?«, antwortete er mit einer Gegenfrage.

Sie schüttelte entschieden den Kopf. »Nein.«

Dann starrte er sie wieder an, mit diesem Blick, der lediglich eine Andeutung mehr als ausdruckslos war, müde amüsiert, ohne dies aber wirklich auszustrahlen. Endlich begriff sie, dass er nur darauf wartete, dass sie endlich ging, duckte sich, schlüpfte durch den Zelteingang und zog den Reißverschluss hinter sich zu.

Draußen wanderte Eric immer noch auf und ab, und Stacy sah, dass sein Bein wieder blutete. Erst wollte sie ihn danach fragen, aber dann merkte sie, dass sie es lieber nicht wissen wollte. Er sollte sich zu Matthias ins Zelt legen und ausruhen, und wenn sie eine Möglichkeit gewusst hätte, ihn dazu zu zwingen, hätte sie von ihr Gebrauch gemacht. Wahrscheinlich sollten sie alle im Zelt sein, das hätte Jeff sicher gewollt. Im Schatten, sich ausruhen, Kräfte sparen. Aber da drin kam sie sich vor wie in der Falle, eingesperrt, ohne die Chance zu sehen, was los war, was auf einen zukam. Stacy fand das unerträglich, und sie vermutete, dass es den anderen ähnlich erging. Wie Matthias das aushielt, war ihr ein Rätsel.

Sie nahm ihren Sonnenschirm und setzte sich neben Amy auf die Erde. Eric wanderte, das Blut lief über sein Bein, und bei jedem Schritt quietschte es in seinem Schuh. Wenn er doch endlich zur Ruhe kommen würde. Eine Weile versuchte Stacy, ihn telepathisch zu beeinflussen. *Setz dich hin,* dachte sie. *Bitte setz dich hin.* Natürlich funktionierte es nicht, aber selbst wenn sie es laut gesagt, selbst wenn sie es geschrien hätte, wäre die Wirkung wahrscheinlich ausgeblieben.

Doch das Schlimmste war nicht die Sonne und auch nicht die Hitze, sondern das Geräusch von Pablos Atem, laut, unregelmäßig, stockend. Manchmal setzte es ein paar Sekunden aus, es wurde still, und jedes Mal, wenn das passierte, sah Stacy unwillkürlich zu dem kleinen Schutzdach hinüber. Immer gingen ihr dabei die gleichen Worte durch den Kopf: *Er ist tot.* Aber dann durchbrach ein rasselndes Japsen die Stille, er atmete weiter, und Stacy warf vor Schreck unwillkürlich noch einen weiteren Blick auf seine glänzenden, mit Blasen bedeckten Stümpfe, die fest geschlossenen Augen und das dünne dunkle Rinnsal, das aus seinem Mundwinkel sickerte.

Und natürlich war da auch immer noch die Ranke, die sie von allen Seiten umzingelte. Grün, grün, grün, so weit das Auge reichte. Immer wieder versuchte Stacy sich einzureden, dass es doch nur eine Pflanze war, die sich nicht bewegen und auch nicht dieses grässliche Lachen hervorbringen konnte, eine hübsche Kletterpflanze mit winzigen roten Blüten und handförmigen Blättern, die das Sonnenlicht aufsaugte, harmlos und fest in der Erde verwurzelt. So war es bei Pflanzen – sie bewegten sich nicht, sie lachten nicht, sie *konnten* solche Dinge einfach nicht. Aber Stacy schaffte es nicht lang, diese Fantasie aufrechtzuerhalten. Es war, als versuchte sie, einen Eiswürfel in der Hand zu halten und am Schmelzen zu hindern. Je länger sie ihn festhielt, desto kleiner wurde er. Sie hatte gesehen, wie die Ranke sich bewegte, sie hatte gesehen, wie sie sich in Erics Bein gebohrt hatte, sie hatte gesehen, wie sie sich über die Lichtung geschlängelt und Amys Erbrochenes getrunken hatte, und sie hatte auch ihr Lachen gehört, überall auf dem Hügel. Und jetzt kam sie nicht gegen das Gefühl an, dass diese Pflanze sie beobachtete, sie alle, und bereits ihren nächsten Angriff plante.

Sie rutschte ein Stück näher zu Amy und brachte ihren seltsamen Sonnenschirm so in Position, dass er ihnen beiden Schatten spendete. Als sie Amys Hand nahm, erschrak sie, wie feucht sie sich anfühlte. *Angst*. Dann stellte sie ihrer Freundin dieselbe Frage, die sie Matthias im Zelt gestellt hatte: »Bist du okay?«

Amy schüttelte den Kopf, begann zu weinen und umklammerte Stacys Hand.

»Psst«, machte Stacy in dem Versuch, sie zu beruhigen, legte den Arm um ihre Schulter und fühlte, wie das Weinen noch heftiger wurde. »Was ist denn, Süße?«, fragte sie. »Was ist denn los?«

Amy zog die Hand zurück, um sich das Gesicht abzuwischen, schüttelte den Kopf, konnte aber nicht aufhören zu weinen.

Eric humpelte immer noch hin und her, ohne jemanden anzusehen. Stacy beobachtete ihn, vor und zurück, vor und zurück, über die kleine Lichtung.

Endlich stieß Amy abgehackt flüsternd hervor: »Ich bin bloß müde. Weiter nichts. Ich bin total fertig.« Dann begann sie wieder zu weinen.

Stacy saß neben ihr und wartete, dass die Tränen versiegten, aber nichts dergleichen geschah. Schließlich hielt sie es nicht mehr aus, stand auf und ging auf die andere Seite der Lichtung. Dort lag Pablos Rucksack. Sie holte eine der beiden restlichen Flaschen Tequila heraus – es war das Einzige, was ihr einfiel –, trug sie zu Amy und erbrach das Siegel. Dann setzte sie sich wieder unter den Schirm, trank einen langen Schluck, der ihr in der Kehle brannte, und hielt dann Amy die Flasche hin. Amy starrte sie an, immer noch weinend, blinzelte durch die Tränen und wischte sich hektisch mit der Hand über die Augen. Stacy spürte, wie sie mit sich diskutierte, endlich nachgab und die Flasche nahm. Vorsichtig setzte sie sie an die Lippen, legte den Kopf in den Nacken, und schon floss der Tequila in ihren Mund, die Kehle hinunter. Mit einem Keuchen, das halb ein Husten, halb ein Schluchzen war, stellte sie die Flasche schließlich wieder weg. Plötzlich hockte auch Eric neben ihnen und streckte die Hand aus.

Amy gab ihm die Flasche.
So begannen sie den Nachmittag, während die Sonne langsam nach Westen wanderte. Eng beisammen kauerten sie auf der kleinen Lichtung, umgeben von der Masse der Lianen mit ihren grünen Blättern und roten Blüten, und reichten die Schluck um Schluck leerer werdende Flasche herum.

Es dauerte nicht lange, bis Amy betrunken war.
Anfangs tranken sie langsam, aber das schien nichts auszumachen. Amys Magen war so leer, dass der Tequila sich direkt in ihr Innerstes durchbrannte. Zuerst bekam sie rote Backen, wurde beinahe ein bisschen albern, und ihr war schwindlig. Dann verschwammen Worte und Gedanken, und danach kam endlich die Müdigkeit. Neben ihr war Eric bereits eingeschlafen; aus den drei Wunden an seinem Bein rann weiter das Blut über sein Schienbein. Stacy war noch wach und redete sogar, aber irgendwie wirkte sie sehr weit weg, und es war schwer, ihren Worten zu folgen. Einen Moment schloss Amy die Augen, dachte an nichts, und das war ein wundervolles Gefühl. Genau das hatte sie sich gewünscht.
Als sie die Augen wieder öffnete, fühlte sie sich steif und ziemlich miserabel, und die Sonne stand schon wesentlich niedriger am Himmel. Eric schlief, Stacy redete noch immer.
»Das ist ja der Punkt«, sagte sie gerade. »Ob sie noch einen anderen Zug hätte erwischen können. Eigentlich unwichtig, aber nicht für sie. Bestimmt denkt sie die ganze Zeit darüber nach. Denn wenn es der letzte Zug an diesem Tag war, wenn sie die Nacht sonst in dieser fremden Stadt hätte verbringen müssen, wo sie nicht mal die Sprache kannte – tja, das würde die Sache ein bisschen leichter machen, oder nicht?«
Amy hatte keine Ahnung, wovon Stacy redete, aber sie nickte

trotzdem, denn es schien ihr die richtige Antwort zu sein. Vor Stacy lag die Tequilaflasche, zugeschraubt, auf der Seite, noch halb voll. Amy wusste, dass sie nichts mehr trinken durfte, dass es schon eine Dummheit gewesen war, überhaupt damit anzufangen, dass sie vom Alkohol nur noch mehr Durst bekommen und die Situation hier noch schwerer aushalten würden, dass die Nacht kam und es ratsam war, ihr nüchtern zu begegnen. Aber es war ihr gleich. Sie nahm die klugen, vernünftigen Überlegungen zur Kenntnis und streckte dann die Hand nach der Flasche aus. Stacy gab sie ihr, wobei sie ununterbrochen weiterplapperte.

»Das glaube ich auch«, sagte sie. »Wenn es die letzte Verbindung ist, dann rennt man los, was das Zeug hält, und zur Not springt man auch auf den fahrenden Zug. Und sie war Sportlerin, vergessen wir das nicht – eine gute Sportlerin obendrein. Deshalb hat sie wahrscheinlich nicht mal an die Möglichkeit gedacht, dass sie abstürzen könnte, deshalb hat sie keinen Moment gezögert. Sie ist einfach losgerannt und gesprungen. Ich hab sie nicht wirklich gekannt, also kann ich auch nicht genau sagen, wie es passiert ist. Ich spekuliere bloß. Aber ich hab sie einmal gesehen, nachdem sie zurückgekommen ist. Vielleicht ein Jahr danach – was ziemlich früh ist, wenn man es recht bedenkt. Sie hat Basketball gespielt. Natürlich nicht mehr in ihrer Mannschaft, aber schon draußen auf dem Feld. Und sie schien ganz, na ja, ganz in Ordnung zu sein. Sie hatte eine Trainingshose an, deshalb konnte ich nicht deutlich erkennen, wie sie aussahen. Aber ich hab sie auf dem Platz hin und her laufen sehen, und das war fast normal. Nicht richtig normal, aber beinahe.«

Amy nahm zwei schnelle Schlucke von dem Tequila. Er war warm, weil die Flasche in der Sonne gelegen hatte, aber irgendwie ließ er sich dadurch auch leichter trinken. Es waren zwei große Schlucke, aber sie musste nicht husten. Stacy streckte die Hand nach der Flasche aus, und Amy gab sie ihr zurück. Ganz ladylike genehmigte sie sich einen winzigen Schluck, drehte die Flasche wieder zu und nahm sie auf den Schoß.

»Sie machte einen fröhlichen Eindruck, das wollte ich damit sagen. Wie es aussah, war alles in Ordnung mit ihr. Sie hat gelächelt, sie war dabei, das zu tun, was sie schon immer gern getan hat, selbst wenn, na ja …« Der Satz blieb unvollendet in der Luft hängen, und Stacy machte ein trauriges Gesicht.

In ihrem betrunkenen Dämmerzustand hatte Amy immer noch keine Ahnung, wovon Stacy eigentlich redete. »Selbst wenn?«, wiederholte sie fragend.

»Genau«, bestätigte Stacy mit ernstem Gesicht.

Danach saßen sie eine ganze Weile schweigend da. Amy wollte gerade wieder um die Flasche bitten, als sich Stacys Miene plötzlich aufhellte.

»Möchtest du es sehen?«, fragte sie.

»Was sehen?«

»Wie sie gerannt ist?«

Amy nickte, und Stacy drückte ihr Flasche und Schirm zum Halten in die Hand. Dann stand sie auf und lief über die kleine Lichtung, als würde sie Basketball spielen, dribbelte, passte, täuschte. Nach einem gekonnten Sprungwurf joggte sie zurück, die Hände als Verteidigerin hoch in der Luft, sauste noch einmal zur anderen Seite, ein Fast Break, ein kleiner Sprung für den Korbleger. Aber sie lief nicht normal, sondern ein bisschen schief wie ein langbeiniger Wattvogel. Verwundert beobachtete Amy sie und nahm noch einen großen Schluck aus der Flasche.

»Siehst du?«, fragte Stacy, schwer atmend, noch ganz in ihr imaginäres Spiel vertieft. »Sie haben die Knie gerettet, das ist die Hauptsache. Deshalb kann sie noch ziemlich gut laufen. Nur ein bisschen ungeschickt. Aber wie gesagt, das war ja auch erst ein Jahr danach oder so. Kann sein, dass es inzwischen sogar noch besser geworden ist.«

Sie haben die Knie gerettet. Jetzt verstand Amy endlich: dem Zug nachrennen, springen, stürzen. *Sie haben die Knie gerettet.* Sie nahm noch einen Schluck und warf einen vorsichtigen Blick zu Pablo hinüber. Sein Atem war etwas ruhiger und leiser geworden, auch ein bisschen langsamer, obwohl das beunruhigende feuchtschleimige Rasseln immer noch deutlich zu hören war. Natürlich sah er entsetzlich aus. Wie konnte es auch anders sein? Er hatte ein gebrochenes Rückgrat und seine Beine waren nur noch zwei versengte Stümpfe. Außerdem hatte er eine Menge Blut verloren, war dehydriert, bewusstlos und lag wahrscheinlich im Sterben. Und er stank, nach Kot und Urin und verbranntem Fleisch. Inzwischen spross die Ranke auch auf dem Schlafsack, der von seinen Ausscheidungen schon ganz durchweicht war. Sie mussten etwas dagegen tun, das wurde Amy schlagartig klar. Wahrscheinlich sollte man den Schlafsack einfach entsorgen. Pablo vom Rückenbrett heben und das stinkende Ding unter ihm wegziehen. Ihr war klar, dass das das Richtige gewesen wäre, dass Jeff es vermutlich versucht hätte, wenn er da gewesen wäre, aber sie konnte sich nicht dazu aufraffen, etwas zu unternehmen. Auf einmal konnte sie nur noch an den vorigen Abend denken – wie sie und Eric auf dem Grund der Grube gestanden und Pablo ungeschickt auf das schwankende Rückenbrett gehievt hatten. Sie wusste auch, dass sie nicht noch einmal versuchen würde, den Griechen hochzuheben, weder jetzt noch später.

»Ohne Knie muss man die Beine stärker schwingen. So ungefähr«, sagte Stacy gerade.

Amy drehte sich um und beobachtete, wie ihre Freundin steifbeinig über die Lichtung stakste, mit angestrengtem Gesicht, hoch konzentriert. Stacy war schon immer ein Naturtalent im Imitieren gewesen. Jetzt ähnelte sie Kapitän Ahab aus *Moby Dick*, der auf seinem Holzbein über das Deck stolzierte. Amy musste lachen, sie konnte nicht anders.

Zufrieden sah Stacy sich um. »Das andere krieg ich noch nicht ganz richtig hin, oder? Das mit den Knien, meine ich. Ich versuch's noch mal.« Gesagt, getan. Sie nahm ihr imaginäres Basketballspiel wieder auf, dribbelte zuerst nur, probierte verschiedene Beinbewegungen, suchte den passenden Effekt. Dann, von einem Moment zum anderen, schien sie den Kniff gefunden zu haben, eine linkische Anmut, wie eine Ballerina auf eingeschlafenen Füßen. So rannte sie zum anderen Ende der Lichtung, machte noch einen Korbleger und lief als Verteidigerin zu Amy zurück.

Eric regte sich. Er hatte zusammengerollt wie ein Embryo auf der Seite gelegen, aber jetzt setzte er sich auf und beobachtete Stacy. Er sah nicht gut aus, aber Amy vermutete, dass das auf sie alle zutraf. Hohlwangig und unrasiert sah er aus wie ein Flüchtling, hungrig, erschöpft von dem Versuch, der Katastrophe zu entkommen. Sein Shirt hing in Fetzen an ihm herab, die Wunden an seinem Bein schienen sich nicht schließen zu wollen. Mit seltsam leerem Gesicht sah er Stacy zu, wie sie dribbelte, passte und auf den Korb warf, er wirkte wie jemand im Wartezimmer einer Notaufnahme, der auf den viel zu leise gestellten Fernseher starrt und die Ohren spitzt, falls die Schwester seinen Namen aufruft.

»Sie spielt Basketball«, erklärte ihm Amy. »Aber mit Prothesen an den Beinen.«

Eric wandte seinen leeren Blick von Stacy ab und starrte Amy an.

»Dieses Mädchen, eine Sportlerin, ist unter einen Zug gekommen«, fuhr Amy fort. »Aber sie konnte danach immer noch Basketball spielen.« Irgendwie wusste sie, dass sie die Geschichte nicht richtig erzählte, aber das spielte auch keine Rolle, denn Eric nickte.

»Oh«, sagte er, streckte die Hand aus, und sie reichte ihm die Flasche.

So sahen sie zu, wie Stacy punktete, und als sie endlich innehielt – vollkommen außer Atem und vor Anstrengung in Schweiß gebadet –, applaudierte Amy. Aus irgendeinem Grund fühlte sie sich immer besser, und sie war fest entschlossen, dieses Gefühl festzuhalten. »Mach die Stewardess!«, rief sie.

Sofort verzog Stacy das Gesicht zu einem steifen, übertriebenen Lächeln und begann mit eckigen, abgehackten Roboterbewegungen zu gestikulieren – der Gurt, die Ausgänge, die Sauerstoffmasken, die ganzen Sicherheitshinweise. Gleich am Abend ihrer Ankunft hatte sie die Stewardess ihres Flugs nach Cancún imitiert, als die Freunde, nachdem alle ihre Sachen im Hotel abgeladen hatten, am Strand noch ein paar Flaschen Bier zusammen tranken. Damals hatten sie die Griechen noch nicht kennengelernt, und auch Matthias war noch nicht aufgetaucht. Sie waren alle noch ganz bleich, ein bisschen müde von der Reise und freuten sich, endlich an ihrem Urlaubsort zu sein – eine glückliche Zeit. Alle lachten über Stacys Darbietung, genossen ihr Bier, fühlten den Sand unter ihren Füßen, der noch warm war von der Sonne, und lauschten der Brandung und der Musik, die von der Hotelterrasse herüberwehte – ja, es war eine glückliche Zeit gewesen. Vielleicht wollte Amy sie wieder heraufbeschwören, indem sie Stacy aufforderte, ihre Darbietung zu wiederholen, vielleicht wollte sie einfach zurück in die Zeit der Unschuld, als sie noch nichts von diesem schrecklichen Ort hier wussten. Aber natürlich war der Versuch zum Scheitern verurteilt. An Stacy lag es nicht, sie beherrschte das Lächeln und die steifen Gesten perfekt. Sie *war* die Stewardess. Aber Eric und Amy hatten sich verändert, sie konnten sich nicht so einfach in die Vergangenheit zurückversetzen. Sie sahen Stacy zu, Amy lachte sogar, aber ihr Lachen klang traurig, und die Traurigkeit ließ sich nicht vertreiben.

Sie haben die Knie gerettet, dachte sie.

An jenem ersten Abend am Strand hatte jeder etwas zum Besten gegeben. Sie hatten alle Übung in solchen Dingen, hatten alle ungefähr den gleichen Hintergrund, Sommerlager und Skiurlaube, und sie wussten genau, was man unter dem Sternenhimmel oder am Lagerfeuer tat, wie man für Unterhaltung sorgte. Jeder spielte seine Rolle. Stacy machte ihre Imitationen. Jeff vermittelte gern sein Wissen und erklärte den anderen, was er auf dem Flug im Reiseführer gelesen hatte. Eric erfand witzige Geschichten, schüttelte unerhörte, fantasievolle Szenarios über den bevorstehenden Urlaub aus dem Ärmel und brachte alle zum Lachen. Und Amy sang. Sie hatte eine schöne Stimme, das wusste sie, nicht besonders stark, aber perfekt fürs Lagerfeuer, für den Sternenhimmel.

Jetzt setzte sich Stacy wieder zu den beiden anderen und nahm ihren Schirm wieder auf die Schulter. Ihr T-Shirt hatte einen langen Riss, man konnte ihre Brust sehen. Bei ihnen allen hatte der grüne Flaum der Ranke den Klamotten so zugesetzt, dass sie inzwischen mehr oder weniger in Fetzen herabhingen. Und sie konnten nichts dagegen machen; wenn sie das Zeug wegbürsteten, war es schon nach wenigen Minuten wieder da. Und jedes Mal bekamen sie den Saft auf die Haut und verbrannten sich. Amys Hände sahen ziemlich ramponiert aus und taten weh, wenn sie etwas anfasste. Natürlich gab es in den Rucksäcken genügend Hosen und T-Shirts, und sie hätten sich etwas Passendes zum Umziehen aussuchen können, aber es war eine gruslige Vorstellung, die Sachen von fremden Menschen zu tragen, die tot unter den allgegenwärtigen grünen Pflanzenhügeln lagen. Amy hoffte, dass sie nicht so schnell auf diese Möglichkeit zurückgreifen mussten. Irgendwie fühlte sich das nach Kapitulation an, als würden sie sich kampflos in ihr Schicksal fügen. Solange die Aussicht auf baldige Rettung bestand, mussten sie ihre Kleider nicht ersetzen.

Eric konnte die Finger nicht von seiner Brust lassen, ständig rieb er über eine Stelle unterhalb der Rippen, drückte darauf, stocherte, massierte vorsichtig daran herum. Natürlich wusste Amy, was er da machte, denn sie wusste ja auch, dass er glaubte, die Ranke wäre in seinem Körper, aber allmählich machte sein Gefummel sie nervös.

»Erzähl uns was Lustiges, Eric«, sagte sie.

»Etwas Lustiges?«

Sie nickte, lächelte und versuchte ihn zu motivieren, ihn von der Empfindung in seiner Brust abzulenken, ihnen allen ein wenig Abwechslung zu verschaffen. »Ja, erzähl uns eine Geschichte.«

Aber Eric schüttelte den Kopf. »Mir fällt nichts ein.«

»Erzähl, was passiert, wenn wir heimkommen«, schlug Stacy vor.

Sie sahen zu, wie er noch einen Schluck Tequila trank. Seine Augen tränten, er wischte sich mit dem Handrücken übers Gesicht und schraubte die Flasche wieder zu. »Na ja, wir werden berühmt, das ist doch klar? Jedenfalls für eine Weile.«

Die beiden Mädchen nickten. Natürlich würden sie berühmt werden.

»Vielleicht schaffen wir es auf das Cover vom *People Magazine*«, fuhr Eric fort, und anscheinend erwärmte er sich langsam für die Idee. »Wahrscheinlich auch auf das von *Time*. Und dann kauft jemand die Filmrechte. Da müssen wir natürlich schlau sein und zusammenhalten, denn wenn wir unsere Geschichte als Gruppe verkaufen und gemeinsam irgendein Dokument unterschreiben, dann können wir mehr Geld rausholen. Vermutlich brauchen wir auch einen Anwalt oder einen Agenten.«

»Meinst du echt, die machen einen Film über uns?«, fragte Stacy aufgeregt.

»Allerdings.«

»Wer spielt mich denn dann?«

Eric sah sie prüfend an, grinste und deutete auf ihre Brust. »Bei dir hängt eine Titte raus, weißt du das?«

Stacy sah an sich herunter und zog ihr T-Shirt zurecht. Eigentlich war nicht mehr genug Stoff da, aber das schien sie nicht zu interessieren. »Im Ernst – was meinst du, wer mich spielen soll?«

»Zuerst mal müssen wir entscheiden, wer du bist.«

»Wer ich bin?«

»Man muss uns ja ein bisschen verändern, weißt du. Damit wir mehr zu Charakteren werden. Beispielsweise braucht man einen Helden und einen Bösewicht – so was in der Art. Kapiert?«

Stacy nickte. »Und was bin ich?«

»Tja, wir haben zwei weibliche Hauptrollen, richtig? Also muss eine von euch das brave Mädchen sein, die Zicke, und die andere die Schlampe.« Er dachte einen Moment nach und setzte dann achselzuckend hinzu: »Vermutlich wäre Amy die Zicke, meinst du nicht auch?«

Stacy runzelte die Stirn, sagte aber nichts.

»Also wärst du, na ja … du wärst die Schlampe.«

»Fick dich, Eric«, gab sie ärgerlich zurück.

»Was denn? Ich sag doch nur …«

»Dann bist du eben der Bösewicht …«

Aber Eric schüttelte den Kopf. »Auf gar keinen Fall. Ich bin der Witzbold. Der Adam Sandler des Ganzen. Oder Jim Carrey. Der, der eigentlich gar nicht dabei sein sollte, sondern nur aus Versehen mitgekommen ist, der ständig in die anderen reinschusselt und über irgendwas stolpert. Ich bin komisch und sorge dafür, dass die Spannung nicht zu schlimm wird.«

»Und wer ist dann der Bösewicht?«

»Matthias natürlich. Die bösen Deutschen. Die Filmleute werden die Geschichte so hindrehen, dass er uns absichtlich hergelockt hat. Und die Pflanze ist irgendein abartiges Nazi-Experiment, das schiefgelaufen ist. Beispielsweise könnte Matthias' Vater vielleicht Wissenschaftler sein, und er hat uns hergelockt, um Daddys Pflanzen zu füttern.«

»Und wer ist der Held?«

»Jeff natürlich. Bruce Willis, der stoisch für uns den Tag rettet. Ein ehemaliger Boy Scout.« Er wandte sich an Amy. »War Jeff bei den Pfadfindern? Ich wette, er war Boy Scout.«

Amy nickte. »Ja, er war sogar bei den Eagle Scouts.«

Sie lachten alle drei, obwohl das eigentlich gar nicht witzig war. Jeff war wirklich ein Eagle Scout gewesen. Im Flur seines Elternhauses hing ein Bild, das seine Mutter aus der Lokalzeitung ausgeschnitten hatte – Jeff in seiner Uniform, wie er dem Gouverneur von Massachusetts die Hand schüttelte. Als Amy daran dachte, wurde ihr plötzlich seltsam eng in der Brust, und sie spürte eine Wärme ihrem Freund gegenüber, eine Art Beschützerinstinkt. Sie erinnerte sich, wie es dort unten in dem Schacht gewesen war, wie die peitschenden Ranken in der Dunkelheit nach ihr gegriffen und sie zum Abgrund gezerrt hatten. Sie hatte die Knochen im Abgrund gesehen, ehe die Fackel erloschen war – dort waren Menschen gestorben. Fast hätte sie das gleiche Schicksal ereilt, und sie hatte nicht aufgrund ihres eigenen Weitblicks und auch nicht aus eigener Kraft überlebt. Jeff hatte sie gerettet, Jeff würde sie alle retten, wenn sie ihn nur machen ließen. Deshalb durften sie sich nicht über ihn lustig machen.

»Das ist nicht komisch«, sagte sie, aber viel zu leise.

»Und wer spielt mich?«, wiederholte Stacy.

Aber Eric winkte ab. »Das ist egal. Eine, die auch noch dann gut aussieht, wenn ihr eine Titte aus dem T-Shirt hängt.«

»Dann bist du der Fettsack«, entgegnete Stacy und klang wieder wütend. »Der Fettsack, der immer so schwitzt.«

Gleich würden sie sich streiten, Amy kannte diesen Ton. Noch ein, zwei solche Wortwechsel, dann würden sie sich anschreien. Aber Amy war nicht sicher, ob sie das in dieser ohnehin schlimmen Situation aushalten konnte. Also versuchte sie, die beiden abzulenken. »Was ist mit mir?«, fragte sie.

»Mit dir?«, fragte Eric zurück.
»Wer spielt mich?«
Eric spitzte den Mund und überlegte. Dann schraubte er die Flasche auf, nahm einen Schluck und hielt sie dann Stacy als eine Art Friedensangebot hin. Sie nahm den Waffenstillstand an, legte den Kopf zurück und kippte das Zeug fast auf Ex hinunter. Als sie die Flasche wieder absetzte, kicherte sie, zufrieden mit sich, und ihre Augen hatten einen seltsamen Glanz.
»Auf alle Fälle jemand, der singen kann«, antwortete Eric.
»Stimmt«, nickte Stacy. »Damit auch ein paar Songs vorkommen.«
»Ein Duett mit dem Boy Scout«, grinste Eric.
»Vielleicht Madonna.«
Eric schnaubte. »Britney Spears.«
»Mandy Moore.«
Sie lachten. »Sing uns was, Amy«, rief Eric.
Amy lächelte ein bisschen verwirrt, denn sie war nicht sicher, ob sie ausgelacht wurde oder ob die beiden etwas komisch fanden, was sie nicht richtig kapierte. Sollte sie beleidigt sein? Plötzlich wurde ihr bewusst, dass sie genauso betrunken war wie die anderen.
»Sing ›One is the loneliest number‹«, schlug Stacy vor.
»O ja«, stimmte Eric zu. »Das ist perfekt.«
Beide lächelten Amy aufmunternd zu, und Stacy hielt ihr die Flasche hin. Zögernd nahm Amy einen Schluck und schloss die Augen. Als sie sie wieder aufmachte, sahen die anderen sie immer noch erwartungsvoll an, also begann sie zu singen: »One is the loneliest number that you'll ever do. Two can be as bad as one. It's the loneliest number since the number one. No is the saddest experience you'll ever know. Yes, it's the saddest experience you'll ever know. 'Cause one is the loneliest number that you'll ever do. One is the loneliest number, worse than two ...« Sie

verstummte, fühlte sich atemlos, schwindlig, und gab die Flasche an Eric weiter. »Den Rest hab ich vergessen«, verkündete sie. Es stimmte nicht, sie wollte einfach nicht mehr singen, denn der Text machte sie traurig. *Eins ist die einsamste Zahl* ... Dabei hatte sie sich eine Weile ganz okay gefühlt, oder zumindest fast okay. Sie wollte nicht traurig sein.
Eric nahm einen tiefen Schluck. Inzwischen hatten sie die Flasche zu zwei Dritteln geleert. Er rappelte sich auf und ging ein bisschen unsicher über die Lichtung. Dann bückte er sich, hob etwas vom Boden auf und kam zurückgewankt. In der einen Hand hielt er immer noch die Flasche. In der anderen das Messer. Amy und Stacy starrten ihn an. Amy fand den Anblick von Eric mit dem Messer äußerst unangenehm, aber sie wusste auch nicht, wie sie ihn dazu bringen konnte, es wegzulegen. Wie gelähmt sah sie zu, wie er auf die Klinge spuckte und versuchte, sie an seinem Shirt zu säubern. Dann wedelte er mit dem Messer in ihre Richtung. »Du kannst es ja am Schluss singen. Wenn du als Einzige übrig bist.«
»Als Einzige übrig?«, fragte Amy. Am liebsten hätte sie ihm das Messer weggenommen, aber sie konnte sich nicht aufraffen, konnte nicht einmal den Arm heben. Anscheinend war sie sehr, sehr betrunken – und auch noch müde, schrecklich müde. Das war alles zu viel für sie.
»Wenn alle anderen tot sind«, erklärte Eric.
Amy schüttelte den Kopf. »Sag so was nicht. Das ist nicht lustig.«
Aber er ignorierte sie. »Der Boy Scout überlebt, er ist der Held, deshalb darf er nicht sterben. Du denkst zwar, dass er tot ist, aber dann singst du den Song, und schwups, erwacht er wieder zum Leben. Dann flieht ihr. Er baut aus einem Zelt einen Heißluftballon für euch, und mit dem entschwebt ihr in sichere Gefilde.«
»Und ich muss sterben?«, hakte Stacy nach. Der Gedanke schien

sie zu erschrecken, und sie starrte Eric mit angstvoll aufgerissenen Augen an. Ihre Zunge war schwer vom Alkohol. »Warum muss ich sterben?«

»Die Schlampe muss sterben, das ist immer so. Weil du schlecht bist und bestraft werden musst.«

Stacy sah verletzt aus. »Und was ist mit dem Witzbold?«

»Er ist der Erste – er ist immer der Erste. Und er stirbt auch auf eine ganz blöde Art. Damit die Leute lachen müssen.«

»Wie denn zum Beispiel?«

»Vielleicht zieht er sich eine Schnittwunde zu, und die Pflanze bohrt sich in sein Bein. Dann frisst sie ihn von innen her nach und nach auf.«

Amy ahnte, was er als Nächstes tun würde, und endlich gelang es ihr, die Hand auszustrecken, um ihn aufzuhalten. Aber es war zu spät. Er hatte es bereits getan. Mit einer einzigen blitzschnellen Bewegung hatte er sein Shirt hochgezogen und sich mit dem Messer einen zehn Zentimeter langen Schnitt unter dem letzten Rippenbogen verpasst. Stacy schnappte hörbar nach Luft. Amy hatte den Arm ausgestreckt, vollkommen nutzlos. Eine horizontale Blutlinie bildete sich auf der Wunde, dann lief das Blut über Erics Bauch und sickerte in den Bund seiner Shorts. Mit gerunzelter Stirn schaute Eric zu, stocherte mit der Messerspitze in dem Schnitt, öffnete die Wunde weiter, die immer stärker blutete.

»*Eric!*«, schrie Stacy.

»Ich dachte, sie plumpst einfach raus«, sagte er. Anscheinend machte ihm der Schmerz nichts aus, denn er piekte weiter mit dem Messer in der Wunde herum. »Sie ist direkt hier drunter. Ich spüre es. Bestimmt hat sie irgendwie mitgekriegt, dass ich mich geschnitten habe, und sich deshalb zurückgezogen. Sie versteckt sich.«

Er tastete mit der linken Hand an der Wunde herum, drückte auf die Haut darüber, und es sah aus, als wollte er sich gleich noch einmal schneiden. Aber diesmal reagierte Amy rechtzeitig und schnappte sich das Messer. Eigentlich hatte sie fest damit gerechnet, Eric würde Widerstand leisten, aber er ließ es einfach geschehen. Das Blut strömte, und auch dagegen unternahm er nichts.

»Hilf ihm, Stacy!«, sagte Amy und ließ das Messer fallen. »Hilf ihm, die Blutung zu stillen.«

Mit offenem Mund starrte Stacy sie an. Sie keuchte und schien kurz davor zu hyperventilieren. »Wie denn?«

»Zieh ihm das Hemd aus und drück es auf die Wunde.«

Stacy legte ihren Schirm weg, trat auf Eric zu und half ihm aus dem T-Shirt. Er war völlig passiv, hob den Arm wie ein Kind und ließ sich von ihr das Hemd hoch- und dann ausziehen.

»Leg dich hin«, befahl Amy, und er legte sich auf den Rücken, während das Blut sich in seinem Bauchnabel sammelte.

Stacy knüllte das T-Shirt zu einem Ball zusammen und drückte es auf die Wunde.

Die Dinge hatten sich wieder zum Schlechten gewendet, und Amy wusste, dass sie es nicht ändern konnte. Es gab keine Möglichkeit, dem Nachmittag wieder die falsche Aura von Ruhe aufzuzwingen, keine Imitationen, keine Witze, kein Singen. Schweigend saßen Stacy und sie da, Stacy leicht vorgebeugt, um das Stoffbündel auf die Wunde zu drücken. Ohne zu klagen, lag Eric auf dem Rücken, seltsam gelassen, und starrte zum Himmel hinauf.

»Es ist meine Schuld«, sagte Amy plötzlich. Stacy und Eric wandten sich zu ihr um und sahen sie verständnislos an. Sie rieb sich mit der Hand über ihr schmutziges, verschwitztes Gesicht. »Ich wollte nicht mit. Als Matthias uns zum ersten Mal gefragt hat, da war es mir vollkommen klar. Aber ich hab nichts gesagt, ich hab es einfach geschehen lassen. Wir könnten jetzt am Strand liegen, wir könnten …«

»Psst«, sagte Stacy.

»Und dann der Mann in dem Pick-up. Unser Taxifahrer. Er hat mir gesagt, wir sollten nicht weitergehen. Er hat gesagt, da wäre es ›nix gut‹. Er wollte …«

»Du hast nichts davon gewusst, Süße.«

»Und nachdem wir im Dorf waren, wenn ich da nicht daran gedacht hätte, am Waldrand nachzusehen, hätten wir den Weg hierher nie gefunden. Wenn ich den Mund gehalten hätte …«

Stacy schüttelte den Kopf und drückte weiter das Hemd auf Erics Bauch. Inzwischen war es blutdurchtränkt, und die Blutung wurde nicht geringer. Sogar Stacys Hände waren schon völlig verschmiert. »Woher hättest du das denn wissen sollen?«, fragte sie.

»Und ich bin ja auch die, die als Erste mit den Ranken in Berührung gekommen ist. Wenn ich das nicht getan hätte, hätte uns der Mann möglicherweise verjagt. Wir hätten …«

»Seht euch die Wolken an«, fiel Eric ihr ins Wort. Seine Stimme klang verträumt, wie aus weiter Ferne, als stünde er unter Drogen. Dabei hob er die Hand und zeigte nach oben.

Tatsächlich: Im Süden ballten sich dicke, dunkle Gewitterwolken zusammen, die ganz offensichtlich Regen im Gepäck hatten. In Cancún hätten sie jetzt ihre Sachen zusammengerafft und sich in ihre Hotelzimmer zurückgezogen. Meistens hatten Jeff und Amy erst Sex gehabt und waren dann eingeschlafen, ein langes Nickerchen vor dem Abendessen, während der Regen an die Fensterscheiben trommelte und sich auf ihrem winzigen Balkon eine zentimetertiefe Pfütze sammelte. Am ersten Tag hatten sie eine Möwe darin sitzen sehen; einigermaßen vor dem Wolkenbruch geschützt, hatte sie aufs Meer hinausgestarrt. Regen bedeutete natürlich Wasser. Amy wusste, dass sie sich etwas einfallen lassen musste, um es aufzufangen. Aber sie konnte nicht, ihr Kopf war vollkommen leer. Sie war betrunken und müde und traurig; je-

mand anderes musste sich überlegen, wie man das Regenwasser sammeln konnte. Selbstverständlich nicht Eric, dessen Blut das T-Shirt tränkte. Und Stacy auch nicht, sie sah noch schlimmer aus als Amy sich fühlte, sonnenverbrannt, zittrig, mit glasigen Augen. Sie waren unnütz, alle drei. Was sollten ihre albernen Geschichten, ihr Gesang und ihr Lachen an einem Ort wie diesem hier? Sie waren Idioten, keine Überlebenden.
Wie war es möglich, dass die Sonne so tief gesunken war? Sie berührte schon fast den Horizont. In einer oder höchstens zwei Stunden würde die Nacht hereinbrechen.

Wann hatte es angefangen, dass alles schief ging?
Danach, am nächsten Morgen, als die Bezeichnung »*alle*« plötzlich eine andere Bedeutung bekommen hatte, zerbrach sich Eric lange den Kopf darüber. Er glaubte nicht, dass es am Alkohol gelegen hatte und auch nicht an seiner Pulerei mit dem Messer, denn zu diesem Zeitpunkt hatten sie die Lage noch einigermaßen unter Kontrolle gehabt – vielleicht war alles ein bisschen aus dem Ruder gelaufen und schön anstrengend geworden, aber es war definitiv noch zu ertragen. Wie er so auf dem Rücken lag, während Stacy das T-Shirt auf die Wunde gedrückt hatte, um das Blut zu stoppen, und sich über ihnen am Himmel die Wolken auftürmten, hatte er sogar eine völlig unerwartete Gelassenheit verspürt. Gleich würde der Regen kommen, sie mussten nicht verdursten. Und wenn das stimmte, wenn sich die größte Hürde so leicht überwinden ließ, warum sollten sie dann nicht auch die anderen bewältigen? Was konnte sie dann noch daran hindern, lebend nach Hause zurückzukehren?
Natürlich war das Wasserproblem ganz eng mit dem Nahrungsproblem verbunden, und daran änderte der bevorstehende Regen leider nichts. Eric spähte zum Himmel hinauf und grübelte über

dieses Dilemma nach, jedoch ohne Erfolg. Da er sich so auf das Thema konzentrierte, erreichte er nur, dass sein schlummerndes Hungergefühl erwachte. »Eigentlich müssten wir doch mal wieder was essen, oder?«, fragte er, und seine Stimme klang in seinen eigenen Ohren, als käme sie von weit her, als wäre seine Zunge geschwollen und seine Lunge schwach. *Der Tequila,* dachte er. Und dann: *Ich blute.*

»Hast du Hunger?«, fragte Amy zurück.

Natürlich war das eine dumme Frage – wie sollte er denn nicht hungrig sein? –, und er antwortete nicht darauf. Kurz darauf erhob Amy sich, ging zum Zelt, zog den Reißverschluss auf und schlüpfte hinein.

Das war der Moment, entschied Eric am nächsten Morgen. *Als sie uns was zum Essen geholt hat.* Aber er hatte es nicht sofort gemerkt, sondern ihr nachgesehen, wie sie im Zelt verschwand, und hatte sich dann wieder auf den Himmel und die Wolken konzentriert, die sich dort türmten. Er beschloss, sich nicht von der Stelle zu rühren. Genau hier würde er bleiben, würde auf dem Rücken liegend den Regen auf sich herunterplätschern lassen.

»Es hört nicht auf«, stellte Stacy fest.

Er wusste, dass sie die Wunde meinte, und hörte die Sorge in ihrer Stimme. Aber er selbst machte sich keine Sorgen. Das Bluten störte ihn nicht, und er war viel zu betrunken, um die Schmerzen wahrzunehmen. Er würde hier liegen bleiben und sich reinwaschen lassen. Wenn er wieder sauber war, würde er auch die Kraft finden, in sich hineinzugreifen, seine Hand in die Öffnung unter seinen Rippen zu schieben, hineinzufassen, die Ranke finden, packen und herausziehen. Alles würde gut werden.

Jetzt kam Amy vom Zelt zurück, in der einen Hand die Plastikflasche, in der anderen die Tüte mit den Trauben. Die Flasche stellte sie auf den Boden, öffnete dann die Tüte und hielt sie Stacy hin.

Aber Stacy schüttelte den Kopf. »Wir müssen warten.«
»Wir haben kein Mittagessen gehabt«, entgegnete Amy. »Und das hier sollten wir eigentlich kriegen, so war es besprochen.« Sie ließ die Tüte nicht sinken.
Aber Stacy schüttelte erneut den Kopf. »Wenn Jeff zurückkommt, können wir …«
»Ich heb welche für ihn auf.«
»Und was ist mit Matthias?«
»Für ihn leg ich auch welche weg.«
»Was macht er eigentlich?«
Amy machte eine Kopfbewegung zum Zelt. »Er schläft.« Dann schüttelte sie die Tüte. »Komm schon. Nur ein paar. Die helfen auch gegen den Durst.«
Stacy zögerte, sichtlich unsicher, griff dann aber tatsächlich in die Tüte und holte zwei Trauben heraus.
Aber Amy ließ nicht locker. »Nimm ruhig ein paar mehr«, sagte sie. »Und gib Eric auch welche.«
Stacy nahm noch zwei Trauben, steckte eine in ihren eigenen und die andere in Erics Mund. Er umschloss die Frucht einen Augenblick mit der Zunge, um das Gefühl zu genießen. Nachdem er Stacy und Amy zugesehen hatte, wie sie ihre kauten und verschluckten, tat er dasselbe. Die Empfindung war beinahe zu intensiv – der herausspritzende Saft, die Süße, die Freude beim Kauen, beim Schlucken –, ihm wurde ganz schwindlig davon. Aber an seinem Hunger änderte sich nichts, er verringerte sich kein bisschen. Nein, er schien aus einem tiefen Schlaf zu erwachen, und Erics ganzer Körper begann zu schmerzen. Stacy steckte ihm noch eine Traube in den Mund, und diesmal kaute er schneller, denn jetzt war das Schlucken wichtiger als das Genießen, und danach öffneten sich seine Lippen sofort wieder, weil sie Nachschub wollten. Die beiden Mädchen schienen eine ähnliche Dringlichkeit zu empfinden. Keiner sagte ein Wort, sie kauten, sie

schluckten und griffen in die Tüte, um sich zu bedienen. Eric brauchte nur den Mund aufzumachen, und schon steckte Stacy ihm die nächste Traube hinein. Sie lächelte, Amy lächelte ebenfalls. Der Saft half gegen den Durst, genau wie Amy es vorausgesagt hatte. Allmählich fühlte er sich auf angenehme Weise nüchterner, alles schien sich etwas zu beruhigen, in und um ihn zu verschmelzen. Jetzt spürte er auch Schmerzen, aber selbst das war beruhigend. Er wusste, dass die Aktion mit dem Messer dumm gewesen war, und er konnte nicht verstehen, woher er überhaupt die Courage dazu genommen hatte, sich zu schneiden. Jetzt war er wirklich in Schwierigkeiten. Er musste genäht werden, wahrscheinlich brauchte er auch Antibiotika. Trotzdem fühlte er sich seltsam friedlich. Wenn er einfach weiter hier liegen, Trauben essen und die dunkler werdenden Wolken über sich beobachten konnte, dann würde alles gut werden, dann würde er das alles hier lebend überstehen.

Es war ein kleiner Schock, als sie merkten, dass sie die Tüte plötzlich fast leer gegessen hatten. Nur vier Trauben waren noch übrig, den Rest hatten sie sich einverleibt. Schweigend starrten alle drei auf die Tüte. Pablo atmete weiterhin rasselnd, aber Eric hörte es inzwischen kaum noch. Es war wie bei jedem anderen Hintergrundgeräusch – Straßenverkehr, Meeresbrandung –, das man irgendwann ausblendete. Aber jetzt musste jemand etwas sagen, musste eine Bemerkung zu dem machen, was sie getan hatten, und Amy übernahm schließlich die Verantwortung.

»Die anderen können ja die Orange haben«, sagte sie.

Stacy und Eric schwiegen. In der Tüte waren ziemlich viele Trauben gewesen, es hätte ganz leicht sein müssen, auch für Matthias und Jeff eine Portion abzuzweigen.

»Ich muss pinkeln«, flüsterte Stacy, und Eric merkte plötzlich, dass sie mit ihm sprach. »Kannst du dein Hemd eine Weile selbst festhalten?«

Er nickte, nahm das T-Shirt aus ihrer Hand und drückte es auf den Schnitt. Auf einmal spürte er die Ranke wieder, die sich in ihm bewegte, direkt unterhalb des Schmerzes. Nachdem er sich geschnitten hatte, war das Gefühl weg gewesen, aber jetzt kam es zurück.

»Meinst du, ich muss die Flasche benutzen, Amy?«, fragte Stacy.

Amy schüttelte den Kopf; Stacy stand auf und ging ein Stück über die Lichtung. Da sie sich nicht zwischen die Ranken hocken wollte, wandte sie einfach den anderen den Rücken zu. Eric hörte, wie sie pinkelte. Es klang nicht nach sehr viel, nur ein kurzes Plätschern, dann stand sie auch schon wieder auf und zog sich die Hose hoch.

»Die anderen können auch was von den Rosinen haben«, sagte Amy, leise, als würde sie mit sich selbst sprechen.

Als Stacy fertig war, kam sie zurück und setzte sich neben Eric. Er dachte, sie würde das T-Shirt wieder nehmen, aber anscheinend dachte sie gar nicht daran. Stattdessen nahm sie die Plastikflasche, schraubte sie auf und goss ein bisschen Wasser auf ihren rechten Fuß. Erstaunt sahen Eric und Amy sie an.

»Was machst du denn da?«, fragte Amy.

Ihr scharfer Ton erschreckte Stacy, »Ich hab mir auf den Fuß gepinkelt«, erklärte sie.

Amy nahm ihr die Flasche aus der Hand und schraubte sie zu. »Das ist unser Wasser, das kannst du doch nicht auf deinen blöden Fuß schütten.«

Einen Moment saß Stacy da und blinzelte, als würde sie überhaupt nicht verstehen, was Amy sagte. »Du musst ja nicht gleich so motzen«, sagte sie.

»Ohne Wasser verdursten wir – ist dir das eigentlich klar? Und du gehst einfach her und ...«

»Ich hab einen Moment nicht nachgedacht, okay? Ich wollte bloß

meinen Fuß ein bisschen abwaschen und hab die Flasche gesehen, und da hab ich …«
»Herrgott noch mal, Stacy. Wie kann man *so* schusslig sein?«
Stacy wedelte mit der Hand zum Himmel hinauf. »Es regnet demnächst. Dann haben wir jede Menge Wasser.«
»Warum hast du dann nicht gewartet?«
»Schrei mich bitte nicht an, Amy. Ich hab doch gesagt, dass es mir leid tut, und …«
»Dass es dir leid tut, bringt das Wasser nur leider auch nicht zurück, oder?«
Eric wollte etwas sagen, wollte die beiden ablenken, aber es fiel ihm nichts ein. Ihm war klar, dass sich hier ein Streit anbahnte – so lief das bei Amy und Stacy immer ab. Scheinbar aus heiterem Himmel entluden sich plötzliche, intensive Ausbrüche, Sturzbäche der Wut, heftig, aber zum Glück immer sehr kurz. Eric hatte schon miterlebt, dass Stacy Amys Wange mit den Fingernägeln blutig gekratzt hatte, und er wusste, dass Amy Stacy einmal mit einer Ohrfeige zu Boden gestreckt hatte. Doch diese Zusammenstöße fielen stets auf dem Höhepunkt in sich zusammen. Dann sahen die beiden Mädchen einander verblüfft an, wunderten sich, wie sie all das hatten sagen können, baten einander um Verzeihung und begannen zu weinen.
Und jetzt war es offenbar mal wieder so weit.
»Manchmal bist du echt saublöd«, sagte Amy.
»Ach, du kannst mich mal«, brummte Stacy, kaum hörbar.
»Was?«
»Lass mich einfach in Ruhe, ja?«
»Es tut dir nicht mal leid, oder?«
»Wie oft soll ich es denn noch sagen?«
Eric versuchte sich aufzusetzen, hatte aber auf einmal das Gefühl, mit der Bewegung womöglich seine Wunde aufzureißen. »Vielleicht solltet ihr …«, begann er.

Aber Amy warf ihm einen verächtlichen Blick zu. »Halt du dich da raus, Eric. Deinetwegen haben wir schon genug Probleme«, stieß sie hervor, mit vom Alkohol zusätzlich verzerrtem Gesicht.

»Lass ihn in Frieden«, verteidigte Stacy ihren Freund. Inzwischen bekam Eric schon Kopfschmerzen von der Schreierei. Er wollte aufstehen und weggehen, aber er hatte Angst, sich von der Stelle zu rühren. Er blutete, hatte Schmerzen, und betrunken, wie er war, würde er womöglich hinfallen.

»Wenn der blöde Kerl sich noch mal schneidet, dann lass ich ihn einfach verbluten.«

»Du bist eine fiese Zicke, Amy. Weißt du das?«

»Schlampe.«

Erstaunt sah Stacy sie an, als hätte Amy sie angespuckt. »Was?«

»Du bist eine Schlampe.«

Stacy wischte die Beleidigung beiseite und bemühte sich, ein gelassenes Gesicht aufzusetzen. Doch Eric konnte sehen, dass die Beleidigung sie nicht wirklich kalt ließ. Sie näherten sich der Kratzphase, den Tritten und Ohrfeigen. »Du bist besoffen«, sagte Stacy. »Du machst dich lächerlich.«

»Schlampe. Genau das bist du.«

»Hörst du eigentlich, wie du lallst?«

»Halt die Fresse, Schlampe.«

»Halt *du* doch die Fresse, Zicke.«

»Nein. *Du* hältst gefälligst die Fresse.«

»Zicke.«

»Schlampe.«

»Zicke.«

»Schlampe.«

Und dann passierte etwas Merkwürdiges. Sie verstummten beide und starrten auf eine Stelle rechts von Eric. Genauer gesagt verstummten sie nicht, denn ihre Worte und ihre Stimmen waren weiterhin zu hören, hin und her, her und hin – *Zicke ... Schlampe ... Zicke ... Schlampe ... Zicke ... Schlampe ...* nur dass Amy und Stacy nicht mehr sprachen, sondern erst überrascht und dann entsetzt über das Plateau starrten, wo ihre Stimmen diese beiden Schimpfwörter riefen, immer wieder, allmählich ineinander verschwammen und zu einem einzigen Wort wurden.

ZickeSchlampeZickeSchlampeZickeSchlampeZickeSchlampe...

Es war die Ranke. Sie ahmte die beiden Stimmen nach, als wollte sie sich über den Streit lustig machen. Dabei imitierte sie die beiden Mädchen so perfekt, dass Eric, obwohl er sah, dass sich ihre Lippen nicht mehr bewegten, seinen Augen und Ohren nicht traute. Denn es waren ihre Stimmen, gestohlen, geklaut, aber dennoch ihre Stimmen.

ZickeSchlampeZickeSchlampeZickeSchlampeZickeSchlampe...

Auf einmal stand Matthias vor ihnen. Er sah zerzaust aus, blinzelte und hatte offensichtlich Schwierigkeiten aufzuwachen. »Was ist denn hier los?«, fragte er.

Niemand antwortete ihm. Was gab es auch zu sagen? Die Stimmen wurden leiser, dann wieder lauter, verzweigten sich über die beiden Worte hinaus. *Wenn der blöde Kerl sich noch mal schneidet ... Es tut dir nicht mal leid, oder?*

»Das sind die Ranken«, stellte Stacy fest, als bedürfte es irgendeiner Erklärung.

Matthias schwieg, aber sein Blick schweifte umher, wanderte von der Plastiktüte mit den vier restlichen Trauben zu dem blutigen T-Shirt auf Erics Bauch, zu Pablos regloser Form und der fast leeren Tequilaflasche. »Wo ist Jeff?«, wollte er wissen.

Ich hab mir auf den Fuß gepinkelt, rief die Pflanze. *Die anderen können ja die Orange haben.*

»Er ist unten am Hügel«, antwortete Amy.

»Hätte ihn nicht jemand ablösen sollen?«

Keiner antwortete. Alle blickten ins Leere, schämten sich und wünschten, die Stimmen würden aufhören und auch Matthias würde endlich Ruhe geben. Eric bekam ein enges Gefühl in der Brust – die ersten Anzeichen von Wut. Woher nahm Matthias das Recht, sie zu beurteilen? Er gehörte doch gar nicht zu ihnen, oder? Sie kannten ihn ja kaum, er war praktisch ein Fremder.

Manchmal bist du echt saublöd.

»Habt ihr getrunken?«, fragte Matthias.

Wieder schwiegen sie. Und auf einmal erklang auch Erics Stimme: *Matthias natürlich. Die bösen Deutschen. Die Filmleute werden die Geschichte so hindrehen, dass er uns absichtlich hergelockt hat.* Und dann, wie eine kaputte Schallplatte: *Nazi … Pfadfinder … Nazi … Boy Scout …*

Eric merkte, dass Matthias ihn ansah, aber er hielt die Augen abgewandt, spähte nach Süden, zu den Wolken, die sich weiter verdunkelten und anschwollen. Schon bald würde es losregnen, sehr bald. Ihm wäre es jetzt gleich am liebsten gewesen.

Halt du doch die Fresse.

Lass ihn in Frieden.

Erzähl uns was Lustiges.

Ich bin der Witzbold.

»Wie lange geht das schon so?«, fragte Matthias.

»Es hat gerade erst angefangen«, antwortete Amy.

Sie haben die Knie gerettet.

Dann lass ich ihn einfach verbluten.

Du bist ja betrunken.

Du kannst mich mal.

Man konnte Matthias ansehen, wie er sich zurücknahm. »Ich gehe Jeff ablösen«, verkündete er knapp.

Amy nickte, Stacy ebenfalls. Eric lag einfach nur da. Er glaubte die

Pflanze in sich zu hören, spürte die Vibrationen an den Rippen, wenn sie sprach. Konnte das denn sonst niemand hören?

Schlampe, sagte sie mit Amys Stimme.

Und dann Stacy: *Zicke*.

Sie sahen, wie Matthias sich abwandte und die Lichtung verließ. Noch einige Zeit zeterten die Stimmen weiter, aus verschiedenen Richtungen, mal die von Amy, dann die von Stacy oder von Eric, sie fielen sich ins Wort, schwollen zu einem Rufen an, aber dann hörten sie genauso plötzlich auf, wie sie angefangen hatten. Aber die Stille war keine so große Erleichterung, wie Eric gehofft hatte, es war eine gespannte Stille, überschattet von dem Bewusstsein, dass das Geschrei jeden Moment wieder losgehen konnte. Und auch von dem Gefühl, dass sie belauscht und beobachtet wurden. Es dauerte eine Weile, bis sie den Mut fanden zu sprechen, und als Stacy es schließlich tat, war es auch nur ein Flüstern.

»Es tut mir leid«, sagte sie.

Amy winkte ab.

»Ich hab einfach nicht richtig nachgedacht«, beharrte Stacy. »Es war nur ... ich hatte Pisse auf dem Fuß.«

»Ist schon in Ordnung«, erwiderte Amy und deutete auf die Wolken. »Wir kriegen ja gleich Wasser.«

»Du bist keine Zicke.«

»Ich weiß, Schätzchen. Lass es uns einfach vergessen, okay? Tun wir so, als wäre es nie passiert. Wir sind beide müde.«

»Und wir haben Angst.«

»Ja, genau. Wir sind müde und haben Angst.«

Stacy rutschte noch ein Stück näher und streckte die Hand aus. Amy nahm und drückte sie.

Eric wäre gern aufgestanden und Matthias nachgelaufen, um ihm alles zu erklären. Was mochte Matthias jetzt von ihm denken? Eigentlich wollte er gar nicht darüber nachdenken, aber es ging nicht. *Ich hätte es ihm erklären müssen*, dachte er mit wachsender

Panik. *Ich hätte ihm gleich sagen sollen, dass es ein Witz war.* Aber er konnte nicht aufstehen, die Schmerzen waren zu schlimm, und er blutete immer noch – wann hörte das denn endlich auf? Trotzdem, jemand musste zu Matthias gehen, jemand musste das in Ordnung bringen.

In diesem Moment gab Pablo einen Laut von sich – er sagte etwas, nur ein einziges Wort, aber erstaunlich laut. Erschrocken drehten sich alle zu ihm um. Seine Augen waren offen, er hatte den Kopf gehoben, die Nackenmuskeln waren angespannt und zitterten leise. Er wiederholte das Wort. Absurderweise hörte es sich an wie *potato*. Dabei bewegte er die rechte Hand, eine Art Winken. Wie es aussah, zeigte er auf die Wasserflasche.

»*Po-ta-to*«, erklang die heisere Stimme.

»Ich glaube, er möchte Wasser«, meinte Stacy.

Amy holte den Behälter, trug ihn zum Rückenbrett und kauerte sich neben Pablo. »Wasser?«, fragte sie.

Pablo nickte, öffnete und schloss den Mund, als wollte er einen Fisch nachahmen. »*Potato … potato … potato …*«

Amy schraubte den Verschluss auf und goss ihm ein bisschen Wasser in den Mund. Aber weil ihre Hände zitterten, kam zu viel heraus und Pablo drehte hustend und würgend den Kopf weg.

»Vielleicht solltest du ihm eine Traube geben«, schlug Stacy vor und hielt Amy die Tüte hin.

»Meinst du?«

»Er hat seit gestern nichts gegessen.«

»Aber kann er nicht …«

»Versuch es doch einfach.«

Inzwischen hustete Pablo nicht mehr. Amy wartete, bis er sich wieder ihr zuwandte, nahm eine Traube aus der Tüte, hielt sie ihm hin, sodass er sie sehen konnte, und zog fragend die Augenbrauen hoch. »Hungrig?«, fragte sie.

Pablo starrte sie an. Auf einmal schien er sich wieder in sich zurückzuziehen. Für eine Weile hatte sein Gesicht ein bisschen Farbe bekommen, aber jetzt war es wieder grau geworden. Sein Hals erschlaffte, sein Kopf fiel schwer auf das Rückenbrett zurück.

»Steck sie ihm in den Mund und schau einfach, was passiert«, sagte Stacy.

Amy ließ die Traube zwischen seine Lippen gleiten und schob ein bisschen, bis sie verschwand. Pablo machte die Augen zu, aber sein Kiefer rührte sich nicht.

»Hilf ihm doch«, drängte Stacy. »Hilf ihm mit der Hand beim Kauen.«

Zögernd fasste Amy den Griechen am Kinn, öffnete seinen Mund und drückte ihn dann wieder zu. Eric hörte, wie die Traube aufplatzte, und dann würgte Pablo auch schon wieder, drehte den Kopf zur Seite und erbrach sich. Schwarze Flüssigkeit, es war Blut, das wusste Eric. *O Gott*, dachte er. *Was zum Teufel machen wir denn da?*

Und fast wie ein Echo drangen plötzlich genau diese Worte an sein Ohr: »Was zum Teufel macht ihr denn da?«

Verblüfft drehte Eric sich um und sah Jeff hinter sich stehen, der Amy mit wütendem Gesicht musterte.

Als Jeff unten am Hügel saß und nach den Griechen Ausschau hielt, hatte er das Gefühl, dass die Zeit sich hier irgendwie langsamer, dickflüssiger bewegte. Die Sekunden dehnten sich zu Minuten, die Minuten zu Stunden, und nichts passierte, nichts Bemerkenswertes, überhaupt nichts – und schon gar nicht das, weshalb er hier war, nämlich dass die Griechen eintrafen und er sie warnen musste, damit sie nicht über die Lichtung stolperten und den verbotenen Sektor betraten, in dem Jeff und die anderen festsaßen. Er saß da, die Sonne entzog seinem Körper kostbare

Flüssigkeit, und die Hitze verlängerte die Liste der unangenehmen Körperempfindungen – Durst, Hunger, Erschöpfung, das wachsende Gefühl des Versagens, weil das, was er tat, genauso viel Schaden anrichtete, wie er eigentlich hatte vermeiden wollen.

Er musste über zu vieles nachdenken, und nichts davon war erfreulich.

Natürlich musste Jeff an Pablo denken. *Aber was blieb mir denn anderes übrig,* fragte er sich immer wieder, obwohl er schon bei dem Gedanken wusste, dass es ein schlechtes Zeichen war, wenn er dem Versuch nachgab, sich zu rechtfertigen, seine Entscheidung zu erklären, als müsste er sich gegen einen Vorwurf wehren. *Ich habe nur versucht, ihm das Leben zu retten.* Und auch das waren die falschen Worte, denn *versuchen* beinhaltete ja immer die Möglichkeit des Misserfolgs, man strebte etwas an, was womöglich schief ging. Denn es stimmte: Jeff war drauf und dran, Pablo aufzugeben. Wenn in den kommenden Stunden Hilfe eintraf, konnte er vielleicht noch gerettet werden. Womöglich auch noch morgen. Aber wie hoch waren die Chancen, dass das passierte? Von dieser Frage, von den kommenden Stunden, dem kommenden Tag hing alles andere ab, und allmählich verlor Jeff die Zuversicht, allmählich ließ er die Hoffnung sinken. Er hatte geglaubt, wenn er Pablos Beine – oder das, was von ihnen noch übrig war – amputierte, könnte er für den Griechen Zeit gewinnen, nicht viel, aber ein bisschen, vielleicht gerade genug. Aber so würde es nicht ausgehen. Das musste er sich jetzt eingestehen. Pablo würde noch einen, zwei oder bestenfalls drei Tage überstehen – und dann sterben.

Und zwar zweifellos unter höllischen Schmerzen.

Selbstverständlich bestand immer noch die Möglichkeit, dass die Griechen doch kamen, aber je mehr Jeff darüber nachdachte, desto unwahrscheinlicher erschien es ihm. Die Mayas wussten offensichtlich genau, was sie hier zu tun hatten, sie hatten das Gleiche schon mehrmals erlebt und würden es aller Wahrscheinlichkeit nach wieder tun. Vermutlich hatten sie am anderen Ende des Wegs eine Wache aufgestellt, um eventuelle Hilfe wegzuschicken oder in die Irre zu führen. Daran würden Don Quixote und Juan garantiert scheitern. Selbst wenn sie sich auf den Weg machten – was Jeff bezweifelte –, würden sie sich nur allzu leicht ablenken lassen. Nein, wenn Rettung nahte, dann viel später – wahrscheinlich zu spät. Erst in ein paar Wochen, wenn ihre Eltern merkten, dass sie nicht zurückkamen und dass etwas nicht stimmte. Wenn sie anfingen, sich Sorgen zu machen, würden sie aktiv werden, aber Jeff wollte lieber nicht darüber spekulieren, wie lange allein die Anrufe und Nachfragen dauern würden, bis sich endlich die entsprechenden Räder in Bewegung setzten. Und würde die Suche dann überhaupt hierher führen? Würde sie sich nicht auf Cancún beschränken? Gut, auf ihren Bustickets waren ihre Namen aufgedruckt, aber wurden die irgendwo gespeichert? Und auch wenn diese Hürde bewältigt und die Suche sich irgendwie nach Cobá ausdehnen würde, lagen immer noch die dreizehn Meilen durch den Dschungel zwischen ihnen und einer möglichen Rettung. Wer auch immer sie suchte – wahrscheinlich irgendein Angehöriger der Polizei, ein Detective –, würde vermutlich Fotos mitnehmen und sie den Taxifahrern in Cobá zeigen, den Straßenhändlern, den Kellnern im Café. Womöglich würde der Mann mit dem gelben Pick-up sie erkennen, und vielleicht war er sogar bereit, sein Wissen weiterzugeben. Und dann? Der Detective würde dem Pfad folgen und schließlich zum Mayadorf gelangen, mit vier, fünf oder sechs Fotos – je nachdem, ob er schon von Matthias und Pablo erfahren und richtig kombiniert hatte, dass sie zusammengehörten –, aber wie würden die Mayas auf seine Fragen reagieren? Mit verständnislosen Gesichtern höchstwahrscheinlich. Mit einem nachdenklichen Kratzen am Kinn, einem bedächtigen Kopfschütteln. Und selbst wenn dieser fabulöse Detective ihre Unwissenheitsbeteuerungen als Lüge entlarvte – wie lange würde er dafür brauchen? All die Schritte, die er machen musste, dazu noch die unvermeidlichen Umwege und Sackgassen – wie lange? Zu lange vermutlich. Zu lange für Pablo. Keine Frage. Und wahrscheinlich auch zu lange für den Rest von ihnen.

Sie brauchten Regen. Das war das Erste, das Wichtigste. Ohne Wasser würden sie es alle nicht viel länger aushalten als Pablo.

Und dann war da natürlich noch die Frage mit dem Essen. Der kleine Vorrat, den sie mitgebracht hatten – genau genommen weiter nichts als Snacks –, reichte vielleicht noch zwei bis drei Tage, vorausgesetzt, sie rationierten ihn streng. Und was dann? Nichts. Fasten. Verhungern.

Eric war in Schwierigkeiten, das wusste Jeff. Die Verletzungen, die er sich zufügte, das Umherlaufen, das Murmeln, alles schlechte Zeichen. Außerdem würde sich seine Wunde sicher bald entzünden. Jeff wusste nicht, wie er es verhindern sollte. Auch hier spielte die Zeit eine wesentliche Rolle. Wundbrand, Blutvergiftung – das ging wahrscheinlich langsamer als Verdursten, aber viel schneller als Verhungern.

An die Ranken dachte Jeff lieber erst gar nicht. Er wollte nicht, er hätte auch gar nicht gewusst, wie. Sie bewegten sich, brachten Töne hervor, dachten und planten. Und er hatte den Verdacht, dass noch Schlimmeres auf sie zukam, obgleich er natürlich keine Ahnung hatte, was das sein mochte.

Er saß da. Er beobachtete die Mayas. Die Mayas beobachteten ihn. Er wartete auf die Griechen, obwohl er gleichzeitig nicht mehr an ihr Kommen glaubte. Er dachte an Wasser und Essen, an Pablo und an Eric. Als sich im Süden Wolken zeigten, sah er sie an und wünschte sich, sie würden wachsen, dunkel werden, nach Norden wandern. Regen. Sie würden ihn auffangen müssen, darüber hat-

ten sie schon gesprochen. Er hätte zusammen mit den andern einen Plan austüfteln, ihnen genaue Anweisungen hinterlassen müssen, aber er war müde und erschöpft. Deshalb hatte er es vergessen. Er stand auf und spähte den Weg hinauf. Warum kam denn niemand, um ihn abzulösen? Auch darüber hätten sie noch einmal reden, den Ablauf genauer planen müssen.
Die Wolken wurden dicker. Vielleicht konnten sie die Werkzeugkiste aus dem blauen Zelt leer räumen und darin Wasser auffangen. Bestimmt gab es auch noch andere Dinge, die man zu diesem Zweck umfunktionieren konnte, aber er musste sehen, was ihnen zur Verfügung stand. Und dafür musste er zurück auf den Hügel.
Er ging auf und ab. Er setzte sich wieder hin. Er beobachtete die Mayas, die Wolken, den Weg hinter sich. Stumm und gleichmütig starrten die Mayas zurück. Die Wolken quollen weiter. Der Weg blieb leer. Inzwischen war die Sonne verschwunden, und demnächst würde es regnen. Jeff überlegte, ob er nicht einfach kehrtmachen und zurück auf den Hügel laufen sollte. Welches Risiko war größer – den Weg unbewacht zu lassen oder nicht angemessen auf den Regen vorbereitet zu sein? Wie bei allen Gewittern in diesem Teil der Welt würde der Schauer kurz und intensiv ausfallen. Doch da hörte er plötzlich Schritte hinter sich, die sich zielstrebig näherten. Es war Matthias.
Etwas stimmte nicht, das konnte Jeff an seinem Gang sehen – steif und angespannt, gleichzeitig hastig und doch zögernd. Sein Gesicht hatte den typischen zurückhaltenden Ausdruck, aber es war auch noch etwas anderes darin, wenn auch nur schwer zu erkennen. Die Augen. Sie waren wachsam, beinahe ängstlich. Ein paar Meter vor Jeff blieb er atemlos stehen.
»Was ist los?«, fragte Jeff.
»Hast du es nicht gehört?«, erwiderte Matthias mit einer Geste zum Hügel.

»Was soll ich gehört haben?«
»Sie haben geredet.«
»Wer?«
»Die Ranken.«
Jeff starrte ihn an – nicht ungläubig, sondern sprachlos vor Schreck.
»Sie haben uns nachgemacht«, erklärte Matthias. »Stacy, Amy und Eric – ihre Stimmen.«
Jeff überlegte. Irgendwie reichte das nicht ganz, um Matthias' Aufgebrachtheit zu erklären. »Was haben sie denn gesagt?«, fragte er.
»Ich bin im Zelt eingeschlafen. Und als ich wieder aufwachte …« Matthias ließ den Satz unvollendet, als wüsste er nicht weiter. Schließlich setzte er hinzu: »Sie haben sich gestritten.«
»Gestritten?«
»Ja, die Mädchen. Sich angeschrien.«
»Herrje.«
»Und sie haben getrunken. Den Tequila. Ich glaube, ziemlich viel.«
»Alle?«
Matthias nickte.
»Dann sind sie besoffen?«
Wieder nickte Matthias. »Sie haben mich einen Nazi genannt.«
»*Was?*«
»Die Ranken. Beziehungsweise Eric. Es war seine Stimme, aber die Ranken haben es wiederholt.«
Jeff musterte ihn. Das war es also, was ihn so aufgeregt hatte! Verständlicherweise. Bestimmt fühlte er sich sowieso allein unter ihnen – er kannte sie ja kaum. Er war ein Außenseiter, der leicht zum Sündenbock gemacht werden konnte. Trotzdem versuchte er ihn zu beschwichtigen. »Das war bestimmt nur ein Scherz. Du weißt doch, wie Eric drauf ist.«

Matthias schwieg, widersprach nicht, bestätigte Jeffs Vermutung aber auch nicht.

»Ich sollte wieder hinaufgehen«, meinte Jeff. »Schaust du eine Weile nach den Griechen?«

Matthias nickte.

Jeff wandte sich zum Gehen, hielt aber noch einmal inne. »Wie geht es Pablo?«

Matthias machte eine vage Handbewegung. »Immer noch dasselbe«, antwortete er. »Nicht gut.«

Jeff machte sich auf den Weg. Auf den flacheren Strecken verfiel er in Laufschritt und ging etwas langsamer, wenn es steil wurde. Er merkte, dass ihm viel schneller als sonst die Luft ausging. Sie waren gerade mal seit einem Tag hier, und schon wurde er schwächer. Er hatte das Gefühl, dass diese körperliche Schwäche das Spiegelbild der ganzen Situation war: Alles entglitt seiner Kontrolle. Stacy, Amy und Eric hatten den Nachmittag damit verbracht, sich Tequila hinter die Binde zu gießen. Wie dumm konnte man denn nur sein? Kurzsichtig, impulsiv, unverantwortlich – drei Idioten, die mit der Katastrophe flirteten. Danach waren sie natürlich aufeinander losgegangen, hatten gestritten und sich Beleidigungen an den Kopf geworfen. Stück für Stück wich die Verwunderung darüber einer immer stärker werdenden Wut. Er wusste, dass auch das irgendwie dumm war, aber er konnte nichts dagegen tun, konnte das Bedürfnis, die drei irgendwie zu bestrafen, ihnen Vernunft einzubläuen, nicht verdrängen. Als er endlich den Gipfel erreichte und auf die kleine Lichtung trat, hatte er sich ordentlich in diese Stimmung hineingesteigert, und das Erste, was er sah, war Amy, die den halb bewusstlosen Pablo mit einer Traube fütterte.

»Was zum Teufel macht ihr denn da?«, rief er wütend, und alle drehten sich erschrocken zu ihm um.

Pablo übergab sich, obwohl die Bezeichnung nicht recht passte.

Übergeben beinhaltete eine gewisse Dynamik, aber bei Pablo war es größtenteils ein passiver Vorgang. Sein Kopf sank zur Seite, sein Mund öffnete sich, und ein Strom schwarzer Flüssigkeit kam heraus. Blut, Galle – schwer zu sagen. Jeff war ungefähr vier Meter von ihm entfernt, aber selbst aus dieser Entfernung drang ihm der Geruch in die Nase – widerlich süß.

»Er hatte Hunger«, sagte Amy. An ihrer verschwommenen Aussprache konnte Jeff hören, wie betrunken sie war. Mit der linken Hand umklammerte sie die Plastiktüte, die ihren Traubenvorrat enthalten hatte; jetzt waren genau noch drei Trauben übrig. Neben Stacy lag die fast leere Tequilaflasche auf dem Boden. Eric drückte sich ein blutdurchtränktes T-Shirt auf den Bauch.

Jeff spürte, wie sich die Wut in seinem Körper ausdehnte, ihn füllte, von innen gegen seine Haut drückte, als suchte sie einen Ausgang. »Du bist besoffen, stimmt's?«

Amy wandte den Blick ab. Pablo hatte aufgehört zu kotzen, seine Augen waren wieder geschlossen.

»Ihr seid alle betrunken«, beharrte Jeff und staunte selbst, wie ruhig er klang. »Hab ich recht?«

»Ich bin nicht besoffen«, beteuerte Eric.

Jeff wirbelte zu ihm herum. *Stopp*, dachte er. *Tu das nicht*. Aber es war zu spät, er hatte schon begonnen zu reden, und mit jedem Wort wurde seine Stimme lauter, schneller, härter, vorangetrieben von seiner Wut. »Du bist nicht besoffen?«

Eric schüttelte den Kopf, aber es spielte keine Rolle, denn Jeff nahm die Geste kaum wahr. Er hatte keine Antwort abgewartet, nein, er redete einfach weiter, obwohl er wusste, dass er vollkommen falsch mit der Situation umging. Aber es gab kein Zurück mehr, und das war ihm gerade recht, denn es tat ihm irgendwie gut, es war eine Erleichterung zu reden, zu schreien. Es war eine körperliche Entladung, fast sexuell in ihrer Heftigkeit.

»Denn dass du betrunken bist, ist so ungefähr das Einzige, was du zu deiner Verteidigung vorbringen kannst, Eric – verstehst du? Du hast dich wieder geschnitten, stimmt's? Du hast dir das beschissene Messer in die Brust gerammt. Hast du die geringste Ahnung, was du da tust, wie abgrundtief dumm du dich anstellst? Alle paar Stunden piekst du dich mit diesem dreckigen Messer, und wir sitzen hier fest, mit einer winzigen beschissenen Tube Neosporin, die das Haltbarkeitsdatum bereits überschritten hat. Findest du das schlau? Meinst du, das bringt irgendwas? Mach weiter so, dann stirbst du hier. Das überlebst du nicht …«

»Jeff …«, begann Amy.

»Halt den Mund, Amy. Du bist genauso schlimm.« Jetzt wandte er sich ihr zu, denn es spielte keine Rolle, wen er anschrie, jeder war ihm recht. »Wenigstens von dir hätte ich erwartet, dass du vernünftiger bist. Alkohol wirkt entwässernd – er dehydriert. Das weißt du genau. Warum zum Teufel hast du dann …«

Findest du das schlau? Es war seine eigene Stimme, die ihm ins Wort fiel und ihn zum Schweigen brachte. *Meinst du, das bringt irgendwas?* Jeff drehte sich um. Er wusste, was es war, aber er erwartete immer noch halb, dort einen Menschen zu entdecken, der ihn nachmachte. Ein Wind war aufgekommen und zerrte an den Ranken, ließ die handförmigen Blätter schwanken und beben, als wollten sie ihn verspotten.

Jetzt war es Amys Stimme: *Schlampe!*

Und dann Stacy: *Zicke!*

»Das passiert, weil du schreist«, erklärte Stacy fast flüsternd. »Wenn wir schreien, legen sie los.«

Boy Scout, rief Erics Stimme.

Inzwischen hatten sich die Wolken so zusammengezogen, dass es fast dämmrig war, man konnte kaum die Tageszeit erkennen. Das Gewitter nahte, aber auch die Nacht schien kurz bevorzustehen. Und sie waren nicht darauf vorbereitet, nicht annähernd, auf beides nicht.

»Schaut mal«, sagte Amy und deutete theatralisch zum Himmel. Obwohl sie sich alle Mühe gab, deutlich zu sprechen, hatte sie nicht viel Erfolg damit. »Es macht nichts, wir kriegen gleich eine Menge Wasser.«

»Und habt ihr die nötigen Vorkehrungen getroffen?«, fragte Jeff. »So ein Schauer ist schnell vorbei, und ihr wollt einfach nur rumsitzen und zuschauen, ja? Zuschauen, wie das Wasser im Boden versickert und verschwindet, ohne dass wir das Geringste davon haben.« Allmählich spürte Jeff, wie sich seine Wut verzog, aber nicht auf befriedigende Art, nicht als wohltuende Kühle nach dem Gewitter, sondern als langsames Versickern. Aber er wollte nicht, dass sich das Gefühl verzog, denn es war, als würde ihn damit auch seine Kraft verlassen. »Ihr seid erbärmlich«, sagte er und wandte sich ab. »Ihr alle, ein beschissen erbärmlicher Haufen. Euch braucht die Ranke nicht zu töten, das schafft ihr auch alleine.«

Stacys Stimme rief: *Und wer ist dann der Bösewicht?*

Sing uns was, Amy, antwortete Eric.

Zicke!

Schlampe!

Und dann wieder Jeffs eigene Stimme, voller Hass und Wut. *Du bist besoffen, stimmt's?*

Jeff ging zu dem orangefarbenen Zelt, zog den Reißverschluss auf, schlüpfte hinein und sah sich die an der Rückwand aufgestapelten Sachen an. Dort war tatsächlich der Werkzeugkasten, aber ansonsten bot sich nichts für seine momentanen Bedürfnisse an. Er nahm die Box, öffnete den Deckel, und fand dort seltsamerweise kein Werkzeug, sondern Nähzeug. Ein kleines Nadelkissen, voller Nadeln, wie ein kleiner Kaktus. Auf einer doppelseitigen Halterung steckten buntstiftgleich Fadenrollen in allen Farben des Regenbogens. Ein paar Stoffstücke, eine kleine Schere, sogar ein Maßband. Jeff leerte alles auf den Zeltboden und trug dann die Box auf die Lichtung hinaus.

Er stellte die Box mitten auf die Lichtung, weit geöffnet, um den Regen aufzufangen. Schließlich ging er noch zum Eingang des Schachts, neben dem die Sachen aus dem blauen Zelt in wildem Durcheinander herumlagen.

Unterdessen setzten die Ranken ihre Imitationen fort, laut und leise, mit längeren Pausen, in denen man meinen konnte, sie würden aufhören. Aber dann kam auch schon der nächste Redeschwall, so heftig, dass Worte und Stimmen ineinander verschmolzen. Jeff versuchte, möglichst wenig darauf zu achten, doch manche Dinge machten ihn stutzig und brachten ihn zum Nachdenken. Vermutlich war das ja der Sinn des Ganzen. Auch wenn es schwer zu glauben war, hatte er inzwischen den Verdacht, dass die Pflanze zu sprechen begonnen hatte, um sie gegeneinander aufzuhetzen.

Stacys Stimme sagte: *Jeff ist aber nicht da, oder?* Und dann Eric: *War Jeff bei den Pfadfindern? Ich wette, er war Boy Scout.* Gelächter folgte, Eric und Stacy, und man hörte deutlich den Spott in ihren Stimmen.

Es war fast so, als hätte die Pflanze ihre Namen gelernt, als wüsste sie, wer wer war, und plante ihre Imitationen dementsprechend, um sie gezielt aufzuwiegeln. Jeff ließ die letzten vierundzwanzig Stunden noch einmal an sich vorüberziehen. Hatte er irgendetwas Dummes gesagt? Aber er war so müde, so benommen, dass sein Gedächtnis ihm den Dienst verweigerte. Es spielte sowieso keine Rolle, denn die Ranke wusste Bescheid, und während Jeff die Sachen neben dem Schacht durchging, hörte er auch schon seine Stimme.

Es beenden. Ihm die Kehle durchschneiden. Ihn ersticken.

Und je länger wir hier bleiben, desto besser werden ihre Chancen.

Sie kann Geräusche nachmachen. Aber das war nur ein Laut, kein echtes Lachen.

Dann schien der ganze Hügel loszulegen – Kichern, Prusten, Gackern, Giggeln – und wollte gar nicht wieder aufhören. Und zwischendrin immer wieder Jeffs Stimme, die den gleichen Satzteil wiederholte: *Kein echtes Lachen … kein echtes Lachen … kein echtes Lachen …*
Jeff angelte das Frisbee und die leere Wasserflasche aus dem Wust heraus und trug alles zum orangefarbenen Zelt. Sein Plan war, die Frisbeescheibe mit Regenwasser volllaufen zu lassen und damit die Wasserflasche, den Plastikbehälter und die Flasche, die sie bisher zum Urinsammeln benutzt hatten, zu füllen. Sicher kein genialer Plan, aber etwas Besseres fiel ihm nicht ein.
Jeff spürte, wie sein Ärger sich wieder regte, als er sah, wie die anderen da passiv herumhingen, als hätte sie eine kollektive Lähmung befallen, aber diesmal sagte er nichts. Das Bedürfnis zu schreien war verschwunden. Er legte das Frisbee neben die offene Werkzeugbox und leerte den Urin aus Matthias' Wasserflasche. Schweigend sahen die anderen ihm zu, und alle lauschten der Ranke, die sich gerade etwas beruhigt hatte, dann aber wieder an Lautstärke zulegte, immer noch lachend. Jetzt waren es anscheinend Stimmen von Fremden. Vielleicht von Cees Steenkamp. Oder von dem Mädchen, das Henrich am Strand kennengelernt hatte. Von den Skeletten unter den grünen Hügeln, deren Seelen längst hinweggezogen waren. Doch ihr Lachen war noch hier, von der Ranke gespeichert und jetzt eingesetzt wie eine Waffe.
Kein echtes Lachen … kein echtes Lachen … kein echtes Lachen …
Von dem blauen Zelt waren immer noch ein paar Nylonstreifen übrig, und mit ihnen hantierte Jeff jetzt herum, während er sich auszudenken versuchte, wie er sie zum Auffangen oder Aufbewahren des Regenwassers einsetzen könnte. Natürlich hätte er schon früher daran denken sollen, dann hätte er mit dem Näh-

zeug, das er im orangefarbenen Zelt gefunden hatte, aus den Streifen vielleicht einen großen Beutel nähen können. Aber jetzt hatte er dafür keine Zeit mehr.

Morgen, dachte er.

Und dann begann es zu schütten.

Völlig unvermittelt, als hätte jemand eine Schleuse geöffnet. Keine Warnung, kein einleitendes Tröpfeln. Wie oft in diesen Breiten war der Himmel gerade noch dunkelgrau und bedrohlich gewesen, als würde er den Atem anhalten, während ein leichter Wind durch die Ranken strich, und dann, scheinbar völlig übergangslos, war die Luft plötzlich voller Wasser. Das Tageslicht nahm eine seltsam grünliche Färbung an, es wurde fast so dunkel wie in der Nacht, die ausgetrocknete Erde verwandelte sich von einem Augenblick zum anderen in Schlamm, und man konnte kaum atmen.

Die Ranken verstummten.

In Sekundenschnelle war das Frisbee gefüllt. Jeff schüttete das Wasser in die Feldflasche, ließ die Scheibe noch einmal volllaufen und goss sie wieder aus. Dann hielt er Stacy die Feldflasche hin. Inzwischen war der Regen so laut, dass er schreien musste. »Trink!«, brüllte er. Seine Mütze, seine Kleider, seine Schuhe, alles war komplett durchnässt, klebte an ihm und wurde immer schwerer.

Als Nächstes goss er das Wasser aus dem Frisbee in die Plastikflasche, ließ es wieder volllaufen, goss es aus, füllte es, goss es aus. Als das Behältnis voll war, machte er dasselbe mit Matthias' Flasche. Stacy trank aus der Feldflasche und gab sie dann an Eric weiter, der immer noch mit bloßem Oberkörper auf dem Rücken lag, sodass der Schlamm überall auf seinen Körper spritzte. Ungeschickt setzte er sich auf und nahm die Flasche entgegen.

»Trinkt so viel ihr könnt!«, rief Jeff ihm zu.

Seife, dachte er plötzlich. Er hätte die Rucksäcke nach einem Stück

Seife durchsuchen sollen. Dann hätten sie sich wenigstens Gesicht und Hände waschen können, ehe der Schauer wieder vorbei war – eine Kleinigkeit, sicher, aber es hätte bestimmt die Stimmung gehoben. *Morgen,* dachte er. *Wenn es heute geregnet hat, warum sollte es dann morgen nicht wieder regnen?*

Er füllte Matthias' Flasche bis obenhin, streckte die Hand nach der Feldflasche aus, füllte auch sie wieder und gab sie Amy.

Der Regen plätscherte weiter auf sie herab. Er war erstaunlich kalt. Jeff begann zu frösteln, die anderen ebenso. Vermutlich weil sie so lange nichts mehr gegessen hatten. Sie hatten keine Reserven mehr, um sich gegen den Temperatursturz zu wehren.

Das Frisbee füllte sich wieder, und Jeff hielt es sich an die Lippen und trank direkt daraus. Überrascht stellte er fest, wie süß das Wasser war. *Zuckerwasser,* dachte er, und sein Kopf wurde klarer, während er trank, sein Körper kräftiger und gewann eine Kraft, von der er gar nicht gewusst hatte, dass sie ihm fehlte. Er füllte das Frisbee, trank, füllte die Scheibe erneut, trank, während sein Bauch anschwoll und fast schmerzlich prall wurde. Es war das beste Wasser, das er je getrunken hatte.

Amy hatte aufgehört zu trinken. Sie und Stacy standen zusammengekauert da, die Arme um sich geschlungen, und fröstelten. Eric hatte sich wieder hingelegt, die Augen geschlossen, den Mund offen, sodass er den Regen direkt trinken konnte. Seine Beine und sein restlicher Körper wurden immer schmutziger, auch in seinen Haaren und auf seinem Gesicht waren Schlammspritzer.

»Bringt ihn ins Zelt!«, rief Jeff.

Er nahm Amy die Feldflasche ab und begann sie wieder zu füllen, während er beobachtete, wie sie und Stacy Eric hochzogen und zum Zelt führten.

Allmählich wurde der Schauer schwächer. Es regnete noch, aber es goss nicht mehr. Noch fünf bis zehn Minuten, dann würde es ganz aufhören. Jeff ging über die Lichtung, um nach Pablo zu sehen. Sein Schutzdach hatte nicht viel genutzt, er war genauso nass wie alle anderen. Und wie Eric war auch Pablo über und über mit Schlammspritzern bedeckt – sein T-Shirt, sein Gesicht, seine Arme, seine Beinstümpfe. Er hatte die Augen immer noch geschlossen, und er atmete weiterhin rasselnd und unregelmäßig. Seltsamerweise fröstelte er nicht, und Jeff überlegte, ob das wohl ein schlechtes Zeichen war. Ob der Körper so schwach werden konnte, dass er nicht mal mehr die Kraft hatte zu zittern? Er kauerte sich nieder, legte die Hand auf Pablos Stirn und zuckte zurück, so heiß war sie. Natürlich, hier war alles ein schlechtes Zeichen. Er dachte an das, was die Ranke vorhin wiederholt hatte, seine eigenen Worte: *Es beenden. Ihm die Kehle durchschneiden. Ihn ersticken.* Diese Worte hielt er in Gedanken fest, während er überlegte. Es wäre ganz leicht, er war allein auf der Lichtung. Niemand würde es je erfahren. Er konnte sich hinunterbeugen, Pablos Nase und Mund zuhalten und zählen – wie weit? Hundert? *Gnade,* dachte er, hob langsam die Hand von Pablos Stirn und ließ sie über seinem Gesicht schweben. Er hielt sie zwei Zentimeter über der Nase des Griechen, ohne ihn zu berühren, und spielte mit der Idee – *siebenundneunzig, achtundneunzig, neunundneunzig.* Aber dann kam plötzlich Amy aus dem Zelt und stolperte, betrunken, wie sie war, über die Lichtung. Ihre Haare hingen schlaff herunter, patschnass vom Regen, auf der linken Wange hatte sie einen dicken Schlammspritzer.

»Alles klar mit ihm?«, fragte sie.

Rasch stand Jeff auf. Er hasste sie dafür, wie sie lallte, und bekam plötzlich wieder Lust zu schreien, sie mit seiner Wut nüchtern zu machen. Er wehrte die Versuchung ab, antwortete jedoch nicht und ging wortlos zurück zu der offenen Werkzeugkiste.

Die unerklärlicherweise so gut wie leer war.

Verständnislos starrte Jeff auf die Box.

»Sie hat ein Loch«, stellte Amy fest.

Es stimmte. Als Jeff den Kasten hochhob, kam durch einen fünf Zentimeter langen Riss ein dünner Wasserstrahl aus seinem Boden. Als Jeff das Nähzeug herausgenommen hatte, war ihm das offensichtlich entgangen. Er hatte sich einfach nicht genügend Zeit genommen, um das Ding ordentlich zu überprüfen. Vielleicht hätte er es noch flicken können, bevor der Regen einsetzte – *das Klebeband,* dachte er –, aber jetzt war es zu spät. Gerade fielen die letzten Tropfen, in einer Minute oder so würde alles vorbei sein. Wütend hob er die Box auf und schleuderte sie von sich. Sie landete ein Stück vor dem orangefarbenen Zelt.

Entsetzt sah Amy ihn an. »Was soll denn die Scheiße?«, schrie sie. »Da war doch noch Wasser drin!«

Sie rannte zu der Werkzeugkiste und stellte sie wieder auf, eine absolut sinnlose Geste. Der Schauer war vorüber, der Himmel wurde bereits wieder heller. Es würde nicht mehr regnen, zumindest nicht heute. »Das sagt die Richtige«, erwiderte er.

Amy drehte sich zu ihm um und wischte sich dabei übers Gesicht. »Was?«

»Du musst grade vom Wasserverschwenden reden.«

»Tu das nicht«, entgegnete sie kopfschüttelnd.

»Was soll ich nicht?«

»Nicht jetzt.«

»Was soll ich nicht jetzt, Amy?«

»Mir Vorträge halten.«

»Aber du baust Scheiße, das weißt du, oder nicht?«

Sie antwortete nicht, sondern starrte ihn mit traurigem Gesicht an, als wäre er schuld an allem. Wieder spürte er, wie die Wut in ihm hochstieg.

»Mitten in der Nacht Wasser stehlen. Dich besaufen. Was glaubst du denn? Dass das hier ein Spiel ist?«

Wieder schüttelte sie den Kopf. »Du bist zu hart, Jeff.«

»*Hart?* Schau dir doch diese ganzen beschissenen Pflanzenhügel an.« Er machte eine Handbewegung über den Hügel, über die von der Ranke bedeckten Knochen. »Genauso werden wir auch enden. Und du hilfst dabei.«

Doch Amy schüttelte nur weiter den Kopf. »Die Griechen …«

»Hör auf. Du benimmst dich wie ein Kind. Die Griechen, die Griechen, die Griechen … Die Griechen werden nicht kommen, Amy. Das musst du endlich mal akzeptieren.«

Sie hielt sich die Ohren zu. »Nicht, Jeff. Bitte nicht …«

Mit einem schnellen Schritt trat Jeff auf sie zu, packte sie an den Handgelenken und zerrte ihr die Hände von den Ohren. Jetzt brüllte er aus vollem Hals. »Sieh dir Pablo an. Er stirbt – kannst du das nicht sehen? Und Eric wird Wundbrand kriegen oder …«

»Sei still.« Sie versuchte sich loszumachen und schielte nervös zum Zelt hinüber.

»Und ihr drei trinkt Alkohol. Hast du eine Ahnung, wie beschissen blöd das ist? Genau das, was die Ranke beabsichtigt …«

Mit einem Wutschrei fiel Amy ihm ins Wort, und er verstummte erschrocken. »Ich wollte überhaupt nicht hierher!«, kreischte sie, riss sich los und trommelte mit den Fäusten derart auf seine Brust, dass er einen Schritt zurückwich. »Ich wollte überhaupt nicht hierher!«, wiederholte sie immer wieder, schrie und schlug ihn weiter. »Du wolltest es! Es war dein Vorschlag! Ich wollte am Strand bleiben! Es ist deine Schuld! Deine! Nicht meine!« Wütend prügelte sie auf seine Brust, seine Schultern ein. Ihr Gesicht war nass, aber Jeff konnte nicht sagen, ob vom Regen oder von Tränen. »Deine Schuld!«, schrie sie immer wieder. »Nicht meine!«

Plötzlich fing die Ranke wieder an zu rufen: *Es ist meine Schuld. Und ich bin ja auch die, die als Erste mit den Ranken in Berührung gekommen ist.* Es war Amys Stimme, die von allen Seiten kam. Amy hielt inne und blickte hektisch um sich.

Es ist meine Schuld.

»Hör auf!«, schrie Amy.

Und ich bin ja auch die, die als Erste mit den Ranken in Berührung gekommen ist.

»Halt den Mund!«

Die als Erste mit den Ranken in Berührung gekommen ist.

Mit verzweifeltem Gesicht wirbelte Amy zu Jeff herum, die Hände flehend vor sich ausgestreckt. »Mach, dass sie aufhört.«

Es ist meine Schuld.

Mit zitternder Hand zeigte Amy auf ihn. »Du warst es! Das weißt du selbst! Nicht ich. Ich wollte überhaupt nicht hierher.«

Und ich bin ja auch die, die als Erste mit den Ranken in Berührung gekommen ist.

»Mach, dass sie aufhört. Bitte mach, dass sie aufhört.«

Jeff rührte sich nicht, er stand einfach nur da und starrte sie an.

Die als Erste mit den Ranken in Berührung gekommen ist.

Der Himmel verdunkelte sich, aber diesmal war es kein Schauer. Hinter der Wolkendecke näherte sich die Sonne dem Horizont. Die Nacht kam heran, und sie hatten nichts getan, um sich darauf vorzubereiten. Sie mussten etwas essen, und bei dem Gedanken fiel Jeff auch die Tüte mit den Trauben wieder ein. Er war nicht nur wegen der Sauferei sauer gewesen, sondern auch, weil sich die anderen einfach von ihren gemeinsamen Vorräten bedient hatten.

»Was habt ihr sonst noch gegessen?«, wollte er wissen.

»Gegessen?«

»Ja, außer den Trauben. Habt ihr sonst noch was geklaut?«

»Wir haben die Trauben nicht geklaut! Wir hatten Hunger ...«

»Antworte mir.«

»Du kannst mich mal, Jeff. Du benimmst dich, als ...«

»Gib mir einfach eine Antwort.«

Sie schüttelte den Kopf. »Du bist zu streng. Wir alle ... wir sind ... Wir finden alle, dass du zu streng bist.«

»Was soll das denn heißen?«

Es ist meine Schuld.

Amy wirbelte herum und schrie wieder zu den Ranken hinüber: »Seid endlich still!«

»Ihr habt darüber geredet?«, hakte Jeff nach. »Über mich?«

»Bitte«, sagte Amy. »Hör einfach auf.« Wieder schüttelte sie heftig den Kopf, und diesmal war er sicher, dass sie weinte. »Kannst du das nicht lassen, Schatz? Bitte?« Sie streckte ihm die Hand entgegen.

Nimm sie, dachte er. Aber er machte keine Anstalten, dem Gedanken zu folgen. Diese Auseinandersetzung hatte eine lange Vorgeschichte, denn so spielten sich ihre Konflikte häufig ab. Wenn sie sich stritten, ganz egal über welches Thema, verlor Amy meist irgendwann die Fassung, begann zu weinen, zog sich zurück, und dann ging Jeff irgendwann wieder auf sie zu, um sie zu trösten, zu streicheln, ihr nette Dinge ins Ohr zu flüstern und ihr seine Liebe zu beteuern. Immer, immer, immer war er derjenige, der sich entschuldigte. Nie war es Amy, ganz gleich, wer recht hatte. Und jetzt war es nicht anders: »Kannst du das nicht lassen?«, sagte sie, nicht: *kann ich* oder gar *können wir*. Jeff war müde, schrecklich müde, müde bis in die Knochen, und er schwor sich, es diesmal anders zu machen. Hier und jetzt. Sie war im Unrecht, sie musste damit aufhören, sie musste sich entschuldigen. Nicht er.

Irgendwann war die Ranke verstummt, ohne dass er genau bemerkt hatte, wann.

Bald war es dunkel, länger als fünf Minuten konnte es eigentlich nicht mehr dauern. Sie hätten darüber sprechen, Vereinbarungen treffen, einen Wachplan aufstellen, noch eine Ration Essen und Trinken verteilen müssen. Selbst jetzt hätten sie den letzten Rest Tageslicht nutzen und etwas tun sollen. »Zu streng«, hatte Amy gesagt. »Wir finden alle, dass du zu streng bist.« Da bemühte er sich, sie alle zu retten, und hinter seinem Rücken beklagten sie sich und tratschten auch noch über ihn.

Die kann mich mal, dachte er. *Die können mich alle mal.*

Er wandte sich ab, ließ Amy mit ausgestreckter Hand stehen, ging zu Pablos Unterschlupf und setzte sich neben ihn in den Dreck. Die Augen des Griechen waren geschlossen, sein Mund stand halb offen. Der Gestank, der von ihm ausging, war inzwischen fast unerträglich. Jeff wusste, dass sie ihn endlich von dem ekelhaften Schlafsack herunterheben mussten, der von seinen Ausscheidungen völlig durchweicht war. Sie mussten ihn waschen, den Schlamm von den verbrannten Stümpfen abspülen. Jetzt hatten sie genügend Wasser, sie konnten es sich erlauben. Aber noch während Jeff das alles überlegte, brach die Nacht herein, und im Dunkeln konnten sie das alles glatt vergessen. Amy war schuld, dass sie diese Chance nicht nutzen konnten, Amy, Stacy und Eric, alle drei. Sie hatten ihn abgelenkt, sie hatten seine kostbare Zeit verschwendet. Jetzt musste Pablo bis zum Morgen warten.

Die Stümpfe bluteten immer noch, nicht stark, aber stetig. Sie mussten gesäubert und verbunden werden. Natürlich hatten sie keinen Mull, überhaupt nichts Steriles. Jeff würde noch einmal die Rucksäcke durchwühlen müssen, ein sauberes T-Shirt suchen und hoffen, dass das reichte. Vielleicht konnte er auch mit dem Nähzeug etwas anfangen. Vielleicht die blutenden Gefäße mit Nadel und Faden zusammennähen. Vielleicht ließ sich auch Erics Wunde nähen. Jeff drehte sich um und warf Amy einen Blick zu. Wie zur Salzsäule erstarrt stand sie immer noch mitten auf der Lichtung, nicht einmal die Hand hatte sie sinken lassen. Sie wartete darauf, dass er nachgab. Aber diesen Gefallen würde er ihr nicht tun.

»Sag, dass es dir leid tut«, forderte er sie stattdessen auf.

»Wie bitte?« Inzwischen war es schon so dunkel geworden, dass er ihren Gesichtsausdruck nur schwer erkennen konnte. Er benahm sich kindisch, das war ihm klar. Er führte sich genauso albern auf wie sie. Aber er konnte einfach nicht anders.

»Sag, dass es dir leid tut.«

Endlich ließ sie die Hand sinken.

»Sag es«, beharrte er.

»Was soll mir denn leid tun?«

»Dass du das Wasser gestohlen hast. Dass du dich besoffen hast.«

Müde wischte Amy sich übers Gesicht. »Na gut«, seufzte sie.

»Was ist gut?«

»Es tut mir leid.«

»Was tut dir leid?«

»Ach komm schon ...«

»Sag es, Amy.

Eine lange Pause trat ein, und er spürte, wie sie schwankte. Dann gab sie nach, befolgte seine Anweisung und sagte monoton: »Es tut mir leid, dass ich das Wasser gestohlen habe. Es tut mir leid, dass ich mich besoffen habe.«

Das reicht jetzt, sagte er sich. *Hör auf*. Aber er tat es nicht. Noch während ihm der Gedanke durch den Kopf ging, hörte er sich sagen: »Das klingt überhaupt nicht so, als würdest du es ernst meinen.«

»Herrgott, Jeff. Du kannst doch nicht ...«

»Sag es noch mal, und zwar so, dass man hört, du meinst es ernst. Sonst gilt es nicht.«

Wieder seufzte sie, aber lauter, fast ein spöttisches Schnauben. Dann schüttelte sie den Kopf, drehte sich um und ging zur anderen Seite der Lichtung, wo sie sich schwer auf den Boden fallen ließ. Mit dem Rücken zu Jeff blieb sie sitzen, den Kopf in die Hände gestützt. Unterdessen war es so gut wie dunkel. Beinahe hatte Jeff das Gefühl, als spürte er, wie das Licht sich zurückzog, wie es aus der Luft verschwand. Er sah Amys zusammengekauerte Gestalt im Schatten, sah, wie sie mit der dunklen Vegetation hinter ihr verschmolz. Zuckten ihre Schultern? Weinte sie etwa? Er spitzte die Ohren, aber das schleimige Rasseln von Pablos Atem übertönte alle anderen Geräusche auf der Lichtung.

Geh zu ihr, sagte er sich. *Jetzt*. Aber er rührte sich nicht von der Stelle, er war wie gelähmt. Irgendwo hatte er einmal gelesen, wie man ein Schloss aufbricht, und er glaubte, dass er es zur Not nachmachen konnte. Er wusste, wie man sich aus dem Kofferraum eines Autos befreit, aus einem Brunnen klettert, aus einem brennenden Gebäude entkommt. Aber nichts davon half ihm jetzt. Nein, es fiel ihm nichts ein, wie er die momentane Situation lösen konnte. Dafür brauchte er Amy, sie musste den Anfang machen.

Jetzt war er sicher, dass sie weinte. Aber statt dass ihn das besänftigte, spürte er genau die gegenteilige Reaktion. Sie spekulierte auf sein Mitgefühl, sie manipulierte ihn! Er hatte lediglich von ihr verlangt zu sagen, dass es ihr leid tat, und zwar ehrlich. War das etwa so unvernünftig? Vielleicht weinte sie ja auch gar nicht, vielleicht war ihr nur kalt, sie war ja noch nass vom Regen. Während er sie beobachtete und zu einem Schluss zu kommen versuchte, ob sie weinte oder fror, ließ sie sich plötzlich zur Seite in den Dreck fallen. Auch das hätte sein Mitgefühl erwecken müssen, aber wieder wurde er nur wütend. Wenn sie nass war und fror, dann sollte sie doch etwas dagegen unternehmen! Warum stand sie nicht auf, ging ins Zelt und suchte sich in einem der Rucksäcke etwas zum Anziehen? Brauchte sie ihn dafür, dass er ihr die Anweisungen gab? Tja, da konnte sie lange warten. Wenn sie sich in den Schlamm legen und dabei frieren oder weinen oder beides gleichzeitig wollte, war das ihre Sache. Seinetwegen konnte sie sich die ganze Nacht damit vergnügen, er würde sie nicht daran hindern.

Später, viel später, nachdem die Sonne untergegangen war und

Matthias sich im Zelt zu den anderen gesellt hatte, nachdem die Wolken sich verzogen hatten und der Mond aufgegangen war – eine Sichel, die noch schmaler geworden und fast nicht mehr vorhanden war –, nachdem Jeffs Kleider an seinem Körper getrocknet und dabei ein bisschen steif geworden waren, nachdem Pablos Atmung volle dreißig Sekunden ausgesetzt hatte und dann doch wieder begann – mit einem abrupten würgenden Rasseln, das sich anhörte, als würde ein Leintuch zerfetzt –, nachdem Jeff sich mindestens ein Dutzend Mal vorgestellt hatte, wie er zu Amy gehen und sie ins Zelt schicken würde, sich aber jedes Mal dagegen entschied, nachdem er seine ganze Wache und noch einen Großteil der darauf folgenden reglos dagesessen hatte, weil er wollte, dass sie sich als Erste rührte, zu ihm kam und um Verzeihung bat oder ihn wortlos umarmte, da erhob sich Amy mühsam. Allerdings nicht ganz: sie rappelte sich auf, machte einen halben Schritt auf Jeff zu, fiel dann aber auf die Knie und übergab sich. Es war zu dunkel, Jeff konnte nur ihre Umrisse sehen, die dunkle Silhouette ihres Körpers, mehr nicht. Er hörte sie würgen, husten und spucken. Noch einmal versuchte sie sich aufzurichten, aber mit dem gleichen Ergebnis – noch ein halber Schritt, dann ging sie wieder in die Knie, die rechte Hand am Mund, während die linke nach Jeff zu greifen schien. Rief sie nach ihm? Hörte er zwischen dem Würgen, Husten und Spucken seinen Namen? Er war nicht sicher – oder zumindest nicht sicher genug, um zu handeln – und rührte sich nicht. Jetzt presste sie beide Hände vor den Mund.

Geh zu ihr, dachte er wieder.

Und dann: *Du bist zu streng. Wir finden alle, dass du zu streng bist.*

Aber er sah nur zu, wie sie sich krümmte, die Hände immer noch vor den Mund gepresst. In dieser Haltung beruhigte sie sich schließlich, das Husten, Würgen und Spucken ebbte ab. Fast eine Minute lang verharrte sie vollkommen bewegungslos. Dann sank sie ganz langsam zur Seite in den Schlamm, wo sie zusammengerollt wie ein Fötus liegen blieb und sich nicht mehr rührte. Vermutlich war sie eingeschlafen. Jeff wusste, dass er ihr helfen sollte, sie säubern wie ein kleines Kind, sie ins Zelt bringen. Aber es war doch ihre eigene Schuld, oder etwa nicht? Warum sollte er sich darum kümmern? Nein, das hatte er nicht vor. Er würde sie einfach liegen lassen. Sollte sie morgen früh ruhig aufwachen und den vertrockneten Schlamm im Gesicht spüren. Seine Gefühle spielten verrückt – Wut und Ekel und eine tiefe, extreme Ungeduld hielten ihn die ganze Nacht über an seinem Platz neben dem kleinen Schutzdach, wo er sie beobachtete, aber nichts unternahm. *Ich sollte nach ihr sehen,* dachte er – wie oft wohl? Bestimmt ein Dutzend Mal, vielleicht öfter. *Ich sollte nachschauen, ob mit ihr alles in Ordnung ist.* Aber er tat es nicht, er saß nur da, beobachtete sie, dachte die Worte, erkannte, dass es ein guter, richtiger Gedanke war, aber er unternahm nichts, die ganze Nacht.

Als er sich endlich rührte, dämmerte es schon beinahe. Während der Mond immer höher stieg, den Zenit erreichte und dann seinen Weg nach unten begann, war ihm gelegentlich der Kopf auf die Brust gesunken und er war kurz eingenickt. Nun, als er sich endlich aufrappelte, sich reckte und streckte, um das Blut wieder in Bewegung zu bringen, war die Sichel schon beinahe untergegangen. Aber auch jetzt ging er nicht zu Amy; es hätte sowieso nichts geändert. Er starrte sie lange an, eine reglose, schattige Gestalt mitten auf der Lichtung, dann schlurfte er zum Zelt, zog den Reißverschluss auf und schlüpfte leise hinein.

Stacy hörte, wie Jeff und Amy sich anschrien. Da der Regen so laut aufs Zelt prasselte, konnte sie keine Einzelheiten verstehen, aber sie war sicher, dass sie sich stritten. Auch die Ranke war

irgendwie beteiligt, Stacy konnte hören, wie sie Amys Stimme nachahmte.
Sie rief: *Es ist meine Schuld.*
Und dann: *Und ich bin ja auch die, die als Erste mit den Ranken in Berührung gekommen ist.*
Im Zelt waren nur Eric und sie. Durch das Gewitter war es so dunkel geworden, dass man nicht viel sehen konnte. Stacy hatte keine Ahnung, wie spät es war, aber sie spürte, dass der Tag sich dem Ende zuneigte. Noch eine Nacht stand ihnen bevor, und sie konnte sich nicht vorstellen, wie sie die überstehen sollten.
»Wenn ich einschlafe, passt du dann auf mich auf?«, fragte Eric.
Stacy war noch ziemlich benommen, weil sie zu viel Alkohol intus hatte, und alles kam ihr irgendwie verlangsamt vor. Sie starrte Eric durchs Halbdunkel an und bemühte sich, sein Anliegen zu begreifen. Der Regen trommelte aufs Zeltdach, das sich unter ihm einsenkte. Inzwischen hatten Jeff und Amy aufgehört zu schreien. »Die ganze Nacht?«, fragte sie.
Eric schüttelte den Kopf. »Nein, nein, nur eine Stunde – kannst du eine Stunde wach bleiben? Mehr brauch ich nicht.«
Auf einmal merkte sie, dass sie müde war. Vielleicht nur, weil sie darüber sprachen. Müde und hungrig und sehr, sehr betrunken. »Warum können wir denn nicht beide schlafen?«
Eric gestikulierte zur Rückwand des Zelts, wo sie die Rucksäcke und den übrigen Kram gestapelt hatten. »Weil sie zurückkommt. Sie wird sich wieder in mich reinfressen. Deshalb muss einer von uns wach bleiben.«
Er meint die Ranke, dachte Stacy, und einen Augenblick hatte sie das Gefühl, die Pflanze zu spüren, die sich dort im Schatten verbarg, lauschte, beobachtete und nur darauf wartete, dass sie endlich einschliefen. »Okay«, sagte sie. »Eine Stunde, dann wecke ich dich.«
Eric legte sich auf den Rücken. Er drückte immer noch das zusam-

mengeknäulte T-Shirt auf die Wunde, aber es war zu dunkel im Zelt, um zu sehen, ob sie noch blutete. Stacy setzte sich neben ihn und nahm seine freie Hand; sie fühlte sich klamm an. Wahrscheinlich hätten sie sich etwas Trockenes anziehen sollen. Ihr war kalt, sie fröstelte immer noch, aber sie sagte nichts und ging auch nicht zu den Rucksäcken, um etwas zu holen. Die Archäologen waren alle tot, genau wie die Leute, die vielleicht schon vor ihnen hier gewesen waren, und obwohl Stacy wusste, dass das dumm war, fürchtete sie sich vor ihren Sachen – als wären sie ansteckend. Sie wollte diese Klamotten nicht auf der Haut haben.

Eric schlief ein, und seine Hand wurde schlaff. Stacy staunte, wie schnell es gegangen war. Kurz darauf begann er auch schon zu schnarchen, rasselnd, und es klang erschreckend ähnlich wie bei Pablo. Fast hätte Stacy ihn geweckt, damit er sich auf die Seite legte und damit aufhörte, aber dann verstummte er plötzlich ganz von alleine. Auch das war, wenn auch auf andere Weise, irgendwie beängstigend, und Stacy beugte sich vor und hielt das Ohr dicht über sein Gesicht, um sich zu vergewissern, dass er überhaupt noch atmete.

Was selbstverständlich der Fall war.

Nun hielt sie den Kopf schon fast in der Horizontalen, und da es viel zu anstrengend war, sich wieder aufzurichten, ließ sie ihn einfach weiter sinken. So lag sie schließlich neben Eric, eng an ihn gekuschelt. Der Regen ließ nach, es nieselte inzwischen nur noch, und es war fast friedlich hier im Zelt. Stacy schloss die Augen. Sie würde nicht einschlafen, es war ja noch nicht mal Nacht. Bald würde Amy hereinschlüpfen, dann konnten sie sich noch ein Weilchen unterhalten, ganz leise, am besten flüsternd, um Eric nicht zu stören. Sicher, sie war müde, aber sie hatte Eric ihr Wort gegeben, und sie wusste, dass die Ranke überall lauerte und nur darauf wartete, dass sie nicht aufpasste. Nein, sie würde nicht schlafen. Sie würde nur für einen Moment die Augen schließen, damit sie besser auf das leise Plätschern des Regens über ihren Köpfen lauschen konnte, vielleicht ein bisschen tagträumen, sich vorstellen, sie wäre woanders.

Als sie die Augen wieder aufschlug, war es sehr dunkel im Zelt, stockdunkel, zu dunkel, um irgendetwas zu erkennen. Jemand stand über ihr und rüttelte sie unsanft an der Schulter. »Wach auf, Stacy«, sagte dieser Jemand. »Du bist dran.«

Ihr dämmerte, dass es Jeffs Stimme war. Aber sie rührte sich nicht, sondern blieb einfach liegen und starrte durch die Dunkelheit zu ihm empor. Allmählich kam die Erinnerung zurück, aber so langsam, dass sie ihr keinen rechten Sinn abgewinnen konnte. Der Regen. Amy, die sie anschrie und »Schlampe« nannte. Jeff und Amy, die sich stritten. Eric, der sie bat, auf ihn aufzupassen. Sie fühlte sich verkatert, aber auch immer noch betrunken, eine äußerst unangenehme Kombination. Ihr Kopf tat nicht nur weh, sondern fühlte sich an, als dürfte sie sich nicht zu schnell bewegen, weil sonst sein Inhalt herausschwappen könnte. Nicht, dass sie klar über diese sonderbare Empfindung nachdenken konnte, sie wusste einfach, dass sie sich nicht rühren wollte, weil das irgendwie gefährlich war. Auch ihre Blase war unangenehm voll, aber nicht einmal das brachte sie in Bewegung. »Nein«, sagte sie schlicht.

Sie konnte Jeff nicht sehen, aber irgendwie spürte sie seine Überraschung. »Nein?«, wiederholte er fragend.

»Ich kann nicht.«

»Weshalb?«

»Ich kann einfach nicht.«

»Aber du bist dran.«

»Ich *kann* nicht, Jeff.«

Er hob die Stimme, offensichtlich ärgerlich. »Lass den Scheiß, Stacy. Steh auf.«

Er knuffte sie, und sie hätte fast laut aufgeschrien. Ihr ganzer Körper schmerzte. »Ich kann nicht, ich kann nicht, ich kann nicht …«, wiederholte sie.
»Dann mach ich es.« Es war Matthias' Stimme von der anderen Seite des Zelts.
Stacy spürte, wie Jeff sich umdrehte und in seine Richtung spähte.
»Sie ist aber dran.«
»Schon gut. Ich bin sowieso wach.«
Gleich darauf hörte Stacy, wie er aufstand, sich zum Zelteingang bewegte, aber kurz davor innehielt.
»Wo ist Amy?«, fragte er.
»Die ist noch draußen«, antwortete Jeff. »Schläft ihren Rausch aus.«
»Soll ich …?«
»Nein, lass sie.«
Dann öffnete Matthias den Reißverschluss, und etwas wie Licht fiel ins Zelt. Für einen Augenblick konnte Stacy alle drei sehen: Eric, der regungslos auf dem Rücken lag, Jeff, der über ihr stand, Matthias, der ins Freie trat. *Danke,* dachte sie, aber sie brachte das Wort nicht über die Lippen. Die Klappe schloss sich und versenkte sie alle wieder in Dunkelheit.
Ohne es zu wollen, schloss Stacy die Augen. Jeff legte sich ein Stück links von ihr hin und murmelte dabei irgendetwas – eindeutig eine Beschwerde, vermutlich über sie. Aber das war ihr egal. Er war schon wütend auf Amy, warum also nicht auch noch auf sie? Später würden sie darüber lachen; Stacy würde Jeff nachmachen, wie er jetzt immer noch brummelte, murmelte und seufzte.
Ich sollte nach Eric sehen, dachte sie.
Sie versuchte sich daran zu erinnern, was sie gedacht hatte, bevor sie eingeschlafen war. Hatte sie Eric geweckt, wie sie es versprochen hatte? Je mehr sie darüber nachdachte, desto weniger wahr-

scheinlich kam es ihr vor, und sie wollte sich gerade aufrappeln und sich zwingen, die Augen wieder zu öffnen, sich vielleicht sogar aufzusetzen und ihn zu rütteln, als Matthias laut nach Jeff zu rufen begann.

Es war wieder genau das Gleiche: Er erwachte mit dem modrigen Geruch in der Nase, und die Ranke war über seine Beine gewachsen. *In mir drin,* dachte Eric, als er die Hand danach ausstreckte. *Und auch in meiner Brust.*

Von draußen hörte er Matthias schreien. Im Zelt wurde jemand wach und bewegte sich. Es war zu dunkel, um zu sehen, wer es war. Eric versuchte sich aufzusetzen, aber die Ranke war auf ihm und hielt ihn am Boden fest.

In mir drin.

»Jeff!«, brüllte Matthias. »Jeff!«

Irgendetwas war passiert, etwas Schlimmes, das hörte Eric an Matthias' Stimme. *Pablo ist tot,* dachte er.

»Jeff!«

Jemand stand auf und bewegte sich auf den Zelteingang zu.

»O Gott«, stöhnte Eric. Er hatte die Hand durch die Ranke bis auf seine Brust geschoben, drückte nun auf die Haut direkt oberhalb der Wunde und spürte dort die Ranke, eine schwammige Masse über den Rippen, die sich bis zum Brustbein ausbreitete. »Das Messer!«, schrie er. »Gebt mir das Messer!«

»Was ist? Was ist denn los?« Das war Stacy, direkt neben Eric, mit verschlafener, ängstlicher Stimme. Sie packte ihn an der Schulter.

»Ich brauch das Messer«, sagte er.

»Das Messer?«

»Beeil dich!«

Draußen schrie Matthias immer noch. »Jeff! Jeff!«

Erics Hand wanderte zu seinem Bein, wo er auf dieselbe schwammige Masse stieß, direkt unter der Haut, über dem Knie, den Oberschenkel hinauf. Er hörte, wie der Reißverschluss aufgezogen wurde, und wandte sich danach um. Es war noch Nacht, aber draußen nicht ganz so dunkel wie im Zelt. Er erhaschte einen Blick von Jeff, wie er auf die Lichtung hinaustrat.

»Warte!«, rief er. »Ich brauche …«

Aber Jeff war schon weg.

Jeff wusste, was passiert war.

Sobald er Matthias schreien hörte, wusste er Bescheid. Schon war er aufgesprungen und aus dem Zelt gekrochen, alles ging sehr schnell, zu schnell, aber nicht schnell genug, um das Wissen in Schach zu halten. Er hörte es an Matthias' Stimme, an der Panik, der Dringlichkeit. Mehr brauchte Jeff nicht.

Ja, er *wusste* es.

Auf die Füße, aus dem Zelt, über die Lichtung. Alles natürlich im Dunkeln, Matthias kaum mehr als ein Schatten, neben einem zweiten Schatten kauernd. Dieser Schatten war Amy. Jeff fiel neben den beiden auf die Knie, griff nach Amys Hand, ihrem Handgelenk, das sich bereits kalt anfühlte. Er konnte weder ihr noch Matthias' Gesicht sehen.

»Ich glaube …« setzte Matthias an, suchte nach Worten, stotterte fast vor Aufregung. »Ich glaube, das Ding hat sie erstickt.«

Jeff beugte sich näher über Amy. Die Ranke war ihr über Mund und Nase gewachsen. Als er daran zu ziehen begann, verbrannte ihm der Saft die Hände, und er merkte, dass sich ein paar Ausläufer in Amys Mund gebohrt hatten, sodass er mit den Fingern hineingreifen musste, um sie herauszuziehen. So gut er konnte, ignorierte er das gummiartige Gefühl ihrer Lippen, die so kalt waren, viel zu kalt.

Aus dem Zelt kam wieder Erics Stimme. »Das Messer! Hol mir das Messer!«

Sie ist erstickt, dachte Jeff. Denn er roch den Tequila, die Galle, fühlte die Feuchtigkeit der Rankenblätter. Er erinnerte sich, wie Amy taumelnd auf die Füße gekommen war, einen halben Schritt auf ihn zu gemacht und dabei die ganze Zeit die Hand auf den Mund gepresst hatte. Er hatte gedacht, sie wollte so die Übelkeit zurückhalten, aber anscheinend hatte er sich geirrt. Jetzt wurde ihm klar, dass sie versucht haben musste, sich die Pflanze vom Gesicht zu reißen, um sich erbrechen zu können und nicht daran zu ersticken. Dabei war sie auf die Knie gefallen und hatte ihn zu sich gewinkt, damit er ihr half.

Als er ihren Mund gesäubert hatte, legte er ihren Kopf zurück, hielt ihr die Nase zu und legte seinen Mund auf ihren – ganz eng, lückenlos. Er spürte den brennenden Pflanzensaft auf der Zunge. Doch er atmete entschlossen aus, füllte Amys Lungen, hob dann rasch den Kopf, tastete nach ihrem Brustbein, legte die Handballen darauf, drückte mit seinem ganzen Gewicht nach unten und zählte dabei jedes Mal im Stillen – *eins ... zwei ... drei ... vier ... fünf* – und beugte sich dann wieder über ihren Mund.

»Jeff«, sagte Matthias.

Jeff kannte unzählige Geschichten über scheinbare Todesfälle – Menschen, die ohne Puls aus dem Wasser gezogen worden waren, mit blauen Lippen und steifen Gliedmaßen. Herzanfälle und Schlangenbisse und Blitzschläge. Und natürlich auch Erstickungsopfer. Menschen, die eigentlich nie wieder hätten atmen dürfen und wie durch ein Wunder, eine Laune der Natur, ins Leben zurückgeholt wurden, einfach weil jemand es aller Wahrscheinlichkeit zum Trotz weiter versucht hatte, weil jemand weiter Luft in die Lungen der angeblichen Leiche geblasen, weiter Blut in ihr Herz gepumpt und sie so schließlich – wie einst Lazarus – von den Toten auferweckt hatte.

»Es ist zu spät«, sagte Matthias.

Jeff hatte Herz-Lungen-Wiederbelebung in einem Kurs in der zehnten Klasse gelernt. Es war Vorfrühling in Massachusetts gewesen, die Fliegen summten und flogen gegen die großen Fenster, durch die man den Vorgarten sah, mit seinem Fahnenmast und dem winzigen Gewächshaus. Ein kurzer Vortrag, dann kamen die praktischen Übungen an einer Gummipuppe, die auf dem Linoleumboden lag, eine Frau, seltsamerweise ohne Beine. Sie hatten ihr einen Namen gegeben, aber den hatte Jeff vergessen. An ihr hatten sich fünfzehn Jungs abgewechselt, und selbstverständlich hatte es ein paar halbherzige sexuelle Scherze gegeben, die Mr. Kocher mit einem Stirnrunzeln zum Schweigen brachte. Alle waren verlegen, alle hatten Angst zu versagen und bemühten sich, es sich nicht anmerken zu lassen. Die Lippen der Puppe schmeckten nach Alkohol. Während Jeff neben dem Kopf der Puppe kniete, stellte er sich vor, wen er in der Zukunft wohl alles auf diese Weise retten würde. Er malte sich aus, wie seine Großmutter in der Küche zusammenbrach und die gesamte Familie – seine Schwester, seine Eltern, Cousins, Cousinen, Onkel und Tanten – wie erstarrt dastand und ihr hilflos beim Sterben zusah. Dann würde Jeff in aller Ruhe vortreten, sich neben sie knien und ihrem Körper wieder Leben einhauchen, eine einfache, aber irgendwie auch gottgleiche Geste. Ein Augenblick der Gnade, so stellte er es sich vor, voller Gelassenheit und Selbstvertrauen.

Er atmete aus und füllte Amys Lungen.

Matthias berührte mit der Hand seine Schulter. »Sie ist nicht …«

Geh zu ihr, dachte er – wieder erinnerte er sich an diese Worte in seinem Kopf. Wie er neben Pablos Schutzdach im Matsch gesessen und gesehen hatte, dass sie auf ihn zu taumelte, die Hand vor den Mund gepresst. *Tu es, jetzt.* Und warum hatte er es nicht getan?

Im Zelt gab es eine Bewegung, Stacy erschien und kam über die Lichtung. »Sie ist wieder in ihm drin«, erklärte sie. Doch dann hielt sie abrupt inne und spähte angestrengt in die Dunkelheit. »Was ist passiert?«

Jeff widmete sich weiter der Herzmassage und tastete nach Amys Brustbein.

»Ist sie …?«

Meine Schuld: Kein Zweifel, aber jetzt konnte Jeff es sich nicht leisten, daran zu denken, musste sich der Anziehung des Gedankens widersetzen. Später würde er sich diesen beiden Worten stellen müssen, ihr Gewicht tragen, später würde es kein Entrinnen geben. Aber nicht jetzt.

Er begann zu pressen: *eins … zwei … drei … vier … fünf.*

Andererseits würde es vielleicht kein Später geben. Auch diese Möglichkeit existierte, oder etwa nicht? Kein Später, nichts jenseits dieses Ortes. Amy war nur die Erste, Jeff und die anderen würden ihr bald folgen. Und wenn das der Fall war, was spielte ihr Tod dann für eine Rolle? Lieber so als anders, lieber jetzt als in den kommenden Tagen oder Wochen – könnte es nicht auch ein Segen sein, wie jedes andere Ende des Leidens?

»Jeff …«, sagte Matthias.

Er hatte es nicht gewusst. Er hatte sie nicht sehen können. Sie war keine fünf Meter entfernt gewesen, aber in der Finsternis war er so gut wie blind gewesen. Wie hätte er es ahnen sollen?

Eric schrie im Zelt, nach Stacy, nach dem Messer, um Hilfe.

Nicht jetzt, dachte Jeff und bemühte sich, die Fassung zu wahren. *Später.*

»Matthias?«, sagte Stacy voller Angst. »Ist sie …«

»Ja.«

Babys in der Mülltonne, alte Frauen, zusammengesunken im Nachthemd, von einer Schneewehe begrabene Wanderer – die Hauptsache war, nicht aufzugeben, keine voreiligen Schlüsse zu ziehen, ohne Zögern zu handeln, um ein Wunder zu beten, auf dieses Zucken zu hoffen, das plötzliche Luftholen.

Stacy trat einen Schritt nach vorn. »Du meinst …«

»Tot.«

Jeff ignorierte sie. Zurück zu Amys Mund: die kalten Lippen, das Brennen des Pflanzensafts, wenn er die Luft in ihre Lungen presste. Eric schrie immer noch. Stacy und Matthias rührten sich nicht und sahen schweigend zu, wie Jeff arbeitete – die Lungen, das Herz –, wie er um den Augenblick der Gnade kämpfte, der sich ihm verweigerte, der einfach nicht kommen wollte. Irgendwann verlor er die Hoffnung, aber er machte noch ein paar Minuten weiter, automatisch oder weil er zu viel Angst hatte, seine Lippen von ihrem Mund zu nehmen, seine Hände von ihrer Brust – für immer. Erschöpfung war es, die ihn schließlich zum Aufhören zwang, ein Krampf im rechten Oberschenkel, ein zunehmendes Schwindelgefühl. Er setzte sich auf die Fersen zurück und schnappte nach Luft.

Niemand sprach.

Sie hat meinen Namen gerufen, dachte Jeff. Er wischte sich über die Lippen, die von dem Pflanzensaft wund waren. *Ich hab gehört, wie sie meinen Namen gerufen hat.* Er nahm Amys Hand fest in seine, als wollte er sie wärmen.

»Stacy!«, rief Eric.

Jeff hob den Kopf und spähte zum Zelt. »Was ist los mit ihm?«, fragte er und wunderte sich, dass seine Stimme so ruhig klang. Er hatte erwartet, dass sie rau und verzweifelt klang, ein Heulen. Und Tränen. Er spürte sie, aber sie waren gerade außerhalb seiner Reichweite und kamen nicht. Sie wollten nicht kommen.

Später, dachte er.

»Sie ist wieder in ihm drin«, erklärte Stacy, und auch sie sprach leise, fast unhörbar. Die Präsenz des Todes brachte sie zum Flüstern.

Schließlich ließ Jeff Amys Hand los, legte sie vorsichtig auf ihre Brust. Dabei musste er wieder an die Gummipuppe denken, an ihre schlaffen Arme. Nachdem er den Test bestanden hatte, bekam er ein Zertifikat; seine Mutter rahmte es ein und hängte es in seinem Zimmer auf. Wenn er jetzt die Augen zumachte, konnte er die ganzen Zertifikate und Orden und Medaillen an den Wänden sehen, die Regale voller Trophäen. »Jemand sollte ihm helfen«, sagte er.

Wortlos stand Matthias auf und ging zum Zelt. Jeff und Stacy sahen ihm nach, ein Schatten, der sich über die Lichtung bewegte.

Wie ein Gespenst, dachte Jeff, und da kamen endlich die Tränen, er konnte sie nicht mehr zurückhalten. Kein Schluchzen, kein Japsen, kein Jammern und Klagen, nur ein halbes Dutzend Salzwassertropfen, die ihm langsam über die Wangen rannen und brannten, wo er mit dem Pflanzensaft in Berührung gekommen war.

Stacy konnte Jeffs Tränen nicht sehen. Genau genommen konnte sie so gut wie gar nichts sehen. Sie war in schlechter Verfassung: müde, noch immer halb betrunken, Muskeln und Knochen taten ihr weh, die Angst machte sie benommen. Es war dunkel, viel zu dunkel, ihre Augen taten weh, weil sie sich so anstrengte, den Dingen wenigstens einen Anschein von Normalität abzugewinnen. Amy lag auf dem Rücken, und Jeff kniete neben ihr – weiter sah sie nichts. Trotzdem wusste sie es, hatte es gewusst, sobald sie aus dem Zelt gekommen war, nicht wie es passiert war, nur die Tatsache, dass Amy tot war.

Langsam ging sie in die Hocke. Jetzt war sie ganz nahe bei den beiden anderen, wenn sie die Hand ausstreckte, konnte sie Amy berühren. Sie wusste auch, dass sie es tun sollte, dass es das Richtige war, das, was Amy sich von ihr gewünscht hätte. Aber sie rührte sich nicht. Sie hatte Angst. Wenn sie Amy berührte, wurde ihr Tod real.

»Bist du sicher?«, fragte sie Jeff.

»Sicher?«

»Dass sie …« Sie brachte das Wort nicht über die Lippen.

Aber Jeff verstand sie trotzdem, sie ahnte, dass er in der Dunkelheit nickte.

»Wie?«, flüsterte sie.

»Was meinst du?«

»Wie ist sie …?«

»Die Ranke ist über ihren Mund gewachsen. Sie ist erstickt.«

Automatisch atmete Stacy ganz tief ein. *Das ist unmöglich,* dachte sie. *Wie kann so etwas passieren?* In der Luft hing wieder der Lagerfeuergeruch, und er erinnerte sie daran, dass am Fuß des Hügels Menschen waren. »Wir müssen es ihnen sagen«, meinte sie.

»Wem?«

»Den Mayas.«

Sie spürte, dass Jeff sie ansah, aber er sagte nichts. Zu gern hätte sie seinen Gesichtsausdruck gesehen, weil er zu der unwirklichen Welt um sie herum gehörte – seine Ruhe, seine leise Stimme, sein unsichtbares Gesicht. Amy war tot, und sie saßen hier einfach neben ihr und taten nichts.

»Wir müssen ihnen sagen, was passiert ist.« Stacys Stimme wurde lauter. Sie fühlte es mehr, als dass sie es hörte, und ihr Herz klopfte schneller, brannte sich durch den Tequila, die Müdigkeit, sogar die Angst. »Wir müssen sie dazu bringen, uns zu helfen.«

»Die werden uns nicht …«

»Das müssen sie aber.«

»Stacy …«

»Sie müssen!«

»Stacy!«

Sie hielt inne und blinzelte ihn an. Ihr fiel es schwer, in der Hocke zu verharren, ihre Oberschenkelmuskeln zuckten schon. Sie wollte aufspringen, den Hügel hinunterlaufen und all das beenden. Es schien ihr so einfach.

»Sei still«, sagte Jeff, und wieder war seine Stimme ruhig und leise. »In Ordnung?«

Sie erschrak und antwortete nicht. Ganz kurz hatte sie den Impuls zu schreien, ihn zu schlagen, aber das war schnell vorbei. Danach schien alles in sich zusammenzufallen. Auf einmal waren Müdigkeit und Angst wieder da. Sie griff nach Amys Hand, die sich ganz kühl anfühlte, kühl und ein bisschen feucht. Wenn diese Hand den Druck erwidert hätte, hätte Stacy wahrscheinlich laut gekreischt, und diese Erkenntnis war mehr als alles andere dafür verantwortlich, dass sie endlich begriff, was geschehen war.

Tot, dachte Stacy. *Sie ist tot.*

»Sag nichts mehr«, fuhr Jeff unterdessen fort. »Kannst du das? Sitz einfach hier mit mir bei Amy und sei ganz still.«

Stacy umklammerte weiter Amys Hand. Irgendwie machte das die Sache leichter. Sie nickte stumm.

Und so saßen sie da, rechts und links von Amys Leiche, warteten, schwiegen, während die Erde um sie herum sich langsam der Morgendämmerung zuneigte.

Eric bettelte Matthias an, ihn aufzuschneiden, aber Matthias weigerte sich. Nicht, solange es so dunkel war.

»Wir müssen sie rausholen«, beharrte Eric. »Sie breitet sich überall aus.«

»Das wissen wir nicht.«

»Fühlst du das denn nicht?«

»Ich fühle eine Schwellung.«

»Das ist keine Schwellung. Das ist die Ranke. Sie ist …«

Matthias tätschelte seinen Arm. »Psst«, sagte er. »Sobald es hell wird.«

Im Zelt war es heiß, stickig und feucht, und Matthias' Hand war schweißnass. Eric fand ihre Berührung unangenehm und wich zurück. »So lange kann ich nicht warten.«

»Es ist schon fast Morgen.«

»Ist es, weil ich dich einen Nazi genannt habe?«

Matthias antwortete nicht.

»Das war bloß ein Scherz. Wir haben über den Film geredet, den man über uns drehen wird. Wenn wir zurückkommen. Wie sie dich als Bösewicht hinstellen. Weil du Deutscher bist, du weißt schon. Deshalb machen sie einen Nazi aus dir.« Ihm war bewusst, dass er nicht logisch denken konnte und viel zu schnell redete. Er hatte Angst, und es schien durchaus möglich, dass das, was er sagte, keinerlei Sinn ergab. Aber er hatte damit angefangen, und jetzt konnte er nicht mehr zurück. »Natürlich bist du keiner. Aber die werden einen aus dir machen. Weil sie einen Schurken brauchen. Den braucht man immer. Obwohl natürlich auch die Ranke dafür herhalten könnte, stimmt's? Dann musst du vielleicht doch kein Nazi sein. Du könntest ein Held sein, wie Jeff. Dann seid ihr eben beide Helden. Gibt es in Deutschland auch Boy Scouts?«

Er hörte, wie Matthias seufzte. »Eric …«

»Gib mir einfach das verdammte Messer, okay?«

»Ich hab das Messer nicht.«

»Dann hol es.«

»Wenn es hell wird …«

»Ruf Jeff. Er macht es bestimmt.«

»Wir können Jeff nicht rufen.«

»Warum nicht?«

Eine Pause trat ein, und Eric spürte, wie Matthias zögerte. »Es ist was Schlimmes passiert«, antwortete er schließlich.

Eric dachte an die klapprige Schutzvorrichtung, den Gestank nach Urin und Kot und Verwesung. »Ich weiß.«
»Ich glaube nicht, dass du das weißt.«
»Es ist Pablo, richtig? Er ist tot.«
»Nein. Es ist nicht Pablo.«
»Wer denn dann?«
»Amy.«
»*Amy?*« Damit hatte Eric nicht gerechnet. »Was ist denn los mit Amy?«
Wieder entstand eine Pause, in der die passenden Worte gesucht wurden. »Sie ist nicht mehr da.«
»Sie ist abgehauen?«
Er spürte, wie Matthias in der Dunkelheit den Kopf schüttelte. »Sie ist tot, Eric. Die Ranke hat sie umgebracht.«
»Was meint du denn …?«
»Sie hat Amy erstickt. Im Schlaf.«
Eric schwieg. Vor Schreck hatte es ihm die Sprache verschlagen. *Tot.* »Bist du sicher?«, fragte er und wusste, noch ehe die Worte aus seinem Mund kamen, dass es eine dumme Frage war.
»Ja.«
In Erics Kopf drehte sich alles, als hätte er jeden Halt verloren. *Tot.* Er wollte aufstehen und es selbst sehen, aber er war unsicher, ob er die Kraft dazu hatte. Zuerst musste ihm jemand die Ranke aus dem Bein schneiden, sie aus seiner Brust ziehen. *Tot.* Er wusste, dass es stimmte, aber gleichzeitig konnte er es nicht akzeptieren. *Tot.* Es war albern, aber der Film, über den sie gesprochen hatten, hatte sich in seiner Fantasie festgebissen: Amy war das brave Mädchen, die Zickige, sie sollte überleben, mit Jeff in einem Heißluftballon entschweben.
Tot, tot, tot.
»Herr im Himmel«, sagte er.
»Ich weiß.«

»Ich meine …«

Wieder dieses Tätscheln, die Berührung seiner verschwitzten Haut. »Psst. Nicht. Es gibt nichts zu sagen.«

Eric ließ den Kopf auf den Zeltboden zurücksinken. Eine Weile hielt er die Augen geschlossen, dann machte er sie wieder auf und suchte nach den ersten Anzeichen von Licht, die sich durch das orangefarbene Nylon zeigten. Aber da war nur Dunkelheit – überall um ihn herum, nur Dunkelheit.

Er schloss die Augen wieder und lag da, wartete auf die Dämmerung, und in seinem Kopf hallte das eine Wort wider.

Tot, tot, tot, tot, tot …

Sobald die Sonne aufging, begann Eric wieder zu rufen. Er wollte das Messer. Matthias schlüpfte durch die Zeltklappe auf die Lichtung hinaus und starrte zu Jeff und Stacy. Sie saßen immer noch rechts und links von Amys Leiche, Stacy hielt ihre Hand.

»Was ist?«, fragte Jeff.

Matthias zuckte die Achseln und legte den Kopf schief. Noch hatte das Licht keine Kraft und war leicht rosig gefärbt. In der Ferne, im Dschungel, hörte Jeff Vogelstimmen, Kreischen und Zwitschern. Er konnte Matthias' Gesichtsausdruck nicht deuten. Besorgt vielleicht. Oder einfach unsicher. »Ich denke, du solltest dir das mal ansehen.«

Jeff stand auf, steif, mit schweren Gliedern. Auch seine Kraftreserven waren bald erschöpft. Langsam folgte er Matthias ins Zelt zurück und ließ Stacy mit Amys Leiche allein.

Drinnen war es immer noch zu dämmrig, um richtig zu sehen. Eric lag auf dem Rücken. Über seinem linken Bein und auf seinem Bauch lag etwas, und Jeff brauchte einen Moment, um zu begreifen, dass es die Ranke war.

»Warum habt ihr sie nicht weggemacht?«, fragte er.

»Eric hat Angst, dass wir sie dabei zerreißen«, erklärte Matthias.
Eric nickte. »Wenn die Dinger abbrechen, können sie überallhin kriechen. Wie Würmer.«
Jeff bog die Ranken auseinander und beugte sich noch dichter über Eric. Die Ausläufer der Pflanze hatten sich in die Wunden auf Erics Bein und Brust gebohrt, aber es war im Dämmerlicht schwer festzustellen, wie tief sie eingedrungen waren. »Kannst du gehen?«, fragte er Eric.
Aber Eric schüttelte entschieden den Kopf. »Dann zerquetsche ich sie, und sie verbrennen mich.«
Jeff überlegte. Wahrscheinlich hatte Eric sogar recht. »Dann tragen wir dich.«
Aus irgendeinem Grund schien der Vorschlag Eric zu erschrecken. Er versuchte sich aufzusetzen, gab aber auf halber Strecke auf und stützte sich nur auf die Ellbogen. »Wohin denn?«
»Nach draußen. Hier drin ist es zu dunkel.«
Insgesamt hatten sich fünf Ausläufer der Ranke um Erics Körper gewickelt. Drei hatten sich über sein Bein hergemacht und waren jeweils in eine der Wunden eingedrungen. Die beiden anderen hatten sich in die Brustwunde gebohrt. Sie mussten die Ranken von der Wurzel abschneiden, wenn sie Eric hinaustragen wollten, und Jeff erledigte es ohne ein Wort, weil er fürchtete, Eric würde protestieren. Dann winkte er Matthias zu Hilfe, der Eric an den Schultern packte, während Jeff die Füße übernahm. So hoben sie ihn hoch. Die Ranken baumelten von ihm herab, schleiften über den Zeltboden und wanden sich schlangengleich in der Luft.
Draußen setzten sie Eric zwischen Pablo und Amy auf dem Boden ab. Dann holte Jeff das Messer, das auf der anderen Seite der Lichtung lag. Es war gut, eine Aufgabe zu haben, und er spürte, wie sehr ihm das half. Allein das Messer in der Hand zu halten schien seine Gedanken zu klären und seine Wahrnehmung zu schärfen. Eine Sekunde zögerte er und blickte sich auf ihrem La-

gerplatz um. Die kleine Truppe sah ziemlich verzweifelt aus, schmutzig, abgerissen. Matthias' und Erics Gesicht waren voller Bartstoppeln. Außerdem war Eric überall mit getrocknetem Blut verschmiert, und die Ranken schienen aus ihm heraus-, nicht in ihn hineinzuwachsen. Jeff hatte beobachtet, wie er vorhin, als sie ihn aus dem Zelt trugen, einen raschen, forschenden Blick zu Amy hinübergeworfen hatte. Keiner von ihnen sagte ein Wort, jeder schien darauf zu warten, dass ein anderer anfing. Sie brauchten einen Plan, das war Jeff klar, sie mussten einen Weg finden, der sie aus dem gegenwärtigen Moment führte, etwas, was ihre Gedanken beschäftigte, und ihm war außerdem klar, dass er derjenige war, der dafür sorgen musste.

Inzwischen war das Licht stärker geworden und brachte die erste Hitze des Tages mit sich. Pablos Atem hatte sich erstaunlicherweise so weit beruhigt, dass Jeff sogar einen Moment glaubte, der Grieche wäre gestorben. Nein, er war noch am Leben, aber das schleimige Rasseln war verschwunden, er atmete regelmäßiger und langsamer. Vorsichtig legte Jeff die Hand auf Pablos Stirn, fühlte die Hitze des Fiebers, das noch immer in ihm wütete. Doch etwas hatte sich verändert. Als Jeff seine Hand wegzog, öffneten sich langsam die Augen des Griechen und starrten zu ihm empor. Und sie wirkten überraschend klar. »Hey«, sagte Jeff.

Pablo leckte sich über die Lippen und schluckte trocken. »Potato?«, flüsterte er.

Jeff sah ihn verständnislos an. »Potato?«

Pablo nickte und leckte sich erneut die Lippen.

»Er möchte Wasser«, erklärte Stacy von der anderen Seite der Lichtung. »Das ist das griechische Wort für Wasser.«

»Jeff wandte sich nach ihr um. »Woher weißt du das?«

»Er hat es gestern schon gesagt.«

Eric lag auf dem Rücken und starrte hinauf in den Himmel. »Das Messer, Jeff«, sagte er.

»Gleich.«

Matthias stand über Eric, die Arme vor der Brust verschränkt, als wäre ihm kalt. Aber Jeff sah den Schweiß auf seiner Stirn, die im zunehmenden Licht glänzte. Ihre Blicke trafen sich, und Jeff deutete zur Wasserflasche, die neben dem Zelt stand. Matthias brachte sie ihm.

Jeff schraubte den Deckel ab, hielt die Flasche über Pablo in die Luft, deutete darauf und fragte: »Potato?«

Pablo nickte, öffnete den Mund, und seine Zunge kam etwas nach vorn. Auf seinen Zähnen sah Jeff einen bräunlichen Fleck – vielleicht Blut. Behutsam senkte er die Flasche, brachte sie an Pablos Lippen und kippte ein bisschen Wasser auf seine Zunge. Der Grieche schluckte, hustete ein wenig und öffnete dann gleich wieder den Mund, um mehr zu bekommen. Dreimal wiederholte Jeff das Ritual. Ein gutes Zeichen – dass er ruhiger atmete, dass Pablo wieder bei Bewusstsein war, dass er Wasser zu sich nahm –, aber Jeff konnte es nicht recht akzeptieren. In seinen Gedanken war der Grieche bereits tot. Er konnte nicht glauben, dass ein Mensch fähig war, all das zu überleben, was dieser junge Mann in den letzten sechsunddreißig Stunden durchgemacht hatte, und das ohne kompetente medizinische Unterstützung. Der gebrochene Rücken, die amputierten Beine, der Blutverlust, die Infektion, unter der er mit beinahe hundertprozentiger Sicherheit litt – ein paar Mundvoll Wasser konnten das bestimmt nicht ausgleichen.

Als Pablo die Augen wieder schloss, ging Jeff zurück über die Lichtung und kauerte sich neben Eric.

Einen Plan – das war es, was sie jetzt brauchten.

Das Messer säubern, das Blut abwaschen, ein Feuer anmachen, das Messer sterilisieren. Vielleicht auch eine von den Nadeln aus dem Nähzeug holen. Dann die Ranke aus Erics Körper schneiden und ihn wieder zusammennähen.

Und einer musste bald wieder unten am Hügel Ausschau nach den Griechen halten.
Außerdem mussten sie die Überreste des blauen Zelts zu einem Beutel zusammennähen, falls es heute Nachmittag wieder regnete.
Und was noch? Irgendetwas hatte er übersehen, das wusste Jeff, etwas, an das er nicht denken wollte.
Amys Leiche.
Er sah zu ihr hinüber und dann schnell wieder weg. *Eins nach dem anderen,* sagte er sich. *Erst mal das Messer.*
»Wir brauchen ein paar Minuten«, sagte er zu Eric.
Wieder wollte Eric sich aufsetzen, überlegte es sich aber anders und fragte nur: »Wie meinst du das?«
»Ich muss das Messer sterilisieren.«
»Das ist doch egal. Ich brauche nicht ...«
»Ich schneide nicht mit einem dreckigen Messer an dir rum.«
Eric streckte ihm die Hand hin. »Dann mach ich es eben.«
Aber Jeff schüttelte entschieden den Kopf. »Drei Minuten, Eric. Okay?«
Eric überlegte, zögerte. Schließlich schien er einzusehen, dass er keine Wahl hatte, und senkte die Hand. »Aber bitte beeilt euch«, sagte er.
Das Messer säubern.
Jeff kehrte zum Zelt zurück, nahm sich die Rucksäcke der Archäologen vor und durchwühlte sie nach einem Stück Seife. In einer Seitentasche entdeckte er ein Toilettentäschchen mit einem Rasierer, einer kleinen Dose Rasierschaum, Zahnbürste, Zahncreme, Kamm, Deo – und in einem kleinen roten Plastikbehälter tatsächlich ein Stück Seife. Er nahm das ganze Täschchen samt einem kleinen Handtuch, das er ebenfalls in dem Rucksack gefunden hatte, einer Nadel und einem kleinen Fadenröllchen mit hinaus auf die Lichtung.

Die Seife, das Handtuch, das Messer, die Nadel, der Faden, die Plastikflasche mit Wasser – was brauchte er sonst noch?
Er wandte sich an Matthias, der sich neben das Schutzdach gesetzt hatte. »Kannst du ein Feuer machen?«
»Wie groß?«
»Ein kleines reicht. Wir müssen bloß das Messer erhitzen.«
Wortlos stand Matthias auf und begann mit den Vorbereitungen. Leider hatten sie die restlichen Notizbücher gestern im Regen liegen lassen, sodass sie jetzt zum Verbrennen immer noch zu nass waren, also musste er im Zelt nach einem alternativen Brennstoff fahnden. Unterdessen goss Jeff ein wenig Wasser auf das Handtuch und rubbelte es über die Seife, bis Schaum entstand. Als er sich gerade daranmachte, das getrocknete Blut damit von der Klinge zu reiben, erschien Matthias wieder, in der Hand ein Taschenbuch und einen Männerslip. Beides legte er neben Jeff auf den Boden und spritzte etwas von dem übrigen Tequila darüber. Das Buch war ein Roman von Hemingway – *The Sun Also Rises.* Jeff hatte ihn in der Highschool gelesen, die gleiche Ausgabe, das gleiche Cover. Als er es jetzt ansah, wurde ihm klar, dass er den Inhalt völlig vergessen hatte.
»Gib ihm was davon«, sagte Jeff und deutete auf den Tequila.
Matthias gab Eric die Flasche, der sie in beide Hände nahm und Jeff unsicher ansah.
Doch der nickte nur. »Damit es nicht so wehtut.«
Eric nahm einen großen Schluck, hielt inne, um nach Luft zu schnappen, und trank dann noch einmal. Inzwischen hatte Matthias ein Hölzchen aus der Streichholzschachtel genommen. »Sag mir, wenn du so weit bist«, meinte er.
Jeff spülte die Klinge mit ein wenig Wasser ab. Als er fertig war, nahm er Eric die Flasche ab und stellte sie auf den Boden. »Wenn ich das Ding rausgeschnitten habe, nähe ich dich wieder zusammen, okay?«

Mit ängstlichem Gesicht schüttelte Eric den Kopf. »Ich möchte aber nicht zusammengenäht werden.«
»Die Wunden schließen sich nicht von selbst.«
»Aber dann bleibt das Zeug in mir drin.«
»Ich werde nichts drinlassen, Eric. Ich werde ...«
»Du kannst garantiert nicht alles sehen. Manches ist zu klein. Und wenn du mich dann zunähst ...«
»Jetzt hör mir mal zu, ja?« Jeff gab sich alle Mühe, nicht laut zu werden, sondern vernünftig und beruhigend zu klingen. »Wenn wir die Wunden offen lassen, dann bohrt sich die Pflanze immer wieder rein. Kapiert? Sobald du einschläfst, nutzt sie die Gelegenheit. Möchtest du das etwa?«
Eric schloss die Augen, und sein Gesicht begann zu zucken. Jeff sah, dass er sich anstrengte, nicht zu weinen. »Ich will nach Hause«, sagte er leise. »Das ist es, was ich möchte.« Er holte tief Luft, und es hörte sich an wie ein Schluchzen, das er in letzter Sekunde aufhielt. »Wenn du mich zunähst, dann ...«
»Eric«, sagte Stacy.
Eric machte die Augen auf und wandte sich zu ihr um. Sie saß immer noch neben Amy und hielt ihre Hand.
»Jeff schafft das schon, Schatz. Okay? Lass ihn einfach machen.«
Eric starrte sie an. Und Amy. Dann holte er noch ein paar Mal tief Luft, und langsam verschwand das Zittern. Er schloss die Augen. Öffnete sie wieder. Schließlich nickte er.
Jeff wandte sich an Matthias, der bis jetzt geduldig gewartet hatte, das Streichholz zwischen Daumen und Zeigefinger. »Fang an«, sagte Jeff.
Alle sahen zu, wie Matthias das kleine Feuer anfachte.

Stacy saß etwas weiter weg und bekam alles mit.
Zuerst widmete Jeff sich Erics Oberbauch, erweiterte die ursprüngliche Wunde behutsam und zog, während er schnitt, vorsichtig an der Ranke. Sehr viel brauchte es nicht und schon ließ die Pflanze sich entfernen. Dann arbeitete er sich in die andere Richtung vor und ging bei der zweiten Ranke auf dieselbe Weise vor. Wieder ließ sie sich relativ leicht aus Erics Körper lösen. Natürlich tat es weh, aber Eric gab keinen Laut von sich, schnitt nur eine Grimasse und ballte die Fäuste.
Schließlich gab Jeff das Messer an Matthias zurück und nahm von ihm die Nadel entgegen, die der Deutsche ebenfalls in dem kleinen Feuer erhitzt und sogar für Jeff eingefädelt hatte. Die beiden schienen sich ohne viele Worte zu verstehen. *Wie Amy und ich,* dachte Stacy und wäre um ein Haar in Tränen ausgebrochen. Angestrengt kniff sie die Augen zusammen, um sie zurückzuhalten, und drückte Amys Hand. Inzwischen hatte ihre eigene Körperwärme auch Amys Haut angewärmt, und wenn Stacy es nicht besser gewusst hätte, hätte sie sich fast einreden können, dass ihre Freundin nur schlief. Aber nein, das stimmte nicht ganz, denn die Hand war bereits seltsam steif, die Finger leicht gebogen.
Als sie die Augen wieder öffnete, tupfte Jeff mit dem kleinen Handtuch gerade das Blut von der Wunde und beugte sich mit der Nadel dicht über Eric, bereit zum Nähen.
Eric hob den Kopf und starrte ihn an. »Was machst du da?«
Jeff hielt inne, die Hand mit der Nadel schwebte zwei Zentimeter über Erics Bauch. »Ich hab es dir doch erklärt. Wir müssen die Wunde nähen.«
»Aber du hast nicht alles rausgeholt.«
»Doch, das hab ich. Es ist nichts mehr drin.«
Aber Eric machte eine ungeduldige Handbewegung. »Scheiße, hast du denn keine Augen im Kopf? Der Ausläufer zieht sich durch meinen ganzen Brustkorb.«

Jeff untersuchte die Stelle, auf die Eric deutete – die linke Seite des Brustkorbs und von dort das Brustbein entlang. »Das ist nur eine Schwellung, Eric.«

»Quatsch.«

»So reagiert der Körper auf eine Verletzung.«

»Schneid mich da auf.« Er deutete auf das Brustbein.

»Ich werde dich nicht …«

»Tu es und sieh nach.«

Jeff wechselte einen Blick mit Matthias und sah dann zu Stacy, als hoffte er, dass sie ihm helfen würden.

Stacy unternahm einen schwachen Versuch. »Lass Jeff es zunähen, Schatz.«

Aber Eric ignorierte sie und streckte Matthias die Hand hin. »Gib mir das Messer.«

Matthias sah Jeff an, der den Kopf schüttelte.

»Entweder du schneidest mich auf, oder ihr gebt mir das Messer, damit ich es selbst tun kann.«

»Eric …«, begann Jeff.

»Sie ist in mir drin, verdammt. Ich kann es fühlen.«

Noch einen Moment zauderte Jeff, dann gab er Matthias die Nadel zurück und nahm wieder das Messer. »Zeig es mir«, sagte er.

Eric fuhr mit dem Finger über den linken Rand des Brustbeins. »Hier. Wo es geschwollen ist.«

Jeff beugte sich über ihn, drückte die Klinge auf die Haut und ritzte sie an der Oberfläche etwas auf.

»Siehst du?«, sagte Jeff. »Keine Ranke.«

Eric schwitzte, die Haare klebten ihm auf der Stirn. Vermutlich waren die Schmerzen dafür verantwortlich. »Tiefer«, befahl er.

»Kommt nicht in Frage«, entgegnete Jeff mit einem entschiedenen Kopfschütteln. »Da ist nichts drin.«

»Sie versteckt sich. Du musst …«

»Wenn ich tiefer schneide, stoße ich auf den Knochen. Weißt du, wie sich das anfühlt?«

»Aber sie ist da drin. Ich spüre es.«

Wieder tupfte Jeff mit dem Handtuch das Blut ab. »Das ist bloß die Schwellung, Eric.«

»Vielleicht ist sie unter dem Knochen. Kannst du …«

»Wir sind fertig. Ich nähe dich jetzt zu.« Jeff gab Matthias das Messer zurück und nahm wieder die Nadel.

»Sie wird mich auffressen. Genau wie Pablo.«

Aber Jeff ignorierte ihn. Er wischte das Blut mit dem Handtuch ab und begann zu nähen.

Eric zuckte zusammen und schloss die Augen. »Das tut weh.«

Dicht über Erics Körper gebeugt, nähte und tupfte Jeff, nähte und tupfte, zog den Faden fest und schloss die Wunde. Ganz leise, so leise, dass Stacy sich vorbeugen musste, um ihn zu verstehen, sagte er: »Du musst dich zusammenreißen.«

Eric schwieg, er hatte die Augen weiterhin geschlossen. Dann atmete er tief ein, hielt die Luft an und ließ sie dann langsam wieder entweichen. »Ich will … ich will nicht hier sterben.«

»Natürlich nicht. Das will keiner von uns.«

»Aber es könnte passieren – meinst du nicht? Womöglich sterben wie alle hier.«

Jeff antwortete nicht.

Eric schlug die Augen auf. »Jeff?«

»Was?«

»Glaubst du, dass wir hier sterben werden?«

Gerade hatte Jeff wieder angefangen zu nähen, und er kniff konzentriert die Augen zusammen. »Ich glaube, dass wir uns in einer schwierigen Situation befinden. Ich glaube, dass wir sehr, sehr vorsichtig sein müssen. Und klug. Und wachsam.«

»Das ist keine Antwort auf meine Frage.«

Jeff überlegte kurz und nickte dann. »Ich weiß.« Eine Sekunde hatte es den Anschein, als wollte er noch etwas hinzufügen, aber er tat es nicht. Er nähte und tupfte, nähte und tupfte, und als er mit dem Bauch fertig war, griff er wieder nach dem Messer, um sich die Wunden an Erics Bein vorzunehmen.

Als alles fertig war, gab Jeff Eric noch einen Schluck Tequila, nicht sehr viel, aber wenigstens etwas. Dazu verabreichte er ihm noch Aspirin, was fast lächerlich wirkte. Jedenfalls lachte Eric, als Jeff ihm das Fläschchen hinhielt, laut auf. Aber Jeff lächelte nicht einmal. Jeff, der Eagle Scout. »Nimm drei davon«, sagte er nur. »Das ist besser als nichts.«

Die Stiche taten weh, alles tat weh. Erics Haut fühlte sich an, als wäre sie zu eng für seinen Körper und könnte jeden Moment reißen. Er hatte Angst, sich zu bewegen. So lag er ganz still mitten auf der Lichtung und starrte in den Himmel, der leuchtend blau war; kein Wölkchen in Sicht. *Ein idealer Tag für den Strand,* dachte er und versuchte, sich ihr Hotel in Cancún vorzustellen, das geschäftige Treiben dort, und überlegte, wie er und die anderen einen solchen Morgen wohl verbracht hätten. Vielleicht schon ein frühes Bad im Meer, noch vor dem Frühstück auf der Veranda. Und am Nachmittag, falls es nicht regnete, würden sie vielleicht reiten gehen. Stacy hatte gesagt, dass sie das unbedingt noch ausprobieren wollte, ehe sie wieder nach Hause flogen. Amy ebenfalls. Bei dem Gedanken drehte Eric den Kopf zu den beiden. Stacy hatte schon mehrmals versucht, Amys Augen zu schließen, aber jedes Mal öffneten sie sich wieder. Und ihr Mund war offen. Der Pflanzensaft hatte die Haut im Gesicht verbrannt, und nun sah es so aus, als hätte sie ein Muttermal. Vermutlich würden sie sie irgendwann beerdigen müssen, und Eric fragte sich, wie sie es jemals schaffen würden, ein Loch zu graben, das groß genug war.

Zuerst merkte er den Hunger, dann erst den Duft, der ihn ausgelöst hatte. Sein Magen zog sich zusammen, und in seinem Mund sammelte sich der Speichel. Unwillkürlich sog er die Luft ein. *Brot,* dachte er.

Im gleichen Augenblick sagte Stacy: »Riecht ihr das?«

»Ja, das ist Brot«, antwortete Eric. »Jemand bäckt Brot.«

Auch die anderen hoben die Köpfe und schnupperten. »Die Mayas?«, fragte Stacy.

Jeff war aufgesprungen und bemühte sich, den Geruch, der immer stärker wurde, zu orten. Bäckereigeruch. Langsam und tief atmend bewegte er sich auf den Rand er Lichtung zu.

»Vielleicht haben sie uns Brot gebracht«, meinte Stacy. Sie lächelte und war ganz aufgeregt. Anscheinend kam ihr die Idee tatsächlich glaubhaft vor. »Einer von uns sollte runtergehen und …«

»Das sind nicht die Mayas.« Inzwischen kauerte Jeff, mit dem Rücken zu den anderen, ganz am Rand der Lichtung.

»Aber …«

Er wandte sich zu Stacy um und winkte sie zu sich. »Sieh selbst. Es sind die Ranken«, sagte er.

Matthias und Stacy standen auf, gingen zu den Ranken und schnupperten an den kleinen roten Blüten; Eric brauchte sich die Mühe nicht zu machen. An ihren Gesichtern erkannte er, dass Jeff recht hatte. Aus irgendeinem Grund verströmten die Ranken plötzlich den Geruch von frisch gebackenem Brot. Stacy setzte sich wieder neben Amys Leiche und legte die Hand über Mund und Nase, um weniger riechen zu müssen. »Das halte ich nicht aus, Jeff. Echt nicht.«

»Am besten essen wir was«, schlug Jeff vor. »Wir teilen uns die Orange.«

Aber Stacy schüttelte den Kopf. »Das hilft doch nichts.«

Jeff antwortete nicht. Er war bereits im Zelt verschwunden.

»Wie kriegt sie so was fertig?«, fragte Stacy, blickte von Eric zu Matthias und wieder zurück, als erwartete sie eine Erklärung von ihnen. Natürlich hatten beide keine, und einen Moment sah Stacy aus, als würde sie anfangen zu weinen. Sie hielt sich die Nase zu und atmete leicht keuchend durch den Mund.

Kurz darauf erschien Jeff wieder.

»Das macht sie mit Absicht, stimmt's?«, fragte Stacy.

Die anderen schwiegen. Jeff setzte sich und begann die Orange zu schälen. Eric und Matthias sahen ihm zu und beobachteten, wie unter der Schale nach und nach die Frucht zum Vorschein kam.

»Warum jetzt?«, beharrte Stacy. »Warum hat sie nicht ...?«

»Sie wollte warten, bis wir richtig Hunger haben«, erklärte Jeff. »Bis wir uns nicht mehr so gut wehren können.« Er teilte die Orange und zählte die Stücke – es waren zehn. »Wenn sie früher damit angefangen hätte, wäre die Wirkung viel geringer gewesen. Wir hätten uns eher daran gewöhnt. Aber jetzt ...« Er zuckte die Achseln. »Der gleiche Grund, warum sie auch damit gewartet hat, unsere Stimmen nachzumachen. Erst wenn wir schwach sind, zeigt sie ihre Stärke.«

»Warum ausgerechnet Brot?«, fragte Stacy weiter.

»Wahrscheinlich hat sie irgendwann mal Brot gerochen. Jemand muss hier wohl mal Brot gebacken haben oder jedenfalls aufgewärmt. Und wir wissen ja, dass sie Dinge imitiert. Wie ein Chamäleon. Oder eine Spottdrossel.«

»Aber das ist eine Pflanze.«

Jeff blickte zu ihr auf. »Woher willst du das wissen?«

»Wie meinst du das?«

»Woher weißt du, dass es eine Pflanze ist?«

»Was soll es denn sonst sein? Das Ding hat Blätter und Blüten und ...«

»Aber es bewegt sich. Und es kann denken. Vielleicht sieht es also nur aus wie eine Pflanze.« Er lächelte sie an, wieder einmal, als wäre er zufrieden darüber, dass die Ranke solche Fähigkeiten besaß. »Wir können das nicht wissen, oder?«

Der Geruch veränderte sich, wurde schärfer, intensiver. Eric hatte das Wort auf der Zunge, als Matthias es schon aussprach: »Fleisch.«

Stacy hob das Gesicht zum Himmel und schnupperte. »Steak.«

Aber Matthias schüttelte den Kopf. »Nein, Hamburger.«

»Schweinekotelett«, konterte Eric.

Jeff winkte ab. »Tut das lieber nicht.«

»Was?«, fragte Stacy.

»Redet nicht darüber. Das macht es nur schlimmer.«

Sie verstummten. *Nein, kein Schweinekotelett,* dachte Eric. *Hotdogs.* Die Pflanze war noch in ihm, da war er ganz sicher. In seinem Innern eingenäht wartete sie ab. Aber vielleicht war das sowieso egal. Sie konnte Geräusche und Gerüche imitieren, konnte denken und sich bewegen. Ob in seinem Körper oder außerhalb von ihm, siegen würde sie in jedem Fall.

Jeff teilte die Orange in vier gleiche Häufchen, zweieinhalb Stückchen für jeden. »Die Schale sollten wir auch essen«, meinte er und portionierte sie ebenfalls. Dann winkte er Stacy zu sich. »Du suchst als Erste aus.«

Stacy stand auf, ging zu den kleinen Obsthäufchen, betrachtete sie und maß sie mit den Augen. Schließlich nahm sie sich eines.

»Eric?«, sagte Jeff. Eric streckte die Hand aus. »Ist mir gleich. Gib mir einfach eine Portion.«

Jeff schüttelte den Kopf. »Nein, zeig auf eine.«

Eric tat es, Jeff nahm das Häufchen und trug es zu Eric. Zweieinhalb Stückchen und eine kleine Handvoll Schalen. Wenn sie noch zu fünft gewesen wären, hätte jeder nur zwei Stücke abbekommen. Dass Amys Tod auf diese armselige Art gemessen werden konnte – ein halber Orangenschnitz –, erschien Eric entsetzlich traurig. Er nahm ein Stückchen von seiner Ration in den Mund und schloss die Augen, kaute noch nicht, sondern ließ es nur auf der Zunge liegen.

»Matthias?«, sagte Jeff.
Eric hörte, wie der Deutsche aufstand und sich seine Ration abholte. Dann war alles ganz still, und jeder zog sich an einen Ort tief in seinem Inneren zurück, während sie das genossen, was an diesem Morgen ihr Frühstück war.
Wieder änderte sich der Geruch. *Apfelkuchen,* dachte Eric, noch immer ohne zu kauen. Plötzlich musste er unerklärlicherweise gegen die Tränen ankämpfen. *Woher weiß die Pflanze, wie Apfelkuchen riecht?* Dann hörte er, wie die anderen zu essen begannen, das feuchte Geräusch des Kauens. Er zog sich die Mütze übers Gesicht.
Sogar eine Spur Zimt.
Eric kaute, schluckte und nahm dann ein Stück Orangenschale in den Mund. Er weinte nicht, er hatte den Drang bekämpft. Aber er war noch da, er spürte es.
Und Schlagsahne.
Er kaute das kleine Stückchen Schale und steckte sich noch eines in den Mund. In Gedanken sah er die Kuchenkruste vor sich, unten leicht angebrannt. Und es war keine Schlagsahne, sondern Vanilleeis. Vanilleeis, das langsam auf dem Teller schmolz, auf einem kleinen Blechteller, neben dem ein Becher schwarzer Kaffee stand. Als er sich das vorstellte, wollte er wieder weinen. Er musste die Augen zukneifen, die Luft anhalten und warten, dass sich das Bedürfnis wieder legte, während ihm ständig die gleichen vier Worte durch den Kopf gingen.
Woher weiß sie das? Woher weiß sie das? Woher weiß sie das? Woher weiß sie das?

Es gibt da ein paar Sachen, die wir klären müssen«, sagte Jeff.
Die Orange war verteilt und gegessen, samt Schale und allem. Danach hatten sie die Wasserflasche herumgehen lassen, und Jeff

hatte den anderen gesagt, sie sollten sich satt trinken. Wasser war nicht mehr ihre Hauptsorge; nach dem gestrigen Schauer war er guter Dinge, dass es wieder regnen würde – wahrscheinlich fast jeden Tag. Außerdem wusste er, dass es der Moral helfen würde, wenn sie wenigstens dieses eine unangenehme Gefühl stillen konnten. So aßen sie ihr spärliches Frühstück und füllten sich die Bäuche mit Wasser.

Später konnten sie versuchen, einen Beutel aus den blauen Nylonresten zu nähen. Vielleicht würden sie sogar so viel Wasser auffangen, dass sie sich waschen konnten. Auch das würde sich positiv auf die Stimmung auswirken.

Natürlich wurden sie nicht satt. Wie denn auch? Eine einzige Orange, in vier Teile geteilt. Jeff versuchte es als Fasten zu sehen, als Hungerstreik. Wie lange hielt man so etwas aus? Er hatte ein Bild im Kopf, ein Zeitungsfoto, schwarzweiß, von drei jungen Männern, die mit trotzigem Gesicht auf ihren Pritschen lagen – schwach, ausgezehrt, aber eindeutig lebendig, mit leuchtenden Augen. Er versuchte sich an die Schlagzeile zu erinnern, an die Geschichte, die zu dem Bild gehörte. Warum schaffte er das nicht? Er wollte eine Zahl, wollte wissen, wie lange. Mehrere Wochen sicherlich – nur mit Wasser.

Fünfzig Tage?

Oder sechzig?

Siebzig?

Aber irgendwann kam der Moment, in dem das Fasten ins Verhungern überging, und Jeff dachte an ihre spärlichen Vorräte, die notgedrungen irgendwann aufgebraucht sein würden, ganz egal, wie wenig sie davon aßen. Er hatte sich eingeredet, dass alles okay war, solange sie wenigstens noch ein bisschen was zu essen hatten, ein bisschen was zum Verteilen. Denn solange es etwas zu verteilen gab, hatten sie die Lage unter Kontrolle und waren noch nicht am Verhungern.

Ein hübsches Märchen.
Und dann waren da die Dinge, die er wusste und vor denen er sich nicht verstecken konnte, die Dinge, die er im Lauf der Jahre gelesen und sich gemerkt hatte. Irgendwann würde das qualvolle Hungergefühl verschwinden, aber ihr Körper würde anfangen, Muskelgewebe abzubauen und die Fettsäuren in der Leber zu verdauen – die Maschine blieb in Betrieb, indem sie sich selbst als Brennstoff benutzte. Ihre Stoffwechselrate würde sinken, der Blutdruck ebenfalls. Selbst in der Sonne würde ihnen kalt sein, sie würden in Lethargie verfallen. Und all das würde sich ziemlich schnell abspielen. Zwei Wochen, höchstens drei. Dann würde es rapide bergab gehen: Herzrhythmusstörungen, Augenprobleme, Anämie, Mundgeschwüre – und so weiter und so fort. Es spielte keine Rolle, ob es fünfzig, sechzig oder siebzig Tage dauerte, maßgeblich war nur, dass es einen Schlussstrich gab, eine Grenze, und mit jeder Stunde, die verging, kamen sie ihr ein bisschen näher.
Nach dem Brot war Fleisch gekommen, dann nacheinander Apfelkuchen, Erdbeeren, Schokolade. Inzwischen hatten die Düfte aufgehört. »Damit wir uns nicht daran gewöhnen können«, hatte Jeff den anderen erklärt. »Damit sie uns erwischen kann, wenn wir grade nicht aufpassen.«
Natürlich gab es etwas, was sie dagegen unternehmen konnten, aber Jeff bezweifelte, dass die anderen es akzeptieren würden. *Ekelhaft* war das Wort, das ihm in den Sinn kam – *sie werden die Idee ekelhaft finden* –, und selbst in seiner momentanen Zwangslage sah er einen gewissen Humor darin.
Galgenhumor.
Es gibt da ein paar Sachen, die wir klären müssen. So hatte er es formuliert, und die Worte klangen irreführend in ihrer Banalität, trügerisch locker. Aber wie sollte er das Thema denn sonst angehen?
»Eric?«, sagte Jeff. »Bist du wach?«

Eric hob die Hand, zog die Mütze weg und nickte. Die Haut um seine Wunden herum war faltig, zusammengezogen von den Stichen, und an manchen Stellen quoll noch Blut heraus. Hässlich – roh und schmerzhaft. Matthias saß links von ihm, die Wasserflasche auf dem Schoß. Stacy kauerte immer noch neben Amys Leiche.

Amys Leiche.

»Du musst dir die Füße eincremen, Stacy«, sagte Jeff.

Sie spähte an sich hinunter, als würde sie ihre Füße gar nicht richtig sehen. Sie waren rosa und geschwollen.

»Und nimm Amys Hut. Und ihre Sonnenbrille.«

Stacy sah zu Amy. Die Sonnenbrille war an den Kragen ihres T-Shirts geklemmt. Ihr Hut war vom Kopf gefallen und lag ein Stück von ihr entfernt im Dreck, schlammbespritzt und noch feucht vom Regen. Stacy rührte sich nicht, sie saß nur da und starrte vor sich hin, bis Jeff schließlich aufstand, den Hut aufhob und die Sonnenbrille vorsichtig von Amys Shirt zog. Dann hielt er beides Stacy hin. Sie zögerte, schien kurz davor, sich abzuwenden, streckte dann aber doch zögernd die Hand danach aus.

Jeff beobachtete, wie sie erst die Brille und dann den Hut aufsetzte, zufrieden, dass sie den ersten Schritt getan hatte. Das war sicher ein gutes Zeichen. Er ging zurück und setzte sich wieder hin. »Einer von uns sollte bald runtergehen und den Weg beobachten. Falls die Griechen …«

Sofort sprang Matthias auf. »Ich gehe.«

Aber Jeff schüttelte den Kopf und bedeutete ihm, sich wieder hinzusetzen. »Jetzt noch nicht. Zuerst müssen wir …«

»Sollten wir nicht, na ja …« Stacy deutete auf Amys Leiche.

Amys Leiche.

Verblüfft drehte sich Jeff zu ihr um und eine seltsame Mischung aus Hoffnung und Erleichterung machte sich in ihm breit. *Sie wird es für mich aussprechen.* »Was?«, fragte er.

Aber sie enttäuschte ihn. »Ich glaube … ich weiß nicht …« Sie zuckte die Achseln. »Sollten wir sie nicht begraben, oder so?«
Nein, das war danebengegangen. Total. Dann musste er es wohl doch selbst machen. Wahrscheinlich war es sowieso idiotisch gewesen, sich etwas anderes zu erhoffen. Er senkte den Kopf wie zu einem Nicken, obwohl es alles andere als ein Nicken war. »Tja, genau das ist es«, sagte er. »So ungefähr jedenfalls. Das, worüber wir sprechen müssen.«
Die anderen schwiegen. Niemand würde ihm helfen, das war ihm jetzt klar, niemand wagte diesen Schritt. *Wie Kühe,* dachte er, während er in ihre Gesichter sah. Vielleicht war die Orange keine gute Idee gewesen – vielleicht hätte er warten und das Thema erst ansprechen sollen, wenn der Hunger seinen Höhepunkt erreichte, wenn wieder der Duft nach Brot oder Fleisch in der Luft lag.
Ja, *Fleisch.*
»Ich glaube, wir brauchen uns keine Sorgen zu machen«, begann er. »Was das Wasser angeht, meine ich. Ich denke, wir können damit rechnen, dass es oft genug regnet, um uns am Leben zu erhalten. Vielleicht können wir uns sogar aus den Nylonresten einen großen Beutel nähen.« Er wedelte mit der Hand zur anderen Seite der Lichtung, wo die Überbleibsel des blauen Zelts lagen. Die anderen folgten seiner Geste, starrten einen Moment in diese Richtung und wandten sich dann wieder ihm zu.
Wie Schafe, dachte er. Er wartete auf die richtigen Worte, aber sie wollten ihm nicht einfallen.
Stacy bewegte sich und griff wieder nach Amys Hand, hielt sie fest, als würde sie das irgendwie beruhigen.
Natürlich gab es keine richtigen Worte.
»Es geht jetzt hauptsächlich ums Warten, wisst ihr«, sagte er. »Das machen wir hier. Wir warten, bis jemand kommt und uns findet – die Griechen vielleicht oder jemand, den unsere Eltern schicken.« Er hatte Schwierigkeiten, ihren Blick zu halten, und

schämte sich. Es wäre besser, wenn er einem von ihnen ins Gesicht sehen könnte, aber irgendwie war das nicht möglich, und seine Augen wanderten von seinem Schoß zu Stacys sonnenverbrannten Füßen zu den faltigen Wunden an Erics Bein und wieder zurück. »Wir warten. Das ist unsere Überlebenstaktik. Dafür müssen wir natürlich die Wasserversorgung aufrechterhalten. Aber dann ist da auch noch die Frage des Essens, richtig? Denn unsere Vorräte sind ziemlich knapp. Und wir wissen nicht ... ich meine, wenn die Griechen nicht kommen, wenn wir auf unsere Eltern warten müssen, dann kann es Wochen dauern, bis jemand uns hier rausholt. Und selbst wenn wir unser Essen rationieren, reicht es trotzdem nicht länger als ein paar Tage. Wenn wir jagen oder Fallen aufstellen oder fischen oder Wurzeln ausgraben oder Beeren sammeln könnten ...« Er ließ den Satz unvollendet und zuckte die Achseln. »Aber auf dem Hügel gibt es nur uns und die Pflanze, und die können wir ganz offensichtlich nicht essen. Wir haben noch unsere Gürtel und finden vielleicht eine Möglichkeit, sie zu kochen. So was haben Leute schon gemacht, wenn sie sich in der Wüste verirrt haben oder nach einem Schiffbruch. Aber das würde nicht viel bringen, stimmt's? Nicht, wenn wir mehrere Wochen hierbleiben müssen.«

Er wappnete sich und sah in ihre Gesichter. Alle ausdruckslos. Zwar erkannte er, dass sie ihm zuhörten, aber sie hatten keine Ahnung, worauf er hinauswollte. Um sie nicht zu erschrecken, schlich er sich so vorsichtig wie möglich an das heran, was er zu sagen hatte, denn er wollte ihnen die Chance geben, sich innerlich auf seinen Vorschlag einzustellen, sich vorzubereiten. Aber es funktionierte nicht. Er brauchte ihre Hilfe, aber keiner von ihnen schien dazu in der Lage zu sein.

»Fünfzig, sechzig, siebzig Tage«, sagte er. »Ich weiß nicht mehr genau, aber ungefähr so lange kann ein Mensch ohne Essen überleben. Natürlich kommt es schon lange vorher zu Störungen. Sa-

gen wir also mal, wir sitzen dreißig Tage hier fest, okay? Rund vier Wochen. Und wenn die Griechen nicht kommen, wenn wir auf unsere Eltern warten müssen, wie lange wird das dauern? Realistisch gesehen, meine ich. Noch eine Woche, bis sie uns überhaupt zu Hause erwarten, vielleicht noch eine, bis sie sich Sorgen machen, dann ein paar Anrufe in Cancún, beim Hotel, beim Konsulat – das ist alles noch ziemlich einfach. Aber was dann? Wie lange wird es dauern, bis sie unsere Spur zur Busstation finden, zu dem Weg und dem Mayadorf, zu diesem verdammten Hügel mitten im Dschungel? Können wir wirklich damit rechnen, dass das alles weniger als vier Wochen dauert?«
Mit einem entschiedenen Kopfschütteln beantwortete er seine eigene Frage. Dann wagte er wieder einen Blick in ihre Gesichter. Aber nein, sie verstanden ihn immer noch nicht. Sie fanden ihn deprimierend, weiter nichts, was er sagte, erschreckte sie. Dabei war die Lösung direkt vor ihrer Nase, sie konnten sie nur nicht sehen. Oder wollten es vielleicht auch gar nicht.
Er streckte den Arm aus und deutete auf Amys Leiche, so lange, dass die anderen schließlich gar keine Wahl mehr hatten, sondern hinsehen mussten – die grau werdende Haut zur Kenntnis nehmen, die Augen, die sich nicht schließen ließen, das verbrannte, roh aussendende Fleisch um Mund und Nase. »Das, was Amy passiert ist, ist schrecklich. Ganz schrecklich. Das lässt sich nicht wegdiskutieren. Aber da es nun einmal passiert ist, müssen wir uns den Tatsachen stellen, denke ich. Wir müssen akzeptieren, was es für uns bedeutet. Denn wir müssen die Frage nach dem Essen für uns beantworten, diese wirklich schwierige Frage. Dabei müssen wir unsere ganze Kreativität einsetzen. Gut, es wird erst in den kommenden Tagen zum Problem werden, aber wir müssen uns schon vorher darum kümmern. Genau genommen jetzt.« Wieder wanderte sein Blick über ihre Gesichter. »Versteht ihr, was ich sagen will?«

Matthias schwieg, das Gesicht unverändert. Eric hatte die Augen wieder geschlossen. Stacy umklammerte immer noch Amys Hand und schüttelte den Kopf.
Jeff wusste genau, dass es nicht funktionieren würde, aber er musste weitermachen, es war seine Pflicht. Also trat er die Flucht nach vorn an. »Ich rede von Amy. Darüber, wie wir sie konservieren können.«
Die anderen hörten sich an, was er sagte. Matthias veränderte seine Sitzhaltung, sein Gesicht schien sich leicht anzuspannen. *Er weiß es*, dachte Jeff. Aber die beiden anderen nicht. Eric lag einfach nur da, vielleicht schlief er sogar wieder. Stacy legte den Kopf schief und sah Jeff fragend an.
»Meinst du, wir sollen sie einbalsamieren oder was?«
Jeff beschloss, es noch einmal anders zu versuchen. »Wenn du eine Niere brauchen würdest, wenn es um Leben und Tod ginge, und wenn Amy schon tot wäre – würdest du dann ihre Niere nehmen?«
»Ihre Niere?«, wiederholte Stacy verständnislos.
Jeff nickte.
»Was hat das ...« Und dann begriff sie es, mitten im Satz. Jeff sah es, wie die Erkenntnis sie übermannte. Sie schlug die Hand vor den Mund, als würde ihr übel. »Nein Jeff. Das kommt nicht in Frage.«
»Was?«
»Du sagst doch ...«
»Beantworte einfach meine Frage, Stacy. Wenn du eine Niere brauchen würdest, wenn du ...«
»Du weißt, dass das nicht dasselbe ist.«
»Warum?«
»Weil eine Niere eine Operation bedeuten würde. Es wäre ...« Sie schüttelte wütend den Kopf. Ihre Stimme war immer lauter geworden. »Das ist ...« Sie streckte angeekelt die Hände von sich.

Eric schlug die Augen auf und starrte Stacy verwundert an. »Wovon redest du?«
Stacy deutete zu Jeff. »Er will … er will …« Auch sie brachte die Worte nicht über die Lippen.
»Wir reden über Essen, Eric.« Jeff gab sich alle Mühe, seine Stimme ruhig und leise zu halten, im Kontrast zu Stacys wachsender Hysterie. »Und ob wir hier verhungern werden oder nicht.«
Eric nahm es zur Kenntnis, verstand aber offensichtlich genauso wenig wie bisher. »Und was hat das mit Amys Niere zu tun?«
»Nichts!«, antwortete Stacy, fast schreiend. »Genau darum geht es ja.«
»Würdest du ihre Niere nehmen?«, fragte Jeff und deutete wieder auf Amy. »Wenn du eine brauchen würdest? Wenn du ohne eine Niere sterben würdest?«
»Vermutlich schon«, antwortete Eric. »Warum nicht?«
»Er redet nicht von den Nieren, Eric. Er meint Essen. Verstehst du? Er redet davon, Amy zu essen.«
Jetzt gab es kein Verstecken mehr, die Worte waren ausgesprochen. Eine lange Stille trat ein, während sie alle auf Amys Leiche starrten. Schließlich sagte Stacy, an Jeff gewandt: »Das würdest du wirklich tun?«
»Jedenfalls ist es schon vorgekommen. Schiffbrüchige und …«
»Ich frag dich aber, ob *du* es tun würdest. Ob *du sie* essen könntest.«
Jeff überlegte einen Moment. »Ich weiß es nicht.« Das stimmte. Er wusste es wirklich nicht.
Stacy machte ein angewidertes Gesicht. »Du weißt es nicht?«
Er schüttelte den Kopf.
»Wie kannst du das sagen?«
»Weil ich nicht weiß, wie es sich anfühlt, wenn man verhungert. Ich weiß nicht, wozu ich dann fähig wäre. Ich weiß nur, wenn es

für uns eine Möglichkeit ist, wenn wir übereinkommen, dass wir es zumindest nicht ausschließen, dann müssen wir bestimmte Schritte jetzt unternehmen.«

»Schritte.«

Jeff nickte.

»Was zum Beispiel?«

»Wir müssten eine Möglichkeit finden, es zu konservieren.«

»Es?«

Jeff seufzte. Genauso hatte er sich diese Diskussion vorgestellt, ein Desaster. »Was soll ich denn sagen?«

»Wie wäre es mit *sie*?«

Ohne Vorwarnung spürte Jeff, wie die Wut wieder in ihm hochkam, ein gerechter Zorn, und das gefiel ihm. Also tat er wohl doch das Richtige, ein beruhigendes Gefühl. »Glaubst du wirklich, das da ist Amy?«, fragte er. »Glaubst du, es hat noch das Geringste mit Amy zu tun? Das ist doch nur noch ein Gegenstand, Stacy. Ein unbewegliches Etwas. Etwas, was wir vernünftig zum Überleben nutzen oder – unvernünftig, sentimental, einfach dumm – vermodern lassen oder der Ranke schenken können, damit sie es zu einem weiteren Knochenhaufen verarbeitet. Das ist die Wahl, vor der wir stehen. Und diese Wahl müssen wir bewusst treffen – wir müssen beschließen, was mit dieser Leiche passieren soll. Denn ihr dürft euch nichts vormachen – wegzuschauen und nicht daran zu denken, das ist auch eine Entscheidung. Das versteht ihr doch, oder?«

Stacy antwortete nicht. Sie sah Jeff auch nicht an.

»Ich sage nur, ganz gleich, welche Entscheidung wir treffen, wir sollten es mit offenen Augen tun.« Eigentlich wusste Jeff, dass es reichte, dass er schon zu viel gesagt hatte, zu weit in sie gedrungen war, aber er war so in Fahrt, dass er nicht mehr zurück konnte. »Im rein physikalischen Sinn ist es Fleisch, was da liegt.«

Jetzt hob Stacy den Kopf und warf ihm einen hasserfüllten Blick zu. »Scheiße, was ist denn los mit dir? Lässt dich das alles wirklich so kalt? Sie ist tot, Jeff! Kapierst du das? *Tot!*«

Zwar musste er sich anstrengen, nicht ebenso laut zu werden wie sie, aber irgendwie schaffte er es. Er spürte den Impuls, die Hand nach ihr auszustrecken, wusste jedoch, dass sie vor ihm zurückweichen würde. Er wollte, dass sie sich alle beide wieder beruhigten. »Glaubst du ehrlich, dass Amy Vorbehalte hätte, wenn du da an ihrer Stelle liegen würdest?«

Stacy schüttelte so heftig den Kopf, dass Amys schlammbespritzter Hut herunterzurutschen drohte und sie ihn festhalten musste. »Das ist nicht fair.«

»Warum?«

»Du tust so, als wäre es ein Spiel. Irgendein abstraktes Thema, über das wir in der Kneipe diskutieren. Aber es ist real. Das ist ihre Leiche. Das lass ich nicht zu. Das lass ich nicht zu. Das lass ich nicht zu. Das lass ich nicht zu. Das lass ich nicht zu ...«, begann sie in einem leisen Singsang.

Jeff verstummte. Hatte er eine andere Wahl? Stacy murmelte weiter und schüttelte dabei den Kopf; der Hut lag inzwischen neben ihr auf dem Boden. Als er sie ansah, spürte Jeff wieder das Gewicht, dieses Gefühl der Resignation. Wahrscheinlich war es sowieso egal. Wieso sollten sie nicht einfach hier sterben? Er hob die Hand und wischte sich den Schweiß vom Gesicht. Die Hand roch nach Orangenschale, und er hatte solchen Hunger, dass er sie gern abgeleckt hätte. Aber er widerstand der Versuchung.

Endlich verstummte Stacy. Eine Weile hatte keiner etwas zu sagen. Eric fingerte auf seiner Brust herum. Matthias veränderte wieder seine Sitzhaltung, und die Wasserflasche auf seinem Schoß gab ein gluckerndes Geräusch von sich. Stacy hielt immer noch Amys Hand. Jeff warf einen raschen Blick zu Pablo hinüber. Er hatte die Augen offen und beobachtete sie, als hätte er irgendwie gespürt, dass etwas Wichtiges besprochen wurde. Beim Anblick seines jämmerlich zugerichteten, bewegungslosen Körpers wurde Jeff klar, dass die Diskussion hier nicht unbedingt zu Ende war, dass Amys Tod höchstwahrscheinlich nicht der letzte sein würde. Aber er schob den Gedanken schnell zur Seite.

Sie vermieden es alle, einander ins Gesicht zu sehen. Jeff wusste, dass kein anderer etwas sagen würde, dass er es tun musste, und er wusste auch, dass das, was er sagen würde, wie ein Friedensangebot klingen musste. Er leckte sich über die sonnenverbrannten, geschwollenen Lippen.

»Dann sollten wir sie wohl jetzt begraben.«

Es dauerte nicht lange, bis ihnen klar wurde, dass es nicht möglich war, ein Grab für Amy auszuheben. Allein die stetig zunehmende Hitze des Tages hätte die körperliche Anstrengung schwer gemacht, außerdem hatten sie ja immer noch keine Schaufel und mussten die harte Erde mit der Zeltstange und dem Stein bearbeiten. Schließlich holte Jeff einen der Schlafsäcke aus dem Zelt, und sie steckten Amy hinein. Dabei stießen sie auf eine andere Schwierigkeit, denn die Leiche schien sich ihnen zu widersetzen, indem sich ihre Gliedmaßen ständig verhedderten und verhakten. Jeff und Matthias mussten förmlich mit ihr ringen, und beide keuchten und schwitzten, bis sie es endlich geschafft hatten.

Stacy machte keine Anstalten zu helfen. Sie sah zu, und fühlte sich dabei immer schlechter. Natürlich hatte sie auch einen Kater, ihr war schwindlig, sie hatte Blähungen, ihr war übel. Und Amy war tot. Jeff wollte ihre Leiche essen, um den Rest von ihnen am Leben zu erhalten, aber Stacy hatte seinen Plan durchkreuzt. So sehr sie sich an ihrem Sieg zu freuen versuchte, sie schaffte es nicht.

Als sie den Reißverschluss an dem Schlafsack zuzogen, gab es einen seltsamen Moment des Zögerns, als spürten sie plötzlich die symbolische Bedeutung dessen, was sie taten, die Endgültigkeit – als würde die erste Handvoll Erde auf den Sargdeckel prasseln. Stacy sah Amys Gesicht durch die Öffnung; es war geschwollen, die Haut leicht grünlich. Ihre Augen waren immer noch offen. Früher hatte man Münzen auf die Augen der Toten gelegt – oder hatte man sie ihnen in den Mund gesteckt, um den Fährmann zu bezahlen? Plötzlich war Stacy nicht mehr sicher. Sie hatte nie auf solche Details geachtet, und manchmal bedauerte sie das. Dieses Halbwissen hinterließ das Gefühl, dass sie Dinge immer nur halb machte, nie richtig. Aber Münzen auf den Augen kamen ihr irgendwie albern vor. Die fielen auf dem Weg zum Friedhof doch bestimmt herunter, spätestens wenn der Sarg gekippt und schließlich in die Grube hinuntergelassen wurde. Dann mussten die Leichen bis in alle Ewigkeit mit offenen Augen unter der schweren Erde ruhen, neben sich ein paar nutzlose Münzen auf den Holzplanken.

Kein Sarg für Amy – und auch keine Münzen. Nichts, womit sie den Fährmann bezahlen konnte.

Wir sollten wenigstens eine Zeremonie abhalten, dachte Stacy und versuchte sich auszumalen, wie diese aussehen könnte. Aber ihr fiel weiter nichts ein als das vage Bild von jemandem, der am offenen Grab stand und etwas aus der Bibel vorlas. Sie konnte sich den Erdhügel neben dem Grab vorstellen, die gelblich-braunen Harztropfen, die aus dem frischen Kiefernholz des Sargs quollen. Aber natürlich gab es hier nichts davon, weder Bibel noch Grab, noch Sarg. Sie hatten nur Amys Leiche und einen muffig riechenden Schlafsack, und deshalb sagte Stacy auch nichts, sondern beobachtete stumm, wie Jeff es endlich schaffte, den Reißverschluss ganz zu schließen.

Eric zog sich wieder die Mütze übers Gesicht. Matthias setzte sich auf den Boden und schloss die Augen. Jeff verschwand im Zelt. Stacy fragte sich, ob er vor ihnen floh, ob er allein sein wollte, um

endlich zu weinen und seiner Trauer freien Lauf zu lassen. Aber er erschien im Handumdrehen wieder, in der Hand eine kleine Plastikflasche. Stacy erschrak, als er sich damit vor ihr niederkniete, und wäre fast zurückgewichen, fing sich aber im letzten Moment.
»Du musst dir damit die Füße einreiben«, sagte er.
Er streckte ihr die Flasche hin, Stacy kniff die Augen zusammen und versuchte das Etikett zu entziffern. Sonnencreme. Jeffs Shirt war schweißdurchtränkt, mit Salzflecken am Kragen. Sie konnte ihn riechen, seinen Schweiß, wenn Jeff doch nur endlich wieder aufstehen und weggehen würde. Aber er rührte sich nicht vom Fleck, er kauerte penetrant vor ihr und sah zu, wie sie hastig ein wenig von der Lotion auf ihre Handfläche gab und sich bückte, um sie auf ihrem rechten Fuß zu verteilen und dabei sorgfältig die dünnen Lederriemen ihrer Sandalen vermied.
»Komm, Stacy«, sagte Jeff plötzlich. »Mach es richtig.«
»Richtig?«, fragte sie. Sie hatte keine Ahnung, was er damit meinte.
Jeff nahm ihr das Fläschchen aus der Hand. »Zieh deine Sandalen aus.«
Ungeschickt schlüpfte sie aus ihren Schuhen und sah zu, wie er einen dicken Klecks Sonnenschutzcreme in ihre Haut massierte.
»Bist du sauer auf mich?«, fragte sie unvermittelt.
»Sauer?«, wiederholte er, ohne sie anzusehen, die Augen starr auf ihre Füße gerichtet. Und das machte Stacy Angst, weil sie sich plötzlich vorkam, als wäre sie gar nicht richtig da. Sie wollte, dass er sie anschaute.
»Weil, na ja …« Sie wedelte mit der Hand zu dem Schlafsack hinüber. »Weil ich dagegen war.«
Jeff antwortete nicht gleich. Erst fing er an, ihren anderen Fuß einzucremen. Dabei fiel ein Schweißtropfen von seiner Nase auf ihr Schienbein, und sie schauderte. Stacy spürte, wie Jeff sorgfältig seine Worte wählte. »Ich möchte uns retten«, erklärte er. »Das

ist alles. Ich will nicht, dass wir hier sterben. Und das Essen ...« Er stockte und zuckte die Achseln. »Irgendwann wird es darum gehen, ob wir was zu essen finden. Darum werden wir nicht herumkommen.«

Als er fertig war, schraubte er den Deckel wieder auf das Fläschchen, warf es zur Seite und bedeutete Stacy, die Sandalen wieder anzuziehen. Stacy starrte auf ihre Füße. Sie hatten bereits einen heftigen Sonnenbrand. *Das wird wehtun beim Duschen,* dachte sie und kämpfte einen Moment mit den Tränen, weil sie plötzlich so sicher war, dass es keine Dusche geben würde, für sie nicht, für keinen von ihnen, denn Amy war nicht die Einzige, die es von hier nicht mehr nach Hause schaffen würde.

»Und was ist mit dir?«, fragte Jeff.

»Mit mir?« »Bist du sauer?«

In Stacys Kopf hatte es angefangen zu summen – Hunger oder Erschöpfung oder Angst, sie wusste nicht, was es war. Sie war viel zu fertig für so etwas Anstrengendes wie Wut, sie war schon zu lange hier, hatte zu viel durchgemacht. Langsam schüttelte sie den Kopf.

»Gut«, sagte Jeff. Und dann fügte er hinzu, in einem Ton, als hätte sie in einem Ratespiel für die richtige Antwort soeben den Hauptpreis gewonnen: »Warum übernimmst du nicht die erste Schicht unten am Weg?«

Eigentlich wollte Stacy das überhaupt nicht, aber noch während sie sich den Kopf nach einer Ausrede zermarterte, wusste sie, dass sie keine Wahl hatte. Amy war nicht mehr da, das hätte doch alles verändern müssen. Aber die Welt drehte sich weiter, und Jeff drehte sich mit, plante, machte sich Sorgen um Sonnencreme und die Griechen. Denn das bedeutete, dass man am Leben war.

Stacy fragte sich, ob sie noch am Leben war.

Jeff nahm das Wasser und streckte ihr die Flasche hin. »Trink zuerst mal was.«

Sie nahm die Flasche, schraubte sie auf und trank. Das half zumindest so weit gegen die Übelkeit, dass sie aufstehen konnte. Jeff gab ihr ihren Sonnenschirm. »Drei Stunden«, sagte er. »Okay? Dann löst Matthias dich ab.«
Stacy nickte. Augenblicklich drehte Jeff sich um und wandte sich der nächsten Aufgabe zu, und Stacy blieb nichts anderes übrig, als zu gehen. Ihre Füße waren von der Sonnencreme ganz glitschig und rutschten in den Sandalen herum; das Summen in ihrem Kopf wurde mal lauter und mal leiser. *Ich bin okay,* sagte sie sich. *Ich kann das. Ich bin am Leben.* Während sie langsam bergab wanderte, wiederholte sie diese Worte wie ein Mantra. *Ich bin am Leben. Ich bin am Leben. Ich bin am Leben …*

Eric lag auf dem Rücken mitten auf der Lichtung. Er spürte die Sonne auf seinem Körper – auf seinem Gesicht, seinen Armen, seinen Beinen –, so warm, dass es beinahe ein bisschen wehtat. Aber es hatte auch etwas Angenehmes, nicht trotz, sondern gerade wegen des Schmerzes. Er bekam einen Sonnenbrand – und was war daran so schrecklich? Das war normal, das konnte jedem passieren, wenn man am Pool lag oder am Strand ein Nickerchen machte, und Eric fand die Vorstellung irgendwie beruhigend. Ja, er *wollte* einen Sonnenbrand, er *wollte* sich diesem alltäglichen Unbehagen hingeben, denn womöglich würde das die weit ungewöhnlicheren Gefühle in seinem Körper überdecken: die Angst, dass seine Wunden aufplatzen könnten, wenn er sich unbesonnen bewegte, und auch den Verdacht – nein, die Gewissheit –, dass die Ranke noch immer in seinem Körper lauerte, zwar von Jeff ordentlich eingenäht und vergraben, aber keineswegs tot, nur schlummernd, wie ein Samen, der wartet, bis seine Zeit kommt. Mit geschlossenen Augen, ganz auf seine brennende, angespannte Haut konzentriert, hatten Erics Gedanken einen kurzfristigen Zufluchtsort gefunden, der in seiner Dürftigkeit umso anziehender war. Aber Eric wusste auch, dass er es nicht übertreiben durfte, und die angemessene Balance war schwer zu halten. Er war erschöpft und musste ständig das Gähnen unterdrücken. Wenn er sich auch nur ein kleines bisschen entspannte, würde er garantiert einschlafen. Aber der Schlaf war sein Feind, im Schlaf hatte die Ranke sich jedes Mal über ihn hergemacht.

Er wusste, dass er eigentlich aus der Sonne gehen und sich ins Zelt legen sollte. Aber noch während er das dachte, schloss er die Augen und hörte seine eigene Stimme im Kopf: *Alles in Ordnung. Jeff ist da. Er passt auf mich auf. Bei ihm bin ich sicher.* Die Worte kamen einfach, Eric formte sie nicht bewusst. Es war, als hörte er jemand anderem zu.

Er merkte, wie er langsam einschlief, und er kämpfte nicht mehr dagegen an.

Als er erwachte, war der Tag ein gutes Stück vorangeschritten – die Sonne begann sich schon dem Horizont entgegenzuneigen. Auch Wolken waren aufgezogen. Sie bedeckten bereits die Hälfte des Himmels und rückten unaufhaltsam weiter nach Westen vor. Offensichtlich waren es diesmal aber nicht die typischen nachmittäglichen Gewitterwolken, die abrupt auftauchten und sich genauso schnell wieder auflösten. Nein, diesmal schien es sich um eine Art Sturmfront zu handeln. Bisher schien die Sonne zwar noch, aber Eric konnte sehen, dass das nicht mehr lange so sein würde. Das grelle Licht vermittelte ein Gefühl der Vorahnung, die er auch gespürt hätte, ohne an den Himmel hinaufzublicken.

Er wandte den Kopf und sah sich verschlafen um. Inzwischen war Stacy auf die Lichtung zurückgekehrt; sie saß neben Pablo und hielt seine Hand. Wie es aussah, hatte der Grieche wieder das Bewusstsein verloren. Eric lag da, lauschte seiner Atmung und fand, dass sie noch schlechter klang als bisher – das wässrige Einatmen, das rasselnde Ausatmen, die viel zu lange Pause zwischen

den einzelnen Atemzügen. Links von ihm lag immer noch der dunkelblaue Schlafsack mit Amys Leiche. Auf der anderen Seite der Lichtung kauerte Jeff, offensichtlich ganz auf irgendeine Arbeit konzentriert. Eric brauchte einen Moment, ehe er begriff, was er da machte. Jeff hatte aus den Resten des blauen Nylonstoffs einen großen Beutel genäht, um Regenwasser aufzufangen, und jetzt baute er aus den restlichen Aluminiumstangen ein Gestell dafür und fixierte das Ganze mit Klebeband, damit die Seiten des Beutels nicht in sich zusammensanken, wenn er sich füllte.
Matthias war nirgends zu sehen. Vermutlich beobachtete er unten den Weg.
Eric setzte sich auf. Er fühlte sich steif, ausgehöhlt, sonderbar kalt. Er war gerade dabei, seine Wunden zu untersuchen, die umgebende Haut nach Anzeichen der Ranke zu befühlen – Knoten, Aufgedunsenheit, Schwellungen –, als Jeff aufstand, wortlos an ihm vorbeiging und im Zelt verschwand.
Warum ist mir so kalt?
Es war kein bisschen kühler geworden. Eric sah die feuchten Flecken auf Stacys T-Shirt und spürte die Hitze auch selbst, aber wie von fern, als wäre er in einem klimatisierten Raum und blickte durchs Fenster auf eine sonnendurchflutete Landschaft. Nein, das traf es auch nicht – es war, als befände sich sein *Körper* in einem klimatisierten Raum und als wäre seine Haut die Fensterscheibe, heiß an der Oberfläche, aber kalt darunter. Bestimmt waren es die Auswirkungen von Hunger, Erschöpfung und Blutverlust, vielleicht hatte auch die Pflanze in ihm etwas damit zu tun. Womöglich saugte sie ihm die Wärme aus, wie ein Parasit. Er konnte es nicht mit Sicherheit sagen. Allerdings wusste er intuitiv, dass es ein schlechtes Zeichen war. Er wollte sich wieder hinlegen und hätte das auch getan, wenn nicht Jeff in diesem Augenblick mit den zwei Bananen wieder aufgetaucht wäre.
Eric beobachtete, wie er das Messer vom Boden aufhob, es in dem

halbherzigen Versuch, die Klinge zu säubern, an seinem Hemd abwischte, dann in die Hocke ging und die beiden Bananen halbierte, ohne sie zu schälen. Er winkte Eric und Stacy zu sich. »Sucht euch eine Hälfte aus«, sagte er.
Stacy legte Pablos Hand sanft auf seine Brust zurück, kam dann zu Jeff, bückte sich und beäugte die Bananen. Unterdessen waren die Schalen fast vollständig schwarz geworden, und Eric konnte sich schon vom Anschauen genau vorstellen, wie matschig sie waren. Stacy nahm eine Hälfte. »Essen wir die Schale mit?«, fragte sie.
»Könnte ein bisschen schwer zu kauen sein«, meinte Jeff achselzuckend. »Aber du kannst es gern versuchen.« Dann wandte er sich an Eric, der sich nicht vom Fleck gerührt hatte. »Nimm eine.«
»Was ist mit Matthias?«, fragte Eric.
»Ich geh gleich runter, um ihn abzulösen. Dann nehme ich seine Ration mit.«
Eric fühlte sich immer noch, als würde er gleich anfangen zu frösteln und traute sich nicht aufzustehen. Nicht nur wegen der Wunden, die sich noch so anfühlten, als könnten sie jederzeit wieder aufplatzen, nein, er hatte Angst, dass seine Beine ihn nicht tragen würden. Er streckte die Hand aus. »Wirf mir einfach eine rüber.«
»Welche?«
»Die da.« Er deutete auf die Hälfte, die am nächsten bei ihm lag. Jeff warf sie ihm zu, und sie landete auf Erics Schoß.
Sie aßen schweigend. Die Bananen waren überreif und schmeckten, als hätten sie schon angefangen zu gären – eine durchdringend süßlich-weiche Masse, die Eric trotz seines Hungers schwierig zu schlucken fand. Trotzdem aß er schnell, erst die Frucht, dann die Schale. Sie richtig zu zerkleinern, erwies sich als unmöglich, sie war viel zu fasrig. Eric kaute und kaute, bis sein

Kiefer wehtat, und zwang sich dann, die klumpige Masse zu schlucken. Jeff war bereits fertig, aber Stacy ließ sich Zeit und knabberte immer noch an dem kleinen Stück Frucht herum; die Schale lag auf ihrem Knie.

Jeff hob die Augen und betrachtete die Wolken über ihnen, die zusehends dunkler wurden, während der Bereich blauen Himmels um die Sonne immer kleiner wurde. »Ich hab euch die Seife rausgelegt, für den Fall, dass es anfängt zu regnen, bevor ich zurück bin«, sagte er und deutete zu dem Beutel, neben dem ein Stück Seife auf dem Boden lag. Auch die Werkzeugbox stand dort; Jeff hatte den Riss in ihrem Boden mit Klebeband geflickt. »Wascht euch ein bisschen und geht dann ins …« Mitten im Satz blieb er stecken und sah erschrocken zum Zelt hinüber.

Eric und Stacy folgten seinem Blick. Ein Rascheln: Der Schlafsack bewegte sich. Nein, *Amy* bewegte sich, trat gegen den Schlafsack, schlug um sich und versuchte aufzustehen. Einen Augenblick starrten sie stumm auf das seltsame Schauspiel und trauten ihren Augen nicht. Dann rannten sie alle drei zu dem Schlafsack, sogar Eric, der seine Wunden ebenso vergessen hatte wie Schwäche und Erschöpfung. Alles wurde überdeckt von Schock, Staunen, Hoffnung. Allerdings wusste ein Teil von ihm längst, was Jeff und Stacy, die neben dem Schlafsack knieten, vorfinden würden, aber er wehrte sich dagegen und wartete gespannt auf das Geräusch des Reißverschlusses. Darauf, dass Amy herausgekrochen kam, keuchend und verwirrt. *Wir haben uns geirrt, es war alles nur ein Versehen.*

Jetzt hörte er auch noch Amys Stimme aus dem Schlafsack, panisch, halb erstickt: »Jeff …! Jeff …!«

»Wir sind hier, Süße!«, antwortete Stacy. »Wir sind hier!«

Sie fummelte am Reißverschluss herum, aber Jeff bekam ihn als Erster zu packen, zog – und ein immenses Gewirr von Ranken quoll aus dem Schlafsack. Eric sah, wie sich die hellrosa Blüten öffneten und schlossen und immer noch riefen: *Jeff … Jeff … Jeff …!* Krampfhaft wand sich der dichte Rankenknoten über den Boden, entwirrte sich, knäuelte sich wieder zusammen. In seinem Inneren waren Amys Knochen, schon fast völlig von allem Fleisch befreit. Eric erhaschte einen Blick auf Schädel, Hüftknochen, auf etwas, was wohl ein Oberschenkel gewesen war, ein heilloses Durcheinander. Stacy begann zu schreien, schüttelte heftig den Kopf und wich entsetzt zurück. Als Eric einen Schritt auf sie zu machte, klammerte sie sich an ihn, so heftig, dass er sich prompt wieder seiner Wunden bewusst wurde und hoffte, sie würden nicht anfangen zu bluten.

Abrupt verstummte die Ranke. Ungefähr drei Sekunden herrschte Stille, dann begann sie zu lachen, leise und spöttisch.

Jeff stand neben dem Schlafsack und starrte auf ihn hinunter, Stacy drückte das Gesicht an Erics Brust. Jetzt weinte sie.

»Psst«, machte Eric. »Psst.« Dabei strich er ihr übers Haar, fühlte sich aber seltsam distanziert. Er dachte daran, wie Menschen manchmal Unfälle beschrieben, diesen Eindruck, über dem Geschehen zu schweben, der so oft eine Katastrophe zu begleiten schien, und er bemühte sich, zu sich zurückzufinden. Stacys Haare waren fettig unter seiner Hand, und er versuchte sich darauf zu konzentrieren, in der Hoffnung, dass diese Empfindung ihn auf den Boden zurückholen würde. Aber so sehr er sich auch anstrengte, sein Blick wanderte immer wieder zu dem Schlafsack, zu dem Rankengewirr, das sich lachend hin und her schlängelte, und zu den Knochen dazwischen.

Amy.

Stacy schluchzte hemmungslos und hielt ihn so fest, dass sich ihre Fingernägel in seinen Rücken gruben. »Psst«, sagte er. »Psst.«

Jeff rührte sich nicht.

Erneut konnte Eric die Ranke in sich spüren, wie sie immer tiefer eindrang, aber selbst das kam ihm sonderbar weit weg vor, als ginge es ihn nicht wirklich etwas an. Vermutlich war es der Schock. Ja, er hatte bestimmt einen Schock. Vielleicht war das auch gut so, vielleicht schützte ihn seine Psyche, die einfach dichtmachte, wenn sie etwas nicht mehr verkraften konnte.

»Ich will nach Hause«, schluchzte Stacy. »Ich will nach Hause.«

Eric streichelte und tätschelte sie. »Psst … psst.«

In einem halben Tag hatte die Ranke Amys Fleisch gefressen. Warum machte sie so etwas nicht mit ihm? Wahrscheinlich musste sie sich doch nur bis zu seinem Herzen vorarbeiten, und dann … ja, was dann? Es langsam abdrücken, bis es aufhörte zu schlagen? Bei dem Gedanken nahm Eric plötzlich seinen Puls wahr und wurde sich der gleichzeitig banalen und tiefschürfenden Tatsache bewusst, dass sein Herz eines Tages stehen bleiben würde, hier oder anderswo, und dass sein Leben dann zu Ende war. Das Pochen, das er leise in seinem Kopf hörte, würde irgendwann aufhören, es war zeitlich begrenzt, und jede Kontraktion seines Herzens brachte ihn diesem Ende näher. So irrational das auch war, ging ihm plötzlich der Gedanke durch den Kopf, dass er möglicherweise länger leben würde, wenn es ihm gelang, seinen Puls zu verlangsamen und auf diese Weise die ihm zustehenden Herzschläge weiter auszudehnen, vielleicht einen Tag, vielleicht zwei Tage oder sogar eine Woche hinzuzufügen. Während er noch mit dieser unlogischen Überlegung beschäftigt war, verstummte die Ranke. Einen Moment hörte man wieder nur Pablos rasselnden Atem auf der Lichtung, der stoppte, wieder anfing, stoppte und wieder anfing. Dann ertönte, erst leise, dann immer lauter, ein Würgegeräusch.

Es war Amy, Eric wusste es. Amy, die sich übergab.

Jeff wandte sich von dem Schlafsack, dem Rankenhaufen, den Knochen ab. Sein Gesicht war hart und regungslos. Eric sah, wie sehr er sich anstrengte, nicht zu weinen. Er wollte etwas sagen, ihn trösten, aber Jeff bewegte sich zu schnell, und Erics Gedanken waren nicht flexibel genug, um die richtigen Worte zu finden. Stumm beobachtete er, wie Jeff sich nach dem letzten Stück Banane bückte, sich wieder aufrichtete und zum Weg hinüberging. Gerade als er dabei war, die Lichtung zu verlassen, erklang Amys Stimme, ganz schwach, durch das Würgen: *Hilf mir.*

Jeff blieb stehen und drehte sich zu Eric um.

Hilf mir, Jeff.

Jeff schüttelte den Kopf. Auf einmal sah er hilflos aus, erschreckend jung, ein Junge, der mit den Tränen kämpfte. »Ich wusste das nicht«, sagte er. »Das schwöre ich. Es war zu dunkel. Ich konnte sie nicht sehen.« Ohne auf Erics Reaktion zu warten, drehte er sich um und eilte davon.

Eric starrte ihm nach – Stacy weinte immer noch, eng an seinen Körper gepresst, während Amys Stimme leiser wurde und Jeff den Hügel hinunter verfolgte.

Hilf mir, Jeff … hilf mir … hilf mir …

Jeff war noch keine dreihundert Meter weit gekommen, als die Ranke verstummte. Eigentlich hätte das eine Erleichterung sein müssen, aber die Stille war noch viel schlimmer. Als die Stimme so abrupt abbrach, folgte ein unerklärliches Gefühl von Einsamkeit. Natürlich war das der Klang von Amys Tod gewesen – ihre Stimme, die mitten im Hilfeschrei abgewürgt worden war. Er spürte, wie ihm die Tränen kamen, und wusste, dass sie diesmal zu stark waren und er keine andere Wahl hatte, als sie zuzulassen. Mitten auf dem Weg kauerte er sich zusammen, schlang die Arme um die Knie und vergrub den Kopf zwischen ihnen.

Es war absurd, aber er wollte nicht, dass die Ranke ihn weinen sah. Instinktiv hatte er das Bedürfnis, sich zu verstecken – fast, als hätte er Angst, dass sie sich über sein Leiden freute. So weinte er, aber ohne zu schluchzen, nur verstohlen nach Luft schnappend, und hielt die ganze Zeit den Kopf gesenkt. Schließlich beruhigte er sich, stand auf und wischte sich mit dem Ärmel die Tränen und den Rotz ab. Seine Beine waren zittrig, seine Brust seltsam hohl, aber er fühlte sich stärker und gelassener. Immer noch voller Kummer und Schuld – wie konnte es anders sein? –, aber dennoch stabiler.

Er ging weiter bergab.

Im Westen türmten sich die Wolken weiter auf und verdunkelten sich bedrohlich. Ein Gewitter nahte, und zwar allem Anschein nach ein heftiges. Nach Jeffs Vermutung würde es in einer, spätestens in zwei Stunden losgehen. Wahrscheinlich mussten sie sich ins Zelt verkriechen, und der Gedanke machte ihn nervös – zu viert auf diesem engen Raum, wer weiß wie lange. Außerdem: Was sollten sie mit Pablo machen? Den konnten sie doch nicht draußen im Regen liegen lassen. Vergeblich suchte Jeff eine Lösung für dieses Dilemma. Als er sich vorzustellen versuchte, wie sie das Rückenbrett mit sich ins Zelt zerrten, wie der Wind die Nylonwände peitschte, wie Wasser von der Decke tropfte, während dieser unglaubliche Gestank vom Körper des Griechen aufstieg, wusste er sofort, dass diese Version unerträglich war. Doch es fiel ihm einfach keine andere Möglichkeit ein. *Vielleicht wird es gar nicht regnen*, dachte er, obwohl er wusste, dass dieser Gedanke kindisch war und er sich nicht besser verhielt als die anderen, die sich an die Hoffnung klammerten, dass das, was zu schrecklich war, einfach weggehen würde, wenn man die Augen lange genug fest zumachte.

Matthias hockte im Schneidersitz unten am Hügel, der Baumlinie gegenüber. Er hörte Jeff nicht kommen, jedenfalls machte er sich nicht die Mühe, sich umzudrehen. Jeff setzte sich neben ihn und streckte ihm die halbe Banane hin. »Mittagessen«, sagte er.

Wortlos nahm Matthias die Banane, und Jeff sah zu, wie er zu essen begann. Heute war Freitag, der Tag, an dem Matthias und

Henrich hätten nach Deutschland zurückfliegen sollen. Jeff und die anderen hätten mit ihm Mailadressen und Telefonnummern ausgetauscht und einander vage, aber herzlich versprochen, sich mal zu besuchen. In der Lobby hätten sich alle umarmt, und Amy hätte sie fotografiert. Dann hätten die vier Freunde nebeneinander an dem großen Fenster gestanden und gewinkt, während der Kleinbus mit den beiden Brüdern zum Flughafen losfuhr.

Vorsichtshalber wischte sich Jeff noch einmal mit dem Ärmel übers Gesicht, denn er fürchtete, dass womöglich noch Tränenspuren auf seinen schmutzigen Wangen zu sehen waren, und er wollte Matthias lieber nicht wissen lassen, dass er geweint hatte. Anscheinend hatte der Deutsche die Ranke nicht gehört, und Jeff war überrascht, wie sehr ihn das erleichterte. Ihm wurde klar, dass er sich vor Matthias' Urteil fürchtete.

Sie hat mich um Hilfe gerufen. Sie hat meinen Namen gesagt.

Vier Mayas, drei Männer und eine Frau, spannten zwischen den Bäumen eine Plastikplane auf, vermutlich als Schutz vor dem herannahenden Sturm. Zwei weitere Männer saßen Jeff und Matthias neben dem schwelenden Lagerfeuer direkt gegenüber, die Bogen auf den Knien. Einer putzte sich wiederholt mit einem großen schmutzigen Taschentuch die Nase, das er nach vollbrachter Tat jedes Mal in die Höhe hielt, um das Ergebnis zu bewundern. Jeff beugte sich vor, spähte nach links und rechts den freien Korridor entlang, konnte den Anführer, den kahlköpfigen Mann mit der Pistole am Gürtel, jedoch nirgends entdecken. Wahrscheinlich arbeiteten die Mayas in Schichten – einige bewachten den Hügel, während andere im Dorf blieben und sich um die Felder kümmerten.

»Eigentlich könnten sie uns doch einfach töten«, sagte Jeff.

Matthias hörte auf zu kauen und sah ihn an.

»Es ist doch so aufwändig, hier herumzusitzen. Warum schlachten sie uns nicht einfach ab?«

»Vielleicht glauben sie, dass das eine Sünde ist«, meinte Matthias.

»Aber sie töten uns doch auch, wenn sie uns hier festhalten! Oder etwa nicht? Und wenn wir versuchen zu fliehen, haben sie bestimmt kein Problem damit, uns zu erschießen.«

»Das ist dann aber Notwehr, oder? Aus ihrer Perspektive. Kein Mord.«

Mord, dachte Jeff. Was war denn hier los? War Amy ermordet worden? Und wenn ja, von wem? Von den Mayas? Von der Ranke? Von ihm?

»Was glaubst du, wie lange das schon so geht?«, fragte er.

»Was?«

Jeff gestikulierte um sich herum, den Hügel, die gerodete Lichtung. »Das mit der Ranke. Was denkst du, wo sie herkommt?«

Inzwischen hatte Matthias sich mit leicht gerunzelter Stirn über die Bananenschale hergemacht. Jeff wartete, während Matthias kaute. Auf den Bäumen über der Plane hüpften drei große schwarze Vögel herum, vermutlich Krähen. Aasfresser, angelockt von dem Geruch, den Pablo und Amy ausströmten, aber zu klug, um sich näher heranzuwagen. Matthias schluckte und wischte sich mit der Hand über den Mund. »Die Mine, vermute ich«, antwortete er. »Meinst du nicht auch? Jemand hat sie ausgegraben.«

»Aber wie haben die Menschen hier sie aufgehalten? Wie konnten sie Zeit haben, den Hügel abzuschotten? Denn dafür mussten sie doch den ganzen Dschungel hier roden und den Boden mit Salz unterpflügen. Überleg doch mal, wie lange das gedauert haben muss.« Er schüttelte den Kopf – es erschien ihm unmöglich.

»Vielleicht schätzt du die Leute hier ja völlig falsch ein«, entgegnete Matthias. »Vielleicht geht es ihnen nicht darum, die Ranke zu isolieren. Vielleicht wissen sie genau, wie man sie ausmerzen kann, aber sie tun es absichtlich nicht.«

»Warum?«
»Möglicherweise kommt sie einfach immer wieder. Und das hier ist eine Möglichkeit, sie wenigstens einigermaßen in Schach zu halten. Eine Art Waffenstillstand, in den wir dummerweise reingestolpert sind.«
»Aber wenn es nicht darum geht, die Pflanze zu isolieren, warum lassen sie uns dann nicht gehen?«
»Vielleicht ist es so eine Art Tabu, das von einer Generation zur nächsten weitergereicht wird, eine Methode, um sicherzustellen, dass die Ranke ihre Grenzen nicht überschreitet. Wenn man reintritt, darf man nicht mehr zurück. Und als dann Fremde in die Gegend kamen, haben sie das Gleiche mit ihnen auch gemacht.« Einen Moment grübelte er darüber nach und starrte zu den Mayas hinüber. »Es könnte sogar was Religiöses sein, oder nicht? Für sie ist dieser Hügel heilig. Wenn man ihn betritt, darf man nicht wieder runter. Vielleicht sind wir so eine Art Opfer.«
»Aber wenn …«
»Wir spekulieren ja bloß, Jeff«, unterbrach Matthias ihn müde und ein bisschen ungeduldig. »Alles nur Worte. Es lohnt nicht, ernsthaft darüber zu diskutieren.«
Eine Weile saßen sie nebeneinander und beobachteten die Krähen, die von Ast zu Ast flatterten. Inzwischen war der Wind stärker geworden, das Gewitter war fast über ihnen. Die Mayas trugen ihre Habseligkeiten hinter die Baumlinie, unter die Plane. Natürlich hatte Matthias recht. Spekulationen brachten nichts. Die Ranke war hier, sie waren ebenfalls hier, die Mayas dagegen befanden sich auf der anderen Seite des gerodeten Streifens. Und hinter ihnen, weit außerhalb ihrer Reichweite, lag der Rest der Welt. Das war das einzig Wichtige.
»Was ist mit den Archäologen?«, fragte Jeff.
»Was soll mit ihnen sein?«
»Die ganzen Leute. Warum hat niemand sie gesucht?«

»Vielleicht ist es dafür noch zu früh. Wir wissen nicht, wie lange sie schon verschwunden sind. Wenn sie den ganzen Sommer hier verbringen sollten, würde sich dann überhaupt schon jemand Sorgen um sie machen?«

»Aber glaubst du, dass überhaupt jemand kommen wird? Irgendwann, meine ich, wenn wir lange genug hier durchhalten?«

Matthias zuckte die Achseln. »Wie viele Rankengräber gibt es ungefähr, was schätzt du? Dreißig? Vierzig? Auf alle Fälle sind hier zu viele Leute gestorben, als dass wir alle einfach so verschwinden könnten. Früher oder später muss jemand den Hügel finden. Keine Ahnung, wann. Aber früher oder später schon.«

»Und glaubst du, dass wir es bis dahin schaffen?«

Matthias wischte sich die Hände an seiner Jeans ab und starrte auf sie hinunter. Seine Handflächen waren tiefrot vom Pflanzensaft, die Fingerspitzen aufgesprungen und blutig. »Nicht ohne Essen.«

Automatisch begann Jeff im Kopf ihre verbleibenden Vorräte aufzulisten. Die Salzbrezeln, die Nüsse. Die beiden Müsliriegel, die Rosinen, die Cracker. Eine Dose Cola, zwei Flaschen Eistee. Alles geteilt durch vier – oder fünf, falls Pablo jemals wieder etwas essen konnte. Und wie lange sollte das alles reichen? Sechs Wochen?

Eine der Krähen landete auf der Lichtung und hüpfte zögernd auf die beiden Männer am Lagerfeuer zu. Der Mann mit dem Taschentuch scheuchte sie weg, und die Krähe flog krächzend zurück auf den Baum. Jeff starrte ihr nach.

»Vielleicht könnten wir einen von diesen Vögeln jagen«, meinte er nachdenklich. »Wir könnten das Messer auf eine Zeltstange kleben und ein Stück Seil aus dem Schacht unten dranbinden. So eine Art Harpune. Damit könnten wir auf die Bäume schießen und sie auch wieder zurückholen. Wir müssten nur eine Möglichkeit finden, das Messer mit einem Widerhaken zu versehen, damit …«

»Die werden uns garantiert nicht nahe genug heranlassen.«
Natürlich hatte er recht, das sah Jeff sofort ein, aber trotzdem ärgerte er sich kurz, weil Matthias ihm so den Wind aus den Segeln nahm. »Was, wenn wir versuchen würden, den Hügel zu roden? Die Ranke einfach kurz und klein zu hacken? Sie auszureißen? Wenn wir alle ...«
»Es sind zu viele, Jeff, und sie wachsen zu schnell. Wie könnten wir denn ...«
»Ich suche doch nur einen Ausweg«, entgegnete Jeff. Er hörte selbst, wie gereizt er klang, und hasste sich dafür.
Doch Matthias bemerkte es anscheinend gar nicht. »Vielleicht gibt es aber keinen Ausweg«, sagte er. »Vielleicht können wir nur warten und hoffen und so lange durchhalten, wie es eben geht. Bald haben wir nichts mehr zu essen. Irgendwann haben wir keine Kraft mehr. Und dann tut die Ranke das, was sie eben tut.«
Einen Moment saß Jeff da und musterte Matthias' Gesicht. Genau wie alle anderen sah auch er ziemlich mitgenommen aus, auf Nase und Stirn begann die Haut sich zu pellen, seine Mundwinkel waren verklebt, um die Augen hatte er dunkle Ringe. Aber trotz allem schien er immer noch über Kraftreserven zu verfügen, auf die kein anderer, nicht einmal Jeff, zurückgreifen konnte. Er wirkte ruhiger als die anderen, seltsam gefasst, und auf einmal wurde Jeff klar, wie wenig er eigentlich über den Deutschen wusste. Er war in München aufgewachsen, hatte sich im Lauf seines kurzen Militärdiensts ein Tattoo stechen lassen, studierte jetzt und wollte Ingenieur werden. Das war schon alles. Matthias war immer so still, so zurückhaltend, da redete man sich leicht ein, man wüsste, was er dachte. Aber jetzt, wo er sich zum ersten Mal länger mit ihm unterhielt, hatte Jeff das Gefühl, dass Matthias sich vor seinen Augen veränderte, sich offenbarte, und dass viel mehr in ihm steckte, als Jeff je gedacht hatte. Er war stabiler, reifer. Neben ihm kam Jeff sich klein vor, klein und ein bisschen kindisch.

»Auf Englisch gibt es doch diesen Spruch, stimmt's? Über das Huhn, dem man den Kopf abgeschnitten hat?« Mit zwei Fingern mimte Matthias das Im-Kreis-Laufen.
Jeff nickte.
»Wir sind alle ganz schön fertig, und es wird wahrscheinlich noch schlimmer werden. Also solltest du am besten keine Energie für unwichtige Dinge vergeuden. Lauf nicht, wenn du sitzen kannst. Sitz nicht, wenn du liegen kannst. Verstehst du?«
Während sie redeten, war der kleine Maya-Junge erschienen, saß jetzt neben dem Lagerfeuer und übte wieder Jonglieren. Die Männer lachten über seine Bemühungen und gaben ihm allem Anschein nach gute Ratschläge.
Matthias nickte mit dem Kopf in ihre Richtung. »Was sagt dein Reiseführer über diese Menschen?«
Unwillkürlich stellte Jeff sich die glänzenden Seiten vor; er konnte sie fast riechen, fühlte ihre kühle, glatte Oberfläche. In dem Buch stand eine Menge über die Vergangenheit der Mayas, über die Pyramiden, Straßen und astrologischen Kalender. An ihrer Gegenwart hatte es wenig Interesse gezeigt. »Nicht viel«, antwortete er deshalb. »Einer ihrer Mythen wurde beschrieben, eine Schöpfungsgeschichte. Das ist alles, woran ich mich erinnere.«
»Die Erschaffung der Welt?«
Jeff schüttelte den Kopf. »Nein, der Menschen«, erwiderte er.
»Erzähl mir davon.«
Ein paar Sekunden überlegte Jeff und rief sich die Geschichte wieder ins Gedächtnis. »Es gab ein paar Fehlversuche. Zuerst versuchten die Götter, Menschen aus Erde zu machen, und die konnten reden, aber nur sinnloses Zeug, sie konnten den Kopf nicht drehen und lösten sich im Regen auf. Also versuchten die Götter es mit Holz. Aber die Holzmenschen waren schlecht, ihr Geist war leer, und sie ignorierten die Götter. Deshalb war der Rest der

Schöpfung gegen sie. Die Steine am Herd flogen ihnen ins Gesicht, die Kochtöpfe schlugen sie, die Messer stachen sie. Ein paar von den Holzmenschen flohen auf die Bäume und wurden zu Affen, aber alle anderen wurden ausgerottet.«

»Und dann?«

»Dann benutzten die Götter Mais – weißen und gelben Mais. Und Wasser. Daraus machten sie vier perfekte Menschen. So perfekt, dass die Götter Angst bekamen. Sie fürchteten, diese Kreaturen wüssten zu viel, sodass sie keine Götter brauchten, deshalb bliesen sie sie an und vernebelten ihre Gedanken. Und diese Dinger aus Mais und Wasser und vernebelten Gedanken – das waren die ersten Menschen.«

Überraschend nah hörten sie ein Donnergrollen und blickten beide zum Himmel hinauf. Die Sonne war hinter den Wolken verschwunden, das Gewitter konnte jeden Moment losgehen.

»Wir haben auf unserem Weg durch den Dschungel überhaupt keine Affen gesehen«, bemerkte Matthias, und er schien darüber richtig traurig zu sein. »Das hätte mir gefallen, dir nicht? Ein paar Affen zu sehen?«

In seiner Feststellung lag so viel resignierte Trauer, als blickte Matthias auf etwas für immer Unerreichbares zurück, dass Jeff ganz nervös wurde. Ohne nachzudenken, sagte er: »Ich will hier nicht sterben«, und erschrak selbst über seine Worte.

Mit einem schiefen Lächeln sah Matthias ihn an. »Ich möchte eigentlich gar nicht sterben.«

Einer der Mayas neben dem Lagerfeuer begann zu applaudieren. Über dem Kopf des kleinen Jongleurs beschrieben die Steine einen eleganten Kreis, und auf seinem Gesicht lag ein Ausdruck des Staunens, als wäre er nicht sicher, wie er das fertig gebracht hatte. Als die Steine schließlich doch zu Boden fielen, jubelten die Männer, klopften dem Jungen auf die Schulter, und er grinste breit.

»Aber vermutlich wird es trotzdem passieren«, sagte Matthias.

In Jeffs Kopf hallte nur eine Frage, ein einziges Wort – *Hier?* –, aber er sprach es nicht aus. Er hatte Angst vor Matthias' Antwort, er fürchtete, dass er womöglich gleichgültig oder gar ablehnend reagieren würde. Vermutlich würde Pablo als Erster sterben. Dann Eric. Bei Stacy war es schwer abzuschätzen. Aber am Ende waren sie wahrscheinlich alle unter einem Rankenhügel verschwunden – wenn Matthias recht behielt. Jeff überlegte, was von ihm übrig bleiben würde – der Reißverschluss und die Nieten seiner Jeans, die Gummisohlen seiner Tennisschuhe, seine Uhr. Und das seltsame khakifarbene Polyesterhemd, das er sich aus einem der Rucksäcke stibitzt hatte, wahrscheinlich auch – über seinen leeren Brustkorb geschlungen. Aus irgendeinem Grund war das letzte Detail das unangenehmste, die Vorstellung, hier in den Kleidern eines Fremden zu sterben, sodass derjenige, der sie irgendwann einmal alle fand – und Matthias war sicher, dass das früher oder später der Fall sein würde –, annehmen musste, es hätte ihm gehört.

»Bist du Christ?«

Die Frage schien Matthias zu amüsieren, und er musterte Jeff wieder mit seinem halben Grinsen. »Jedenfalls bin ich getauft.«

»Aber glaubst du auch?«

Ohne zu zögern, schüttelte der Deutsche den Kopf.

»Was bedeutet sterben dann für dich?«

»Nichts. Das Ende.« Matthias legte den Kopf schief und sah Jeff an. »Und für dich?«

»Ich weiß nicht«, antwortete Jeff. »Klingt vielleicht dumm, aber ich habe nie darüber nachgedacht. Zumindest nicht als reale Möglichkeit.« Das stimmte. Er war nach den Grundsätzen der Episkopalkirche erzogen worden, aber auf sachlich-distanzierte Art, so, als wäre der Glaube nur eine weitere Pflicht, die er als Kind zu erfüllen hatte, nicht anders als Rasen mähen oder Klavier spielen. Auf dem College hatte er aufgehört, zum Gottesdienst zu gehen.

Er war jung, gesund, wohlbehütet, der Tod kam nicht in seinen Gedanken vor.
Matthias lachte leise und schüttelte den Kopf. »Armer Jeff.«
»Was?«
»Du bemühst dich immer so, auf alles vorbereitet zu sein.« Er berührte kurz Jeffs Knie. »Es kommt sowieso, wie es kommt, oder nicht? Am Ende spielt es keine Rolle, was wir glauben.«
Damit stand Matthias auf und streckte die Arme über den Kopf. Er machte sich bereit zu gehen, und plötzlich spürte Jeff, dass er Panik bekam, ohne richtig zu wissen, warum. Er wollte nicht allein hier bleiben. Natürlich war es irgendeine Vorahnung, obwohl Jeff an so etwas nicht glaubte. Aus irgendeinem Grund erschien in seinem Kopf die Erinnerung daran, wie er die Ranke aus Amys Mund gezogen hatte, an das schleimig-feuchte Gefühl, den Geruch von Galle und Tequila, daran, wie die Ranken an ihrem Gesicht geklebt, wie sie sich widersetzt, geschlängelt und gewunden hatten, als er sie wegriss. Er schauderte.
»Wo wohnst du eigentlich?«, fragte er.
Verständnislos starrte Matthias auf ihn herab.
»In Deutschland, meine ich«, erklärte Jeff. »In einem Haus?«
Matthias schüttelte den Kopf. »Nein, in einer Wohnung«, antwortete er.
»Wie ist die so?«
»Nichts Besonderes. Winzig. Schlafzimmer, Wohnzimmer, Küche, im ersten Stock, an der Straße. Unten ist eine Bäckerei. Im Sommer wird es ganz schön heiß, wegen der Öfen.«
»Kannst du das frische Brot riechen?«
»Natürlich. Jeden Morgen, wenn ich aufwache.« Kurz sah es so aus, als wollte er nichts mehr erzählen, aber dann fuhr er doch fort. »Ich hab einen Kater, er heißt Kätzchen. Die Tochter des Bäckers passt auf ihn auf, solange ich weg bin. Sie füttert ihn, macht das Katzenklo sauber, und sie gießt auch meine Blumen.

Im Schlafzimmer habe ich ein großes Fenster, mit jeder Menge Pflanzen. Was mir jetzt ganz komisch vorkommt. Jeden Abend bin ich in einem Zimmer voller Pflanzen eingeschlafen. Das fand ich beruhigend.« Er lachte, und Jeff stimmte ein. In diesem Moment zogen die Wolken über die Sonne, und sofort veränderte sich das Licht, wurde trist und herbstlich fahl. Der Wind lebte auf und wurde böig, Jeff und Matthias griffen sich gleichzeitig auf den Kopf, um ihre Mützen festzuhalten. Als der Windstoß sich gelegt hatte, sagte Matthias: »Ich denke, ich gehe dann lieber mal.«
Jeff nickte; es gab nichts mehr zu sagen. Dann sah er Matthias nach, wie er den Hügel hinaufstieg.
In der Luft lag wieder Essensgeruch. Zuerst dachte Jeff, es wäre die Ranke, die sich irgendeine neue Folter ausgedacht hatte. Aber als er sich wieder der Lichtung zuwandte, sah er, dass die Maya-Frau einen großen Eisentopf auf den Dreifuß über dem Feuer gestellt hatte und in ihm rührte. Ziegenfleisch, dachte Jeff und schnupperte. Sie aßen heute früher als an den vorangegangenen Abenden, vielleicht weil sie vor dem Gewitter fertig sein wollten.
Außer Essen und Feuer konnte Jeff auch sich selbst deutlich riechen. Alter Schweiß, vermischt mit noch etwas Ekelhafterem, als wäre etwas von Pablos Gestank auf ihn übergegangen, Kot und Urin und verwesendes Fleisch. Jeff dachte an die Seife, die er für die Ankunft des Regens bereit gelegt hatte und die jetzt auf der Lichtung vor dem Zelt lag. Er versuchte sich auszumalen, wie es sich anfühlte, sich einzuseifen, zu rubbeln und abzuduschen, aber er konnte sich nicht überzeugen, dass es wirklich etwas verändern würde, konnte sich nicht vorstellen, dass sie diesen ganzen widerlichen Dreck jemals wieder loswerden würden. Denn es war nicht nur ein rein körperliches Gefühl, nein, es ging viel tiefer, als röche er nicht nur nach Schweiß, Kot und Urin, sondern auch durch und durch nach Misserfolg. Er hatte wirklich gedacht, er

könnte sie alle retten, er hatte geglaubt, er wäre klüger und disziplinierter als die anderen und könnte sie allein mit diesen Qualitäten retten. Aber er war ein Narr, das sah er jetzt. Es war dumm gewesen, Pablos Beine zu amputieren. Damit hatte er nur sein Leiden verlängert. Und er war ein Narr gewesen – schlimmer als ein Narr, viel schlimmer –, als er schmollend sitzen geblieben war, während Amy keine fünf Meter von ihm entfernt jämmerlich erstickt war. Selbst wenn er wie durch ein Wunder diesen Ort lebend verlassen konnte, wie sollte er jemals mit dieser Erinnerung fertig werden?

Die Zeit verstrich. Die Mayas beendeten ihr Mahl, die Frau wischte den Topf mit einer Handvoll Blätter sauber. Die Männer saßen mit ihren Bogen auf den Knien da und beobachteten Jeff. Der Junge hatte aufgehört zu jonglieren, sich in den Wald zurückgezogen und unter die Plane gelegt. Die Krähen hüpften noch immer unruhig von Ast zu Ast und krächzten nervös. Der Himmel wurde immer dunkler, die Bäume begannen im Wind zu schwanken. Jedes Mal, wenn eine Bö kam, gab die Plastikplane einen scharfen Knall von sich, der fast wie ein Pistolenschuss klang.

Und dann, während der Tag sich einer frühen Abenddämmerung entgegenneigte, kam endlich der Regen.

Stacy war mit Eric im Zelt.

Als sie neben dem Schlafsack stand und die Ranke sich lachend um ihre Füße schlängelte, hatte sie draußen auf der Lichtung für eine Weile völlig die Fassung verloren. Sie hatte angefangen zu weinen und sich an Eric geklammert, und dann wollten die Tränen überhaupt nicht mehr versiegen. Lange nachdem Jeff sich auf den Weg gemacht hatte und den Hügel hinuntergegangen war, lange nachdem die Ranke endlich still geworden war, selbst noch,

als Matthias schon wieder da war, hatte sie haltlos geschluchzt. Der Gedanke, dass sie vielleicht nie wieder aufhören würde, hatte ihr richtig Angst gemacht. Aber Eric wiegte sie und streichelte sie, gab beruhigende Laute von sich, und schließlich spürte sie, wie sie sich beruhigte, wenn auch vielleicht rein aus Erschöpfung.
»Ich muss mich hinlegen«, flüsterte sie.
So waren sie schließlich im Zelt gelandet. Eric hatte den Reißverschluss für sie aufgemacht, und als sie sich auf den einzigen noch verbliebenen Schlafsack fallen ließ, hatte er sich dicht neben sie gelegt. Nach den Tränen kam eine Schwere über sie, so extrem, dass sie dachte, sie könnte sich nie wieder bewegen. *Auch das geht vorbei,* sagte sie sich und versuchte daran zu glauben. Sie dachte daran, wie sie vormittags unten am Hügel gesessen hatte, ganz allein, wie endlos sich die drei Stunden angefühlt hatten, wie unmöglich zu überstehen. Und sie hatte es trotzdem geschafft, hatte in der Sonne gesessen, sich bemüht, möglichst wenig an Amy zu denken – was ihr unendlich schwergefallen war –, und ein Augenblick führte zum nächsten, bis sie sich dann umdrehte und Matthias hinter sich stehen sah, der ihr sagte, dass sie ihre Schicht überstanden hatte und wieder den Hügel hinaufgehen konnte.
Ihr Hals tat weh vom Weinen, ihre Augen waren geschwollen. Sie war so müde, so verzweifelt müde, aber der Gedanke an Schlaf machte ihr Angst. Sie spürte Erics Atem im Nacken. Er hielt sie im Arm, und anfangs fühlte sich das schön an – tröstlich und beruhigend –, aber jetzt änderte sich das. Plötzlich wurde ihr seine Umarmung zu fest, zu eng, und sie merkte, dass ihr Herz immer noch ziemlich heftig pochte.
Sie versuchte ein Stück wegzurücken, aber er zog sie gleich wieder zu sich. »Mir ist so kalt«, sagte er. »Dir auch?«
Stacy schüttelte den Kopf. Sein Körper fühlte sich gar nicht kalt an, im Gegenteil, er war heiß, fast fiebrig. An den Stellen, wo sie sich berührten, brach ihr der Schweiß aus.

»Und müde«, fuhr er fort. »So verdammt müde.«

Als Stacy auf die Lichtung zurückgekommen war, hatte sie ihn schlafend vorgefunden, auf dem Rücken liegend, mit offenem Mund. Jeff war mit seinem Beutel beschäftigt gewesen und hatte ihr zugerufen, sie solle sich Wasser nehmen. Nicht einmal da hatte Eric sich gerührt. Schätzungsweise zwei Stunden hatte er geschlafen, vielleicht auch drei, aber die Müdigkeit ließ offenbar immer noch nicht nach. Sie hörte an seiner Stimme, wie schläfrig er war, und aus irgendeinem Grund verstärkte das ihren Impuls, von ihm abzurücken. Wieder bewegte sie sich, diesmal entschlossener, bis er sie doch losließ und seine Arme schlaff von ihr herunterrutschten. Sie setzte sich auf und starrte ihn an.

»Passt du auf mich auf?«, fragte er.

»Ich soll auf dich aufpassen?«

»Ich muss schlafen«, antwortete er. »Bloß ein bisschen.«

Stacy nickte. Sie konnte die Wunden an seinem Bein sehen, die hässlichen Ränder von Jeffs Nähten, die vom Neosporin glänzten. Seine Haut war blutverschmiert. Ihm war kalt, er war müde, obwohl er so viel geschlafen hatte. Ganz bewusst entschied sich Stacy, dieser Beobachtung nicht nachzugehen, keine Schlüsse daraus zu ziehen. Stattdessen schloss sie die Augen und dachte: *Auch das geht vorüber.*

Als er sie berührte, zuckte sie erschrocken zusammen. Er hatte ihre Hand genommen und lächelte sie schläfrig an. Obwohl es sie einige Anstrengung kostete, wich sie nicht zurück, aber sie wollte weg von ihm, von der Hitze, die sein Körper verströmte, seinen feuchten Handflächen. *Sie ist in ihm drin,* dachte sie. Trotzdem versuchte sie zu lächeln, was sie mit einiger Mühe auch schaffte. Es machte nichts, denn Eric hatte die Augen bereits wieder geschlossen.

Sie wartete, bis sie ganz sicher war, dass er schlief, machte sich dann los und rutschte weg, ließ seine Hand vorsichtig auf den

Zeltboden sinken, wo sie leicht gewölbt, wie bei einem Bettler, liegen blieb. Unwillkürlich stellte sie sich vor, wie sie spät in der Nacht auf einer dunklen Straße eine Münze hineinfallen ließ und dann schnell weglief, um ihn nie wiederzusehen.

Auch das geht vorüber.

Matthias saß auf der Lichtung neben Pablo. Obwohl der Wind immer stärker wurde und die Zeltwände zum Flattern brachte, hörte sie seinen Atem. Im Zelt war es fast dunkel. Eric schnarchte, und Stacy musste daran denken, wie sie im Wohnheim Amy manchmal vorgemacht hatte, wie er schnaufte und schniefte, und dann hatten sie zusammen gekichert, dort in ihrem Zimmer, wo sie sich ihre intimsten Geheimnisse anvertrauten. Sie spürte den Schmerz der Erinnerung körperlich, ein Pulsieren hoch oben in der Brust. Vorsichtig berührte sie die Stelle, massierte sie ein bisschen und bemühte sich, die Tränen zurückzuhalten.

Auch das geht vorüber.

Aus irgendeinem Grund spürte sie, wie der Regen nahte. *Gleich geht es los,* dachte sie. Und es stimmte – einen Augenblick später war es so weit. Der Wind peitschte den Regen gegen das Zelt, als schlüge eine nasse Riesenhand rhythmisch auf den Nylonstoff.

Stacy beugte sich vor und berührte Eric an der Schulter. »Eric?«, sagte sie leise.

Seine Augen öffneten sich und sahen sie von unten herauf an, aber irgendwie schien er nicht recht wach zu sein.

»Es regnet«, sagte sie.

»Es regnet?«

Stacy sah, wie er mit der Hand seine Wunden betastete, eine nach der anderen, als wollte er überprüfen, ob noch alle da waren. Sie nickte. »Ich muss Matthias helfen. In Ordnung?«

Wortlos starrte er sie an. Sein Gesicht wirkte eingefallen und extrem blass. Im Lauf der letzten achtundvierzig Stunden hatte er unglaublich viel Blut verloren. Stacy dachte daran, wie Jeff die

Ranken aus seinem Körper gezogen hatte, und schauderte unwillkürlich.

»Kommst du zurecht?«, fragte sie.

Eric nickte und zerrte den Schlafsack über sich. Das reichte Stacy als Antwort, und sie schlüpfte hinaus in den Regen.

In Sekundenschnelle war sie patschnass. Matthias stand im Zentrum der Lichtung, ließ das Frisbee volllaufen und kippte es in den Plastikbehälter. Seine Klamotten hingen schlaff an ihm herunter, die Mütze saß schief auf seinem Kopf und hatte jede Form verloren. Er hielt Stacy das Frisbee und den Behälter hin, und als sie beides übernommen hatte, ging er rasch zu Pablo hinüber, der mit geschlossenen Augen regungslos auf dem Rückenbrett lag, während der Regen auf ihn herabprasselte. Stacy wartete, bis das Frisbee voll war, goss das Wasser in den Plastikcontainer und wiederholte den Vorgang dann immer wieder. Unterdessen kämpfte Matthias mit Pablos Schutzdach und versuchte, es so auszurichten, dass es den Regen besser abhielt. Aber es sah aus wie vergebliche Liebesmüh; die Windböen jagten den Regen fast horizontal durch die Luft. Wenn sie Pablo nicht ins Zelt bringen wollten, gab es keine andere Möglichkeit, ihn zu schützen.

Stacy schraubte den Behälter zu. Auch der Beutel füllte sich, anscheinend funktionierte Jeffs Plan. Es schüttete und schüttete, und der Boden der Lichtung verwandelte sich im Nu in eine einzige Schlammpfütze. Stacy spürte, wie sie mit ihren Sandalen immer tiefer einsank. Auf einmal entdeckte sie das Stück Seife, das halb überschwemmt neben dem Beutel lag, hob es auf und begann sich Hände und Gesicht einzuseifen. Dann legte sie den Kopf in den Nacken und ließ sich vom Regen reinwaschen. Aber es reichte nicht. Sie wollte mehr, und ohne richtig nachzudenken, zog sie ihr T-Shirt, ihre Hose und auch ihre Unterwäsche aus. Vollkommen nackt stand sie mitten auf der Lichtung, seifte sich Brüste, Bauch, Leiste und Haare ein, wusch sich den

Schmutz, den Schweiß, das Fett, den ganzen Gestank vom Körper.
Matthias war dicht über das Schutzdach gebeugt und klebte die Nylonstücke fester an die Aluminiumstangen, während der Wind an ihm zerrte. Nach einer Weile drehte er sich um. Wahrscheinlich wollte er Stacy um Hilfe bitten, aber als er sie nackt dort stehen sah, starrte er sie nur an und ließ den Blick langsam von unten nach oben über ihren Körper wandern, ohne ihr dabei in die Augen zu sehen. Ohne ein Wort wandte er sich dann wieder seiner Aufgabe zu.
Das Licht, das ohnehin schwach gewesen war, wurde rapide schwächer. Stacy hatte schon lange jedes Zeitgefühl verloren, daher konnte sie nicht entscheiden, ob es am Gewitter lag, das sich aus den immer dunkler werdenden Wolken über sie ergoss, oder ob hinter der Wolkenmasse die Sonne unterging und der Tag zu Ende war. Es donnerte tief und dröhnend, und der Regen fiel so heftig, dass es auf der Haut piekte. Außerdem wurde es immer kälter. Stacy musste die Zähne zusammenbeißen, damit sie nicht klapperten, sie zitterte, und ihr war kalt bis auf die Knochen.
Knochen.
Stacy drehte sich zu dem Schlafsack um, aus dem das Rankengewirr quoll; das Weiß schimmerte feucht im Dämmerlicht. Auf einmal hatte sie das seltsame Gefühl, dass sie beobachtet wurde, und legte schnell die Arme über die Brust. Sie spähte zu Matthias hinüber, der noch immer mit dem Schutzdach beschäftigt war, und zum Weg, weil sie dachte, dass vielleicht Jeff zurückgekommen war. Aber da war niemand, und auch Eric lugte nicht aus dem Zelt. Doch das Gefühl blieb, wurde sogar stärker und immer unangenehmer. Erst als sie zum Rand der Lichtung blickte, wo der Regen auf die grünen Blätter trommelte, die sich duckten und nickten, wurde ihr endlich klar, woher es kam.
Es war die Ranke, die sie beobachtete!

Ihre Sachen ließ sie in einem schlammigen Häufchen hinter sich und rannte ins Zelt.
Drinnen war es noch dunkler, sie konnte kaum etwas sehen und musste sich anstrengen, Erics Umrisse auszumachen. Er hatte den Schlafsack eng um sich geschlungen, und sie war nicht sicher, ob seine Augen offen waren und er sie angesehen hatte, als sie hereingekommen war.
»Ich hab mich gewaschen«, erklärte sie. »Das solltest du auch tun.«
Eric reagierte nicht.
Sie kam näher und beugte sich über ihn. »Eric?«
Er grunzte und bewegte sich.
»Alles klar?«, fragte sie.
Wieder nur ein Grunzen.
Zögernd betrachtete sie ihn. Der Wind rüttelte an den Zeltwänden. Das Nylon über ihr leckte bereits an einigen Stellen und das Wasser tropfte mit einem hörbaren *Plopp-plopp-plopp* auf den Boden, wo sich Pfützen bildeten und langsam ausdehnten. Stacy schlotterte immer noch. »Ich muss mich anziehen«, verkündete sie.
Eric rührte sich nicht.
Rasch beugte sich Stacy über die Rucksäcke und wühlte, bis sie einen Rock und eine gelbe Bluse fand. Schnell rubbelte sie sich mit einem T-Shirt trocken und zog den Rock und die Bluse an. Allerdings konnte sie sich nicht dazu überwinden, die Unterwäsche einer Fremden zu tragen, also blieb sie darunter nackt. Der Rock war sehr kurz und bedeckte kaum die Oberschenkel, die Bluse war extrem eng. Die Frau, der die Sachen gehört hatten, musste noch kleiner gewesen sein als Stacy.
Immerhin fühlte sie sich jetzt ein bisschen besser – nicht gerade gut, aber nicht mehr ganz so erbärmlich wie vorher. Das Summen in ihrem Kopf war fast verschwunden. Auch ihr Hunger schien sich gelegt zu haben; sie fühlte sich leer, eine Hülse, aber trotz

allem seltsam gelassen und heiter. Allerdings fröstelte sie noch immer, und sie spielte kurz mit dem Gedanken, zu Eric unter den Schlafsack zu kriechen, sich an ihn zu kuscheln und an der Hitze, die von ihm ausging, zu wärmen. Aber dann fiel ihr Matthias wieder ein, der sich bemühte, Pablo wenigstens einigermaßen vor den Elementen zu schützen. Sie kroch zum Ausgang und spähte hinaus. Inzwischen war fast alles Licht erloschen, und Matthias, der nur etwa drei Meter von ihr entfernt war, kaum mehr als ein Schatten. Er saß neben Pablo im Schlamm, zusammengekauert unter Stacys Sonnenschirm. Er hatte das Schutzdach etwas abgesenkt, aber es war schwer zu sagen, ob es Pablo etwas nutzte.

»Matthias?«, rief Stacy.

Er sah durch den Regen zu ihr herüber.

»Wo ist Jeff?«, fragte sie.

Matthias spähte kurz über die Schulter, als erwartete er, dass Jeff sich irgendwo auf der Lichtung versteckte. Dann wandte er sich wieder Stacy zu, schüttelte den Kopf und sagte etwas. Doch der Regen war so laut, dass Stacy es nicht verstand.

Stacy legte die Hände an den Mund und rief: »Müsste er nicht längst zurück sein?«

Matthias stand auf und kam zum Zelt. Der Sonnenschirm hatte eher symbolischen als praktischen Wert, denn er hielt eigentlich nichts von dem Regen ab. »Was hast du gesagt?«, fragte er.

»Müsste Jeff nicht inzwischen wieder hier sein?«

Nachdenklich trat Matthias von einem Fuß auf den andern, sodass seine Tennisschuhe abwechselnd im Schlamm verschwanden und wieder auftauchten. »Ja, vermutlich sollte ich mal runtergehen und nach ihm sehen.«

In Stacys Kopf begann das Summen wieder. Sie wollte nicht mit Eric und Pablo allein hier oben sein, und sie suchte nach Worten, mit denen sie Matthias dazu bringen konnte, hierzubleiben, aber es fiel ihr nichts Passendes ein.

»Kannst du auf Pablo aufpassen?«, fragte er.
Sie zögerte. Jetzt war sie sauber und trocken, und der Gedanke, diese beiden Annehmlichkeiten so schnell wieder aufzugeben, erfüllte sie mit Grausen. »Wenn wir warten, könnte er doch …«
»Es wird immer dunkler. Wenn ich noch länger warte, sehe ich gar nichts mehr.« Damit überreichte er ihr den Sonnenschirm, und sie streckte die Hand danach aus. Dabei geriet ihr Arm in den Regen, und sofort bildete sich eine Gänsehaut. Matthias zog sich die Mütze vom Kopf, wrang sie aus und setzte sie wieder auf. »Ich beeile mich«, versprach er. »In Ordnung?«
Stacy nickte. Dann nahm sie all ihren Mut zusammen und schlüpfte durch die Zeltklappe ins Freie. Es war, als würde man sich unter einen Wasserfall stellen. Mit raschen Schritten ging sie hinüber zu Pablo und kauerte sich neben das Schutzdach, möglichst ohne ihn anzusehen – sein ausgezehrtes, schlammbespritztes Gesicht, seine nassen Haare –, denn sie hatte zu viel Angst vor seinem Elend, seinem Leiden, dem Wissen, dass sie nichts für ihn tun konnte. Obwohl es völlig nutzlos war und nur der Wind daran herumzerrte, hielt sie sich den Sonnenschirm weiter über den Kopf. Noch einen Moment blieb Matthias stehen und sah sie an, während der Regen auf sie herabströmte. Dann drehte er sich um, überquerte die Lichtung und verschwand im Dunkeln.

In dem Versuch, warm zu werden, hatte Eric sich unter dem Schlafsack eng zusammengerollt. Es schüttete in Strömen, Stacy und Matthias waren draußen. Der Wind rüttelte am Zelt. Eric war erschöpft, aber er hatte sich fest vorgenommen, nicht einzuschlafen, solange keiner bei ihm war, der auf ihn aufpassen konnte. Nur für einen Moment wollte er die Augen schließen und tief durchatmen, Energie tanken, aber nicht schlafen. Dann war Stacy plötzlich wieder da, beugte sich über ihn und fragte, ob mit ihm alles klar wäre. Sie war nass, sie war nackt, und sie tropfte. Vom Zeltdach tropfte es ebenfalls. Und Eric dachte: *Ich schlafe, das ist ein Traum.* Aber das stimmte nicht, oder nur halb. Er war sich bewusst, dass sie mit ihm im Zelt war, konnte hören, wie sie in den Rucksäcken herumwühlte, sich abtrocknete und neue Sachen anzog. Er tastete mit der Hand nach seinen Wunden, weil er fürchtete, dass die Ranke ihn angegriffen hatte, während er gedöst hatte, konnte aber nichts entdecken. Aber er hatte Schmerzen – sein ganzer Körper pochte. Sogar seine Fingerspitzen taten weh, die Fußsohlen, die Kniescheiben – alles.

Dann hörte er Stimmen und hob den Kopf. Stacy stand an der Zeltklappe, eine Silhouette, und unterhielt sich mit Matthias. Erics Augen schlossen sich wieder, scheinbar nur für einen Moment, aber als er sie wieder öffnete, war er allein. Er untersuchte wieder seine Wunden, erwog, sich aufzusetzen, fand aber nicht die nötige Kraft. Der Regen war so laut, dass ihm das Nachdenken schwerfiel. Das Trommeln des Regens klang wie Applaus.

Er spürte, wie er wieder einnickte, wehrte sich dagegen und kämpfte sich zurück an die Oberfläche. Er war in der Schule, sein erster Morgen im neuen Job, aber jedes Mal, wenn er zu sprechen versuchte, klatschten die Schüler so laut, dass seine Stimme völlig in dem Lärm unterging. Es war ein Spiel – das verstand er irgendwie –, aber er kannte die Regeln nicht und wusste nur, dass er noch vor Feierabend gefeuert würde, wenn es so weiterging. Sonderbarerweise fand er die Aussicht jedoch tröstlich. Ein Teil von ihm war noch wach – er wusste, dass er träumte. Und mit diesem Stückchen Bewusstheit brachte Eric es sogar fertig, seinen Traum zu analysieren. Er wollte nicht Lehrer werden, das wollte ihm der Traum sagen. Er hatte es nie gewollt, konnte es sich aber erst jetzt eingestehen, wo er hier festsaß. *Was dann?* Die Antwort zeigte ihm, dass auch diese Selbsteinschätzung aus einem Traum stammen musste, denn sie lautete, dass er schon immer Barkeeper in einem altmodischen Saloon hatte werden wollen. Nicht in einem echten Saloon, sondern einem aus einem alten Western, mit Schwingtüren, betrunkenen Pokerspielern in der Ecke und Revolverhelden, die sich auf der Straße duellierten. Er würde die Biergläser füllen und über den Tresen schlittern lassen. Er hätte einen irischen Akzent und wäre der beste Freund von John Wayne, Gary Cooper ...

»Sie erfindet das nur. Verstehst du, Eric? Das weißt du doch, oder?«

Im Zelt war es stockfinster. Stacy kauerte wieder neben ihm, tropfnass, und stupste ihn am Arm. Sie machte einen verängstigten, nervösen Eindruck und sah ständig über die Schulter zum Zelteingang.

»Das ist nicht real«, fuhr sie fort. »Es ist nicht passiert.«

Er hatte keine Ahnung, was sie sagen wollte, war noch halb in seinem Traum, in dem die Jungen klatschten und die Saloontür quietschte. »Was ist nicht passiert?«

Aber dann hörte er durch den strömenden Regen ganz leise die Worte: *Küss mich, Matthias. Willst du mich nicht küssen?* Es war eine Frauenstimme, draußen auf der Lichtung. *Es ist okay, ich möchte es auch.* Es klang wie Stacy, aber ihre Stimme war ein bisschen verschwommen. Sie war es und doch auch wieder nicht.

Stacy schien zu ahnen, was er dachte. »Sie versucht so zu tun, als wäre ich das. Als hätte ich so was gesagt. Aber das stimmt nicht.«

Halt mich fest. Halt mich einfach fest.

Und dann eine Stimme, die klang wie die von Matthias: *Wir sollten das nicht tun. Was, wenn er ...?*

Schon gut, niemand wird uns hören.

»Das bin ich nicht«, beteuerte Stacy. »Ich schwöre es. Es ist nichts passiert.«

Eric setzte sich mühsam auf, legte sich den Schlafsack um die Schultern und kreuzte die Beine. Von draußen, aus der regendurchbrausten Dunkelheit, hörte man ein Keuchen, erst leise, dann aber immer lauter.

Wieder Matthias' Stimme, fast ein Seufzer: *Gott, das fühlt sich toll an.*

Aus dem Keuchen wurde ein Stöhnen.

Das ist so gut.

Härter, flüsterte Stacys Stimme.

Langsam, aber sicher, steigerte sich das Stöhnen zu einem beidseitigen Höhepunkt, die Frau, die vielleicht Stacy war, stieß eine Art Schrei aus. Dann war es wieder still, der Regen trommelte, Pablos Atem rasselte. Eric sah Stacy durch die Dunkelheit hindurch an. Sie trug die Sachen von einer anderen. Sie waren eine Nummer zu klein für sie und klebten an ihrem Körper.

Eigentlich konnte ihm das vollkommen gleichgültig sein. Vielleicht war es passiert, vielleicht auch nicht – aber egal, wie es sein mochte, er war doch nicht so blöd, sich jetzt, in dieser Lage, über so etwas Gedanken zu machen! Ein absolut logisches Argument. Eric bemühte sich um die angemessene Distanz, die ihm diese rationale Haltung gestatten würde. Er spielte mit der Idee zu lachen. Wäre das die richtige Taktik? Sollte er den Kopf schütteln und lachen? Oder Stacy einfach in den Arm nehmen? Aber sie war so nass und hatte diese komischen Sachen an, genau genommen sah sie aus wie ein billiges Flittchen. Der Gedanke stellte sich ganz von selbst ein, und Eric versuchte ihn zu unterdrücken, aber er ließ ihm keine Ruhe, weil sich ihre Brustwarzen so deutlich unter ihrer Bluse abzeichneten, weil sie diesen Rock trug, der nicht mal ihre Oberschenkel bedeckte, weil …

»Du weißt, dass das nicht real ist«, sagte sie wieder. »Oder?«

Lach einfach, dachte er. *Das ist ganz leicht.* Aber dann begann er zu reden, ohne es zu wollen, seine Stimme platzte aus ihm heraus

und schlug eine vollkommen andere Richtung ein. »Die Ranke erfindet nichts.«
Schweigend sah Stacy ihn an. Dann verschränkte sie die Arme über der Brust. »Eric …«
»Sie ahmt nur Dinge nach. Dinge, die sie gehört hat. Aber sie erschafft nichts Eigenes.«
»Dann hat sie eben irgendwann mal gehört, wie jemand Sex hatte, und hat unsere Stimmen reingemischt.«
»Dann ist es also doch deine Stimme? Du hast das alles gesagt?«
»Natürlich nicht.«
»Aber du hast doch gerade behauptet, dass sie eure Stimmen reingemischt hat.«
»Ich meine, sie hat unsere Stimmen genommen, irgendwas, was wir gesagt haben, und hat es so zusammengesetzt, dass etwas Neues daraus wird. Verstehst du? Sie hat ein Wort aus einem Gespräch genommen und ein anderes aus einem anderen …«
»Wann hast du denn zum Beispiel ›härter‹ gesagt? Oder ›küss mich‹?«
»Keine Ahnung. Vielleicht …«
»Ach komm schon, Stacy. Sag mir die Wahrheit.«
»Das ist idiotisch, Eric.« Er spürte, wie frustriert sie war. Wie sehr sie sich anstrengte, ruhig zu bleiben.
»Ich will nur die Wahrheit«, sagte er.
»Ich hab dir die Wahrheit gesagt. Das da draußen ist nicht real. Es ist …«
»Ich versprech dir auch, dass ich nicht sauer werde.«
Aber natürlich war er bereits sauer, das hörte er selbst an seiner Stimme. Es war nicht das erste Mal, dass Eric Stacy zu einem Geständnis ihrer Untreue aufforderte, und auf einmal spürte er das Gewicht all dieser Gespräche, die Last, die ihn gleichzeitig erdrückte und vorwärtstrieb. Ihre Auseinandersetzungen folgten immer einem bestimmten Muster, einem Skript, an das sie sich

halten mussten. Er ließ ihr keine Ruhe und argumentierte so lange, bis alle ihre Ausflüchte und Ablenkungsmanöver nichts mehr nutzten, trieb sie ganz langsam in die Enge, bis ihr als einziger Ausweg nur noch die brutale Ehrlichkeit blieb. Dann fing sie an zu weinen, bat ihn um Verzeihung und versprach, ihn nie wieder zu betrügen. Und trotz seiner Zweifel fand Eric jedes Mal wieder eine Möglichkeit, ihr zu glauben. Die Vorstellung, diesen Kurs auch heute einschlagen zu müssen, machte ihn schon im Vorfeld erschöpft. Er wollte schon am Schluss sein, wollte, dass sie weinte, bettelte, Besserung versprach, und es machte ihn noch wütender als sonst, dass sie ihn dafür arbeiten ließ, sogar in ihrer augenblicklichen Lage.

»Schau mich an«, sagte Stacy. »Glaubst du wirklich, dass ich momentan Lust hätte, mit irgendjemandem Sex zu haben? Ich kann nicht mal …«

»Dann würdest du also irgendwann woanders schon mit ihm schlafen?«

»Eric …«

»Hättest du in Cancún mit ihm geschlafen?«

Sie stöhnte laut, als wäre die Frage zu entwürdigend, um sie zu beantworten. Und das war sie auch. Auf einer Ebene konnte Eric das sogar verstehen. *Ruhig bleiben,* dachte er. *Ganz ruhig.* Er strengte sich an, aber es klappte nicht.

»*Hast* du in Cancún mit ihm geschlafen?«, fragte er stattdessen.

Ehe Stacy antworten konnte, legte draußen ihre Stimme wieder los. *Halt mich. Halt mich einfach fest.*

Wir sollten das nicht tun. Was, wenn er …

Schon gut, niemand wird uns hören.

Dann begann wieder das Keuchen, wurde lauter. Eric und Stacy schwiegen und hörten zu. Was konnten sie auch sonst tun?

Gott, das fühlt sich toll an.

Das Keuchen vertiefte sich, wurde ein Stöhnen. Eric konzentrierte sich auf die Stimmen, die immer noch die gleiche leicht verschwommene Qualität aufwiesen. Manchmal schienen sie ganz eindeutig Stacy und Matthias zu gehören, dann wieder klangen sie absolut unecht, und Eric war plötzlich fest davon überzeugt, dass tatsächlich nichts passiert war.

Das ist so gut, hörte er und dachte: *Nein, das kann unmöglich Matthias sein.*

Härter, hörte er – ein dringliches Flüstern, voller Gier – und dachte: *Ja, das ist sie, das muss sie sein.*

Schließlich kam der Höhepunkt, und dann gab es nur noch den Regen, Pablos Atem und das nasse Flattern des Zelts im Wind. Stacy rückte näher zu ihm, legte die Hand auf sein Knie und drückte es durch den Schlafsack. »Die Ranke versucht uns auseinanderzubringen, Schatz. Sie will, dass wir uns streiten.«

»Sag: ›Halt mich, halt mich einfach fest.‹«

Stacy nahm die Hand weg und starrte ihn an. »Was?«

»Ich möchte es von dir hören. Dann kann ich es besser beurteilen.«

»Was beurteilen?«

»Ob es deine Stimme ist.«

»Du benimmst dich wie ein Arschloch, Eric.«

»Sag: ›Niemand wird uns hören.‹«

Aber sie schüttelte den Kopf. »Nein, da mach ich nicht mit.«

»Oder ›härter‹. Flüstere das doch mal.«

Stacy stand auf. »Ich muss nach Pablo sehen.«

»Dem geht's gut. Hörst du ihn nicht?« Und es stimmte: Pablos rasselnder Atem schien das ganze Zelt zu erfüllen.

Stacy hatte die Hände in die Hüften gestützt. In der Dunkelheit konnte Eric ihren Gesichtsausdruck nicht lesen, aber irgendwie war ihm trotzdem klar, dass sie ihn stirnrunzelnd ansah. »Warum tust du das? Hmm? Wir haben hier so viele andere Dinge, mit denen wir uns rumschlagen müssen, und du benimmst dich wie …«

»Amy hatte recht. Du bist echt eine Schlampe.«

Das schien ins Schwarze zu treffen, und sie verstummte mitten im Satz. Dann entgegnete sie ganz leise, flüsternd: »Was soll die Scheiße, Eric? Wieso sagst du so was?«

Er hörte ein Zittern in ihrer Stimme, und fast hätte er Ruhe gegeben. Aber ehe er sich bremsen konnte, fragte er: »Wann habt ihr es gemacht? Heute Abend?«

Er konnte es nicht genau sagen, aber es sah aus, als würde sie weinen.

»Du warst nackt, als du reingekommen bist«, fuhr er fort. »Ich hab dich nackt gesehen.«

Sie wischte sich mit der Hand übers Gesicht. Auf einmal war der Regen noch stärker geworden, stärker und lauter, und es fühlte sich an, als würde das Zelt demnächst darunter zusammenbrechen. Instinktiv duckten sie sich. Doch es dauerte nur ein paar Sekunden, dann war es vorbei, und eine seltsame Stille kehrte ein.

»Habt ihr es auch sonst noch gemacht?«

Stacy schniefte. »Hör bitte auf damit.«

Eric zögerte. Aus irgendeinem Grund brachte ihn die unerwartete Stille ganz durcheinander – sie war ihm unheimlich, bedrohlich. Vorsichtig warf er einen Blick auf die Lichtung hinaus, als erwartete er einen Eindringling. »Sag mir, wie oft, Stacy.«

Erneut schüttelte sie den Kopf. »Du benimmst dich echt eklig.«

»Ich bin nicht sauer. Wirke ich etwa so?«

»Manchmal hasse ich dich. Wirklich.«

»Ich möchte nur die Wahrheit hören. Weiter nichts …«

In diesem Moment begann Stacy zu schreien, und Eric fuhr heftig zusammen. Sie hatte die Fäuste geballt und zerrte an ihren Haaren. »Halt den Mund!«, kreischte sie. »Kannst du nicht endlich

den Mund halten? Kannst du nicht bitte einfach still sein?« Sie trat auf ihn zu, den rechten Arm erhoben, als wollte sie ihn schlagen, aber dann hielt sie mitten in der Bewegung inne und drehte sich zum Ausgang um.
Eric folgte ihrem Blick. Dort stand Matthias, gebückt, einen Fuß im Zelt, den anderen noch draußen. Er war vollkommen durchnässt. Viel mehr war in der Dunkelheit nicht zu erkennen, aber Eric spürte irgendwie, dass Matthias durcheinander war. Einen Moment sah es so aus, als wollte er sich wieder nach draußen zurückziehen und die beiden Streithähne sich selbst überlassen.
»Vielleicht kannst du es mir ja sagen, Matthias«, sagte Eric. »Hast du sie gefickt?«
Matthias antwortete nicht.
»Die Ranke hat so Geräusche gemacht, als hätten wir Sex«, erklärte ihm Stacy.
Eric lehnte sich vor, spähte in Matthias' Gesicht und versuchte seinen Ausdruck zu erkennen. »Sag mal: ›Gott, das fühlt sich toll an.‹«
Immer noch mit einem Fuß draußen im Regen, schüttelte Matthias den Kopf. »Ich versteh nicht ganz, was das soll.«
»Oder: ›Wir sollten das nicht tun. Was, wenn er ...‹ Kannst du das bitte mal wiederholen?«
»Hör auf, Eric«, rief Stacy.
Eric wirbelte zu ihr herum. »Mit dir rede ich momentan nicht. Kapiert?« Dann wandte er sich wieder an Matthias. »Sag es einfach. Ich möchte deine Stimme hören.«
»Was glaubst du eigentlich, wo du bist?«, fragte Matthias.
Darauf wusste Eric keine Antwort. *Hölle* war das Wort, das ihm spontan einfiel. *Ich bin in der Hölle.* Aber er sprach es nicht aus.
»Warum sollte dich das überhaupt interessieren – in unserer Lage, meine ich? Würde es eine Rolle spielen, wenn Stacy und ich

gefickt hätten? Warum? Wir sitzen hier in der Falle. Wir haben nichts zu essen. Henrich und Amy sind tot. Ich kann Jeff nicht finden. Und Pablo ...«

Er unterbrach sich und lauschte. Sie spitzten alle die Ohren.

Die Stille, dachte Eric.

Matthias verschwand wieder nach draußen, im Regen.

»O Gott«, ächzte Stacy und eilte ihm nach. »O nein, bitte nicht.«

Eric stand auf, den Schlafsack noch auf den Schultern. Auch er ging zum Zeltausgang und spähte zum Schutzdach hinüber. Dort kniete Matthias neben dem Rückenbrett, hinter ihm stand Stacy. Der Regen strömte auf sie beide herab.

»Es tut mir so leid«, sagte Stacy immer wieder. »Es tut mir so leid.«

Matthias stand auf. Er sagte nichts, das war auch nicht nötig. Der Ausdruck des Ekels auf seinem Gesicht, als er sich an Eric vorbei ins Zelt drängte, sagte mehr als jedes Wort.

Stacy ging in die Hocke, und der Regen bespritzte sie mit Schlamm. Sie umfasste ihre Knie, schaukelte vor und zurück. »Es tut mir so leid ... es tut mir so leid ... es tut mir so leid ...«

Eric konnte Pablo kaum sehen. In der Dunkelheit erkannte er nur eine reglose Form auf dem Rückenbrett. Während sie sich im Zelt gestritten hatten, während das Gewitter über sie hinweggestürmt war, hatte die Pflanze einen Abgesandten ausgeschickt. Eine einzelne dünne Ranke hatte sich um das Gesicht des Griechen gewickelt, seinen Mund und seine Nase bedeckt und ihn erstickt.

Selbst nachdem der Regen eingesetzt hatte, war Jeff auf seinem Posten unten am Hügel geblieben. Wenn die Griechen heute Morgen aufgebrochen waren, war es durchaus möglich, dass das Gewitter sie auf dem Weg von der Straße hierher überrascht hatte. Eine Weile zermarterte Jeff sich den Kopf, wie Juan und Don Quixote wohl auf den Wolkenbruch reagieren würden, ob sie versuchen würden, nach Cobá zurückzufliehen, oder ob sie den Kopf einziehen und weiterlaufen würden. Er musste zugeben, dass die zweite Option die unwahrscheinlichere war. Höchstens wenn sie den Hauptweg schon verlassen hatten und sich auf dem letzten Stück vor dem Ziel befanden, dort, wo es leicht bergauf ging, konnte Jeff sich vorstellen, dass sie dem Gewitter trotzten. Er beschloss, ihnen zwanzig Minuten zu geben.

Was ziemlich lange war, wenn man schutzlos im Freien saß und es wie aus Eimern schüttete. Die Mayas hatten sich in den Urwald zurückgezogen und unter ihrer Plane verkrochen. Nur einer war auf der Lichtung geblieben und beobachtete Jeff. Aus einem großen Müllsack mit ausgeschnittenen Löchern für Kopf und Arme hatte er sich eine Art Poncho gebastelt. Plötzlich musste Jeff daran denken, dass er sich auf einem Campingausflug einmal ein ähnliches Kleidungsstück zurechtgeschustert hatte, als er und ein Pfadfinderkollege von einem zwei Tage anhaltenden heftigen Regen überrascht wurden. Auf dem Heimweg mussten sie einen Fluss durchqueren, den gleichen, den sie am Beginn ihrer Wanderung, eine Woche zuvor, schon einmal überwunden hatten, der aber dramatisch angeschwollen war. Die Strömung war reißend, das Wasser reichte ihnen bis zur Brust und war sehr kalt. Jeff hatte sich bis auf die Unterwäsche ausgezogen und war hinübergepaddelt, ein Seil über die Schulter geschlungen. Auf der anderen Seite hatte er das Seil an einen Baum gebunden, sodass die anderen folgen und sich daran festhalten konnten. Er wusste noch, dass er sich ungeheuer wagemutig gefühlt hatte, geradezu heldenhaft, aber jetzt war ihm die Erinnerung irgendwie peinlich. Auf einmal wurde ihm klar, dass er sein ganzes Leben lang irgendein Spiel gespielt und immer so getan hatte, als wäre es ernst. Aber es war eben nur ein Spiel gewesen.

Der Regen stürzte auf ihn herab wie eine Sintflut. Immer wieder grollte der Donner, aber es blitzte nicht. Als Jeff schließlich auf die Uhr sah, aufstand und sich zum Gehen wandte, war es fast dunkel.

Der Weg war sehr schlammig und glitschig geworden, und es erwies sich als schwierig, bergauf zu gehen. Immer wieder musste Jeff stehen bleiben und nach Luft schnappen. Bei einer dieser Pausen warf er einen Blick zurück, um zu sehen, wie weit er schon gekommen war, und wieder einmal schoss ihm die Idee zu fliehen durch den Kopf. Inzwischen war es so dunkel, dass er nicht einmal mehr die Baumlinie erkennen konnte. Von der gerodeten Lichtung stieg Nebel auf, der die Sicht weiter verschlechterte, und außerdem hatte der Wolkenbruch die Feuer der Mayas gelöscht. Wenn sie nicht vorhatten, die Nacht mehr oder weniger Schulter an Schulter am Dschungelrand zu wachen, schien es durchaus möglich, dass man ungesehen zwischen ihnen hindurchschlüpfen konnte.

Der Regen machte keine Anstalten nachzulassen, aber im Augenblick spürte Jeff ihn kaum. Er war entsetzlich hungrig und total ausgepowert. Eigentlich wollte er nur zurück zum Zelt, wollte die winzige Dose mit Nüssen aufmachen und sie verteilen. Eigentlich wollte er nur aus dem Wasserbehälter trinken, bis ihm der Bauch wehtat, wollte die Augen zumachen und schlafen. Aber er kämpfte gegen all diese Verlockungen, er kämpfte auch gegen das Gefühl des Versagens, das hartnäckig an ihm nagte und ihm eine weitere Enttäuschung prophezeite, und bemühte sich, etwas wie Hoffnung in sich heraufzubeschwören, eine Empfindung, die ihm bereits seltsam fremd geworden war. *Warum sollte es nicht funktionieren*? Warum sollte er nicht den Hügel hinunterschleichen und die Lichtung verlassen vorfinden, weil die Mayas sich vor dem Wolkenbruch unter ihrer Plastikplane verkrochen hatten? Warum sollte er es nicht schaffen, ungesehen an ihnen vorbeizuschleichen und im Dschungel zu verschwinden? Dort konnte er sich bis zur Morgendämmerung verstecken und beim ersten Licht nach Cobá durchschlagen. Womöglich konnte er damit alle retten.

Aber nein – da machte er es schon wieder, oder nicht? Noch mehr Unsinn, noch mehr Theater. Bestimmt hatten die Mayas sich auf eine solche Situation vorbereitet und die Wachen würden ihn schon mit gespanntem Bogen erwarten. Und dann würde Jeff sich doch zurück auf den Hügel schleppen müssen, dank des fehlgeschlagenen Versuchs noch müder und durchgefrorener und hungriger als jetzt.

So drehte er sich im Kreis, neigte mal mehr zur einen, mal mehr zur anderen Seite, während der Regen auf ihn herabprasselte und die Dunkelheit sich weiter vertiefte. Am Ende jedoch siegte Jeffs Erziehung, der puritanische Reflex, die anspruchsvollere von zwei Möglichkeiten zu wählen.

Langsam ging er den Weg wieder hinunter.

Und es war genauso, wie er es geahnt hatte – der Nebel, der Regen, die Dunkelheit. Eine Sichtweite von bestenfalls fünf Metern. Wenn der Maya mit dem selbst gebastelten Poncho noch immer auf der Lichtung seinen Dienst tat, war er jetzt jedenfalls nirgends zu entdecken. Was natürlich umgekehrt bedeutete, dass auch Jeff unsichtbar war. Er brauchte nur zwanzig, vielleicht dreißig Meter nach links zu gehen, dann befand er sich zwischen den Mayas, die sich hier unter der Plane versteckten, und denen im nächsten Lager. Und wenn er dann im Schutz der Dunkelheit, des Nebels und des Regens weiterschlich, konnte er möglicherweise unentdeckt den Dschungel erreichen.

Er wandte sich nach links, setzte sich in Bewegung und zählte dabei in Gedanken seine Schritte. *Eins ... zwei ... drei ... vier ...*

Der Regen hatte die Lichtung aufgeweicht und auch hier den Boden in tiefen, klebrigen Schlamm verwandelt, der sich schwer an seine Füße heftete. Jeff dachte an seine ersten Fluchtversuche, wie er sich in der ersten Nacht durch die Ranken geschlichen hatte, die mit ihrem Lärm die Mayas auf sein Kommen aufmerksam gemacht hatten, und er fragte sich, warum die Pflanze sich jetzt so ruhig verhielt. Sie hatte doch bestimmt gespürt, was er vorhatte. Möglicherweise war die Stille natürlich nur ein Hinweis darauf, wie gering seine Chancen waren. Darauf, dass die Ranke auch durch Dunkelheit, Nebel und Regen sehen konnte, dass die Mayas Wache standen und dass Jeff es sowieso nie schaffen würde, weil er entweder zurückgejagt oder getötet werden würde. Irgendwo in seinem Innern verstand Jeff das Omen sogar und sah ein, dass die logische, vernünftige Folge gewesen wäre, umzukehren und sich auf dem Hügel in Sicherheit zu bringen.

Doch er ging weiter.

Nach dreißig Schritten blieb er stehen und spähte zum Dschungel hinüber. Außer dem Regen, der in den Schlamm plätscherte, konnte er nichts hören. Der Wind wirbelte den Nebel auf, und immer wieder glaubte Jeff, in der Dunkelheit Gestalten zu erkennen, mal weiter links, mal weiter rechts. Jede Zelle seines Körpers schien ihn zu warnen und zur Umkehr bewegen zu wollen. Warum nur? Schließlich war dies doch der Augenblick, auf den er die ganze Zeit gehofft hatte. Oder etwa nicht? Hier war seine Chance zur Flucht, möglicherweise die Rettung für sie alle! Wie konnte er sich diese Gelegenheit entgehen lassen? Er versuchte sich vorzustellen, wie es wäre, wenn er in fünf Tagen immer noch in dem Zelt dort oben liegen würde, schon völlig schlapp vor Hunger. Wie viel Wut und Abscheu würde er empfinden, wenn er sich dann an diesen Moment erinnerte, an sein Zögern, seine Feigheit.

Er machte einen Schritt auf die Lichtung hinaus und erstarrte, weil wieder eine Gestalt vor ihm aus dem Nebel erschien. Aber sie verschwand sofort wieder. So musste er es machen, immer einen

Schritt nach dem anderen. Andererseits wusste Jeff, dass er irgendwann losrennen musste, wenn er es schaffen wollte, denn für jede andere Methode war er schon viel zu ausgelaugt, seine Nerven waren der Herausforderung einer überlegten, bedächtigen Taktik nicht mehr gewachsen. Damit ging er freilich das Risiko ein, einem der Mayas direkt in die Arme zu laufen. Aber vielleicht spielte das gar keine Rolle. Vielleicht war er, wenn er nur schnell genug rannte, schon in der Dunkelheit verschwunden, ehe dieser eine Waffe ziehen konnte. Er musste es ja nur in den Dschungel schaffen, dort würden sie ihn niemals finden, da war er ganz sicher.

Aber wenn er ständig grübelte und mit sich diskutierte, würde er nicht weit kommen. Entweder musste er den Sprung jetzt sofort wagen oder umkehren. Vielleicht hätte allein das ihn schon zum Innehalten bringen sollen, aber er ließ es nicht zu. Umzukehren wäre das Eingeständnis einer weiteren Niederlage, und das konnte er nicht ertragen. Er dachte an den Fluss vor langer Zeit, die Entschlossenheit, mit der er in die Strömung gesprungen war, das absolute Selbstvertrauen, und er strengte sich an, dieses Gefühl wieder heraufzubeschwören, oder zumindest einen Abglanz davon.

Dann holte er tief Luft.

Und rannte los.

Fünf Schritte weit war er gekommen, als er links eine Bewegung wahrnahm. Einer der Mayas stand auf und legte seinen Bogen an. Selbst jetzt hätte Jeff noch eine Chance gehabt. Er hätte stehen bleiben, zurücklaufen, den Mann mit über den Kopf gestreckten Händen entschuldigend anlächeln können. Die Bogensehne musste gespannt, der Pfeil aufs Ziel gerichtet werden, was Jeff genügend Zeit gegeben hätte zu zeigen, dass er harmlos war und sich den Regeln fügte. Aber das war zu viel von ihm verlangt. Jetzt war er in Bewegung und hatte nicht vor stehen zu bleiben.

Er hörte den Mann etwas rufen.

Er schießt daneben, dachte Jeff. *Er ...*

Der Pfeil traf ihn direkt unter dem Kinn, durchbohrte seine Kehle von links nach rechts, den ganzen Hals. Jeff stürzte auf die Knie, war aber sofort wieder auf den Füßen und dachte: *Ich bin okay, ich bin nicht verletzt,* während sich sein Mund blitzschnell mit Blut füllte. Er schaffte noch drei Schritte, bevor der nächste Pfeil ihn traf. Dieser drang in seine Brust, ein paar Zentimeter unter der Achsel, fast bis zum Schaft, und es fühlte sich an wie ein Hammerschlag. Der Atem wich aus seinem Körper, und Jeff spürte, dass er nicht wiederkommen würde. Erneut ging er zu Boden, heftiger diesmal. Er öffnete den Mund, und das Blut spritzte heraus, ein Schwall, der sich vor ihm in den Schlamm ergoss. Noch einmal versuchte er sich aufzurichten, hatte aber nicht mehr die Kraft. Seine Beine wollten sich nicht mehr bewegen, sie fühlten sich kalt an, als gehörten sie nicht mehr zu ihm, als verlören sie sich irgendwo hinter ihm in der Dunkelheit. Die Welt um ihn herum verschwamm, und nicht nur sie, sondern auch seine Gedanken. Es dauerte deshalb einen Augenblick, bis er begriff, was da nach ihm griff. Er dachte, es wäre einer der Mayas.

Aber natürlich stimmte das nicht.

Mehrere Ranken hatten sich über die Lichtung geschlängelt, wanden sich nun um seine Glieder und zerrten ihn durch den Schlamm. Verzweifelt versuchte er aufzustehen, brachte aber nur eine Art linkischen Liegestütz zustande, ehe die Ranke ihm den linken Arm wegzog. Er fiel auf den Pfeil und trieb ihn noch weiter in seine Brust. Unerbittlich schleiften die Ranken ihn zum Hügel, durch den Schlamm, der sich seltsam warm anfühlte. Jeff wusste, dass das sein Blut war, und hörte auch, wie die Ranke es geräuschvoll mit ihren Blättern aufsaugte. Am Rand seines Gesichtsfelds erkannte er ein paar Gestalten, die Mayas, die mit gezückten Bogen auf ihn herabstarrten. »Helft mir«, flehte er, und seine

Stimme gurgelte von all dem Blut in seinem Mund. Ihm war klar, dass seine Worte unhörbar waren, aber er bemühte sich weiter. »Bitte ... helft ... mir.«

Mehr brachte er nicht zustande, denn in diesem Moment legte sich eine Ranke über seinen Mund, eine andere kroch feucht über seine Augen, seine Ohren, und die Welt schien einen Schritt zurückzutreten – die Mayas, der Regen, sein warmes Blut –, einen Schritt und dann noch einen, und schließlich wich alles von ihm, alles, außer der Qual seiner Wunden, bis im letzten Augenblick vor dem Ende nichts mehr blieb als Dunkelheit: Dunkelheit und Stille und Schmerz.

Der Regen hielt unvermindert die ganze Nacht an. Die Zeltwände waren völlig durchnässt, die undichten Stellen nahmen ständig zu, sodass sich der Boden in eine große, fast zwei Zentimeter tiefe Pfütze verwandelt hatte, in der sie zu dritt im Dunkeln saßen. An Schlaf war nicht zu denken, deshalb vertrieben sich Stacy und Eric die Zeit mit Reden.

Eric bat Stacy um Verzeihung, und sie verzieh ihm. Eng umschlungen lehnten sie aneinander. Stacy ließ ihre Hand zu seiner Leiste gleiten, aber er schien keine Erektion bekommen zu können, also gab sie es nach einer Weile wieder auf. Eigentlich war ihr sowieso nicht an Sex, sondern an Wärme gelegen – im übertragenen genauso wie im wörtlichen Sinn. Aber seine Haut schien noch kälter zu sein als ihre, und je länger sie sich umarmten, desto mehr bekam sie das Gefühl, dass er ihr auch noch den letzten Rest Wärme entzog. Als er plötzlich husten musste und sich vornüberbeugte, nahm sie das als Ausrede, ein Stück von ihm abzurücken.

Sie versuchte, nicht an Pablo zu denken, brachte es aber nicht fertig. Es war seltsam, hier zu sitzen und zu wissen, dass die Ranke in diesem Moment dabei war, das Fleisch von seinen Knochen zu reißen, und dass am Morgen nur noch das Skelett übrig sein würde. Im Lauf der Nacht musste Stacy immer wieder weinen – über Pablos Schicksal, über die Tatsache, dass sie ihn nicht hatte beschützen können. Eric tröstete sie, so gut er konnte, versicherte ihr immer wieder, dass es nicht ihre Schuld war. Eigentlich war doch schon von dem Moment, als Pablo in die Grube stürzte, klar gewesen, dass er sterben würde, und dass sein Tod letztlich eine Erlösung war.

Natürlich sprachen sie auch von Jeff, warum er nicht zurückgekommen war, und machten sich Gedanken über die verschiedenen Möglichkeiten, die sich daraus ergaben. Fast zwanghaft kamen sie immer wieder auf das Thema zurück, dass er es womöglich geschafft hatte zu fliehen. Je länger sie darüber redeten, desto einleuchtender erschien Stacy diese Hypothese. Wo sollte er denn auch sonst sein? Bestimmt war er in diesem Moment unterwegs nach Cobá, und bevor die Sonne morgen unterging, würden sie gerettet werden. Ja. Sie würden nicht hier sterben.

Matthias sagte die ganze Zeit über kein Wort. Stacy spürte ihn in der Dunkelheit, gut einen Meter neben ihr, und sie wusste auch, dass er wach war. Sie wollte, dass er mitredete, sich an den Geschichten beteiligte, die sie sich ausmalten. Sein Schweigen schien Zweifel auszudrücken, und das war bedrohlich – als könnte seine Skepsis den Gang der Ereignisse negativ beeinflussen. Sie wollte, dass auch er an Jeffs Flucht glaubte, sie brauchte seine Hilfe, damit es wahr wurde. Natürlich wusste sie, dass das absurd, kindisch und abergläubisch war, aber sie konnte das Gefühl nicht abschütteln, und es machte sie zunehmend panisch.

»Matthias?«, flüsterte sie. »Schläfst du?«

»Nein«, antwortete er schlicht.

»Was meinst du? Könnte es nicht sein, dass Jeff tatsächlich die Flucht geglückt ist?«

Der Regen prasselte aufs Zelt, vom Nylondach tropfte es auf die drei Insassen herab. Eric rutschte unruhig herum und verursachte kleine Wellen in der Pfütze. Stacy wünschte, er würde aufhören. Sekunden verstrichen, eine nach der anderen, und Matthias antwortete nicht.

»Matthias?«

»Ich weiß nur, dass er nicht da ist«, sagte er schließlich.

»Dann könnte er aber doch geflohen sein. Oder nicht? Vielleicht …«

»Tu das bitte nicht, Stacy.«

Damit hatte sie nicht gerechnet. »Was soll ich nicht tun?«, fragte sie und spähte zu ihm hinüber.

»Denk mal drüber nach, wie schrecklich du dich fühlst, wenn du die Hoffnung zulässt und sich nachher herausstellt, dass du dich geirrt hast. Das können wir uns nicht erlauben.«

»Aber wenn …«

»Morgen früh werden wir es sehen.«

»Was sehen?«

»Was immer es dann zu sehen gibt.«

»Du meinst, du glaubst, es könnte …«

»Psst. Warte einfach ab. In ein paar Stunden wird es hell.«

Kurz danach hörten sie plötzlich wieder Pablos Atem. Das rasselnd-mühsame Einatmen, das Pfeifgeräusch beim Ausatmen, die Pause, bevor es wieder von vorn losging. Unwillkürlich und obwohl sie es besser wusste, sprang Stacy auf. Auch Matthias hatte sich erhoben, und sie streiften einander, als sie zum Ausgang strebten. Er packte sie am Handgelenk und hielt sie auf.

»Es ist die Ranke«, flüsterte er.

»Ich weiß«, entgegnete sie. »Aber ich möchte trotzdem ganz sichergehen.«

»Ich mach das. Du wartest hier.«

»Warum?«

»Sie will wahrscheinlich, dass wir uns etwas ansehen, meinst du nicht? Etwas, was sie ihm angetan hat. Sie hofft, uns aus der Fassung zu bringen.«

Von draußen kam wieder ein rasselndes Einatmen, das genau wie Pablo klang. Sogar nach allem, was sie hier erlebt hatte, fand Stacy es schwer zu glauben, dass er es nicht war. Aber sie wusste, dass Matthias recht hatte, und wusste auch, dass sie nicht wirklich sehen wollte, was die Ranke unter dem Schutzdach angerichtet hatte. Was immer das sein mochte. »Bist du sicher?«, fragte sie.

Sie merkte, dass er nickte. Dann ließ er ihr Handgelenk los, ging zur Zeltklappe und bückte sich, um den Reißverschluss zu öffnen.

Fast sofort, als er in den Regen hinaustrat, verstummte das Atemgeräusch. Stattdessen begann eine Männerstimme zu schreien, in einer Fremdsprache, die Stacy als Deutsch zu erkennen glaubte. *Wo ist dein Bruder? Wo ist dein Bruder?*

Stacy setzte sich wieder hin, tastete nach Erics Hand, fand sie in der Dunkelheit und hielt sie ganz fest. »Sie sagt irgendwas über seinen Bruder«, meinte sie.

»Woher weißt du das?«, fragte Eric.

»Hör mal zu.«

Dein Bruder ist hier, dein Bruder ist hier, fuhr die Stimme fort, immer auf Deutsch.

Tropfnass kam Matthias ins Zelt zurück, zog den Reißverschluss zu und setzte sich wieder auf seinen Platz.

»Was ist los?«, fragte Stacy. Er antwortete nicht.

»Sag es mir«, beharrte sie.

»Sie frisst ihn. Sein Gesicht – das ganze Fleisch ist weg.«

Stacy spürte, dass er zögerte. *Da ist noch etwas anderes*, dachte sie und wartete.

Schließlich fügte Matthias ganz leise hinzu: »Das hier war auf seinem Kopf. Auf seinem Schädel genau genommen.«

Er hielt ihr etwas hin, Stacy griff danach, nahm es und strich argwöhnisch mit den Fingern darüber. »Eine Mütze?«, fragte sie.

»Ich glaube, es ist die von Jeff.«

Stacy wusste sofort, dass er recht hatte, aber sie wollte ihm nicht glauben. Verzweifelt suchte sie nach einer anderen Möglichkeit, aber es fiel ihr keine ein. Fast hätte sie die Mütze von sich geschleudert, aber schließlich gab sie sie Matthias einfach zurück. »Wie ist die hierhergekommen?«, fragte sie.

»Die Ranke muss sie, na ja …«

»Was?«

»Sie muss sie wohl genommen und von einem Ausläufer zum nächsten weitergereicht haben, den ganzen Hügel hinauf. Dann hat sie die Mütze hier abgelegt und uns gerufen, damit wir sie finden.«

»Aber wie ist sie an die Mütze gekommen? Ursprünglich, meine ich. Wie hat sie …« Stacy stockte, denn noch während sie sprach, wusste sie schon die Antwort, denn sie war offensichtlich. Trotzdem wollte sie nicht, dass Matthias die Worte aussprach, schweifte ab und versuchte, an andere Möglichkeiten zu denken. »Vielleicht hat er sie fallen lassen. Als er durch den Wald gerannt ist, meine ich. Da könnte sie ihm doch …«

Wieder wurde sie von der Stimme unterbrochen, die jetzt rief: *Dein Bruder ist tot. Dein Bruder ist tot.*

»Was sagt sie?«, erkundigte sich Stacy.

»Zuerst hat sie gefragt, wo Henrich ist«, antwortete Matthias. »Dann hat sie gesagt, er ist hier. Jetzt sagt sie, dass er tot ist.«

Wo ist Jeff? Wo ist Jeff? Wieder sprach die Ranke deutsch.

»Und jetzt?«

Matthias schwieg.

Jeff ist hier. Jeff ist hier.

Stacy wusste, was das hieß, es ließ sich leicht erraten, aber bei Eric fiel der Groschen noch nicht. »Geht es um Jeff?«, fragte er Matthias.

Jeff ist tot. Jeff ist tot.

Eric drückte Stacys Hand. »Warum sagt er es mir nicht?«

»Es ist das Gleiche wie vorhin, Eric«, flüsterte Stacy.

»Das Gleiche?«

»Sie fragt, wo Jeff ist. Dann antwortet sie, er ist hier. Und er ist tot.«

Draußen vervielfältigte sich die Stimme plötzlich, umzingelte sie, breitete sich quer über den Hügel aus. Es wurde ein Refrain, ständig lauter, und die Ranke sang: *Jeff ist tot ... Jeff ist tot ... Jeff ist tot ...*

Kurz bevor die Morgendämmerung kam, hörte es auf zu regnen. Als die Sonne aufging, waren die Wolken schon dünn und rissen langsam auf. Eric, Stacy und Matthias krochen beim ersten Tageslicht aus dem Zelt, zögernd und steif, um sich den Schaden der Nacht anzuschauen.

Die Ranke war über das Rückenbrett gewachsen und bedeckte es vollkommen, sodass von Pablos Überresten nichts mehr zu sehen war. Ein halbes Dutzend Ausläufer waren in den blauen Beutel eingedrungen und hatten alles Wasser ausgeleert, das sich in ihm angesammelt hatte. Amys Knochen waren aus dem Schlafsack gezerrt und quer über die Lichtung verstreut worden. Eric beobachtete Stacy, die sich mit benommenem Gesicht nach ihnen bückte, sie aufsammelte und neben dem Zelt zu einem kleinen Stapel aufschichtete.

Im Laufe der Nacht hatte Eric einen Husten bekommen, ein tief in der Brust sitzendes, trockenes Bellen. Dazu hatte er auch noch Kopfschmerzen, seine Kleider waren feucht und seine Haut war vom langen Sitzen in der Nässe rissig geworden. Er war hungrig

und erschöpft, ihm war kalt, und er konnte sich nicht mehr vorstellen, dass sich ihre Lage jemals zum Besseren wenden würde.
Matthias kauerte neben dem Rückenbrett und zerrte die Ranken von Pablos Leiche weg. Eric war so müde, dass ihm alles wieder sehr weit weg erschien, was sowohl beruhigend als auch beängstigend war. Als er sich an der Brust kratzte und dort die Beule spürte, reagierte er deshalb auch bemerkenswert gelassen. »Wo ist das Messer?«, fragte er nur.
Matthias wandte sich zu ihm um. »Warum?«
Eric hob sein T-Shirt hoch. Es sah wesentlich schlimmer aus, als es sich angefühlt hatte, so, als befände sich zwischen Rippen und Haut ein riesiger Seestern, der sich langsam, aber sicher, nach unten, in Richtung Magen, vorarbeitete.
»O mein Gott«, stieß Stacy hervor, schlug die Hand vor den Mund und wandte sich ab.
Matthias sprang auf und ging zu Eric. »Tut es weh?«
Eric schüttelte den Kopf. »Es ist alles taub, ich spüre gar nichts.« Um es zu demonstrieren, drückte er mit dem Finger auf die Beule.
Matthias blickte sich auf der Lichtung um und suchte das Messer. Neben dem Zelt, halb im Schlamm versunken, fand er es, hob es auf und versuchte es an seiner Jeans abzuwischen. Da die Hose noch nass war, hinterließ das Messer einen langen braunen Streifen auf dem Stoff.
»Da unten ist es auch«, bemerkte Stacy und deutete mit zimperlich abgewandten Augen auf Erics rechtes Bein.
Eric beugte sich hinunter. Richtig: Ein schlangenartiger Wulst wand sich vom Schienbein zur Innenseite des Oberschenkels. Vorsichtig berührte er ihn; auch diese Stelle war taub. Die Schwellung zog sich fast ganz um sein Bein herum, von vorn, durch die Kniekehle hinauf bis kurz unter die Leiste. *Eigentlich müsste ich jetzt schreien,* dachte Eric, aber aus irgendeinem

Grund behielt er seine abgehobene Distanz. Stacy dagegen war außer sich, sie schien seinem Blick nicht begegnen zu können.

Eric streckte die Hand nach dem Messer aus. »Gib es mir.«

Matthias rührte sich nicht. »Wir müssen es sterilisieren«, sagte er.

Aber Eric schüttelte entschieden den Kopf. »Kommt nicht in Frage. Ich warte nicht, bis du …«

»Es ist schmutzig, Eric.«

»Das ist mir vollkommen gleich.«

»Du kannst dich mit so was nicht schneiden …«

»Himmel noch mal, Matthias. Würdest du mich bitte mal ansehen? Glaubst du wirklich, dass es eine Infektion ist, die ich fürchten muss? Oder Wundbrand? Entweder kommt in den nächsten ein, zwei Tagen jemand, der uns rettet, oder diese Scheiße hier bringt mich um. Kannst du das nicht sehen?«

Matthias schwieg.

Wieder streckte Eric die Hand aus. »Jetzt gib mir endlich das verdammte Messer.«

Jeff hätte es nicht getan, das wusste Eric. Jeff hätte die Regeln befolgt, Seife und Wasser geholt, ein Feuer angezündet, die Klinge erhitzt. Aber Jeff war nicht mehr da, und jetzt musste Matthias die Entscheidung fällen. Der Deutsche zögerte. Starrte auf den Seestern in Erics Brust, auf die um sein Bein gewundene Schlange. Eric sah, wie er den Entschluss fällte, und er wusste schon im Voraus, wie er lauten würde.

»Na gut«, sagte Matthias. »Aber lass mich es machen.«

Sofort zog Eric das T-Shirt aus.

Matthias ließ den Blick über die schlammige Lichtung wandern. »Willst du dich hinlegen?«

Aber Eric schüttelte den Kopf. »Nein, ich bleib lieber stehen.«

»Es wird aber wehtun. Womöglich ist es leichter, wenn du …«

»Ich bin okay. Fang an.«

Zuerst nahm Matthias sich Erics Brust vor, machte direkt über der Schwellung fünf rasche Einschnitte in Form eines Sterns, griff hinein und zog die Ranke langsam aus Erics Körper. Es war erstaunlich viel; Matthias musste das Messer in die Gesäßtasche stecken, um die schleimige Masse mit beiden Händen anpacken zu können. Mit klumpigem Blut bedeckt kam sie schließlich heraus, wild um sich schlagend. Nachdem der Schnitt so gut wie schmerzlos gewesen war, fühlte das Herausziehen der Ranke sich an, als risse Matthias ein lebenswichtiges Organ aus Erics Körper. Unwillkürlich musste Eric an die Bilder aus Jeffs Reiseführer denken, an die Azteken mit ihren langen Messern, wie sie ihren Gefangenen das Herz bei lebendigem Leibe aus dem Leib gerissen hatten, und fast hätten seine Knie vor Schmerz nachgegeben. Im letzten Moment hielt er sich an Matthias' Schultern fest, sonst wäre er umgefallen.

Matthias schleuderte die sich windende Masse von sich, und sie landete mit einem nassen Klatschen im Schlamm. »Alles in Ordnung?«, fragte er.

Eric nickte und ließ Matthias' Schulter los. Blut strömte über seinen Körper und tränkte den Bund seiner Shorts. Rasch knüllte er das T-Shirt zusammen und presste es auf die Wunde. »Mach weiter«, stieß er hervor.

Matthias ging in die Hocke und zog das Messer mit einer raschen Bewegung an Erics Bein empor und einmal darum herum. Wieder war es nicht der Schnitt, der wehtat; erst als Matthias hineingriff und die Ranke aus seinem Fleisch löste, setzten die Schmerzen ein. Eric schrie auf, ein Stöhnen, ein Jaulen. Ein Gefühl, als zöge man ihm die Haut ab. Er ließ sich schwer auf den Boden sinken und landete auf dem Hinterteil. Ein dicker Blutstrom quoll aus seinem Bein.

Matthias hielt die Ranke hoch, damit Eric sie sehen konnte. Sie war länger als die erste, Blätter und Blüten weiter entwickelt, fast ausgewachsen. Sie schlängelte sich durch die Luft, schien nach Eric zu greifen, aber Matthias warf auch sie in den Schlamm, trat darauf und zermalmte sie zusammen mit der ersten.

»Ich hole Nadel und Faden«, verkündete er dann und ging zum Zelt.

»Warte!«, rief Eric. »Da ist noch mehr!« Seine Stimme klang zittrig und dünn, und er erschrak, wie schwach er sich anhörte. »Sie zieht sich über mein ganzes Bein, sie ist in meiner Schulter, meinem Rücken. Ich kann spüren, wie sie sich bewegt.« Und er hatte recht: Jetzt fühlte er die Ranke überall unter seiner Haut, wie ein Muskel, der sich bewegte.

Matthias war neben dem Zelt stehen geblieben und starrte ihn an. »Nein, Eric«, sagte er. »Fang nicht wieder damit an.« Seine Stimme klang müde, und er sah auch müde aus – eingefallen, hohlwangig. »Wir müssen dich nähen.«

Eric schwieg. Auf einmal war ihm sehr schwindlig. Ihm war klar, dass er nicht die Kraft hatte zu diskutieren.

»Du verlierst zu viel Blut«, sagte Matthias.

Einen Moment hatte Eric das Gefühl, ohnmächtig zu werden. Vorsichtig legte er sich auf den Rücken. Der Schmerz ließ nicht nach. Er schloss die Augen, und die Dunkelheit war voller Farben: ein helles, flackerndes Orange, das sich an den Rändern ins Rötliche vertiefte. Er spürte die Hohlräume, die die Ranke in seiner Brust und seinem Bein hinterlassen hatte – irgendwie waren sie der Mittelpunkt seiner Schmerzen, als erlebte sein Körper die Entfernung der Ranke als eine Art Diebstahl, als wollte er sie zurückhaben.

Er hörte, wie Matthias ins Zelt ging und zurückkam, aber er öffnete die Augen nicht, sondern beobachtete weiter die Farben, die im Dunkeln pulsierten, sah, wie sie plötzlich aufflammten, als Matthias sich über ihn beugte und anfing, die Beinwunde zu nähen. Keiner redete mehr davon, dass die Nadel sterilisiert werden müsste, Matthias machte sich einfach ans Werk. Der Einschnitt war lang, und es dauerte eine ganze Weile, bis die Naht fertig war. Dann schob er Erics Hände sanft weg, hob das blutige T-Shirt hoch und machte an der Brust weiter.

Allmählich wurde Eric etwas ruhiger. Die Schmerzen ließen zwar nicht nach, aber das vertraute Gefühl der Distanz kehrte zurück, sodass es ihm fast so vorkam, als beobachtete er seinen Körper, statt in ihm zu wohnen. Inzwischen war die Sonne über den Horizont gestiegen, es wurde heiß, und er hörte endlich auf zu frieren.

Stacy war auf der anderen Seite der Lichtung; Eric hörte, wie sie dort herumhantierte. Scheinbar mied sie ihn, vielleicht hatte sie Angst vor ihm. Er hob den Kopf, um zu sehen, was sie machte. Sie kauerte über Pablos Rucksack und zog gerade den letzten Tequila heraus. »Möchte jemand was davon?«, fragte sie und hielt die Flasche in die Höhe.

Eric schüttelte den Kopf, und sie beugte sich wieder über den Rucksack. Anscheinend hatte er eine Innentasche. Er hörte, wie Stacy den Reißverschluss öffnete, darin herumwühlte und schließlich etwas herauszog. »Sein Name war Demetris«, sagte sie.

»Wessen Name?«, fragte Matthias, ohne von seiner Näharbeit aufzublicken.

Stacy drehte sich zu ihnen um, in der Hand einen Reisepass. »Pablos Name. Sein richtiger Name. Er hieß Demetris Lambrakis.«

Sie stand auf und brachte den Pass zu ihnen. Matthias legte die Nadel weg, wischte sich die Hand an seiner Jeans ab und nahm ihn. Wortlos starrte er darauf und gab ihn nach einer Weile an Eric weiter.

Auf dem Foto war ein etwas jüngerer Pablo zu sehen – mit viel kürzeren Haaren und einem absurden Schnurrbart. Er trug Jackett und Krawatte und sah aus, als bemühte er sich, nicht zu grinsen. Eric merkte – wieder wie aus großer Entfernung –, dass seine Hände zitterten. Er gab Stacy den Ausweis zurück und senkte den Kopf. *Demetris Lambrakis.* Er wiederholte den Namen in Gedanken und versuchte ihn sich einzuprägen. *Demetris Lambrakis ... Demetris Lambrakis ... Demetris Lambrakis ...*

Matthias war zum Zelt gegangen und als er zurückkam, hielt er die Dose mit Nüssen in der Hand. Er öffnete sie und teilte den Inhalt in drei gleich große Häufchen, jede Nuss ordentlich abgezählt, wobei er das Frisbee als Teller benutzte. Jetzt war Matthias ihr Anführer. Ohne Diskussion schienen sie sich darauf geeinigt zu haben.

Zum Essen musste Eric sich aufsetzen, was ziemlich schmerzhaft war. Kurz betrachtete er seinen Körper, der aussah wie eine Flickenpuppe, die von einem unachtsamen Kind zum nächsten weitervererbt worden war, geflickt und wieder geflickt, während an den Nähten schon das Innenleben hervorquoll. Ihm war schleierhaft, wie er jemals wieder nach Hause kommen sollte, und dieser Gedanke sickerte unerbittlich weiter in sein Bewusstsein ein, bis er davon ganz schwer wurde vor Resignation. Aber seinem Körper schien das alles anscheinend nichts auszumachen, er machte weiter seine Ansprüche geltend. Schon der Anblick der Nüsse erfüllte ihn mit Heißhunger, und er aß sie schnell, stopfte sich eine nach der anderen in den Mund, kaute und schluckte. Als er fertig war, leckte er sich das Salz von den Fingern. Matthias hielt ihm den Plastikcontainer hin, und Eric trank, wobei er sich wieder der Ranke bewusst wurde, die sich in ihm bewegte.

Unterdessen stieg die Sonne höher und wurde immer stärker. Auf der Lichtung trocknete der Schlamm, und ihre Fußspuren bildeten kleine, schattengefüllte Löcher. Alle drei hatten ihre Ration fertig gegessen, und jetzt saßen sie schweigend da und beobachteten einander.

»Ich denke, ich sollte mal nach Jeff schauen«, meinte Matthias. »Ehe es noch heißer wird.« Schon der Gedanke schien ihn müde zu machen.

Stacy hatte immer noch die Flasche Tequila auf dem Schoß und schraubte dauernd den Deckel auf und zu. »Du glaubst, er ist tot, oder?«, fragte sie.

Matthias musterte sie mit zusammengekniffenen Augen. »Ich möchte genauso sehr wie du, dass es nicht stimmt. Aber wünschen und glauben ...« Er zuckte die Achseln. »Das ist nicht dasselbe, oder?«

Stacy antwortete nicht, setzte die Flasche an die Lippen, legte den Kopf in den Nacken und trank. Eric spürte, dass Matthias ihr gern die Flasche abgenommen hätte, konnte sehen, wie er sich fast dazu durchgerungen hatte, sich dann aber doch dagegen entschied. Er war nicht wie Jeff, er war zu zurückhaltend, zu abgehoben, um wirklich ein Anführer zu sein. Wenn Stacy sich hier mit ihrer Trinkerei gefährden wollte, war das allein ihre Sache. Niemand war mehr da, um sie aufzuhalten.

Matthias stand auf. »Es dauert sicher nicht lange«, sagte er.

Sofort stellte Stacy die Flasche weg und sprang auf. »Ich komme mit!« Erneut hatte Eric das Gefühl, dass sie Angst vor ihm hatte, Angst vor dem, was sich in seinem Körper abspielte. Ihm war klar, dass sie nicht allein mit ihm hierbleiben wollte.

Matthias sah zu Eric hinunter, auf seinen nackten, blutigen, schlammbeschmierten Oberkörper. »Kommst du zurecht?«, fragte er.

Nein, dachte Eric. *Natürlich nicht.* Aber er sagte nichts. Er dachte an das Messer und dass er bald allein und unbeobachtet auf der Lichtung sein würde. Dann konnte er tun, was er wollte. Er nickte.

Eric lag in der Sonne, seltsam gelassen, und sah zu, wie die beiden anderen zusammen weggingen und verschwanden.

Stacy und Matthias standen eine Weile unten am Hügel und starrten auf die Lichtung und die Wand aus Bäumen auf der anderen Seite. Inzwischen hatte sich unter der brennenden Sonne zwar eine brüchige trockene Schicht über dem Schlamm gebildet, aber die Mayas bewegten sich mühsam durch den immer noch knöcheltiefen Matsch, der darunter lag und ihnen in dicken Klumpen an den Füßen klebte. Stacy beobachtete, wie zwei Frauen Decken und Kleider zum Trocknen auslegten.

Neben dem Lagerfeuer standen drei Männer, einer davon der Kahlkopf vom ersten Tag, der wie immer seine Pistole an der Hüfte trug. Die beiden anderen waren wesentlich jünger, fast noch Knaben, und hatten einen Bogen bei sich. Der Mann hatte seine weiße Hose bis zu den Knien aufgerollt, um sie einigermaßen sauber zu halten. Seine Schienbeine sahen sehr dünn aus, irgendwie verdorrt.

Entschlossen trat Matthias auf die Lichtung hinaus und versank sofort mit den Schuhen im Schlamm. Er sah sich um, und plötzlich starrte er wie gebannt nach links. Zwar hatte er keine Miene verzogen, aber Stacy wusste intuitiv, was er dort entdeckt hatte. Der Tequila hatte ein saures Gefühl in ihrem Magen hinterlassen, ihr war schwindlig, und der Schweiß lief ihr in Strömen über den Rücken. Jetzt blieb ihr nur eins zu tun, aber sie ließ sich Zeit damit, denn sie wollte noch ein bisschen warten, bis sie sich das ansah, was Matthias gefunden hatte. Umständlich zog sie ihre Sandalen aus und stellte sie nebeneinander mitten auf den Weg. Dann trat sie mit bloßen Füßen hinaus in den Matsch. Das Zeug war kälter, als sie es für möglich gehalten hätte, und sie musste an Schnee denken. Auf diese Assoziation konzentriert (*weiß wie die Hose des Mannes, weiß wie Knochen*), spähte sie zu dem kleinen Rankenhaufen hinüber, der sich in etwa fünfundzwanzig Meter Entfernung wie eine winzige grüne Halbinsel, wie ein ausgestreckter Finger über den gerodeten Boden erstreckte. Die Hitze des Tages schimmerte darüber, und Stacy hätte sich leicht einreden können, dass es bloß eine Fata Morgana war. Doch sie wusste es besser, wusste, dass es Jeff war, wusste, dass er sie verlassen hatte, wie Amy, wie Pablo. Jetzt waren sie nur noch zu dritt. Instinktiv griff sie nach Matthias' Hand, obwohl sie befürchtete, dass er sie ihr entziehen würde. Aber er ließ es zu, und so standen sie schweigend da und starrten.

Langsam trotteten sie schließlich durch den Schlamm darauf zu, immer ganz nah am Dickicht der Ranken. Sie sprachen nicht. Der kahle Maya und die beiden jungen Bogenträger folgten ihnen. Es war nicht weit, es dauerte nicht lange, bis sie am Ziel waren.

Matthias kauerte sich nieder und begann an den Ranken zu ziehen, bis allmählich Jeffs Leiche zum Vorschein kam. Er war noch zu erkennen, denn die Pflanze hatte ihn erst teilweise verzehrt, als hätte sie bewusst ihren Hunger bezähmt, damit sie Jeff so sahen und wussten, dass er tot war. Er lag ausgestreckt auf dem Bauch, die Arme über den Kopf gestreckt; er sah aus, als wäre er an den Füßen hierher geschleift worden. Matthias drehte ihn vorsichtig um. Auf beiden Seiten der Kehle befand sich eine Wunde, und sein Shirt war voller Blut. Das Fleisch vom unteren Teil des Gesichts fehlte, sodass man seine Zähne und seinen Kiefer sah, doch die Augen waren unberührt. Sie standen offen und glotzten glasig zu ihnen empor. Stacy musste den Blick abwenden.

Erschrocken stellte sie fest, wie ruhig sie ansonsten reagierte. Das machte ihr Angst. *Wer bin ich?*, dachte sie. *Bin ich überhaupt noch ich selbst?*

Matthias löste Jeffs Armbanduhr von seinem Handgelenk. Dann griff er in Jeffs Tasche und zog die Brieftasche heraus. An Jeffs rechter Hand steckte ein Ring, und auch diesen entfernte Matthias, obwohl er ziemlich fest saß.

Stacy konnte sich noch gut daran erinnern, wie Amy und sie den Ring in einem Bostoner Pfandleihhaus gekauft hatten. Amy hatte ihn Jeff zum Jahrestag ihres ersten Dates geschenkt. Später hatten Stacy und sie sich oft seinen ursprünglichen Besitzer vorzustellen versucht – was für ein Mensch er gewesen sein mochte, wie er in die Lage gekommen war, ein so wunderschönes Schmuckstück zu verpfänden. Sie hatten sich alle möglichen Geschichten ausgedacht: Manchmal war der ursprüngliche Besitzer ein erfolgloser Musiker, manchmal ein Junkie, manchmal ein Drogenhändler, dessen Besonderheit darin bestand, dass er einmal eine Unze Heroin an Miles Davis verkauft hatte. Sogar einen Namen hatten sie ihm gegeben: Thaddeus Fremont, und immer, wenn sie einen älteren, etwas heruntergekommenen Mann sahen, stießen sie einander an und flüsterten: »Schau mal, da ist Thaddeus. Bestimmt sucht er seinen Ring.«

Matthias hielt ihr Jeffs Sachen hin, und Stacy nahm sie entgegen.

»Ich hätte Henrichs Sachen auch mitnehmen sollen«, sagte er leise. »Er hat immer eine Kette umgehabt, einen Glücksbringer.« Er berührte seine Brust, um ihr die Stelle zu zeigen. Einen Moment starrte er über die Lichtung, als überlegte er sich, sie jetzt noch zu holen. Aber als er aufstand, wandte er sich zum Weg zurück.

Schweigend gingen sie nebeneinander her. Stacys Füße waren von einer dicken Schlammschicht überzogen, die sich anfühlte wie ein Paar schwere Stiefel.

»Es hat nicht funktioniert«, sagte Matthias plötzlich.

Stacy sah ihn fragend an. »Was hat nicht funktioniert?«

»Die Kette hat ihm kein Glück gebracht.«

Stacy wusste nicht, was sie darauf sagen sollte. Natürlich wusste sie, dass die Bemerkung als Witz gemeint war, oder zumindest als Versuch, witzig zu sein, aber der Gedanke, darüber zu lachen oder auch nur zu lächeln, erschien ihr widerlich. In ihrem Kopf summte es wieder, und auf einmal fiel es ihr schwer, die Augen offen zu halten. Aus irgendeinem Grund taten sie weh, wenn sie redete. Sie ging weiter, die Arme um sich geschlungen, Jeffs Uhr in der einen, seinen Ring und die Brieftasche in der anderen Hand. Nach einer Weile, die ihr lang genug vorkam – inzwischen waren sie fast wieder auf dem Weg nach oben –, sagte sie: »Was machen wir jetzt?«

»Ich denke, wir gehen zurück zum Zelt. Versuchen uns auszuruhen.«

»Sollte nicht einer von uns aufpassen, ob die Griechen kommen?«

Aber Matthias schüttelte den Kopf. »Erst in einer Stunde oder so.«

Stacys Gedanken wanderten zum Zelt, zu der kleinen Lichtung. Sie dachte an Pablo auf dem Rückenbrett, an seine Todesqualen. Sie dachte daran, wie sie heute Morgen Amys Knochen zusammengetragen hatte, so leichthin, als würde sie nach einer Party aufräumen.

Wieder tauchte die Frage in ihren Gedanken auf: *Bin ich noch ich selbst?*

Ohne jede Vorwarnung begann sie zu weinen. Es war wie ein Hustenanfall, zwei Dutzend heftige Schluchzer, die kaum eine Minute andauerten. Matthias blieb neben ihr stehen, bis es vorbei war. Dann legte er die Hand auf ihre Schulter.

»Möchtest du dich einen Moment hinsetzen?«, fragte er.

Stacy hob die Augen und sah sich um. Sie standen immer noch zehn Zentimeter tief im Matsch. Rechts stieg der Hügel, vom Rankendickicht bedeckt, steil an. Links, mitten auf der Lichtung, standen die drei Mayas und beobachteten sie. Stacy schüttelte den Kopf und wischte sich übers Gesicht. »Eric wird sterben, stimmt's?«, sagte sie. »Die Ranke ist in ihm drin, und er wird sterben.«

Beim Weinen waren ihr Jeffs Sachen aus der Hand gefallen, und

jetzt bückte sich Matthias, um sie aufzuheben. Sie waren voller Schlamm, und er versuchte sie an seiner Jeans zu säubern.
»Ich weiß nicht, ob ich das kann, Matthias. Ihm beim Sterben zusehen.«
Matthias steckte Jeffs Ring in die Brieftasche. Stacy sah, dass seine Hände bluteten. Vom Saft der Pflanze war die Haut aufgeplatzt, rissig und voller Schrunden, die Kleider hingen in Fetzen an ihm herunter, und seine Stoppeln entwickelten sich zusehends zu einem Bart, der ihn älter aussehen ließ. Er nickte. »Nein«, sagte er. »Natürlich nicht.«
Stacy drehte sich um und starrte zu den drei Mayas, die sie auf ihre typische Art beobachteten, ohne je ihrem Blick zu begegnen. Vermutlich hatten sie das gelernt, und es war ein Trick, um sich die Aufgabe zu erleichtern, der sie hier nachgehen mussten. Bestimmt war es viel schwerer, jemanden zu töten, wenn man ihm in die Augen sah. »Was glaubst du, was sie machen würden, wenn wir jetzt rüberlaufen?«, fragte sie. »Wenn wir einfach direkt auf sie zugehen?«
Matthias zuckte die Achseln. Die Antwort war natürlich leicht. »Uns erschießen.«
»Vielleicht sollten wir es tun. Vielleicht sollten wir es einfach hinter uns bringen.«
Matthias sah sie an, er schien über die Idee nachzudenken. Aber dann schüttelte er den Kopf. »Es wird jemand kommen, Stacy. Irgendwann. Vielleicht schon heute.«
»Aber vielleicht auch nicht. Richtig? Es könnte Wochen dauern. Oder Monate. Oder eine Ewigkeit.«
Matthias antwortete nicht, sondern starrte sie weiter schweigend an. Vom ersten Moment an, als sie sich begegnet waren, hatte ihr sein ernster, direkter Blick immer ein wenig Angst gemacht. Nach ein paar Sekunden musste sie die Augen abwenden. Aber er nahm ihre Hand und führte sie wortlos weiter zum Weg.

Eric spürte, wie sich die Ranke in seinem Körper bewegte. Sie war in seinem Kreuz, seiner linken Armbeuge, seiner rechten Schulter. Das Messer lag drei Meter weit von ihm entfernt, schlammverschmiert, noch feucht von seinem Blut. Eigentlich hatte er vorgehabt, sich gleich zu schneiden, sobald Stacy und Matthias weg waren, aber als es so weit war, merkte er plötzlich, dass er sich fürchtete, weil er schon so viel Blut verloren hatte. Man sah es seinem Körper inzwischen deutlich an, und er wusste nicht, wie weit er noch gehen konnte.

Er setzte sich auf, holte tief Luft und hustete. Es kam kein Schleim, da war nur das Gefühl, dass sich etwas Fremdes in seinem Körper befand, etwas, was sein Körper auszustoßen versuchte. Leider erfolglos. Schon die ganze Nacht hatte er mit dem Husten gekämpft, und jetzt kam es ihm seltsam vor, dass er nicht früher auf die Ursache gekommen war. Natürlich war es die Ranke, das wusste er ganz sicher. Ja – ein Ausläufer war in seine Lunge vorgedrungen.

Ich sollte ins Zelt gehen, dachte er. *Ich sollte mich hinlegen. Es ist egal, wenn es da noch nass ist.* Aber er rührte sich nicht vom Fleck.

Wieder musste er husten.

Wenn Stacy bei ihm geblieben wäre, wäre es bestimmt leichter gewesen. Sie hätte ihm das Schneiden bestimmt ausreden wollen. Vielleicht hätte er sogar auf sie gehört, wer weiß. Und wenn nicht, hätte sie ihn am Arm packen und zurückhalten können. Aber sie war nicht da, sie hatte ihn im Stich gelassen. Deshalb hinderte ihn keiner, als er aufstand und das Messer holte.

Langsam setzte er sich wieder und legte es auf seinen Schoß.

Dann versuchte er wieder seine Sprachspiele, seinen imaginären Wortschatztest. Aber er konnte sich nicht erinnern, bei welchem Buchstaben er angekommen war. Die Bewegungen in seinem Körper machten es außerdem schwer, sich zu konzentrieren. Irgendwie schien es jedoch wichtig zu sein, sie in Gedanken zu verfolgen. *Oben auf dem rechten Fuß … im Nacken …*

Eric beugte sich vor, um seine rechte Wade zu kratzen, und spürte dort einen Knubbel. Noch während er ihn betrachtete, flachte er ab und beulte sich an einer anderen Stelle etwas weiter unten wieder aus. Inzwischen hatte er fast die Größe eines Golfballs erreicht. Als Eric mit dem Finger daran herumdrückte, reagierte das Gewebe mit der typischen Taubheit.

Er wusste, dass der Schnitt nicht wehtun würde, das Herausziehen der Ranke war der schmerzhafte Teil. In diesem Moment entdeckte er noch eine Beule, diesmal auf seinem Unterarm, viel kleiner als die anderen, keine zehn Zentimeter lang und dünn wie ein Wurm. Er drückte darauf, und sie verschwand, bohrte sich tiefer in sein Fleisch.

Allmählich wurde es Eric zu viel. Wie konnte er ruhig dasitzen und zusehen, wie diese Beulen überall auf seinem Körper erschienen und wieder verschwanden? Er musste etwas dagegen tun, und es gab nur eine Lösung.

Er nahm das Messer von seinem Schoß, beugte sich vor und begann zu schneiden.

Irgendwie schien der Weg den Hügel hinauf viel steiler geworden zu sein, seit Stacy ihn zum letzten Mal gegangen war. Immer höher stiegen sie, die Kleider klebten an ihrem schweißnassen Körper, und sie begann zu keuchen. Außerdem hatte sie einen Krampf in der Seite. Matthias schien ihr Unbehagen zu bemerken, und obwohl sie inzwischen fast oben waren, blieb er stehen, damit sie sich ein bisschen ausruhen konnte. Während sie nach Luft schnappte, starrte er den Abhang hinunter.

Gerade hatte sich ihr Herzschlag einigermaßen beruhigt, als die Stimmen wieder anfingen.

Wo ist Eric? Wo ist Eric?
Sie sahen einander an.
Eric ist da. Eric ist da.
»O Gott«, stöhnte Stacy. »Nein.«
Eric ist tot. Eric ist tot.
Sie setzten sich beide in Trab, aber Matthias war schneller. Als Stacy ankam, war er bereits auf der Lichtung. Er gestikulierte heftig und sagte immer wieder mit strenger Stimme die gleichen Worte. Vor Müdigkeit und Entsetzen war er in seine Muttersprache verfallen. »Es reicht«, sagte er. »Es reicht jetzt wirklich.«
Stacy brauchte einen Moment, um zu begreifen, dass er Eric meinte. Zuerst glaubte sie, der Schacht hätte ein Monster ausgespuckt, irgendeine Ausgeburt der Hölle, blutüberströmt, nackt, mit wild flackernden Augen – und einem Messer in der Hand. Aber nein, es war Eric. Die Haut hing ihm nur noch in Fetzen am Körper, man konnte die Beinmuskeln erkennen, die Bauchmuskeln, ein Stück Knochen am linken Ellbogen. An der rechten Kopfseite waren die Haare verfilzt und dick mit Blut verklebt, und nach einer Weile begriff Stacy, dass er sich das Ohr abgeschnitten hatte.
Matthias' Stimme wurde immer lauter: »Es reicht, Eric, es reicht!« Er wollte Eric dazu bringen, das Messer wegzulegen, so viel war klar, aber Stacy konnte sich nicht vorstellen, dass ihm das gelingen würde. Eric war völlig außer sich vor Schmerz und Angst.
»Eric!«, rief Stacy. »Bitte, Schatz. Lass …«
In diesem Moment trat Matthias auf ihn zu und streckte die Hand aus, um ihm das Messer zu entreißen.
Stacy wusste, was als Nächstes passieren würde. »Nein!«, schrie sie.
Aber es war zu spät.

Als Eric erst einmal angefangen hatte, konnte er nicht mehr aufhören.
Zuerst nahm er sich die Ausbuchtung an seiner Wade vor, eine leichte Sache. Ein einziger Schnitt, und da war es schon: Direkt unter seiner Haut ein eng zusammengerollter Rankenknoten, nicht größer als eine Walnuss. Er zog ihn heraus und warf ihn auf den Boden. Dann kam der Unterarm an die Reihe, und nun wurde es bereits ein wenig komplizierter. Dort, wo er den wurmartigen Wulst gesehen hatte, machte er einen kleinen Einschnitt und fand ... nichts. Er stocherte mit dem blutigen Messer, vergrößerte den Schlitz, zog die Klinge vom Handgelenk zum Ellbogen. Der Schmerz war heftig, und es war schwer, das Messer in der Hand zu behalten, aber seine Angst war stärker. Er wusste, dass die Ranke in der Nähe war, er musste sie nur finden. Also ritzte er weiter, grub tiefer, stieß zu beiden Seiten das Messer unter die Haut, dehnte sie nach oben, zog sie zurück, bis er den ganzen Unterarm freigelegt hatte. Vor lauter Blut konnte er nicht mehr genau sehen, was er tat. Er versuchte das Blut mit der Hand abzuwischen, aber es strömte sofort nach. Die Haut hing von seinem Ellbogen herab wie ein zerrissener Ärmel.
Auf einmal zog sich seine rechte Pobacke krampfartig zusammen, als hätte ihn dort eine Hand gepackt, und er kam mühsam auf die Beine, zog Hose und Unterhose herunter und drehte sich danach um. Aber er konnte nichts erkennen und wollte gerade mit dem Messer anfangen zu stochern, als er eine Bewegung im Oberkörper spürte, direkt über dem Bauchnabel, wo sich langsam etwas nach oben arbeitete. Hektisch wandte er seine Aufmerksamkeit dieser Stelle zu und ging mit dem Messer darauf los. Hier war die Ranke direkt unter der Oberfläche, und ein langer Ausläufer kam herausgepurzelt, gut dreißig Zentimeter. Er baumelte aus der Wunde, drehte und wand sich in der Luft, während das Blut auf den Boden tropfte. Doch die Ranke war noch mit Erics Körper

verbunden, sie saß irgendwo weiter oben fest. Er musste die Haut fast bis zur rechten Brustwarze aufschlitzen, bis sie endlich herausfiel.

Dann regte sich etwas im linken Oberschenkel.

Im rechten Ellbogen.

Überall war Blut. Er konnte es riechen, ein metallischer, kupferartiger Geruch. Ihm war klar, dass er von Sekunde zu Sekunde schwächer wurde, und ein Teil von ihm begriff, dass er aufhören musste – dass er nie damit hätte anfangen dürfen. Aber ein anderer Teil war ausschließlich auf die Ranke in seinem Körper konzentriert, darauf, dass er sie herausholen musste, koste es, was es wolle. Wenn Stacy und Matthias zurückkamen, konnten sie ihn ja wieder zusammenflicken, ihn in Gaze hüllen, ihm alle möglichen Druckverbände anlegen. Jetzt war es wichtig, erst aufzuhören, wenn er sein Ziel erreicht hatte, denn sonst waren alle Schmerzen umsonst gewesen. Er musste weiter schneiden und schlitzen und stochern, bis er ganz sicher war, dass er auch das letzte bisschen herausgeholt hatte.

Jetzt war die Ranke in seinem rechten Ohr. Eigentlich war es unmöglich, aber als er nach oben griff und den Knorpel befühlte, konnte er sie dort spüren, direkt unter der Haut. Er dachte nicht mehr nach, er handelte nur noch und widmete sich seinem Ohr, das Messer seitlich flach an den Kopf gedrückt. Ohne dass er es merkte, hatte er angefangen zu stöhnen und zu weinen. Nicht wegen der Schmerzen – obwohl sie nahezu unerträglich waren –, nein, weil das Geräusch der sich durch sein Fleisch quälenden Klinge so laut war.

Als Nächstes kam sein linkes Schienbein.

Dann sein rechtes Knie.

Gerade schälte er die Haut unter den linken Rippenbögen ab, als Matthias auf der Lichtung erschien. Die Zeit bewegte sich äußerst seltsam, sowohl sehr langsam als auch sehr schnell. Matthias brüllte ihn an, aber Eric begriff nicht, was er meinte. Er hätte dem Deutschen gern erklärt, was er vorhatte, und ihm die Logik seines Vorgehens demonstriert, doch er wusste, dass das unmöglich war, denn zum einen würde es zu lange dauern und zum anderen würde Matthias es sowieso nicht verstehen. Er musste sich beeilen – darauf kam es jetzt an! –, er musste den letzten Rest Ranke herausholen, ehe er das Bewusstsein verlor. Und er spürte, dass das Ziel nicht mehr fern war.

Dann war auch Stacy auf der Lichtung. Sie sagte etwas, rief seinen Namen, aber er hörte es kaum. Er musste weiterschneiden, das war das einzig Wichtige, aber als er sich mit neuer Entschlossenheit daranmachen wollte, rannte Matthias plötzlich auf ihn zu und griff nach dem Messer.

Eric hörte, wie Stacy »Nein!« schrie.

Er zitterte, er wusste, dass er seinen Körper nicht mehr ganz unter Kontrolle hatte, er reagierte nur noch reflexartig. Er hatte eigentlich nur vor, Matthias wegzuschubsen, damit er Platz hatte, sein Werk zu vollenden. Aber als er die Hände ausstreckte, hielt er in der einen immer noch das Messer. Es war ein Schock, wie leicht das Messer in die Brust des Deutschen drang, zwischen seine Rippen glitt, rechts vom Brustbein, und dort stecken blieb.

Matthias sackte in sich zusammen, er torkelte zurück, weg von Eric, und mit ihm entfernte sich das Messer.

Stacy begann zu schreien.

»Warum?«, fragte Matthias auf Deutsch und starrte zu Eric.

Eric hörte das Blut in Matthias' Stimme, sah, wie es sich über sein Hemd ausbreitete. Der Messergriff ruckte vor und zurück, wie ein Metronom, und Eric wusste auch, warum – das war Matthias' Herz. Er hatte ihm das Messer direkt ins Herz gestoßen.

Matthias versuchte aufzustehen. Er schaffte es bis zum Sitzen, lehnte sich auf eine Hand zurück, aber es war klar, dass er nicht mehr weiter konnte.

»Warum?«, fragte er wieder.
In diesem Moment kam wieder Bewegung in die Ranken. Blitzschnell schlängelten sich mehrere Ausläufer über die Lichtung, auf den Deutschen zu und wanden sich um seinen Körper. Stacy sprang auf und versuchte ihn zu befreien, kämpfte so gut sie konnte, aber es waren zu viele.
Eric spürte, wie ihm die Sinne schwanden. Ungeschickt setzte er sich hin, fiel halb in die Lache, in der sich sein Blut mit dem von Matthias mischte. Es war absurd, aber wenn er die Kraft gehabt hätte, wäre er zu Matthias gekrochen und hätte ihm das Messer aus der Brust gezogen. Er beobachtete, wie es zuckte, vor und zurück, vor und zurück.
Mehr und mehr Ranken lösten sich aus dem Dickicht. Schluchzend zerrte Stacy an ihnen herum.
Bald würden sie auch nach ihm greifen, das wusste Eric.
Er schloss die Augen, nur für einen Moment, aber es war lange genug. Als er sie wieder aufmachte, hatte das Messer aufgehört zu zucken.

Stacy saß bei Eric, sein Kopf lag auf ihrem Schoß. Die Ranke hatte Matthias' Leiche bereits weggeschleift. Aus dem grünen Dickicht ragte noch sein rechter Schuh, ansonsten war er vollkommen unter den Ranken verschwunden. Sie waren still, unbeweglich, nur ein gelegentliches leises Rascheln verriet, dass sie sich den Körper gemächlich einverleibten.
Stacy konnte sich nicht erklären, weshalb keine Ausläufer geschickt wurden, um auch Eric zu holen. Sie wäre nicht in der Lage gewesen, ihn zu verteidigen, genauso wenig wie bei Matthias, und das wusste die Pflanze doch bestimmt. Aber sie sandte nur eine einzige Ranke aus, die geräuschvoll die immense Blutlache aufsaugte und sie langsam leerte.

Aber Eric ließ sie in Ruhe.
Nicht dass es irgendeinen Zweifel gegeben hätte: Stacy wusste, dass Eric im Sterben lag. Zuerst hatte es den Anschein, dass alles schon in wenigen Minuten zu Ende sein würde. Das Blut sickerte, rann und tropfte in dünnen Rinnsalen von ihm herab, sammelte sich in den Vertiefungen der Schlüsselbeine und quoll aus den tieferen Wunden. Ein starker Geruch ging von ihm aus, leicht metallisch, was Stacy aus irgendeinem Grund daran erinnerte, wie sie als Kind Münzen gesammelt, Pennys poliert und nach Datum geordnet hatte.
Sie streichelte seinen Kopf, und er stöhnte leise. »Ich bin bei dir«, sagte sie. »Ich bin bei dir.«
Als er die Augen öffnete, erschrak sie. Angstvoll blickte er zu ihr auf und versuchte zu sprechen, ein Flüstern, heiser und zu leise.
Sie beugte sich dichter über ihn. »Was?«
Wieder war es nur ein leises Wispern. Sie konnte nicht glauben, was sie hörte.
»Bösewicht?«, fragte sie verdutzt.
Er schloss die Augen, öffnete sie mühsam wieder.
»Nein, niemand von uns ist ein Bösewicht, Eric.«
Sie sah, wie er schluckte, offensichtlich unter Schmerzen. Selbst das Atmen schien ihm Schwierigkeiten zu bereiten.
Langsam schüttelte er den Kopf. Sie merkte, dass er sich konzentrierte und sich große Mühe gab, um sich verständlich zu machen.
»Töte ... mich«, stieß er hervor.
Stacy starrte ihn an. *Nein,* dachte sie. *Nein, nein, nein. Mach die Augen wieder zu, werde wieder ohnmächtig.*
»Tut ... weh ...«
Sie nickte. »Ich weiß. Aber ...«
»Bitte ...«
»Eric ...«
»Bitte ...«

Jetzt kamen ihr die Tränen. Deshalb hatte die Ranke ihn nicht geholt: um sie mit seinem Leid zu quälen! »Alles wird wieder gut, das verspreche ich dir. Du musst dich nur ausruhen.«
Irgendwie brachte Eric ein schiefes Lächeln zustande. Er streckte die Hand aus, fand ihre und drückte sie. »Tu ... es ... für ... mich.«
Sie konnte nichts mehr sagen.
»Bitte ...«, flüsterte er. »Bitte ...«
Er würde nicht lockerlassen, das war ihr klar. Er würde hier liegen, den Kopf auf ihrem Schoß, er würde bluten, leiden und sie immer wieder um Hilfe bitten, während die Sonne über ihnen langsam höher stieg. Wenn sie wollte, dass es aufhörte – das Bluten, das Leiden und das Flehen –, dann würde sie ganz allein dafür sorgen müssen.
»Bitte ...«
Vorsichtig schob Stacy seinen Kopf weg und stand auf. *Ich hol es ihm,* dachte sie. *Dann kann er es tun.* Sie ging zum Rand der Lichtung, trat ins Dickicht, kauerte sich neben Matthias' Leiche und bog die Ranken auseinander. Inzwischen hatte die Pflanze bereits das ganze Fleisch von seinem rechten Arm abgefressen, bis hinauf zur Schulter. Doch sein Gesicht war unberührt, die Augen standen offen, starrten Stacy an, und sie musste dem Impuls widerstehen, sie zuzudrücken. Das Messer steckte noch in seiner Brust. Kurz entschlossen griff sie danach, zog, und es kam mühelos heraus. Sie trug es zu Eric zurück.
»Hier«, sagte sie, drückte es ihm in die rechte Hand und legte seine Finger darum.
Wieder sah er mit seinem schiefen Lächeln und dem langsamen Kopfschütteln zu ihr empor. »Zu ... schwach«, flüsterte er.
»Dann ruh dich ein bisschen aus. Schließ die Augen und ...«
»Du ...« Er schob ihr das Messer hin. »Du ...«
»Ich kann das nicht, Eric.«

»Bitte …« Mit der Hand, die das Messer hielt, nahm er ihre. »Bitte …«

Es war vorbei, das wusste Stacy. Erics Leben war zu Ende. Übrig geblieben waren nur noch Schmerz und Qual. Er wollte, dass sie ihm half, er wünschte sich verzweifelt, dass sie seinem Leiden ein Ende bereitete. Und sein Flehen zu ignorieren, sich zurückzulehnen und ihn leiden zu lassen, nur weil sie zu zimperlich war und zu viel Angst hatte, das zu tun, was getan werden musste, war das nicht womöglich eine Art Sünde? Es lag in ihrer Macht, ihn zu erlösen, doch sie verweigerte ihm diesen Gefallen. Machte sie sich damit nicht mitschuldig an seiner Qual?

Wer bin ich?, dachte sie. *Bin ich noch ich selbst?*

»Wo?«, fragte sie.

Er nahm ihre Hand mit dem Messer und zog sie an seine Brust. »Hier …« Zitternd platzierte er die Messerspitze direkt neben seinem Brustbein. »Einfach … drücken …«

Es wäre leicht gewesen, das Messer wegzuziehen, es von sich zu schleudern, und Stacy hätte es gern getan, aber ihr Körper gehorchte ihr nicht.

»Bitte …«, flüsterte Eric.

Sie schloss die Augen. *Bin ich noch ich selbst?*

»Bitte …«

Und da tat sie es, beugte sich vor und drückte das Messer mit aller Kraft nach unten.

Schmerz.

Einen Moment war das alles, was Eric wahrnahm. Als wäre etwas in seiner Brust explodiert. Über sich sah er Stacy, voller Angst, voller Tränen. Er versuchte zu sprechen, versuchte zu sagen: *Danke* und: *Es tut mir leid* und: *Ich liebe dich*. Aber die Worte wollten nicht kommen.

Aus Jux hatten sie eines Nachmittags in Cancún einen kleinen Zoo besucht. Er beherbergte nicht mehr als ein Dutzend Tiere, von denen eines als Zebra angepriesen wurde, obwohl es eindeutig ein Esel war, dem man Streifen aufs Fell gemalt hatte. Während die vier Freunde vor ihm gestanden und ihn angestarrt hatten, hatte das Tier plötzlich die Beine gespreizt und mit enormem Druck losgepinkelt. Amy und Stacy hatten sich den Bauch gehalten vor Lachen. Aus irgendeinem Grund musste Eric in diesem Augenblick daran denken – wie der Esel sich erleichtert hatte, wie die beiden Mädchen einander am Arm gepackt hatten, an den Klang ihres Lachens.

Danke, wollte er sagen. *Es tut mir leid. Ich liebe dich.*

Und dann ließ der Schmerz langsam nach … alles entfernte sich … weiter … immer weiter … immer weiter …

Die Ranke holte sich seinen Körper. Stacy versuchte gar nicht erst, sich zu wehren, sie wusste, dass es sinnlos war.

Die Sonne stand direkt über ihr, vermutlich würde es noch etwa sechs Stunden dauern, bis sie unterging. Stacy rief sich Matthias' Worte ins Gedächtnis – »Vielleicht schon heute.« – und versuchte, ein bisschen Hoffnung aus ihnen zu schöpfen. Solange es hell war, würde ihr nichts passieren. Aber sie fürchtete die Dunkelheit, den Gedanken, allein im Zelt zu liegen und vor lauter Angst nicht schlafen zu können.

Nicht sie hätte überleben dürfen, das wusste sie, nicht sie, sondern Jeff. Er hätte keine Angst gehabt, er hätte ruhig und gefasst der Sonne auf ihrem Weg nach Westen zugesehen, und währenddessen einen Plan entworfen, wie er für Essen und Wasser und ein Dach über dem Kopf sorgen konnte. Einen ganz anderen Plan als ihren, der diese Bezeichnung eigentlich gar nicht verdiente.

Sie setzte sich vors Zelt und aß die restlichen Lebensmittel – die

Salzbrezeln, die beiden Müsliriegel, die Rosinen, die winzigen Cracker – und spülte alles mit der Cola und dem Eistee hinunter.

Alles, sie ließ kein Krümelchen zurück.

Beim Essen starrte sie über die Lichtung und dachte an all die anderen, die hier gestorben waren, Wildfremde, deren Knochen unter den Rankenhaufen überall am Abhang des Hügels verrotteten. Jeder von ihnen hatte hier seine ganz persönlichen Qualen durchlitten. So viel Schmerz, so viel Verzweiflung, so viel Tod.

Hals über Kopf aus einem brennenden Gebäude fliehen – konnte man so etwas einen Plan nennen?

Stacy erinnerte sich daran, wie sie sich einmal spätabends zu viert und ziemlich betrunken über Selbstmord unterhalten hatten. Jeder hatte sich überlegt, welche Methode er bevorzugte. Sie hatte an Eric gekuschelt auf dem Bett gelegen, Amy und Jeff hatten auf dem Boden gesessen und halbherzig eine Partie Backgammon gespielt. Effizient wie immer referierte Jeff nebenbei über Pillen und Plastiktüten – beides schmerzlos und zuverlässig, wie er behauptete. Eric schlug eine Pistole vor, den Lauf in den Mund gesteckt, einen Zeh am Drücker. Amy fand die Idee am anziehendsten, aus großer Höhe in den Tod zu springen, aber noch lieber wäre ihr gewesen, jemand würde sie schubsen, und dann diskutierten sie lange darüber, ob das überhaupt noch als Selbstmord galt. Schließlich gab Amy nach und entschied sich stattdessen für Kohlenmonoxid: Ein Auto im Leerlauf in der leeren Garage. Stacys Fantasie sah etwas komplizierter aus, sie stellte sich ein Ruderboot weit draußen auf dem Meer vor und wollte ihren Körper mit Gewichten beschweren. Die Vorstellung zu verschwinden besaß große Anziehungskraft für sie, das Rätsel, das Geheimnis, das sie hinterlassen würde.

Natürlich war alles nur Spaß gewesen. Ein Spiel.

Stacy spürte das Koffein von Cola und Eistee. Als sie die Hände vors Gesicht hielt, zitterten sie heftig.
Natürlich gab es hier weder ein Ruderboot noch ein Auto, weder eine Pistole noch irgendwelche Pillen. Zur Verfügung standen ihr die Grube, das Seil an der Winde und die Mayas mit ihren Pfeilen und Kugeln.
Und natürlich das Messer.
Vielleicht schon heute.
Sie hob den Sonnenschirm auf und reparierte den Schaden, den der Sturm daran angerichtet hatte. Dann holte sie die Flasche Tequila, die mitten auf der Lichtung lag, und machte sich auf den Weg bergab.
Auch das Messer hatte sie dabei.
Als sie näher kam, blickten die Mayas auf, musterten ihre blutbefleckten Kleider, ihre zitternden Hände. Das Messer auf dem Schoß, setzte sie sich an den Rand des gerodeten Kreises, den Sonnenschirm über die Schulter gelegt. Dann schraubte sie den Tequila auf und nahm einen langen Schluck.
Es wäre schön gewesen, wenn ihr irgendeine gute Möglichkeit eingefallen wäre, die Menschen zu warnen, die sich nach ihr hierher verirren würden. Das hätte ihr gefallen, sie wäre gern diejenige gewesen, deren Klugheit und Weitblick das Leben eines Fremden gerettet hätte. Aber sie hatte die Pfanne mit dem eingeritzten Wort auf dem Boden gesehen, sie wusste, dass schon andere vor ihr das Gleiche versucht hatten und gescheitert waren. Warum sollte es bei ihr anders sein? Sie konnte nur hoffen, dass die stumme Tatsache ihrer Gegenwart, der kleine Hügel über ihren Knochen mitten auf dem Weg, die Gefahr angemessen verdeutlichen würde.
Sie trank. Sie wartete. Über ihr wanderte die Sonne immer weiter nach Westen.
Nein, sie konnte es wirklich nicht als Plan bezeichnen.

Sie träufelte ein bisschen Tequila auf das Messer und rieb die Klinge mit ihrem T-Shirt ab. Sicher, das war albern und sinnlos, aber sie wollte, dass es sauber war.
Als die Abenddämmerung sich näherte, wurde sie allmählich ruhiger. Ihre Hände zitterten nicht mehr. Vor vielen Dingen hatte sie Angst – vor allem vor dem, was danach kommen würde –, aber nicht vor den Schmerzen. Schmerzen schreckten sie nicht.
Endlich berührte die Sonne den westlichen Horizont, der Himmel verfärbte sich rötlich, und nun wusste Stacy, dass sie lange genug gewartet hatte. Die Griechen würden nicht kommen. Heute nicht. Sie dachte an die herannahende Dunkelheit, stellte sich vor, wie sie allein im Zelt lag und auf die Geräusche der Nacht lauschte, und ihr war klar, dass sie keine Wahl hatte.
Kurz hatte sie die Idee zu beten – *um Vergebung*? –, aber sie merkte schnell, dass sie gar nicht wusste, zu wem. Sie glaubte nicht an Gott. Ihr ganzes Leben lang hatte sie das instinktiv und ohne weiter darüber nachzudenken behauptet, aber jetzt, im Angesicht dessen, was sie vorhatte, war sie sich zum ersten Mal wirklich sicher. Sie hatte keinen Glauben.
Sie begann am linken Arm.
Der erste Schnitt war zögernd, forschend. Selbst jetzt, so kurz vor dem Ende, blieb Stacy sich treu und erlaubte sich, nichts zu überstürzen, sondern sich Zeit zu nehmen. Der Schmerz war schlimmer, als sie erwartet hatte. Aber das war in Ordnung, es war gut so, sie wusste, dass sie es aushalten konnte. Und der Schmerz machte alles irgendwie realer, verlieh diesen letzten Augenblicken das angemessene Gewicht. Beim zweiten Mal schnitt sie tiefer, fing am Handgelenk an und zog die Klinge bis zum Ellbogen.
Dann nahm sie das Messer in die linke Hand. Es war schwer, es richtig in den Griff zu bekommen – ihre Finger wollten sich nicht

schließen und waren glitschig vom Blut, aber schließlich schaffte sie es, setzte die Klinge am rechten Handgelenk an und ritzte nach unten.
Vielleicht lag es am verblassenden Licht, aber ihr Blut kam ihr dunkler vor, als sie gedacht hatte, längst nicht so leuchtend wie bei Eric oder Matthias, sondern eher wie Tinte, fast schwarz. Sie legte die Handgelenke in den Schoß, und das Blut floss über ihre Beine, erst warm, dann immer kühler, und bildete eine Pfütze. Ein seltsamer Gedanke, dass diese Flüssigkeit zu ihr gehörte und dass sie selbst immer weniger wurde, je mehr aus ihr herausströmte.
Wer bin ich?, dachte sie.
Die Mayas beobachteten sie. Irgendwie mussten sie wohl gespürt haben, dass sie die Letzte war, denn die Frauen hatten schon damit begonnen, das Lager abzubrechen, ihre Siebensachen einzusammeln und in Bündel zu verpacken.
Stacy hatte angenommen, dass ihr Herz mit jeder Sekunde schneller schlagen würde, aber das Gegenteil war der Fall. Alles, innen wie außen, schien sich zu verlangsamen. Sie staunte, wie heiter und gelassen sie sich fühlte.
Bin ich noch ich selbst?
Langsam schlängelten sich die Ranken heran. Sie hörte, wie sie anfingen, das Blut aus der Pfütze aufzusaugen.
Sie hätte das Seil von der Winde schneiden sollen. Warum hatte sie nicht daran gedacht? Sie versuchte sich einzureden, dass es keine Rolle spielte, dass ihre Leiche hier als Wächterin liegen bleiben und alle zukünftigen Besucher abschrecken würde, aber sie wusste gleichzeitig, dass das nicht stimmte, sie konnte es spüren, noch ehe die Ranken nach ihr griffen und sie vom Weg zerrten. Bis zum Ende wehrte sie sich, so gut sie konnte, versuchte aufzustehen, aber es war zu spät. Sie hatte schon zu viel Blut verloren, sie hatte nicht mehr genug Kraft. Die Ranken hielten sie am Boden fest, deckten sie zu, begruben sie unter sich. Sie starb

mit dem Gefühl zu ertrinken, mit der Erinnerung an das Ruderboot, weit draußen auf dem Meer, und sie glaubte zu spüren, wie die Gewichte sie immer tiefer hinunterzogen, bis die grünen Wogen über ihrem Kopf zusammenschlugen.

Drei Tage später kamen die Griechen.

Sie hatten den Bus nach Cobá genommen und dort den gelben Pick-up angeheuert, der sie zum Weg in den Urwald brachte. In Cancún hatten sie drei neue Freunde gefunden, Brasilianer, die sie auf ihrem Abenteuerausflug begleiteten: Antonio, Ricardo und Sofia. Sowohl Don Juan als auch Don Quixote hatten sich heftig in Sofia verliebt, obwohl einiges darauf hindeutete, dass sie mit Ricardo zusammen war. Doch das ließ sich nicht mit Sicherheit sagen, da die Griechen kein Portugiesisch konnten und die Brasilianer kein Griechisch.

Trotzdem hatten sie viel Spaß zusammen, plauderten und lachten, während sie durch den Dschungel marschierten. Ricardo hatte eine Kühltasche mit Bier und Sandwichs dabei. Antonio hatte eine tragbare Boombox mitgenommen, auf der er ständig dieselbe CD abspielte, denn er wollte den Griechen das Salsa-Tanzen beibringen. Juan und Don Quixote machten Sofia zuliebe mit, denn wenn sie sich ungeschickt anstellten, zeigte die junge Frau ihnen ihr wunderschönes Lachen, und das war ihnen Lohn genug.

Es war unmöglich, die Abzweigung zu den Ruinen zu übersehen; in letzter Zeit hatten viele Menschen sie benutzt. Der Boden war ausgetreten, das Unterholz niedergetrampelt.

Gerade als sie einbiegen wollten, bemerkte Ricardo ein kleines Mädchen, das sie von der anderen Seite des Felds beobachtete. Sie war winzig, vielleicht zehn Jahre alt, trug ein schmutziges Kleid und führte eine Ziege an der Leine. Allem Anschein nach war sie über irgendetwas ziemlich aufgeregt, hüpfte auf und ab und winkte ihnen zu. Neugierig blieben sie stehen, sahen zu ihr hinüber und versuchten, die Kleine zu sich zu locken. Ricardo hielt ihr sogar ein Sandwich hin, aber sie kam keinen Schritt näher, und schließlich gaben sie auf. Sie wussten ja, dass sie fast am Ziel waren. Also zogen sie weiter.

Hinter ihnen beobachteten Juan und Antonio, wie das Mädchen die Leine der Ziege fallen ließ, sich umdrehte und in den Dschungel rannte. Achselzuckend grinsten sie einander an. Was die Kleine wohl im Schilde führte?

Sie wanderten weiter durch den Urwald, über den kleinen Bach, und plötzlich standen sie wieder im hellen Sonnenlicht.

Eine Lichtung.

Und hinter der Lichtung … ein von wunderschönen Blumen überwucherter Hügel.

Überwältigt blieben sie stehen. Ricardo holte eine Flasche Bier aus der Kühltasche und ließ sie herumgehen. In ihren jeweiligen Sprachen kommentierten sie die Schönheit der Blumen. Wie faszinierend sie waren. Sofia machte ein Foto.

Dann gingen sie im Gänsemarsch weiter.

Sie hörten nicht, wie der erste Reiter eintraf, denn sie waren schon halbwegs auf dem Hügel, unablässig Pablos Namen rufend.